DEANA ZINSSMEISTER

Die Farbe des Goldes

Marianne

Buch

Elisabeth lebt mit ihren Eltern und Geschwistern in einem kleinen Dorf in Württemberg zur Zeit von Herzog Friedrich I. Mit 17 Jahren ist sie noch niemandem versprochen, und ihr Vater meint, sie müsse den Rest ihres Lebens bei ihnen bleiben und arbeiten. Dann trifft sie eines Tages den charismatischen Frédéric und lässt sich auf ihn ein. Doch dies erweist sich als großer Fehler, denn Frédéric ist nicht der, der er zu sein scheint. Als Elisabeth ein Kind erwartet, greift er zu drastischen Maßnahmen: Sie findet sich weggesperrt in einem Bordell wieder. Hier wird aus der naiven Elisabeth eine Kämpferin. Und eines Tages lernt sie Johannes Keilholz kennen, einen Alchemisten, der ihr hilft. Doch die Spur des Goldes führt sie zu Frédéric zurück ...

Weitere Informationen zu Deana Zinßmeister
sowie zu lieferbaren Titeln der Autorin finden Sie am
Ende des Buches.

Deana Zinßmeister
Die Farbe des Goldes

Historischer Roman

GOLDMANN

Sollte diese Publikation Links auf Webseiten Dritter enthalten, so übernehmen wir für deren Inhalte keine Haftung, da wir uns diese nicht zu eigen machen, sondern lediglich auf deren Stand zum Zeitpunkt der Erstveröffentlichung verweisen.

Dieses Buch ist auch als E-Book erhältlich.

Verlagsgruppe Random House FSC® N001967

1. Auflage
Originalausgabe Oktober 2019
Copyright © 2019 by Deana Zinßmeister
Copyright © dieser Ausgabe 2019
by Wilhelm Goldmann Verlag, München,
in der Verlagsgruppe Random House GmbH,
Neumarkter Str. 28, 81673 München
Umschlaggestaltung: UNO Werbeagentur, München
Umschlagmotiv: Arcangel / Malgorzata Maj; FinePic®, München
Redaktion: Eva Wagner
AG · Herstellung: kw
Satz: GGP Media GmbH, Pößneck
Druck und Bindung: GGP Media GmbH, Pößneck
Printed in Germany
ISBN: 978-3-442-48888-9
www.goldmann-verlag.de

Besuchen Sie den Goldmann Verlag im Netz

*Für meine Literaturagentin
Bettina Keil*

Personenregister

Mit einem Sternchen * versehene Figuren sind reale historische Personen

Elisabeth
Elisabeths Mutter
Karpfenfischer, Elisabeths Vater
Adelheid, ihre jüngere Schwester
Ulrich, ihr jüngerer Bruder
Johanna, Elisabeths Freundin
Wolfgang, Johannas Ehemann
Ursula, Kräuterfrau

Friedrich I.* (1557–1608), Herzog von Württemberg
Sibylla von Anhalt* (1564–1614), seine Ehefrau

Frédéric Thiery, Herzog Friedrichs Neffe, Bastard der Herzogsschwester
Georg, Herzog Friedrichs Sohn
Mathilde, Georgs Verlobte

Jakob von Baden-Durlach* (1562–1590), Markgraf von Baden-Hachberg, Vater von Mathilde

Christoph Wagner* (1571–1634), Laboratoriumsinspektor
Dorothea Wagner, seine Frau

Freiherr von Brunnhof und Grobeschütz* (1572–1597), Betrüger (richtiger Name Georg Honauer)

Lucas Osiander der Jüngere* (1571–1638), Theologe, Professor und Kanzler der Eberhard Karls Universität Tübingen

Johannes Keilholz, Alchemist
Sophia, seine Ehefrau
Christina, seine Tochter
Grete, seine Haushälterin
Baltasar, sein Lehrjunge
Matthäus, Apotheker, Freund von Johannes Keilholz

Lucilla und ihr Mann, Betreiber des Hurenhauses
Regina, Dirne
Christa, Reginas Tochter
Marie, Franziska, Agathe, Anna, Gerlinde, weitere Dirnen

Sebastian Klausen, Töpfer im Laboratorium
Klara, seine Ehefrau

*Ein Teil des Transmutationsrezeptes
des Backnanger Goldschmieds Justinus Psalinarius
für Herzog Friedrich I.*

… Erstlichen Quecksilber	12 lotth
Schweffel	6 lotth
Crocum Martis	8 lotth
Mercurium supplimatum	8 lotth
Gelb Wachs	4 lotth
Brandtwein	4 Viertele …

Prolog

Stuttgart 1606

Als der Morgen dämmerte, flammten Rottöne am Horizont auf. Es schien, als ob der Himmel brannte. Ein Hahn krähte. Vogelgezwitscher antwortete. Je heller es wurde, desto kräftiger erklangen die Stimmen in den Gassen, die zuvor geflüstert hatten. Als die Sonne aufstieg, brach sich ihr Licht in den Fensterscheiben der Häuser und brachte sie zum Leuchten. Ein neuer Tag war angebrochen.

»Es hätte einer dieser schönen Tage werden können! Doch nun wird er zu einem verdammten Tag«, murmelte Johannes Keilholz, der mit hängenden Schultern durch die Gitterstäbe starrte.

»Der Tag kann nichts für sein Schicksal«, erwiderte Frédéric Thiery und trat neben ihn ans Fenster. Beide sahen hinüber zum Schlossplatz von Stuttgart, in dessen Mitte ein Eisengalgen zu erkennen war, den man mit Blattgold verkleidet hatte. Im Glanz des Goldes brach sich das Sonnenlicht. Daneben stand ein zweiter Galgen, an dem ein mit Flittergold überzogener Strick angebracht war. Auf einer Tafel davor stand geschrieben:

Ich war zwar, wie Merkur wird fix gemacht, bedacht, doch hat sich's umgekehrt, und ich bin fix gemacht.

Das war die Botschaft für die Zuschauer, dass ein Alchemist versagt hatte und gehängt werden sollte.

Als Thiery sich zu Keilholz umdrehte, erkannte er die Verbitterung im Blick des Mannes. »Ihr könnt es nicht ändern«, meinte er leise und fragte: »Seid Ihr bereit, Herr Keilholz?«

»Kann man dafür jemals bereit sein?«, erwiderte der Alchemist niedergeschlagen.

Kapitel 1

Württemberg 1605

Elisabeths Weg führte sie durch einen Wald, der zwei Täler miteinander verband.

Da sich in der Nacht der Winter zurückgemeldet hatte, überzog eine dünne Schneedecke die Natur. Rasch begann die weiße Pracht zu schmelzen. Die hellen Hauben der Bäume fielen herab und wurden zu Pfützen.

Die Schuhe der jungen Frau versanken im Morast und hinterließen Abdrücke im weichen Boden. Schon nach kurzer Zeit war das Leder vom Schmelzwasser aufgequollen und die Strümpfe vollgesogen. Elisabeth spürte ihre Zehen kaum noch. Immer wieder blieb sie stehen und stapfte fest mit den Füßen auf, damit das Blut in den Beinen wieder pulsierte. Dabei hauchte sie sich zwischen die Hände, die wegen der Kälte schmerzten, obwohl sie in gestrickten Handschuhen steckten. Bibbernd sah sie zwischen den Baumkronen zum Himmel empor. Hoffentlich kommt der Frühling bald zurück, dachte sie und marschierte weiter. Die Zeit eilte, denn in zwei Tagen würde ihre Freundin Johanna Hochzeit feiern, und dafür benötigte sie die Fische, die Elisabeth in einer Kiepe auf dem Rücken trug. Die Karpfen ersetzten den Schweinebraten, den es eigentlich als Festmahl hätte geben sollen. Doch da die Sau krank geworden war und deshalb nicht geschlachtet werden konnte, hatte Elisabeths Vater den Auftrag bekommen, Karpfen aus seinem Teich zu fangen.

Um sich vom Schmerz der eisigen Hände und den nassen Füßen abzulenken, dachte Elisabeth über ihre Freundin nach. Johanna und sie kannten sich seit Kindesbeinen, da beide aus demselben Dorf stammten. Erst vor sechs Monaten hatte Johanna die Arbeit in dem Wirtshaus zwei Orte weiter angenommen und sich gleich vom Wirtssohn schwängern lassen. Nun musste sie diesen ungehobelten Menschen heiraten, wenn sie nicht als ledige Mutter auf der Straße sitzen wollte. Wie konnte sie nur so dumm sein und sich Wolfgang hingeben, anstatt Martin, den Sohn des Müllers, zu nehmen? Ausgerechnet diesen Trunkenbold, der der beste Gast an der Theke seines Vaters war, hatte sie sich als Ehemann ausgesucht. Elisabeth schüttelte den Kopf. Zugegeben, auch der Müllerssohn wäre nicht ihre eigene erste Wahl gewesen, aber so groß war die Auswahl an heiratswilligen Burschen in ihrem nahen Umfeld nicht.

Elisabeth hatte für sich selbst den Sohn des Zimmermanns erwählt. Zwar wusste Peter noch nichts von seinem Glück, doch die Hochzeit der Freundin würde eine gute Gelegenheit sein, ihm ihren Entschluss als den seinen unterzujubeln.

Als sie an den rothaarigen Burschen dachte, verzog sie das Gesicht. Er war so alt wie sie, von hagerer, langer Statur, nicht sehr redselig und irgendwie auch begriffsstutzig. Aber gerade das war ein wichtiger Grund gewesen, ihn auszusuchen. Peter würde sie sicherlich nicht unter Druck setzen, sie nicht bevormunden und bestimmt auch nicht schlagen. Das hoffte Elisabeth, denn sie wollte nicht wie ihre Mutter tagtäglich mit der Angst leben müssen, etwas Falsches zu sagen oder zu tun, wofür sie Schläge kassierte. Außerdem war Peter ein guter Handwerker und fleißig.

»Trotzdem wird mein Leben an seiner Seite langweilig und nicht aufregend sein«, murmelte sie und ging in Gedanken die Alternativen durch, die ihr blieben. Abermals schüttelte sie den Kopf. Nein, dachte sie, unter den anderen Burschen ist keiner dabei, den ich heiraten möchte.

Keuchend stapfte Elisabeth durch den Matsch. Sie hielt den Blick gesenkt und achtete sorgsam auf den Weg, um nicht auszurutschen. Der Korb drückte schwer auf ihren Schultern. Als sie kurz den Kopf hob, konnte sie in der Ferne hinter den Bäumen Rauch aufsteigen sehen. Beflügelt, weil das Dorf, das sie durchqueren musste, vor ihr lag, ging sie weiter.

Plötzlich hörte sie hinter sich Pferdeschnauben und Hufgetrampel. Sie blieb stehen und schaute zurück. Da preschte auch schon ein Reiter dicht an ihr vorbei. Dreck spritzte hoch. Seine Stiefelspitze streifte den Korb auf ihrem Rücken. Der Leib des Pferdes riss Elisabeth herum. Sie fiel der Länge nach hin, und der Inhalt ihrer Kiepe ergoss sich in den Schneematsch. Das alles geschah so schnell, dass sie nicht einmal Zeit hatte aufzuschreien. Auf dem Bauch liegend, schaute sie dem Reiter ungläubig hinterher, der mit wehendem Mantel weiterritt.

»Hurenbock«, schrie sie ihm nach. Es war das einzige Schimpfwort, das ihr auf die Schnelle einfiel.

Als sie die Nässe und die Kälte spürte, schickte sie einen weiteren zornigen Schrei hinterher und erhob sich. Sie schluckte die Tränen der Wut und des Schmerzes hinunter, warf die Kiepe zu Boden und sammelte die Fische ein. Da sah sie, wie der Mann zurückgeritten kam.

Oje! Sicher hat er meine Beleidigung gehört und wird mich nun zurechtweisen wollen, dachte sie und tat, als ob sie ihn nicht sah.

»Bist du verletzt?«, rief er schon von Weitem.

Nun musste sie zu ihm aufblicken. »Was kümmert es Euch? Es war Euch ja auch einerlei, dass Ihr mich herumgerissen habt.«

»Ich habe *was*?«, fragte er verwirrt.

»Tut nicht so. Ihr wisst sehr wohl, dass Euer Fuß an meinem Korb hängengeblieben ist und Euer dämlicher Gaul mich herumgerissen hat, weil Ihr zu dicht an mir vorbeigeritten seid.«

»Das kann nicht sein! Ich hätte es bemerkt, wenn ich Schuld an deinem Sturz trüge. Sicherlich bist du gestrauchelt, weil der Korb zu schwer ist.«

Der Fremde zügelte das Ross neben ihr und stieg ab. »Ich habe dein Wehgeschrei gehört und dachte, du würdest sterben«, höhnte er.

Elisabeth funkelte ihn aus ihren blauen Augen an und musterte ihn dabei. Er schien einige Jahre älter als sie zu sein, überragte sie um einen Kopf und trug eine Pelzkappe gegen die Kälte. Sein Umhang war aus dichtem Filz hergestellt und an den Säumen mit edlem Pelz verbrämt. Auch am Rand der Stiefel konnte man Fell erkennen. Er sah wie ein reicher Edelmann aus, fand sie. Selbst sein Pferd schien wertvoll zu sein.

Sie wurde unsicher. Als sie seinen abschätzenden Blick bemerkte, hätte sie nur zu gerne gefaucht: *Ihr habt mich herumgerissen. Aber wenn Euch diese Version besser gefällt: Es war mein eigener Fehler, dass ich gestrauchelt und gefallen bin! Damit tragt Ihr keine Schuld. Zufrieden?* Doch sie schwieg.

Der Fremde blickte sie grinsend an. Anscheinend verriet ihre Miene ihre Gedanken. Sie wandte den Blick von ihm ab. Schon spürte sie, wie die Kälte durch die nasse Kleidung in ihre Knochen kroch. Bibbernd wischte sie sich das feuchte Haar aus dem Gesicht.

»Du zitterst«, stellte der Fremde fest und nahm seine Mütze ab, um sie ihr ungefragt über den Kopf zu stülpen. »Die darfst du behalten«, sagte er gönnerhaft. »Wohin musst du, Mädchen?«, wollte er wissen.

Obwohl Elisabeth die Wärme guttat, riss sie die Mütze

hastig herunter und gab sie dem Mann zurück. »Ich muss ins übernächste Dorf«, antwortete sie frierend und wies nach vorn.

Sein Blick folgte ihrem Fingerzeig. »Bis dahin bist du erfroren. Deine Lippen sind bereits blau verfärbt. Sei nicht dumm und nimm die Mütze.«

»Ich will Eure Kappe nicht. Was kümmert es Euch, was mit mir ist?«, fragte sie mürrisch und sammelte die restlichen Karpfen ein.

»Sehr viel, denn so, wie du sagst, bin ich für deinen Unfall verantwortlich.«

Zweifelnd schaute sie auf.

»Ich werde dich in das Dorf bringen.«

Sie schüttelte heftig den Kopf. »Das ist nicht nötig!«

»Auch wenn du das von mir denkst, aber ich bin kein Lump!«

Bevor Elisabeth wusste, wie ihr geschah, umfasste er ihre Hüfte und setzte sie hinter dem Sattel aufs Pferd. Dann half er ihr, die Kiepe anzuschnallen. Anschließend schwang er sich auf den Pferderücken.

»Aber ...«, erwiderte sie schwach.

»Keine Widerrede! Ich werde dich in das Dorf bringen. Halt dich an mir fest«, forderte er sie auf und ließ das Pferd antraben.

Das werde ich sicher nicht, dachte sie und versteckte ihre Hände hinter seinem Rücken. Doch als sie hochhopste, umklammerte sie seinen Leib.

Elisabeth kam es vor, als würden sie fliegen. Sie erreichten das Dorf so schnell, dass sie fast enttäuscht war, als sie das Gasthaus vor sich sahen. Ihre Freundin Johanna, die gerade hineingehen wollte, schaute erstaunt zu ihr, als das Pferd vor ihr anhielt und Elisabeth von seinem Rücken rutschte.

»Habt Dank«, murmelte sie dem Fremden zu, der sie anlächelte.

»Es war mir ein Vergnügen!«, rief er, hob die Hand zum Gruß und ritt davon.

Mit offenem Mund schaute Elisabeths Freundin ihm hinterher. »Wer war das?«, fragte sie mit leuchtenden Augen.

Erst jetzt merkte Elisabeth, dass sie die beiden nicht einander vorgestellt hatte.

»Ich habe keine Ahnung«, erklärte sie mit heißem Gesicht.

»Das glaube ich dir nicht! Erzähl! Wer ist er?«

»Ich weiß es wirklich nicht.«

»Wie dumm kann man sein, nicht zu fragen? Er scheint ein Edelmann zu sein. Woher kennst du einen solchen Mann?«

»Ich erzähle es dir später, falls ich bis dahin nicht erfroren bin.«

»Ach du Schreck! Du zitterst ja. Komm schnell ins Warme. Ich gebe dir trockene Kleidung.«

Dankbar sah Elisabeth die Freundin an und folgte ihr ins Haus. Während Johanna trockene Kleidung holte, brachte sie die Karpfen hinaus zur Küchenmagd, die sie ausnehmen sollte.

Elisabeths Haut brannte von dem groben Handtuch, mit dem sie sich abgerieben hatte. Am offenen Herdfeuer trocknete sie ihr Haar. Dabei dachte sie an die sonderbare Begegnung mit dem Fremden.

»Jetzt erzähl endlich, wie du ihn kennengelernt hast«, forderte ihre Freundin. Als Elisabeth unwissend tat, meinte Johanna: »Ich sehe es dir an der Nasenspitze an, dass du unentwegt an deinen Verehrer denkst.«

»Er ist nicht mein Verehrer«, protestierte Elisabeth schwach und erzählte, was sich auf dem Weg ereignet hatte.

»Schade, dass du seinen Namen nicht kennst.«

»Was würde es mir nützen? Wie du sagtest, ist er wahrscheinlich ein Edelmann aus reichem Haus. Wir werden uns sicher niemals wiedersehen.«

»Er schien galant zu sein und wirkte zudem freundlich«, seufzte Johanna.

»Seit wann bist du eine Männerkennerin?«, lachte Elisabeth und zwirbelte ihr trockenes Haar zusammen. »Deine Kleidung werde ich dir übermorgen an deinem Hochzeitsfest zurückgeben«, meinte sie und wärmte ihre Hände über der Flamme.

»Das eilt nicht! Sie wird mir in absehbarer Zeit sowieso nicht mehr passen«, lachte Johanna und streckte ihren Bauch nach vorn.

»Bis jetzt sieht man noch nichts. Bist du dir sicher, dass du tatsächlich schwanger bist? Nicht dass du umsonst heiratest«, überlegte Elisabeth laut.

Johanna nickte und verzog das Gesicht. »Darauf verwette ich meinen Hintern. Ich spucke jeden Morgen. Außerdem hat es mir die Hebamme bestätigt. Es soll zum Erntedankfest kommen«, verriet sie freudig.

»Du scheinst glücklich zu sein.«

Johanna zuckte mit den Schultern. »Es hätte mich schlechter treffen können. Schließlich hat Wolfgang nicht gezögert, mich zu heiraten, als ich ihm von dem Kind erzählte.«

»Du erwartest *sein* Kind!«, empörte sich Elisabeth.

»Trotzdem gibt es genügend Kerle, denen das einerlei wäre. Nicht jeder heiratet die Mutter seiner Kinder.«

»Ja, das stimmt. Trotzdem würde ich nicht jeden wollen«, meinte Elisabeth ehrlich.

»Ich habe mir Wolfgang sehr bewusst ausgesucht.«

Elisabeth horchte auf. »Wie meinst du das? Ich dachte, das Kind war nicht geplant.«

»Denkst du das wirklich? Ich wollte ihn und sonst keinen.«

Zweifelnd sah Elisabeth die Freundin an, die erklärte: »Ich ahne, was du denkst. Aber so ist er nicht. Bei ihm werde ich keine Not leiden. Das Wirtshaus läuft gut. Gegessen und getrunken wird immer.«

»Aber sein bester Gast ist Wolfgang wohl selbst«, gab Elisabeth zu bedenken.

»Es ist in Ordnung, wenn er mal einen über den Durst trinkt. Schließlich muss er hart arbeiten.«

Elisabeth sah die Freundin stirnrunzelnd an. Anscheinend war sie mit ihrem Schicksal zufrieden. Sie holte tief Luft und ließ sie seufzend wieder entweichen. »Ich muss zurückgehen. Vater sagt, ihr könnt die Fische an der Hochzeit bezahlen.«

Johanna nickte und brachte sie vor die Tür. Dort umarmten sich die beiden Frauen. Dann folgte Elisabeth dem Weg, der sie zum Dorf hinausführte.

Während sie nach Hause marschierte, umschlang Elisabeth ihren Oberkörper mit beiden Armen. Sie war Johanna für die trockene Kleidung dankbar. Sicherlich hätte sie sich sonst den Tod geholt. Zwar wurden ihre Füße jetzt rasch wieder gefühllos, doch Elisabeth versuchte das zu ignorieren und trat fest auf. Da die Kiepe nun leer war, kam sie schnell vorwärts.

Plötzlich hörte sie einen Pfiff aus dem Wald neben sich. Erschrocken sah sie sich um.

»Ich habe schon befürchtet, ich würde hier festfrieren, bevor ich dich wiedersehe«, lachte der Fremde und trat zwischen den Bäumen hervor.

Kapitel 2

Der Schreck fuhr Elisabeth durch alle Glieder, als sie die Stimme des Fremden hörte. Schon trat er auf sie zu. Besorgt sah sie sich nach allen Seiten um. Nicht auszudenken, wenn man sie zusammen mit einem fremden Mann sah. Doch zum Glück schienen sie die Einzigen zu sein, die auf diesem Weg unterwegs waren.

Nervös presste sie die Lippen aufeinander und schaute zu Boden.

»Du schweigst? Freust du dich nicht, dass ich auf dich gewartet habe?«, fragte der Mann, sodass sie gezwungen war, aufzuschauen. »Anscheinend hat es dir die Sprache verschlagen. Nun, das passiert vielen Frauen, wenn sie mich sehen«, frotzelte er.

Sie wollte etwas sagen, irgendetwas, und holte tief Luft. Doch ihre Lippen konnten kein Wort formen. Es ärgerte sie, dass sie so befangen, so verkrampft und so schüchtern war. Bei den Burschen in ihrem Dorf war sie nie um eine Antwort verlegen. Dieser Fremde jedoch verunsicherte sie. Ihr kam kein Gedanke in den Sinn, der es wert gewesen wäre, laut ausgesprochen zu werden. Zaghaft schaute sie zu dem Mann auf. Was wollte er von ihr? Warum hatte er auf sie gewartet? Sie kaute auf der Unterlippe und forschte in seinen Augen. Das Glitzern, das sie zu erkennen glaubte, schien zu zeigen, dass ihn ihre Verlegenheit erheiterte. Sie spürte, wie Röte in ihren Wangen hochstieg.

»Müsst Ihr nicht Eures Weges gehen?«, flüsterte sie mit kehliger Stimme, so als ob sie heiser sei. Ihr Gesicht brannte wie nach einem Sonnentag im August.

»Das müsste ich tatsächlich, denn sicherlich fragt man sich schon, wo ich geblieben bin. Aber ich hatte Mitleid mit dir, als ich deine durchnässte Kleidung sah. Deshalb wollte ich dich mit meinem Pferd zurück in dein Dorf bringen. Schließlich ist es schon später Nachmittag. Die Sonne wird bald schwinden und Kälte vom Boden hochziehen. Doch wie ich sehe, war meine Sorge unnötig. Du hast das nasse Kleid gegen ein trockenes Gewand eintauschen können.«

Elisabeth sah an sich herunter und nickte. »Es gehört meiner Freundin Johanna. Sie ist schwanger, deshalb passt es ihr nicht mehr so recht. Nur ihre Schuhe konnte sie mir nicht geben, denn die benötigt sie selbst.«

Als sie aufblickte und die grinsende Miene des Fremden sah, wurde ihr bewusst, dass sie Unsinn sprach. Nur zu gerne wäre sie losmarschiert, um der Peinlichkeit zu entfliehen. Stattdessen wandte sie sich dem Pferd zu, das er am Zügel festhielt.

»Euer Pferd scheint ein kostbares Tier zu sein«, sagte sie und strich ihm über die Nüstern.

»Ach ja?«, fragte er und betrachtete die Stute, als ob er sie das erste Mal sah. »Woran erkennst du das? Bist du eine Pferdekennerin?«

»Beileibe nein! Es sieht nur anders aus als ein Ackergaul.«

»Ein Ackergaul ist sie nun wahrlich nicht. Hast du das gehört, Antonia? Sie sagt, du wärst hübscher als ihr Ackergaul.«

»Euer Pferd hat einen Namen?«

»Natürlich! Wie rufst du deinen Ackergaul?«

»Gar nicht. Wir besitzen kein Pferd«, antwortete Elisabeth.

»Meine Stute wurde in Italien geboren und ist tatsächlich wertvoll«, verriet er ihr. »Sie ist von einem edlen Gestüt in der Toskana.«

»Italien? Toskana? Solche Namen habe ich noch nie gehört. Diese Städte müssen weit von hier entfernt liegen«, überlegte Elisabeth laut und sah den Mann fragend an. Falten gruben sich um seine Augen und den Mund. »Ihr lacht mich aus, weil ich ungebildet bin«, klagte sie.

»Ich lache dich nicht aus. Ich finde dich hinreißend, so scheu und so unwissend, wie du bist. Verrätst du mir deinen Namen, hübsches Kind?«

Elisabeth zog die Stirn kraus. Er hatte sie hübsch genannt. Sicher wollte er sie verspotten. Vor allem, weil er sie »Kind« genannt hatte, dachte sie.

Er umfasste ihr Kinn und hob ihr Gesicht.

»Elisabeth«, stammelte sie.

»Elisabeth!«, wiederholte er. »Welch wohlklingender Name. Es gibt keinen passenderen für dich, meine Schöne.«

Sie schlug beschämt die Augen nieder.

»Ich muss nach Hause«, stotterte sie und stapfte mit den Beinen auf, da ihre kalten Füße inzwischen gefühllos und wie abgestorben waren. Zitternd sah sie zum Himmel hinauf. Langsam verschwand die Sonne auf der anderen Seite des Waldes, sodass die Bodenkälte aufstieg, vor der der Fremde sie gewarnt hatte.

»Dein Schuhwerk ist aufgeweicht. So kannst du unmöglich weitergehen. Ich werde dich auf meinem Pferd mitnehmen«, erklärte der Mann. Seine Stimme klang wie ein Befehl.

Doch sie schüttelte energisch den Kopf. »Das geht nicht! Niemand darf uns zusammen sehen.«

Ihre Sorge schien ihn nicht abzuschrecken, denn er sagte: »Keine Widerrede. Wir reiten in dein Dorf.«

Als sie sich hastig abwandte, rutschte sie auf dem schlammigen Boden aus und kam ins Straucheln. Blitzschnell umfasste er ihre Taille, um sie mit Schwung auf das Pferd zu heben. Doch dieses Mal gelang es Elisabeth, sich aus seinem Griff zu befreien.

»Nehmt Eure Hände von mir!«, schrie sie.

Tatsächlich ließ er sie los. Seine Augen verengten sich leicht. »Sind alle Mädchen in deinem Dorf so widerspenstig?«, wollte er wissen. »Wenn ja, dann muss ich sie kennenlernen. Wehrhafte Frauen gefallen mir.«

Sie erstarrte. Keinesfalls durfte der Fremde mit ihr ins Dorf kommen. Nicht auszudenken, wenn der Vater sie mit ihm sehen würde. Er würde sie als leichtfertiges Frauenzimmer beschimpfen und sie schlagen. Plötzlich dachte sie an die Nachbarstochter Veronica, die sich jedem Mann an den Hals warf. Veronica kannte keine Hemmungen und würde sich auch bei diesem Fremden anbiedern. Das darf nicht passieren, dachte sie.

»Was grübelst du, schöne Elisabeth?«, unterbrach der Fremde ihre Gedanken.

Ertappt schaute sie auf. »Ich grüble, wie Euer Name lautet, den ihr mir nicht verraten habt«, log sie errötend.

Er sah sie nachdenklich an. »Habe ich mich nicht vorgestellt?«

Sie schüttelte den Kopf.

»Was bin ich ein ungehobelter Mensch«, tadelte der Mann sich selbst. Dann verbeugte er sich, machte eine galante Bewegung mit dem rechten Arm, streckte sich wieder und verriet: »Mein Name lautet G...«, um dann zu zögern. Er sah sie nachdenklich an. »Ich werde dir meinen Namen bei unserem nächsten Treffen verraten!«, versprach er augenzwinkernd.

»Ihr verspottet mich«, wisperte sie beschämt und stellte leise die Frage: »Warum sollte ein Edelmann mich wiedersehen wollen?«

»Du gefällst mir, kleine, scheue Elisabeth! So einfach ist das!«

»Nein«, erwiderte Elisabeth kaum hörbar, »wir dürfen uns kein weiteres Mal treffen.«

Nun lachte er schallend auf. »Du wärst die erste Frau, die es ablehnt, mich wiederzusehen«, erklärte er.

Elisabeth starrte auf die goldene Spange, die den Umhang des Fremden zusammenhielt. Uns trennen Welten, ich sollte gehen, dachte sie. Stattdessen fragte sie: »Was führt Euch in diesen Landstrich?«

»Ich bin mit einer Jagdgesellschaft unterwegs«, antwortete er.

Sie überlegte: »Auch der Fürstensohn soll hier in der Nähe zur Jagd unterwegs sein. Kennt Ihr ihn etwa?«

Der Fremde nickte.

Ihre Augen weiteten sich. Die Gedanken, die ihr durch den Kopf rasten, verschlugen ihr den Atem. »Ich muss nach Hause«, murmelte sie, wandte sich um und ließ den Mann abrupt stehen.

Mit gesenktem Kopf stapfte sie durch den Matsch in den Wald, ohne sich noch einmal umzudrehen.

~ *Kapitel 3* ~

Nach einer Weile schaute Elisabeth über die Schulter zurück. Als sie den Mann nicht mehr sehen konnte, rannte sie los. Sie wollte so schnell wie möglich Abstand zwischen sich und den Fremden bringen. Hoffentlich taucht er nicht noch einmal zwischen den Bäumen auf, dachte sie, als im selben Augenblick ihre Füße wegrutschten. Sie strauchelte, fing sich aber und lief weiter.

Die Luft war feucht und eisig. Winzige Wasserperlen legten sich auf ihr Haar und ihre Kleidung. Die Kälte brannte in ihrem Schlund. Sie versuchte durch die Nase zu atmen, doch sie hatte das Gefühl, nicht genug Luft zu bekommen. Schnaufend riss sie den Mund auf. Obwohl in der Kiepe nur ihr Kleid lag, schien der Korb so schwer, als sei er noch mit Karpfen gefüllt. Das ungewohnte Laufen strengte Elisabeth an. Ihr Herz pochte heftig und schmerzte unter ihren Rippen. Trotzdem verlangsamte sie ihre Schritte nicht.

Das schwindende Licht tauchte die Umgebung in helles Grau. Sie konnte kaum mehr den Weg erkennen. Doch schließlich nahm sie den Geruch von verbranntem Holz wahr. Ihr Dorf konnte nicht mehr weit sein. Erleichtert erkannte sie die Umrisse der Kirche am Ortsrand. Erst jetzt zügelte sie ihr Tempo. Mit schmerzverzerrtem Gesicht presste sie sich die Hand gegen den Rippenbogen.

Kurz vor den ersten Häusern blieb sie stehen und drehte sich um. Obwohl die Landschaft im Dunst verschwand, ließ sie den Blick umherschweifen.

Er ist mir nicht gefolgt, stellte sie erleichtert fest und bog in die Gasse ein, an deren Ende die Kate ihrer Familie stand.

Sie öffnete die Eingangstür, zog den Kopf ein und trat in den Raum, der durch einen zerschlissenen Vorhang in zwei Bereiche geteilt war. Im hinteren Teil der Hütte befanden sich die Schlafplätze der Familie sowie die Verschläge für vier Ziegen, acht Hühner und eine Sau. Während des Winters lebten die Tiere mit den Menschen unter einem Dach, damit sie sich gegenseitig wärmten.

Der Bereich, in dem Elisabeth nun stand, war Küche und Wohnraum zugleich. Ein Tisch mit fünf Schemeln, eine Truhe für die Wäsche sowie ein kleiner Schrank für das wenige Geschirr, das die Familie besaß, waren das einzige Mobiliar. An der schmalen Wand befand sich ein gemauerter Herd, von dessen Feuerstelle dichter Rauch aufstieg, der durch den Schornstein abziehen sollte. Doch der kalte Wind drückte ihn zurück in die Kammer. Da die Fenster mit Stroh verstopft waren, konnte er nur notdürftig entweichen.

Das Mädchen kniff die Augen zusammen, die vom Rauch zu brennen begannen. »Wie oft habe ich dir gesagt, dass du das nasse Holz erst vor dem Ofen trocknen sollst! Es brennt nicht, es qualmt nur, und wärmt kein bisschen«, maulte sie hustend ihren Bruder an, der mit ihrer Schwester Adelheid am Tisch saß und getrocknete Maiskolben schälte. Mit dem Schürhaken zog sie das rauchende Scheit zur Seite.

Dann schnallte sie den Tragekorb ab, lehnte ihn gegen die gekalkte Wand und öffnete den Eingang. »Wenn man nicht alles selber macht«, murmelte sie und wedelte mit dem Türblatt den Rauch nach draußen.

Da wurde der Vorhang zur Seite geworfen, und ihre Mutter erschien. »Warum ist es so kalt in der Stube?«, fragte sie. Kaum erblickte sie Elisabeth, keifte sie ihre Tochter an: »Wo bist du so lang gewesen?«

Elisabeth schloss die Tür wieder und legte ihren feuchten Umhang über den Stuhl. Sie war verärgert über den anklagenden Tonfall der Mutter. »Du weißt, dass Vater mich mit den Karpfen zu Johanna geschickt hat«, erklärte sie ihr.

»Das war am Mittag. Seit Stunden warte ich auf dich!«

»Der Korb war schwer und der Weg rutschig und mühsam«, verteidigte sich das Mädchen.

»Du weißt, dass meine Finger bei diesem Wetter schmerzen, sodass ich die Ziegen nicht melken kann.« Die Mutter streckte ihr die verkrüppelte rechte Hand hin, an der man Verdickungen an den Gliedern erkennen konnte. Ihre Miene verriet die Schmerzen, die sie plagten.

»Adelheid oder Ulrich hätten dir helfen können«, erwiderte Elisabeth und sah wütend zu ihren Geschwistern.

»Dein Bruder war mit dem Vater unterwegs. Und deine Schwester hat kein Geschick zum Melken, das weißt du doch.« Plötzlich wanderte der Blick der Mutter über Elisabeths Leib. Sie zupfte am Stoff des Kleids. »Wessen Gewand ist das?«, fragte sie misstrauisch.

»Es gehört Johanna. Ein Reiter hat mich umgerissen auf

dem Weg zu ihr, sodass ich hingefallen bin und vollkommen durchnässt war ...« Die Ohrfeige der Mutter unterbrach Elisabeths Rede. »Warum schlägst du mich?«, jammerte sie und hielt sich die Wange.

»Du lügst. Niemand hier besitzt ein Reitpferd.«

»Es war ein fremder Mann.«

Erneut brannte ihre Wange. Verwirrt schaute sie die Mutter an, die schnaubend vor ihr stand. »Du wagst es, deine Mutter abermals anzulügen? Anstatt deiner Arbeit nachzugehen, hast du dich herumgetrieben!«

»Ich spreche die Wahrheit. Es war ein Edelmann auf einem wertvollen Pferd.«

Als die Mutter erneut die Hand hob, wich Elisabeth dem Schlag aus.

»Ich glaube dir kein Wort. Was sollte ein Edelmann hier in dieser Gegend zu schaffen haben? Auch frage ich mich, woher ausgerechnet du wissen willst, dass er ein solcher war?« Mit hartem Blick fixierte die Mutter sie. »Warum hast du keine Entschädigung für dein ramponiertes Kleid verlangt, wenn der Fremde ein reicher Mann war?«

Elisabeth zuckte mit den Schultern.

»Du weißt es nicht? Dann werde ich es dir sagen. Weil deine Geschichte erlogen ist. Du bist ein liederliches Weibsbild, das sich vor der Arbeit drückt. Warte nur, bis dein Vater aus dem Gasthaus kommt. Dann setzt es Prügel.«

Elisabeth dankte mit einem Stoßgebet, dass ihr Vater nicht zu Hause war. Während die Mutter wegen ihrer kranken Hände nur wenige Male zuschlug, prügelte der Vater die Kinder nicht nur mit der Faust, sondern auch mit einem Rohrstock, den er ihnen über die Beine zog. Diesen Schlägen konnte man unmöglich ausweichen. Doch da der Vater in der Schankstube war, würde er sicherlich erst zurückkommen, wenn alle schon schliefen.

Sie versuchte die Mutter zu versöhnen und sagte: »Du irrst, Mutter! Ich schwöre dir bei allem, was mir lieb und teuer ist: Das Ross des Reiters hat mich zu Boden gerissen. Ich habe dem Mann *Hurenbock* nachgerufen, doch er ist unbekümmert weitergeritten. Alle Karpfen lagen auf dem Weg verstreut. Bis ich sie eingesammelt hatte, waren meine Finger steif gefroren«, erklärte sie und zeigte ihre geröteten Hände. Dabei sah sie die Mutter flehend an. Sie hoffte, dass diese ihre halb wahre Geschichte glaubte. Doch die sagte kein Wort, sondern taxierte sie nur mit mürrischem Blick.

»Ich friere und bin hungrig«, wisperte Elisabeth und umfasste ihre Oberarme.

Die Gesichtszüge der Mutter entspannten sich. Schließlich nickte sie. »Zieh dir meine dicken Strümpfe über. Ich habe Suppe gekocht, die dich wärmen wird. Anschließend melkst du die Ziegen«, erklärte sie mild gestimmt und verschwand hinter dem Vorhang.

Elisabeth schloss erleichtert die Augen. Als sie dann ihre Geschwister anschaute, konnte sie das Grinsen ihres Bruders und der Schwester erkennen.

»Was gib es da zu feixen?«

»Warte nur, bis der Vater davon hört«, höhnte der Elfjährige, der durch seine Größe und massive Gestalt älter wirkte, aber einen kindlichen Verstand hatte.

»Du holst sofort trockenes Holz aus dem Schuppen, Ulrich«, befahl Elisabeth ihm. Als er nicht gehorchte, sprang sie zu ihm und zog ihn am Ohr zur Tür.

»Du hast mir nichts zu sagen«, quiekte der Junge und sah sie zornig an, während er sich das rote Ohr rieb.

»Halt dein Maul«, fauchte Elisabeth, öffnete die Tür und stieß ihn hinaus in die Kälte. Dann ging sie zurück in die Kammer und nahm die dicken Strickstrümpfe ihrer Mutter aus der Wäschetruhe.

Seufzend setzte sie sich vor den Herd, zog ihre aufgeweichten Schuhe und Socken aus und streckte die Füße der Glut entgegen. Rasch fingen die Zehen an zu kribbeln, als ob Ameisen auf der Haut liefen. Sie zog die Strümpfe über und hängte ihre eigenen zum Trocknen auf. Dann füllte sie sich eine Schüssel mit der dünnen Suppe und setzte sich an den Tisch zu ihrer Schwester Adelheid.

Bereits nach wenigen Schlucken fühlte sie, wie die Wärme in ihren Körper zurückströmte. Während sie ein Stück trockenes Brot brach, um es in die Brühe zu tunken, spürte sie den Blick der Schwester auf sich. Fragend schaute sie die Fünfzehnjährige an.

»Wie sah er aus, dieser Edelmann?«, flüsterte Adelheid, wobei ihre Augen seltsam leuchteten.

Stirnrunzelnd betrachtete Elisabeth das Gesicht des Mädchens. »Warum willst du das wissen?«, fragte sie ebenso leise.

»Ich habe noch nie einen Edelmann gesehen.«

»Er war so schnell fort, wie er gekommen war«, erklärte Elisabeth und wandte sich ihrer Mahlzeit zu.

»Irgendetwas musst du von ihm zu berichten wissen.«

»Es gibt nichts, was ich dir erzählen könnte«, erklärte Elisabeth gereizt. Sie hatte Angst, sich zu verplappern, und wollte deshalb das Gespräch beenden.

»Du wirst rot«, spottete ihre Schwester.

»Das kommt von der heißen Suppe«, murmelte Elisabeth und wischte sich über das Gesicht.

»Ich glaube dir nicht. Du willst mir nur nichts über den Fremden verraten.«

Ertappt blickte Elisabeth ihre Schwester an.

»Ich werde dich nicht verpetzen«, versprach Adelheid leise und schielte zum Vorhang hinüber. Die beiden Mädchen wussten, dass die Mutter leidend auf ihrer Matratze lag und für ein rasches Ende des Winters betete. Denn erst wenn die

Frühlingssonne die feuchte Kälte verdrängte, würden ihre Gliederschmerzen erträglich werden. Bis dahin mussten die beiden Mädchen die Arbeit im Haus und bei den Tieren erledigen.

»Woher willst du wissen, dass ich dir irgendetwas erzählen könnte?«, raunte Elisabeth.

»Ich weiß es, denn ich konnte es in deinem Blick erkennen. Jetzt erzähl endlich, bevor unser Bruder zurückkommt.«

Elisabeth kaute auf der Unterlippe. Sie zögerte. Ihre Schwester war nicht die Person, der sie ein Geheimnis anvertrauen wollte, da sie kein inniges Verhältnis zueinander hatten. Adelheid war unehrlich und verschlagen und galt im Dorf als Person, die jeden verpetzen würde, wenn sie dadurch einen Vorteil erhaschen konnte. Zudem war sie altklug und besserwisserisch. Sie spielte sich gern wie eine ältere Schwester auf, obwohl sie zwei Jahre jünger war als Elisabeth. Elisabeth sah nachdenklich auf den Boden der Suppenschale. Nur zu gern wollte sie sich jemanden anvertrauen, denn die Begegnung mit dem Fremden beschäftigte sie mehr, als ihr lieb war. Die einzige Person, der sie traute, war ihre Freundin Johanna. Doch die war nicht da.

Zweifelnd schaute sie die Schwester an. »Du verrätst mich wirklich nicht?«

»Ich schwöre es«, grinste Adelheid und hielt ihre Schwurfinger hoch.

»Du weißt, was dich erwartet, wenn du den Schwur brichst. Du kommst in die Hölle«, versuchte Elisabeth sie zu warnen.

Adelheid nickte.

Elisabeth streckte den Kopf über den Tisch näher an ihre Schwester heran. Mit leiser Stimme berichtete sie vom Zwischenfall mit dem fremden Mann.

»Er brachte dich auf seinem wertvollen Pferd zu Johanna?«, wiederholte Adelheid zweifelnd.

»Das war ja wohl das Mindeste. Schließlich hatte mich sein Ross zu Boden geworfen. Meine Kleidung war vollkommen durchnässt. Ich wäre sonst sicherlich erfroren. Deshalb hatte er wohl Mitleid mit mir«, erklärte sie. Doch dann sah sie, wie Adelheid ungläubig die Stirn kräuselte und einen Mundwinkel anhob.

»Warum zweifelst du an meiner Schilderung?«, empörte sich Elisabeth.

»Weil es unwahrscheinlich ist, dass ein Edelmann Mitleid mit einem Bauernmädchen hat. Solch einem Menschen kann es einerlei sein, ob du nass wie eine Katze bist, frierst oder gar erfrierst. Ich kenne zwar keinen Edelmann, und ich weiß so gut wie nichts über solche Menschen. Doch ich bin mir sicher, dass sie mit unsereins nichts zu tun haben wollen. Deshalb glaube ich dir kein Wort.«

Elisabeth war gekränkt. Sie kaute auf der Unterlippe. Sollte sie Adelheid verraten, was der Fremde außerdem zu ihr gesagt hatte?, überlegte sie. Zwar zögerte sie, doch dann platzte es aus ihr heraus: »Er hat mich hübsch genannt«, verriet sie mit hochroten Wangen.

Nun weiteten sich Adelheids Augen. Dann lachte sie schallend los. »Er hat *dich* hübsch genannt? Wie meinte er das?«

»Wie soll er das gemeint haben? Ich verstehe dich nicht«, erklärte Elisabeth verunsichert.

Adelheids Lachen verstummte. Stattdessen musterte sie die ältere Schwester. »Was ist denn hübsch an dir? Hat er das begründet?«

»Das hat er mir nicht gesagt. Er meinte, ich wäre ein hübsches Kind«, erklärte Elisabeth mit schwacher Stimme. Als sie den spöttischen Blick der Schwester bemerkte, presste sie wütend die Lippen aufeinander.

Adelheid fragte nun mit gehässigem Tonfall: »Bist du so hübsch wie ein fetter Karpfen? Oder so hübsch wie die beste

Ziege im Stall? Oder so wie Veronica, die die Männer als schön bezeichnen, weil sie die Beine breit macht?«

Als Elisabeth schwieg, meinte ihre Schwester: »Wahrscheinlich hat er dich nicht genau betrachtet. Ich finde dich nämlich nicht hübsch. Deine Nase ist zu lang, dein Körper zu dürr, und du hast keine Brüste.«

Erschrocken griff Elisabeth nach ihrer Nase und sah dann an sich herunter. Sie wusste nicht, wie sie aussah. Zwar spiegelte sich ihr Antlitz manchmal im Wassertrog, doch noch nie hatte sie ihr Gesicht deutlich erkennen können. »Sehe ich so schrecklich aus?«, fragte sie entsetzt.

Adelheid zuckte mit der Schulter. »Mich hätte er sehen müssen. Dann wüsste er, was hübsch bedeutet. Ich habe volle Brüste und ein breites Becken, mit dem ich eine Schar Kinder gebären werde.«

Elisabeth betrachtete ihre jüngere Schwester, die der Mutter glich. Ihr rötliches Haar kringelte sich in alle Richtungen. Zahlreiche Sommersprossen bedeckten ihre blasse Haut. Ihre Lippen waren voll, die Nase stupsig und die Augen so schwarz wie die Nacht.

Sie selbst hingegen ähnelte dem Vater. Sie hatte dunkles, glattes Haar und blaue Augen. Ihre Figur wirkte fast knabenhaft schlank, ihr Becken war schmal und ihre Beine lang. Sie blickte auf ihre Brüste, die man mehr erahnen als sehen konnte. Adelheid hatte recht! Sie schien in keiner Weise hübsch zu sein. Wahrscheinlich hatte sich der fremde Mann einen Spaß mit ihr erlaubt.

Aber warum hat er das gemacht?, überlegte sie, als ihre Schwester sie aus den Gedanken riss.

»Gib zu, dass du Mutter und mich belogen hast, du keinen Fremden getroffen hast und dich auch kein Gaul umgerissen hat«, forderte Adelheid sie auf. Als Elisabeth schwieg, triumphierte sie sichtlich.

Da wurde die Tür aufgestoßen, und ihr Bruder kam mit dem Feuerholz auf den Armen herein.

»Wir müssen in den Wald und Holz sammeln. Es ist kaum noch welches da«, sagt er und ließ die Äste vor dem Herd zu Boden fallen.

»Elisabeth ist dieses Mal dran«, erklärte Adelheid und meinte süffisant: »Pass aber auf, dass du nicht wieder zu Boden gerissen wirst, wenn dir ein Mann begegnet.«

Elisabeth hatte genug von dem Gespräch. »Ich melke jetzt die Ziegen«, sagte sie und verschwand hinter dem Vorhang.

Kapitel 4

In einem Waldgebiet in Württemberg

Frédéric hatte sich erschöpft an einen Baum gelehnt, als er keine dreißig Schritte entfernt einen prächtigen Hirsch entdeckte. Sofort ging er in die Knie. Da das Tier ihn nicht zu wittern schien, schlich er hinter einen mächtigen Baumstamm, der quer über dem Waldboden lag. Dort richtete er sich vorsichtig auf, beugte sich nach vorn und stützte sich mit einer Hand auf dem Holz ab. Als die abgestorbene Borke der Eiche unter seiner Berührung zerbröckelte, konnte er den glatten Stamm spüren. Die Wurzeln, die aus einem Krater emporragten, verbargen seinen Körper. Mit der freien Hand zog er einzelne Wurzelfäden vor seinem Gesicht zur Seite. Obwohl es dämmerte, konnte Frédéric die Umgebung deutlich erkennen. Welch prächtiger Bursche, dachte er. Noch nie hatte er einen lebenden Hirsch so dicht vor sich gesehen.

Das Tier stand zwischen den Bäumen und knabberte am Moos, das den Waldboden bedeckte und das es mit dem Huf vom Schnee befreit hatte. Frédéric schätzte, dass der Hirsch so lang und so schwer war wie ein ausgewachsener Mann.

Das struppige Haarkleid schimmerte dunkelbraun, und am Hinterteil waren helle Stellen zu erkennen. Die Brust des Tiers war breit, der Hals lang und schlank. Auf dem Kopf thronte ein prächtiges Geweih, das gleichmäßig gewachsen und unbeschädigt war. Nur selten hatte Frédéric ein solch tadelloses Geweih gesehen. Meist wurden die Stangen von Hirschen bei Machtkämpfen zwischen den Rivalen während der Brunftzeit beschädigt. Dieses Tier jedoch hatte ein perfektes Geweih, das eine außergewöhnliche Trophäe abgeben würde. Zwar wusste Frédéric, dass es seinen Kopfschmuck in den nächsten Wochen abstoßen und im Wald abwerfen würde. Doch dann wäre der Fund für Frédéric ohne Wert. Nur das Geweih am Schädel des Hirsches würde beweisen, dass er den König des Waldes erlegt hatte.

Frédéric spürte, wie sich jeder Muskel seines Körpers anspannte. In Sorge, dass ein Geräusch oder eine Witterung den Hirsch aufschrecken könnte, bevor er ihn zur Strecke bringen konnte, sah er sich nach allen Seiten um. Keiner der Treiber, deren Hunde oder andere Männer der Jagdgesellschaft waren zu sehen oder zu hören. Erst als er sicher war, allein in diesem Waldstück zu sein, löste sich seine Anspannung. Er konzentrierte sich auf das Tier und versuchte gleichmäßig zu atmen, um seine Aufregung zu unterdrücken.

Der Hirsch schien den Jäger nicht zu wittern. Während er beharrlich äste, schnaubte er leise. Helle Dunstwolken kamen aus seinen Nüstern und stiegen an seinem Kopf empor.

Es wird mir eine Ehre sein, dich zu erlegen, dachte Frédéric und ließ das Wurzelgestrüpp geräuschlos aus der Hand gleiten. Ohne den Blick von dem Tier abzuwenden, griff er neben sich an den Baumstamm, um seine Armbrust aufnehmen. Doch er griff ins Leere.

Als sein Blick suchend über den Waldboden glitt, fiel es ihm ein: Er hatte seine Jagdwaffe nicht mitgenommen, da er nicht zur Hatz aufgebrochen war. Bestürzt wurde ihm bewusst, dass er sich ja eigentlich von der Jagdgesellschaft entfernt hatte, um seinen Vetter zu suchen, der von der Verfolgung eines Wildschweins nicht zurückgekommen war. Zwar musste sich Frédéric nicht wirklich um den Cousin sorgen. Georg war ein geübter Jäger – wagemutig und schusssicher; auch saß er wie festgewachsen im Sattel. Doch da der erneute Wintereinbruch die Wege vereist hatte, konnte es durchaus sein, dass Georgs Stute gestürzt war und den Reiter unter sich begraben hatte.

Bei der Kälte käme das einem Todesurteil gleich, dachte Frédéric. Er ärgerte sich, dass ihm nach dem Halali-Signal, das das Ende der Jagd signalisiert hatte, nicht sofort aufgefallen war, dass Georg fehlte. Erst nachdem er mit den Männern zum Jagdhaus zurückgekehrt war, hatten sie sein Verschwinden bemerkt und dadurch kostbare Zeit verloren. Nun würde die Dunkelheit die Suche erschweren und gefährlich werden lassen. Sie kannten das Waldgebiet, das von Schluchten und Abhängen durchzogen war, nicht gut genug, um es bei Nacht zu durchforsten.

Unruhe bemächtigte sich Frédérics. Georg hatte ein ungestümes Wesen. Er war berauscht von der Jagd und ruhte nicht eher, bis er das anvisierte Tier zu Fall gebracht hatte. Dabei war es in der Vergangenheit zu gefährlichen Situationen gekommen, doch die hatten Georgs Wagemut eher entflammt statt gebremst. Hoffentlich ist er wohlauf, dachte Frédéric.

Seine bangen Gedanken kreisten um ein Gespräch, das er mit seinem Onkel, dem Herzog von Württemberg, zwei Tage vor ihrem Aufbruch geführt hatte. Mit ernster Miene hatte der Oheim Frédéric den Befehl erteilt, auf den Cousin zu achten und ihn nicht aus den Augen zu lassen. »Ich will, dass du Tag und Nacht bei ihm bist! Selbst wenn er zum Abort geht, folgst du ihm«, hatte der Herzog streng gefordert. Erstaunt und stirnrunzelnd hatte Frédéric seinen Onkel angesehen, der seinen Befehl so begründete: »Ich kenne meinen Sohn! Ich weiß um sein hitziges Temperament. Da ich nicht will, dass er Schaden nimmt oder in brenzlige Situationen gerät, verlasse ich mich darauf, dass du ihn bändigst. Du bist der Besonnene von euch beiden. Ich weiß natürlich, dass er kaum auf dich hören wird, aber bemüh dich trotzdem.«

Frédéric wollte erwidern, dass Georg ein erwachsener Mann war, der kein Kindermädchen benötigte. Doch dem Herzog widersprach man nicht, und so hatte er genickt und dem Oheim versichert, auf seinen Vetter aufzupassen.

Bei dem Gedanken daran rollte er nun innerlich die Augen. Als ob Georg sich maßregeln ließe, dachte er spöttisch. Allerdings wusste er auch den wahren Grund für die strenge Anweisung. Sein Vetter sollte schon bald heiraten, und diese Hochzeit war für die fürstliche Familie wichtig. Deshalb wollte Georgs Vater jede Gefährdung der Vermählung ausschließen. Frédéric wusste, dass sein Onkel den zahlreichen Frauengeschichten seines Sohnes kritisch gegenüberstand. »Nicht auszudenken, wenn Mathilde davon erfahren würde. Sie ist wohlbehütet und fromm aufgewachsen. Nie und nimmer würde sie Georgs Affären verstehen oder akzeptieren«, hatte sein Onkel ihm in dem vertraulichen Gespräch verraten.

»Was verlangt diese Frau von einem Mann im besten Alter? Soll er sich sein Verlangen aus den Rippen schwitzen?«, hatte Frédéric versucht, seinen Cousin zu verteidigen.

»Die Zeit ist vorbei, dass mein Sohn jedem Rock hinterhersteigt. In wenigen Monaten ist er ein verheirateter Mann und kann sich in seinem Ehebett beweisen und austoben«, hatte der Onkel rüde geantwortet und hinzugefügt: »Ich vertraue deinem Geschick, deinem Vetter Einhalt zu gebieten.«

Frédéric hatte den Kopf geschüttelt. Wie sollte er seinen Cousin auf den rechten Weg bringen, zumal der kein Interesse hatte, seine Manneslust zu zügeln? Georg liebte die Frauen, und sie liebten ihn.

Er blickte auf den Hirsch, der den Jäger noch immer nicht bemerkt hatte. »Heute ist dein Glückstag«, murmelte er, nahm einen Stein vom Boden auf und warf ihn auf die Lichtung. Aufgeschreckt hob der Hirsch den Kopf, um dann davonzuspringen.

Missmutig verließ Frédéric seine Deckung, um seinen Vetter zu suchen.

Am Ende des Waldwegs traf er auf die Männer der Jagdgesellschaft, die sich mit ihm auf die Suche gemacht hatten. Als er ihre Gesichter sah, wusste er, dass auch sie keine Spur von Georg gefunden hatten.

»Haben die Hunde keine Fährte aufgenommen?«, fragte er ungläubig.

Die Treiber schauten betreten zu Boden.

»Verfluchte Viecher! Sie sind zu alt. Wenn wir zurück sind, werdet ihr sie gegen jüngere austauschen«, schimpfte Frédéric.

»Ihre Nasen sind die besten weit und breit. Die Hunde stöbern jedes Wild auf, aber wenn der Herr nicht hier war, können sie keine Spur von ihm aufnehmen«, wagte einer der Jagdgehilfen zu erwidern.

Frédéric baute sich dicht vor ihm auf. »Wie kannst du es wagen, mir zu widersprechen?«, presste er hervor. Er konnte nicht dulden, dass ein Jagdgehilfe sich ihm gegenüber respektlos verhielt, selbst wenn er nur der Bastard der Herzogsschwester war.

Beschämt schaute der Bursche zu Boden, als einer der Jäger meinte: »Er hat recht! Da die Hunde seine Fährte nicht aufgenommen haben, war der Herzogssohn nicht in diesem Waldstück. Wer weiß, zwischen welchen Schenkeln dein Vetter liegt.« Lachend und beifallheischend blickte er um sich.

Mit erstarrtem Gesichtsausdruck drehte sich Frédéric von dem Burschen weg und dem Mann zu, der noch immer breit grinste. »Was erlaubst du dir? Du hast keinen Freibrief, um über Georg zu spotten. Er ist der Sohn deines Regenten!«, schimpfte er und sah ihn strafend an. »Niemand beleidigt den Sohn Herzog Friedrichs, außer er sich selbst«, schnauzte er mit bösem Blick und wandte sich von den Männern ab.

»Lasst uns umkehren«, schlug einer der Älteren vor. »Es wird bald stockdunkel im Wald sein, sodass wir die Hand vor Augen nicht mehr erkennen werden.«

»Wir können die Suche nach dem Sohn des Herzogs nicht einfach so aufgeben!«, entrüstete sich ein anderer.

»Wir wissen nicht einmal, ob er hier im Wald ist. Zudem nutzt es niemandem, wenn wir uns in der Finsternis den Hals brechen. Sobald der Tag anbricht, werden wir uns erneut auf die Suche machen.«

Frédéric schloss die Augen und holte tief Luft.

»Georg ist ein guter Jäger und ein exzellenter Reiter. Vielleicht liegt er tatsächlich bei einer holden Maid«, erklärte einer der älteren Männer vorsichtig.

Müde öffnete Frédéric die Augen und rieb sich über das Gesicht. Seine Bartstoppeln verursachten ein kratzendes Geräusch. Das darf nicht wahr sein, dachte er. In all den Jahren, wenn er mit seinem Cousin zusammen auf der Jagd gewesen war, war nie etwas passiert. Ausgerechnet jetzt, wo sein Oheim ihm den Befehl gegeben hatte, auf Georg aufzupassen, verschwand er spurlos. Geistesabwesend schaute er in die Gesichter der Männer. Schließlich nickte er.

»Lasst uns zum Jagdhaus zurückkehren«, sagte er und marschierte los, ohne sich noch einmal umzusehen.

Als Frédéric in die Wohnhalle des Jagdhauses trat, traute er seinen Augen nicht. Vor dem Kamin saß sein Cousin, die Beine entspannt dem Feuer entgegengestreckt, in der Hand ein Glas Rotwein.

Als Georg Frédéric erblickte, sah er ihn verärgert an. »Wo bleibt ihr denn? Ich verhungere und langweile mich noch zu Tode, weil ich keinen habe, mit dem ich palavern kann.«

»Wo bist du gewesen?«, fragte Frédéric unwirsch.

»Gott sei Dank, Herr! Ihr seid wohlauf«, rief der ältere Jäger, als er eintrat und Georg vor dem Kamin sitzen sah. Und auch die anderen begrüßten ihn erleichtert.

»Was soll das?«, entrüstete sich Georg und schlug die Hände, die man ihm entgegenstreckte, wie lästige Fliegen fort. »Ihr tut, als ob ich von den Toten auferstanden wäre.«

»Wir haben bereits das Schlimmste befürchtet.«

Fragend hob der Fürstensohn eine Augenbraue. »Was sollte mir passieren?«

»Herrgott, Georg! Du hättest verletzt sein können, vom Pferd gefallen ...«

»Halt dein Maul, Frédéric! Du vergisst wohl, mit wem du redest. Ich bin ein begnadeter Schütze und ein ebenso brillanter Reiter. Was sollte mir schon passieren?«, erklärte Georg hochnäsig.

»Wo bist du gewesen?«, wiederholte Frédéric, ohne auf die Rüge einzugehen.

»Das geht dich nichts an!«, erwiderte Georg und nippte am Rotwein.

Frédéric betrachtete seinen Vetter und erkannte das feine Zucken um seine Mundwinkel. Das darf doch nicht wahr sein, dachte er und forderte die Männer, die neugierig um die beiden herumstanden, auf: »Lasst uns allein!«

Als sie nicht sofort den Raum verließen, brüllte er: »Worauf wartet ihr?«

Sogleich eilten sie zu der doppelflügeligen Tür.

»Zieht die Tür hinter euch zu«, befahl er. Fast geräuschlos fiel sie ins Schloss.

Frédéric ging zu dem wuchtigen Eichentisch, der seitlich vor der langen Wand platziert war. Zwanzig schwere Stühle, deren Rücken und Sitzflächen mit Gobelinstickereien verziert waren, standen darum herum. Er beugte sich über einen der Sitzplätze und griff nach einem leeren Glas auf dem Tisch. Dann nahm er die schwere Karaffe auf, goss sich Rotwein ein und nahm einen tiefen Schluck. Erst dann wandte er sich seinem Cousin zu, der ihn missmutig taxierte.

»Was erlaubst du dir, mich vor den Männern zu rügen?«, schimpfte Georg lautstark.

Frédéric schnaubte. Er wusste, was Georg ihm eigentlich klarmachen wollte. Schon seit sie Kinder waren, bereitete es seinem Cousin unverhohlenes Vergnügen, ihn immer wieder darauf hinzuweisen, dass sie von unterschiedlichem Stand waren. Auch wenn Frédéric der Sohn der Schwester von Herzog Friedrich war, so war sein Erzeuger nicht von adliger Herkunft gewesen. Seine Mutter hatte sich als Sechzehnjährige von einem Rittmeister schwängern lassen. Auch wenn sie beteuerte, dass dieser Mann ihre große Liebe war, musste Barbara auf sämtliche Titel verzichten. Sie wurde aufs Land verbannt, um heimlich dort ihr Kind zu gebären. Den Rittmeister schickte man in den Krieg, wo er bald darauf fiel. Frédéric hatte weder seinen Vater noch seine Mutter kennengelernt. Angeblich war Barbara kurz nach seiner Geburt am Fieber gestorben. Böse Zungen behaupteten hingegen, dass sie ins Wasser gegangen sei, als sie vom Tod des Geliebten gehört hatte.

Frédéric war bei einer Amme aufgewachsen, bis er im Alter von acht Jahren an den herzoglichen Hof kam. Dort wurde er unterrichtet und in das höfische Leben eingewiesen. Es hieß, sein Oheim fühlte sich der toten Schwester gegenüber verpflichtet und kümmerte sich deshalb um deren Sohn. Doch Frédéric vermutete eher, dass der Oheim ihn dazu ausersehen hatte, das ungestüme Wesen seines Sohnes zu befrieden. Die beiden Knaben waren fast gleich alt und wuchsen eng wie Geschwister auf. Trotzdem hatte Frédéric stets das Gefühl, am Hof nur geduldet, aber nie ebenbürtig anerkannt zu sein. Als Kind hatte es ihn verletzt, wenn seine Vettern und Basen ihn als einen Niemand bezeichneten. Er sehnte sich nach Zuneigung und Akzeptanz. Im Laufe der Jahre aber wurde sein Fell dick, und heute prallten die Beleidigungen an ihm ab. Auch wusste er sich zu wehren. Doch die Sehnsucht nach einer liebenden Familie blieb.

Er sah Georg gleichmütig an. »Ich allein muss deinem Vater Rede und Antwort stehen, wenn dir etwas passiert. Außerdem: Was soll ich Mathilde erzählen, wenn du verletzt wirst oder gar Schlimmeres mit dir geschieht?«, fragte er ernst, um anschließend die Lippen aufeinanderzupressen, damit ihn sein kaum unterdrücktes schadenfrohes Grinsen nicht verriet. Er erahnte die Reaktion seines Vetters, noch bevor er den letzten Buchstaben von Mathildes Namen geformt hatte.

»Pah«, grunzte Georg und verzog angewidert den Mund. »Diese Person kann mir gestohlen bleiben«, murmelte er und leerte sein Glas mit einem Zug.

»Bereits in wenigen Monaten läuten für euch die Hochzeitsglocken …«

»Halt's Maul, du Bastard! Willst du mir den Tag heute vollends vermiesen?«

Frédéric sah ihn schadenfroh an. Niemand beneidete Georg um seine Verlobte, die in keiner Weise der Sorte seiner bevorzugten Frauen entsprach. Mathilde war von kleiner Statur mit ausladenden Hüften. Sie hatte eine hohe Stirn, und ihre Augen standen weit auseinander und erinnerten an die Glubschaugen einer Kröte. Weder in ihrem Gesicht noch an ihrem Körper war etwas, das man hübsch nennen konnte. Nicht einmal die Hände waren zierlich, sondern so breit wie die eines Handwerkers. Der Verlobungsring, der von der Herzogsmutter an die zukünftige Schwiegertochter weitergereicht worden war, musste dreimal geweitet werden, da er nicht über ihre wulstigen Finger passte.

Vor allem aber war ihm Mathilde durch und durch unsympathisch. Erst vor Kurzem hatte Frédéric beobachtet, wie sie ihr Reitpferd brutal mit der Peitsche schlug, da es vor ihrem ausladenden Rock scheute, gerade als sie aufsteigen wollte. Solche Menschen waren ihm zuwider, und deshalb mochte er Mathilde nicht.

Hätte sich Georg seine Braut selbst aussuchen dürfen, dann wäre es niemals Mathilde gewesen. Sein Vater Friedrich hatte die Siebzehnjährige erwählt, da sie eine großzügige Mitgift mit in die Ehe bringen würde. Nur darum ging es dem Herzog, der auf das Geld angewiesen war, denn er hatte ein kostspieliges Vergnügen, das Unsummen verschluckte: Herzog Friedrich war der Alchemie verfallen. Er träumte von Bergen aus Gold, die ihm die Alchemisten aus Eisenerz herstellen sollten. Doch die Wissenschaftler, die Laborutensilien und die Rohstoffe mussten erst einmal bezahlt werden.

Das wusste auch Georg, der sich dem Willen des Vaters beugen musste.

Frédéric zog einen Stuhl vom Tisch, um sich nahe bei seinem Cousin an den Kamin zu setzen, füllte beider Gläser mit Rotwein nach und fragte streng: »Wo bist du gewesen, Georg? Ich habe mir wahrhaftig Sorgen um dich gemacht.«

Erneut zuckte ein verräterisches Lächeln über Georgs Gesicht, das typisch war, wenn er eine Liaison mit einer Frau hatte. Deshalb fragte Frédéric geradeheraus: »Wo hast du die Maid getroffen? Sie wird wohl kaum im Wald unterwegs gewesen sein.« Er zwinkerte seinem Vetter freundschaftlich zu.

»Wie kommst du darauf …?«, begann der Herzogssohn, doch Frédéric hob die Hand und unterbrach ihn. »Halt mich nicht für dumm! Ich kenne diesen besonderen Gesichtsausdruck, wenn dir ein Mädchen durch den Kopf geistert.«

Georg beugte den Oberkörper nach vorn und legte die Unterarme auf den Oberschenkeln ab. Mit beiden Händen hielt er sein Glas, das er zwischen den Fingern hin und her drehte. »Ich habe sie tatsächlich auf einem Waldweg getroffen …« Mit leuchtenden Augen erzählte er von der Begegnung mit der Fremden.

»Ist sie etwa eine Magd? Oder gar ein Bauerntrampel?«, fragte Frédéric entsetzt.

»Als Trampel würde ich sie nicht bezeichnen. Würdest du sie in edle Stoffe kleiden, dann würde sie meine Zukünftige in allem ausstechen.«

Das könnte jede Frau auch ohne edle Kleider, spottete Frédéric in Gedanken und sah Georg kopfschüttelnd an. »Wegen einer Bauernmaid hast du uns warten lassen? Seit wann gibst du dich mit Fußvolk ab? Selbst die Dirnen, die du zu dir kommen lässt, sind erste Wahl.«

»Wie soll ich dir das erklären? Du müsstest sie sehen, dann würdest du mich verstehen.«

»Gott bewahre! Ich hoffe nicht, dass du sie noch einmal aufsuchst.«

Sein Vetter zuckte mit den Schultern. »Warum nicht?«

»Du willst sie unter dir haben?«

Georg rieb sich zwischen den Beinen. »Allein der Gedanke an sie lässt meinen Latz eng werden. Ich glaube, sie bedeutet mir etwas.«

»Wenn du schon nach dem ersten Treffen so begeistert bist, muss sie wie eine Göttin aussehen. Beschreib sie mir«, höhnte Frédéric.

Georg schien nachzudenken. »Sie hatte helle ... nein, dunkle Haare. Ihr Körper scheint grazil zu sein ... Jedenfalls ließ das ihre Kleidung erahnen ... und sie war widerborstig.«

»Du bist von Sinnen! Du hast doch gar keine Ahnung, wie sie aussieht. Sie ist lediglich eine Beute, die du erlegen willst«, schimpfte Frédéric.

Georg zuckte mit den Schultern. »Nenn es, wie du willst. Bevor ich das Bett mit Mathilde teilen muss, will ich noch ein wenig Spaß haben. Nur so werde ich meine Hochzeitsnacht ertragen können. Doch nun lass es gut sein. Ich mache sowieso, was ich will«, lachte er, erhob sich und ging zur Tür.

Kapitel 5

Elisabeth spürte, wie jemand an ihren Haaren zupfte. Trotzdem stellte sie sich schlafend. Auch als sie am Arm gezogen wurde, hielt sie die Augen fest geschlossen und sagte kein Wort.

»Du musst aufstehen!«, hörte sie die Stimme ihres Bruders.

Blind griff sie nach der zerschlissenen Zudecke und zog sie sich bis zur Nasespitze hoch. »Muss ich nicht«, nuschelte sie und drehte Ulrich den Rücken zu.

»Vater hat gesagt, ich soll dich von der Matratze werfen, wenn du nicht gehorchst.«

Nun riss Elisabeth die Augen auf. »Was will er?«, flüsterte sie und setzte sich auf. Die mit Stroh zugestopften Fensternischen verbargen fast jegliches Licht, sodass Elisabeth den Bruder nur schemenhaft erkennen konnte. Als er leise gluckste, wusste sie, dass er log.

»Du Tunichtgut! Warum weckst du mich? Es ist noch tiefe Nacht«, erkannte sie mit einem Seitenblick zur Eingangstür. Wäre der Morgen angebrochen, hätte das Tageslicht seinen Weg durch den breiten Spalt zwischen Mauerwerk und Rahmen ins Innere der Hütte gefunden. Doch die Zwischenräume waren dunkel.

»Ich kann nicht schlafen, weil ich Hunger habe«, jammerte der Bursche leise.

»Nimm dir etwas zu essen.«

»Es ist nichts da.«

»Dann kann ich dir nicht helfen«, murmelte Elisabeth und legte sich wieder nieder.

»Mein Magen brennt«, erklärte der jüngere Bruder weinerlich.

»Ulrich, ich kann dir wirklich nicht helfen um diese Zeit. Sobald es hell ist, melke ich die Ziege, und dann bekommst du warme Milch zu trinken. Denk an Johannas Hochzeitsfest morgen. Da können wir uns satt essen.«

»Wirklich?«, fragte er skeptisch.

»Ich habe Johanna gestern eine Kiepe voll mit Karpfen gebracht. Die gibt es als Hochzeitsmahl.«

»Warum können wir uns keinen Fisch aus dem Teich fangen?«

»Weil nicht genügend Karpfen für die Zucht übrig bleiben, wenn wir sie für uns selbst angeln. Außerdem verbietet Vater das. Leg dich auf deine Bettstatt und versuch zu schlafen.«

Der Junge gehorchte und schlurfte zurück zu seiner Strohmatratze, die neben dem erloschenen Herdfeuer lag.

Elisabeth schloss die Augen. Auch sie kannte dieses schmerzende Hungergefühl, das ihren Bruder wachhielt. Das Brennen war manchmal so stark, das sie glaubte, der Magen würde sich verkrampfen. Dann versuchte sie den Schmerz mit reichlich Wassertrinken zu lindern, doch es ließ nie nach. Auch sie litt seit Tagen unter unsäglichem Hunger, doch sie schwieg. Sie versuchte, sich mit der Vorstellung zu beruhigen, wie es sich anfühlte, in ein Stück Brot zu beißen. Auch jetzt stellte sie sich den Duft von frisch gebackenem Gebäck vor. Sie kaute mit leerem Mund und schluckte Spucke, um den Körper zu täuschen.

Da der Winter in diesem Jahr besonders lang dauerte, waren die Essensvorräte fast gänzlich aufgebraucht. Erst am Tag zuvor hatte Elisabeth festgestellt, dass nur noch ein Säckchen Erbsen und einige vertrocknete Äpfel und Gelbrüben übrig waren. Wenn ihre Freundin Johanna die Karpfen für die Hochzeit gleich bezahlt hätte, dann wäre Elisabeth zum Bäcker gelaufen, um einen Laib Brot zu kaufen. Doch der Vater wollte selbst abrechnen. Elisabeth fürchtete, dass er die Fische gegen Bier bei Johannas Schwiegervater eintauschen werde. Selbst wenn die Speisekammer völlig blank gefegt wäre, wird er immer nur an sich und seinen Durst denken, schimpfte das Mädchen in Gedanken.

»Die Natur hat lange genug Winterschlaf gehalten. Es wird Zeit, dass der Boden auftaut, damit wir mit dem Pflügen und der Einsaat beginnen können«, murmelte Elisabeth und seufzte leise. Sogar auf die bittere Bettpisserpflanze freute sie sich. Die gezackten Blätter waren das erste Grün, das den Speiseplan bereichern würde. Wenn die Mutter ein bisschen gebratenen Speck über den Salat tat, wurde der herbe Geschmack der Pflanze abgemildert. Trotzdem würde

Elisabeths Schwester wie jedes Jahr laut zetern und sich weigern, die Blätter zu essen. Dabei war es wichtig, den Körper nach der strengen Jahreszeit zu entgiften. Doch davon wollte Adelheid nichts wissen. Selbst als der Vater ihr einmal mit Gewalt das Essen in den Rachen gestopft hatte, hatte sie die Blätter wieder ausgewürgt.

Abermals schluckte Elisabeth. Ihr leerer Magen gluckerte. Sie verschränkte die Hände über dem Bauch und starrte in die Dunkelheit. Ob der Fremde, dem sie am Vortag begegnet war, manchmal Hunger leiden musste? Wahrscheinlich nicht, dachte sie. Er brauchte nur seine goldene Spange zu veräußern, dann konnte er sich alles kaufen, was sein Herz begehrte. So ein reicher Mann würde niemals mit leerem Bauch ins Bett gehen müssen. Ihre Mutter hatte recht! Elisabeth hätte eine Münze als Entschädigung von ihm verlangen müssen, sinnierte sie aufgebracht. Wut kroch in ihr hoch und erhitzte ihre Wangen. Für ihre nasse Kleidung und die Fische, die im Matsch gelandet waren, hätte der Fremde ihr sogar zwei Münzen geben müssen. Falls sie ihm nochmals begegnete, würde sie ihm die Meinung sagen, nahm sie sich vor und schlief über diesem Gedanken ein.

Ihr Schlaf war nur von kurzer Dauer. Um ihr Versprechen zu halten, Milch für Ulrich zu melken, stand sie leise auf. Die Luft war feucht und kalt. Sie fror in ihrem dünnen Nachthemd. Geräuschlos beugte sie sich über das Lager ihrer Schwester und nahm den Wollschal hoch, um ihn sich um die Schultern zu legen. Erleichtert, dass Adelheid tief schlief, schnappte sich Elisabeth den Milcheimer und schlich an den Matratzen ihrer Eltern vorbei zum Ziegenverschlag.

Ihr Vater schnarchte geräuschvoll, während die Mutter im Schlaf wimmerte. Elisabeth wusste, dass nicht nur ihre Fingergelenke schmerzten, sondern auch der Unterleib. Bei der letzten Niederkunft war das Kind steckengeblieben. Die Mutter hatte geschrien und den Herrgott angefleht, sie zu sich zu nehmen, damit ihr Leid ein Ende habe. Der Junge starb, sie blieb am Leben. Die Hebamme meinte, das große und schwere Kind hätte die Mutter innerlich zerrissen. Das war jetzt zwei Jahre her, doch die Mutter hatte sich nicht mehr richtig davon erholt. Manchmal, wenn der Vater zu ihr auf die Matratze steigen wollte, schrie sie: »Ich werde wegen deiner Wollust nicht noch einmal diese Schmerzen aushalten!« Dann gab sie ihm einen Tritt, dass er rücklings herunterfiel. Seitdem verbrachte er so manche Nacht im Wirtshaus.

Die Ziege ließ sich nur widerwillig melken. Immer wieder versuchte sie nach Elisabeth auszuschlagen. Erst als sie ein Büschel Heu bekam, blieb sie stehen. Als genügend Milch im Eimer war, stahl sich Elisabeth zurück. Mit angehaltenem Atem schob sie den Vorhang, der den Raum zweiteilte, zur Seite und huschte in den Wohnbereich. Als sie sicher sein konnte, dass alle schliefen, atmete sie aus.

Durch den Spalt an der windschiefen Eingangstür fiel das Morgenlicht in die Kate und ließ den Staub in der Luft tanzen.

»Hast du Milch für mich?«, fragte ihr Bruder leise, der plötzlich neben ihr stand.

Sie nickte, nahm einen Becher vom Regal und goss ihn mit der noch warmen Milch voll. Hungrig griff Ulrich nach dem Gefäß und leerte es in einem Zug.

»Ich will mehr«, forderte er und hielt seiner Schwester den leeren Becher hin.

»Sei nicht so laut. Die anderen schlafen noch. Wenn sie wach sind, wollen sie ebenfalls Milch trinken«, erklärte sie leise.

»Das ist mir egal. Ich habe noch Hunger«, maulte der Junge und sah sie wütend an.

»Ulrich, du bist gierig. Ich habe dir gesagt, dass wir uns morgen satt essen können.«

»Ich will aber jetzt mehr Milch!«, fuhr er sie an, griff nach dem Eimer und setzte ihn an die Lippen. Als Elisabeth ihn am Trinken hindern wollte, sprang er zur Seite und verschüttete dabei die Milch.

»Was hast du gemacht?«, wisperte sie entsetzt.

»Du allein bist schuld, du blöde Kuh«, beschimpfte sie ihr Bruder.

»Was ist das für ein Krach am frühen Morgen?«, hörten sie den Vater hinter dem Vorhang rufen. Da stand er auch schon bei ihnen.

Selbst in dem schwachen Licht war die helle Lache auf der festgetretenen Erde zu erkennen.

»Habt ihr die Milch verschüttet?«, brüllte der Vater und hob die Hand, die er erst durch das Gesicht seiner Tochter zog, um dann seinem Sohn auf den Kopf zu schlagen.

Der Bub wimmerte und rief: »Sie allein ist schuld.«

»Ulrich lügt. Das stimmt nicht«, verteidigte sich Elisabeth.

Doch der Vater glaubte ihr nicht und griff nach dem Rohrstock, der gut sichtbar am Kamin hing. Mit schnellen Schlägen zog er ihn über den Körper des Mädchens. »Wie kannst du es wagen, deinen Vater zu belügen? Du taugst zu nichts!«

Seine Schläge waren mitleidlos. In dem dünnen Nachthemd spürte Elisabeth jeden Hieb auf der Haut. Sie wusste, dass sie den Prügeln nur entkommen konnte, wenn sie aus der Hütte in die Eiseskälte nach draußen floh. Ohne ein Wort riss sie die Tür auf und rannte fort.

»Bleib sofort stehen, du missratenes Frauenzimmer! Sonst schlage ich dich grün und blau«, hörte sie den Vater hinter sich schreien.

Doch sie lief weiter.

Kapitel 6

Elisabeth rannte die Gasse entlang bis zu der kleinen Brücke, die über den Bach führte. Dort verlangsamte sie ihre Schritte und schaute zurück. Der Vater schien ihr nicht zu folgen. Keuchend stemmte sie die Hände auf die Knie. Erst jetzt bemerkte sie, dass sie keine Schuhe trug. Sie spürte den nassen und kalten Boden unter den Füßen. Doch die Angst vor der Bestrafung hielt sie davon ab, zurück nach Hause zu gehen.

Sie zitterte in der eisigen Morgenluft. Zum Glück hatte sie wenigstens den Schal mitgenommen. Als sie ihn sich um Schultern legte, zuckte sie zusammen. Dort, wo der Stock sie getroffen hatte, schmerzte die Haut. Leidend und bibbernd vor Kälte verzog sie das Gesicht. Bei wem im Dorf konnte sie um diese Stunde anklopfen und sich aufwärmen? Wer würde ihr helfen? Niemand, dachte sie niedergeschlagen. Sicherlich würde man sie zu den Eltern zurückschicken, zumal sie nur mit ihrem Nachthemd bekleidet war. Ihre Freundin Johanna war die Einzige, die ihr helfen würde, doch der Weg zu ihr war zu weit.

Der Blick des Mädchens fiel auf den Waldrand. Ursula kam ihr in den Sinn. Die Frau lebte allein und zurückgezogen inmitten des Waldes. Weil sie menschenscheu und seltsam schien, wollte niemand aus dem Ort etwas mit ihr zu tun haben. Bei manchen war sie als Hexe verschrien. Als Kind hatte Elisabeth ihre Mutter auf das Gemunkel über die Frau angesprochen. Diese hatte gemeint, dass Ursula sicherlich kein böses Weib sei. Leise verriet sie damals, dass manche Dorfbewohner heimlich zu ihr gingen, um sich helfen zu lassen. Ohne Ursulas Hilfe würde es einigen viel schlechter gehen, hatte die Mutter ernst erklärt und sich eine Salbe, die ihr die Frau gegeben hatte, über die schmerzenden Fingergelenke gerieben.

Elisabeth erinnerte sich, wie sie sich zusammen mit den Jungen und Mädchen des Dorfes einen Spaß gemacht hatten. Sie hatten Ursula aufgelauert und erschreckt. Das war Jahre her. Wahrscheinlich erkannte die Kräuterfrau sie nicht mehr. Auch wusste sie nicht mehr, wann sie die Frau das letzte Mal gesehen hatte. Vielleicht kann ich mich bei ihr aufwärmen, überlegte sie. Doch dann verwarf sie den Gedanken wieder. Warum sollte ausgerechnet diese Frau, mit der sie nichts zu tun hatte, ihr helfen?

Elisabeth spürte ihre Beine kaum noch und hüpfte mit den blanken Füßen auf der Stelle. Das dünne Nachthemd wärmte kein bisschen. »Ich werde mir hier draußen den Tod holen«, murmelte sie und dachte grollend an ihren Bruder Ulrich. Ihm allein hatte sie ihre missliche Lage zu verdanken. Ebenso wie die Strafe in der letzten Woche, als sie wegen Ulrichs Gier und seiner Lügen zwei Tage hatte hungern müssen.

Der Bursche hatte sich das letzte Stück Wurst aus der Speisekammer stibitzt und verspeist, ohne einen Teil davon abzugeben. Als der Vater den Diebstahl bemerkte hatte und nach dem Verbleib der Wurst fragte, beschuldigte Ulrich seine Schwester Elisabeth. Obwohl das Mädchen seine Unschuld beteuerte, glaubte der Vater dem Sohn und nicht der Tochter. Erbarmungslos schlug er auf sie ein und verbot der Mutter, ihr Brot zu geben. »Die Wurst wird dich die nächsten Tage sättigen«, hatte er mit bösem Blick gebrüllt. Da die Vorräte zur Neige gingen, hatte die Familie schon Tage zuvor kaum etwas zu essen gehabt. Deshalb waren diese zwei Tage ohne Mahlzeit für Elisabeth kaum auszuhalten und schlimmer als jede Prügelstrafe gewesen.

Am liebsten wäre sie zurückgegangen, um Ulrich zu ohrfeigen. »Dieser unsägliche Dummkopf!«, schimpfte sie. Die

Mutter entschuldigte stets sein ungehöriges Verhalten mit seinem zurückgebliebenen Verstand, den er bei der schwierigen Geburt eingebüßt habe. Aber musste er deshalb lügen? Ständig erzählte er Unwahrheiten, unter denen meistens Elisabeth zu leiden hatte. Es schien, als ob Ulrich in einer eigenen Welt lebte, in der nur seine Wahrheit existierte.

Elisabeth seufzte. Wenn sie doch nur ihrem Bruder und dem Elend ihres Zuhauses entfliehen könnte! Wie gern würde sie heiraten, um fortzugehen, damit sie nicht mehr bei ihren Eltern und Geschwistern leben musste. Abermals nahm sie sich vor, während der Hochzeit ihrer Freundin Johanna den Zimmermannssohn Peter zu umwerben. Sie schwor sich selbst, noch dieses Jahr seine Frau zu werden. »Und wenn ich mir ein Kind von ihm machen lassen muss, damit er mich nimmt«, flüsterte sie und dachte dabei an Johanna, der es so gelungen war, sich einen Mann zu angeln. Allein der Gedanke, dass sie dann nie mehr Hunger leiden und nie mehr mit dem Rohrstock verprügelt werden würde, bestärkte sie in ihrem Vorhaben.

Getrieben von dem Entschluss und der Hoffnung, bald ein besseres Leben zu führen, ging Elisabeth in Richtung Wald. Noch trugen die Bäume kein Laub, sodass sie trotz des diesigen Lichts die Unebenheiten am Boden erkennen konnte.

Wie eine Katze musste sie über Stämme springen. Ihr Nachthemd wurde schmutzig und zerriss am Saum. Trotzdem marschierte sie weiter, bergauf und bergab, und überquerte einen Bachlauf, der von einer dünnen Eisschicht bedeckt war. Dabei versank sie bis zu den Knöcheln in eisigem Schlamm. Die nasse Kälte ließ ihre Hände ebenso schmerzen wie ihre Füße. Auch spürte sie kaum noch ihre Wangen und ihre Lippen. Ihr Gesicht fühlte sich an, als ob es erstarrt sei. Eiswasser schien durch ihre Adern zu fließen und sie von innen einzufrieren. Ihre Wimpern waren wie eisverkrustet, ebenso ihre Augenbrauen. Schon wollte sie aufgeben und zurück ins Dorf gehen, als sie Rauch schnupperte.

Sie folgte dem Geruch und fand eine kleine Kate, versteckt zwischen den Tannen. Aus dem Schornstein stieg dichter Qualm empor. Hier musste Ursula leben. Elisabeth schaute scheu auf die windschiefe Tür und zögerte anzuklopfen. Was, wenn Ursula tatsächlich eine Hexe war und sie verzauberte oder sogar verwünschte? Doch sie verdrängte die angstvollen Gedanken und hoffte inbrünstig, dass ihre Mutter recht hatte und Ursula eine gute Frau war.

»Was glotzt du mein Heim an?«, fragte plötzlich eine Stimme neben ihr.

Erschrocken drehte sie sich um. Sie blickte in Augen so blau wie der Himmel, die sie feindselig musterten. Ertappt senkte Elisabeth den Blick, um ihn dann neugierig wieder zu heben. Da sie sich nur noch vage an Ursula erinnern konnte, fragte sie vorsichtig: »Bist du Ursula?«

»Wer will das wissen?«

»Ich bin Elisabeth, die Tochter des Karpfenfischers.«

Die Frau schien zu überlegen. »Demnach ist deine Mutter die Frau mit den verkrüppelten Fingern und dem kaputten Unterleib?«

»Du kennst meine Mutter?«

»Sie hat mich mehrmals aufgesucht, damit ich ihr helfe. Wie geht es ihr?«

»Schlecht, wie immer im Winter«, murmelte Elisabeth.

»Die Winterkälte verschlimmert diese Krankheiten. Deine Mutter war schon lange nicht mehr bei mir«, meinte die Frau.

Elisabeth zuckte mit den Schultern. Zaghaft musterte sie die Fremde, die in ein dunkelrotes Gewand gekleidet war. Über dem Kleid trug sie einen dicht gewobenen Umhang aus dunkler Wolle. Das Haar hatte sie unter einer Haube versteckt. Sie schien jünger zu sein, als Elisabeth sie in Erinnerung hatte.

Ursula musterte das Mädchen ebenso ungeniert. »Warum läufst du im Nachthemd bei diesem Wetter durch den Wald?«, fragte sie kopfschüttelnd.

»Ich ... mein Vater ... Schläge ... aufwärmen«, stotterte Elisabeth, die ihre Lippen kaum mehr spürte und die Worte nur noch undeutlich formen konnte.

»Was soll das Gestammel?«

Elisabeth spürte, wie sie errötete, und verstummte.

Die Frau runzelte die Stirn. Schließlich seufzte sie und ging an ihr vorbei zur Eingangstür der Kate. Als Elisabeth sich nicht rührte, sagte sie, ohne das Mädchen anzusehen: »Worauf wartest du? Komm herein, bevor du hier draußen festfrierst.«

Elisabeth folgte Ursula ins Innere ihrer Hütte, die warm und mollig war. Fremde Düfte erfüllten den Raum. Sie schloss die Augen. Angst, Kälte und schlechte Gedanken schienen von ihr abzufallen.

»Du hast Glück! Mein Badewasser ist noch warm.«

»Badewasser?«, fragte Elisabeth und sah Ursula verunsichert an.

»Ja, Badewasser! So etwas kennst du doch, oder?«

»Wir baden einmal im Monat ...«

»Das glaube ich dir sofort«, spottete Ursula milde. »Ich bade jeden Samstagmorgen. Entscheide dich, ob du in den Bottich hüpfen willst, denn sobald die Kirchenglocken die zwölfte Stunde läuten, musst du wieder verschwinden.«

»Warum?«, fragte Elisabeth arglos.

»Das geht dich nichts an«, fauchte Ursula, und Elisabeth wich erschrocken zurück. Doch dann erklärte die Frau mit einem geheimnisvollen Lächeln um den Mund: »Ich bekomme Besuch. Den darfst du nicht sehen und er dich auch nicht.«

»Wer besucht dich?«, entfuhr es Elisabeth, noch bevor sie nachdachte.

Kaum hatte sie die Frage ausgesprochen, wurde Ursulas Blick abweisend. »Ich sagte doch, das geht dich nichts an«, wiederholte sie und schimpfte: »Es war ein Fehler, dich in meine Hütte einzuladen. Geh dorthin zurück, wo du hergekommen bist.« Sie ging zur Tür und sah Elisabeth zornig an.

»Es tut mir leid! Ich wollte dir nicht zu nahe treten«, entschuldigte sich Elisabeth hastig. Als Ursula die Tür öffnete, beschwor sie sie: »Bitte schick mich nicht fort! Ich weiß nicht, wohin ich gehen kann.« Flehend hob sie die Hände.

Trotzdem gab ihr Ursula mit einer Geste zu verstehen, dass sie die Hütte verlassen sollte.

»Ich erfriere, wenn ich nicht bleiben darf«, jammerte Elisabeth.

»Deine Eltern werden dich schon nicht in die Kälte zurückjagen.«

»Ich kann erst zurück nach Hause, wenn Vater sich beruhigt hat. Und das wird nicht vor dem Abend sein«, flüsterte Elisabeth und zog als Erklärung das Nachthemd von den Schultern bis zum Brustansatz herunter.

»Gott, Gütiger! War das dein Vater?«, fragte Ursula bestürzt. Ihr Blick wanderte über die roten Striemen, die die Rute hinterlassen hatte.

Elisabeth nickte.

»Was hast du getan, dass er dich derart hart bestraft?«

»Nichts! Mein Bruder hat die Milch verschüttet und mir die Schuld dafür gegeben«, flüsterte Elisabeth, den Tränen nahe.

»Warum wehrst du dich nicht? Ich kenne deinen Vater. Er ist weder groß noch kräftig.«

»Man lehnt sich nicht gegen seine Eltern auf«, flüsterte Elisabeth.

»Wer sagt das?«

»Der Pfarrer.«

»Der Pfarrer? Ich glaube, ich muss mit ihm reden«, murmelte Ursula kaum hörbar.

»Er sagt, man soll die Eltern ehren«, erklärte Elisabeth.

»Aber nicht, wenn man halb totgeprügelt wird.«

»So steht es im vierten Gebot in der Bibel geschrieben.«

»Ich kenne es und alle anderen auch«, erklärte Ursula rüde.

Überrascht hob Elisabeth die Augenbrauen.

»Nur weil ich außerhalb des Dorfs lebe und die Kirche nicht besuche, heißt das nicht, dass ich nicht gottesfürchtig bin«, verkündete Ursula spöttisch. »Zudem habe ich meinen eigenen Beichtvater«, grinste sie.

Elisabeth sah sie fragend an.

»Vergiss, was ich soeben gesagt habe!«, nuschelte Ursula und schloss die Tür.

»Es heißt, du hättest keinen Mann und keine Familie, weil du eine …« Elisabeth stockte und biss sich auf die Lippen.

Die Frau wandte sich ihr zu. »Ich weiß, was die Menschen über mich erzählen. Und trotzdem kommen sie zu mir, damit ich ihnen helfe und ihr Leid lindere«, lachte sie und zog den Umhang aus, den sie an einen Nagel neben dem Türrahmen hängte. Dann hob sie den Deckel einer Truhe an und beugte sich über den Kasten, um hineinzusehen.

Elisabeth schaute sich in der Hütte um. Getrocknete Kräutersträuße hingen vom Dachgebälk oder standen in Krügen vereinzelt im Raum. Sie erkannte Kamille, Pfefferminze, Schafgarbe und einige andere Pflanzen mehr. Die Hütte wirkte aufgeräumt, sauber und liebevoll eingerichtet. Auf einem Tisch in der Zimmermitte lag eine gestickte

Tischdecke, auf der zwei Kerzen standen. Daneben befand sich ein Sessel mit zwei Kissen, und in einer Ecke sah Elisabeth ein aus Holz gezimmertes Bett, mit einer Hasenfelldecke darauf.

Wir haben nur modrige Strohsäcke zum Schlafen, dachte sie. Sie entdeckte auf dem aus Holzplanken gezimmerten Fußboden ein Wildschweinfell, das vor der Bettstatt lag. Wie es sich wohl anfühlt, wenn man die nackten Zehen morgens darin vergräbt?, überlegte Elisabeth, deren Heim einen Boden aus festgestampfter Erde hatte, der kalt und schmutzig war. Während es in ihrer Hütte nach dem Dung der Tiere, dem Schweiß der Menschen und dem verfaulten Stroh ihrer Lager stank, war die Luft in Ursulas Heim angefüllt mit angenehmen Gerüchen. Auf dem Regal neben dem Herdfeuer sah Elisabeth einen Laib Brot, ein Stück Käse sowie Äpfel in einer Schüssel. Unbewusst leckte sie sich mit der Zunge über die Lippen.

»Du hast Hunger!«, stellte Ursula fest, die sie beobachtete. Sie reichte ihr ein Handtuch, das sie aus der Truhe zog. Elisabeth nickte schüchtern. »Steig in das Wasser, damit du dich aufwärmst. Anschließend werde ich dir die Wunden mit Heilsalbe einreiben und dir zu essen geben. Doch dann musst du verschwinden«, sagte Ursula und zeigte zu dem Laken, das einen Teil des Raums verdeckte.

Elisabeth hatte das Tuch zwar bemerkt, doch die vielen Eindrücke hatten sie abgelenkt, sodass sie nicht hinterfragte, was dort sein konnte. Jetzt ging sie darauf zu und entdeckte dahinter einen halbhohen Bottich, gefüllt mit wohlriechendem Wasser. Fragend schaute sie zu der Frau, die nickte. Sie zögerte nicht länger, zog ohne Scheu das Nachthemd über den Kopf und stieg in den Zuber. Das Wasser brannte auf ihren verletzten Hautstellen, doch gleichzeitig wärmte es ihren ausgekühlten Körper. Sie schloss vor Wonne die Augen und atmete die Essenzen ein, mit denen das Wasser angereichert war.

»Reib dich damit ein und wasch dir die Haare«, sagte Ursula und reichte dem Mädchen ein Stück Seife, das nach Heublumen duftete. Elisabeth roch an dem hellen Stück, in dem sie bunte getrocknete Blütenstückchen erkennen konnte.

»Trödel nicht! Die Zeit drängt! Sonst musst du mit nassen Haaren durch die Kälte laufen«, mahnte Ursula und ließ sie allein.

Elisabeth genoss das warme Bad. Sie konnte sich nicht daran erinnern, sich jemals so wohlgefühlt zu haben. Die aromatische Seife verwandelte die sonst einfache Körperpflege in etwas Besonderes. Zu Hause durfte sie erst in den Trog steigen, wenn Vater, Mutter und ihre Geschwister das Wasser benutzt hatten. Meist war es dann schon kalt und schmutzig. Das Mädchen hatte sich niemals zuvor darüber Gedanken gemacht, da sie es nicht anders kannte. Doch dieses Badewasser fühlte sich weich und sauber an. Die feine Seife, der aromatische Duft und die wohltuende Wärme waren nicht vergleichbar mit den Badetagen zu Hause.

Vor Wonne seufzend tauchte Elisabeth mit dem Kopf unter, um sich das Haar auszuspülen.

Als sie auftauchte, sah sie Ursula vor sich, die ihr das Leinentuch entgegenstreckte, das sie zuvor auf dem Boden abgelegt hatte.

»Wenn du noch essen willst und ich dir die Wunden versorgen soll, musst du jetzt aus dem Wasser steigen«, sagte sie sanft lächelnd.

Obwohl Elisabeth das Bad nicht verlassen wollte, gehorchte sie und stieg aus dem Bottich. Sie nahm das Tuch und wickelte es sich um den Leib. Dann ging sie zum Herdfeuer, das Ursula zum Lodern gebracht hatte.

Die Frau zeigte auf einen Schemel, auf den sie sich mit dem Rücken zu ihr setzte. Elisabeth spürte, wie Ursula ihr kühlende Salbe auf die Striemen tupfte.

»Das dürfte den Schmerz lindern. Trockne dir das Haar am Feuer. Anschließend kannst du dich stärken. Ich habe dir Suppe heiß gemacht.«

Elisabeth konnte nur nicken. Die Dankbarkeit über die Hilfsbereitschaft der fremden Frau schnürte ihr die Kehle zu. Sie konnte sich nicht erinnern, dass sich jemals jemand so um sie gekümmert hatte.

Nachdem sie die Suppe und die Scheibe Brot vertilgt hatte, reichte Ursula ihr einen Apfel. Doch in der Bewegung stockte sie. Sie drehte den Kopf zum Fenster und lauschte. »Die Glocken läuten zwölf Uhr. Er ist bereits auf dem Weg hierher. Du musst gehen!«, sagte sie und ging zur Tür.

»Wohin soll ich gehen? Ich kann jetzt noch nicht nach Hause, und draußen ist es eisig«, jammerte Elisabeth aufgeregt.

»Geh den Weg entlang bis zur großen Eiche. Dort biegst du links ab und gehst tiefer in den Wald hinein. Nach einer Weile wirst du auf eine verlassene Köhlerhütte stoßen. Dort kannst du bleiben. Nimm meinen Umhang. Er wird dich warm halten. Zieh meine Holzpantinen an, damit du nicht barfuß durch die Wildnis gehst. Ich erwarte, dass du mir Umhang und Schuhe schon bald zurückbringst. Doch nun geh, damit er dich nicht sieht und du nicht ihn«, murmelte Ursula, reichte ihr die Schuhe und nahm den Umhang vom Haken, den sie Elisabeth in die Hände drückte. Dann schob sie das Mädchen hinaus in die Kälte und schloss ohne ein weiteres Wort die Tür hinter ihr.

Ratlos stand Elisabeth da. Mit jedem Atemzug wich die Wärme aus ihrem Körper. Schon wollte sie gegen das Türblatt schlagen und erneut um Einlass bitten, als sie glaubte, knackendes Holz zu hören. Voller Angst versteckte sie sich hinter einer breiten Tanne. Als sie am Stamm vorbei zur Kate spitzte, konnte sie gerade noch sehen, wie ein Mann hinter der Tür verschwand. Elisabeth glaubte, dass er mit einem dunklen Talar gekleidet war.

Sie kannte nur einen Menschen, der solch ein Gewand trug. Entsetzt folgte sie rasch dem Weg tiefer in den Wald hinein.

⇢ *Kapitel 7* ⇠

Frédéric hörte, wie das Haus erwachte.

»Es ist noch viel zu früh«, stöhnte er und drehte sich auf die andere Seite seiner Bettstatt. Müde zog er sich die Decke über das Gesicht. Die Nacht zuvor war lang und heftig gewesen. Er hatte zusammen mit den Männern der Jagdgesellschaft und seinem Cousin mehrere Krüge Wein geleert. Der schale Geschmack in seinem Mund und der heftige Durst erinnerten ihn an das Gelage.

Ein Königreich für ein Glas Wasser, dachte er, als etwas gegen seine Nase stieß. Erschrocken setzte er sich auf und sah einen Fuß unter der Decke hervorragen, der nicht zu ihm gehörte. Vorsichtig zog er die Decke zur Seite. Ein nackter Frauenkörper kam zum Vorschein. Überrascht rutschte er davon weg. Wer war die Fremde, die neben ihm schlief?

Er kratzte sich am Hals und grübelte. Da erinnerte er sich, dass sie eine der Schankmägde war, die den Männern letzten Abend Essen und Getränke gereicht hatten. Er glaubte sich zu erinnern, dass die Frau ihm schöne Augen gemacht hatte und er sie ignorieren wollte, da er kein Verlangen verspürte, sich mit einer der Mägde einzulassen – zumal sie älter war als er. Doch je später der Abend und je weinseliger seine Stimmung wurde, desto weniger störte ihn das Alter der Magd, und umso besser gefiel ihm der Gedanke, sich mit ihr zu vergnügen. Irgendwann saß die Frau auf seinem Schoß und küsste seinen Hals. Als sie ihm mit eindeutigen Gesten zu verstehen gab, dass sie zu mehr bereit war, verschwanden beide in seiner Kammer. Dort verwöhnte ihn das Weib, das über reiche Erfahrung verfügte. Frédéric hatte mit allen Sinnen die Liebesnacht genossen und das Verlangen der Frau erwidert.

Er betrachtete den nackten Leib neben sich. Die Frau hatte helle Haut, weiche Rundungen und pralle Brüste, was ihm, wie vielen anderen Männern auch, gut gefiel. Hatte sie ihm ihren Namen verraten?, überlegte er, obwohl es ihm im Grunde einerlei war, denn sein Interesse an dieser Frau war erloschen. Es wäre ihm recht gewesen, wenn sie vor seinem Erwachen verschwunden wäre. Doch nun lag sie leise schnarchend auf seinem Lager. Wie sollte er es anstellen, dass sie seine Kammer verließ, ohne dass die anderen dies bemerkten? Im Raum rechts nebenan schlief sein Vetter, und links von ihm teilten sich zwei junge Jäger die Schlafkammer.

Frédéric rieb sich das Gesicht. Auf den Spott und die Häme, weil er die Nacht mit einer älteren Magd verbracht hatte, konnte er verzichten. Leise stöhnend fuhr er sich mit beiden Händen durchs Haar. Sicherlich hatten die Männer bereits letzte Nacht gesehen, wie er mit ihr verschwunden war. Er war sich sicher, dass sie sich schon längst das Maul darüber zerrissen hatten. Verärgert, Anlass spöttischen Gesprächsstoffs zu sein, verzog er mürrisch das Gesicht.

Doch dann beruhigte er sich wieder und schalt sich selbst einen Narren. Jeder der Männer war gestern ebenso stark betrunken gewesen wie er. Er erinnerte sich, dass schon früh einige von ihnen schnarchend in ihren Stühlen gehangen waren und von dem Treiben um sie herum nichts mehr mitbekommen hatten. Einer der Jäger hatte sich gar mit seinem Hund im Arm vor dem Kamin eingerollt, wo er eingeschlafen war.

Außerdem war er kaum der Einzige in der letzten Nacht gewesen, der mit einer Dienerin poussiert hatte, überlegte er. Erleichtert blähte er die Wangen auf und ließ die Luft geräuschvoll aus der Lunge entweichen.

Nachdenklich sah er zu der Magd. Wie viele Frauen wie sie würden noch das Lager mit ihm teilen, ohne ihm etwas zu bedeuten? Wann endlich würde er diejenige finden, die er heiraten wollte? Auch wenn es ihm gefiel, verführt zu werden, so war es doch sein Ansinnen, eine Familie zu gründen. Er wollte heimkommen und nicht mehr allein sein.

Da erwachte die Frau neben ihm. Blinzelnd öffnete sie die Augen. Als sie ihn sah, lächelte sie kokett, wobei sie sich auf seinem Betttuch räkelte und näher zu ihm heranrutschte. »Darf ich Euch wieder zu Diensten sein, Herr?«, gurrte sie und strich mit dem Zeigefinger von seiner Wade bis zu seinem Gesäß empor. Er stöhnte leise, die Haare auf seiner Haut stellten sich auf. Auch spürte er, wie seine Männlichkeit sich erneut regte. Keuchend holte er Luft und dachte: Warum nicht? Er legte sich zurück in sein Kissen, schloss die Augen und wartete, was geschehen würde.

Im nächsten Augenblick wurde die Zimmertür aufgerissen, und sein Cousin erschien im Türrahmen. Ungeniert stellte sich Georg neben die Bettstatt und sah auf seinen Vetter und die Frau herab.

Frédéric griff hektisch nach der Decke und warf sie über die nackte Frau.

»Ist das die Küchenmagd von gestern?«, fragte Georg süffisant lächelnd und hob das Tuch an, um das Weib zu betrachten. »Tatsächlich! Sie ist es!«, griente er.

»Wo sind deine Manieren? Kannst du nicht anklopfen, bevor du in meine Kammer stürmst?«, fragte Frédéric ungehalten, da er spürte, wie seine Manneskraft erstorben war. Dass der Cousin Zeuge davon war und ihn ungeniert anstarrte, ärgerte ihn ungemein.

»Deine Standhaftigkeit lässt nach, mein Lieber!«, feixte Georg.

»Den Spott kannst du dir sparen«, murmelte Frédéric, dem es unangenehm war, dass der Vetter diese Peinlichkeit vor der fremden Frau erwähnte.

»Reg dich nicht auf! Da sie schon reifer ist, sieht sie so etwas sicherlich nicht zum ersten Mal«, meinte der Adelsspross stichelnd und fuhr der Frau mit der Hand die Schulter entlang bis zur Brust.

Entsetzt riss sie die Augen auf und presste die Lippen aufeinander. Sie wagte aber nicht, etwas zu sagen.

Frédéric zuckte mit den Schultern.

»Ein Wunder, dass du sie besteigen konntest in deinem Suff«, hänselte ihn Georg und klatschte der Magd mit der flachen Hand auf das blanke Gesäß, sodass sie aufschrie. »Was liegst du hier unnütz herum? Steh auf und bereite uns ein schmackhaftes Frühmahl«, befahl er barsch.

Die Magd nickte verängstigt und sprang aus dem Bett. Untertänig verbeugte sie sich vor den Männern, griff nach ihrer Kleidung und eilte hinaus.

Als sich die Tür hinter ihr schloss, atmete Frédéric erleichtert aus. Er lehnte sich mit dem Rücken gegen die Wand und zog die Bettdecke bis zum Bauchnabel hinauf. »Du hattest deinen Spaß, Vetter, und kannst jetzt gehen«, erklärte er und sah Georg missmutig an.

Der hingegen setzte sich zu ihm auf die Bettkante und meinte: »Sei nicht beleidigt, mein Lieber. Du wirst mir wohl meinen Scherz nicht übel nehmen.«

»Warum bist du gekommen? Nur um zu spaßen? Wichtig scheint es nicht zu sein, denn sonst hättest du es mir bereits erzählt«, räsonierte Frédéric.

Georg rutschte neben ihn an die Wand, streckte die Beine aus und kreuzte die Füße, die in hohen Lederreitstiefeln steckten. »Ich wollte dich in Kenntnis setzen, dass ich heute nicht mit zur Jagd komme.«

»Warum nicht?«

»Ich will dieses Mädchen wiedersehen, das mir nicht aus dem Kopf geht.«

»Von wem sprichst du?«

»Von Elisabeth.«

Frédéric hatte keine Ahnung, wen Georg meinte, und sah ihn fragend an.

Der seufzte. »Das Mädchen, das ich gestern kennengelernt habe.«

Nun verstand Frédéric. »Du meinst das Bauernmädchen?«, fragte er erstaunt.

Georg nickte.

»Du verspottest mich, weil ich die Nacht mit einer Magd verbracht habe. Aber du willst diesen Bauerntölpel wiedersehen?« Frédérics Stimme klang gereizt.

»Deine Magd ist ein altes Weib mit faltiger Haut. Sicherlich hat schon so mancher Knecht auf ihr gelegen«, meinte Georg verächtlich. Doch dann wurde seine Stimme schwärmerisch: »Elisabeth hingegen ist jung, ansehnlich und sicher noch jungfräulich.«

»Du könntest mir das Weib schenken, ich wollte sie nicht. Welchen Spaß hat man mit einer Jungfrau, die nicht weiß, was einem Mann gefällt?«

Georg ließ sich seine gute Laune nicht verderben. »Du kennst sie nicht und darfst dir kein Urteil über sie anmaßen. Doch ich sage dir noch mal, Frédéric: Würdest du sie in Seide hüllen, dann würde sich weit und breit jeder Mann nach ihr umdrehen.«

Frédéric verzog höhnisch die Mundwinkel und sagte: »Das denkst du auch nur in deinen Träumen. Trotzdem bleibt sie, was sie ist – ein Bauerntrampel.«

»Dein abfälliges Gerede wird meine Freude nicht trüben können«, lachte Georg und wollte aufstehen, als Frédéric ihn am Arm festhielt. Fragend schaute Georg über die Schulter zu seinem Cousin zurück.

»Ich warne dich! Begeh keine Dummheit, Georg! In wenigen Monaten findet deine Hochzeit statt«, beschwor Frédéric den Vetter.

Georg kniff die Augen leicht zusammen und rutschte abermals neben ihn. »Du wagst es, mir zu drohen?«, presste er hervor und sah ihn böse an.

»Ich drohe nicht, ich warne.«

»Ist das ein Unterschied?«

Frédéric räusperte sich. Noch zögerte er, dem Cousin zu verraten, dass er auf ihn aufpassen und den Herzog über alles in Kenntnis setzen sollte, was sein Sohn anstellte.

»Ich warte auf deine Antwort«, sagte Georg ungeduldig.

»Dein Vater verlangt, dass du dich bis zu deiner Hochzeit beherrschst.«

»Woher weißt du, was mein Vater verlangt?«

Abermals musste Frédéric sich räuspern. Bei diesem Gespräch hätte er es vorgezogen, nicht halbnackt im Bett zu liegen, sondern angekleidet auf und ab gehen zu können, um so dem Blick seines Cousins auszuweichen.

»Verdammt! Gib Antwort«, zischte Georg und schlug mit der flachen Hand auf die Matratze, sodass Frédéric zusammenzuckte.

Nach einem dritten Räuspern gestand er: »Ich musste deinem Vater versprechen, jeden Schritt von dir zu überwachen, damit du nichts anstellst, was deine Vermählung gefährden könnte.«

Er spürte Georgs Blick, den er nicht zu erwidern wagte. Der Herzogssohn war für sein aufbrausendes Gemüt bekannt, und das wollte er nicht herausfordern. Allerdings wusste er, dass er ebenso scharf reagieren musste, um Georgs Achtung nicht zu verlieren. Noch blieb er ruhig und wartete auf die Reaktion des Vetters.

»Wie kommt mein Vater dazu, so etwas von dir zu verlangen? Und wie konntest du ihm dein Versprechen geben?«, fragte Georg gefährlich leise.

Frédéric drückte das Kreuz durch und gestand: »Dein Vater weiß von deinen Frauengeschichten und will nicht, dass Mathilde etwas davon erfährt. Deshalb nahm er mir das Versprechen ab, auf dich aufzupassen.«

»Ich wollte diese Frau niemals heiraten! Er hat sie für mich ausgesucht, und wie immer muss ich mich seinem Willen fügen«, begehrte Georg auf.

»Dann kannst du mich sicher verstehen und weißt, dass auch ich mich dem Befehl deines Vaters nicht widersetzen konnte.«

Georg stand auf, ging zum Fenster und starrte hinaus. Frédéric nutzte die Gelegenheit, um aus dem Bett zu springen und sich hastig anzuziehen. Kaum hatte er seine Hose übergestreift, wandte sich Georg ihm zu. »Du weißt, wie Mathilde aussieht«, sagte er. Frédéric nickte, während er die Bänder seines Hemds schloss. »Dann weißt du auch, dass nichts an ihr – absolut nichts – die Leidenschaft eines Mannes wecken kann.«

»Du übertreibst, Cousin. So hässlich ist sie auch wieder nicht«, versuchte Frédéric Mathilde schönzureden.

Georg schüttelte den Kopf und lachte zynisch. »Mag sein, dass Mathilde dich erregen kann, da du anscheinend nicht wählerisch bist«, höhnte er und sah Frédéric herablassend an.

Anstatt etwas zu erwidern, zog Frédéric es vor zu schweigen, während Georg die Unterlippe zischen die Zähne sog und erklärte: »Unter allen Frauen dieser Welt hätte ich mir nie und nimmer Mathilde ausgesucht. Allein die Vorstellung, die Hochzeitsnacht mit ihr zu verbringen, führt dazu, meinen Vater zu verwünschen ...« Er sprach nicht weiter und schüttelte sich.

Frédéric war über die Worte seines Cousins erstaunt.

Georgs Blick wurde hart, und er erklärte: »Es ist mir einerlei, was mein Vater von dir verlangt. Ich fordere von dir, dass du kein Wort über mein Treffen mit dem Mädchen verlierst. Hast du verstanden?«

»Georg, sei vernünftig. Beherrsch dich, damit nichts deine Hochzeit gefährdet. Wenn Mathilde schwanger wird, kannst du so viele Mätressen besteigen, wie du willst. Bedenke, dass dein Vater die Mitgift deiner zukünftigen Frau benötigt, da er hundert und mehr Alchemisten anwerben will«, versuchte Frédéric eindringlich die Lage zu beschreiben.

»Woher weißt du solche Dinge? Du bist weder meines Vaters Sohn noch sein Vertrauter«, erklärte Georg rüde.

»Da stimme ich dir zu! Ich bin ein Niemand in deiner Familie«, sagte Frédéric und fügte hinzu: »Da ich für die Besorgung des Eisenerzes für die Alchemisten zuständig bin, erfahre ich zwangsläufig Dinge, die dir fremd sind und mit denen dich dein Vater nicht belasten will.«

»Pah! *Nicht belasten will*«, höhnte Georg. »Mein Vater fordert das höchste Opfer von mir für seine geliebte Alchemie! Nicht du musst Mathilde heiraten, sondern ich. Denn ich bin der Sohn meines Vaters, und deshalb habe ich ein Recht darauf, alle Neuigkeiten zu erfahren. Nicht du, denn du bist nur der geduldete Bastard!«

Frédéric schluckte. Hier war sie wieder: die Hochnäsigkeit, mit der sein Vetter ihn nach Belieben attackierte. Vom ersten Tag an, als Frédéric in das Schloss seines Onkels eingezogen war, hatte er die Arroganz seines Cousins ertragen müssen. Da er aber mit diesen Verletzungen leben musste, hatte er irgendwann beschlossen, die unzähligen Wunden, die er davontrug, vernarben zu lassen, um sich selbst zu schützen. Seitdem kränkte ihn keine der Beleidigungen oder Bedrohungen mehr, die sein Vetter gegen ihn ausstieß. So wie jetzt in dieser Schlafkammer.

Er hasste Georg dennoch für seinen Hochmut, was er sich jedoch nicht anmerken ließ. Darum schwieg er auch jetzt, als Georg erklärte:

»Ich werde jetzt dieses Mädchen suchen. Und wenn ich die Möglichkeit habe, werde ich sie beglücken. Auch ohne Vaters Zustimmung!« Dann stapfte er wie ein Soldat kerzengerade aus dem Zimmer.

Frédéric sah ihm sprachlos hinterher.

⇨ *Kapitel 8* ⇦

Johannes Keilholz musste frische Luft schnappen und sich die Beine vertreten. Die Dämpfe im Laboratorium schienen seine Sinne zu benebeln. Seit Stunden saß er vor seinen Gerätschaften, beobachtete, schrieb auf und überlegte. Müde trat er aus der überhitzten Forschungsstätte hinaus ins Freie.

Draußen herrschte nasses Wetter. Er hasste diese ungemütliche Zeit zwischen den Jahreszeiten. Dieses Jahr schien der Frühling besonders lang auf sich warten zu lassen. Noch immer war es winterlich kalt. Es schien, als läge Schnee in der Luft. »Gott behüte uns davor«, murmelte er.

Johannes Keilholz mochte die Monate Mai und Juni, wenn wohltuende Wärme über das Land zog und die Natur in bunten Farben blühte. Juli und August konnte er nicht leiden, da in den heißen Sommermonaten seine geliebten Pflanzen in der Hitze verdorrten. Der September und der Oktober hingegen gefielen ihm. Sie brachten das Obst und ließen die Wälder in mannigfaltigen Rottönen aufleuchten. Aber diese kalte und feuchte Luft, die von November bis meist in den April durch die Stoffschichten seiner Kleidung kroch und sich in seinem Körper festsetzte, war ihm ein Gräuel. Selbst in den Nächten, wenn er sich in seine Decken einrollte, fror er jämmerlich, da das Bettzeug klamm und ungemütlich war.

Vielleicht lag es auch daran, dass er alt wurde, überlegte er und musste grinsen. »Was heißt, du *wirst* ... du *bist* alt«, lachte er. Mit seinen vierzig Jahren gehörte er noch nicht zu den sehr alten, aber schon lange nicht mehr zu den jungen Menschen. Er befand sich altersmäßig im Niemandsland, dachte er und betrachtete die Landschaft, die in dem Nieselregen grau und freudlos wirkte. Sie passte zu seinem Gemütszustand. Er presste die Hände zu Fäusten, öffnete sie und presste erneut, um die Starre aus den Gelenken zu vertreiben. Es schien, als ob die Feuchtigkeit in seinen Knochen und die Kälte in seinen Finger festsaßen.

Er schlug den Kragen seines Umhangs hoch und zog den Kopf zwischen die Schultern, damit seine Ohren gewärmt wurden. Hastig ging er hinüber zum Wohnhaus, wo sich im hinteren Teil die Küche befand. Eine Tasse heiße Milch mit einem Löffel Honig wäre genau das Richtige, überlegte er und öffnete die Tür. Dichter Wasserdampf behinderte seine Sicht.

»Hier brodelt es mehr als in meinem Laboratorium«, rief er und wedelte mit der Hand die Schwaden fort.

»Wisst Ihr nicht, dass dies meine Hexenküche ist?«, scherzte die Köchin und sah ihn schelmisch an.

»Mit solch einer Behauptung darf man nicht spaßen, Grete! Ich weiß, dass du keine Hexe bist, aber wissen das auch die anderen?« Er streckte warnend den Finger in die Luft.

»Ihr habt recht, Herr Doktor«, wisperte sie erschrocken. »Man weiß nie, ob nicht jemand an der Wand lauscht. Aber ...«, begann sie und kam einige Schritte auf ihn zu, »... wer mir Böses unterstellt, muss mich erst einmal zu greifen bekommen.« Sie grinste breit.

Johannes Keilholz blickte seine Köchin an. Er schätzte, dass sie doppelt so breit war wie er und ihre Oberarme so dick waren wie seine Oberschenkel. »Das glaube ich dir gern«, stimmte er ihr nickend zu.

»Was führt Euch zu mir?«, wollte sie wissen und fuhr mit dem Stiel des Kochlöffels unter ihre helle Haube, um sich den grauen Haaransatz zu kratzen.

»Dürfte ich um zwei Becher heiße Milch mit Honig bitten?«, fragte er freundlich.

»Zwei Becher? Reicht Euch einer nicht?«

»Was wäre ich für ein Mensch, wenn ich nicht auch an meinen Lehrbuben denken würde? Zumal er jetzt noch nicht nach Hause zu seinem Vater kann, da dieser heute erst später als gewöhnlich heimkommt.«

»Ihr seid Meister und kein Samariter«, erwiderte die Köchin, während sie Milch in einem Topf goss, den sie auf dem Herd erwärmte. »Mir soll es recht sein. Aber wenn Ihr schon so gütig seid, dann schickt das nächste Mal den Lehrbuben hinaus in die Kälte«, schimpfte sie verhalten.

»Ich musste mir die Beine vertreten und frische Luft schnappen, um den Kopf freizubekommen. Die halbe Nacht habe ich über den Formeln gesessen, bis die Tinte vor meinen Augen verschwamm.«

»Konntet Ihr wieder einmal nicht schlafen?«, fragte sie vorsichtig. Mitgefühl schwang in ihrer Stimme, das er nicht hören wollte. Zudem wusste er, wohin eine ehrliche Antwort führen würde. Deshalb winkte er ab und tat gleichgültig. Grete verstand und meinte unverfänglich: »Ich möchte Euren Beruf nicht ausüben. Auch wenn er meinem ähnlich ist.«

»Was hat Alchemie mit dem Kochen zu tun?«, stutzte Johannes Keilholz.

»Ihr nehmt ein bisschen von dem Pulver und ein bisschen von dem anderen. Dann rührt Ihr Eure Zutaten in Töpfen zusammen. Ähnlich mache ich es. Nur dass ich weiß, was am Ende herauskommt, und das wisst Ihr nicht«, lachte sie mit offenem Mund, sodass er ihre Zahnlücken sehen konnte.

»Da hast du nicht unrecht, Grete. Obwohl ich auch weiß, was beim Zusammenstellen meiner Zutaten herauskommen soll – nur dass es mir nicht immer gelingt, weil das Mengenverhältnis noch nicht ausreichend erforscht ist.«

»Wenn mein Essen nicht schmeckt, würze ich nach, damit es Euch mundet.«

»Nun, so einfach ist es mit der Alchemie nicht. Aber diese Wissenschaft ist zu kompliziert, um sie auf die Schnelle zu erklären«, meinte Johannes Keilholz und zog geistesgegenwärtig den Topf von der Glut, da die Milch hochschäumte. »Vermaledeit, ist das heiß«, fluchte er und steckte sich Zeigefinger und Daumen in den Mund.

»Wer hat gesagt, dass Ihr meinen Topf anfassen sollt?«, schimpfte die Köchin und reichte ihm ein Tuch, das sie mit Wasser getränkt hatte, damit er sich die Fingerkuppen kühlte.

»Die Milch ist hochgekocht.«

»Ich hatte alles im Blick!«, maulte sie und goss das heiße Getränk in zwei Tonbecher. Anschließend fügte sie etwas Honig hinzu.

»Gott wird Euch belohnen!«, bedankte er sich, legte das Tuch auf den Tisch und nahm die beiden Becher. Dann ging er hinaus in die Kälte, zurück zu seinem Laboratorium.

»Hier, mein Junge. Du sollst nicht leben wie ein Hund«, sagte er und stellte seinem Lehrburschen den Becher vor die Nase auf den Tisch. »Pass auf! Die Milch ist heiß«, warnte er und nippte selbst vorsichtig an seinem Getränk. »Anscheinend hat die Kälte die Milch auf dem Weg hierher schon gänzlich abgekühlt«, stellte er erstaunt fest und nahm einen Schluck.

»Sogar mit Honig«, frohlockte der Bursche und leckte sich den weißen Bart von der Oberlippe.

Johannes Keilholz war zufrieden, weil ihm die Überraschung gelungen war. Obwohl er den Jungen erst wenige Wochen kannte, wusste er, dass Baltasar nur selten Süßes zu schmecken bekam. Seine Mutter war vor einigen Jahren gestorben. Der Junge lebte bei seinem Vater, dem zwar das Wohl des Sohnes am Herzen lag, der aber nur selten zu Hause war, da er mit dem Fuhrwerk Holzstämme von einem Ort zum nächsten transportierte. Die meiste Zeit war der Junge auf sich gestellt, da er sonst keine Verwandten hatte, die sich um ihn kümmern konnten.

Der Alchemist hatte Wurzeln im Wald gesucht, die er für seine Forschung benötigte, als er dem Zwölfjährigen begegnet war. Trotz eisiger Kälte war der Junge allein unterwegs. Als ob sie sich schon ewig kennen würden, war der Knabe vertrauensselig hinter ihm hergetrottet. Neugierig hatte er Johannes Keilholz beobachtet und ihn über die Wurzeln ausgefragt. Da Baltasar wissbegierig war und sich rasch die lateinischen Pflanzennamen merken konnte, hatte Keilholz mit seinem Vater gesprochen und ihm eine Lehrstelle in seinem Laboratorium angeboten. Seit einem Monat wohnte Baltasar die Woche über in seinem Haus, wo er regelmäßig zu essen bekam und einen warmen Schlafplatz hatte. An den Sonntagen ging er heim zu seinem Vater.

Johannes Keilholz hatte seine Entscheidung noch nicht eine Minute bereut, denn Baltasar war ein gelehriger Schüler.

»Hast du die Phiolen gereinigt und sortiert?«

»Ja, Meister«, antwortete der Junge und zeigte auf den Tisch unter dem Fenster. Dort standen mehrere dickbäuchige Glasgefäße der Größe nach aufgereiht.

Keilholz zählte sie durch. »Keine zerbrochen?«

»Nein, Meister«, erwiderte Baltasar entrüstet.

»Sehr gut«, lobte er den Jungen.

»Weist Ihr mich heute in die Geheimnisse der Alchemie ein?«, bettelte der Junge mit großen Augen.

Der Arzt lächelte. Diese Begeisterung, die junge Menschen zeigten, wenn sie hörten, dass er nicht nur Arzt, sondern auch Alchemist war, schmeichelte ihm jedes Mal aufs Neue. Meist verlor sich die Aufregung für die Wissenschaft, sobald sie merkten, dass man Geduld aufbringen musste und nicht verzweifeln durfte, wenn die Experimente nicht gelangen – was oft genug der Fall war. Deshalb genoss er den unverdorbenen Enthusiasmus des Knaben, der hoffte, rasch reich zu werden, wenn er erst einmal Gold herstellen konnte.

Wer will es ihm verdenken? Jeder möchte der Armut entfliehen, erst recht, wenn er eine Möglichkeit dazu bekommt, dachte Keilholz und stellte den leeren Becher zur Seite. Er war gespannt, wie lange es dauern würde, bis Baltasar die Langeweile überkam und er keine Lust mehr verspürte, sein Schüler zu sein, da das Goldherstellen noch in der Forschung lag und ein bislang unbekannter Prozess war. Der letzte Knabe hatte vier Monate ausgehalten, bevor er zu einem Schmied in die Lehre wechselte.

Er setzte sich an seinen Arbeitstisch und rief den Jungen zu sich. Er zeigte auf den Schemel. »Nimm Platz!«

Kaum hatte er das gesagt, saß der Junge schon neben ihm und schaute ihn neugierig an.

»Ich möchte dir von einem Mann erzählen, der vor über einhundert Jahren gelebt hat. Er hieß Theophrastus Bombastus von Hohenheim, nannte sich aber Paracelsus. Er war wie ich Arzt und Alchemist. Doch davon berichte ich dir ein anderes Mal, denn wichtig ist heute nur, was dieser Mann einst über die Wissenschaft sagte. Hör genau zu und merk dir diese Worte: ›*Die Natur ist so subtil und scharf in ihren Dingen, dass sie nicht ohne große Kunst angewendet werden mag. Denn sie bringt nichts an den Tag, das für sich selbst vollendet wäre, sondern der Mensch muss es vollenden. Diese Vollendung heißt Alchemia.*‹«

Jedes Mal, wenn Johannes Keilholz über die Grundsätze der Alchemie sprach, spürte er, wie eine besondere Freude in ihm hochstieg. Dann wurde ihm aufs Neue bewusst, dass nur wenige Menschen dazu berufen waren, das zu ergründen und zu vollenden, was Paracelsus auf den Weg gebracht hatte. Eines Tages ...

»Meister! Meister!«, riss ihn Baltasar aus den Gedanken. »Wie geht es weiter?«, fragte der Junge ungeduldig.

»Entschuldige, ich ließ meine Gedanken abschweifen. Doch nun hör weiter: Paracelsus war in erster Linie Mediziner und hat Großes dazu beigetragen, dass wir Ärzte manche Krankheiten erfolgreich behandeln können. Aber auch das steht auf einem anderen Blatt geschrieben, denn er wollte außerdem den Stein der Weisen finden.«

Abwartend schaute er auf den Knaben. Tatsächlich zeigte Baltasar die gleiche Reaktion wie seine anderen Schüler zuvor. Zuerst war sein Blick nachdenklich, als ob er überlegte, ob er diesen Stein vielleicht schon auf einem Acker gesehen hatte. Doch dann schien ihm bewusst zu werden, dass dieser Stein sicherlich kein gewöhnlicher Felsbrocken sein konnte. Er runzelte die Stirn und fragte: »Was ist der Stein der Weisen?«

»Sehr gute Frage«, lobte Keilholz den Zwölfjährigen und erklärte: »Wir wissen nicht, wie dieser Stein aussieht, und kennen weder seine Form noch seine Zusammensetzung, denn wir haben ihn noch nicht gefunden.«

»Das verstehe ich nicht! Wie kann man etwas suchen, wenn man nicht weiß, was man suchen soll? Woher will man wissen, dass es diesen Stein der Weisen tatsächlich gibt?«

Keilholz musste lachen. »Du bist ein schlaues Kerlchen. Deine Zweifel sind berechtigt. Deshalb lass mich dir erklären: Vor vielen, vielen Jahrhunderten – Gott hatte die Welt gerade erst erschaffen – gab es einen Alchemisten mit dem Namen Zosimos von Panopolis. Er lebte weit, weit weg von hier in einem Land, das Ägypten heißt. Dieser Mann sammelte mehr als dreihundert Schriften über das alchemistische Wissen der Griechen und der Ägypter und verfasste daraus sein Werk *Cheirokmeta*. Über die Jahrhunderte hinweg sind viele seiner Schriften verloren gegangen, deshalb kann man bedauerlicherweise nur bruchstückhaft nachlesen, wie seine Zeitgenossen sich mit den einzelnen Stoffen der Materie befasst haben. Doch sie sagen ebenso wie Paracelsus, dass der Stein der Weisen aus den vier Grundelementen besteht, die ich dir bereits genannt habe, und die du mir sicher aufzählen kannst.« Abwartend schaute er den Jungen an, der mit leuchtenden Augen nickte.

»Diese vier Elemente sind Feuer, Wasser, Luft und Erde.«

»Sehr gut!«, lobte er ihn und erklärte: »Diese Stoffe, vereint mit Quecksilber und Schwefel und hinzugefügtem Salz, sind erforderlich für die Erschaffung des *Lapis philosophorum*, auch ›Stein der Weisen‹ genannt.«

Baltasar schien durch seinen Meister hindurchzublicken und mit seinen Gedanken abzuschweifen.

»Was überlegst du?«

»Wenn Ihr die Zutaten kennt, warum habt Ihr diesen Stein noch nicht erschaffen? Oder ist er für Euch doch nicht so wichtig?«

Abermals musste der Alchemist über den Jungen schmunzeln. Kindliche Logik ist herrlich unkompliziert, dachte er, und er antwortete: »Dieser Stein ist sehr wichtig für die Forschung und für uns Menschen! Wenn wir ihn gefunden haben, werden wir vielleicht sogar die Macht besitzen, alle Krankheiten zu heilen. Leider wissen wir nicht, in welchem Mengenverhältnis die einzelnen Zutaten zueinander stehen müssen. Wir wissen auch nicht, wie lang man sie rühren, erwärmen oder abkühlen lassen muss. Zudem frage ich mich, ob dies tatsächlich alle Zutaten sind, die wir brauchen. Vielleicht gibt es noch geheime, uns fremde Materialien, die wir ebenfalls benötigen. Deshalb forschen ich und zahlreiche andere Wissenschaftler an unterschiedlichen Formeln.«

»Und wenn Ihr diesen Stein gefunden habt, seid Ihr dann reich, Meister?«, wollte Baltasar wissen.

»Noch nicht, mein Junge. Allerdings wird er uns dazu verhelfen, Metalle und Eisenerz in Silber oder Gold umzuwandeln.«

Baltasars Wangen glühten vor Erregung. »Ich helfe Euch, Meister, damit Ihr den Stein der Weisen schneller findet«, rief er begeistert.

Die Aufregung des Jungen schwappte auf Johannes Keilholz über. Er spürte ein Kribbeln von den Fußsohlen bis in die Haarspitzen. Vielleicht war jetzt die Zeit gekommen, seinen Traum zu verwirklichen, dachte er und strich seinem Schüler über den Scheitel.

»Du kannst ausnahmsweise heute schon Schluss machen, Baltasar. Ich muss noch zu einem Patienten. Sag deinem Vater, dass ich sehr zufrieden mit dir und deiner Leistung bin. Wenn er mehr über deine Arbeit wissen möchte, soll er mich nach dem Kirchgang am nächsten Sonntagmorgen ansprechen.«

Der Junge nickte, warf sich seinen Umhang über, zog die Strickmütze an und hob die Hand. »Ich wünsche Euch morgen einen schönen Sonntag, Meister«, sagte der Knabe artig und ging hinaus.

Kaum hatte sich die Tür hinter ihm geschlossen, setzte sich Johannes Keilholz an den Arbeitstisch zurück und sah sich in seiner Wirkungsstätte um. Es wäre sicher inspirierend, in einem großen Laboratorium an einem der Fürstenhöfe zu experimentieren, sinnierte er. Dort bekäme man Werkzeuge und Materialien zur Verfügung gestellt, die er sich als einfacher Alchemist nicht leisten konnte. Vielleicht sollte er nach Stuttgart gehen. Angeblich brauchte das Herzogtum Württemberg viel Geld, da sein Regent in sein Land investieren wollte. Wenn die Gerüchte stimmten, dass Herzog Friedrich Alchemisten anwarb, die für ihn forschen sollten, würde er sicherlich auch eine Anstellung am Hof bekommen. Schließlich konnte er als Alchemist schon etliche Jahre Erfahrung im Umgang mit der Wissenschaft vorweisen. Vielleicht gelang es ihm sogar, den Stein der Weisen zu finden, wenn er im Großen forschen konnte.

Er nahm den Mörser, mit dem er die körnigen Zutaten zermalmte, vom Tisch auf und legte ihn in eine Schale, als plötzlich der Laden eines Fensters aufschlug. Durch den Knall aufgeschreckt zuckte er zusammen. Schneeregen lief an der Fensterscheibe herunter. Ein Schauer überlief den Rücken des Mannes. Er würde bis zum Ende des Frühjahrs warten, bevor er sich auf den Weg nach Stuttgart machte, um sich vorzustellen. Dann waren die Wege tatsächlich frei von Schnee und die unangenehme Kälte vorbei.

Vielleicht mache ich mich auch erst nächstes Jahr auf,

überlegte er, als sein Blick auf die Arzttasche fiel. Seine Patienten würden ihn schmerzlich vermissen. Er konnte sie unmöglich im Stich lassen. Seufzend beschloss er, doch noch eine Weile in seinem kleinen Labor weiterzuforschen. Er erhob sich auf müden Beinen und packte verschiedene Tinkturen, Salben und den Schwamm mit dem dafür nötigen Gebräu in die Ledertasche.

»Wenn es doch wenigstens trocken wäre«, murmelte er, denn es graute ihm vor der feuchten Kälte. Leider konnte er sich seine Krankenbesuche nicht nach der Wetterlage aussuchen. Zum Glück musste er nicht weit reiten. Vielleicht würde man ihm einen Würzwein spendieren, wenn er trotz des unangenehmen Wetters kam, hoffte er und verließ sein Laboratorium, um zum Stall hinüberzugehen.

Kapitel 9

Elisabeth folgte Ursulas Wegbeschreibung, die sie zu der verlassenen Köhlersiedlung auf der Lichtung führen sollte. Je tiefer sie in den Wald eindrang, desto beschwerlicher wurde das Vorwärtskommen. Der Boden war aufgeweicht, jeder Schritt mühsam. Die Holzschuhe versanken in dem matschigen Grund. Als einer stecken blieb, musste sie niederknien und ihn mit beiden Händen herausziehen. Schon bald war sie vor Anstrengung nassgeschwitzt, doch die eisige Luft kühlte ihren Körper. Sie fror. Trotzdem ging sie zielstrebig weiter und durchquerte einen Tannenhain. Ihr Haar verfing sich in den herunterhängenden Ästen. Strähne für Strähne zog sie es aus den Zweigen.

Sie rieb sich über den Scheitel, achtete nicht auf ihren Tritt und verlor das Gleichgewicht. Haltsuchend griff sie neben sich nach dem Gestrüpp. Brombeerranken bohrten sich in ihre Handflächen. Der unerwartete Schmerz trieb ihr die Tränen in die Augen. Mit verschleiertem Blick versuchte sie sich von den Ranken zu befreien. Trockene, harte Stacheln blieben in der Haut stecken, und sie zog sie mit angehaltenem Atem heraus. Aus den Wunden traten feine Blutstropfen, die wie rote Kügelchen aussahen. Sie wischte mit dem Saum des Nachthemds darüber.

Seit sie Ursulas Hütte verlassen hatte, war kaum Zeit vergangen, und doch schien das wohltuende Bad, das sie dort genossen hatte, ewig her zu sein. Die wohlige Wärme, die ihren Körper umschmeichelt hatte, war nur noch eine Erinnerung. Mittlerweile waren ihre Beine mit Schlamm bespritzt, ebenso das Nachthemd. Das Holz der Pantinen war unter der Dreckschicht kaum noch zu erkennen. Die Ranken hatten rote Kratzer auf ihren Unterarmen hinterlassen, und ihre Handflächen brannten von den feinen Wunden. Auch schmerzten wieder die Striemen am Rücken, die ihr der Vater zugefügt hatte.

Sie war erschöpft. Ich sollte zurück nach Hause gehen, überlegte sie unglücklich. Doch sofort kamen ihr der Vater und seine Wutfalte in den Sinn, die sich immer zwischen seiner Nasenwurzel und der Stirn bildete, wenn er die Rute schwang. Sie schüttelte den Kopf. Noch eine Tracht Prügel würde sie nicht überstehen. Warum konnte sie nicht bei Ursula auf den Abend warten?, fragte sich Elisabeth. Wer wohl der heimliche Besucher war? Womöglich der Pfarrer? Jedenfalls muss er wichtig für sie sein, denn sonst hätte sie mich nicht vor die Tür gejagt, versuchte sie Ursulas Hartherzigkeit zu entschuldigen.

Elisabeth erkannte, dass ihr keine andere Wahl blieb, als in der verlassenen Köhlersiedlung auf den Abend zu warten. Da Kohlenbrenner Wasser zum Löschen der Glut benötigten, hielt sie Ausschau nach einem Bach. Sie blickte prüfend umher, orientierte sich und folgte dem Lauf des Wassers. Schon bald erreichte sie den gerodeten Platz, auf dem die Reste des kegelförmigen Meilers zu erkennen waren. Seit in seinem Innern das Feuer erloschen war, rottete das restliche Holz vor sich hin. Wäre die mannshohe Aufschüttung noch in Betrieb gewesen, dann würde sich die Glut von der Mitte aus nach den Seiten durchfressen und die Spalten gleichmäßig verbrennen, wodurch Holzkohle entstünde. Doch der Platz war verwaist, das Feuer erkaltet. Die Wildnis eroberte sich den abgeholzten Flecken Erde mit allem, was der Mensch zurückgelassen hatte, langsam zurück.

Auf dem Boden entdeckte Elisabeth einige Kohlehaufen. Anscheinend hatte die Köhlerfamilie vergessen, diese den Schmieden der Umgebung zu liefern.

Das war Jahre her. Die Menschen, die einst hier gelebt hatten, waren sang- und klanglos fortgezogen. Wohin sie wohl gegangen sind?, fragte sich Elisabeth.

Jeder in der Umgebung kannte das Schicksal der Köhlerfamilie, die hier gelebt hatte. Doch kaum einer hatte sie je aufgesucht. Auch Elisabeth hatte sich nicht in die Köhlersiedlung gewagt, wenn sie bei ihren Streifzügen, auf denen sie nach Beeren, Bärlauch und anderen essbaren Pflanzen suchte, in die Nähe kam. Wie viele andere Menschen ihres Dorfes fürchtete sie sich vor den angeblich kauzigen und schwierigen Menschen, die gespenstisch wirkten, da das Weiß der Pupillen aus ihren rußgeschwärzten Gesichtern hervorstach. Niemand wollte etwas mit der Köhlerfamilie zu tun haben, die abseits der Wege lebte. Ihre Gesichter, Haare und Hände waren so dunkel wie die Kohle, die sie brannten. Wenn das Köhlerehepaar mit seinen sechs Kindern durch die Gassen von Elisabeths Heimatdorf ging, starrten die Menschen sie an und wichen zurück. Obwohl sie sich in der

Kirche in die letzte Bank setzen mussten, konnte man bis zum Altar den Rauch riechen, dem die Familie bei ihrer Arbeit stets ausgesetzt war.

Elisabeth erinnerte sich an den Tag, als das große Unglück geschah.

An jenem Tag war der Köhler, wie schon so oft, auf den Meiler geklettert. Er wollte kontrollieren, ob sich unter der Abdeckung ungewollte Luftlöcher aufgetan hatten, durch die das Holz zu schnell verbrannte. Als er mit einer langen Stange in das luftdichte Dach aus trockenen Tannenästen, Fichtenzweigen und Laub stieß, brach er bis zur Brust in die heiße Glut ein.

Seine Schmerzensschreie gellten weit durch den Wald.

Die Frau und die Kinder versuchten ihn zu retten. Doch sie hatten keine Kraft, ihn aus dem glimmenden Feuer herauszuziehen. Da nahm sein Ältester allen Mut zusammen und erschlug den Vater mit der Axt, um ihm den Schmerz zu ersparen, bei lebendigem Leib zu verbrennen. Das jedenfalls wurde im Dorf erzählt. Kurz darauf verließen die Frau und ihre Kinder den Ort des Schreckens.

Niemand weiß, wohin sie gegangen sind oder was aus ihnen geworden ist, dachte Elisabeth, die bei der Vorstellung des brennenden Mannes erschauderte. Sie umschlang ihren Oberkörper mit beiden Armen. Der Platz wirkte Furcht einflößend und traurig zugleich. Ihr Blick suchte die Wohnhütte der Köhler. Sie entdeckte eine Behausung am Rand der Lichtung. Armdicke Stangen waren gegeneinandergestellt worden und bildeten einen Kegel, der einst als Unterkunft gedient hatte. Wie alles, was hier von Menschenhand erschaffen war, hatten Kletterranken das Holz überwuchert. Ein grüner Pflanzenmantel lag auf der Behausung und machte sie fast unsichtbar.

Elisabeth zog an der Tür. Das Holz knarrte beim Öffnen.

Sie streckte den Kopf durch den Eingang. Muffiger Geruch, der mit kaltem Rauch vermischt zu sein schien, schlug ihr entgegen. Es gab nur einen Raum, in dessen Mitte die Reste einer Feuerstelle zu erkennen waren. Ein Topf lag am Boden. Sonst gab es nichts hier.

Ein Loch auf der gegenüberliegenden Seite war oberflächlich mit Stroh verstopft. Halme lagen verstreut auf dem Boden. Von außen zupfte ein Rabe einzelne Stängel heraus und flog damit davon. Da spürte Elisabeth, wie ihr Rücken feucht wurde. Schneefall hatte eingesetzt. Rasch trat sie in den runden Raum und schloss die Tür hinter sich. Durch die Schlitze zwischen den Ästen fielen Lichtstreifen herein und durchbrachen das Dunkel. Vereinzelt rieselten Schneeflocken zu Boden.

Elisabeth nahm den Topf, drehte ihn um und setzte sich darauf. Unruhe ergriff sie, und sie litt wieder unter Kälte, Durst und Hunger. Da entdeckte sie auf dem Boden zwei Steine. Als sie sie aufnahm und gegeneinanderschlug, sprühten Funken. Freudig hob sie den Topf auf, eilte hinaus in das Schneetreiben und füllte ihn mit der auf dem Boden verstreuten Holzkohle. Zurück in der Behausung warf sie diese in die Feuerstelle, legte Stroh aus dem Loch dazwischen und schlug die Steine so lange aneinander, bis die Halme Feuer fingen. Qualm stieg empor und fand das Loch in der Spitze der Kegelbehausung, durch das er entweichen konnte.

Als die Kohle glühte, konnte Elisabeth ihr Glück kaum fassen. Erneut schnappte sie den Topf und rannte vor die Tür. Sie hatte am Waldesrand zarte Brennnesselpflanzen entdeckt, die sie vorsichtig abzupfte und in den Topf warf, um sich ein karges Mahl zu bereiten. Am Bach ging sie in die Hocke, um Wasser in den Behälter zu schöpfen.

»Sieh an! Sieh an! Welche Freude!«, hörte sie plötzlich hinter sich eine tiefe Männerstimme.

Erschrocken blickte sie über die Schulter und traute ihren Augen kaum. Hinter ihr stand der fremde Mann, sein Pferd am Zügel neben sich. Erstaunt schaute sie zu ihm hoch.

»Was machst du hier abseits deines Dorfs?«, wollte er wissen.

Statt zu antworten, sprang sie auf und schaute beschämt zu Boden. Dann hob sie vorsichtig den Blick und sah, wie der Fremde sie musterte.

Sofort spürte sie, wie sich ihre Kehle verengte. Sie räusperte sich, doch der Kloß blieb stecken, sodass sie nicht antworten konnte.

»Hat es dir wieder die Sprache verschlagen?«, grinste er. »Bist du allein?«, fragte er und sah sich suchend um. Da bemerkte er den Rauch. »Ist da jemand in der Hütte?«

Elisabeth schüttelte den Kopf. »Ich bin allein«, antwortete sie heiser.

»Was machst du bei diesem gräulichen Wetter im Wald?«

»Dasselbe könnte ich Euch fragen«, murmelte sie.

Sie sah, wie er eine Augenbraue hob. Dann lachte er schallend los. »Du hast recht, kleine Elisabeth. Gehört die Hütte dir? Versteckst du dich gar hier?«

»Wie kommt Ihr darauf?«

Er zeigte mit der Hand auf den Saum ihres Nachthemds. »Du bist für einen Waldaufenthalt unpassend angezogen«, stellte er fest.

Sie gab keinen Laut von sich; stand einfach nur da, den Topf mit Wasser, auf dem die Brennnesselblätter schwammen, in der Hand. »Ich muss zurück in die Hütte«, stammelte sie und wollte an ihm vorbeigehen.

Da hielt er sie fest. »Lass mich den Topf tragen«, bot er ihr an. Seine Augen schienen zu lächeln.

Der Schneefall wurde stärker. Im Nu waren ihre Haare mit einer weißen Haube bedeckt. Sie nickte schwach.

Kapitel 10

Am nächsten Tag

Elisabeth betrachtete die sauber geputzte Schankstube wie durch einen Schleier. Unscharf erkannte sie die zahlreichen Tische, die mit hellem Leinen gedeckt und in Hufeisenform zusammengeschoben waren. Das frische Grün des aus Zweigen gebundenen Bogens, der die Plätze des Brautpaars schmückte, verschwamm vor ihren Augen mit dem dunklen Tonbecher vor Johannas Teller, in dem ein kleiner Strauß Schneeglöckchen steckte. Wäre es Sommer, hätten sie bunte Blumen für die Hochzeitstafel pflücken können, dachte Elisabeth und schaute zu dem Musiker, der auf einem Stuhl in der Mitte der freien Fläche saß. Seine Finger zogen sanft an den Saiten eines Zupfinstruments, sodass leise Melodien das Stimmengewirr der Hochzeitsgesellschaft untermalten. Später würde er zum Tanz aufspielen, damit die Gäste fröhlich feierten. »Ist ja schließlich keine Beerdigung!«, hatte der frisch vermählte Wolfgang verkündet und seinen Bierkrug erhoben, um die Gäste zu begrüßen.

Es gab reichlich zu essen und zu trinken. Tagelang hatte man gebacken und gekocht. Es fehlte an nichts. Doch Elisabeth konnte weder die Speisen noch die ausgelassene Stimmung genießen, obwohl sie sich so sehr auf die Hochzeit gefreut hatte. Denn ihre Freundin feierte ihre Vermählung so, wie die beiden Mädchen es sich ausgemalt hatten, als sie Kinder gewesen waren und ihre Träume ihren Alltag erträglicher machten.

Wie gern wäre Elisabeth wieder Kind gewesen und hätte mit Johanna auf der Streuobstwiese unter dem Apfelbaum gesessen. Früher hatten sie sich an seinem knorrigen Stamm getroffen, wenn Elisabeths Vater betrunken aus der Trinkstube kam und einen Tobsuchtsanfall hatte. Dann fantasierten die Mädchen von einer schönen Zukunft und teilten ihre Wünsche und Sehnsüchte miteinander.

»Der Ehemann, den ich einmal heiraten werde, darf nicht mit mir schimpfen und mich nicht schlagen, wenn er aus dem Wirtshaus kommt«, hatte Elisabeth mit ihren zwölf Jahren sich damals geschworen.

»Mein Ehemann muss ausreichend für mich sorgen können. Ich will weder Hunger noch Not leiden«, meinte die gleichaltrige Johanna mit ernster Miene und schlug vor: »Lass uns schwören, dass wir erst mit einem Mann vertraulich werden, wenn wir wissen, dass er es gut mit uns meint!« Daraufhin hatten beide Mädchen ihre Schwurfinger erhoben und den Eid geleistet.

Johanna hat das bekommen, was wir beide uns als Kinder gewünscht haben, dachte Elisabeth freudlos. Bis zum gestrigen Tag wäre sie für die Freundin glücklich gewesen und hätte mit ihr ausgelassen gefeiert. Sie hätte sich mit den Leckereien den Bauch vollgestopft, bis ihr übel geworden wäre. Doch seit gestern war alles anders – nichts war mehr so, wie es war. Ihre Welt hatte sich verändert und stand plötzlich still.

Elisabeth schluckte. Sie schmeckte nur bittere Galle, sodass sie keinen Bissen herunterbrachte. Auch schienen alle fröhlichen Gefühle in ihr gestorben zu sein. Hass, Zorn und Wut vergifteten ihre Gedanken und ließen sich nicht aus ihrem Kopf vertreiben. Gleichzeitig spürte sie eine tiefe Leere in sich.

Teilnahmslos saß sie auf dem Platz neben ihren Eltern und den beiden Geschwistern. Ihre Schwester Adelheid genoss mit glänzenden Augen die Feier und konnte kaum die Füße ruhig halten. »Wann spielt der Alte endlich zum Tanz auf?«, nörgelte sie und sah sehnsüchtig zu dem Tisch hinüber, an dem die Burschen des Dorfes saßen, lachten und Bier tranken.

Elisabeth hoffte, dass der Musiker noch lange leise Lieder auf seinem Instrument zupfen würde. Sie wollte nichts Lautes oder Freudiges hören. Aus den Augenwinkeln bemerkte sie, wie ihr Bruder Ulrich sich einen weiteren Nachschlag vom Karpfen nahm. Dabei sah er zu ihr herüber, doch sie ignorierte seine aufdringlichen Blicke. Elisabeth verabscheute den Bruder, der ihrer Meinung nach einfältig, dumm und verschlagen war, seinem Vater wie aus dem Gesicht geschnitten glich und von ihm bevorzugt wurde, solange sie sich erinnern konnte. Doch nun hasste sie ihn sogar.

Er allein trug die Schuld an ihrem Elend – er allein war für das Schlimme verantwortlich, das ihr widerfahren war. Als ihr Bruder sie anstupste, warf sie ihm einen verächtlichen Blick zu. Ulrichs Mund glänzte bis zu den Wangen vom Fett der Buttersoße, mit der die gedünsteten Karpfen übergossen waren. Er hatte so viel Essen in sich hineingestopft, dass Elisabeth allein vom Zusehen schlecht wurde. Gefräßig, wie er war, legte er sich nun mehrere Stücke Nusszopf auf den Teller.

»Bin vollgefressen«, schnaufte er und beschrieb einen Kugelbauch mit seiner Pranke.

Er ist zu dämlich, um in ganzen Sätzen zu sprechen, dachte Elisabeth boshaft und richtete ihren Blick auf den Musiker. Als sie Johanna kichern hörte, schaute sie zu dem Brautpaar hinüber. Ihre Freundin himmelte ihren Ehemann an und legte lächelnd den Kopf an seine Schulter.

Sie beneidete ihre Freundin, denn Johanna hatte ihr Glück gefunden. Sie hingegen saß schwer atmend inmitten fröhlicher Menschen und wusste nicht, wie sie die Enge in ihrer Brust loswerden konnte. Das Gefühl, von einer unsichtbaren Klammer zusammengepresst zu werden, verstärkte sich mehr und mehr. Sie nahm einen Schluck von dem süßen Apfelsaft, um den schlechten Geschmack im Mund loszuwerden. Kaum hatte sie ihn hinuntergewürgt, krampfte ihr Magen. Hastig schob sie den Stuhl zur Seite, lief aus der Schankstube hinaus hinter das Gasthaus und erbrach sich an einem Baum.

Als der Würgereiz nachließ, drückte sie die Stirn gegen die grobe Rinde der Eiche, damit das Pochen im Schädel nachließ. Zitternd wischte sie sich mit dem Ärmel über den Mund. Da hörte sie ein Wiehern in der Nähe. Panisch hob sie den Blick, um die Umgebung nach dem Pferd und seinem Reiter abzusuchen. Sie entdeckte das Tier in der Umzäunung eines Stalls am Waldesrand. Es war nicht *sein* Pferd, es war ein fremdes.

Erleichtert schloss Elisabeth die Augen. Er ist nicht da, versuchte sie sich zu beruhigen. Doch die Angst in ihrem Kopf löste sich nicht auf. Stattdessen drängten sich die Bilder, die sie vergessen wollte, in den Vordergrund. Sie presste die Lippen fest aufeinander, um den Schrei zu unterdrücken, nach dem ihr zumute war. Ihre Knie wurden weich. Am Fuß des Baums brach sie zusammen und schluchzte hemmungslos. Ermattet zog sie die Beine an und legte die Ellenbogen gegen die Ohren. Sie versuchte die Augen geschlossen zu halten, um die Erinnerungen zu verscheuchen. Doch sie ließen sich nicht verdrängen, sondern brachten den Schmerz zurück. Zitternd drückte sie die Hände auf die schmerzende Stelle zwischen ihren Beinen. Lieber Gott, lass mich sterben, flehte sie und schaute zum Himmel empor. Doch Gott erhörte sie nicht.

Stattdessen überwältigte Elisabeth die Erinnerung an den Augenblick, als sie am Tag zuvor mit dem Fremden in die Köhlerhütte gegangen war – ahnungslos und vertrauensselig und so dumm, dass sie sich einen Tag später selbst dafür ohrfeigen wollte.

⁕

Am Tag zuvor

Das Schneetreiben war stärker geworden. Auf rutschigem Boden erreichten Elisabeth und der Fremde die Köhlerhütte. Lachend schloss der Mann den Eingang. Die glühende Kohle verströmte Wärme und tauchte den Raum in sanftes Licht. Flimmernd und schwach beschien sie die Gesichter der beiden Menschen.

»Zum Glück habe ich dich getroffen, sonst müsste ich im Wald erfrieren«, sagte der Fremde und schüttelte den Schnee aus seinen Haaren.

»Eure Kleidung ist warm genug, sodass Ihr sicherlich nicht sterben müsstet«, meinte Elisabeth und zeigte auf seine fellbesetzten Stiefel und den dicht gewobenen Umhang. Sie klopfte den Schnee von Ursulas Umhang und vom Rock ihres Hemdchens. Als sie hochblickte, fiel ihr Blick auf die goldene Spange, die die Kleidung des Mannes zusammenhielt. Die Form des Schmuckstücks erinnerte sie an eine Halbmondsichel. Als sie merkte, dass sie die Spange fasziniert anstarrte, wandte sie sich hastig ab und stellte den Topf auf die glühende Kohle.

»Im Gegensatz zu deiner seltsamen Bekleidung, die die Kälte nicht abhält. Was machst du allein in dieser Behausung? Versteckst du dich hier?«, lachte er und lehnte sich gegen die Holzstangen der Rundhütte.

Elisabeth schaute ihn irritiert an. Da sein Gesicht im Schatten lag, konnte sie nicht erkennen, ob er spaßte. Schweigend kniete sie sich vor die Feuerstelle und starrte in den Topf. Das köchelnde Wasser verfärbte sich durch das Brennnesselkraut dunkel.

Sie schützte ihre Hand mit dem Saum des Umhangs, griff den heißen Topf und stellte ihn auf den Boden, damit der Sud abkühlen konnte. Dann trat sie auf die andere Seite der Feuer-

stelle, lehnte sich gegen die Baumstämme und verschränkte ihre Hände im Rücken.

»*Warum sprichst du nicht mit mir?*«, *fragte der Fremde leise.*

Sie zuckte mit den Schultern. »*Was soll ich Euch sagen?*«

»*Du könntest meine Frage beantworten. Warum bist du hier?*«

Sie schluckte. »*Ihr habt richtig geraten. Ich muss mich verstecken*«, *verriet sie leise.*

»*Vor wem?*«

Sie sah ihn verängstigt an.

»*Kleine Elisabeth, du kannst mir vertrauen! Ich will dir nichts Böses. Ich würde dir gerne helfen. Aber das kann ich nur, wenn du mir erzählst, was passiert ist*«, *versuchte er sie zu überzeugen und nickte ihr aufmunternd zu.*

Tatsächlich fasste Elisabeth Vertrauen und erzählte von dem Jähzorn ihres Vaters.

Während sie stockend berichtete, kam er Schritt für Schritt auf sie zu. Schließlich stand er so dicht vor ihr, dass sie seinen Atem auf den Wangen spürte.

Sie wollte zurückweichen, doch in ihrem Rücken war die Holzwand.

Damit er auf Abstand blieb, presste sie ihre Hände gegen seinen Brustkorb. Doch er nahm ihre Finger in seine und hob sie rechts und links neben ihren Kopf. Mit ausgestreckten Armen stand sie da wie Jesus am Kreuz.

»*Es ist eine Schande, wie man dich behandelt*«, *sagte er mit rauchiger Stimme, während sein Gesicht sich dem ihren näherte. Verwirrt über seine Worte, schwieg sie.* »*Dein Haar duftet wie eine Sommerwiese*«, *flüsterte er und vergrub seine Nase in ihren Strähnen.*

Elisabeth stand da wie zur Säule erstarrt, wagte kaum zu atmen – erst recht nicht, sich zu bewegen. Schließlich tauchte seine Nase aus ihrem Haar wieder auf. Mit einem feinen Lächeln sah er sie an. »Ab heute werde ich auf dich aufpassen, hübsche Elisabeth«, *raunte er und küsste ihren Hals.*

»*Wie meint Ihr das?*«, *fragte sie mit zittriger Stimme.*

»*Niemand darf dich je wieder schlagen.*«

Sie sah ihn zweifelnd an. »*Das wird Euch nicht gelingen*«, *erwiderte sie.*

Statt ihre Bedenken zu zerstreuen, strich er mit dem Zeigefinger über ihre Wange und flüsterte: »*Ich kenne keine Frau, die so unschuldig ist wie du, kleine Elisabeth! Deinem Körper gebührt es, in edle Stoffe gehüllt zu werden. Dein Hals sollte mit Edelsteinen behängt werden, und deine Ohrläppchen müssten Perlen zieren*«, *murmelte er und küsste ihre Mundwinkel.*

Sie zuckte zurück. »*Das dürft Ihr nicht*«, *wehrte sie sich mit schwacher Stimme.*

»*Ich bin dein Beschützer! Oder willst du nicht, dass ich auf dich aufpasse?*«

Mit großen Augen sah sie ihn an. »*Doch! Natürlich! Aber ich verstehe nicht, was Ihr sagt. Warum küsst Ihr mich? Ich bin nicht Eure Frau. Ich kenne nicht einmal Euren Namen!*«, *protestierte sie und versuchte sich aus seiner Umarmung zu befreien.*

Statt seinen Namen zu nennen, flüsterte er mit dunkler und rauer Stimme: »*Mir stockt der Atem, kleine Elisabeth. Ich kann nicht mehr klar denken. Deine Anmut berauscht mich. Werde die Meine, und ich beschütze dich mit meinem Leben.*«

Angst erfasste sie. Als der Mann zu keuchen begann, sah sie ihn mit bangem Blick an. Da drehte er sie mit einem Ruck um, sodass sie mit der Wange gegen die rauen Baumstämme der Hüttenwand schlug. Seine Bewegung kam so schnell, dass sie sich nicht wehren konnte. Sie stöhnte vor Schmerz auf.

»Sei still«, raunte er ihr ins Ohr und presste seinen Körper hart gegen ihren Rücken. Die Holzstangen drückten schmerzlich gegen ihre Hüfte.

»Ihr tut mir weh«, weinte sie, doch er gab nicht nach.

Stattdessen verstärkte sich sein Druck auf ihrem Körper. Sein Keuchen wurde schneller.

Erst als es zu spät war, begriff Elisabeth, was er vorhatte. Schon spürte sie, wie seine Hand unter ihr Nachthemd griff, sich zwischen ihre Beine schob und sie an der Stelle ihres Körpers anfasste, die sie selbst beim Waschen nur widerstrebend berührte.

»Nein! Das dürft Ihr nicht«, schrie sie, als sie spürte, wie er seine Hose öffnete. Flehend versuchte sie sich aus seinem Griff zu befreien, doch sie war zu schwach. Sein Körper drückte sie unerbittlich gegen das Holz. Als er in sie eindrang, brannte es in ihr wie loderndes Feuer.

»Du willst es doch auch!«, murmelte er und bog ihren Kopf so weit nach hinten, dass sie Angst hatte, er würde ihn ihr vom Hals abreißen. Er schien ihren Schmerz nicht wahrzunehmen. Er schien auch nicht zu merken, dass sie sich zu wehren versuchte. Unaufhaltsam flüsterte er ihr Worte ins Ohr, die sie nie zuvor gehört hatte. »Ich werde dich beschützen, denn du gehörst mir«, keuchte er. Mit einer Hand hielt er ihr den Mund zu und erstickte so ihre Schreie, als er wieder und wieder in sie stieß.

Als er endlich von ihr abließ, drehte sich Elisabeth mühsam um. Sie starrte den Mann an, als ob sie ihn zum ersten Mal sah. Was hatte er ihr angetan? Sie spürte, wie warmes Blut an ihrem Oberschenkel hinabrann. Ihr Körper war ein einziger Schmerz. So muss die Hölle sein, dachte sie und presste sich wimmernd die Hände gegen die Schläfen, um das Hämmern im Kopf zu bändigen.

Sie wollte schreien. Doch die Schreie blieben ihr im Hals stecken. Schließlich gaben ihre Knie nach. Sie rutschte zu Boden.

»Das war einer Fürstin ebenbürtig«, sagte der Fremde und strich sich das verschwitzte Haar zurück. Sein Blick verschlang sie wie der eines Jägers, der seine Jagdbeute betrachtete. »Niemand anderen als mich hast du beim ersten Mal verdient«, erklärte er selbstgefällig und zog sie hoch auf die Beine, um sie zu küssen. Feucht und heiß fühlten sich seine Lippen auf den ihren an. Sie stieß ihn von sich. Galle stieg in ihren Schlund empor.

»Beim zweiten Mal wirst du es lieben«, versprach er lachend und öffnete die Tür. Das Licht blendete ihn. Er wandte den Kopf zur Seite.

Elisabeth sprang auf, um zu fliehen. Doch ihre Beine gehorchten ihr nicht. Zitternd lehnte sie sich gegen die Hüttenwand und starrte auf den Rücken des Mannes, der breitbeinig den Eingang versperrte.

»Komm in vier Tagen wieder hierher, und ich werde dich reich beschenken«, versprach er, trat auf sie zu und küsste sie erneut.

»Wer seid Ihr?«, wisperte sie.

Sein Kopf ruckte hoch. Er sah sie seltsam an. Dann erklärte er: »Ich heiße Frédéric ... Frédéric Thiery.«

Mit diesen Worten verließ er die Köhlerhütte.

Elisabeth hörte das Pferd wiehern und sah, wie er fortritt. Erst dann konnte sie weinen.

»Herr im Himmel, Elisabeth! Warum liegst du unter dem Baum? Du holst dir auf dem kalten Boden den Tod. Sieh nur dein Kleid an! Es ist feucht und schmutzig geworden. Geht es dir nicht gut?«, rief plötzlich eine Frau und stupste Elisabeth an.

Sie schreckte hoch und erkannte ihre Freundin.

»Warum hast du geweint?«, fragte Johanna besorgt und ergriff Elisabeths Hand, um ihr beim Aufstehen zu helfen.

»Mir geht es gut«, wisperte Elisabeth und wischte sich mit der freien Hand die Tränen fort.

»Lüg deine Freundin nicht an«, schimpfte Johanna sanft. »Deine Augen sind gerötet und verquollen, dein Gesicht leichenblass, und du zitterst. Es geht dir augenscheinlich *nicht* gut!«

Elisabeth schwieg.

»Lass uns ins Haus gehen. Dort kannst du mir erklären, was das zu bedeuten hat«, schlug ihre Freundin vor und zog sie an der Hand mit sich fort, ohne ihre Antwort abzuwarten.

Johanna führte sie über die Hintertreppe in den oberen Stock, wo sie sich mit Wolfgang, ihrem frisch angetrauten Mann, ein Zimmer eingerichtet hatte. Da es über der Schankstube lag, drangen die Musik und das Lachen der Gäste gedämpft zu ihnen hoch.

Elisabeth betrachtete die kleine Stube, die nun Johannas Zuhause war. »Du hast einen Schrank!«, rief sie überrascht, als sie das besondere Möbelstück entdeckte.

»Wolfgang hat ihn für mich gezimmert«, verriet Johanna mit Stolz in der Stimme.

»Dein Heim wirkt sehr gemütlich.«

»Die Küche und die Wohnstube teilen wir uns mit den Schwiegereltern. Aber das hier wird Wolfgangs und mein Reich allein. Hier darf niemand sonst rein. Das hat er mir versprochen. Dort wird die Wiege stehen«, sagte sie und zeigte in die Ecke neben ihrer Schlafseite. Auf einer Truhe lagen mehrere Wollknäuel und Strickzeug sowie verschiedene Handarbeiten.

»Mützchen und Jäckchen«, murmelte Elisabeth, als sie zwei der Kleidungsstücke erkannte.

»Für unser Kind«, verriet Johanna mit einem Lächeln, das ihr Gesicht erstrahlen ließ.

Ruckartig wandte Elisabeth den Blick von ihrer Freundin ab und schaute durch das Fenster. Im Gegensatz zu den Öffnungen in ihrer Hütte daheim, die mit Stroh gegen die Kälte zugestopft waren, gab es in diesem Haus Fensterglas, das die Wärme im Raum hielt. Elisabeth atmete tief durch, um die aufsteigenden Tränen zurückzudrängen.

Johanna setzte sich auf das Bett und klopfte neben sich. »Setz dich zu mir und erzähl, warum du so aufgewühlt bist.«

Nachdem Elisabeth neben der Freundin Platz genommen hatte, erklärte sie: »Ich dachte gerade daran, dass es dir gelungen ist, unseren Eid von damals zu verwirklichen.«

Die Freundin winkte erstaunt ab. »Das war Kinderkram.«

Elisabeth kräuselte die Stirn. »War es das für dich?«

Johanna legte die Hände auf die kleine Wölbung ihres Bauchs und schüttelte den Kopf. »Nein, das war es nicht!«, gestand sie und sah Elisabeth ernst an. »Nachdem du mir die Karpfen brachtest, habe ich über deinen Vorwurf, dass Wolfgang nicht der passende Mann für mich wäre, noch mal nachgedacht. Dabei wurde mir bewusst, dass ich mir meinen Mann nach unserem Schwur ausgesucht habe.«

»Das wusste ich nicht«, murmelte Elisabeth.

»Ich auch nicht! Aber jetzt bin ich mir sicher«, lachte die Braut. »Wolfgang ist der Mann, den ich mir gewünscht habe. Ich weiß, dass ich es gut bei ihm haben werde. Sogar seine Eltern sagen kein böses Wort gegen mich oder heben die Hand gegen mich. Ich bin von Glück gesegnet!«

»Das freut mich«, sagte Elisabeth und versuchte zu lächeln.

»Es scheint dir besser zu gehen. Lass uns zurück in den Schankraum gehen. Wolltest du nicht heute Peter umgarnen? Wenn du nicht bald um ihn wirbst, schnappt ihn dir noch deine Schwester weg«, lachte Johanna und ging zur Zimmertür.

Elisabeth betrachtete die Freundin in ihrem dunklen Brautkleid, dessen Rock sich leicht nach vorn wölbte. Der gehäkelte helle Kragen hatte aus dem Sonntagskleid ein Hochzeitsgewand gemacht. Johanna sah hübsch aus mit den Schneeglöckchen im Haar. Wie gern wäre ich an ihrer Stelle, dachte Elisabeth und hatte auf einmal das Gefühl, alles Leben würde aus ihrem Körper fließen. Übelkeit und Leere breiteten sich in ihrem Kopf aus. Unfähig zu denken oder zu sprechen schloss sie die Augen und sank rückwärts auf das Bett.

»Elisabeth!«, hörte sie Johanna schreien. Schon riss die Freundin sie an der Hand in die Höhe. »Vermaldeit! Was ist mit dir? Bist du krank?«

Sie hing schlaff in Johannas Armen.

»Wenn du mir nicht auf der Stelle sagst, was mit dir los ist, rufe ich deine Mutter und deinen Vater«, drohte die Freundin zornig. Als Elisabeth weiter schwieg, legte Johanna die Hand an ihre Wange, um ihren Kopf herumzudrehen, sodass die beiden Freundinnen einander ansehen mussten.

»Versprichst du mir beim Leben deines Kindes, dass du nichts verrätst, wenn ich es dir erzähle?«, bat Elisabeth kraftlos.

»Ich schwöre es auf unsere Freundschaft, aber nicht auf das Leben meines ungeborenen Kindes«, schlug Johanna vor.

Elisabeth nickte. Nachdem ihre Freundin die Schwurfinger gehoben hatte, vertraute sie sich ihr an.

Während sie von dem Ereignis am Tag zuvor berichtete, musste sie immer wieder innehalten, da Weinkrämpfe sie schüttelten. Doch mit jedem Satz, den sie sprach, spürte sie, wie der Druck in ihr geringer wurde. Auch der bittere Geschmack im Mund ließ nach.

Kaum hatte sie das letzte Wort gesprochen, konnte sie

wieder durchatmen. Schüchtern schaute sie nun zu Johanna auf. Während sie sich der Freundin anvertraute, hatte sie nicht gewagt, ihr in die Augen zu sehen, aus Angst, in ihrem Blick Schuldzuweisung oder Verachtung zu entdecken.

Johanna starrte vor sich auf den Boden und sagte kein Wort. Doch dann nahm sie Elisabeths Hand in die ihre und drückte sie sanft. »Auch wenn es furchtbar für dich war, er scheint dich zu mögen. Warum sonst will er dich wiedersehen?«

»Einerlei, was er für mich empfindet – er hat mir das Wichtigste genommen, was ich besitze: meine Unschuld! Wer will mich jetzt noch heiraten?«, rief Elisabeth verzweifelt aus.

Johanna sah sie nachdenklich an. Schließlich räusperte sie sich. »Deine Unschuld kannst du vortäuschen. Ich kenne jemanden, der dir erklären kann, wie du es anstellst, dass der Mann es nicht merkt.«

»Wer ist es?«

»Wenn es so weit ist, werde ich dir den Namen verraten. Aber womöglich brauchst du den Rat nicht, weil der Fremde dich zu sich nimmt. Verspiel nicht die Möglichkeit, deinem miesen Leben zu entfliehen, Elisabeth. So viele Gelegenheiten wird dir das Leben nicht bieten. Wirst du wieder zur Köhlerhütte gehen?«

Elisabeth schüttelte den Kopf. »Ich habe Angst, dass er mir wieder wehtut«, gestand sie. »Außerdem ist er ein Edelmann, der in einer anderen Welt lebt. Er ist reich und könnte jede andere Frau haben. Warum sollte er ausgerechnet mich wollen?«

»Du magst in diesen Punkten recht haben, aber bedenke, keine ist so hübsch wie du«, erklärte Johanna schmunzelnd.

Elisabeths Augen weiteten sich. »Adelheid meint, ich wäre unansehnlich. Sie behauptet, dass nur sie hübsch sei.«

Nun lachte Johanna spöttisch auf. »Deine Schwester war schon immer eine Schlange.« Sie ging zu dem Schrank, öffnete eine Tür und zog eine Schublade auf. Der entnahm sie einen handgroßen Gegenstand, den sie Elisabeth vor die Nase hielt. »Sieh selbst, ob du hässlich bist.«

»Ein Spiegel?«, fragte Elisabeth und nahm ihn vorsichtig in die Hand.

»Wolfgang hat ihn mir zur Hochzeit geschenkt. Er hat ihn einem fahrenden Händler abgeschwatzt, der seine Zeche nicht bezahlen konnte.«

Als Elisabeth ihr Antlitz sah, zuckte sie zusammen. »Bin ich das?«, flüsterte sie.

Johanna lachte. »Hast du dich noch nie selbst betrachtet?«

»Nur in einer Pfütze oder in den Scheiben eurer Fenster. Aber so deutlich habe ich mein Gesicht nie zuvor gesehen.«

»Wie findest du dein Aussehen?«, wollte Johanna wissen.

Elisabeth starrte ihr Spiegelbild an und wusste nichts zu antworten.

»Glaub mir, du bist die Hübscheste weit und breit. Deine Augen sind von einem Blau, das nur der Himmel kennt. Um die kleinen Grübchen in der Wange habe ich dich immer beneidet. Und deine Zähne stehen gerade in einer Reihe und sind hell, ohne dunkle Flecken«, schwärmte Johanna.

Elisabeth spürte, wie sich ihr Kreuz streckte. »Ich habe nicht gewusst, dass du so über mich denkst.«

Johanna umarmte sie. »Viele im Dorf denken so über dich. Wenn die Frauen über dich tuscheln, dann nur, weil sie gerne so aussehen würden wie du. Jeder Mann hätte dich gern neben sich liegen. Es ist also kein Wunder, dass der Fremde dich will.«

Elisabeth war sprachlos. Niemals hätte sie gedacht, dass sie solch einen Eindruck machte. Ungläubig besah sie ihr Gesicht von allen Seiten. Dann legte sic den Spiegel neben sich aufs Bett. Sie schaute ihre Freundin verlegen an, denn es gab eine Frage, die ihr auf der Seele brannte und die sie unbedingt beantwortet haben wollte. Doch sie traute nicht, sie zu stellen. Schließlich fasste sie all ihren Mut zusammen: »Wie war es, als du das erste Mal mit Wolfgang ... vertraulich wurdest?«

»Darüber redet man nicht. Selbst mit der besten Freundin nicht«, erklärte Johanna energisch.

»Ich habe dir mein schlimmstes Leid anvertraut«, versuchte Elisabeth sie umzustimmen.

Johanna ging wortlos zum Fenster und schaute hinaus. Dann drehte sie sich um und verschränkte die Arme vor der Brust. Tief durchatmend sagte sie dann: »Ich wusste nicht, was mich erwartete, und ich hatte keine Vorstellung, was passieren würde ...« Sie stockte und sprach erst nach einem Augenblick weiter: »Natürlich wusste ich, wie der Hengst die Stute und der Stier die Kuh besteigt. Ich hoffte, dass Menschen es anders machen. Doch es war nicht so.« Erneut schwieg sie, um dann mit leiser Stimme fortzufahren: »Beim ersten Mal schrie und flehte ich, dass er von mir ablassen solle. Doch er hörte mich nicht. Er schien wie besessen zu sein und ließ erst von mir ab, als seine Lust gestillt war. Tagelang konnte ich kaum sitzen, kaum gehen. Mein Körper schmerzte innen wie außen. Wenn ich nur daran dachte, was er mir angetan hatte, hätte ich laut schreien mögen. Ich ekelte mich vor mir selbst und schwor, ihn nie wieder an mich heranzulassen.«

Elisabeth sah auf Johannas Bauch, in dem ihr Kind heranwuchs. Die Freundin bemerkte ihren Blick und nickte. »Wäre ich stur geblieben, dann hätte ich Wolfgang an eine andere verloren. Deshalb überwand ich meine Angst und meinen Abscheu vor dem nächsten Mal und hoffte darauf, dass sich der Schmerz nicht wiederholen würde. Aber auch beim zweiten und dritten Mal war es, als ob ich innerlich zerreißen würde. Doch dann ließ der Schmerz nach.«

Plötzlich lächelte Johanna. »Ob du es glaubst oder nicht, Elisabeth, heute gefällt es mir sogar, mit Wolfgang vertraulich zu sein«, gestand sie mit hochroten Wangen.

»Es gefällt dir?«, fragte Elisabeth ungläubig.

Die Freundin nickte. »Wolfgang nimmt Rücksicht auf mich, seit ich schwanger bin, weil er denkt, er könnte dem Kind schaden. Allerdings glaube ich, dass ihm das Sanfte ebenfalls besser gefällt, als es wie ein Stier zu treiben.«

Es klopfte an der Tür.

»Johanna, bist du da?«, fragte eine Frauenstimme.

»Ja!«, rief sie und öffnete die Tür.

»Du wirst auf deiner Hochzeit vermisst«, sagte ihre Schwiegermutter und schaute überrascht Elisabeth an. »Warum seid ihr in deiner Stube?«

»Ich war erschöpft und habe mich hingelegt nach dem Essen. Elisabeth wollte nach mir schauen«, log Johanna.

»Es schickt sich nicht, seine Gäste allein zu lassen.«

»Das Kleine ...«, weiter kam sie nicht.

»Schieb nicht alles auf das ungeborene Kind. Es ist die Aufgabe der Frauen, Kinder zu gebären, und deshalb nichts Außergewöhnliches, in anderen Umständen zu sein. Schwanger zu sein ist keine Krankheit, wegen der man das Bett hüten muss. Ich erwarte dich in der Schankstube«, sagte die Schwiegermutter und verschwand wieder.

Als ihre Schritte auf der Holztreppe verhallten, murmelte Elisabeth: »Es tut mir leid, dass du wegen mir ...«

Die Freundin unterbrach sie: »Lass uns zurückgehen. Es ist alles gesagt«, erklärte sie.

Kapitel 11

Die Stimmung in der Schankstube war ausgelassen. Es wurde zum Tanz angestimmt. Auf der freien Fläche inmitten der Tische reihten sich mehrere Paare in Zweiergruppen auf. Aufgeheizt durch die flotte Musik stampften sie den Takt dazu. Die Finger des Musikers sprangen von einer Saite zur nächsten, um einen schnellen Takt zu zupfen.

Dichter Qualm aus den Pfeifen der Alten stieg zur Decke hoch. Elisabeth wedelte sich mit beiden Händen die Sicht frei. Wolfgang stand an der Theke und begrüßte seine Braut grölend. »Ist sie nicht ein Prachtweib! Lasst uns auf unser Glück anstoßen«, rief er lachend in die Runde und hob seinen Bierkrug.

Selbst von ihrem Platz aus konnte Elisabeth erkennen, dass er dabei schwankte. Als er Johanna auf die Wange küsste, rümpfte seine Mutter die Nase. Mit verkniffener Miene ging sie hinüber zu den Witwen des Dorfes, die einen eigenen Tisch zugewiesen bekommen hatten. Sofort steckten die Frauen die Köpfe zusammen, um zu tratschen.

Elisabeth setzte sich zurück auf den Stuhl neben ihren Eltern. Während ihr Vater mit einigen Männern am Tisch hitzig debattierte und ihre Abwesenheit anscheinend nicht bemerkt hatte, schaute die Mutter sie böse an. »Wo bist du gewesen? Meine Hände schmerzen, und du kümmerst dich nicht um mich. Außerdem bekomme ich eine Erkältung«, zischte sie und schniefte in ihren Kleiderärmel.

»Johanna ging es wegen der Schwangerschaft nicht gut. Ich habe ihr Gesellschaft geleistet«, log Elisabeth.

»Ist deine Freundin wichtiger als deine kranke Mutter?«, blaffte die Mutter und nieste.

»Adelheid hätte sich um dich kümmern können.«

»Deine Schwester hat mich ebenfalls im Stich gelassen! Sie sitzt mit den Burschen des Dorfes zusammen und schaut nicht einmal zu mir herüber.« Leidend rieb sich die Mutter die Finger. »Wie siehst du überhaupt aus? Dein Kleid ist schmutzig, und dein Haar hat sich gelöst. Willst du uns zum Gespött machen?«

Elisabeth schüttelte den Kopf. »Ich war mit Johanna zusammen. Mit sonst niemandem.«

»Das will ich hoffen«, murrte die Mutter. Die Erkältung schien ihre Stimme anzugreifen, da sie heiser klang. »Bring mir heißen Wein. Vielleicht hilft das gegen das Kratzen im Hals«, wies sie ihre Tochter an.

Elisabeth stand auf und verdrehte die Augen. Es war wie immer! Ihre Mutter kam nie der Gedanken, dass es auch der Tochter nicht gut gehen könnte. Stets dachte sie nur an sich und ihr eigenes Befinden. Sogar gestern Abend hatte sie nicht gefragt, wie es Elisabeth ergangen war, obwohl sie erst spätabends nach Hause gekommen war. Eine Mutter müsste nachfragen, wo die Tochter nach dem Streit mit dem Vater den Tag verbracht hatte, fand Elisabeth. Schließlich war sie erst im Dunkeln heimgekehrt. Die Mutter hätte doch zumindest das blutverschmierte Nachthemd und den fremden Umhang bemerken müssen, den Elisabeth trug. Auch die fremden Holzschuhe hätten ihr auffallen müssen. Die Mutter sah und hörte doch sonst alles. Sie rühmte sich sogar, eine besondere Beobachtungsgabe zu haben, die Elisabeth als Kind oft zum Verhängnis geworden war. Immer hatte es ihre Mutter sofort geahnt, wenn Elisabeth etwas angestellt hatte.

Warum also hatte sie am Abend zuvor ihr Aussehen ignoriert? Statt mit ihrer Tochter zu sprechen und sich nach ihrem Befinden zu erkundigen, hatte sie nur über die eigenen Schmerzen gejammert und Elisabeth zum Füttern der Tiere geschickt.

Wie gern hätte sie sich der Mutter anvertraut und ihr von dem schlimmen Ereignis erzählt. Doch anscheinend war sie ihr einerlei. Das Gefühl, ungeliebt zu sein, nagte an Elisabeth. Traurig ging sie zur Schankmagd, um heißen Wein zu bestellen. Da sie warten musste, bis dieser erhitzt war, stellte sie sich an die Ecke der Theke. Ihr Blick schweifte zu Adelheid hinüber. Jetzt, da Elisabeth erstmals ihr eigenes Spiegelbild gesehen hatte, betrachtete sie ihre Schwester mit anderen Augen.

Adelheids gelocktes Haar hüllte ihren Kopf wie eine Wolke ein und ließ sich auch mit einer Bürste nicht zähmen. Die rötlichen Löckchen klebten unschön an Hals und Wangen. Ihr Sonntagskleid spannte über Brust und Bauch und schien jeden Augenblick aus den Nähten zu platzen. War ihre Schwester über Nacht kräftiger geworden?, überlegte Elisabeth erstaunt.

Im Gegensatz zu Elisabeth verstand es Adelheid, die Burschen für sich einzunehmen. Sie war nicht verlegen und hatte ein vorlautes Mundwerk. Drei heiratsfähige Kandidaten hingen an ihren Lippen. Sogar Peter, den Elisabeth für sich auserkoren hatte, saß in der Runde und lachte schallend.

Wenn ich mich nicht bald um ihn bemühe, schnappt ihn Adelheid mir weg, dachte Elisabeth. Dann wurde sie abgelenkt, weil sie den Wein zu ihrer Mutter bringen musste.

»Das wird auch Zeit!«, murrte diese und nahm einen Schluck, bevor Elisabeth sie vor dem heißen Getränk warnen konnte. »Du dumme Gans! Nun habe ich mir die Zunge verbrannt!«, schimpfte die Mutter.

»Du musst doch wissen, dass der Wein erst abkühlen muss«, murmelte Elisabeth und versprach: »Adelheid wird dir kaltes Wasser bringen!«

Entschlossen ging sie hinüber an den Tisch der jungen Leute. Sofort erstarb das Gespräch, und alle Blicke wandten sich ihr zu.

»Was willst du?«, fragte Adelheid schnippisch.
»Mutter hat Schmerzen«, antwortete Elisabeth freundlich.
Das Mädchen drehte den Kopf in Richtung der Mutter. »Das sieht nicht so aus. Sie wirkt munter.«
»Mutter möchte kaltes Wasser haben. Du sollst es ihr bringen ... sagt Vater«, log Elisabeth. Allerdings betrachtete sie es als Notlüge, für die man nicht bestraft werden konnte.

Ihre Schwester schob den Stuhl so heftig zurück, dass die Holzbeine auf dem Dielenboden quietschten. Mit wütendem Blick stand Adelheid auf und presste die Lippen aufeinander. Ihre schwarzen Augen schienen sich noch mehr zu verdunkeln. Elisabeth lächelte sie an, sagte aber kein Wort. Mit einem Ruck wandte sich ihre Schwester um und stapfte hinüber zum Tisch der Eltern.

Elisabeth versteckte ihr Grinsen. Zum ersten Mal war ihr aufgefallen, dass Adelheids Sommersprossen ihre Haut fleckig erscheinen ließen. Auch passte ihre pralle Oberweite nicht zu ihrer gedrungenen Leibesgröße. Sie ist kein bisschen hübsch, dachte Elisabeth und nahm selbstbewusst Adelheids Platz ein. Schon verwickelten die Burschen sie in ein Gespräch. Sie lachte und scherzte und verjagte die Gedanken an das schlimme Ereignis des gestrigen Tages.

Während Elisabeth sich angeregt unterhielt, schielte sie immer wieder zum Tisch ihrer Eltern hinüber. Ihre Mutter scheuchte Adelheid unentwegt durch den Saal. Kaum hatte das Mädchen ihr zu trinken gebracht, musste es abermals los, um eine Decke zu holen. Adelheid lief hin und her, um die Forderungen der Mutter zu erfüllen. Doch die Tochter schien sie nicht zufriedenzustellen, denn ihr Schimpfen war durch den ganzen Saal zu hören.

Elisabeth sonnte sich in Schadenfreude. Selbstbewusst unterhielt sie sich mit Peter, als sie den zornigen Blick der Schwester auffing, die eilig auf sie zukam. Ohne nachzudenken, forderte Elisabeth Peter zum Tanzen auf. Das Gesicht des Burschen verfärbte sich feuerrot. Betreten sah er zu seinen Freunden. Elisabeth ahnte, dass sie ihn in Verlegenheit gebracht hatte. Doch da sie einem Streit mit Adelheid aus dem Weg gehen wollte, ergriff sie seine Hand und zog ihn auf den Tanzboden.

Ungezwungen reihten sich Peter und Elisabeth unter die Tanzpaare ein. Zu den Klängen der Musik klatschten sie in die Hände, hakten sich unter und drehten sich im Kreis. Sie wanderten von einem Tanzpartner zum anderen, bis sie wieder zusammenfanden. Auch wenn Elisabeth manche schnelle Bewegungen schmerzten, genoss sie es, in diesem Augenblick fröhlich und unbekümmert zu sein.

Als der Musiker eine Pause einlegte und jeder zu seinem Platz zurückging, sagte sie schüchtern zu Peter: »Ich muss nach meiner Mutter sehen. Tanzen wir später wieder miteinander?«

»Aber nur, wenn du mich aufforderst«, grinste er.

Als Elisabeth sich setzte, fiel ihr Blick auf ihren Bruder. Er schien der Einzige zu sein, der sich seit dem Essen nicht vom Fleck gerührt hatte. Ulrichs Kopf lag auf der Tischplatte, die Reste eines Stücks Nusskuchen in der Hand. Er schlief tief und fest. Noch immer glänzte seine Wange von der Buttersoße. Ulrichs lange Wimpern warfen Schatten auf die Haut. Er hatte den Mund leicht geöffnet und schnarchte kaum hörbar.

Bei diesem Anblick musste Elisabeth zärtlich lächeln. Sie erinnerte sich, wie der Junge als Einjähriger in seiner Wiege gelegen und geschlafen hatte. Oft stand sie damals davor und betrachtete ihn, weil er so hübsch und unschuldig aussah. Die Erinnerung daran ließ ihre Geschwisterliebe für den Bruder aufflackern. Obwohl er nun elf Jahre alt ist, benimmt er sich wie ein Kleinkind, dachte sie liebevoll und strich ihm über das Haar. Doch dann zog sie die Hand weg, als ob sie sich verbrannt hätte. Sie wusste, sobald Ulrich die Augen aufschlug, würde er sich wieder in den Nichtsnutz verwandeln, den sie hasste. Allein dieser Gedanke ließ ihre kurze Zuneigung gleich wieder erlöschen.

Sie rutschte mit dem Stuhl ein Stück von ihm ab und versuchte dabei nicht zu ihrer Mutter zu schauen, damit diese keinen Grund fand, erneut zu zetern. Stur sah sie zu den Männern, die mit ihrem Vater am Tischende saßen. Angeregt unterhielten sie sich über das Wetter, das ungewöhnlich kalt war für diese Jahreszeit.

»In wenigen Wochen müssten wir den ersten Grasschnitt machen, doch die Wiesen saufen ab, und das Gras will nicht wachsen. Wenn das Wetter nicht bald besser wird, leidet das Vieh Hunger im Winter, weil wir kein Heu haben werden.«

»Nicht erst nächsten Winter! Auch jetzt habe ich kaum mehr Heu, um meine Tiere satt zu bekommen. Selbst meine Speisekammer ist leer. Meine Familie hungert seit Tagen. Diese Hochzeit kam wie ein Segen über uns. Seit Langem konnten wir uns wieder satt essen«, verriet ein Bauer.

Ein anderer nickte. »So geht es vielen von uns. Wir müssen dem Schankwirt dankbar sein, dass er so großzügig war, uns einzuladen.«

»Wenn er es sich nicht leisten kann, wer dann?«, spottete Elisabeths Vater.

»Ich hoffe, dass ich nächste Woche den Acker bestellen kann. Noch ist der Boden gefroren, doch die Alten prophezeien, der Frühling naht«, meinte ein Jungbauer.

»Einerlei, ob nächste Woche die Kälte vorbei ist oder nicht, ich habe nichts mehr zu essen für meine Familie. Meine Frau steht kurz vor der Niederkunft, doch sie ist so schmal wie ein Hungerhaken. Die Hebamme fürchtet, dass das Kind sterben wird, weil meine Frau womöglich keine Milch hat.«

»Ich habe eine Ziege, die genügend Milch gibt. Wenn dein Kind geboren ist, kannst du versuchen, es mit der Ziegenmilch satt zu bekommen«, bot der Wirt an, der frisch gefüllte Bierkrüge brachte und die Not des Messerschmieds gehört hatte.

»Gott wird dich reich belohnen«, versprach der Mann dankbar.

Der Wirt winkte ab und ging zurück zum Ausschank.

»Die Natur wird immer überleben, nur der Mensch wird untergehen«, prophezeite der Messerschmied und prostete den Männern zu.

»Du kannst deine Karpfen schlachten, wenn du hungerst«, sagte der Jungbauer, der erst vor wenigen Monaten den Hof des Onkels übernommen hatte, zu Elisabeths Vater.

»Würdest du deine Milchkuh essen?«, entgegnete der Karpfenfischer und erklärte: »Unsere Tiere sind das Einzige, was wir haben, um zu überleben. Wenn ich meinen Teich leer fische, womit soll ich dann mein Geld verdienen? Ich lebe vom Verkauf der Karpfen und kann sie deshalb nicht selbst essen.«

»Das ist wohl wahr. Ich bin letzte Woche auf die Vogeljagd gegangen, damit meine Kinder endlich mal wieder Fleisch zu essen haben. Doch die Zugvögel sind noch nicht da, und die Tauben scheint ihr schon alle gefangen zu haben. Seit Tagen habe ich nicht eine einzige gesehen«, klagte der junge Bauer.

»Ebenso erging es mir mit den Hasen. Ich habe mich nachts auf die Lauer gelegt, doch nicht ein Langohr kam mir vor die Büchse«, verriet der Messerschmied.

»Sei froh darüber! Wenn man dich beim Wildern erwischt hätte, wäre es dir schlecht ergangen.«

»Wo kein Kläger, da kein Richter«, erwiderte der Mann.

»Weißt du nicht, dass der Sohn des Fürsten mit einer Jagdgesellschaft in den Wäldern unterwegs ist? Wenn sie dich erwischt hätten, wie du nachts auf Hasenjagd gehst ... nicht auszudenken!«, orakelte der Tischler.

Der Messerschmied verzog verächtlich die Mundwinkel. »Die hohen Herren leiden bestimmt keinen Hunger.«

»Sicherlich nicht! Meine Martha hat geholfen, das Jagdhaus für die Ankunft herzurichten. Sie berichtete von vollen Speisekammern und reichlich gefüllten Weinfässern im Keller. Selbst wenn dieser Winter den ganzen Sommer dauern würde, hätten Georg, der Herzogssohn, und sein Gefolge genügend zu essen und zu trinken«, mutmaßte der Tischler und nahm einen Schluck Bier. Nachdem er sich den dünnen Schaum von den Lippen gewischt hatte, sinnierte er: »Wäre meine Beate im heiratsfähigen Alter, hätte ich sie als Magd im Jagdschloss untergebracht. Vielleicht hätte sich einer der Jäger in sie verguckt und zu sich genommen. Dann wäre sie gut untergebracht und würde ein sorgenfreies Leben führen.«

»Bist du von Sinnen? Kennst du nicht die Gerüchte über die Saufgelage dieser Männer? Vor denen ist keine Magd sicher, wenn sie gesoffen haben. Zudem kann ich mir nicht vorstellen, dass diese Kerle es mit deiner Beate ehrlich meinen würden.«

»Ach, das ist doch nur dummes Gerede! Meine Martha erzählte, dass die Jäger und sogar der Sohn des Fürsten anständige Männer seien. Keiner habe sie in den zwei Tagen angerührt oder dumme Bemerkungen gemacht.«

Die übrigen Männer sahen sich kurz an, dann lachten sie schallend los.

»Deine Martha gehört sicher nicht zu den bevorzugten Frauen dieser Herren«, grölte Elisabeths Vater.

Nun musste sogar der Tischler grinsen. Verlegen kratzte er sich am Hinterkopf. Jeder kannte des Tischlers Weib, das kaum noch Zähne im Mund hatte und herrschsüchtig war.

Keiner wagte dieser Frau zu widersprechen, selbst wenn sie im Unrecht war.

»Betet, dass der Winter bald vorbei ist, damit wir die Äcker bestellen können und unsere Not ein Ende hat«, forderte der Jungbauer die Runde auf.

»Lasst uns auf das Brautpaar anstoßen, dem wir einen vollen Bauch zu verdanken haben«, schlug der Tischler vor und hob den Krug. »Man kann froh sein, wenn man seine Töchter unter die Haube bekommt, besonders wenn eine schon älter ist«, sagte er, nachdem alle einen Schluck genommen hatten.

Elisabeth wusste sofort, dass er sie damit meinte. Schon spürte sie die Blicke der Männer auf sich. Peinlich berührt wandte sie den Kopf ab. Wie konnte er es wagen, in ihrem Beisein so zu reden, dachte sie und schaute stur zur Tanzfläche.

»Da sagst du was Wahres, Tischler«, erklärte der Messerschmied. »Wir hatten schon befürchtet, dass kein Mann unsere Annemarie nehmen würde. Doch dann kam der Mathias, und nun feiern wir Hochzeit im Sommer. Deine Last ist größer, Karpfenfischer, denn für zwei Töchter musst du auch zwei Burschen finden. Das wird schwierig«, weissagte er mitfühlend.

Elisabeth spitzte die Ohren, als sie hörte, wie ihr Vater sagte: »Mach dir um mich keine Gedanken. Ich habe bereits eine Lösung. Da mein Weib krank ist und kaum mehr mit anpacken kann, darf nur eine meiner Töchter heiraten. Die andere muss bei uns bleiben und sich um ihre Mutter und den Ulrich kümmern. Der Bub ist nicht schlau genug, um als mein Erbe die Fischzucht zu bewirtschaften. Aus dem gleichen Grund wird er sicherlich keine Frau finden, die für uns sorgen wird. Deshalb wird eine seiner Schwestern das tun müssen.«

»Welche soll das sein?«, fragte der Tischler erstaunt.

Aus dem Augenwinkel sah Elisabeth, wie ihr Vater in ihre Richtung nickte.

»Sicherlich wird Adelheid als Erste heiraten. An Elisabeth scheint die Pest zu kleben. Niemand wollte sie bis jetzt haben. Schon jetzt wird es schwierig wegen ihres Alters. Vielleicht nimmt sie ein Witwer zu sich, wenn ich tot bin. Dann kann sie seine Kinder großziehen.«

»Ich hoffe, dass du noch ein paar Jahre durchhältst, Karpfenfischer, denn im Augenblick gibt es nur Witwen in der Umgebung. Anscheinend sind die Weiber robuster, als ihre Männer es waren«, grölte der Tischler, und die anderen stimmten in das Lachen ein.

Elisabeths Herz pochte wie wild. Hatte der Vater tatsächlich gesagt, dass nur Adelheid heiraten durfte? Und sie, Elisabeth, sollte sich um die Fischerei und um den Bruder kümmern? Wie konnte er ihr das antun? Dabei sehnte sie den Tag herbei, an dem sie ihr Elternhaus verlassen konnte. Doch nun sollte es ihr Gefängnis werden, bis die Eltern starben? Das konnte der Vater nicht von ihr verlangen. Mit Zornesträhnen sah sie zu ihrem Bruder, der soeben erwachte und sich streckte. Sabber lief aus seinem Mundwinkel und tropfte auf die Tischplatte. Elisabeth konnte kaum ihre Wut beherrschen. Am liebsten hätte sie ihren Vater angeschrien, dass sie auf keine Fall Ersatzmutter für ihren Bruder spielen werde. Doch sie wagte es nicht, ihm Widerworte zu geben. Wütend schob sie den Stuhl von sich. Erneut war ihr Bruder schuld an ihrem vermaledeiten Schicksal, dachte sie und wollte den Schankraum verlassen, als Peter ihr den Weg verstellte.

»Möchtest du mit mir tanzen?«, fragte er stotternd und mit hochrotem Gesicht.

Elisabeth wollte allein sein. Doch dann erblickte sie ihre

Schwester, und ihr Kampfgeist erwachte. Sie packte Peters Hand und zog ihn in die Mitte des Raums, wo sich bereits andere Paare zum Reigen aufgestellt hatten.

⇒ *Kapitel 12* ⇐

Frédéric stand am Eingangstor des Jagdhauses und blickte mit besorgter Miene dem Pferd hinterher, auf dem sein Vetter in gestrecktem Galopp davonritt. Wenn Georg nicht rechtzeitig zurückkehrte, würde Frédéric dem Herzog eine Nachricht zukommen lassen, dass sein Sohn sich nicht regeln ließ, beschloss er. Doch zugleich wusste er, dass er das seinem Vetter nicht antun konnte. Warum muss Georg ausgerechnet heute dieses Bauernmädchen treffen? Wenn es ihn so sehr zwischen den Schenkeln juckte, hätte er sich mit einer Magd vergnügen sollen. Jede Frau im Haus würde liebend gern unter seine Decke kriechen, dachte Frédéric missmutig und stemmte die Hände in die Hüften.

Als Ross und Reiter nicht länger zu sehen waren, ging er wie ein Wachsoldat mit kraftvollen Schritten zwischen den offenen Torflügeln auf und ab. Er hoffte, dass die Bewegung seinen Unmut dämpfte. Doch statt sich zu beruhigen, spürte er, wie sein Ärger sogar noch wuchs. Wie sollte er der Jagdgesellschaft erklären, warum der Fürstensohn beim Abendessen heute nicht anwesend war? Frédéric wusste, dass ausgerechnet an diesem Tag die Männer mit dem Bräutigam auf dessen bevorstehende Hochzeit anstoßen wollten, da sie ihm heute ein Geschenk überreichen wollten.

Er hielt in seiner Bewegung inne, verschränkte die Hände und starrte auf den Waldweg, der zum Anwesen führte.

Georg, der Herzogssohn, kann tun und lassen, was er will,

ohne Rechenschaft ablegen zu müssen, überlegte er. Erst recht durfte er poussieren, mit wem er wollte. Keinem der Männer war es gestattet, sich darüber eine Meinung zu erlauben. Frédéric atmete tief durch. Doch dann grübelte er weiter: Was, wenn einer der Männer dem Herzog oder gar Georgs Braut über das unrühmliche Verhalten des Bräutigams berichtete, weil er ihm schaden wollte? Vielleicht gab es unter ihnen einen, der nur darauf wartete, Georg anzuschwärzen. Frédéric sinnierte, wem er einen solchen Verrat zutrauen würde. »Vielleicht dem alten Hubert? Oder sogar Karl?«, überlegte er, nachdem er alle Namen durchgegangen war. Aber da man einem Menschen nur bis zur Stirn schauen konnte, war er sich nicht sicher und verwarf die Namen.

Dann überkam ihn plötzlich der Gedanke, dass sogar die Zukünftige, Mathilde, einen Spion eingeschleust haben könnte, um ihren zukünftigen Ehemann auszukundschaften. Da Georg und Mathilde sich kaum kannten, wäre es nur verständlich, wenn sie nachforschte. Die Brautleute hatten sich nur wenige Male getroffen und sollten doch schon bald für immer aneinander gebunden sein. Argwöhnische Frauen waren so gefährlich wie geladene Gewehre – das wusste Frédéric aus eigener Erfahrung. Nervös blähte er die Wangen auf und schnaubte. Du dummer Mensch, schalt er sich schließlich selbst. Warum machte er sich Sorgen? Er lachte nervös auf, nur um erneut ein finsteres Gesicht zu ziehen. Weil er seinen Vetter Georg und den Rest seiner Sippe nur zu gut kannte, vermochte er die Familie einzuschätzen. Sicherlich würde er, Frédéric, auch dieses Mal lügen müssen, um Georg zu decken – wie schon so oft zuvor in ihrem Leben. »Hört das denn nie auf?«, presste er hervor und trat gegen den Torflügel, der krachend zuschlug.

Er erinnerte sich an einige unschöne Ereignisse, für die seine Vettern und Basen verantwortlich waren, die sie aber ihm zur Last gelegt hatten. Meist zwangen ihn die Sprösslinge der Fürstenfamilie dazu, ihre Missetaten für die seinen auszugeben, obwohl er nur selten einen Anteil daran hatte. »Du bist wie der Bauer beim Schach. Den opfert man auch, damit der König nicht fällt«, spottete Georg oft. Frédéric erinnerte sich an das zynische Grinsen seines Cousins, als der vor einigen Jahren von ihm verlangt hatte, für einen Brand im Heuschober die Schuld auf sich zu nehmen. Georg und seine Schwester Sibylla hatten mit einem zerbrochenen Glas versucht, die Sonnenstrahlen einzufangen, und dabei das Heu entzündet. Frédéric war nicht einmal in der Nähe gewesen, und trotzdem hatte er gestanden, dass durch seine Unachtsamkeit beinahe die halbe Scheune abgebrannt wäre. Nie wieder würde er den vorwurfsvollen Blick seines Oheims vergessen, der ihm vorhielt, dass er einen Taugenichts bei sich aufgenommen habe.

Frédéric erregte sich mit jedem Atemzug mehr. Selbst jetzt, als erwachsener Mann, musste er die Missetaten seines Vetters Georg decken, denn ständig brachte der Fürstensohn sich in Verlegenheit. Sogar hier, in der Abgeschiedenheit des Jagdhauses, erlaubte er sich eine Liebelei. Dabei hätte Frédéric schwören können, dass die herzogliche Gesellschaft nur saufen und jagen würde, solange sie sich im Jagdhaus aufhielt.

Georg war jetzt zwar auch wieder zur Jagd aufgebrochen. Doch seine Beute war kein Wild, spottete Frédéric und lachte auf. Er war versucht, diesem Bauernmädchen die Krätze an den Hals zu wünschen, damit Georg endlich von ihm abließe. Was fand der Vetter nur an diesem einfachen Weib?, überlegte er. Keine von Georgs bisherigen Liebschaften hatte er so hartnäckig verfolgt wie diese Kleine. Meist war sein Verlangen nach dem ersten Mal bereits erloschen. Doch irgendetwas musste bei diesem Bauernmädchen anders ein, da er schon wieder zu ihr wollte.

Frédéric hatte genug gegrübelt. Er würde zur Jagd aufbrechen und dem Hirsch nachstellen, den er vor einigen Tagen hatte laufen lassen. Vielleicht wird ein Jagderfolg meine Stimmung heben, dachte er und ging ins Haus, um seine Armbrust zu holen.

⇢ *Kapitel 13* ⇠

Elisabeth streckte ihre Hände den hellrot glühenden Kohlen entgegen. Obwohl sie die Hitze auf der Haut schmerzhaft spürte, wärmte sie nicht. Die Kälte saß in ihren Knochen und Gliedern fest und wollte nicht weichen. Mit zittrigen Fingern entzündete sie die zwei Kerzenstummel, die sie auf dem Boden abstellte. Sie hatte die Talglichter heimlich von zu Hause mitgenommen, damit sie den Innenraum der Köhlerhütte erhellen konnte. Unruhig lehnte sie sich gegen die Hüttenwand. Ihr ängstlicher Blick fiel auf die Eingangstür. Jedes Geräusch, das von außen hereindrang, ließ sie zusammenzucken. Ob der Fremde kommen würde? Er hatte versprochen, sie hier in vier Tagen wiedersehen zu wollen. Das war heute.

Wie immer, wenn sie nervös war, kaute Elisabeth auf ihrer Unterlippe. Was hatte sie nur bewogen, die Köhlerhütte ein zweites Mal aufzusuchen?, fragte sie sich nun. Sie hatte sich doch geschworen, diesen Mann niemals wiedersehen zu wollen. Wie konnte sie so dumm sein und sich erneut in Gefahr begeben? Hatte sie nicht schon genug gelitten? Als sie sich an den Moment erinnerte, als er sie mit Gewalt genommen hatte, schloss sie die Augen. Erneut sah sie die Bilder vor sich und spürte den Schmerz, als der Fremde sie zur Frau machte. Um nicht laut aufzuschreien, biss sie sich in den Handballen.

Damit sie nicht auf dem nackten Lehm sitzen musste, schüttete sie das Stroh, das sie in einem Sack mitgebracht hatte, auf dem Boden aus. Schwer atmend setzte sie sich auf die dünne Strohschicht, den Rücken an das Gestänge der Hütte gelehnt. Sie drückte sich mit der Faust gegen den Brustkorb, bis der Druck darin nachließ. Dann zog sie die Beine an und umschloss sie mit den Händen.

Sie starrte auf den Eingang und wartete. »Frédéric Thiery«, hörte sie sich den Namen des fremden Mannes murmeln. Es war das erste Mal, dass sie seinen Namen aussprach. Sie versuchte sich an sein Gesicht zu erinnern. Es verschwamm vor ihren Augen. Weder an die Farbe der Augen – grau oder grün? – noch an die Farbe der Haare – hell oder dunkel? – erinnerte sie sich. Sie schüttelte den Kopf. Es war unwichtig, denn von Bedeutung war einzig und allein, dass Frédéric Thiery sie aus ihrem Elend erlöste; sie aus diesem Leben befreite und sie mit in ein neues nahm. Elisabeth lachte bitter auf. Lange hatte sie gehofft, dass Peter ihr Retter sein würde. Doch diese Hoffnung war zerstört.

»Warum ist das Schicksal so grausam zu mir?«, bemitleidete sie sich selbst und legte den Kopf auf die Knie. Erschöpft von all den Gedanken, schloss sie die Augen. Doch die Erinnerung an Johannas Hochzeit ließ sie nicht zur Ruhe kommen ...

Peter hatte Elisabeth über die Tanzfläche gewirbelt. Nachdem die Musik verklungen war, standen sie sich atemlos gegenüber. Ihre verschwitzten Gesichter strahlten vor Freude. Elisabeth fühlte sich beschwingt und glücklich wie lange nicht mehr. In diesem Augenblick nahm sie sich vor, nie wieder über ihr Leid nachzudenken und das furchtbare Ereignis zu vergessen. Ihre Gedanken sollten der Zukunft gehören, die sie mit Peter ver-

bringen wollte. Sie war sich sicher, dass sie die richtige Wahl getroffen hatte. Peter würde ihr ein gutes Leben bieten und sie aus ihrem kaltherzigen Elternhaus fortführen. Dank ihm würde sie sich nicht mehr um ihren Bruder kümmern müssen, sondern eine eigene Familie gründen. Jetzt musste sie nur noch Peter davon überzeugen, dass auch er das wollte.

Als Peter sie fragte, ob sie mit ihm frische Luft schnappen wollte, wäre sie ihm am liebsten um den Hals gefallen. Doch sie beherrschte sich und sah sich vorsichtig um, ob einer der anderen ihn gehört hatte. Niemand achtete auf sie. Nacheinander verließen sie die Schankstube.

Sie trafen sich an dem Weg, der neben dem Gasthaus in die Felder führte. Die Sonne stand tief. Bald würde die Nacht hereinbrechen.

»Sollen wir ein Stück des Weges gehen?«, fragte Peter schüchtern. Elisabeth nickte.

Schweigend gingen sie nebeneinander den Feldweg entlang.

»Ich wusste nicht, dass du so ein guter Tänzer bist«, begann sie die Stille zu durchbrechen.

»Meine Schwester hat mir die Tanzschritte beigebracht letzten Winter. Sie meinte, jeder Mann sollte tanzen können, wenn er heiratet.«

»Du willst heiraten?«, fragte Elisabeth überrascht und wagte nicht, ihn anzusehen, da sie Angst hatte, er könnte ihren freudigen Blick erkennen.

Er schaute über die Äcker, die sich vor ihnen ausbreiteten. »Ich hoffe, schon bald!«, murmelte er kaum hörbar.

Doch sie hatte seine Worte verstanden. Ihr Herzschlag beschleunigte sich. Sie konnte kaum mehr geradeaus gehen, da ihre Beine zitterten. Um sich zu fangen, zupfte sie ein Blatt von dem immergrünen Gestrüpp am Wegesrand und betrachtete es aufmerksam. Nachdem sie es zerpflückt und fallen gelassen hatte und immer noch nichts von Peter hörte, fragte sie schließlich: »Demnach hast du schon ein Mädchen gefunden, das du heiraten möchtest?«

Abermals schwieg er, sodass sie ihn gespannt anschaute. Aus seinem puterroten Gesicht stachen seine hellbraunen Augen hervor. »Ja, aber sie weiß es noch nicht«, *gestand er endlich, wobei ein verhaltenes Lächeln seine Lippen zucken ließ.*

Elisabeth tat überrascht. »Dann hast du sie noch nicht gefragt?«, *schlussfolgerte sie und hatte Mühe, ihrer Stimme einen neutralen Klang zu geben.*

Er schüttelte den Kopf und sah sie zerknirscht an.

Elisabeths Herz hüpfte vor Freude. Sie war sich sicher, dass Peter sich nicht traute, sie zu fragen. Warum sonst war er mit ihr vor die Tür gegangen? Warum sonst hatte er ihr von seinen Heiratsabsichten erzählt? Warum sonst stand er verlegen wie ein Lausbub vor ihr?

Sag endlich meinen Namen! Frag endlich, ob ich dich heiraten möchte, forderte sie ihn in Gedanken auf. Doch Peter schwieg.

Wie kann ich dich nur dazu bringen, dass du den Mund aufmachst?, dachte Elisabeth und hätte ihm nur zu gern, auch ohne seine Frage, ein lautes Ja zugerufen. Doch das wagte sie nicht. Sie konnte nichts weiter tun, als ihn aufmunternd anzulächeln. Es schien, als ob er seine Sprache verloren hätte. Stumm stand er da, schluckte mehrmals und räusperte sich. Schließlich gestand er zaghaft:

»Ich habe Angst, dass sie Nein sagen könnte.«

Ach, Peter!, jubelte Elisabeth in Gedanken, warum sollte ich Nein sagen? Du bist mein Retter in der Not! Wenn du mich heiratest, muss ich mich nicht mehr um Ulrich kümmern. Dank dir werde ich aus diesem dunklen Haus meiner Eltern fortkommen. Sie strahlte über das ganze Gesicht. Schon wollte sie ihm versichern, dass seine Angebetete sicherlich nicht Nein sagen, sondern sich über seinen Antrag freuen würde.

Da nahm er ihre Hand in die seine und fragte zaghaft: »Könntest du Adelheid fragen, ob sie mich auch mag?«

Elisabeths freudige Miene fror ein. Sie glaubte, sich verhört zu haben. Ihre Augen wurden groß und größer. Sie schüttelte heftig den Kopf. Das kann nicht sein, wollte sie schreien. Sie musste sich verhört haben.

Doch da sprudelten die Worte aus Peter heraus. Mit leuchtenden Augen gestand er Elisabeth, dass er sich keine bessere Frau als Adelheid vorstellen könnte. Sie hörte ihm nicht zu. Eine einzige Frage kreiste in ihrem Kopf: Wieso Adelheid? Wieso meine Schwester? Ich will dich heiraten! ICH! Das musst du doch ahnen! Das musst du doch wissen!, *wollte sie schreien.*

Doch sie brachte keinen Ton über die Lippen. Ihr Körper erstarrte. Ihre Miene versteinerte. Der Boden unter ihr wankte. Sie taumelte.

»Geht es dir nicht gut?«, fragte Peter und hielt sie am Arm fest.

»Mir ist kalt. Ich habe meinen Umhang vergessen«, stammelte sie, wandte sich um und ging den Weg zurück.

Elisabeth zitterte vor Wut und Enttäuschung. Warum hatte Peter nicht sie erwählt? Johanna sagte doch, dass sie hübscher sei als Adelheid. Sah er das denn nicht? Oder hatte ihre Freundin sie trösten wollen, weil sie Mitleid mit ihr hatte? Dabei hatte sich Elisabeth schon auf den Tag gefreut, an dem sie ihren Eltern entgegenschleudern wollte, dass ein Mann an ihr Interesse hatte. Zum Glück hatte sie geschwiegen. Die Häme ihrer Eltern hätte sie sicherlich ein Leben lang begleitet.

Mutlos rieb sie sich über die Augen. Wenn sie ihrem Elternhaus entkommen wollte, hatte sie keine andere Wahl, als den Fremden wiederzusehen. Obwohl er sie missbraucht hatte, wollte sie ihm und seinen Schwüren vertrauen. Da Johanna ihr zudem versichert hatte, dass das Zusammensein nur am Anfang schmerzhaft war, baute sie auf eine erfreuliche Zukunft mit ihm.

Wie spät es wohl war? Thiery hatte zwar gesagt, dass er sie in vier Tagen wiedertreffen wollte, aber er hatte keine Uhrzeit genannt. Um ihn nicht zu verpassen, war sie sehr früh aufgebrochen. Da sie den Eltern Rechenschaft abgeben musste, wohin sie gehen wollte, schob sie die Erkältung ihrer Mutter als Grund vor. Sie begründete ihr frühes Fortgehen damit, Heilkräuter im Wald sammeln zu wollen, die die Leiden der Mutter lindern sollten. So konnte sie den Tag über fortbleiben, ohne dass ihre Eltern Verdacht schöpften.

Mittlerweile schienen Stunden vergangen zu sein. Elisabeth schaute zu den Kerzenstummeln. Nein, sie waren kaum weiter abgebrannt. Erleichtert erhob sie sich von dem harten Boden, der trotz der dünnen Strohmatte unbequem blieb. Ächzend streckte sie ihre steifen Glieder. Als sie sah, dass von der Holzkohle nur noch wenige glimmende Stücke übrig waren, nahm sie den Topf, öffnete die Tür und trat hinaus, um neue zu holen.

Der gerodete Platz war sonnenbeschienen. Hoffentlich ist das der Frühling, dachte Elisabeth und stellte sich in die Mitte der Lichtung, um den Strahlen ihr Gesicht entgegenzustrecken. Dieses Mal schien die Wärme ihre Knochen zu erreichen. Sie rieb sich über die Arme und versuchte durch den Stand der Sonne die Tageszeit zu erahnen. Es muss früher Mittag sein, überlegte sie und ging hinüber zu der kleinen Kohleaufschüttung, um einige Stücke einzusammeln.

Als es im Gehölz knackte, suchte sie ängstlich mit den

Augen die Umgebung ab. Ein prächtiger Hirsch sprang zwischen den Bäumen hervor, um gleich darauf im Wald zu verschwinden. Halblaut rief sie Frédérics Namen. Doch als sie keine Antwort erhielt, ging sie rasch zurück in die Hütte und schloss die Tür hinter sich.

Nachdem sie das Feuer neu entfacht hatte, setzte sie sich wieder auf das Stroh. Wenn er nicht kommt, ist mein Schicksal besiegelt, dachte sie. Ihre Zähne schlugen aufeinander. Was wäre, wenn er käme, sie aber wie Peter nicht wollte? Sie malte sich aus, wie sie als verbitterte Jungfer mit ihren Eltern und ihrem boshaften Bruder auf dem Karpfenhof sitzen würde, während ihre Schwester und Peter glücklich und zufrieden lebten.

Elisabeth! So darfst du nicht denken! Frédéric Thiery findet dich hübsch und will dich wiedersehen, versuchte sie sich zu beruhigen. Als sie merkte, dass ihre Knie nervös schaukelten, streckte sie die Beine von sich. Die Zeit raste. Sie konnte nicht mehr länger auf ihn warten, da sie noch Kräuter sammeln musste. Wenn du jetzt gehst, wirst du ihn mit Sicherheit verpassen, ermahnte sie sich selbst und versuchte sich zu entspannen. Vorsichtig streckte sie sich auf dem Stroh aus.

Da flog die Tür auf und knallte gegen das Holz. Erschrocken setzte sich Elisabeth auf. Da das hereinfallende Licht sie blendete, kniff sie die Augen schwach zusammen und blinzelte zum Eingang. Ihr Herzschlag beschleunigte sich. Sie sah sofort, dass Frédéric Thiery dortstand und sie anschaute.

»Ich grüße dich, meine Hübsche. Ist das nicht ein herrlicher Tag?«, rief er freudig und trat ein. Sie sah, wie er etwas auf dem Boden ablegte, dann kam er zu ihr und zog sie an den Händen hoch. Ohne ein weiteres Wort presste er seinen Mund auf den ihren. Seine Hände umfassten ihr Gesäß.

Sie öffnete bereitwillig die Lippen. Doch innerlich verkrampfte sie sich. Steif hing sie in seinen Armen.

»Was hast du? Hast du einen Stock verschluckt? Ich dachte, du würdest dich über mein Erscheinen freuen«, sagte er und sah sie prüfend an.

»Das tue ich doch«, murmelte sie und entschlüpfte seinem Griff.

Thiery beugte sich nach vorn und hob einen Sack in die Luft. »Ich habe dir Geschenke mitgebracht«, erklärte er und kramte in dem Beutel. Lachend zog er einen Wollschal heraus. »Damit meine Hübsche nicht mehr frieren muss«, sagte er und legte ihr das Tuch um die Schulter.

Überrascht rieb Elisabeth ihre Wange an dem Stoff. Sie hatte noch nie so fein gesponnene Wolle auf der Haut gespürt. »Wie zart und weich«, flüsterte sie, während sie den Schal betrachtete. Sie konnte Jagdmotive erkennen, die aus bunten Fäden gewoben waren. »Er ist wunderschön«, rief sie und umarmte Thiery, ohne nachzudenken.

Sofort drückte er sie dicht an sich. Seine Lippen pressten sich erneut auf ihre. Dieses Mal erwiderte sie den Kuss.

»Oha«, rief er. »Ich ahnte zwar, dass dir der Schal gefallen würde, doch mit solcher Dankbarkeit hätte ich nicht gerechnet. Was wirst du erst machen, wenn ich dir das hier zeige?«, spaßte er und zog ein Paar fellgefütterte Handschuhe hervor, die er ihr über die Finger stülpte. »Sie sind zwar zu groß, aber nun wirst du keine kalten Hände mehr haben.«

Elisabeth betrachtete die feinen Nähte, mit denen die Handschuhe zusammengenäht waren. »Welch weiches Fell!«, sagte sie begeistert.

»Ich habe den Fuchs dafür selbst erlegt«, sagte er stolz.

Freudestrahlend sah sie ihn an. Noch nie hatte ihr jemand etwas geschenkt. Noch nie war jemand so freundlich zu ihr gewesen. Elisabeth konnte ihr Glück kaum fassen. Ihr Groll auf das, was er ihr angetan hatte, verblasste.

»Das ist noch nicht alles, kleine Elisabeth! Setz dich zu mir nieder«, forderte er sie auf. Als sie neben ihm auf dem Stroh saß, griff er ein weiteres Mal in den Leinensack. Nun zog er aus einem kleineren Sack gebratene Hühnerbeine, Käse und einen Laib Brot heraus.

Elisabeths Augen leuchteten bei dem Anblick wie die eines Kindes. Erst jetzt merkte sie, wie hungrig sie war, denn seit dem Aufbruch am frühen Morgen hatte sie nichts mehr gegessen. Gierig biss sie in das gebratene Fleisch, das Thiery ihr vor den Mund hielt. Sie schloss die Augen und kaute genussvoll. Nie zuvor hatte sie so etwas Schmackhaftes gekostet. Als sie aufschaute, riss er ein Stück von dem duftenden Brot ab und hielt es ihr ebenfalls hin. Ohne es in die Hände zu nehmen, aß sie aus seiner Hand.

»Ich habe dir außerdem den besten Wein mitgebracht, den ich im Keller finden konnte«, sagte er augenzwinkernd und entkorkte eine Tonflasche mit den Zähnen. Dann spuckte er den Stopfen von sich und reichte ihr das Getränk.

Elisabeth roch vorsichtig am Flaschenhals, was Thiery ein lautes Lachen entlockte. »Du musst keine Angst haben. Ich werde dich sicherlich nicht vergiften.«

»Das würde ich Euch niemals unterstellen«, versicherte sie ihm und nahm einen Schluck.

»Du darfst mich Frédéric nennen, hübsche Elisabeth. Wir sind jetzt ein Paar.«

Elisabeth verschluckte sich. Wir sind ein Paar, dachte sie glücklich. Das Atmen fiel ihr schwer, denn das Herz schlug ihr bis zum Hals. Da sah sie seinen begehrlichen Blick. Ohne sie aus den Augen zu lassen, strichen seine Finger von ihrem Arm über ihren Bauch bis hinunter zum Oberschenkel. Sie wagte nicht, sich zu bewegen.

Als er ihr die Weinflasche aus der Hand nahm und sie neben sich auf den Boden stellte, lächelte sie zaghaft. Sie ließ es geschehen, dass er sie auf das Stroh bettete. Sie schien keinen eigenen Willen zu haben. Als er den Stoff ihres Kleids hochschob und ihre nackte Haut küsste, wehrte sie sich nicht.

Wir sind ein Paar, dachte sie und ertrug seine Begierde ein zweites Mal.

Kapitel 14

Innerhalb weniger Tage verschwand der Winter. Die Sonne taute den gefrorenen Boden auf. Schösslinge fanden den Weg zum Licht. Die Bäume schlugen aus, und die Vögel zwitscherten.

Die Menschen atmeten auf. Ihre Lebensfreude kehrte zurück. Nun drängte die Zeit, mit der Feldarbeit zu beginnen. Die Bauern spannten Pferd oder Ochse vor den Pflug und gingen ihrem Tagwerk nach. In den kalten Wochen, in denen sie nicht auf die Felder konnten, hatten sie ihre Arbeitsgeräte ausgebessert, geschärft oder erneuert. Dennoch gelang es ihnen nur mit großer Anstrengung, die Ackergeräte durch das noch harte Erdreich zu schieben. Mensch und Tier waren durch die entbehrungsreichen Wintermonate geschwächt. Besonders das karge Essen der letzten Wochen hatte sie der Kraft beraubt. Trotzdem mussten die Äcker bestellt werden.

Die Vierbeiner wurden mit der Peitsche vorangetrieben. In der Gewissheit, dass bis zum nächsten Winter die Speisekammern gefüllt sein mussten, schufteten die Bauern unermüdlich, bis die Felder eingesät waren. Krähen, Habichte und Falken kreisten schreiend über dem von den Pflügen aufgebrochene Land und warteten, bis sie Beute entdeckten. Kaum erspähten die Jäger Käfer, Würmer oder Mäuse, stießen sie kopfüber vom Himmel, griffen sich den Fang und erhoben sich damit in die Lüfte.

Elisabeth und ihre Geschwister sammelten Steine ein, die das Ackergerät aus dem Erdreich an die Oberfläche befördert hatte. Die kleineren Steine wurden auf einen Haufen geschüttet, die größeren zum Stall getragen. »Vielleicht sind die Findlinge von Nutzen«, meinte ihr Vater, als die Kinder wegen des Gewichts jammernd an ihm vorbeigingen.

»Ich möchte zu gern wissen, woher die vielen Steine kommen. Erst letztes Jahr haben wir sie körbeweise eingesammelt«, maulte Adelheid leise und wischte sich das wilde Haar aus dem Gesicht, wobei ihre Wange einen dunklen Dreckstreifen abbekam. Ulrich zeigte mit dem Finger auf den Schmutz und grinste frech. Wütend warf Adelheid einen kleinen Stein nach ihm, was er spontan mit einem größeren Wurfgeschoss erwiderte. Im Gegensatz zu seiner Schwester, die ihr Ziel verfehlte, traf sein Stein Adelheid am Arm. Sie schrie und beschimpfte ihren Bruder aufs Übelste. Schließlich zankten beide und schlugen aufeinander ein.

Sofort kam der Vater zu ihnen und zog sie an den Ohren voneinander los. »Ihr nutzlosen Geschöpfte«, brüllte er die beiden an.

Elisabeth ignorierte das Gezeter. Sie tat, als ob sie nichts bemerkte, und sammelte weiter Steinbrocken ein, die sie neben sich in den Korb warf. Tatsächlich konnte sie das Geschrei der Geschwister und das Fluchen des Vaters ausblenden und sich in Frédérics Arme träumen.

Nach den ersten schmerzhaften Erfahrungen hätte sie niemals gedacht, dass der Tag kommen würde, an dem sie sich danach sehnte, von Frédéric Thiery liebkost zu werden. So oft wie möglich hatten sie sich getroffen, und jedes Mal war es schöner gewesen. Ihre Freundin Johanna hatte recht behalten! Das Zusammensein wurde tatsächlich anders mit der Zeit, dachte Elisabeth und lächelte.

Doch dann wurde ihr Blick traurig. Seit zwei Wochen hatte sie Frédéric nicht mehr gesehen, da er zurück an den fürstlichen Hof musste. Dringende Geschäfte riefen ihn, hatte er bei ihrem letzten Treffen in der Köhlerhütte erklärt und versprochen, schon bald zu ihr zurückzukehren. »Ich weiß nicht, wie ich die Tage ohne dich überleben soll«, hatte er mit leidender Miene geflüstert und sie gierig geküsst.

Auch Elisabeth konnte den Tag des Wiedersehens kaum erwarten, obwohl sie nicht wusste, wann er sein würde. Sie hielt in ihrer Arbeit inne und dachte an die erlesenen Speisen, mit denen Frédéric sie bei ihren heimlichen Treffen verwöhnt hatte. Dank ihm hatte sie sich nach den entbehrungsreichen Wintermonaten satt essen können. Doch nicht nur deshalb sehnte sie das Zusammensein mit ihm herbei. Frédéric Thiery hatte eine besondere Gabe, sie zu unterhalten, denn er wusste interessante Dinge zu berichten. In bunten Bildern erzählte er von seinen Reisen in ferne Länder, von deren Existenz sie nichts ahnte. Bei ihrem letzten Treffen hatte er ihr von Italien vorgeschwärmt, einem Land, in dem es niemals frostig kalt wurde und wo Früchte wuchsen, die Elisabeth noch nie gekostet hatte. Vielleicht nimmt er mich eines Tages dorthin mit, überlegte sie und versuchte gleichgültig auszusehen, damit niemand bemerkte, dass sie fantasierte. Tonlos formten ihre Lippen seinen Namen. Allein der Gedanke an Frédéric ließ ihr Herz rasen.

Da wurde sie durch neues Geschrei aus ihren Tagträumen aufgeschreckt. Adelheid und Ulrich stritten abermals. Sie blickte suchend umher, da sie den Vater nicht sofort sehen konnte. Dann entdeckte sie ihn am oberen Rande des Feldes, wo er mit einem Mann zusammenstand, der ihr den Rücken zudrehte, sodass sie ihn nicht erkennen konnte. Da der Fremde auf ihren Vater einredete, konnte er die beiden Streithähne nicht maßregeln. Als er Elisabeths Blick auffing, schaute er grimmig in ihre Richtung und gab ihr ein Zeichen, dass sie die Geschwister zum Schweigen bringen sollte.

»Adelheid, Ulrich! Seid endlich still, sonst wird es uns schlecht ergehen«, zischte sie, doch die beiden gehorchten nicht. Schließlich lief sie zu ihnen, zog sie an den Haaren voneinander weg und versprach mit bösem Blick: »Wenn ich wegen euch Prügel bekomme, dann werdet ihr mich kennenlernen!«

Zweifelnd sahen die beiden die große Schwester an, doch dann blickten sie zum Vater hinüber und nickten.

Elisabeth ließ sie los. »Die Steine sammeln sich nicht von allein in den Korb«, schimpfte sie und ging zurück zu ihrem Steinhaufen, um ihn zu sortieren.

»Ach, wenn doch endlich Frédéric wiederkommen würde, damit ich diesem Leben hier für ein paar Stunden entfliehen könnte«, seufzte sie kaum hörbar und warf einen kleinen Stein in den Korb.

Nach getaner Feldarbeit schickte der Vater Adelheid und Ulrich in den Stall, damit sie die Tiere versorgten. An die älteste Tochter gewandt, sagte er: »Kümmere dich um deine Mutter. Ich gehe ins Wirtshaus!«

Elisabeth nickte gehorsam und eilte nach Hause.

Je näher sie der Kate kam, desto unruhiger wurde sie. Was sie wohl heute erwarten würde? Erst gestern hatte die Mutter quer vor dem Bett gelegen, da sie zu geschwächt gewesen war, um sich zurück auf die Matratze zu legen.

Seit Johannas Hochzeitsfeier litt die Mutter an einer hartnäckigen Erkältung. Elisabeth hatte das Gefühl, dass es der Kranken von Tag zu Tag schlechter ging. Hohes Fieber fesselte sie ans Bett, jeder Atemzug kostete sie Kraft. Sie röchelte beim Luftholen und jammerte über Schmerzen, die unter den Rippen saßen. Hustenanfälle ließen ihr Gesicht rot anlaufen. Dabei schwollen die Adern an ihrem Hals fingerdick an, und ihre Augen quollen aus den Höhlen. Elisabeth befürchtete jedes Mal, dass der Kopf der Mutter platzen könnte.

Obwohl sie ihr täglich frischen Kräutersud aufbrühte und ihre Brust und ihren Rücken mit der Pfefferminzpaste einrieb, die sie von Ursula bekommen hatte, als sie ihr die Holzpantinen und den Wollumhang zurückgebracht hatte, verspürte die Mutter keine Linderung. Mehrmals hatte sie schon geflüstert, dass sie bald sterben werde.

Elisabeth schämte sich in diesen Augenblicken, denn sie hatte die Krankheit der Mutter als Vorwand benutzt, um sich für einige Stunden heimlich mit Frédéric zu treffen. Zwar hatte sie erklärt, dass sie tief im Wald nach Heilkräutern für die Mutter suchte. Doch in Wahrheit wuchs das Kraut in unmittelbarer Nähe des Dorfes, sodass sie rasch hätte zurückkehren können. Da die Eltern das jedoch nicht wussten, schöpften sie keinen Verdacht, und Elisabeth konnte ungestört Zeit in der Köhlerhütte verbringen.

Sie öffnete langsam die Tür, damit die verrosteten Scharniere nicht quietschten und die Mutter weckten. Schlechte Luft schlug ihr entgegen. Schon im Türrahmen hörte sie das rasselnde Atmen. Erleichtert schloss sie die Lider. Sie lebt, dachte sie und schaute zur Schlafstätte der Eltern. Im diffusen Licht der zugestopften Fenster konnte sie nur schwach die Umrisse der Kranken erkennen.

»Ich grüße dich, Mutter!«, rief sie und trat in den Raum. »Ich werde die Fenster öffnen, damit du frische Luft atmen kannst«, sagte sie. Ohne eine Antwort abzuwarten, zog sie das Stroh aus den Nischen und ließ es zu Boden fallen. Der aufgewirbelte Staub tanzte im hereinfallenden Licht. Als die beiden Fenster frei waren, ging die Sonne gelb glühend langsam unter. Elisabeth streckte den Kopf hinaus und atmete tief durch, als ein Hustenanfall der Mutter sie aufschreckte. Im Gehen griff sie nach dem Krug Wasser und eilte zur Bettstatt.

»Trink!«, forderte Elisabeth die Mutter sanft auf. Sie stützte den Kopf der Kranken, um ihr den aufgefüllten Becher an die Lippen zu halten.

Ihre Mutter starrte sie aus einem hohlwangigen Gesicht und mit glasigen Augen an. Zaghaft nahm sie einen Schluck, dann legte sie sich ermattet zurück.

»Morgen werde ich dir frische Kräuter sammeln«, versprach Elisabeth und versuchte zu lächeln.

Als ihre Geschwister in die Kate stürmten, sah sie die beiden vorwurfsvoll an. »Könnt ihr nicht leise sein?«, zischte sie und zeigte mit einem Kopfnicken zur Matratze.

»Wir grüßen dich, Mutter!«, rief Ulrich und kuschelte sich neben sie. Seine massige Gestalt begrub fast die zarte Frau. Mit ihren knochigen Händen strich die Mutter dem Sohn über das Haar.

Schon immer war der Bruder ihr Lieblingskind gewesen, dachte Elisabeth. Sie spürte, wie bei dem Anblick ihre Augen brannten. Hastig wandte sie sich ab und sagte zu Adelheid: »Entzünde das Feuer, damit wir eine Suppe kochen können.«

Die drei Geschwister löffelten ihre wässrige Brühe, als der Vater in die Kammer trat. Verwundert schaute Elisabeth von ihrem kargen Mahl auf, da er sonst später aus der Trinkstube heimkehrte.

»Ist etwas geschehen?«, fragte sie erstaunt.

Ohne ihre Frage zu beantworten, ging der Mann hinüber zu seiner Frau und schaute von oben auf sie herunter. »Hast du ihr zu essen gegeben?«, fragte er brummend.

»Mutter wollte nichts. Ich habe ihr Wasser gegeben, dann ist sie eingeschlafen«, sagte Elisabeth leise.

Ihm schien die Antwort zu genügen, denn er nahm sich eine Schüssel vom Regal, schöpfte Brühe hinein und setzte sich zu den Kindern an den Tisch. Während er löffelte, sagte er, ohne aufzuschauen: »Peters Vater war heute bei mir und hat gesagt, dass sein Bursche dich heiraten will.«

Obwohl Elisabeth ahnte, dass sie nicht gemeint sein konnte, fragte sie scheinheilig: »Mich?«

Allein der Blick des Vaters verriet seine höhnischen Gedanken. Ihr Gesicht glühte.

»Er will dich zur Frau haben, Adelheid.«

»Mich?«, rief nun die Schwester und tat überrascht. Elisabeth konnte aus den Augenwinkeln ihr breites Grinsen erkennen.

»An Weihnachten wird geheiratet«, bestimmte der Vater und zeigte keine Regung dabei. Doch dann schaute er zu Elisabeth und meinte: »Da du gelauscht hast in der Schankstube, weißt du, was das für dich bedeutet. Du bleibst auf dem Hof und wirst dich um deine Eltern und deinen Bruder kümmern.«

»Das kannst du nicht bestimmen, Vater. Auch ich möchte heiraten und eine eigene Familie gründen«, wagte sie aufzubegehren, wobei ihr Herz bis zum Hals schlug.

Kaum hatte sie zu Ende gesprochen, warf der Vater den Löffel in seine Schüssel, sodass die restliche Brühe auf den Tisch spritzte. »Sei zufrieden, dass ich dich nicht vom Hof jage, denn dann müsstest du dir dein Essen als Tagesmagd verdienen! Halt also dein Maul und sei demütig«, brüllte er.

Elisabeth zuckte zusammen. Fassungslos sah sie zu ihrem Vater, dann zu ihrer Schwester und ihrem Bruder. Während Adelheid feixte, saß Ulrich mit blassem Gesicht am Tisch.

Nach einer Weile schrie der Junge: »Adelheid soll bei mir bleiben! Ich will nicht, dass Elisabeth sich um mich kümmert!« Mit zornigem Blick sah er seinen Vater an.

»Deine Mutter ist krank und kann nicht für dich sorgen, mein Sohn«, versuchte der den Jungen zu beruhigen.

»Dann gehe ich mit Adelheid«, erklärte Ulrich trotzig und verschränkte die Arme vor der Brust.

»Du bist wohl von Sinnen! Ich will mit meinem Mann allein leben und nicht meinen Bruder mit in die Ehe bringen«, protestierte nun Adelheid. Sofort entspann sich ein neuer Streit zwischen den beiden Geschwistern.

Elisabeth blendete sich aus. Das Geschrei drang wie durch eine Nebelwand gedämpft an ihr Ohr. Jetzt hatte das Schicksal sie an diesen Hof gefesselt. Sie würde ihre Eltern und ihren dümmlichen Bruder versorgen müssen und eines Tages als alte Jungfer sterben. Sie versteckte ihre zitternden Hände unter dem Tisch. Keiner sollte ihre Verzweiflung sehen. Sie schluckte die Tränen hinunter, streckte das Kreuz durch und wandte sich an ihre Schwester. »Ich freue mich für dich, Adelheid. Peter wird sicherlich ein guter Ehemann werden.«

Dann räumte sie das Geschirr ab.

In dieser Nacht machte Elisabeth kein Auge zu. Mit starrem Blick schaute sie aus der offenen Fensterluke hinaus in den sternenübersäten Himmel. Sie sah Frédérics Gesicht vor sich. »Bitte komm zurück und rette mich«, weinte sie und rollte sich wie ein Kleinkind zusammen.

Plötzlich schoss ihr ein Gedanke durch den Kopf. Was, wenn Frédéric sie bereits vergessen hatte? Schließlich war sie ein einfaches Bauernmädchen, mit dem sich ein reicher Herr zwar vergnügte, aber das er niemals heiraten würde. Elisabeth erinnerte sich an das Gespräch der Männer auf Johannas Hochzeit: »... *Vor denen ist keine Magd sicher, wenn sie gesoffen haben. Zudem kann ich mir nicht vorstellen, dass diese Kerle es mit deiner Beate ehrlich meinen würden.«* Was, wenn Frédéric genauso über sie dachte und nicht wiederkam?

Ihre Zähne schlugen aufeinander. Sie musste einen anderen Plan ersinnen, um ihrem Schicksal zu entgehen. Stundenlang suchte sie nach einem Ausweg, doch keiner schien geeignet. Langsam wirst du wahnsinnig, dachte sie, als ihre Gedanken immer abwegiger wurden und sie sogar überlegte, sich in Peters Kammer zu schleichen und sich ein Kind von ihm machen zu lassen, damit er sie heiraten musste.

Erschöpft vom Grübeln schloss sie die Augen. Sofort sah sie das Bild von Frédéric vor sich. »Ich will nicht Peter als Ehemann, sondern dich«, flüsterte sie und presste das zerlöcherte Betttuch an ihren Mund, damit man ihr Schluchzen nicht hörte. Mit der Kraft der Verzweifelten versuchte sie sich Mut zu machen und dachte an Frédérics zärtliche Schwüre, die er ihr ins Ohr geflüstert hatte. Bei ihrem letzten Treffen hatte er ihr sogar versprochen, dass er ihr die Welt zu Füßen legen würde. Warum sollte er so etwas sagen, wenn er es nicht ehrlich meinte?

Ich muss fest daran glauben, dass Frédéric zu mir zurückkehrt, redete sich Elisabeth Mut zu und schlief schließlich ein.

Kapitel 15

»Gnädiger Herr, Ihr dürft Euch nicht bewegen. Ich kann sonst keine gerade Linie einzeichnen. Bitte lasst die Arme sinken«, forderte der Hofschneider, sodass Frédéric Thiery erstaunt auf ihn herabschaute. Der Mann, der vor ihm kniete, hatte anscheinend selbst gemerkt, dass sein Benehmen taktlos war, denn er sah erschrocken zu ihm hoch.

»Passt auf, dass Ihr Euch nicht im Ton vergreift«, murmelte Frédéric und ließ die Arme fallen.

»Bitte verzeiht meine Anspannung, mein Herr! Ich habe sehr viel zu tun bis zur Vermählung Eures Vetters, und die Zeit drängt«, nuschelte der Schneidermeister mit Nadeln im Mund, während er mit einem Stück Kreide die Länge des Gehrocks korrigierte.

»Das gibt Euch nicht das Recht, anmaßend zu sein. Es ist nicht mein Problem, wenn Ihr mit Eurer Arbeit nicht vorankommt«, rügte Frédéric das Benehmen des Alten.

Ungehalten schaute er durch die lange Glaswand, die eine Seite des Raums einnahm, nach draußen. Das Tageslicht, das großzügig hereinfiel, erhellte den gesamten Arbeitsbereich der Schneider, der sich unter dem Dach des Wirtschaftsgebäudes des Schlosses befand.

Die weiße Halskrause juckte und kratzte auf seiner Haut. Abermals kribbelte es ihn in den Fingern, nach der Spitze zu greifen, die seinen Hals umschloss. Er hasste dieses ellenbreite Band, das als Kragen in Wellen gelegt wurde. Aus den Augenwinkeln sah er nichts außer hellem Stoff. Liebend gern hätte er sich diesen elenden Festschmuck abgerissen. Er fand ihn nicht nur hässlich, er gab ihm zudem das Gefühl, dass er seine Kehle zudrückte. Auch störte der aufgewellte Stoff beim Essen. Bei einigen Herren, die diese Zierde trugen, konnte man erkennen, was sie gespeist hatten. Um nicht selbst in diese unangenehme Lage zu kommen, verzichtete Frédéric immer öfter auf diesen Halsschmuck. Doch zu Georgs Hochzeit musste er sich damit arrangieren, da die Halskrause zu einem Festanzug dazugehörte.

Frédéric versuchte sich abzulenken und schaute neugierig durch die Glasfront. Seine Position im obersten Stockwerk des Gebäudes und sein Stand auf dem Podest gewährten ihm einen weiten Blick bis zu den Häusern von Stuttgart. Wie ein Vogel konnte er von hier oben alles auf dem Schlossplatz beobachten und wurde selbst nicht gesehen. Zwar erkannte er keine Gesichter, doch anhand der Kleidung ahnte er, wer über die Pflastersteine eilte.

Seit Tagen herrschte geschäftiges Treiben im Schloss und auf dem Hofplatz. Zahlreiche Lakaien waren mit den Vorbereitungen für die Hochzeit des Fürstensohns beschäftigt. Schwere Pflanzkübel wurden aus dem Wintergarten in die hellen Festzelte getragen, die in zwei Reihen auf dem gestutzten Rasen aufgebaut worden waren. Die exotischen Pflanzen wurden als Spalier aufgestellt und sorgten für bunte Farbkleckse in dem eintönigen Grün der Rasenfläche. In den Pavillons würde man der Hochzeitsgesellschaft Erfrischungsgetränke und auserwählte mundgerechte Speisen reichen, bis man sie zu den frischvermählten Brautleuten geleiten würde, damit sie ihre Glückwünsche aussprechen konnten. Je nach Rang würden die Gäste paarweise in den Festsaal des Schlosses geführt, wo anschließend das Hochzeitsessen und die Feierlichkeiten stattfinden sollten.

Frédéric kannte die Anzahl der geladenen Gäste nicht. Doch er vermutete, dass mehrere Hundert Personen bereits Tage vor dem Ereignis anreisen würden. Kaum einer wird sich die Gelegenheit entgehen lassen, an Georgs Hochzeit teilzunehmen, dachte er und hob spöttisch einen Mundwinkel an. Doch dann verzog er gequält das Gesicht, denn allein die Vorstellung, mit den Anwesenden reden zu müssen, war ihm ein Gräuel. Wie gern würde er dem Trubel entfliehen und nach Mömpelgard reiten, wo er die meiste Zeit lebte. Er liebte den beschaulichen Ort, der seit vielen Hundert Jahren zu den württembergischen Besitzungen gehörte und wegen seiner Vergangenheit zur Freigrafschaft Burgund französisch geprägt war. Frédéric mochte diese fremde Art zu leben, die, wie er fand, von einer Leichtigkeit getragen wurde, die er in Stuttgart vermisste. Zudem schätzte er das französische Essen ebenso wie die französische Sprache.

Seltsamerweise hatte Frédéric diese Leidenschaft mit Herzog Friedrich von Württemberg gemeinsam, obwohl er nicht dessen Sohn war. Da sein Onkel die Grafschaft Mömpelgard zwölf Jahre lang eigenständig regiert hatte, war auch er dem Ort verfallen. Während seiner Regentschaft hatte der Herzog die Strukturen des Landes verbessert und Schulen und Kirchen bauen lassen sowie den Ausbau der Straßen und Wege vorangetrieben. Noch heute schwärmte er von dieser Zeit, die geendet hatte, da er als Erbe seines kinderlosen Vetters Herzog Ludwig von Württemberg die Herzogswürde und die Macht über das gesamte Herzogtum Württemberg erhalten hatte. Von nun an musste Friedrich von Stuttgart aus sein Land und seine Besitztümer befehligen.

Der Herzog zeigte Verständnis dafür, dass sein Neffe nur an seinen Hof kam, wenn es sich nicht vermeiden ließ. Das war meist dann, wenn sie geschäftliche Dinge miteinander zu besprechen hatten. Sehr zum Bedauern des Oheims hatte keiner seiner Kinder einen Bezug zu der kleinen Grafschaft Mömpelgard, die einen Zweitagesritt von Stuttgart entfernt lag. Der Neffe Frédéric hingegen teilte den Enthusiasmus des Regenten.

Frédéric schmunzelte bei dem Gedanken an die Geschäftsgespräche mit seinem Onkel, die oft eilends abgehandelt wurden, damit er ihm die Neuigkeiten aus Mömpelgard berichten konnte. Leider kam Herzog Friedrich nur noch selten in den Ort, was er anscheinend bedauerte, denn immer wieder erzählte er interessante Anekdoten aus seiner Zeit dort.

Wie der Onkel beherrschte auch sein Neffe Französisch in Wort und Schrift in gleicher Weise wie seine Muttersprache. Deshalb hatte Frédéric keine Mühe, sich mit den Menschen dort fließend zu unterhalten, was ihm Respekt und Sympathien einbrachte. Obwohl er ein Bastard war, so war er dennoch von adliger Abstammung, und deshalb verhielten sich viele Bewohner in Mömpelgard ihm gegenüber reserviert. Doch sobald er sie in ihrer Landessprache ansprach, spürte er, dass sie zugänglich wurden. Frédéric redete gern in dieser Sprache, in der sogar der Ortsname melodisch klang. »Montbéliard«, murmelte vor sich hin. *Mömpelgard* hingegen hörte sich plump und einfach an. Ebenso wie der Name des Flusses Allaine, der die Stadt umfloss. In deutscher Sprache hieß er Hall, was nichtssagend klang, fand Frédéric und bedauerte, dass die französischen Bezeichnungen verschwanden und man mehr und mehr Deutsch redete.

Er schloss die Augen und dachte an Montbéliard mit seinen herrschaftlichen Gebäuden. Vom Balkon seines eigenen prächtigen Hauses, das etwas höher gelegen war, konnte er bei gutem Wetter die Vogesen erkennen. Wie Edelsteine glitzerte im hellen Sonnenschein der Schnee, mit dem die Gipfel des Massivs meist bis Mai überzogen waren. Wegen der hohen Mauer, die die Stadt umgab, musste man eine lange Brücke überqueren, um nach Mömpelgard zu gelangen. Frédéric war glücklich, dass sein Onkel seine Überlegungen wahr gemacht und Heinrich Schickhardt in die Stadt entsandt hatte. Schickhardt war nicht nur ein bekannter Baumeister, er war der Hofbaumeister des Herzogtums Württemberg.

Bei einem ihrer Gespräche hatte Frédéric den Oheim darin bestärkt, eine große Kirche in der Stadtmitte bauen zu lassen. Dafür war kein Geringerer als Schickhardt infrage gekommen, zumal es auch vonnöten war, Mömpelgard zu befestigen – was ebenfalls Aufgabe des Baumeisters war, hatte Frédéric damals vorzuschlagen gewagt und mit bangem Blick den Onkel beobachtet. Der stand seinen Überlegungen aufgeschlossen gegenüber. »Eine Kirche, in der unser lutherischer Glaube praktiziert wird, würde den Reformierten von Mömpelgard sicherlich gut gefallen. Zudem würde das Gebäude dem Aussehen der Stadt schmeicheln. Und eine Befestigung ist auch in Zeiten des Friedens von großem Wert«, hatte Herzog Friedrich resümiert, worüber Frédéric hochbeglückt war.

Es wird Zeit, dachte er und nahm sich vor, gleich nach Georgs und Mathildes Hochzeitsfeier zurückzureiten. Er war froh, einen Grund zu haben, Stuttgart, dem Schloss und den Menschen darin zu entfliehen. Obwohl er einen Großteil seiner Kindheit in dem Fürstenhaus verbracht hatte, waren ihm die Gebäude des Oheims immer fremd geblieben. Das Schloss war für ihn nie zu einem Zuhause geworden.

Frédéric öffnete die Augen. Sein Blick wanderte durch das Fenster hinunter auf den Rasen. Zahlreiche Gärtner waren damit beschäftigt, die Beete vom Unkraut zu befreien und die Hecken zu stutzen. Mancher Strauch bekam gar eine neue Form, die man nicht gleich erkennen konnte.

»Wie lange dauert diese Anprobe noch?«, presste Frédéric mühsam beherrscht hervor, da das Ruhigstehen seine ganze Konzentration erforderte.

»Wenn Ihr Euch noch etwas geduldet, mein Herr, kann ich alle Abänderungen anzeichnen und den Stoff umstecken. Dann müsst Ihr nur noch zur Endanprobe kommen«, lockte der Schneider ihn und schaute kurz lächelnd aus seiner knienden Position zu ihm hoch.

»Das sind gute Aussichten«, meinte Frédéric und versuchte sich zusammenzureißen. Als er abermals aus dem Fenster schaute, sah er, wie ein Reiter über den Platz trabte, von seinem Pferd sprang und die Zügel einem Lakaien zuwarf. Er wusste sofort, wer er war und auch, dass er zu ihm wollte.

Kaum wurde die Tür aufgerissen, verbeugten sich der Schneidermeister und seine Gesellen untertänig. »Prinz

Georg, was verschafft uns die Ehre?«, grüßte der Mann und sah angespannt zum Fürstensohn empor.

Frédéric wusste, dass sein Vetter seinetwegen gekommen war. Deshalb ignorierte er die Frage des Schneiders und rief: »Was willst du, Georg?«

Seit dem Jagdausflug vor einigen Wochen hatte er kaum ein Wort mit seinem Vetter gewechselt, denn er war wegen dessen Verhalten noch immer verärgert. Auch jetzt spürte er Groll in sich aufsteigen, weil Georg an dem Tag, als man ihn als Bräutigam hatte feiern wollen, viel zu spät von seiner Liebelei zurückgekommen war. Während die Jäger auf ihn warteten, hatten sie erheblich dem erlesenen Rotwein zugesprochen, sodass sie kaum noch einen klaren Satz formulieren, geschweige denn den Text aufsagen konnten, den sie für den Bräutigam ersonnen hatten. Als am nächsten Tag Frédéric seinen Vetter mit einer Notlüge bei den Männern entschuldigen wollte, konnte er in deren Gesichtern das unterdrückte hämische Grinsen erahnen. Jeder wusste Bescheid, doch keiner wagte es laut auszusprechen.

»Du hast mich abermals in eine unmögliche Situation gebracht. Ich hoffe nur, dass die Männer die nötige Ehre im Leib haben, die dir anscheinend abhandengekommen ist, und dich nicht bei deinem Vater oder deiner Braut anschwärzen«, hatte Frédéric ihm entgegengeschleudert.

Daraufhin war Georg mit geballten Händen auf ihn losgestürmt, doch in letzter Sekunde hatte er sich zurückgehalten und den Raum ohne Kommentar verlassen.

Als der Schneider seine Arbeit an dem Gehrock wiederaufnehmen wollte, dreht sich Frédéric zum Fenster und somit Georg den Rücken zu. In der Scheibe konnte er die Silhouette seines Cousins beobachten, der sich von der Anrichte die Zinnkanne griff und sich einen Becher füllte. Er nahm einen Schluck und stellte das Getränk angewidert zurück. »Igitt!

Wasser!«, hörte er ihn schimpfen. Dann gesellte sich Georg neben ihn und sah ebenfalls aus dem Fenster hinunter auf den Platz.

»Ich wusste nicht, dass der Blick von hier oben so hervorragend ist. Es ist interessant, wen man alles beobachten kann, ohne selbst gesehen zu werden.«

Frédéric schnaufte laut aus. »Du bist sicher nicht gekommen, um mit mir eine oberflächliche Konversation zu führen. Ich habe kein Interesse an dieser Art von Gespräch.«

Georg sah ihn gelangweilt an. Doch dann brüllte er: »Verlasst den Raum! Alle!«

»Aber gnädiger Herr, wie soll ich denn mit meiner Arbeit fertig werden bis zu Eurer Vermählung?«, wagte der Schneider zu protestieren.

»Noch ein Wort, und ich werfe Euch eigenhändig aus dem Fenster«, brüllte Georg mit bösem Blick.

Hastig verließen die Männer das Arbeitszimmer.

»Es ist an der Zeit, dass du deine üblen Launen ablegst, Cousin!«, maßregelte Frédéric seinen Vetter.

»Das lass meine Entscheidung sein!«, gab der zurück.

Frédéric stieg von dem Podest, um sich Wasser einzugießen. Er nahm mehrere Schlucke und wandte sich dann seinem Gast zu.

»Du bist so nachtragend wie ein Weib«, spottete Georg.

»Wage nicht, mich zu beleidigen, denn im Gegensatz zu dir mache ich mir Sorgen.«

»Warum?«

»Was ist, wenn dieses Bauernmädchen hier auftaucht, vielleicht sogar am Tag deiner Hochzeit?«

»Warum sollte sie das?«

Frédéric schaute ihn ungläubig an. »Weil es sicherlich nicht nachteilig ist, wenn man für den Fürstensohn die Beine breit macht.«

Georg lachte schallend los. »Darüber machst du dir Sorgen? Das musst du nicht, denn sie weiß nicht, wer ich in Wahrheit bin.«

»Ach nein? Wie nennt sie dich? Mein Herr oder mein Gebieter?«

»Sie nennt mich Frédéric!«, verriet Georg und grinste breit.

Frédéric blieb der Mund offen stehen. Es dauerte einige Herzschläge, bis er verstand, was er gerade gehört hat. »Du hast meinen Vornamen benutzt?«

»Nicht nur deinen Vornamen, auch deinen Nachnamen. Sie denkt, ich komme aus diesem schrecklich langweiligen Ort Mömpelgard, den sie sicherlich niemals kennenlernen wird. Deshalb konnte ich meiner Fantasie freien Lauf lassen und ihr alles in bunten Farben beschreiben. So etwas schindet Eindruck bei einfachen Frauen.«

Frédéric war sprachlos. Dann merkte er, wie es in seinen Fäusten zuckte. Schließlich brüllte er: »Wie konntest du das tun?«

»Denkst du tatsächlich, ich wäre so dumm und würde meinen Namen nennen? Es hat Spaß gemacht, in deine Haut zu schlüpfen«, lachte Georg und wurde schlagartig ernst. »Doch jetzt lass uns über wichtige Dinge sprechen, denn du musst etwas für mich tun!«

Frédéric wollte sich nicht so schnell damit zufriedengeben, doch die Wortwahl seines Vetters ließ ihn aufhorchen. Georg pflegte ihn nicht um Hilfe zu *bitten*. Er *befahl*, ihm zu helfen. Frédéric wusste nur zu gut, dass er ihm weder Bitte noch Befehl verwehren konnte. Da er in der Familie des Herzogs nur geduldet wurde und von seinem Gönner abhängig war, konnte er nie Nein sagen.

»Was hast du dieses Mal angestellt, für das ich meinen Kopf hinhalten muss?«

Um Georgs Augen gruben sich feine Striche, und um seinen Mund zuckte es verräterisch. »Natürlich denkst du jetzt, dass ich deine Hilfe benötige. Aber ich kann dich beruhigen«, spottete er.

Frédéric runzelte die Stirn. »Ach ja?«, fragte er skeptisch.

»Mein Vater weigert sich seit gestern, das Alte Lusthaus zu verlassen«, antwortete Georg aufgebracht.

»Es ist nicht ungewöhnlich, dass dein Vater sich dort einschließt«, erklärte Frédéric, irritiert über den Unmut des Cousins. Sein Oheim hatte das Alte Lusthaus, in dem einst Feste, öffentliche Veranstaltungen und Empfänge abgehalten wurden, in eine Forschungsstätte umbauen lassen, in der Alchemisten mithilfe von zahlreichen Laboranten experimentierten, wie sie Gold aus Eisenerz herstellen konnten. Es war jedem bekannt, dass der Herzog ebenfalls versuchte, hinter das Geheimnis der Goldherstellung zu kommen. Zuweilen ging es ihm mit der Suche nach der Formel nicht schnell genug, weswegen er sich in dem Gebäude einsperrte, um mit allen möglichen Chemikalien zu laborieren. Unter normalen Umständen würde Frédéric über die Missstimmung des Vetters müde lächeln. Doch da er wusste, dass der Herzog wegen Georgs neuer Pflichten, sobald er verheiratet sein würde, heute einiges mit den Advokaten regeln wollte, wunderte er sich über seinen Oheim.

»Dein Vater wird sicherlich rechtzeitig das Laboratorium verlassen. Erinnere ihn nachher an den Termin«, schlug er dem Vetter vor.

»Ich habe bereits gegen die verschlossene Tür geklopft und gerufen. Als Vater keine Antwort gab, klopfte ich stärker. Schließlich habe ich mit dem Fuß dagegengetreten. Vergebens! Er kommt nicht heraus, gibt nicht einmal Antwort«, erklärte Georg aufgebracht.

»Du weißt, dass sich die Formeln deines Vaters in nichts

auflösen werden, und er dann das Laboratorium wieder verlässt«, versuchte Frédéric ihn zu besänftigen.

»Das weiß ich! Doch wir kennen auch die schlechte Laune meines Vaters, die er dann hat, wenn er dem Stein der Weisen nicht einen Schritt näher gekommen ist ... warum ausgerechnet heute?«, rief er und streckte verzweifelt für einen Augenblick die Hände in die Luft. »Du musst ihn aus dem Labor locken«, befahl er und sah seinen Vetter herausfordernd an.

Frédéric kniff den Mund zusammen und überlegte. »Sobald der Schneider fertig ist, werde ich deinem Befehl Folge leisten«, versprach er und versuchte dabei ein freundliches Gesicht zu machen. Als Georg etwas sagen wollte, kam er ihm zuvor. »Nicht einen Augenblick früher, aber auch nicht einen Augenblick später!«

Der Fürstensohn nickte schließlich und verließ den Raum. Sofort stürmten der Schneider und seine Gehilfen herbei, um ihre Arbeit wiederaufzunehmen.

»Mein Herzog, bitte kommt heraus«, rief Frédéric halblaut vor der verschlossenen Tür des Labors. Wenn niemand in der Nähe war, wagte er es, den Herzog familiär anzureden. Das schien Friedrich zu gefallen, denn er hatte seinen Neffen deswegen noch nie dafür gerügt. Frédéric sah sich nach allen Seiten um, ob ihn die Dienerschaft belauschte. Als er niemanden erblicken konnte, bettelte er in vertraulichem Ton: »Bitte Oheim, öffnet die Tür!«

Nichts geschah, sodass Frédéric zweifelte, ob der Onkel noch in dem Laboratorium war. Als er das Ohr gegen das Türblatt presste, hörte er, wie Glas zersprang. Dieses Geräusch ließ ihn zusammenzucken, denn er wusste sofort, was das bedeutete.

Schon als Kind war Friedrich für seine Streitbarkeit, sein rechthaberisches Wesen und für seinen Jähzorn bekannt. Beim ersten Mal, als der Fürst sich eingesperrt und einen Teil des Laborinventars zerschmettert hatte, hatte Frédéric Hilfe bei Didascolus Freudenstein gesucht, dem angesehenen Gelehrten am Hof. Doch Freudenstein hatte sich außerstande gesehen, in dieser Lage zu helfen. Dank seiner strengen Erziehung habe der Herzog zwar früh gelernt, sich zu beherrschen. »Doch leider«, hatte Freudenstein resigniert erklärt, »gibt es immer wieder Situationen, in denen er seine schlechten Eigenschaften kaum unterdrücken kann.« Der alte Gelehrte, der einst auch die beiden Vettern unterrichtet hatte, hatte nachdenklich hinzugefügt: »Der Herzog ist wahrlich ein belesener Mann, der mehrere Fremdsprachen beherrscht und viel gesehen hat von der Welt. Doch wie in Herrgottsnamen kann er auch nur erwägen, schlauer als die Alchemisten zu sein?« Kopfschüttelnd hatte der Greis Frédéric angesehen. »Ich kann Euch nicht helfen«, hatte er gemurmelt und war, gestützt auf seinen geschnitzten Gehstock, davongewackelt.

Nun rüttelte Frédéric wieder an der Türklinke. Tatsächlich wurde der Schlüssel herumgedreht, und ein Flügel sprang auf. Sein Onkel stand mit glasigem Blick vor ihm, das Gesicht puterrot angelaufen, die Haare zerzaust und die Knöpfe des Gehrocks geöffnet.

»Meine Alchemisten sind allesamt Scharlatane! Ihre Formeln sind zu nichts zu gebrauchen! Meine Geduld ist erschöpft, sie werden allesamt des Landes verwiesen ... oder noch besser ... ich lasse sie am goldenen Galgen aufhängen, damit alle Welt weiß, dass niemand ungestraft den Herzog von Württemberg hintergehen darf.«

Frédéric zuckte unmerklich zusammen. Nur selten wurde ein Galgen mit Flittergold überzogen. Damit wollte man dem

Volk zeigen, dass der Verurteilte ein Betrüger, aber kein fähiger Alchemist war.

»Oheim, beruhigt Euch! Womöglich sind die Formeln noch nicht ausgereift, oder das Eisenerz ist von schlechter Qualität. Gebt den Männern mehr Zeit! Sobald die Hochzeitsfeierlichkeiten Eures Sohnes vorbei sind, werde ich mich nach hochwertigerem Eisenerz umsehen. Doch jetzt kommt, bitte! Die Advokaten werden jeden Augenblick eintreffen, damit Ihr mit ihnen die Zeit nach Georgs und Mathildes Hochzeit regelt. Sicher wollt Ihr sie willkommen heißen.«

Kaum hatte er den Satz zu Ende gesprochen, ruckte der Kopf des Herzogs hoch. Frédéric konnte erkennen, wie es hinter der Stirn des Oheims arbeitete.

»Mathildes Mitgift ist der Schlüssel zu meinem Erfolg. Sobald die Kinder vermählt sind, wirst du nach weiteren Alchemisten Ausschau halten. Je mehr wir einstellen, desto schneller kommen wir zum Erfolg. Mit einer Fabrik von Alchemisten werde ich so viel Gold herstellen lassen, dass ich alle meine Sorgen mit einem Mal los bin«, erklärte Friedrich erregt und eilte den Gang entlang, ohne auf seinen Neffen zu warten.

∗ Kapitel 16 ∗

Elisabeths Welt drehte sich quälend langsam. Die Tage schlichen dahin, ohne dass sie von Frédéric hörte. Dennoch suchte sie, sooft sie konnte, die Köhlerhütte auf, da sie ihm und seinen Schwüren, schon bald zu ihr zurückzukehren, vertraute. Ihre Zuversicht wurde bestärkt, als sie auf dem Weg dorthin wiederkehrend das Gefühl beschlich, beobachtet zu werden. Aufgeregt rief sie dann Frédérics Namen in den Wald hinein. Aber da er nicht antwortete und sie nie jemanden entdeckte, glaubte sie schließlich, dass dieser Eindruck nur ihrem Wunschdenken entsprang.

Mittlerweile forderte ihre kranke Mutter ihre ganze Fürsorge, sodass sie kaum mehr Zeit fand, die Rodung aufzusuchen. Irgendwann erlosch der letzte Rest ihrer Hoffnung auf ein Wiedersehen, und sie beschloss, sich nicht länger der Sehnsucht nach Frédérics Liebe hinzugeben.

Ihre Tage verliefen stets gleich. Schon vor dem Morgengrauen stand sie auf, schürte das Herdfeuer und bereitete das Frühmahl für die Familie. Danach gingen der Vater und ihre Geschwister ihrer Arbeit auf den Feldern oder an den Karpfenteichen nach, während Elisabeth die Mutter fütterte. Anschließend kümmerte sie sich um Haus und Hof. Abends, wenn alle schliefen, saß sie bei der Kranken und streichelte ihre Hand. Sie ahnte, dass es nur noch eine Frage der Zeit war, bis der Herrgott die Mutter zu sich nehmen würde. Noch kämpfte die Kranke gegen den Tod an, aber man konnte sehen, wie ihre Kraft schwand und sie ein Schatten ihrer selbst wurde. Nur selten reagierte sie auf die Zärtlichkeiten ihrer Tochter mit einem Lächeln. Meistens lag sie regungslos auf ihrem Lager.

Elisabeth hätte nicht geglaubt, dass der Gedanke, die Mutter zu verlieren, sie schmerzen würde. Auch hatte sie Angst vor diesem Tag, da sie dann vollends an ihren Vater und ihren Bruder gekettet sein würde. Obwohl sie sich ein anderes Leben wünschte, würde sie ihr Schicksal klaglos ertragen, denn sie wusste, dass die beiden ohne ihre Hilfe im Leben nicht zurechtkamen.

Manchmal betete sie abends, dass Frédéric zu ihr käme. Doch nicht mehr, damit er sie retten, sondern damit er ihr Geschichten von fremden Orten und fernen Ländern erzählen sollte. Allein die Erinnerungen an seine Reisebeschreibungen hielten sie davon ab, verrückt zu werden. Ob am Tag oder in der Nacht fantasierte sie sich fort aus ihrem Leben, fort aus dem Hier und Jetzt. In ihren Träumen schlenderte sie mit Frédéric durch Gassen von Städten, die sie niemals kennenlernen würde, und sie aß Früchte, die sie niemals kosten würde.

Wenn ihr Tag besonders schwer zu ertragen war, holte sie heimlich den Schal, den Frédéric ihr geschenkt hatte, aus seinem Versteck hervor und steckte ihre Nase tief in die Wolle hinein. In diesen Augenblicken glaubte sie, der Herzschmerz würde sie zerreißen, denn sie sehnte sich mit jeder Faser ihres Körpers nach seiner Liebe. Doch der Gedanke, nur eine von vielen Frauen gewesen zu sein, mit denen er das Lager geteilt hatte, dämpfte die Sehnsucht und den Schmerz, bis er wieder auszuhalten war.

Eines Sonntagmorgens – Elisabeth band ihr Haar zu einem Kranz zusammen, da sie zum Gottesdienst gehen wollte – stellte sich ihre Schwester neben sie und betrachtete sie abschätzend.

»Du wirst fett auf deine alten Tage«, erklärte Adelheid verächtlich.

»Wie meinst du das?«, fragte Elisabeth irritiert.

»Dein Kleid spannt über der Brust, und auch am Bauch sitzt es enger als sonst.«

Elisabeth schaute an sich herunter. Verlegen zog sie am Stoff, um ihn zu weiten. Sie konnte nicht leugnen, dass ihr Gewand strammer als sonst saß. Allerdings hatte sie es auf das heftige Bürsten des Leinens beim Waschen geschoben.

»Du irrst dich, Adelheid. Ich habe das Kleid gebürstet und gerieben, weshalb der Stoff sich verzogen hat. Da ich dasselbe wie du esse und auch genauso viel, müsstest auch du fett geworden sein«, stichelte sie zurück und schob ihre Schwester zur Seite, um an ihr vorbei aus der Haustür zu gehen. Aus den Augenwinkeln konnte sie sehen, wie Adelheid kritisch an sich heruntersah, was ihr ein zufriedenes Gefühl bescherte. Dennoch fühlte sie sich unsicher.

Zwei Tage später, als Elisabeth die Mutter fütterte und sich nach vorn beugte, spürte sie ein unangenehmes Ziehen in den Brüsten. Sie legte den Löffel zurück in die Schale, um vorsichtig die Achseln seitlich über dem Stoff abzutasten. Schon der leichte Druck verursachte einen unbekannten Schmerz, der sie die Luft zwischen die Zähne einziehen ließ. Was ist nur mit mir?, fragte sie sich ängstlich und blickte zur Mutter, ohne wahrzunehmen, dass diese sie prüfend ansah. Doch dann bemerkte sie den sonderbaren Blick der Kranken.

»Hast du Schmerzen?«, fragte sie erschrocken und vergaß darüber ihre eigenen Sorgen.

Mühsam tastete die Hand der Mutter nach der ihren. Kaum hatte sie diese ergriffen, drückte die Kranke so fest zu, wie sie konnte. Die Fingernägel der Mutter gruben sich in ihre Haut, und aus ihren Augen funkelte blanker Zorn.

»Warum tust du mir weh?«, jammerte Elisabeth erschrocken und wollte ihre Hand fortziehen, aber die Mutter krallte sich fest. Doch schon bald war ihre Kraft aufgebraucht, und ihr Griff erschlaffte.

Elisabeth hatte keine Ahnung, was ihre Mutter ihr sagen wollte, oder warum sie offenbar wütend auf sie war. Geschockt über das sonderbare Verhalten, betrachtete sie die Kerben in ihrer Haut. Als sie verwirrt wieder zur Mutter schaute, war diese eingeschlafen. Nachdenklich stand Elisabeth auf und kratzte den restlichen Brei von der Schale zurück in den Topf.

Einige Tage später starb die Mutter, ohne dass sie mit ihr noch ein Wort hatte wechseln können. Mit ihrem Tod stieg

Elisabeths Anspannung vor dem Leben, das nun kommen würde. Gleichzeitig nahm sie ihre Umwelt wie durch einen Nebelschleier wahr. Ohne darüber nachzudenken, erledigte sie die Dinge, die getan werden mussten. Sie lief zum Pfarrer, um ihm den Tod der Mutter zu melden. Anschließend wusch sie die Leiche, zog der Verstorbenen ein Totenhemd an und sorgte dafür, dass sie bis zur Beisetzung auf dem Küchentisch aufgebahrt wurde. Elisabeth stellte Kerzen neben dem Leichnam auf, die Tag und Nacht brannten. Auch verstopfte sie die Luken, damit die Sonne und die Hitze draußen blieben.

Der Heimgang der Mutter sprach sich schnell bei den Dorfbewohnern herum. Schon bald kamen die Ersten, um sich von der Toten zu verabschieden und ihr Mitgefühl auszusprechen. Manch einer brachte der Familie Essen mit und versuchte, mit Worten das Leid erträglich zu machen. »Sie ist jetzt bei unserem Herrgott!«, sagten die einen, und andere meinten: »Sie hat ihr Leiden überwunden!«

Elisabeth nickte und war dankbar für die Essensgaben, wenngleich sie kaum Hunger verspürte.

Sie war zu erschöpft, um irgendetwas zu spüren. Zu ihrer eigenen Trauer, in der sie gefangen war, kam das Leid ihrer jüngeren Geschwister hinzu. Besonders Ulrich bedurfte ihrer Hilfe, da er seinen Schmerz über den Verlust der Mutter nur hilflos hinausschrie. Auch fürchtete er sich vor der toten Mutter in der dunklen Kate und verbrachte die Nächte bei seiner Tante, die am Ende des Dorfes wohnte. Ihre Schwester Adelheid blieb zu Hause, jedoch verkroch sie sich meist auf ihrem Lager, wo sie ihren Kummer in das Kissen weinte.

Den Vater hingegen schien der Tod seiner Frau nicht zu berühren. Ohne sie eines Blickes zu würdigen, lebte er mit der Toten im Haus und brachte für das Leid seiner Kinder kaum Verständnis auf. Schon am zweiten Tag zwang er sie unter Prügelandrohung zur alltäglichen Arbeit. Sobald der Tag dämmerte, ging er wie früher ins Wirtshaus und kam erst wieder, wenn es tiefe Nacht war.

Elisabeth war sein Verhalten einerlei. Sobald er fort war, setzte sie sich zu der kalten Toten und nahm wie zu Lebzeiten ihre Hand, um sie sanft zu streicheln.

Sie betrachtete das vertraute Gesicht, das nun entspannt und friedlich wirkte. Auch verscheuchte sie die Fliegen und erzählte der Mutter leise, was tagsüber geschehen war.

Dann kam der Augenblick, in dem Elisabeths Welt plötzlich stillstand. Sie hatten gerade die Mutter zu Grabe getragen und waren auf dem Weg nach Hause, als sie zum ersten Mal eine Übelkeit spürte, die langsam ihren Schlund emporkroch. Zuerst konnte sie den Brechreiz ignorieren, doch kaum sah sie den Ausgang des Friedhofs vor sich, lief sie los, um sich hinter der Mauer zu übergeben. Eine Frau aus dem Dorf hielt ihr die Stirn, damit ihr nicht die Augen im Kopf platzten, wie die Alte sagte.

»Das wird die Hitze sein«, versuchte sie das Mädchen zu beruhigen.

Elisabeth nickte, da es tatsächlich sehr heiß war an diesem Mittag. Zudem hatte sie seit Tagen kaum etwas zu sich genommen, was dieses flaue Gefühl im Magen erklärte.

»Wenn ich nicht wüsste, dass sie noch Jungfrau ist, würde ich sagen, sie bekommt was Kleines«, hörte sie die Schwester ihrer Mutter im Vorbeigehen tuscheln.

Kaum war das Gesagte in Elisabeths Bewusstsein eingedrungen, versagten ihre Beine, und sie glitt an den rauen Steinen der Mauer entlang zu Boden. Dort saß sie auf dem staubigen Grund, zitternd und mit verschwitztem Haar, das ihr im Gesicht klebte, mit verweinten Augen und schmerzendem Bauch. Nein, das konnte nicht sein. Sie konnte unmöglich ein Kind von Frédéric erwarten, schrie es in ihr. Hastig überlegte sie, wann sie den letzten Monatsfluss gehabt hatte. Doch sie konnte sich nicht daran erinnern. Es schien ewig her zu sein.

Durch die viele Arbeit hatte sie nicht darauf geachtet, ob der monatliche Fluss regelmäßig kam, dachte sie entsetzt und wischte sich über den trockenen Mund. Panik breitete sich in ihrem Kopf aus. Hinter ihrer Stirn setzte ein bohrender Schmerz ein. In Gedanken erinnerte sie sich an diesen merkwürdigen Blick der Mutter kurz vor ihrem Tod. Sie hat es geahnt, jammerte Elisabeth innerlich und hätte am liebsten geschrien.

»Komm, Elisabeth! Ich helf dir hoch«, hörte sie die Stimme ihrer Freundin Johanna, die sich zu ihr beugte und ihr die Hand entgegenstreckte.

Ihr Blick fiel auf den stark gewölbten Bauch der Freundin. Sofort schossen ihr Tränen in die Augen. »Vater wird mich totschlagen, wenn er davon erfährt«, wisperte sie schluchzend.

Johanna sah sie fragend an, doch dann verstand sie. »Um Himmels willen, Elisabeth ... glaubst du wirklich ... Mit wem?«, flüsterte Johanna und sah sich um, ob jemand zuhörte. Doch die Trauergäste waren bereits fortgegangen. Sie waren allein.

»Ich kann mich nicht mehr an meinen letzten Monatsfluss erinnern. Die viele Arbeit und die Pflege der Mutter ...«, keuchte Elisabeth, die kaum atmen, geschweige denn reden konnte. Mühsam stand sie auf und lehnte sich mit dem Rücken gegen die Umfriedung des Gottesackers.

»Du hast mir nicht erzählt, dass du eine Liebschaft hast. Wer ist der Vater?«

Nun schlug sich Elisabeth die Hände vor das Gesicht. »Das kann ich dir nicht sagen.«

»Ich bin deine Freundin ...«, begann Johanna und stockte dann. »Der Edelmann!«, sagte sie entsetzt.

Elisabeth nahm die Hände herunter und nickte. »Was soll ich nur machen?«, jammerte sie. »Ich kann das Kind nicht bekommen.«

»Du musst es diesem Menschen sagen. Du könntest ihn beim Amtmann anzeigen. Schließlich hat er dich mit Gewalt genommen.«

Unter Tränen lachte Elisabeth auf und gestand: »Es war nur beim ersten Mal gegen meinen Willen. Doch die anderen Male habe ich es freiwillig getan.«

»Du hast ... freiwillig? Dann ist er dir also zugetan?«

»Ich weiß es nicht! Er musste weg, hat aber geschworen wiederzukommen. Doch seit Wochen habe ich nichts mehr von ihm gehört.«

Johanna sah sie vorwurfsvoll an. »Wie konntest du diesem Menschen vertrauen? Es ist bekannt, dass Edelleute es nicht ehrlich meinen mit unsereins.«

Unter dem anklagenden Blick der Freundin kam sich Elisabeth mit einem Mal dumm wie ein kleines Mädchen vor.

»Was soll ich machen? Ich kann das Kind nicht bekommen«, wiederholte sie weinend.

Johanna überlegte, dann schlug sie vor: »Geh zu Ursula. Sie weiß sicherlich, was zu tun ist, um das Balg loszuwerden.«

Elisabeths Augen weiteten sich vor Entsetzen. »Wie meinst du das?«

»Ich habe die alten Weiber reden hören, dass es Mittel und Wege gibt, eine Schwangerschaft frühzeitig zu beenden.«

Elisabeth wurde es elend bei dem Gedanken.

»Du hast keine andere Wahl«, entschied Johanna nüchtern.

Elisabeth schluckte verzweifelt, als sie ihre Muhme mit kräftigen Schritten auf sich zukommen sah.

»Was machst du noch hier? Die Leute warten in eurem Haus auf dich, damit du sie bewirtest«, schimpfte die Tante und sah sie forschend an. »Bist du krank?«

Sie schüttelte heftig den Kopf.

»Die Hitze macht ihr zu schaffen«, erklärte Johanna.

»Die Hitze macht ihr zu schaffen«, äffte die Frau sie nach. »Das ist lächerlich! Schäm dich, dich vor der Arbeit zu drücken. Deine arme Mutter, der liebe Herrgott sei ihrer Seele gnädig, würde sich im Grab herumdrehen. Mach, dass du nach Hause kommst«, schimpfte die Tante und schaute sie strafend an. Dann drehte sie sich auf dem Absatz um und ging von dannen.

Elisabeth schloss kurz die Augen. »Du hast recht, Johanna. Ich habe keine andere Wahl. Ich werde zu Ursula gehen.«

Mit hängenden Schultern ging sie nach Hause, um ihrer Pflicht nachzukommen.

⇌ *Kapitel 17* ⇌

Frédéric hatte von seiner Tante, Herzogin Sibylla von Anhalt, den Auftrag erhalten, sich um die Unterbringung der Hochzeitsgäste zu kümmern. Da viele aus der Ferne anreisen würden, mussten genügend Quartiere zur Verfügung stehen.

»Es ist vonnöten, die Listen der Gäste mit den Listen der Unterkünfte zu vergleichen. Ich verlasse mich darauf, dass du dem Zeremonienmeister auf die Finger schaust. Er wird alt, und seine Denkfähigkeit lässt allmählich zu wünschen übrig. Nach dieser Hochzeit wird ein Jüngerer sein Amt übernehmen. Achte darauf, denn es darf nicht geschehen, dass die Abgesandten der verwandten Fürstenhäuser schlechtere Wohnstätten bekommen als die der befreundeten.«

Wie immer, wenn die Herzogin sprach, musste Frédéric sich auf ihre Stimme konzentrieren, da sie sehr leise redete, was nicht zu ihrer eindrucksvollen Erscheinung passte. Als sie ihn ansah, verbeugte er sich. »Ich werde mein Bestes geben, um dieser Aufgabe gerecht zu werden«, erklärte er und versuchte dabei ein freundliches Gesicht aufzusetzen, obwohl es in ihm brodelte. Diesen Auftrag hätte jeder Trottel übernehmen können, dachte er wütend. Abermals zeigte ihm die Herzogin, dass er als Bastard keine wichtigen Aufgaben am Hof zugeteilt bekam. Schon als Knabe hatte er dies erfahren müssen, und trotzdem ärgerte es ihn noch immer. Aber das würde er Sibylla niemals zeigen, da er ihr keine Genugtuung gönnte.

Er erinnerte sich sehr deutlich daran, wie er als Achtjähriger an den Fürstenhof gekommen war. Er hatte Angst vor der Frau, die in dem Kleid mit einer mächtigen Halskrause auf ihn einschüchternd wirkte. Anscheinend war ihm die Furcht anzusehen, denn sie hatte sich zu ihm heruntergebeugt und gesagt: »Ich weiß, wie du dich fühlst. Mir erging es als Kind ähnlich, nachdem meine Mutter gestorben war und meine Stiefmutter mich erzog. Allerdings bist du nicht mein Stiefsohn, sondern der Bastard deiner Mutter. Du hast keine Rechte und kannst keine Zugeständnisse erwarten. Ich versuche dich ordentlich zu behandeln, solange du mir keinen Anlass gibst, dich zu bestrafen.«

Allein durch diese Androhung war Frédérics Furcht vor Sibylla von Anhalt gewachsen, und er versuchte, seiner Tante alles recht zu machen, was ihm jedoch nur selten gelang. Dann pflegte sie ihn zu bestrafen, indem sie ihn einige Tage einsperrte, damit er bei Wasser und Brot über sein Vergehen nachdachte. Bevor er das Zimmer verlassen durfte, kam stets der Pfarrer, um ihn zu fragen, ob er von nun an ein anständiger Christ sein wolle. Frédéric bejahte das jedes Mal und sprach die Gebete nach, die der Geistliche ihm vorsagte. Doch das war lange her und seine Angst vor der Fürstin Vergangenheit. Dennoch musste sie Frédéric anscheinend immer wieder verdeutlichen, wo sein Platz am Hof war.

Tagtäglich kamen Zusagen, aber auch Briefe, in denen die Teilnahme an der Hochzeit abgesagt wurde. Frédéric ließ hinter diesen Namen die Gründe des Nichterscheinens vom Zeremonienmeister notieren.

Der Administrator des Erzstifts Magdeburg sei wegen »Leibskrankheit« nicht reisefähig. »Graf Georg von Henneberg ist wegen einer Sauerbrunnenkur verhindert«, erklärte der Zeremonienmeister mit leichtem Spott in der Stimme, sodass Frédéric ihn gespielt vorwurfsvoll ansah.

»Es steht Euch nicht zu, darüber zu urteilen«, erklärte er, konnte sich aber das Lachen kaum verkneifen. Dann las er den nächsten Namen vor. »Notiert neben Markgraf Hans Georg von Brandenburg, dass er wegen der Geburt eines Sohnes nicht kommen kann.«

»Hier ist die Absage von Herzog Julius von Braunschweig und seiner Frau. Angeblich ist die Reise zu weit und zu beschwerlich, weswegen er sie weder sich noch seiner Gemahlin zumuten wolle«, überflog der Zeremonienmeister den Brief.

Bei diesem Schreiben grinste Frédéric breit. »Wie jeder weiß, hätte es der Herzog von Braunschweig gern gesehen, wenn Georg seine Tochter Maria geheiratet hätte.«

»Wer will es Eurem Vetter verübeln, dass er eine andere nahm? Marias Figur ist sehr üppig, zudem wurde ihr Gesicht von Kindsblattern entstellt. Da hat Euer Cousin mit Mathilde eine bessere Wahl getroffen«, bemerkte der Zeremonienmeister ungefragt.

»Jede Braut kann aufgehübscht werden, wenn sie zum Verkauf steht«, widersprach Frédéric, obwohl er wusste, dass

Mathilde nicht Georgs erste Wahl war. »Ich glaube, mein Vetter weiß nicht einmal, dass mein Oheim drei württembergische Vertreter mit der offiziellen Brautwerbung und dem Aushandeln des Ehevertrags beauftragt hat.«

»Gleich drei Vertreter?«, fragte der Zeremonienmeister neugierig.

»Jakob von Hoheneck, Hans Burkhard von Anweil und Johann Brotbeck waren es«, verriet Frédéric.

»Es wird gemunkelt, dass Euer Oheim hohe Forderungen an den Brautvater gestellt hat, weil er mit der Mitgift neue Alchemisten anheuern will.«

Frédéric taxierte den Mann, der dem Alter nach sein Vater hätte sein können. Er entstammte einer dieser verarmten Landadelsfamilien, die sich mehr schlecht als recht durchs Leben kämpften. Sein Talent zur Organisation hatte ihn vor Jahren an den herzoglichen Hof von Stuttgart gebracht, wo er seitdem für den reibungslosen Ablauf aller familiären Feierlichkeiten zuständig war. Was wohl aus ihm wird, wenn man seine Dienste nicht mehr benötigt und er des Hofs verwiesen wird?, überlegte Frédéric. Er mochte den Alten, der stets freundlich zu ihm war und ihn seine uneheliche Herkunft niemals spüren ließ. Deshalb ignorierte er die neugierige Bemerkung und meinte stattdessen: »Ich bin über keine der Absagen unglücklich, denn sie mildern das Problem der Unterbringung.«

»Ach herrje!«, hörte er den Mann murmeln.

»Was habt Ihr?«

»Hier ist die Zusage von Fürst Joachim Ernst von Anhalt. Er reist mit zweihunderteinundfünfzig Reit- und hundertvierunddreißig Wagenpferden an ...« Der Zeremonienmeister schaute mit entsetztem Blick von dem Papier hoch. »Wo sollen wir die vielen Menschen und ihre Gäule unterbringen?«

Das Schloss verfügte zwar über viele Zimmer, doch nicht alle Gäste und ihr Gefolge konnten in dem prachtvollen Fürstenhaus nächtigen. Erst recht gab es keinen Platz für ihre Pferde, da die fürstlichen Stallungen mit eigenen Rössern belegt waren. Deshalb hatte man zahlreiche Quartiere für Mensch und Tier in den umliegenden Ortschaften angemietet.

Frédéric blähte die Wangen auf und ließ die Luft ächzend entweichen. »Als Vater von Herzogin Sibylla müsste der Fürst eigentlich im Schloss nächtigen. Doch mit dieser Schar von Gefolgsleuten ist das unmöglich.« Nervös fuhr er mit dem Zeigefinger über die Aufzeichnungen der angemieteten Zimmer, Stuben und Ställe. »Wir müssen bei ihm besonders darauf achten, dass er standesgemäß untergebracht wird. Ich möchte nicht den Zorn meiner Tante auf mich ziehen«, murmelte er und nahm sich Blatt für Blatt vor. »In Marbach am Neckar haben wir fünfunddreißig Stuben, einhundertsechsundachtzig Betten sowie Ställe für vierhundertsiebenundsechzig Pferde reserviert. Dort können wir den Fürsten unterbringen«, rief er erleichtert.

Der Zeremonienmeister wedelte mit dem nächsten Schreiben. »Es gibt auch erfreuliche Nachrichten. Hier steht, dass Herzog Joachim Friedrich von Liegnitz drei Pferde weniger mitbringen wird als zuerst angekündigt.«

»Das ist wirklich eine gute Nachricht«, grinste Frédéric. »Somit benötigen wir drei Stallplätze weniger. Wo ist der Brief, in dem die Zahl der zu erwartenden Personen sowie der Pferde geschrieben steht?«

Der Zeremonienmeister kramte in dem Stapel Papiere, bis er das besagte Schreiben gefunden hatte. Dann las er laut vor: »Herzog Joachim Friedrich von Liegnitz reist mit seiner Frau in einer Kutsche, die von sechs Pferden gezogen wird. Ihm würden weitere Kutschen für die Junker, die Edelknaben und die Kammermägde sowie ein Gepäckwagen folgen. Insgesamt würde er für zwanzig Reitpferde und neunundzwanzig Wagenpferde Ställe in Stuttgart benötigen. Summa summarum neunundvierzig Pferde minus die drei, die nun doch nicht mitkommen werden, benötigen wir nun sechsundvierzig Unterstellplätze für seine Rösser.«

»Ändert die Anzahl der Pferde ab, damit wir nicht den Überblick verlieren«, bat Frédéric und sah den Zeremonienmeister fragend an. Als er dessen irritierten Blick erkannte, meinte er: »Wo sind die anderen Schreiben?«

»Das waren alle.«

»Das kann nicht sein. Es fehlen noch mindestens fünfzig Antworten.«

Der Mann zuckte mit den Schultern. »Leider scheinen nicht alle geladenen Personen dem Wunsch auf der Einladung zu folgen, entweder ihre Zusage oder ihre Absage mitzuteilen. Auch haben nicht alle, die kommen werden, die Zahl der Anreisenden genannt.«

»Wie soll ich bei diesen Voraussetzungen gründlich planen?«, rief Frédéric entrüstet und warf die Notizen auf den Schreibtisch.

»Nur keine Bange«, versuchte ihn der Zeremonienmeister zu beruhigen. »Ich habe schon größere Feste organisiert ...«, erklärte er, als just in diesem Augenblick Herzogin Sibylla hereingerauscht kam und ein Blatt Papier hochhielt. Nachdem sich beide Männer vor ihr verbeugt hatten, ließ sie sich auf einem der Stühle nieder und erklärte:

»Ich hoffe, die Zimmer wurden zu meiner Zufriedenheit an die Gäste verteilt!«

Frédéric bejahte und nahm seine Unterlagen zur Hand. »Ich werde Euch gerne vorlesen, wer wo nächtigen wird«, schlug er vor und wollte beginnen, als seine Tante die Hand hob. »Das ist im Augenblick nicht wichtig. Ich habe diesen

Brief soeben erhalten, der den Reiseplan von Markgraf von Baden-Durlach erklärt. Vor vier Tagen ist er mit seiner Gemahlin und der Braut nach Stuttgart aufgebrochen. Sie werden in einer Woche ankommen, so schreibt er.«

»Dann haben sie drei bis fünf Meilen am Tag zurückgelegt, da sie sicherlich Stilltage einhalten werden«, überlegte der Zeremonienmeister laut, woraufhin die Fürstin die Augenbrauen hob.

»Eure Berechnung interessiert niemanden. Wichtig ist, dass der Brautvater in dem Schreiben darauf hinweist, er erwarte zwar Ritterspiele anlässlich des Fests, reise aber ohne Waffenrüstung an. Da mein Gemahl Rüstungen im Überfluss besitzt, dürfte es kein Problem sein, den Fürsten und seine Gefolgsleute damit auszustatten. Auch die Markgrafen Ernst Friedrich und Jakob von Baden, die ebenfalls zum Fußturnier erscheinen, kommen ohne Rüstungen. In ihrer Ankündigung steht, dass sie mit achtzig Personen und neunundsiebzig Pferden anreisen. Sorgt für eine standesgemäße Unterbringung«, forderte sie mit scharfem Blick in Richtung der beiden Männer.

Frédéric spürte, wie das Blut durch seine Adern schoss. Wie sollte er das alles bewerkstelligen? Äußerlich versuchte er ruhig zu bleiben, was ihm auch gelang, bis seine Tante sagte:

»Der Brautvater hat den Wunsch, nach der Vermählung seiner Tochter mit meinem Sohn eine Zeit lang in Stuttgart zu verweilen. Damit ihm nicht langweilig wird, möchte mein Gemahl mit ihm auf die Jagd gehen. Georg hat von eurem letzten Jagdausflug vor ein paar Wochen geschwärmt. Er meinte, keine Jagd wäre ihm so intensiv in Erinnerung geblieben. Deshalb hat der Herzog beschlossen, dass er mit dem Brautvater ebenfalls in diesem Revier jagen möchte. Sorge dafür, dass das Jagdhaus hergerichtet wird und ausreichend Wein und Vorräte zur Verfügung stehen.«

Frédéric stand da wie zur Salzsäule erstarrt. Er wusste, warum sein Cousin so gern an diesen Jagdausflug zurückdachte.

»Frédéric! Hast du mich verstanden?«, riss ihn die Stimme seiner Tante aus den Gedanken.

»Ich werde mich schnellstmöglich darum kümmern«, versprach er und verbeugte sich, als Sibylla sich erhob.

Mit einem abweisenden Gesichtsausdruck raffte sie den Rock an einer Seite hoch und rauschte aus dem Zimmer.

Eine Woche vor der Feierlichkeit trafen die ersten Gäste im Schloss ein und wollten ihre Quartiere beziehen. Doch einige Abgesandte der geladenen verwandten und befreundeten Fürstenhäuser waren mit den für sie reservierten Zimmern nicht einverstanden. Sie beschwerten sich lautstark und bestanden darauf, andere Unterkünfte zugewiesen zu bekommen. Frédéric und der Zeremonienmeister mussten mehrmals umdisponieren, um sie zufriedenzustellen.

»Ausgerechnet die, die in der Rangfolge weit unten stehen, meckern am lautesten«, schimpfte Frédéric.

»Da sagt Ihr etwas Wahres. Hoffen wir nur, dass die anderen Gäste zufrieden mit unserer Wahl sind, denn wir haben kaum noch Ausweichquartiere.«

Bereits am nächsten Tag bahnte sich eine Katastrophe an, da die Universität Tübingen Deputierte zur Hochzeit entsandte. Des Weiteren waren die Landstände durch Mitglieder vertreten. Frédéric kannte beide Gruppen nicht. Deshalb fragte er bei der Fürstin nach.

»Da dies eine bedeutsame Hochzeit im angestammten Herzogshaus ist, benötigen weder die Universität noch die politischen Vertretungen der Stände formelle Einladungen, denn sie haben die Pflicht zu erscheinen. Es käme einer Beleidigung gleich, wenn sie nicht anwesend wären. Das müsstest selbst du wissen«, rügte sie den Neffen.

»Ich sorge mich, weil uns die reservierten Betten ausgehen.«

Die Fürstin sah Frédéric scharf an und zischte mit ihrem leisen Stimmchen: »Das ist nicht mein Problem! Ich habe dir genaue Anweisung gegeben, die du befolgen solltest. Anscheinend bist du dazu nicht imstande.«

Frédéric versuchte, sich seinen Unmut nicht anmerken zu lassen, und senkte den Blick. »Ich bitte um Entschuldigung. Selbstverständlich werde ich umgehend dafür sorgen, dass weitere Unterkünfte reserviert werden, damit wir keinen Notstand haben.«

»Warum nicht gleich so?«, fragte Sibylla und wies ihn mit einer Handbewegung an, sie allein zu lassen. Nur zu gern folgte er ihrem Befehl und verließ das Zimmer.

Er brauchte frische Luft und normale Menschen um sich herum. Durch einen geheimen Hinterausgang verließ er unbemerkt das Schloss und ging in die Stadt.

In Stuttgart herrschte geschäftiges Treiben. Um dem Brautvater, Markgraf von Baden-Durlach, bei seiner Ankunft im Herzogtum die gebührende Ehre zu erweisen, hatte Herzog Friedrich die Amtsleute in Marbach, Lorch, Schorndorf und Waiblingen angewiesen, die Gassen und Straßen gründlich zu säubern. Schon seit Längerem war es um die Sauberkeit der Fürstenstadt, aber auch der Residenzstädte schlecht bestellt. Da der Tross des Fürsten durch diese Städte fahren würde, sollten die Wege nicht nur gereinigt, sondern auch gepflastert werden.

Immer wieder musste Frédéric den Handwerkern ausweichen, die die letzten Arbeiten verrichteten und mit Schubkarren Pflastersteine herankarrten oder aus Eimern Wasser ausgossen, um den Schmutz wegzuspülen.

Frédéric wusste, dass sein Oheim dem zukünftigen Schwiegervater seines Sohnes imponieren wollte und deshalb keine Kosten scheute. Doch eigentlich bezahlte der Brautvater die Hochzeit aus seiner Tasche, denn er hatte bei den Mitgiftverhandlungen nicht gegeizt. Markgraf von Baden-Durlach steuerte bereitwillig einen namhaften finanziellen Beitrag bei, damit die Hochzeitsfeier seiner einzigen Tochter einen glanzvollen Rahmen erhielt.

Im Grunde hätte er jeden Preis bezahlt, damit Mathilde einen Gatten bekommt, spottete Frédéric in Gedanken. Georg konnte einem leidtun. Wer weiß, was ihn in der Hochzeitsnacht erwartet, dachte Frédéric und kehrte in das nächste Lokal ein.

⇢ *Kapitel 18* ⇠

Johannes Keilholz erwachte durch seinen eigenen Schrei. Nassgeschwitzt schreckte er hoch. Obwohl sein Haar kurz geschnitten war, klebte es am Hals, das Nachtgewand an seinem Körper. Er konnte sein Keuchen kaum kontrollieren. Ihm wurde elend. Mit flackerndem Blick starrte er zur Decke.

Erneut hatte er in seinem Traum alles wiedererleben müssen. Auch dieses Mal hatte er den Schmerz gespürt, der sein Herz zu zerschneiden schien.

Mit zittrigen Händen rieb er sich die Stirn. Um die Gedanken zu verscheuchen, stieg er aus dem Bett und trat auf schwankenden Beinen ans offene Fenster.

Wie lange noch würde sich dieser Traum wiederholen? Erneut ergriff ihn die Angst, darüber verrückt zu werden. Mitunter hatte er sogar Panik vor dem Schlafengehen. Meist zögerte er dann das Zubettgehen hinaus und verbrachte so manche Nacht in seinem Labor. Doch selbst wenn er auf seinem Stuhl am Arbeitsplatz einnickte, sah er die Gesichter seiner Lieben vor sich und hörte ihre Schreie.

Wann endlich würde sein Verstand begreifen, dass sein Schicksal, ihr Schicksal, unumkehrbar war? Erst im Tod würde er vergessen, antwortete eine innere Stimme. Tod? Keilholz fürchtete sich nicht vor dem Tod. Er würde gerne sterben und ihnen folgen. Doch anscheinend war der Herrgott anderer Ansicht, denn er hatte seine Frau und seine Tochter bereits um zehn Jahre überlebt. Wie viele Jahre werden es noch sein, bis ich sie wiedersehen darf?, fragte er sich voller Sehnsucht.

Er versuchte tief durchzuatmen und seine Lunge bis in die hintersten Winkel mit Luft zu füllen, um die Beklemmung im Brustkorb zu lösen. Er streckte die Arme nach hinten und beugte sich nach vorn, bis die Wirbel knackten. Erst der vierte Atemzug schien die unsichtbaren Ketten zu sprengen. Doch er wusste, dass es nur von kurzer Dauer sein würde, bis sie ihn erneut einengten.

Sein Blick schweifte über die Weide, die er von seinem Schlafzimmerfenster aus sehen konnte. Das Mondlicht strahlte den alten Birnbaum an, dessen Äste wie Finger einer Marionette in die Luft ragten. Bei diesem Anblick glaubte er oft, die Umrisse seiner Frau Sophia und seiner Tochter Christina zu erkennen.

Er glaubte zu sehen, wie Christina über die Wiese lief und um den alten Birnbaum herumhopste. Dabei schnaubte und wieherte sie wie ein Pferd. »Ich bin ein Fohlen und kann so hoch springen wie ein Pferdchen«, hörte er sie rufen, während sie die Bewegungsart der Tiere nachahmte. Damals musste er ihr flache Hindernisse aufstellen, die sie im Trab spielend umrundete oder übersprang.

Er rieb sich die Tränen fort. Wie sehr hatten Sophia und er

sich ein Kind gewünscht. Nach vielen Jahren des Bangens und Wartens hatte sich Christina angekündigt. Da Sophias Schwangerschaft problematisch war und auch die Geburt unter schweren Komplikationen verlief, wussten beide, dass Christina ihr einziges Kind bleiben würde. Er hätte sein Leben für seine Tochter gelassen. Stattdessen musste sie mit ihrer Mutter sterben.

Ein tragischer Unglücksfall hatte beide ihres Lebens beraubt. Sophia wollte Christina ein neues Kleid für Weihnachten in der Stadt kaufen. Da auf dem Schlitten nur Platz für zwei Personen war, folgte Johannes Keilholz ihnen auf seinem Wallach. Er machte sich keine Sorgen, denn Sophia war eine gute Lenkerin. Einerlei, ob Fuhrwerk oder Schlitten, sie kam zurecht.

Das Unglück war unvorhersehbar, und als es kam, konnte niemand es aufhalten. Es war auf der Strecke, die durch den Tannenwald führte. Wegen der eisigen Kälte zerbarst der Stamm einer Tanne. Der Baum krachte auf den Weg. Das Pferd, das den Schlitten zog, bäumte sich auf. Es galoppierte über den vereisten Weg, obwohl Sophia wie wild an den Bremsen zog. Als das Pferd sich losriss, rutschte der Schlitten auf dem gefrorenen Weg einen Abhang hinab.

Keilholz kniff die Augen zusammen. Er wollte sich nicht erneut erinnern. Trotzdem flammten die grausamen Bilder vor seinen Augen auf. Vergeblich schlug er sich mit der Handkante gegen die Schläfe. Doch die Bilder saßen wie Dämonen in seinem Schädel fest. Wieder sah er das schöne Antlitz seiner Frau vor sich, das vor Angst verzerrt war. Er sah ihre weit aufgerissenen Augen, als der Schlitten vom Weg schlidderte und in die Tiefe stürzte. Schützend hatte sie sich über ihre Tochter Christina gebeugt, die nach dem Vater schrie und ihre Arme nach ihm ausstreckte. Verzweifelt trat er seinem Pferd in die Flanken, doch er konnte den Schlitten mit Frau und Kind nicht erreichen. Beide wurden aus dem offenen Gefährt hinaus gegen eine Felswand geschleudert.

Als er den Hang zu ihnen heruntergerutscht war und seine tote Tochter aufheben wollte, glitt sie ihm durch die Arme. Ebenso Sophia. Jeder Knochen in ihren Leibern war zerschmettert.

Keilholz holte stöhnend Luft und öffnete die Augen. In diesem Jahr wäre Christina achtzehn Jahre alt geworden. Ob sie schon verheiratet wäre, wenn sie noch lebte? Ob sie ihre Mutter und ihn schon zu Großeltern gemacht hätte? Abermals schloss er die Augen. Er sah Christina und Sophia unter dem Birnbaum sitzen. Fröhlich schälten sie das reife Obst und winkten ihm zu.

»Ich muss euch endlich gehen lassen«, flüsterte er, öffnete die Augen und schaute hinüber zu dem Baum, der einzeln mitten auf der Wiese stand. Er schien ebenso verlassen zu sein wie er.

Leise, um die Stille nicht zu stören, schloss Keilholz das Fenster. Er ging hinunter in seinen Wohnraum, wo er in einem Schrank ein Allheilmittel gegen den Herzschmerz hatte. Er zog die Schublade auf und entnahm ihr die Pfeife, deren Kopf kleiner war als bei üblichen Tabakspfeifen. Denn darin wurde kein Tabak verbrannt, sondern ein Rauschmittel, das seine Sinne benebelte. Er nahm aus einem Beutel eine kleine Prise des Krauts, das sich Hanf nannte, und stopfte damit den Pfeifenkopf. Er ging sparsam damit um, denn er wusste, dass schon eine kleine Menge mehr ihm körperliche Schmerzen zufügen würde. Mit einem Kienspan entzündete er die Droge, die sofort glühte. Kaum hatte er den ersten Zug inhaliert, spürte er, wie Nebel sich in seinem Kopf ausbreitete und ihn vergessen ließ, was ihn schmerzte.

‒⇝ *Kapitel 19* ⇜‒

Elisabeth dachte unentwegt über den Vorschlag ihrer Freundin Johanna nach, die Kräuterfrau um Hilfe zu bitten. Besonders in den Morgenstunden, wenn ihr übel war, ergriff Panik ihre Gedanken. Bis jetzt hatte die Familie nichts von ihrer Schwangerschaft bemerkt. Ihre Geschwister glaubten, dass Elisabeth so schlecht aussah, weil sie um die Mutter trauerte. Ihr Vater hingegen hatte keinen Blick für die Erscheinung seiner Tochter. Ihn interessierte nur, dass sie ihrer Arbeit im Haus und auf dem Hof nachging. Sie wollte sich nicht ausmalen, wie der Vater sie bestrafen würde, wenn er von der Schwangerschaft erfuhr. »Du liederliches Frauenzimmer!«, hörte sie ihn in Gedanken toben und spürte förmlich schon den Prügel auf ihren Rücken niedersausen.

Ich muss unbedingt zu Ursula gehen, dachte sie. Doch es gab tagelang keine Gelegenheit, sich unbemerkt fortzuschleichen.

Eines Morgens – die Beerdigung der Mutter war gut zwei Wochen her – verschwand das flaue Gefühl im Magen und auch das morgendliche Spucken. Elisabeth fühlte sich mit einem Mal wie ausgewechselt. Sie erfreute sich ihrer Arbeit, die ihr rasch von der Hand ging. Wenn nicht das Trauerjahr wäre, hätte sie laut gepfiffen. Sie hoffte, dass die Schwangerschaft nur eine Einbildung gewesen war und schon bald die Monatsblutung wieder einsetzte. Aber sie kam nicht. Stattdessen spürte sie, wie sich ihr Körper veränderte und ihr manche Tätigkeit schwerfiel. Sie versuchte, sich ihre Furcht nicht anmerken zu lassen, damit ihre Familie nicht hinter ihr Geheimnis kam. Doch nachts weinte sie sich in den Schlaf.

Elisabeth wusste, dass ihr die Zeit davonlief, deshalb wagte sie an einem Sonntag nach dem Kirchgang zu fragen: »Vater, darf ich zu Johanna gehen?« Als sie seinen Blick sah, fügte sie rasch hinzu: »Ich habe meine Arbeit erledigt und Essen vorgekocht. Adelheid muss es nur wärmen.«

Der Vater taxierte sie, als ob er ihre Lüge ahnte.

»Ich habe meine Freundin seit Mutters Beerdigung nicht mehr gesehen«, klagte Elisabeth und senkte den Blick.

»Vorm Dunkelwerden bist du zurück«, brummte der Vater, nahm sich einige Münzen aus der Schatulle, in der er seine Barschaft hortete, und verließ die Hütte.

Elisabeth wusste, dass er in die Trinkstube ging. Erleichtert wartete sie einige Atemzüge, dann sah sie in das Holzkästchen. Es enthielt etliche Silbergulden und sogar zwei Florentiner. Sie war überrascht, dass ihr Vater Goldmünzen besaß. Da sie wusste, dass die Kräuterfrau ihr nicht umsonst helfen würde, stahl sie zwei Silberlinge. Wahrscheinlich merkt Vater nicht einmal, dass ich ihm Geld entwendet habe, da er nicht in die Schatulle hineingesehen hat, dachte sie und verließ das Haus.

Elisabeth versuchte, sich im Schatten der Häuser zu bewegen, da schon jetzt die Sonnenstrahlen auf ihrer Haut brannten. Seit Wochen hatte es nicht mehr geregnet. Auch jetzt flimmerte die Hitze über den Wegen.

Schweiß tropfte ihr von der Stirn und brannte in den Augen. Sie blinzelte und wischte ihn fort. So schnell sie bei diesem Wetter laufen konnte, eilte sie zum Dorf hinaus. Hinter den letzten Häusern nahe dem Wald drehte sie sich um. Als sie sich sicher war, dass niemand sie beobachtet hatte, ging sie den Feldweg entlang, der zum Wald führte. Bevor sie zwischen die Bäume trat, schaute sie abermals zurück. Niemand war zu sehen. Die Menschen schienen sich wegen der Hitze in ihren Häusern zu verkriechen, dachte sie und wedelte sich Luft zu. Dann verließ sie den staubigen Weg und trat in den Wald hinein.

Sie ging bergauf und bergab und überquerte den Bachlauf, der jetzt ausgetrocknet war. Im Winter war sie leichtfüßig über das zugefrorene Wasser gesprungen, doch heute japste sie bei jedem Schritt. Mühsam kletterte sie über Baumstämme, die ihr im Weg lagen, und quetschte sich an Tannen vorbei, die dicht nebeneinanderstanden. Ihr Atem ging keuchend. Sie musste mehrmals stehen bleiben, um Luft zu schnappen. Das ist wegen dieser unerträglichen Hitze, versuchte sie sich zu beruhigen und marschierte weiter. Als sie vor sich Ursulas Hütte sehen konnte, lehnte sie sich gegen einen Baumstamm, damit sich ihr rasendes Herz beruhigte. Doch es schlug weiterhin hart gegen ihre Brust.

»Schon wieder glotzt du auf mein Haus«, hörte sie die Kräuterfrau hinter sich sagen.

Erschrocken wandte sich Elisabeth ihr zu. »Du hast mich erschreckt«, sagte sie schüchtern.

Die Frau wischte sich mit einem Tuch die Schweißperlen vom Hals und musterte Elisabeth. Ohne ein weiteres Wort ging sie zu ihrer Hütte, wo sie in der Tür stehen blieb und Elisabeth fragte, ohne sie dabei anzusehen: »Brauchst du erneut eine Einladung, um mein Haus zu betreten?«

Elisabeth atmete tief durch, dann folgte sie ihr.

Vor einer Kommode, auf der eine Schüssel und eine Karaffe standen, nahm Ursula ihre Haube ab, die sie sich in den Rockbund klemmte. Ihr helles Haar ergoss sich über ihren Rücken. Sie legte den Kopf in den Nacken und kämmte die feuchten Strähnen mit ihren Fingern durch. Dann schüttete sie Wasser aus der Kanne in die Schüssel, nahm ein kleines Tuch vom Regal und tunkte es in das Nass. Nachdem sie den Stoff ausgewrungen hatte, wusch sie sich Gesicht und Hals und fuhr sich damit über das Genick. Abermals tauchte sie den Lappen in das Wasser und hielt ihn Elisabeth hin: »Möchtest du dir auch die Hitze von der Haut waschen?«

Das Mädchen nickte, nahm das feuchte Tuch aus Ursulas Hand und wusch sich Hals und Gesicht. Als sie die Kühle spürte, seufzte sie leise.

»Ist es nicht herrlich, sich zu erfrischen?«, fragte Ursula und füllte zwei Becher mit kaltem Kräutersud. Sie reichte einen Elisabeth, den diese dankend entgegennahm.

»Lass uns hinters Haus gehen«, sagte die Frau zwischen zwei Schlucken und trat vor die Kate.

Unter einem Baum, dessen Krone weit in den Himmel ragte, standen zwei Schemel sowie ein rundes Tischchen, auf dem mehrere Schalen mit getrockneten Kräutern standen.

»Bei dem Wetter sitze ich gern hier draußen im Schatten, wenn ich Heilkräutermischungen abfülle«, erklärte sie und zeigte auf die Leinensäckchen, die unter dem Tisch in einem Korb lagen.

»Wogegen helfen die Kräuter?«

»Das kommt darauf an, welche Beschwerden du hast. Dieses hier ...«, sagte Ursula und hob ein Säckchen in die Höhe, »... hilft gegen Magenkrämpfe. Dieses ...« – sie nahm ein weiteres aus dem Korb – »... gegen Kopfschmerzen ... und dieses ...« – erneut zog sie ein Leinensäckchen heraus – »... gegen ... Monatsbeschwerden.«

Kaum hatte die Frau das Wort ausgesprochen, senkte Elisabeth den Blick.

Die Stille zwischen ihnen wurde nur von einem zwitschernden Vogel durchbrochen, der hoch oben zwischen den Blättern des Baums saß.

»Ich weiß, warum du zu mir gekommen bist«, erklärte Ursula und sah auf Elisabeths Leib.

Elisabeth zuckte zusammen, und sogleich schossen ihr Tränen in die Augen. »Kann man es schon sehen?«, wisperte sie.

»Du musst keine Angst haben. Nur weil ich deinen Zustand erkennen kann, heißt es nicht, dass andere ihn auch sehen.«

Erleichtert atmete Elisabeth aus. »Ich kann das Kind nicht bekommen! Kannst du es wegmachen?«, fragte sie und fügte rasch hinzu: »Ich kann dich bezahlen.« Sie griff in ihre Rocktasche und reichte der Frau eine Silbermünze, die sogleich in Ursulas Tasche verschwand.

»Dazu muss ich dich untersuchen, was unangenehm sein wird. Vielleicht hast du Glück, und du verlierst das Kind dabei.«

Elisabeth wurde übel bei der Vorstellung. Ihr Brustkorb hob und senkte sich wie nach einem schnellen Lauf. Sie schluckte und versuchte sich zu beruhigen. Sie fühlte sich schrecklich bei dem Gedanken, und plötzlich bekam sie ein schlechtes Gewissen. Doch dann überwog Wut ihre Gedanken. Frédéric war an allem schuld. Seit sie ihm begegnet war, bestimmten Angst und Schmerz ihr Leben. Warum habe ich mich ihm hingegeben? Warum habe ich nicht Peter verführt? Dann wäre er jetzt der Vater meines Kinds, schossen ihr die Gedanken durch den Kopf.

»Es nützt nichts, sich Vorwürfe zu machen«, hörte sie von Weitem Ursulas Stimme. »Jede Frau in deiner Lage klagt sich selbst an und wünscht dem Kindsvater die Krätze an den Hals.« Verwirrt sah Elisabeth die Frau an. Anscheinend konnte sie ihre Gedanken lesen.

»Du bist darin keine Ausnahme«, erklärte Ursula.

Elisabeth räusperte sich. Sie hatte das Gefühl, ihre Kehle werde eng.

»Wenn du meine Hilfe willst, musst du die Untersuchung über dich ergehen lassen«, erklärte die Frau.

Mit heftig klopfendem Herz stimmte Elisabeth zu: »Wenn es sein muss, werde ich alles ertragen, nur um das Kind loszuwerden«, erklärte sie mit fester Stimme. Doch innerlich beherrschte sie die Furcht vor dem, was kommen würde.

Die Kräuterfrau sah sie zweifelnd an. »Dann komm mit ins Haus«, sagte sie schließlich.

Ursula zog die Tür zu und verschloss die Fensterluken mit den Klappläden davor. »Falls sich ein Wanderer hierher verirrt«, erklärte sie ihr Tun.

Das Licht, das durch die schmalen Ritzen fiel, war zu schwach, um den Raum zu erhellen. Ursula entzündete mehrere Kerzen, die sie in der Kate verteilte.

Elisabeth hatte keine Ahnung, was auf sie zukam. Zitternd versuchte sie sich Luft zuzufächern und ihre Furcht fortzuwedeln. Beides misslang.

»Leg dich auf den Tisch und schieb deinen Rock hoch«, hörte sie Ursula sagen, die mit dem Rücken zu ihr stand.

Als Elisabeth zitternd auf den blanken Tisch krabbelte, konnte sie nicht verhindern, dass er unter ihr wackelte. Starr vor Angst legte sie sich mühsam auf den Rücken und schob ihr Kleid hoch.

Unaufhaltsam liefen ihr die Tränen über die Wangen. Als sie Ursulas Hand spürte, versuchte sie die Zähne zusammenzubeißen. Aber dann brüllte sie ihren Schmerz hinaus. Der Schrei füllte die Hütte. Er war so laut und drohend, dass Ursula ihre Hände zurückzog und sich die Ohren zuhielt. Doch Elisabeth konnte sich nicht zügeln. Sie schrie nicht nur wegen der körperlichen Qualen. Sie schrie auch wegen ihres seelischen Schmerzes. Sie schrie aus Angst vor ihrem Vater und aus Furcht vor dem Geschwätz der Leute. Sie beschrie den Tod der Mutter, den Verlust des Geliebten. Und sie schrie, weil sie das Kind nicht behalten durfte.

Kaum hatte Ursula die Untersuchung beendet, zog Elisabeth die Knie an und weinte wie ein Kind. Die Frau ließ sie in Ruhe, bis sie sich gefasst hatte, dann sah sie sie mitfühlend an und sagte: »Es tut mir leid! Ich kann dir nicht helfen. Für einen Schwangerschaftsabbruch ist es zu spät. Mein Wissen und meine Kräuter können nur in den ersten Wochen einen Abgang herbeiführen. Du hättest nicht so lange warten dürfen, sondern früher kommen müssen.«

»Du musst mir helfen! Mein Vater wird mich totprügeln«, wimmerte Elisabeth.

»Was ist mit dem Kindsvater?«

»Er weiß nichts von dem Kind. Ich habe ihn seit Monaten nicht gesehen«, gestand Elisabeth.

»Stammt er nicht aus eurem Dorf?«

Elisabeth schüttelte den Kopf.

»Dann verlass das Dorf«, schlug Ursula vor.

»Wohin soll ich denn gehen?«, rief Elisabeth und krabbelte vom Tisch herunter. Doch im selben Augenblick zwang sie ein heftiger Unterleibskrampf in die Knie. Als der Schmerz nachließ, sah sie Ursula wütend an und schrie: »Wie stellst du dir das vor? Wovon soll ich leben?«

Ursula zuckte mit den Schultern. »Ich bin nicht schuld, dass du dich einem fremden Mann hingegeben hast, der auf und davon ist. Einen aus dem Dorf hättest du zur Verantwortung ziehen können.«

Nun lachte Elisabeth hässlich auf. »Das hört sich so leicht an. Aber mich wollte niemand *aus dem Dorf*«, äffte sie Ursulas Tonfall nach.

»Vielleicht hast du dich nicht gut genug verkauft.«

Elisabeth sah die Frau ungläubig an. »Du kennst mich doch gar nicht und weißt nichts über mich.«

»Das, was ich weiß, reicht mir, um mir ein Bild von dir zu machen«, erwiderte Ursula spöttisch.

»Wie kannst du es wagen, mich zu verurteilen? Du, die du selbst keine Heilige bist und es mit dem Pfarrer treibt.«

Ursulas Augen weiteten sich, um sich dann zu verengen.

»Aber ich bin nicht so dumm und lasse mir ein Balg andrehen«, zischte sie und wollte an Elisabeth vorbei zur Tür gehen. Doch die klammerte sich wie eine Ertrinkende an ihren Arm und flüsterte: »Hilf mir!«

Elisabeth war hilflos in ihrer Wut. Wohin sollte sie gehen? Ihr Zuhause bot weder Schutz noch eine Lösung für ihr Problem. Sie wusste, wenn sie Ursula im Zorn verlassen, würde, gäbe es niemanden mehr, der ihr helfen konnte. Deshalb schnaufte sie tief durch und sagte: »Es tut mir leid, was ich gesagt habe. Bitte versteh, dass ich verzweifelt bin.«

Die Kräuterfrau sah sie nachdenklich an. Dann nickte sie. »Du musst zu einer Hebamme in die Stadt gehen. Diese Frauen wissen, was zu tun ist.«

»Kennst du eine?«

»Geh in das Viertel der leichten Mädchen. Sie können dir sicherlich den Namen und die Adresse einer solchen Frau nennen, die bereit ist, das Balg wegzumachen. Allerdings wird sie mehr Geld verlangen als ich. Auch werden die Schmerzen schlimmer sein als die, die du gerade erlebt hast«, prophezeite Ursula.

»Ich werde es aushalten.«

»Du könntest daran sterben«, warnte sie.

»Vielleicht wäre das das Beste«, sagte Elisabeth und verließ die Hütte.

⇒ *Kapitel 20* ⇐

Frédéric ermüdete. Der schaukelnde Gang seines Pferds wirkte einschläfernd. Immer wieder fielen ihm die Augen zu. Acht Tage lang war die Vermählung seines Vetters gefeiert worden. Acht Nächte, in denen Frédéric kaum geschlafen hatte. Kein Wunder, dass er sich fast nicht auf dem Gaul halten konnte. Er konnte seiner Tante nur danken, dachte er grienend.

Herzogin Sibylla von Anhalt hatte die Vermählung ihres Sohnes bis ins kleinste Detail geplant, denn sie wollte vor seinen Schwiegereltern glänzen, und das war ihr gelungen. Die Hochzeitsfeier war bestens ausgerichtet und organisiert. Obwohl den Fürstenhof Geldsorgen plagten, war das Fest in verschwenderischer Pracht gefeiert worden. Frédérics Tante hatte dem Zeremonienmeister genaue Anweisungen gegeben und nichts dem Zufall überlassen. Hohe Geistliche, die eigens angereist waren, zelebrierten die Gottesdienste mit ungewöhnlichem Aufwand.

Die Dienerschaft hatte für diesen speziellen Anlass einheitliche Kleidung erhalten, und sogar die Lehnsleute waren angehalten, in ihren besten Gewändern zu erscheinen.

An den Festbanketten bogen sich die Tische vor erlesenen Speisen. Gebratene Tauben, Gänse, Pfauen, Kapaune und anderes edles Geflügel, gesottene und in Gelee eingelegte Fische vieler Arten, zu denen Äschen, Karpfen, Barben und Hechte gehörten, verwöhnten die Gaumen der Gäste ebenso wie verschiedene Sorten von geschmortem oder gebratenem Wildbret. Ganz zu schweigen von den erlesenen Getränken, die durch die Kehlen der Gäste rannen. Mehrere Tausend Liter roter und weißer Wein wurden in dieser einen Woche ausgeschenkt, zudem mehrere Hundert Fässer Bier und etliche Flaschen Selbstgebrannter.

Auch das Festprogramm war vielfältig. Keiner der Gäste sollte sich langweilen, und so wurde für jeden Geschmack ein buntes Programm geboten. An mehreren Tagen hielt man Turniere zu Fuß und hoch zu Ross ab. Versteckspiele im Freien, Ringelrennen, Vogelschießen und sogar Maskeraden gehörten zur Unterhaltung ebenso dazu wie farbenprächtige

Feuerwerke, die den Abendhimmel hell erleuchteten. Immer wieder hörte man entzückte *Ahs* und *Ohs* aus den Mündern der Zuschauer. Langanhaltender Beifall zeugte von ihrer Begeisterung.

Sibylla von Anhalt konnte mit ihrem Fest zufrieden sein.

Doch nicht nur die Gäste – auch Frédéric hatte seinen Spaß an den Feierlichkeiten gehabt. Zahlreiche Frauen hatten sich in sein Gemach verirrt und ihn um den Schlaf gebracht. Als er über die schlaflosen Nächte der vergangenen Woche nachdachte, vermochte er sein Glück kaum zu fassen. Allein die Erinnerung daran berauschte ihn erneut. Er konnte sich nicht entsinnen, jemals beim weiblichen Geschlecht so begehrt gewesen zu sein. Zwar hatte er nie Schwierigkeiten, eine Frau für eine Nacht zu erobern, aber dass man es ihm so leicht machte, hatte er zuvor nicht erlebt. Auch war ihm nicht bewusst gewesen, wie freizügig sich verheiratete Damen gaben, wenn sich ihnen die Gelegenheit dazu bot.

Bis dato hatte Frédéric gedacht, dass nur Männer sich gern in fremden Betten austobten, doch dass sich dieses Recht auch so manche Frau herausnahm – einerlei ob ledig oder verheiratet –, das erfuhr er erstmals bei der Hochzeitsfeier seines Vetters. Nie und nimmer hätte er vermutet, dass wohlerzogene Töchter, die zudem aus angesehenen Adelsfamilien stammten, Vergnügen daran fanden, vor ihrer Heirat unkeusche Erfahrungen zu sammeln.

Frédéric hatte selten so viel Spaß erlebt wie in den letzten acht Tagen und Nächten. Ungläubig schüttelte er den Kopf, als er die abendlichen Festessen Revue passieren ließ. Schon während der Vorspeisen bemerkte er die verführerischen Blicke verschiedener Damen. Doch nicht nur diese. Einige Male spürte er so manchen Frauenfuß, der unter der Tischdecke an seinem Bein emporwanderte. Einmal musste er sich auf die Lippe beißen, um nicht laut zu keuchen, als er die Hand seiner verheirateten Tischnachbarin zwischen den Schenkeln spürte.

Auch jetzt überzog ihn eine wohlige Gänsehaut, weil er an diesen besonderen Augenblick dachte, als dieselbe Frau ihm während der Maskerade auflauerte und ihn in eine Fensternische zog. Bei diesen Mummereien blieb ihr Gesicht hinter einer Tiermaske verborgen, weshalb er sie nicht sofort erkannte. Doch dann roch er ihr betörendes Parfum, das nach edlen Rosen duftete. Schon während des Festbanketts hatte das Bukett der Blume in seiner Nase gekitzelt. Wie hieß die Dame noch gleich, versuchte er sich zu erinnern und zählte verschiedene Frauennamen leise auf. Doch ihr Vorname fiel ihm nicht ein. Nur der ihres betagten Mannes, der Heinrich hieß. »Heinrich von Schauenburg. Demnach heißt sie ebenfalls von Schauenburg«, murmelte er nachdenklich. Doch egal wie angespannt er grübelte, ihr Rufname kam ihm nicht in den Sinn. Er konnte sich schließlich nicht alle Namen seiner Gespielinnen merken, dachte er grinsend und rutschte auf dem Sattel hin und her, um seine Beine zu strecken. Gequält verzog er das Gesicht. Noch immer schmerzten die Blessuren, die er sich bei verschiedenen Wettkämpfen zugezogen hatte. Aber der Spaß, den das Reitturnier gebracht hatte, war ihm die blauen Flecken wert. Ebenso wie das aufgeschürfte Schienbein, das er sich beim Wettrennen zugezogen hatte. Die Freude, seinen Vetter im Zweikampf besiegt zu haben, dämpfte seine Qualen.

Frédéric winkelte die Arme an und dehnte den Oberkörper nach rechts und nach links.

Warum können wir nicht schneller reiten, damit wir endlich im Jagdhaus ankommen?, murrte er und blickte hinter sich. Pferd an Pferd reihte sich aneinander. Ein langer Zug von mehr als vierzig Reitern begleitete den Fürsten zu seinem Jagdausflug mit dem neuen Familienmitglied, Georgs Schwiegervater.

Vielen Reitern schien es wie Frédéric zu ergehen. Müde hingen sie im Sattel, die Beine aus den Steigbügeln genommen und von sich gestreckt. Manch einer schien zu dösen, da sein Kopf im Takt des Pferdegangs hin und her wippte. Frédérics Blick blieb an seinem Vetter hängen, der ihm zunickte, sich aus dem Tross löste und an seine Seite galoppierte.

»Ich werde noch wahnsinnig, wenn wir weiterhin in diesem langweiligen Schritt reiten«, schimpfte Georg verhalten, damit nur Frédéric seinen Unmut hörte.

»Sag das nicht mir, sondern deinem Vater. Er scheint einen angeregten Plausch mit deinem Schwiegervater zu halten und deshalb nicht zu merken, dass wir kaum vorwärtskommen. Ich kann mich vor Müdigkeit kaum im Sattel halten und bin froh, wenn ich endlich im Bett liege.«

Frédéric spürte den schiefen Blick seines Vetters auf sich ruhen.

»Was ist?«, fragte er.

»Es heißt, Viktoria von Schauenburg hätte dich zu ihrem Bettspielzeug erkoren ... du Glücklicher!«

»Ah, Viktoria ist ihr Name!«, grinste Frédéric.

»Sag bloß, du hast ihn vergessen? Oder hat sie ihn dir verschwiegen?«

»Ehrlich gesagt, weiß ich es nicht mehr. Ich war zu betrunken, als sie zu mir ins Bett gekrochen kam.«

»Ich weiß, dass du nicht betrunken warst, denn sie hat dich schon am frühen Nachmittag verführt. Du bist wahrhaft ein Glückspilz.«

»Warum soll ich ein Glückspilz sein? So wie sie ihren Körper zur Schau stellt, kann anscheinend jeder sie haben.«

Georg hob den Zeigefinger und bewegte ihn vor dem

Gesicht hin und her. »O nein! Jeder will die Schauenburg haben, aber nicht jeder bekommt sie. Gnädigste ist sehr wählerisch!«

»Was sagt ihr Mann dazu, dass sie so begehrt ist?«

Georg zuckte mit den Achseln. »Was soll er dazu sagen? Seine Familie ist verarmt. Viktoria hat das Geld mit in die Ehe gebracht und verwaltet ihr Vermögen selbstständig. Wenn er sich beschwerte, würde die Geldquelle versiegen, und er säße auf dem Trockenen. Also schweigt er und sieht weg.« Mit einem verstohlenen Blick zur Seite schaute er wieder zu Frédéric und flüsterte: »Unter ihren Liebhabern wird sie *Imperia* genannt.«

»Imperia? Du meinst, *die* Imperia?«

Georg nickte feixend.

»Sie nennen sie wie die Kaiserin der Kurtisanen? Das verstehe ich nicht!«

Erstaunt zog Georg die Augenbrauen hoch. »Warum nicht?«

»Imperia war eine Dirne in Rom, die für Geld mit Adligen das Bett geteilt und so ihr kostspieliges Leben finanziert hat. Viktoria hingegen hat nichts verlangt, obwohl ihre Fähigkeiten durchaus jede Münze wert gewesen wären«, schmunzelte Frédéric.

»Wir alle sind sehr neidisch, dass sie dich erwählt hat. Einige sind regelrecht verärgert, dass sie einen Nichtadligen ihnen vorgezogen hat.«

»Dann werde ich sie gleich wieder aufsuchen, wenn wir zurück sind«, beschloss Frédéric, amüsiert über den Ausdruck in Georgs Blick.

»Ich muss dich enttäuschen, mein Lieber! Viktoria geht niemals zweimal mit demselben Mann ins Bett.«

»Das werden wir sehen! Ich werde sie schon überzeugen, dass es sich mit mir lohnen würde.«

»Du törichter Mensch! Diesen Gedanken hatten schon andere. Welche, die nicht nur ihre Männlichkeit zu bieten hatten, sondern die sie zudem mit wertvollen Juwelen ködern wollten.«

»Das bricht mir das Herz«, jammerte Frédéric und griff sich an den Brustkorb, sodass Georg lachen musste.

»Du bist kein Kind von Traurigkeit und wirst eine andere Frau finden, die dein Nachtlager wärmt. Vielleicht kommt schon bald die Richtige, und wir feiern die nächste Hochzeit.«

»Bist du von Sinnen?«, rief Frédéric. »Ich will weder Eheweib noch eine Bälgerschar. Mir gefällt mein Leben, wie es ist.«

Georg starrte ihn unglücklich an. Mit einem tiefen Seufzer sagte er dann: »Ich beneide dich um dein freies Leben, und dass du allein entscheiden kannst. Das ist der Vorteil eines Bastards. Von dir wird nicht verlangt, deinem Herzog zu gehorchen ...«

»Da muss ich dir widersprechen! Auch ich muss ständig die Befehle deines Vaters ausführen. Auch ich bin von ihm abhängig.«

Georg machte eine wegwerfende Handbewegung. »Mein Vater ist der Regent, er ist dein Herr! Und als ein solcher erteilt er Befehle, die befolgt werden müssen. Da bist du keine Ausnahme. Aber mein Vater schreibt dir nicht vor, wen du heiraten musst. Wenn ich wenigstens eines Tages seinen Platz einnehmen würde. Aber der ist reserviert für meinen Bruder Johann Friedrich«, beschwerte er sich.

»Du verkennst die Wichtigkeit deiner Vermählung! Mit deiner Heirat hast du deinem Vater einen großen Dienst erwiesen. Dank der Mitgift deiner Frau werden schon bald die besten Männer aus Europa für euren Hof arbeiten. Wir haben bereits Alchemisten aus Polen, den Niederlanden, England und ganz Deutschland angeworben. Dein Vater wird als der Regent in die Geschichte eingehen, der den Stein der Weisen gefunden hat. Davon wirst auch du profitieren.«

»Ich will hoffen, dass es so kommt und mein Opfer nicht umsonst war«, zischte Georg gereizt.

Frédéric stupste ihn aufmunternd an. »So schlimm scheint es dich nicht getroffen zu haben. Du bist drei Tage kaum aus deinem Schlafzimmer herausgekommen.«

»Ich muss einen Sohn zeugen, damit alle zufrieden sind. Sobald Mathilde schwanger ist, habe ich meine Ruhe.«

»Sie sah hinreißend aus bei eurer Vermählung«, meinte Frédéric und versuchte ein ernstes Gesicht zu machen.

»Du verspottest mich! Jeder konnte sehen, dass sie in ihrem ausladenden Kleid wie ein Weinfass wirkte«, schimpfte Georg und sah ihn griesgrämig an. Leise fügte er hinzu: »Als ich ihren Schleier lüftete und ihr Gesicht sah, hätte ich nur zu gern fluchtartig die Kirche verlassen.«

»Das konnte ich dir ansehen. Ich dachte tatsächlich, du würdest jeden Augenblick hinausstürmen«, schmunzelte Frédéric.

»Halt's Maul! Ich kann es kaum erwarten, zur Jagdhütte zu kommen. Gleich morgen werde ich mein Mädchen aufsuchen. Sie wird mich hoffentlich von meinem Elend ablenken.«

»Das wirst du nicht!«, widersprach Frédéric heftig.

»Ich habe dich nicht um deine Meinung gebeten!«

»Du scheinst vergessen zu haben, dass dein Schwiegervater uns begleitet. Was ist, wenn er dein Verschwinden bemerkt?«

»Dummes Geschwätz! Warum sollte er es merken? Ich kann schließlich allein auf die Jagd gehen ... was ich auch machen werde, nur dass meine Beute zwei Beine hat.«

Ohne Frédérics nächsten Einwand abzuwarten, trat Georg

seiner Stute in die Flanken und ritt zur Spitze des Trosses, wo er sich neben seinem Schwiegervater einreihte.

Frédéric hatte Mühe, es seinem Vetter nicht gleichzutun und nach vorn zu galoppieren, um ihm ins Gewissen zu reden. Doch dann atmete er tief durch. Wenn er in sein Unglück laufen will, dann soll er es tun, dachte Frédéric. Er ist ein erwachsener Mann und muss wissen, was er tut. Ich habe kein Recht, ihn zu belehren.

Mit diesem Gedanken gab er sich wieder dem schaukelnden Gang seines Pferdes hin. Doch dann packte ihn erneut das Unbehagen. Dieser dumme Mensch! Georg will einfach nicht verstehen, wie wichtig ein gutes Verhältnis zu seinem Schwiegervater und seiner Frau ist, dachte Frédéric. Wieder einmal verspürte er den Wunsch, nach Mömpelgard zu reiten und seine Sippe, den Hof und alles, was damit zusammenhing, hinter sich zu lassen. Er sehnte sich nach Ruhe und nach sinnvoller Arbeit. Sicherlich lagen auf seinem Schreibtisch bereits stoßweise Depeschen, die er dringend bearbeiten musste. Seit mehr als drei Monaten hatte er seine Korrespondenz nicht mehr beantwortet. Nur noch diese wenigen Tage der Jagd wollte er dem Fürstenhof zugestehen. Dann würde er sich verabschieden.

Plötzlich verstand er Georgs Ansichten über den Vorteil, ein Bastard zu sein. Zum ersten Mal genoss es Frédéric, kein Adliger zu sein und tun und lassen zu können, was er wollte, ohne der Etikette folgen zu müssen. Auch war er erleichtert darüber, dass er sich selbst eine Frau aussuchen konnte. Zwar hatte er soeben seinem Vetter gegenüber beteuert, dass er weder Eheweib noch Familie wollte – doch in Wahrheit gab es bereits die eine, die sein Herz zum Rasen brachte. Er presste die Lippen aufeinander, um nicht laut aufzustöhnen vor Qual, denn seine Auserwählte war für ihn unerreichbar. Trotzdem galt ihr sein erster Gedanke, wenn er erwachte, und der letzte, bevor er einschlief. Für sie wäre er bereit, sein ungebundenes Leben aufzugeben, denn er sehnte sich nach einem liebevollen Zuhause, wo er erwartet und nicht nur geduldet wurde.

Frédéric spürte, wie seine Schultern nach vorn sackten. Keine andere Frau würde jemals ihren Platz in seinem Herzen einnehmen können, dessen war er sich sicher. Doch da er sie niemals heiraten durfte, war er dazu verdammt, allein durchs Leben zu streifen und Trost bei irgendwelchen Bettgespielinnen zu finden.

~ *Kapitel 21* ~

Als Elisabeth die Kräuterfrau Ursula verließ, war sie wie betäubt. Sie spürte nichts. Der Gedanke, eine Hebamme aufsuchen zu müssen, versetzte sie nicht in Panik. Selbst der Gedanke, dass sie bei diesem Eingriff sterben könnte, ließ sie kalt. Sie schaute zu den Baumkronen empor. In welcher Richtung lag ihr Dorf? Was machte sie hier im Wald? Sie wusste nicht mehr, was sie wollte. Doch, schrie es in ihr, sie wollte sterben. Das Kind hat mein Leben verpfuscht, dachte sie. Nur der Tod konnte sie aus ihrem Elend befreien.

»Ich sollte hier auf meine Erlösung warten«, murmelte sie, legte sich hin und streckte sich auf dem Waldboden aus. Sie schloss die Augen und versuchte alles um sich herum auszublenden. Als Blätter auf sie herabrieselten, zwinkerte sie und sah, wie ein Habicht sich über ihr im Geäst niedergelassen hatte. Der Vogel drehte den Kopf von rechts nach links. Seine bernsteinfarbenen Augen schienen sie anzustarren. Plötzlich stieß der Raubvogel einen Schrei aus. Der schrille Laut brachte Elisabeth zurück in die Gegenwart. *Johanna,* schoss der vertraute Name durch ihre Gedanken. Sie musste mit Johanna sprechen.

Mühsam erhob sie sich und klopfte den Staub von ihrem Rock. Noch haderte sie mit der Entscheidung, die Freundin zu besuchen, denn der Weg war weit und zog sich – dieses Mal ganz besonders, wegen der Hitze und ihres Zustands. Doch es war Elisabeth wichtig, mit Johanna zu sprechen. Sie musste mit jemandem über ihr Schicksal reden, da sie befürchtete, sonst verrückt zu werden.

Plötzlich schoss ihr ein weiterer Gedanke in den Sinn. Sicherlich war es außerdem ratsam, sich im Gasthaus von Johannas Schwiegereltern zu zeigen. Falls der Vater nachfragen würde, könnte sie Zeugen benennen, die sie gesehen hatten.

Erneut kamen ihr Zweifel. War es wirklich wichtig, dass jemand sie in dem anderen Dorf sah? Ihr Vater würde die Anwesenheit seiner Tochter dort sicherlich nicht nachprüfen. Ihn interessierte nur, dass sie ihre Arbeit auf dem Hof und im Haus gewissenhaft verrichtete. Er würde nicht einmal bemerken, wenn sie erst mitten in der Nacht von ihrem Ausflug zurückkäme, da er wie jeden Tag den Feierabend in der Trinkstube verbringen würde, bis der Wirt ihn hinauswarf. Obwohl Elisabeth wusste, dass sie ihrem Vater gleichgültig war, nagte das schlechte Gewissen an ihr. Sie hatte ihn angelogen und heimlich die Kräuterfrau im Wald aufgesucht. Sie war ein ehrliches Mädchen, dem das Lügen widerstrebte. Nur hin und wieder erlaubte sie sich eine harmlose Notlüge. Und diese auch nur dann, wenn sie dadurch den Schlägen des Vaters entgehen konnte. Danach bat sie immer in einem Gebet um Vergebung für die Sünde. Es war ihr wichtig, den Herrgott wieder zu versöhnen.

Ihre Schwester hingegen hatte kein Problem damit, die Unwahrheit zu sagen. Fast jedes Wort, das aus Adelheids Mund kam, war gelogen. Sie schien keine Angst vor der

Strafe Gottes zu haben. Für sie zählten einzig und allein die Vorteile, die sie mit ihren Lügen bekam. Das Lügen passte ebenso zu ihr wie ihr verschlagener Charakter, dachte Elisabeth. Manchmal, wenn sie über sich und ihre Geschwister nachdachte, wunderte es sie, dass ihre Eltern drei so unterschiedliche Kinder bekommen hatten. Keines glich dem anderen – weder im Aussehen noch im Wesen. Unbewusst griff sie sich an den Bauch. Wie wohl ihr Kind … Sie dachte den Gedanken nicht zu Ende, verdrängte ihn und marschierte los.

Noch immer brannte die Sonne vom Himmel. Elisabeths Zunge klebte am Gaumen. Sie sehnte sich nach einem Schluck Wasser, doch es war kein Bach in Sicht. Da teilte sich der Weg vor ihr. Einer führte zu einem Waldstück, in dem ein kleiner See lag, an dem sie sich erfrischen konnte. Allerdings würde sie tief in den Wald eindringen müssen, um an das Gewässer zu gelangen. Die meisten Menschen ihrer Umgebung mieden diesen Abschnitt, da er besonders dicht bewachsen war und düster wirkte. Die Alten im Dorf erzählten, dass nachts der Aufhocker dort sein Unwesen trieb. Dieser Geist konnte sein Aussehen verändern, wie sich die Leute erzählten. Manchen erschien er als alte und mitleiderregende Frau. Aber auch in Gestalt eines Hundes oder eines Bären war er schon gesehen worden. Der Aufhocker setze sich den Wanderern auf die Schultern, sodass ihre Schritte schwer wurden. Manch einer, dem dieser Kobold aufgelauert hatte, berichtete, dass er nach dieser Begegnung wie gelähmt und unfähig gewesen sei, sich umzuwenden. Nur wenn bei Tagesanbruch ein Gebet gesprochen wurde oder Glockengeläut erklang, werde der Wanderer von dem Geist erlöst.

Elisabeth blieb vor der ersten Baumreihe stehen. Sie erinnerte sich, wie sie und ihre Spielgefährten aus dem Dorf vor vielen Jahren ihren Bruder zwischen die Bäume gestoßen hatten. Ulrich war fünf Jahre alt gewesen und wollte unbedingt mit den größeren Kindern mitspielen. Doch das erlaubten sie nur, wenn er eine Mutprobe bestanden hatte. Nachdem der Junge zwischen den Bäumen verschwunden war, durfte er erst wieder herauskommen, wenn die Kinder laut bis dreißig gezählt hatten. Als Ulrich zurückkam, hatte er sich vor Angst in die Hose gemacht und heftig geweint. Die Prügel, die Elisabeth an diesem Tag vom Vater bezog, würde sie niemals vergessen.

Noch wägte sie ab. Wenn sie durch das unheimliche Waldstück ging, dann könnte sie sich nicht nur erfrischen, sondern würde zudem den Weg abkürzen. War sie mutig genug, diesen Weg einzuschlagen und zu riskieren, dass sie dem Aufhocker begegnete? Oder sollte sie seitlich am Wald vorbeigehen und durstig bleiben? Unsicher schaute sie zum Himmel, um den Sonnenstand zu beurteilen. Sie schätzte, dass es später Mittag war. Sie musste sich beeilen, da sie sonst den Rückweg bei Tageslicht nicht mehr schaffte. Unsicher wischte sie ihre feucht gewordenen Hände am Rock ab. Doch dann gab sie sich einen Ruck und marschierte los.

Sie versuchte, weder nach rechts noch nach links zu schielen, sondern den Blick stur geradeaus zu richten. Manchmal verschwand der Pfad unter dichten Brombeerhecken oder war von hochgewachsenen Büschen zugewuchert. Das Blätterwerk schien jegliches Licht zu verschlucken. Manchmal tappte sie fast im Dunkeln vorwärts. Dabei blieb ihr Fuß an einer Wurzel hängen, sodass sie nach vorn stolperte und befürchtete hinzufallen. Im letzten Augenblick konnte sie sich fangen. Erneut strauchelte sie. Dieses Mal lag ein Stein im Weg.

Endlich sah Elisabeth die Oberfläche des Sees zwischen den Baumstämmen glitzern. Sie fand eine flache und gut erreichbare Stelle am Ufer, kniete nieder und schöpfte sich

Wasser in die hohle Hand. Als der Durst gestillt war, wischte sie sich die restlichen Tropfen vom Mund. Plötzlich hörte sie ein seltsames Geräusch. Sie verharrte in der Bewegung. Jemand schien in ihrem Rücken zu stehen. Ihre Knie zitterten. Nur langsam kam sie aus der Hocke hoch. »Ist da wer?«, fragte sie mit heiser klingender Stimme.

Niemand antwortete. Vielleicht ist es ein Tier, dachte sie und versuchte, die aufkommende Panik zu unterdrücken. Vorsichtig, damit sie das wilde Tier nicht erschreckte, drehte sie sich um. Sie sah weder ein Tier noch einen Menschen. Und trotzdem glaubte sie, nicht allein zu sein. Der Aufhocker, schoss es ihr durch den Kopf. Was sollte sie tun? Wohin sollte sie gehen? Ich muss keine Angst haben, versuchte sie sich zu beruhigen, der Koboldgeist erscheint nur bei Nacht. Dann rannte sie los.

Keuchend und mit hochroten Wangen öffnete Elisabeth die Tür der Schankstube. Vom schnellen Laufen schmerzten ihre Füße. Zwei alte Bauern aus dem Dorf, die krummbucklig an der Theke standen, blickten sie erstaunt an. »Du siehst aus, Mädchen, als ob dir ein Geist begegnet wäre«, meinte der eine und zeigte dabei lachend seinen zahnlosen Mund.

Elisabeth antwortete nicht. »Ist Johanna da?«, fragte sie stattdessen den Schwiegervater ihrer Freundin, der ein Bierfass durch die Schankstube zum Hinterausgang rollte.

Mürrisch blickte er sie an. »Sie ist hinten in der Küche. Halt sie nicht von der Arbeit ab. Wegen ihres Zustands ist sie nicht die Schnellste«, brummte er und verschwand mit dem Fass nach draußen.

»Mach ich nicht«, versprach Elisabeth und ging hinter die Theke, wo sich die Tür zur Wohnung der Schwiegereltern befand.

Die Freundin saß breitbeinig am Küchentisch. Ihr praller Bauch stieß an die Tischkante.

»Ich grüße dich, Johanna«, sagte Elisabeth und setzte sich ihr gegenüber.

»Wo kommst du auf einmal her?«, fragte die junge Frau überrascht. »Hier, trink einen Schluck. Du siehst aus, als ob du einen Geist gesehen hättest«, meinte auch sie und schob ihr den Becher zu.

»Kein Wunder! Ich bin durch das unheimliche Waldstück gegangen«, verriet Elisabeth zwischen zwei Schlucken.

Johannas Augen weiteten sich vor Entsetzen. »Dort würde ich mich für kein Geld der Welt hineintrauen«, gab sie zu. Als sie die Stimme ihres Schwiegervaters hörte, putzte sie eifrig das Gemüse weiter. »Ich kann nur noch leichte Arbeiten verrichten. Das heiße Wetter und das Kind in meinem Leib machen mir zu schaffen. Ich bin schon zweimal ohnmächtig geworden. Hoffentlich wird es bald Herbst«, stöhnte sie.

»Bis dahin sind es nur noch wenige Wochen«, tröstete Elisabeth die Freundin und verriet: »Ich habe deinen Ratschlag befolgt und war bei der Kräuterfrau.«

Johanna sah von ihrer Arbeit hoch. »Kann sie dir helfen?«, flüsterte sie.

Elisabeth schüttelte den Kopf. »Ich muss zu einer Hebamme in die Stadt gehen.«

Abermals schaute die Freundin sie voller Mitgefühl an. »Du kennst die Gefahr, wenn du das machst?«

Sie nickte. »Ich habe keine andere Wahl.«

»Doch, die hast du! Du könntest das Kind bekommen.«

»Bist du von Sinnen? Ich habe keinen Vater vorzuweisen. Wovon soll ich leben?« Elisabeth kämpfte mit den Tränen, die sie energisch wegwischte. »Nicht jeder hat solch ein Glück wie du. Du bist verheiratet. Dir mangelt es an nichts.«

»Es ist nicht alles Gold, was glänzt«, murmelte Johanna.

Fragend kräuselte Elisabeth die Stirn. Doch bevor die Freundin weitersprechen konnte, wurde die Tür aufgestoßen, und Johannas Schwiegermutter platzte herein. Sie trug einen Korb, in dem frisch geschlachtete Hühner lagen. Blut tropfte durch das Weidengeflecht zu Boden. Ihr Blick erfasste Johanna und Elisabeth zugleich.

»Da hört sich doch alles auf! Was quatscht ihr hier, während ich die harte Arbeit verrichte, die eigentlich meine Schwiegertochter erledigen sollte?«

Sofort sprang Elisabeth hoch, um ihr den Korb abzunehmen. Nun fiel der Blick der Frau auf sie allein.

»Du bist fett geworden. Wenn du weiterhin so auseinandergehst, wirst du nie einen Mann abbekommen«, spottete sie und drückte ihr den Korb entgegen.

Elisabeth schluckte hart und presste den Korb gegen ihren Bauch, damit er hinter den toten Hühnern verschwand.

An ihre Schwiegertochter gerichtet, meinte die Frau: »Sag deinem Mann, dass der Herzog und sein Gefolge wieder zur Jagd in den Wäldern unterwegs sind. Er soll aufpassen, dass man ihn nicht beim Wildern erwischt.«

Elisabeth wäre beinahe der Korb aus den Händen gerutscht, als sie das hörte. Sie musste sich zwingen, nicht nachzufragen, denn sie hatte Angst, sich verhört zu haben. Wenn der Herzog hier war, dann musste Frédéric auch da sein, dachte sie.

Johanna schien dasselbe zu denken, denn rasch versenkte sie den Blick in ihre Arbeit und tat sehr geschäftig.

»Bis zum Abend müssen die Hühner gerupft sein«, mahnte die Schwiegermutter und verließ murrend die Küche.

»Hast du das gehört?«, wisperte Elisabeth. Sie spürte, wie ihre Wangen heiß wurden vor Aufregung. »Ich muss ihn heute noch sehen und ihm von unserem Kind erzählen. Jetzt wird alles gut«, flüsterte sie.

Kapitel 22

Seit Elisabeth wusste, dass Herzog Friedrich in den nahen Wäldern zur Jagd ging, war sie sich sicher, dass Frédéric ebenfalls zu der Jagdgesellschaft gehörte. Voller Sehnsucht wartete sie darauf, dass ihr Liebster sich ihr zeigen würde. Sie hoffte sogar, dass er sie in ihrem Dorf aufsuchen würde. Jedes Mal, wenn sie vor die Tür der Kate trat, ließ sie den Blick suchend umherschweifen. Doch zwischen den Dorfbewohnern, die ihrem Tagwerk nachgingen, den Kindern, die im Dreck spielten, und den Schweinen, die zwischen den Hütten die Erde nach Würmern durchwühlten, konnte Elisabeth ihn nicht entdecken. Sie versuchte nicht zu verzweifeln, besonders da Johannas Worte durch ihre Gedanken geisterten.

»Er hat dich längst vergessen«, hatte die Freundin gemurmelt, als Elisabeth mit dem Korb toter Hühner durch die Küche getanzt war, kaum dass die Wirtsfrau hinausgegangen war.

»Wie kannst du das behaupten?«, hatte Elisabeth bestürzt gefragt.

»Du hast seit Monaten nichts mehr von ihm gehört. Sicherlich besteigt er bereits eine andere.« Johannas Stimme klang gehässig, sodass Elisabeth die Freundin erstaunt anschaute. Wie kam sie dazu, so etwas zu sagen? Freundinnen sollten einander trösten und nicht entmutigen, hatte Elisabeth zwar gedacht, aber nicht laut ausgesprochen. Sie hatte Johanna noch nie so erlebt und glaubte deshalb, dass die Freundin unglücklich war. Doch da sie anscheinend nicht darüber sprechen wollte und zudem empfindlich reagierte, stellte Elisabeth keine Fragen.

Außerdem hatte sie nicht weiter über Frédéric reden wollen; denn sie war überzeugt, dass er kommen würde. Sie mochte sich die Hoffnung nicht nehmen lassen. Schließlich hatte er ihr seine Zuneigung geschworen, und aus der war ein Kind – ihr Kind – entstanden, und das musste er unbedingt erfahren. Sicherlich würde Frédéric sich verantwortlich fühlen, sie heiraten und für sie und das Kind sorgen.

Anscheinend hatte Johanna ihre Gedanken erraten, denn mit einem spöttischen Lächeln sagte sie: »Wahrscheinlich unterstellt er dir sogar, dass das Balg von einem anderen ist und du es ihm unterschieben willst.« Elisabeth war darüber so verstört gewesen, dass sie ohne ein Wort des Abschieds Johannas Heim verlassen hatte.

Sie schüttelte die Gedanken an das Gespräch mit Johanna ab. Nichts davon, was ihre Freundin Frédéric unterstellte, wollte sie glauben. Ihr Liebster hatte gemerkt, dass sie noch jungfräulich war, als sie sich mit ihm einließ. Das bewies, dass sie sich nicht leichtfertig mit Männern abgab.

Abermals ließ Elisabeth die Hausarbeit ruhen, um nach draußen zu gehen. Während sie sich umsah, tat sie geschäftig, damit ihr Verhalten nicht auffiel. Sie fegte den Boden und zupfte Unkraut am Wegesrand. Langsam wurde ihr bewusst, dass Frédéric sie niemals in ihrem Dorf aufsuchen würde. Wie konnte sie nur solch einen absurden Gedanken hegen? Sie musste zu ihrem geheimen Treffpunkt, der Köhlerhütte, gehen. Dort würde er sicherlich auf sie warten. Doch wie sollte sie unbemerkt dorthin gelangen? Was sollte sie ihrem Vater erzählen, damit sie fort durfte? Unruhig lief sie hin und her.

»Was ist mit dir?«, fragte ihr Bruder, der plötzlich hinter ihr stand.

Erschrocken drehte sie sich um. Sie hatte Ulrich nicht kommen gehört. »Nichts! Warum fragst du?«

»Du läufst hin und her wie ein Fohlen, das die Mutter sucht. Vermisst du sie auch so wie ich?«

Elisabeth wusste nicht, was er meinte, und sah ihn irritiert an.

Ulrich musste geweint haben. Rotz lief aus seiner Nase, und seine Augen waren gerötet. Außerdem hatte er Dreckstreifen auf dem Gesicht, als ob er sich Tränen weggewischt hatte. Nun begriff sie, dass er von ihrer verstorbenen Mutter sprach. Noch immer hatte der Junge ihren Tod nicht verwunden. Er vermisste sie schmerzlich und rannte so oft wie möglich zum Friedhof, wo er sich vor ihr Grab setzte, als ob er auf ihre Auferstehung wartete. Elisabeth musste ihn jedes Mal mit Gewalt nach Hause zerren, wobei er sich mit Tritten und Schlägen wehrte. Auch schrie er dabei in den schlimmsten Tönen – wie ein Tier, das nicht aus seiner Falle kam.

Elisabeth sah ihren Bruder missgestimmt an. Heute hatte sie keine Lust auf sein Gejammer, das sich fast täglich wiederholte. »Versteh endlich, dass unsere Mutter nicht mehr wiederkommt. Sie ist tot und beerdigt, und nichts bringt sie zurück«, erklärte sie schroff.

»Warum hat sie der Herrgott zu sich genommen?«, jammerte Ulrich und sah seine Schwester verzweifelt an.

»Weil sie sehr krank war«, antwortete Elisabeth gereizt.

»Der alte Schneider liegt seit Monaten im Bett. Er hat keine Zähne mehr, kann nicht mehr kauen, und doch holt ihn der Herrgott nicht zu sich. Doch unsere Mutter lässt er sterben!«, schrie der Junge nun.

»Sei leise!«, ermahnte sie ihn. »Wer stirbt und wer nicht, haben nicht wir zu entscheiden. Finde dich damit ab.«

»Was schreist du so? Man muss sich vor den Nachbarn schämen«, rief plötzlich der Vater, der auf sie beide zueilte. Er zog seinen Sohn an den Ohren, sodass der wild um sich schlug.

»Du wagst es, die Hand gegen deinen Vater zu erheben?«, brüllte er, stieß den Jungen von sich und trat ihm in den

Hintern, sodass er nach vorne fiel. »Verschwinde ins Haus, sonst setzt es weitere Prügel«, rief er zornig.

Da kam der Pfarrer um die Ecke gelaufen. Er schien sehr aufgeregt zu sein und ging geradewegs auf sie zu.

»Sei gegrüßt, Karpfenfischer«, rief der Geistliche schon von Weitem und segnete im Gehen Elisabeth und ihren Vater sowie Ulrich mit einem Kreuzzeichen.

Der Vater senkte den Blick und erwiderte den Gruß. Elisabeth knickste.

»Du musst dir eine Lösung für deinen Sohn einfallen lassen«, erklärte der Mann leise.

»Wie meint Ihr das?«

»Ich habe nichts dagegen, dass der Junge fast täglich auf dem Friedhof herumlungert. Ich kann auch verstehen, dass die Trauer über den Verlust der Mutter bei einem Kind tief sitzt. Schließlich ist dein Junge ein ... besonderes Kind«, umschrieb der Kirchenmann vorsichtig Ulrichs geistigen Zustand. »Doch ich kann es nicht dulden, dass er versucht, eine Tote auszugraben.«

»Was?«, riefen Elisabeth und der Vater wie aus einem Mund.

Der Pfarrer atmete tief ein und aus und nickte. »Ich wollte es erst nicht glauben, als er mir in der Früh auf dem Totenacker sagte, dass er seine Mutter nach Hause holen wolle. Doch als ich später vorbeikam, hatte er bereits angefangen zu graben. Da er kein Werkzeug hatte, versuchte er den Grund mit bloßen Händen wegzuschaufeln. Zum Glück ist der Boden knochentrocken wegen der anhaltenden Dürre, sodass er Schwierigkeiten hatte, auch nur eine Mulde auszuheben. Nicht auszudenken, wenn der Boden weich wäre«, erklärte der Pfarrer und rieb sich mit einem Tuch, das er aus seinem Talar zog, über den verschwitzten Nacken.

Elisabeth sah voller Entsetzen vom Pfarrer zum Vater, der

die Hände vors Gesicht schlug. »Wie kann dieser unsägliche Dummkopf mich so in Verlegenheit bringen«, nuschelte er und ließ die Arme sinken. »Ich weiß mir keinen Rat mehr, außer ihn einzusperren oder festzubinden.«

»Das ist auf Dauer keine Lösung«, überlegte der Pfarrer laut. »Ich rate zu einem Kraut, das im Wald wächst. Es heißt *Valeriana officinalis*.«

»Davon habe ich noch nie gehört«, wagte Elisabeth einzuwenden.

»Es heißt Katzenkraut oder Baldrian, und schon die Äbtissin Hildegard von Bingen hat ihm vertraut. Ihr müsst die Wurzel aufkochen und den Sud Ulrich täglich zu trinken geben. Die Heilpflanze wird ihn beruhigen und lässt ihn still werden. Wir wollen hoffen, dass er dann seine dummen Gedanken vergisst. Gewiss lindert es auch die Trauer um die Mutter.«

Der Vater überlegte nicht lang und befahl der Tochter: »Du gehst sofort los und suchst dieses Kraut!«

»Ich kenne die Pflanze nicht und weiß nicht, wie sie aussieht«, gab Elisabeth zu bedenken.

»Komm nachher zu mir, mein Kind. Ich habe eine Zeichnung. Das Kraut wächst in dem feuchten Waldgebiet beim Jagdhaus des Herzogs. Aber sei vorsichtig! Seit einigen Tagen sind die Jäger dort unterwegs.«

Die Warnung des Pfarrers noch im Ohr durchquerte Elisabeth den Wald. Immer wieder schreckte sie hoch, wenn es knisterte oder ein Ast brach. Unentwegt dachte sie an Frédéric und hoffte, ihn irgendwo hier draußen zu treffen. Doch sie schien allein unterwegs zu sein. Weder hörte sie ein Horn, das die Jäger zusammenrief, noch sah sie eine Menschenseele. Nicht einmal ein Tier ließ sich blicken. Mit jedem weiteren Atemzug schwand ihre Hoffnung, ihren Liebsten hier wiederzusehen. Enttäuscht schlich sie weiter in den Wald hinein.

Sie hatte sich die Zeichnung der Pflanze beim Pfarrer kaum angesehen, da sie viel zu aufgeregt war. Trotzdem versuchte sie, sich das Bild des Heilkrauts in Erinnerung zu rufen, ebenso wie die Erklärungen des Geistlichen. »Der Baldrian ist eine Staude mit aufrecht stehenden Stängeln. Seine blassrosa Doldenblüten duften angenehm, im Gegensatz zu den Wurzeln, die einen schweißähnlichen Geruch verströmen.«

Auch hatte der Geistliche sie daran erinnert, dass das Kraut gern im Wald, an Ufern, auf feuchten Wiesen und in Gebüschen wuchs. »Es wächst an vielen Plätzen. Doch nahe dem Jagdhaus sind die größten Vorkommen.«

Tatsächlich brauchte Elisabeth nicht lange zu suchen. Auf einer Wiese, die im Schatten der Bäume lag, fand sie das Gewächs in rauen Mengen. Sie grub die Wurzeln aus und legte sie in ihren Korb. Rasch hatte sie genügend gesammelt. Erstaunt stellte sie fest, dass sie erst kurze Zeit unterwegs war. *Der Vater kann nicht prüfen, wie schnell ich das Kraut gefunden habe. Ich könnte ewig dafür gebraucht haben*, überlegte sie und strich sich eine Haarsträhne aus dem Gesicht. Warum sollte sie jetzt schon nach Hause gehen? Sie könnte ebenso gut einen Umweg über die Köhlerlichtung machen. Oder sollte sie sich beim Jagdhaus blicken lassen? Sie könnte dort nach Frédéric fragen, dachte Elisabeth.

Im nächsten Augenblick schüttelte sie den Kopf. Welch törichter Gedanke! Sie wusste, dass ihr der Mut fehlen würde, in adligen Kreisen vorzusprechen. Entschlossen, in der Köhlerhütte auf ihr Glück zu warten, eilte sie los.

Bald sah sie die Lichtung mit dem abgebrannten Meiler vor sich. Freudig ging sie darauf zu, als sie ein Pferd, angebunden an einem Strauch, erblickte. Sofort erkannte sie, dass es nicht Frédérics Antonia war, denn sein Ross war dunkelbraun mit schwarzer Mähne und schwarzem Schweif. Wem gehörte es? Sie wollte sich gerade hinter einem Baum verstecken, als sie plötzlich am Arm herumgerissen wurde. Geistesgegenwärtig hielt sie den Korb als Schutz vor ihren Leib. Doch das Weidengeflecht zerbrach durch die Kraft eines starken Körpers, der sich gegen sie presste. Die Wurzeln fielen zu Boden.

Elisabeth wollte losbrüllen. Aber der Laut wurde erstickt, weil ihr jemand den Mund zuhielt. Unfähig, sich zu wehren, riss sie die Augen auf. Sie konnte kaum glauben, wen sie vor sich sah. Es war Frédéric, der sie hart und fordernd küsste. Seine Hände wanderten ihre Oberschenkel entlang und hinterließen ein brennendes Gefühl auf ihrer Haut, das durch das Gewand drang.

Sie keuchte schwer, als er sie umdrehte und gegen den Baumstamm drückte. Sie ließ den zerbrochenen Korb zu Boden fallen, um sich an der Rinde abzustützen, damit ihr Gesicht nicht dagegenschlug. Frédéric schob, ohne ein Wort zu sagen, ihren Rock hoch und drang in sie ein. Genauso brutal und erbarmungslos wie beim ersten Mal. Sie spürte nichts mehr von der Freude, die sie einst dabei empfunden hatte. Nur der Schmerz war derselbe wie bei den ersten Malen. Das Kind, dachte sie panisch, als er in sie stieß. Sie wollte schreien, doch seine Finger umschlossen ihren Mund. Ihre Tränen fielen auf seinen Handrücken, aber er ließ nicht von ihr ab.

Erst als alles vorbei war, ließ er sie frei. »Das habe ich gebraucht«, keuchte er. »Warum kommst du erst jetzt? Ich habe jeden Tag auf dich gewartet, seit ich hier bin«, rügte er sie, während er seine Hose schloss. Kein Wort der Freude über ihr Wiedersehen kam über seine Lippen.

»Ich wusste nicht, dass du da bist«, wisperte Elisabeth und wischte sich über das Gesicht.

»Unfug! Alle Welt weiß, dass wir hier auf die Jagd gehen.«

»Ich dachte, du kämst zu mir ins Dorf und würdest mich abholen.«

Erstaunt blickte er auf. »Glaubst du wirklich, ich würde mich in euer Dorf verirren?«

Sie zuckte mit den Schultern und strich ihren Rock glatt. »Ich war in der Nähe des Jagdhauses und wollte dort schon nach dir fragen. Ich war mir nicht sicher, ob du den Herzog begleitest.«

»Warum sollte ich meinen …« Frédéric stockte, sodass sie ihn fragend anschaute. »… meinen Herzog nicht begleiten?«, fragte er unwirsch. Sein Blick wanderte über ihre Erscheinung und blieb an ihrem Bauch hängen. Er zog den Stoff glatt, hob eine Augenbraue an und fragte: »Bist du schwanger?«

Sie nickte lächelnd.

»Wie ekelerregend!«, schrie er auf. »Ich besteige nie eine schwangere Frau.« Frédéric spuckte die Worte regelrecht aus. »Warum sagst du nicht, dass dir jemand einen Balg eingepflanzt hat?«

»Es ist dein Kind. Unser Kind!«, stotterte Elisabeth und versuchte zu lächeln.

Seine Miene wurde düster. Doch dann lachte er schallend los. Sie wusste nicht, wie sie sich verhalten sollte, und wandte verlegen den Blick ab. Frédéric lachte und lachte. Schließlich drückte er sie mit dem Rücken gegen den Baum und stellte seine Hände neben ihren Kopf auf.

»Dieses Kind ist sicherlich nicht von mir. Ein anderer hat dich geschwängert, und nun versuchst du, mir das Balg unterzujubeln«, zischte er.

»Du weißt, dass das nicht stimmt. Ich habe keinen anderen

Mann getroffen. Ich liebe nur dich«, versuchte sie ihm zu widersprechen.

»Du wagst es, mir zu unterstellen, dass ich einen Bauerntrampel schwängere? Wer bist du, dass du dich traust, mir ein Kind anzuhängen?« Er stieß sie fort. »Verschwinde, damit ich dir das Balg nicht aus dem Leib prügle.«

Elisabeth wollte diesen Worten nicht glauben. Sie war wie betäubt. Abrupt dreht sie sich um und versuchte so schnell wie möglich fortzulaufen. Nur weg von hier! Nur weg von ihm, dachte sie, während Tränen ihren Blick verschleierten.

Kurz vor ihrem Dorf fiel ihr das Heilkraut ein, das sie in der Aufregung vergessen hatte. Wie sollte sie dem Vater erklären, dass sie ohne die Wurzeln nach Hause kam? Ich muss zurück und sie holen, überlegte sie und geriet in Panik. Was, wenn er noch dort war? Selten hatte sie solche Angst gespürt. Angst vor dem Mann, der ihr Schlimmes unterstellte und Böses androhte, und Angst vor dem Vater, der sicherlich die Rute schwingen würde, wenn sie ohne das Heilkraut für Ulrich zurückkäme.

Jetzt erinnerte sie sich an Johannas Worte. Sie hat es vorausgesehen, dachte Elisabeth und schlug sich die Hände vors Gesicht. Ihr Traum von einem besseren Leben war zerplatzt. Sie würde zu einer Hebamme gehen müssen.

Da glaubte sie Bewegung in ihrem Leib zu spüren. Keine große, keine heftige. Es war fast wie ein Hauch. Aber sie hatte es gespürt. Elisabeth legte beide Hände auf den Bauch und horchte in sich hinein. Doch sie spürte nichts mehr weiter und war verwirrt. Sie wusste nicht, was sie denken oder fühlen sollte. Nur, dass sie dringend den Baldrian holen musste.

⇌ *Kapitel 23* ⇋

Ulrich weigerte sich, den Baldriansud, den Elisabeth frisch aufgebrüht hatte, zu trinken.

»Er schmeckt wie Pisse«, schrie der Junge und schlug seiner Schwester den Becher aus der Hand, der zu Boden fiel und zerbrach.

Sie sah den Jungen verärgert an, wollte ihn bereits ohrfeigen und mit ihm schimpfen. Doch ihre Wut auf ihn verflog so schnell, wie sie gekommen war. Sie kniete nieder und murmelte, während sie die Scherben einsammelte und in den Eimer warf: »Woher willst du dummer Mensch wissen, wie Pisse schmeckt?«

Obwohl sie wusste, dass der Vater toben würde, sobald er das zerbrochene Geschirr sah, zwang sie sich, gelassen zu bleiben. Warum sollte es sie interessieren, dass er für das hart erarbeitete Geld einen neuen Becher kaufen musste? Warum sollte sie sich Mühe geben, Ulrich zu überzeugen, den Heilsud zu trinken? Sollte ihr Bruder doch weiterhin auf dem Friedhof am Grab der Mutter sitzen, sollte er schreien und weinen – was kümmerte sie das? Warum war sie für alle und jeden verantwortlich? Zeigte jemand Interesse für *ihr* Schicksal? Weder der Vater noch ihre Schwester und erst recht nicht ihr Bruder scherten sich um sie. Auch nicht Frédéric, der Vater ihres Kindes, half ihr in ihrer verzweifelten Lage.

Seine Worte hatten Elisabeth schwer verletzt. Als sie sich an sein Gesicht erinnerte, das sich zu einer hässlichen Fratze verändert hatte, als er ihr seine Ablehnung entgegenschleuderte, bekam sie kaum noch Luft. Sie stemmte die Hände in die Seite und versuchte durchzuatmen. Japsend setzte sie sich auf einen Stuhl.

Sie war ihres Lebens überdrüssig. Vielleicht sollte sie ins Wasser gehen, schoss ihr durch den Kopf. Doch im selben Augenblick schreckte sie diese Vorstellung. Selbsttötung war eine schwere Sünde, die mit harter Strafe gesühnt wurde. Die Kirche würde ihr eine christliche Bestattung verwehren und ihren Körper am Zaun des Totenackers verscharren. Auf ihrem Grab würde kein Stein mit ihrem Namen verraten, dass sie dort beerdigt lag. Auch würde sie keinen Einlass ins Himmelreich finden und als Untote umhergehen müssen. Sie griff sich an den Hals und strich sich über den Kehlkopf. Nein, diese Bestrafungen wollte sie auf keinen Fall auf sich nehmen. Sie beschloss, baldmöglichst zu einer Hebamme zu gehen. Sobald der rechte Augenblick gekommen war, um genügend Geld aus der Schatulle des Vaters zu entwenden, würde sie sich auf den Weg in die Stadt machen.

»Du wirst von Tag zu Tag schwerfälliger«, lästerte ihre Schwester, die zur Tür hereinkam und sah, wie sich Elisabeth an der Tischkante hochdrückte.

»Meine Knie schmerzen«, versuchte sie von ihrem Zustand abzulenken.

»Unfug! Du bist schwanger«, raunte Adelheid ihr ins Ohr.

»Was flüstert ihr?«, fragte Ulrich.

Elisabeth sah die Schwester angstvoll an.

»Das geht dich nichts an, Dummkopf«, giftete Adelheid.

»Ich verrate euch beide dem Vater«, drohte er und grinste frech.

Klatsch machte es, und Adelheids Finger zeichneten sich auf Ulrichs geröteter Wange ab. Sofort setzte sein Gebrüll ein.

»Halt dein Maul«, zischte Adelheid und hob drohend die Hand, um ihm zu zeigen, dass sie bereit war, erneut zuzuschlagen. »Sagst du auch nur ein Wort, werde ich jedem im

Dorf erzählen, dass du unsere tote Mutter ausgraben wolltest. Dann wirst du angebunden wie ein Stück Vieh.«

Adelheid füllte einen zweiten Becher mit Baldriansud, schob ihn zu ihrem Bruder und befahl: »Trink das, damit endlich Ruhe einkehrt.«

»Ich will nicht! Das Gebräu schmeckt nach Pisse«, weigerte sich der Junge und schob den Becher zurück.

»Trink das, sonst lasse ich dich tatsächlich Pisse kosten.«

Hastig zog Ulrich den Becher zu sich und trank ihn leer, ohne ihn abzusetzen. »Igitt!«, rief er und schüttelte sich.

»Von heute an trinkst du drei Becher davon jeden Tag. Verschwinde jetzt und füttere die Hühner«, befahl Adelheid.

Ulrich ließ sich das nicht zweimal sagen.

Kaum hatte sich die Tür hinter ihm geschlossen, spürte Elisabeth den prüfenden Blick der Schwester auf sich ruhen. Sie wagte kaum aufzuschauen. Schließlich sagte Adelheid:

»Mir ist es egal, dass du ein Kind bekommst. Sobald ich verheiratet bin, verlasse ich dieses Haus und werde sicherlich nicht wiederkommen. Ich kann es kaum erwarten, das alles hinter mir zu lassen. Weder Vater noch unseren dämlichen Bruder oder dich werde ich besuchen. Ich werde mein eigenes Heim haben und schon bald Kinder bekommen mit meinem Mann. Mich interessiert es nicht, was hinter diesen Wänden geschieht. Deshalb musst du keine Angst haben, dass ich dich bei Vater verrate. Denn du bist mir einerlei.« Spöttisch sah sie auf Elisabeths Leib. »Ich denke nicht, dass du es noch lange vor unserem Vater verbergen kannst. Es erstaunt mich, dass er es noch nicht bemerkt hat, denn ich ahne es bereits seit einer Weile.«

»Woher weißt du es?«

»Immer wenn du dich unbeobachtet fühlst, so wie jetzt, legst du deine Hände auf den Bauch. Das macht man nicht ohne Grund.«

Elisabeth schaute erstaunt an sich herab. Tatsächlich ruhten ihre Hände auch jetzt auf ihrem Leib. Rasch nahm sie die Arme herunter.

»Da du weder jubelst oder Freude zeigst, denke ich, dass der Vater des Kindes nichts von dir wissen will.«

Elisabeths Blick verschwamm vor Tränen.

»Warum flennst du? Das hättest du dir überlegen sollen, bevor du dich von einem verheirateten Mann besteigen lässt.«

»Verheiratet?«, fragte Elisabeth verwirrt.

»Da er nicht zu seinem Kind steht, kann er nur verheiratet sein.«

Elisabeth schüttelte den Kopf. »So ist es nicht«, wisperte sie.

»Ach nein?«, fragte Adelheid erstaunt.

»Er ist nicht verheiratet. Jedenfalls weiß ich nichts davon.«

»Dann verstehe ich nicht, warum du ihn nicht zur Verantwortung ziehst. Statt zu jammern, würde ich handeln und ihn zwingen, das Kind als seines anzuerkennen.«

Resigniert sah Elisabeth Adelheid an. »Ich habe es ihm bereits gesagt, doch er will nichts von mir und dem Kind wissen«, gestand sie leise.

»Das würde ich mir nicht gefallen lassen!«, ereiferte sich ihre Schwester. »Ich würde ihm so lange nachlaufen, bis alle Welt weiß, dass dieser Mann mich mit seinem Kind hat sitzen lassen. Dieses Verhalten wird sicherlich nicht geduldet in seinem Dorf. Man würde ihn bestimmt verurteilen.«

In diesem Augenblick wurde Elisabeth bewusst, wie dumm sie war anzunehmen, dass Frédéric zu ihr und dem Kind stehen würde. Ein Mann, der dem Hofstaat des Herzogs von Württemberg angehörte, verliebte sich nicht in eine Bauerstochter. Ihre Einfältigkeit konnte sie nicht einmal der Schwester beichten. Sicherlich würde sie sie auslachen, weil sie die

Hoffnung gehegt hatte, dass Frédéric sie liebte. »Das wage ich nicht«, erwiderte sie zaghaft.

»Dann ist dir nicht zu helfen«, zischte Adelheid und wandte sich der Tür zu. Bevor sie sie öffnete, sagte sie: »Vielleicht verschenkst du die einzige Möglichkeit, diesem Elend hier zu entkommen, wenn du nichts tust.« Dann ging sie hinaus.

Elisabeth starrte auf die geschlossene Tür. Was wusste die Schwester schon von ihrem Schicksal? Was vom Vater ihres Kindes? Es wäre sicherlich einfach, ihn zur Rechenschaft zu ziehen, wenn er aus einem ihrer Dörfer käme. Doch Frédéric gehörte nicht in ihre Welt. Er war von adligem Geblüt und belesen und war viel gereist. Was interessierte es ihn, dass er der Vater ihres ungeborenen Kindes war? Er wollte nichts davon wissen. Beschimpft hatte er sie und gekränkt. Sie hatte sich entschieden und wollte ihn nie wiedersehen!

Sie nahm den Becher vom Tisch, als sie abermals diese schwache Bewegung in ihrem Leib spürte. Wie beim ersten Mal war es kaum wahrzunehmen, doch sie war sich sicher, dass sich ihr Kind bemerkbar machte.

Ich würde ihm so lange nachlaufen, bis alle Welt weiß, dass dieser Mann mich mit seinem Kind hat sitzen lassen. Dieses Verhalten wird sicherlich nicht geduldet in seinem Dorf. Man würde ihn bestimmt verurteilen, wiederholte sie Adelheids Worte in Gedanken.

Vielleicht dachten die Menschen, mit denen Frédéric zu tun hatte, ebenso, überlegte Elisabeth und legte ihre Hände schützend auf den Bauch.

Kapitel 24

Frédéric langweilte sich und konnte nur mit Mühe ein Gähnen unterdrücken. Seitdem sich die Männer der Jagdgesellschaft zum Mittagessen versammelt hatten, musste er sich die Geschichten ihrer Jagderfolge anhören. Mittlerweile war es Nachmittag, doch die Sprücheklopfer fanden kein Ende. Jeder versuchte den anderen zu übertreffen. Angeblich hatte einer der Männer einen Hirsch erlegt, der so groß war, dass man die Bäume um ihn herum erst schlagen musste, damit man ihn wegschaffen konnte. Die getöteten Wölfe und Bären übertrafen sich in ihrer Gefährlichkeit, sodass die Jäger stets nur knapp dem Tod entronnen waren. Frédéric machte sich einen Spaß daraus, schon im Vorfeld die blasierten Worte der Männer zu erraten, wenn sie ihre Beute beschrieben. Er formte sie stumm mit den Lippen, und jedes Mal, wenn er richtiglag, nahm er einen Schluck Wein. Irgendwann ödete ihn auch dieses Spiel an, und er hörte nicht mehr zu.

Wenn jedes Essen so verlief, würde er ab morgen in der Küche speisen, nahm er sich vor, als ein Klaps auf der Schulter seine Aufmerksamkeit forderte. Karl Gustav von Schlittenau hatte ihn angestoßen und zeigte nun auf den Herrn, der auf der anderen Tischseite saß.

»Könnt Ihr solch abwegiger Geschichte Glauben schenken?«, fragte der Graf und kräuselte zweifelnd die Stirn.

Frédéric hatte nicht zugehört und wusste nicht, worum es ging. Kurz entschlossen wog er den Kopf hin und her. Er hoffte, dass diese unverfängliche Antwort auf die Frage des Grafen passte.

Tatsächlich fiel Schlittenau darauf herein und klopfte ihm erneut auf die Schulter. »Ihr glaubt ihm also auch nicht so recht«, lachte er schallend und sagte zu dem Mann auf der anderen Tischseite: »Ihr seht, verehrter Leopold, wir sind nicht so vertrauensselig, wie Ihr es von uns erwartet.«

»Glaubt es oder nicht, Karl Gustav! Aber ich versichere Euch, die Bärin war dreimal so groß wie der längste Mann hier im Raum und wog über zweieinhalb Zentner. Eine Tatze war größer als meine beiden Hände zusammen. Ich habe die Klauen meiner Frau geschenkt. Sie bewahrt sie in einer Kassette auf, die ich ihr dafür anfertigen ließ.«

»Ihr solltet sorgsam darauf achten, Leopold, dass Euch nichts widerfährt bei solch einer gefährlichen Hatz. Es könnte leicht geschehen, dass Ihr vom nächsten Bären verletzt werdet«, ermahnte Herzog Friedrich ihn und hob sein Glas. »Ich möchte auf diese außergewöhnlichen Geschichten anstoßen, meine Herren. Sie haben mich bestens unterhalten.«

Die Männer prosteten einander zu und tranken den Rotwein, den Frédéric aus Frankreich hatte kommen lassen. Doch bevor man sich nachschenken konnte, meldete sich Georgs Schwiegervater zu Wort:

»Meine Herren, ich habe mit dem Herzog und meinem Schwiegersohn wichtige Dinge zu bereden. Deshalb bitte ich Euch, uns allein zu lassen.«

Ohne auch nur einen Augenblick zu zögern, erhoben sich die vierzig Männer und verließen redend und lachend den Speisesaal.

Es schien niemanden zu stören, dass nicht ihr Herzog, sondern Graf Jakob von Baden-Durlach den Befehl zum Aufbruch gegeben hatte, stellte Frédéric erstaunt fest. Der Mann war weder Gastgeber noch Ranghöchster und hatte somit nichts zu befehlen. Doch da keiner Einwände erhob, war es auch Frédéric einerlei. Für ihn war es letztendlich eine Erlösung, dass die Essenstafel aufgehoben wurde und er den prahlerischen Gesprächen und der Langweile entkommen konnte. Er beschloss, in den Wald zu reiten und zu jagen –

allein, ohne seine Begleiter. Niemand sollte ihn dabei stören. Er wollte mit keiner Menschenseele reden heute, nur die Ruhe der Natur genießen. Die Vorstellung entlockte ihm einen leisen Seufzer.

Frédéric erhob sich, verbeugte sich vor seinem Herzog, dem Grafen und dem Vetter. Dann reihte er sich in die Männerschlange ein, um ebenfalls hinauszugehen, als er von seinem Onkel zurückgerufen wurde. »Du bleibst, Frédéric«, befahl dieser knapp und wies auf den Platz neben seinem Sohn Georg.

Unschlüssig sah Frédéric zu Jakob von Baden-Durlach. Schließlich hatte dieser gebeten, mit dem Regenten und Georg allein zu sprechen. Der Graf wiederum blickte erstaunt den Herzog an. Mit leicht verengten Augen musterte er dann Frédéric und schien kurz zu überlegen. Schließlich zuckte er mit den Schultern und nickte.

Frédéric nahm neben seinem Vetter Platz, der seinem Schwiegervater gegenübersaß. Am Kopfende des Tisches saß der Regent, sein Onkel.

Kaum hatte der letzte Mann den Speisesaal verlassen, betraten zwei Diener und drei Mägde den Raum. Als sie die Herrschaften erblickten, sahen sie sich unschlüssig an.

»Was wollt ihr?«, fragte Georg.

»Entschuldigt, Prinz Georg. Wir sahen die Herren aus dem Saal kommen und wollten das Geschirr abräumen«, erklärte der Tafeldecker.

»Erledigt das später«, wies Georg die Dienerschaft an, die sich daraufhin entfernte. Kaum fiel die Tür ins Schloss, wandte sich der Herzog dem Grafen zu und fragte mit einem süffisanten Lächeln: »Warum wollt Ihr uns sprechen, mein lieber Jakob?«

Der Graf zögerte und sah mit einem Seitenblick zu Frédéric.

»Herr im Himmel«, schimpfte nun Friedrich. »Er gehört zur Familie.«

»Trotzdem ist er keiner von uns«, widersprach von Baden-Durlach.

»Auch wenn Ihr durch die Heirat unserer Kinder zur Familie gehört, steht es Euch nicht zu, meine Anordnungen infrage zu stellen. Frédéric ist der Sohn meiner verstorbenen Schwester«, rügte der Herzog.

»Das mag stimmen, aber er bleibt ein Bastard, der weder Rang noch Titel trägt. Deshalb sollte er bei diesem wichtigen Gespräch nicht zugegen sein.«

Es ärgerte Frédéric, dass der Graf in diesem Ton und mit diesen Worten über ihn sprach – ganz so, als ob er nicht anwesend sei. Nur zu gern hätte er ihm Widerworte gegeben, doch das wagte er nicht, und so schluckte er seinen Unmut.

»Mein Neffe genießt mein vollstes Vertrauen. Zudem verfügt er über großes Wissen über mein Vorhaben, um das es hier geht, wie ich annehme. Leider muss ich zugeben, dass er mehr weiß als meine Kinder zusammen.«

Frédéric hatte seinen Onkel noch nie so reden gehört. Sein Lob war ihm unangenehm, zumal er spürte, wie Georg ihn mit Blicken durchbohrte.

Graf von Baden-Durlach vermochte seine Verwunderung nicht zu unterdrücken, was dem Herzog ein Lächeln entlockte.

»Frédéric ist für die Beschaffung des Eisenerzes zuständig. Das ist eine verantwortungsvolle Aufgabe, denn die Farbe unseres Goldes ist nicht glänzend gelb, sondern grau, ja, fast schwarz. Erst die Alchemie vermag es, die Farbe des Goldes so zu verändern, wie wir sie kennen.« Erstaunt stellte Frédéric fest, dass die Augen seines Onkels vor Begeisterung leuchteten. »Frédéric«, betonte der Herzog, »ist eine große Hilfe bei meinem Vorhaben.«

»Das ist nicht gerecht, Vater!«, wehrte sich Georg nun. »Ohne mich hättest du keine Möglichkeit, deinen Plan umzusetzen.«

»Schweig!«, wies der Herzog seinen Sohn an, der auf die hohe Mitgift anspielte, die Mathilde mitgebracht hatte.

Graf von Baden-Durlach faltete die Hände vor sich auf der Tischdecke und starrte das Leinen an. Er schien nachzudenken. Schließlich sagte er mit festem Blick auf seinen Schwiegersohn, obwohl er mit dem Herzog sprach: »Glaubt Ihr wirklich, ich wüsste nicht, wofür Ihr das Geld verwendet, zu dem meine Mathilde Euch verholfen hat, Eure Durchlaucht?« Nun sah er den Regenten an. »Obwohl Ihr der Herzog von Württemberg und der Schwiegervater meines Kindes seid, so gab ich meine geliebte Tochter selbstredend nicht her, ohne Auskünfte über Euren Sohn eingeholt zu haben.«

Frédéric wagte es kaum, seinen Oheim anzuschauen. Diese Offenheit des Grafen kam einer Provokation gleich.

»Wie könnt Ihr es wagen, mich so zu brüskieren?«, ereiferte sich Georg.

»Ihr solltet besser schweigen, Eidam!«, zischte von Baden-Durlach und nahm einen Schluck Wein. Nachdem er das Kristallglas zurück auf den Tisch gestellt hatte, verriet er: »Ihr seid bekannt für Euer zügelloses Leben. Ich habe die wildesten Geschichten über Euch gehört.«

»Das war vor der Ehe mit Eurer Tochter! Doch nun bin ich Ihr treu ergeben«, erklärte Georg heftig.

Sofort streifte ihn ein vernichtender Blick. »Ihr gebt es also zu«, triumphierte der Graf.

»Ich gebe nichts zu«, wehrte sich Georg schwach.

Frédéric erkannte sofort, dass die Worte seines Vetters keine Wirkung auf den Grafen zeigten. Deshalb versuchte er sein Glück und erklärte: »Zeugt es nicht von wahrer Männlichkeit, wenn ein Mann viele Frauen zufriedenstellen kann? Ich kenne keinen, der sich dieser Freude nicht hingibt.«

»Vielleicht geschieht das dort, wo Ihr herkommt. Sicherlich denken die Frauen, mit denen Ihr zu tun habt, so. Aber nicht meine Tochter. Mathilde ist ein zartes Wesen, das von ihrer Mutter behütet und christlich erzogen wurde. Allein die Vorstellung, dass Ihr nicht treu seid, mein lieber Schwiegersohn, ließe sie zerbrechen. Ich kann es zwar nicht verstehen, aber sie liebte Euch tatsächlich vom ersten Augenblick an, als sie Euch gesehen hat. Sie hat mich angefleht, Euch die Mitgift zu zahlen, damit die Ehe geschlossen werden kann. Da sie das einzige Kind ist, das mir der Herrgott ließ, habe ich zugestimmt. Wir beide, Euer Durchlaucht, wissen, dass die verlangte Summe unverschämt hoch war und ...«

Der Herzog, der bislang nichts gesagt und nur zugehört hatte, unterbrach den Grafen mit hochgezogener Augenbraue: »Ich verstehe die Zusammenhänge nicht. Warum klagt Ihr jetzt über das Geld, wo die Ehe vollzogen wurde und Ihr nichts mehr ändern könnt?«

»Ich will Euch einen Vorschlag unterbreiten, Herzog!«, antwortete Graf von Baden-Durlach. »Ich verlange, dass Ihr mich an Eurem Goldgewinn beteiligt, wenn ich Euch die Lösung biete, damit Ihr schnell zum erhofften Erfolg gelangt.«

Der Graf sah den Herzog erwartungsvoll an, der mit einem verächtlichen Blick antwortete: »Bis jetzt habe ich Eure Unverschämtheiten hingenommen, doch nun geht Eure Dreistigkeit entschieden zu weit. Wie könnt Ihr es wagen, solch eine Forderung an Euren Herzog zu stellen? Auch verstehe ich nicht, um welche Lösung für welches Problem es sich dabei handelt. Denn ich habe kein Problem, das gelöst werden müsste. Zudem entscheidet allein das Haus Württemberg, was mit einer Mitgift geschieht. Und wenn wir es für die Forschung nach dem Stein der Weisen ausgeben, ist das allein meine Entscheidung. Ihr habt nichts zu verlangen. Auch keine Anteile an dem Gewinn, den wir erzielen werden.«

»Die Mitgift meiner Tochter verhilft Euch, Alchemisten anzuwerben. Es heißt, Ihr würdet mehr als hundert Wissenschaftler einstellen, um eine Alchemistenfabrik zu gründen.«

»Dafür benötige ich sicherlich nicht das Brautgeschenk«, wies der Herzog brüsk den Grafen in seine Schranken.

Um die Mundwinkel des Grafen zuckte es verräterisch. Mitleidig sah er den Herzog an. »Ich weiß, dass Ihr hoch verschuldet seid, Euer Durchlaucht. Die Entwicklung der Wirtschaft, die Verbesserung des Landes, aber auch die Förderung von Kunst, Kunsthandwerk und Wissenschaft, ebenso die finanzielle Unterstützung einiger Herrscherfreunde, deren Namen hier nichts zur Sache tun, und nicht zuletzt der Wiederaufbau der Grafschaft Mömpelgard vor einigen Jahren kosteten Euch reichlich Geld. Geld, das Euch nun im Herzogtum fehlt. Selbst Eure eigene Münzprägestätte, die Euer privates Geld prägte, brachte große Verluste. Wie lautete noch gleich Eure persönliche Devise, die auf den Münzen gedruckt wurde: *Deus aspiret coeptis – Gott möge meine Unternehmungen fördern* ... Doch auch Gott hat Euch nicht erhört, und Ihr musstet die Prägeanstalt schließen, da Eure Währung instabil war. Deshalb steckt Eure ganze Hoffnung nun in den Alchemisten, die auf chemischem Weg Gold aus Eisenerz gewinnen sollen.«

Frédéric war fassungslos, was der Graf über die Situation des Herzoghauses wusste. Wie würde der Onkel auf die Unverschämtheit reagieren?

Doch da ergriff sein Vetter das Wort: »Verzeiht, mein Vater, dass ich mich einmische. Ich finde es unverschämt, wie der Graf über Euch redet.« Dann wandte er sich an seinen Schwiegervater. »So wie Ihr es darstellt, verehrter Graf, hat es den Anschein, als ob mein Vater, der Herzog, das Geld verschwendet, gar mit beiden Händen hinausgeschleudert hätte. Doch wir und auch sein Volk wissen, dass das Gegenteil richtig ist. Durch seine kluge und zeitgemäße Wirtschaftspolitik hat er das Wohl seines Landes und seiner Untertanen gefördert. Landwirtschaft, Gewerbe und Handel sind gleichwertig in seinem Interesse. Er errichtete ein Gestüt, gründete Schäfereien und Molkereien und trug zum Aufschwung des Weinbaus bei, gleichzeitig modernisierte er die Verkehrswege und ließ Brücken bauen. Zudem möchte ich nicht unerwähnt lassen, dass er in der Landwirtschaft zukunftsweisende Impulse gesetzt hat. Auch liegt ihm die Bildung seiner jüngsten Untertanen am Herzen, weswegen er Schulen bauen ließ. Und das ist bei Weitem nicht alles, was mein Vater für sein Land getan hat oder noch zu tun gedenkt. Dass dies alles Unsummen verschlang und noch verschlingen wird, muss nicht explizit erwähnt werden«, schloss Georg, dessen Wangen sich vor Aufregung gerötet hatten.

Mit einem leichten Lächeln auf den Lippen erwiderte der Graf: »Ihr habt Eure Hausaufgaben gemacht, mein lieber Schwiegersohn.«

»Ich verstehe den Sinn Eurer Ausführungen nicht«, erklärte hingegen der Herzog, der mit keinem Wort auf Georgs Lobestirade einging.

Frédéric sah, wie Georgs Kieferknochen mahlten, und ihm war klar, dass der Vetter heftig enttäuscht war, wie wenig der Vater die schönen Worte des Sohnes zu schätzen wusste.

Graf von Baden-Durlach ließ sich weder vom Herzog noch von seinem Schwiegersohn beirren. Mit einem seltsamen Glanz in den Augen trug er seinen Vorschlag vor: »Es gibt einen Alchemisten, der für sein großes Wissen bekannt ist.

Zahlreiche europäische Adelshäuser reißen sich um ihn. Und ich kenne jemanden, der einen kennt, der mit diesem Mann verwandt ist und uns helfen könnte ...«

»Uns? Wer ist *uns*?«, warf Frédéric ein, der bislang kaum ein Wort gesagt hatte.

Statt ihn zu rügen, sah Graf von Baden-Durlach ihn nur spöttisch an. »Glaubt mir, hätte ich die Voraussetzungen wie Euer Herzog, würde ich Euch diesen Vorschlag sicherlich nicht unterbreiten, sondern allein ans Werk gehen. Doch leider dauert es zu lang, ein Labor zu errichten und genügend Laboranten anzuwerben. Zudem habe ich keine Erfahrung mit dieser Wissenschaft. Die Zeit drängt! Wir müssen diesem Mann ein Angebot unterbreiten, das so hoch ist, dass er es nicht ausschlagen kann.«

»Wer ist er?«, fragte Frédéric neugierig.

»Hatte ich seinen Namen noch nicht erwähnt? Es handelt sich um den Herrn von Brunnhof und Grobeschütz.«

»Herr von Brunnhof und Grobeschütz?«, wiederholte Frédéric.

»Kennst du ihn?«, fragte Georg.

»Nicht persönlich. Nur vom Hörensagen. Er ist wohl bekannt in Kreisen der Alchemisten, denn er behauptet, Eisen mittels einer *tinctura universalis* in Gold umwandeln zu können. Tatsächlich bekommt er von überall Angebote zugetragen, sodass er seinen Preis selbst bestimmen kann.«

»Demnach dürfte er unbezahlbar sein«, schlussfolgerte Georg.

»Da hast du ausnahmsweise recht, mein Sohn. Somit scheiden wir aus dem Rennen aus. Obwohl ich diesen besonderen Alchemisten nur zu gerne für uns gewonnen hätte«, erklärte der Herzog verärgert.

»Alles hat seinen Preis!«, widersprach der Graf. »Auch dieser Alchemist. Darum werde ich Euch das nötige Kapital zur

Verfügung stellen, Herzog.« Mit diesen Worten sah der Graf triumphierend in die Runde.

Drei Augenpaare schauten überrascht, was den Grafen abermals zum Schmunzeln brachte.

»Was verlangt Ihr dafür?«, fragte der Herzog, der anscheinend eine Arglist vermutete.

»Wie ich schon sagte, einen Teil des Gewinns. Und außerdem ein Ehrenversprechen.«

»Ehrenversprechen?«

»Und zwar von Eurem Sohn, Herzog! Er entsagt ab sofort anderen Frauen und wird nur noch meiner Tochter, seinem Eheweib, ergeben sein. Er wird sie verwöhnen, ehren und lieben. Das will ich hier und jetzt als Eid versprochen haben.«

»Was ist daran so wichtig? Alle Männer dieser Welt, ob adlig oder nicht, vergnügen sich mit fremden Frauen. Das liegt in der Natur des Mannes«, versuchte Frédéric seinen Vetter zu unterstützen.

Der Blick des Grafen heftete sich auf Georg. »Ich will die Gewissheit von ihm, dass er meiner Tochter keinen Schaden zufügt, sie nicht enttäuscht oder gar verstößt, denn mein kleines dummes Schäfchen liebt diesen Mann aufrichtig. Ich kenne meine Mathilde. Sie würde daran zugrunde gehen, wenn sie erführe, dass er sie betrügt.«

»Und wie wollt ihr die Einhaltung meines Eids überprüfen?«, fragte Georg mit unverhohlenem Spott in der Stimme.

»Glaubt mir, mein lieber Schwiegersohn, mir bleibt nichts verborgen. Sobald Ihr diesen Eid abgelegt habt, werde ich jeden Eurer Schritte überwachen lassen. Solltet Ihr den Schwur brechen, werde ich mein Geld auf der Stelle zurückverlangen mit Zins und Zinseszins und den Bankrott des Herzogtums hinausposaunen.«

»Es würde Eurem Schäfchen sicher das Herz brechen, wenn Ihr so mit ihrem Liebsten verfahrt«, höhnte Georg.

»Nicht, wenn sie als Witwe trauern kann, und nicht als betrogene Ehefrau.«

»Ist das eine Morddrohung?«, fragte Georg süffisant, als es an der Tür klopfte und ein Diener eintrat, der direkt zu Frédéric ging, sich verbeugte und ihm ins Ohr flüsterte: »Herr, eine junge ... Frau möchte Euch sprechen.«

Frédéric runzelte die Stirn. »Diese junge Frau, hat sie auch einen Namen?«, fragte er ebenso leise.

»Sie nennt sich Elisabeth.«

»Ich kenne keine ...«, erwiderte Frédéric zuerst, brach dann aber mitten im Satz ab. Ahnungsvoll blickte er zu Georg, der ihn neugierig ansah. Frédéric versuchte ihm zu signalisieren, dass er mitkommen solle.

»Gibt es Probleme?«, fragte der Herzog, der das Mienenspiel seines Neffen zu deuten versuchte.

Frédéric lächelte verkrampft. »Tatsächlich gibt es ein kleines Problem mit dem Wein, den ich aus Frankreich kommen ließ. Anscheinend stimmt etwas mit den Fässern nicht. Unser treuer Gustav hier hat bereits einen Küfer kommen lassen, der die Fässer prüfen wird. Damit wir auch in den nächsten Tagen diesem exzellenten Rotwein frönen können, würde ich rasch mit dem Handwerker reden, der angeblich der beste Fassmacher in der Umgebung sein soll. Wenn Ihr erlaubt, soll Georg mich begleiten.«

»Ich wusste nicht, dass mein Sohn sich mit dem Bau von Weinfässern auskennt. Aber wenn du glaubst, er kann dich bei deinem Problem unterstützen, dann soll er dich begleiten. Wir werden uns derweil an den Resten des Weins in den Karaffen laben. Beeilt Euch, denn die Unterredung ist noch nicht beendet.«

»Wir werden sicherlich bald zurück sein«, versprach Frédéric und eilte mit Georg dem Diener hinterher.

Kaum schloss sich die Tür hinter ihnen, zog er eine Münze

aus der kleinen Tasche an seinem Hosenbund und drückte sie dem Lakaien in die Hand. »Ich kann mich auf deine Verschwiegenheit verlassen?«, fragte er mit stechendem Blick.

Der Alte nickte und ergriff das Geld. »Ich habe sie nicht ins Haus gebeten. Sie wartete vor dem Eisentor am Weg«, erklärte er.

»Wer wartet vor dem Tor? Ich denke, der Küfer wartet im Weinkeller auf uns.«

»Das hast du richtig gemacht«, lobte Frédéric den Diener, ohne auf Georgs Frage einzugehen. Mit einer Handbewegung wies er den Alten an, sich zu entfernen.

Als der Diener nicht mehr zu sehen war, packte Frédéric seinen Vetter am Kragen und zischte verhalten: »Du bringst uns in Teufels Küche mit deinen Liebschaften. Es wundert mich, dass dein Schwiegervater das Mädchen nicht erwähnt hat.«

»Von wem redest du?«, fragte Georg erregt.

»Von diesem Bauerntrampel. Sie heißt doch Elisabeth, oder irre ich mich?«

»Was ist mit ihr?«

»Sie steht am Tor und will dich sprechen, obwohl sie meinen Namen genannt hat«, erklärte Frédéric aufgebracht und stieß den Vetter von sich.

»Reg dich nicht auf!«, erwiderte Georg. »Du siehst jetzt wohl ein, wie schlau es war, dass ich ihr nicht meinen Namen genannt habe. Deshalb wird mein Schwiegervater niemals von ihr erfahren.«

»Wie blöd bist du? Von Baden-Durlach hat vor keiner halben Stunde versprochen, dass er dich beschatten lassen will. Vielleicht hat er schon längst damit angefangen und weiß bereits von der Existenz dieses Mädchens.«

Georg schluckte und wechselte die Gesichtsfarbe. Doch dann schüttelte er den Kopf. »Unfug! Warum sollte er?«

»Weil er so sehr an seinem Lämmchen hängt, für das er nur das Beste will, was du in seinen Augen aber nicht bist. Doch weil dich das dumme Schäfchen heiß und innig liebt ...«, äffte Frédéric den Tonfall des Grafen nach.

»Hör auf damit! Du willst mich nur einschüchtern«, wehrte Georg ab.

»Warum ist das Mädchen überhaupt hierhergekommen? Was will sie von dir, dass sie es wagt, im Jagdhaus vorzusprechen?«, überlegte Frédéric und sah seinen Vetter prüfend an. Abermals registrierte er, dass Georgs Gesichtsfarbe sich veränderte. Auch glänzten plötzlich kleine Schweißperlen auf seiner Stirn. »Du verschweigst mir etwas«, schlussfolgerte er.

»Es geht dich nichts an«, presste Georg hervor.

»Es geht mich nichts an? Das tut es sehr wohl. Schließlich missbrauchst du meinen Namen. Zudem wird der Graf alles Geld zurückfordern, sollte er von dieser Liaison erfahren. Es geht mich sehr wohl etwas an«, wiederholte Frédéric aufgebracht.

Georg zögerte. Dann verriet er, dass Elisabeth schwanger war.

Frédéric traute seinen Ohren kaum. »Wie will sie wissen, dass das Kind von dir ist?«

»Sie sagt, dass sie mit keinem anderen zusammen war.«

»Das behaupten sie alle, um einen Mann zu ködern.«

»Was, wenn sie die Wahrheit spricht? Sie war tatsächlich jungfräulich.«

»Dann bezahl sie, damit sie dich in Ruhe lässt. Nimm fünf Florentiner. Das ist mehr Geld, als sie verdienen kann. Damit kommt sie die nächste Zeit über die Runden.«

»Glaubst du, sie lässt sich mit fünf Goldmünzen abspeisen? Sicherlich will sie mehr haben, damit sie den Mund hält.«

Frédéric wurde hellhörig. »Was will sie?«

»Ich vermute, dass sie ihrem Dorf entfliehen will, um ein besseres Leben zu führen.«

»Was erlaubt sich dieses unverschämte Frauenzimmer?«

»Sie hat mir ihr Leid geklagt …«

»… und du dummer Mensch bist darauf hereingefallen und hast ihr ein Kind gemacht?«

»So war es nicht! Ich habe ihr nur von meinen Reisen erzählt. Woher sollte ich ahnen, dass bei den wenigen Malen, in denen ich sie genommen habe, ein Kind entsteht?«

»So etwas geschieht schneller, als du denkst, du dummer Mensch! Ignorier sie einfach, dann wird sie schon aufgeben«, überlegte Frédéric laut.

»Das wäre zu einfach! Solange wir hier sind, wird sie wieder herkommen. Die Gefahr ist zu groß, dass sie auf einen der Männer trifft und dann meine wahre Identität erfährt.« Georg schlug sich die Hände vor das Gesicht. »Ich darf nicht daran denken«, murmelte er und sah Frédéric angsterfüllt an. »Mein Vater wird mich vierteilen lassen, wenn er wegen mir alles verliert«, jammerte er mit diesem seltsamen Blick, den Frédéric von früher kannte. Sofort wusste er, dass sein Vetter eine List im Schilde führte. Tatsächlich kam dieses kleine Wort, das er schon so oft gehört hatte, und das jedes Mal sein Leben zum Negativen veränderte.

»Außer …«, begann Georg und sah verzweifelt zu ihm.

»Außer, du würdest das Mädchen zu dir nehmen und sie als deine Geliebte ausgeben.«

»O nein!«, wehrte sich Frédéric mit entrüsteter Stimme. »Dieses Mal werde ich nicht meinen Kopf hinhalten für deine Untaten. Außerdem weiß ich, dass du deine Finger nicht von ihr lassen wirst, wenn sie in deiner Nähe lebte.«

Georg verstand, dass Frédéric sich dieses Mal nicht erweichen ließ. Plötzlich sagte er: »Sie muss weg!«

»Wie meinst du das?«

»Wir locken sie unter einem Vorwand in den Wald und bringen sie um!« Georgs Augen bekamen einen irren Ausdruck.

»Bist du von Sinnen? Ich begehe keinen Mord!«

»Glaubst du, ich will mein Leben lang in der Angst leben, dass sie erfährt, dass ich der Sohn des Herzogs bin?«

»Sie ist nur ein Bauernmädchen!«

»Das sind die Schlimmsten.«

»Ich werde wegen dir nicht zum Mörder!«

»Dann suchen wir einen Meuchelmörder.«

»Warum redest du von *uns*? Ich habe nichts damit zu tun.«

»Sie kennt nur deinen Namen«, erinnerte Georg seinen Vetter.

Frédéric holte tief Luft, um ihm seinen Zorn ins Gesicht zu schleudern, doch Georg kam ihm zuvor.

»Solltest du mir nicht helfen, werde ich alles dafür tun, dass mein Vater dich verstößt. Glaub mir, Vetter: Wenn ich untergehe, stürzt du mit in den Abgrund.«

Frédéric wusste, dass Georg es ernst meinte. Seine Zukunft stand auf dem Spiel, und er würde sie verteidigen müssen. Er nickte kaum merklich, um dann einzuwenden: »Du kannst sie nicht hier im Wald verscharren. Aber irgendwie muss sie verschwinden. Vielleicht fällt mir eine andere Lösung ein.«

Georg zog seinen Vetter dicht an sich heran. »Es gibt keine andere Lösung. Finde jemanden, der das erledigt. Es muss alsbald geschehen, bevor mein Schwiegervater mir einen Schatten zur Seite stellt.«

Frédéric nickte. »Geh zu ihr und beschwichtige sie, damit sie Ruhe gibt. Vertrau mir! Ich werde eine Lösung finden. Wir treffen uns im Speisesaal wieder.«

Kaum war Georg hinausgegangen, lief Frédéric in den ersten Stock, von wo aus er durch ein Fenster zum Torbereich blicken konnte. Als er sah, wie Georg das Mädchen hinter einen Busch zog, eilte er in seine Kammer. Wütend setzte er sich auf das Bett und blickte Hilfe suchend zur Decke. Herr im Himmel, was soll ich tun?, betete er stumm.

Dieser Mistkerl hat sie geschwängert, und jetzt will er sie loswerden. Ich könnte Georg den Hals umdrehen, dachte er, stand auf und ging unruhig im Zimmer auf und ab. Ich muss mir etwas überlegen, damit sie kein zweites Mal hier auftaucht. »Nicht auszudenken, wenn jemand von ihr erfährt«, flüsterte Frédéric zu sich selbst. Nur zu gern wäre er zum Eingangstor geeilt, um zu hören, was Georg dem Mädchen erzählte.

»Elisabeth«, murmelte er, »was soll ich nur mit dir machen?«

~ Kapitel 25 ~

Elisabeth lag im Bett und lauschte in die Dunkelheit. Es würde noch dauern, bis die Kirchenuhr die zehnte Stunde schlug. Ihre Nerven waren zum Zerreißen gespannt. Zum Glück schliefen ihre Geschwister hinter dem Vorhang und bekamen von ihrer Unruhe nichts mit. Wie immer war der Vater um diese Zeit im Wirtshaus. Elisabeth betete, dass er an diesem Abend nicht früher als sonst nach Hause kommen würde. Nicht auszudenken, wenn sie ihm vor der Tür begegnete. Was sollte sie ihm sagen, wohin sie um diese nächtliche Zeit wollte?, überlegte sie. Doch dann beschloss sie, sich darüber erst zu sorgen, wenn es tatsächlich so sein würde.

Sie zog das dünne Betttuch bis zur Brust hoch und starrte auf den Lichtkegel, den der Mond durchs offene Fenster auf den Boden warf. Noch konnte sie nicht fassen, dass ihr Liebster sie zu sich holen würde. »Frédéric«, seufzte sie leise, als sie sich sein Gesicht in Gedanken vorstellte. Nie und nimmer hätte sie zu wagen gehofft, dass das Schicksal es so gut mit ihr meinte. Sie musste ihrer Schwester ewig dankbar sein. Es war allein Adelheids schroffer Zurechtweisung zu verdanken, die sie veranlasst hatte, Frédéric im Jagdhaus aufzusuchen. Selbst jetzt bekam Elisabeth feuchte Hände, als sie daran dachte, wie sie auf zittrigen Beinen den Weg zum Anwesen des Herzogs gegangen war. Wie eine Bettlerin war sie sich vorgekommen, als der Diener sie vor das Tor verwies. Allerdings war ihr das nur recht gewesen, denn das pompöse Haus hatte sie eingeschüchtert. Als sie vor der breiten Treppe mit dem imposanten Portal stand, zweifelte sie an ihrem Entschluss, Frédéric mit ihrem Erscheinen zu bedrängen. Noch am Tag zuvor hatte er sie davongejagt – wollte von ihr und dem Kind nichts wissen.

Doch als er über den Kiesweg auf sie zugeeilt kam, sie schon von Weitem anlächelte und dann hinter einen Busch zog, wo er sie leidenschaftlich küsste, glaubte sie, auf Wolken zu schweben. Sie hatte ihm kaum erklärt, warum sie gekommen war, da versicherte er ihr seine tief empfundene Liebe und dass er sich auf das gemeinsame Kind freue. Zerknirscht bat er sie für sein Fehlverhalten um Verzeihung. Er bereute, wie er ihr versicherte, zutiefst, dass er sie verletzt und von sich gestoßen hatte. Zwischen Küssen und Liebkosungen entschuldigte er sich immer wieder und bat sie um Vergebung. Als er von einem geeigneten Zeitpunkt sprach, den er finden müsse, damit sie beide für immer zusammenkommen konnten, schlug sie freudig vor, auf der Stelle bei ihm zu bleiben. Sanft hatte er abgelehnt.

»Du musst verstehen, dass ich dich hier nicht zu mir holen kann. Der Herzog würde das nicht gutheißen. Denk an die Horde Jäger, die dich umgarnen würde«, hatte er augenzwinkernd erklärt. »Komm morgen Abend in die Köhlerhütte, dann weiß ich mehr.«

Misstrauisch hatte sie ihn angesehen.

»Vertrau mir«, bat er flüsternd.

Und Elisabeth vertraute ihm.

Wie versprochen, hatte er ihr die Lösung schon bei ihrem nächsten Treffen unterbreitet. »Morgen in der Nacht, noch vor der elften Stunde, musst du wieder hierher zur Köhlerhütte kommen. Ich weiß, du fürchtest dich allein im Wald. Aber um diese Zeit wird es niemand merken, wenn du verschwindest. Ein Reiter wird dich hier erwarten.«

»Ein fremder Mann? Warum kommst du nicht selbst?«, wisperte sie verängstigt.

»Du musst keine Angst haben, meine Liebste«, versuchte er sie zu beruhigen und erklärte: »Der Herzog verlangt, dass ihm alle Männer Gesellschaft leisten, bis er sich zurückzieht. Ich bin keine Ausnahme und muss ihm gehorchen. Aber du musst dich nicht fürchten, Geliebte. Dir wird nichts geschehen. Der Mann wird dir das Losungswort *Weißer Hirsch* nennen. Dann weißt du, dass er dich in dein neues Heim bringt.«

»Nach Mömpelgard?«, hatte sie aufgeregt gefragt und ihre Angst vergessen.

»Du hast dir diesen Namen gemerkt?«, stellte er überrascht fest.

»Ich weiß noch alles, was du mir erzählt hast«, hatte sie gestanden.

Elisabeth lächelte versonnen. Dieses Gespräch war erst gestern gewesen, und heute schon würde sie ihr altes Leben hinter sich lassen. Sie hatte keiner Menschenseele davon erzählt. Nicht einmal ihrer Freundin Johanna. Zu groß war die Angst, dass der Vater von ihrer Flucht erfahren und sie aufhalten könnte. Außerdem hatte sie keine Zeit gehabt, um Johanna aufzusuchen. Aber irgendwann, wenn ihr Kind alt genug war, würde sie bei ihr im Gasthaus vorbeischauen. Dann würden ihre Kinder miteinander spielen, und sie würden sich gegenseitig von der vergangenen Zeit erzählen, träumte Elisabeth glücklich.

Die Kirchenglocken verkündeten die zehnte Stunde. Es war so weit! Leise stand sie auf, schnappte das Bündel mit ihren wenigen Habseligkeiten und eine Laterne. Dann ging sie zur Tür. Mit einem letzten Blick in die Kate trat sie hinaus in ihre Zukunft. Ihr Herz trommelte vor Freude.

Elisabeth versuchte die unheimlichen Geräusche zu überhören, die sie auf dem Weg zur Köhlerhütte wahrnahm. Trotzdem zuckte sie bei jedem *Huhu* zusammen, das eine Eule über ihr in den Bäumen ausstieß. Als es im Gebüsch knackte und raschelte, glaubte sie, ihr Herz würde stehen bleiben. Sie streckte den Arm mit der Laterne so weit wie möglich von sich. Doch es war nur ein kleiner Kreis, der ausgeleuchtet wurde. Alles andere blieb versteckt im Dunkeln. Hoffentlich sind keine Wilderer unterwegs, dachte sie und tastete sich langsam vorwärts. Sie hatte nicht nur Angst vor dem, was zwischen den Bäumen lauern mochte, sondern auch vor dem fremden Mann, den sie treffen sollte. Besonders davor, dass er plötzlich vor ihr stehen und sie erschrecken könnte. Mehrmals erwog sie umzukehren. Doch dann schimpfte sie mit sich selbst. Wie konnte sie auf ein neues Leben hoffen, wenn sie ins alte zurückkehren wollte? Es ist nicht mehr weit bis zur Hütte, wusste sie, als sie an der Weggabelung angekommen war. Der eine Pfad führte in Johannas Dorf, der andere zum Meiler. Erleichtert folgte Elisabeth dem Weg zur Köhlerlichtung.

Mit langsamen Schritten ging sie auf die Rodung zu. Da hörte sie leises Pferdeschnauben. Schwach hegte sie die Hoffnung, dass Frédéric sie abholte. Doch dann stellte sich ihr ein

Mann in den Weg. Sie konnte nur mit Mühe einen Schrei unterdrücken, weil sie sein Gesicht nicht sah. Sie hob die Laterne, doch er zischte: »Lass das!«

Erschrocken ließ sie den Arm sinken. Doch sie hatte gesehen, dass ein Tuch seine untere Gesichtshälfte bedeckte.

»Bist du Elisabeth?«, raunte er mit tiefer Stimme.

Sie nickte. »Wer seid Ihr?«, wisperte sie. Als er nicht sofort antwortete, war sie versucht fortzulaufen.

Doch da sagte er: »Hab keine Angst! Ich wurde geschickt, um dich fortzubringen.«

Sie blieb stehen und sah ihn zweifelnd an. Da flüsterte er das vereinbarte Losungswort: »*Weißer Hirsch*.«

Nun glaubte sie, dass er die Wahrheit sprach.

»Was trägst du bei dir?«, wollte der Unbekannte wissen und zeigte auf das Bündel, das sie geschultert hatte. Wegen des Tuchs verstand sie ihn nur schwer.

»Meine Habseligkeiten«, antwortete sie schüchtern.

»Der Beutel wird dich beim Reiten behindern. Lass ihn hier. Alles, was du benötigst, wirst du am Ziel erhalten«, versprach der Mann und wies sie mit einem Handzeichen an, ihm zu folgen.

Zögerlich legte sie den Beutel an einem Baum ab. Sie löschte das Licht und stellte die Laterne daneben. Im Stillen stieß sie ein kurzes Gebet aus, dass der Herrgott sie beschützen möge. Dann eilte sie dem Fremden hinterher.

Elisabeth spürte jeden Knochen in ihrem Leib. Der gestreckte Galopp schlug ihr hart ins Kreuz. Leise aufstöhnend versuchte sie ihren Rumpf mit einer Hand zu stützen und die Glieder auszustrecken. Doch der Ritt war scharf. Sie musste den Mann mit beiden Armen umschlingen, sich an seinem Umhang festkrallen und ihr Gesicht gegen seinen Rücken pressen. Nur so schaffte sie es, nicht vom Pferd zu stürzen. Die Haut ihrer Oberschenkel brannte schmerzhaft, da ihr Rock hochgerutscht war und ihre Beine sich am Fell des Pferds wundscheuerten. Der Schmerz trieb ihr Tränen in die Augen. Trotzdem hielt sie durch und versuchte sich abzulenken, indem sie in die Landschaft starrte. Schwach erhellte der Mond Wiesen und Felder, die vorbeiflogen.

Die Gegend war ihr fremd. Sie konnte nicht erkennen, wo sie waren, und sie erahnte nicht, wohin ihr Weg sie führen würde. Auch durchquerten sie keine Ortschaft. Der Ritt wollte kein Ende nehmen. Mömpelgard scheint sehr weit weg zu liegen, dachte sie.

Sie schloss die Augen. Plötzlich spürte sie ein freudiges Kribbeln im Bauch. Das Einzige, was für sie zählte, dachte sie, war die Gewissheit, dass ihr Liebster am Ziel auf sie wartete. Allein der Gedanke an Frédéric ließ sie die Qualen erdulden. Die Frage, wie lang dieser Ritt wohl noch dauern würde, wagte sie dem Fremden nicht zu stellen. Seit sie unterwegs waren, hatte er kein Wort zu ihr gesprochen.

Als sie einen Wald durchquerten, wechselte das Pferd in den langsameren Trab und schließlich in den Schritt. Elisabeth versuchte in der Dunkelheit etwas zu erkennen. Aber sie konnte die Gegend nur vage ausmachen. Kaum verließen sie den Wald wieder, trat der Reiter dem Pferd in die Flanken. Sofort sprang das Tier vorwärts.

Elisabeth hatte das Gefühl, dass jeder Hufschlag in ihrem Leib nachhallte. Sie fasste an ihren schmerzenden Bauch, der sich hart wie Stein anfühlte. Da zudem ihre Blase drückte, wagte sie nun doch, dem Fremden auf die Schulter zu klopfen. Er drehte den Kopf zur Seite. Seine Konturen waren in der Dunkelheit nur schwach zu erkennen. Sie brüllte an sein Ohr, dass sie eine Rast brauchte. Er nickte.

Das Mondlicht spiegelte sich in einem großen Gewässer. Der Reiter lenkte das Pferd dorthin und zügelte es an einer seichten Uferstelle. Kaum stand es ruhig, sprang er ab, umfasste Elisabeths Hüfte und zog sie vom Pferderücken. Als ihr Füße den Boden berührten, wollte sie sich von ihm abwenden, doch es schien ihr, als ob er sie einen Augenblick länger als vonnöten festhielt. Erstaunt suchte ihr Blick seine Augen. Sofort ließ er sie los.

Ihre schmerzenden Knie knickten ein. Sie strauchelte.

Er packte sie am Arm. »Warte einen Augenblick. Diese Schwäche wird rasch vergehen«, sagte er mit milder Stimme. Irgendwie kam ihr der Fremde seltsam vor.

Als sie ohne seine Hilfe stehen konnte, nahm er den Wasserschlauch, der seitlich am Sattel hing, und reichte ihn ihr. »Trink etwas! Wir werden hier kurz rasten.«

Kaum hatte sie sich erfrischt, eilte sie hinter einen nahen Busch. Anschließend ging sie an den Rand des Sees, tauchte den Saum des Rocks in das Wasser und kühlte sich damit die wunden Oberschenkel. Sie sog die Luft zwischen den Zähnen ein, da es wie Feuer brannte.

»Ich lasse den Gaul grasen und saufen. Vertritt dir in der Zwischenzeit die Beine«, sagte der Fremde, als sie zurückkam.

»Wie lange werden wir noch unterwegs sein?«, fragte sie vorsichtig.

»Bis zum Morgengrauen.«

»Kennt Ihr Mömpelgard?«

Der Fremde sah sie überrascht an. »Warum sollte ich diesen Ort kennen?«

»Weil Ihr trotz Dunkelheit den Weg dorthin findet. Deshalb dachte ich, dass Euch das Städtchen wohlbekannt ist.«

Sie spürte seinen Blick auf sich. Dann murmelte er: »Ich kenne viele Wege, und doch nicht alle Dörfer, die entlang der Strecke liegen.«

Elisabeth sah ihn irritiert an. Als er nichts hinzufügte, drehte sie sich um und ging einige Schritte zum See.

»Geh nicht zu weit. Wer weiß, was hier in der Böschung lauert«, rief der Mann ihr hinterher.

Schon glaubte sie ein Geräusch zu hören. Ängstlich sah sie sich um. Sie erblickte einen hüfthohen Findling, der abseits des Ufers stand, und setzte sich daneben. Schemenhaft erhellte der Mond die Silhouette von Ross und Reiter. Wer war er, und woher kannte er Frédéric?, überlegte sie. Nur zu gern hätte sie sich mit ihm unterhalten, um vielleicht mehr über ihren Liebsten und ihr neues Heim zu erfahren. Doch der Fremde ängstigte sie. Er war ein Unbekannter, der ihr nicht einmal sein Gesicht zeigte. Was wollte er vor ihr verbergen? Wandte er nicht jedes Mal den Kopf zur Seite, wenn sie ihm zu nahe kam? Ganz so, als ob sie ihm nicht ins Gesicht schauen sollte? Tiefe Furcht überwältigte Elisabeth, da ihr bewusst wurde, dass der Fremde sie mitten in der Wildnis zurücklassen konnte. Niemand würde sie dann finden. Schützend legte sie sich die Hände auf den Bauch.

Als sie sah, wie er sie zu sich winkte, spürte sie, wie ihr Herz heftig pochte. Doch sie hatte keine Wahl und ging auf staksigen Beinen zu ihm.

»Beeil dich! Wir müssen weiter. Ich muss dich rechtzeitig abliefern, sonst bekomme ich Ärger.«

»Mit Frédéric?«

»Mit dem auch«, murmelte er und hob sie auf das Pferd.

Kapitel 26

»Baltasar, wo bist du mit deinen Gedanken? Konzentrier dich, sonst verstehst du die Formel nicht«, schimpfte Johannes Keilholz mit seinem Schüler. Um seinen Worten Kraft zu verleihen, klopfte er mit dem Buch auf den Tisch. »Wenn du keine Lust hast aufzupassen, werde ich mich zur Kuh in den Stall setzen und versuchen, ihr das Buchstabieren beizubringen. Sie wird sicherlich besser zuhören als du heute Morgen.«

»Es tut mir leid, Meister! Aber mir ist nicht wohl«, klagte der Junge und sah ihn aus glasigen Augen an.

Keilholz hatte bereits am Morgen bemerkt, dass sein Schüler kränkelte. Seine blasse Hautfarbe und das schmerzverzerrte Gesicht beim Schlucken alarmierten ihn. Doch da er das Wesen des Jungen kannte und ihn einzuschätzen wusste, ahnte er, dass Baltasar sich selbst als gesund bezeichnen würde, wenn er ihn darauf angesprochen hätte. Der Knabe würde für nichts auf der Welt seinen Unterricht bei dem Alchemisten versäumen wollen und selbst mit hohem Fieber darauf bestehen, die Formeln erklärt zu bekommen.

Er wollte keine Diskussion mit einem Zwölfjährigen austragen, und so ignorierte er dessen Husten und Schniefen und unterrichtete ihn wie jeden anderen Morgen auch. Hartnäckig und mit strengem Gesichtsausdruck verlangte er von seinem Schüler, die schwierigen Worte der chemischen Substanzen zu buchstabieren. Die ersten Wörter schaffte Baltasar fehlerfrei, doch rasch ließ seine Konzentration weiter nach. Schon bald bekam er kaum mehr einen Ton heraus und starrte teilnahmslos vor sich hin. Der Zeitpunkt schien gekommen zu sein, den Jungen ins Bett zu schicken. Trotzdem spielte Keilholz sein Spiel weiter. Er wollte Baltasar seine

Grenzen aufzeigen, damit der Junge die nächsten Tage im Bett verbrachte, ohne zu murren.

»Was soll das heißen, dir ist nicht wohl?«, fragte er barsch.

Der Junge zuckte zusammen. »Mir ist heiß, und ich habe sehr viel Durst«, flüsterte er kleinlaut.

»Lass mich deine Temperatur prüfen. Ich bin Arzt und kenne mich mit Krankheiten aus«, wies Keilholz seinen Schüler an und legte die Hand auf die Stirn des Knaben. »Du scheinst Fieber zu haben«, sagte er und nahm Baltasars Finger in seine. Aufmerksam betrachtete er die Handinnenflächen, über die er mit dem Daumen strich. »Deine Hände sind ebenso feucht wie dein Gesicht. Warum hast du mir nicht gesagt, dass dir unwohl ist?«

»Am Morgen ging es mir noch gut, Meister. Erst seit Kurzem kratzt mein Hals«, erklärte Baltasar heiser.

»Wahrscheinlich hast du dir eine Erkältung eingefangen.«

»Wie kann ich krank sein, Meister? Wir haben noch Sommer«, protestierte der Junge schwach. Doch als er schluckte, verzog er abermals das Gesicht.

»Natürlich kann man auch im Sommer eine Erkältung bekommen. Zudem ist es schon Spätsommer. Gerade der Übergang zum Herbst ist eine gefährliche Jahreszeit. Auch wenn tagsüber die Sonne vom Himmel brennt, die Nächte sind bereits merklich kühler geworden. Sogar die Frau des Wirts liegt krank darnieder.«

»Die ist uralt«, nuschelte Baltasar, als Keilholz seinen Hals abtastete.

»Uralt?«, fragte er erstaunt, während seine Finger an den Seiten entlangglitten.

Der Junge nickte. »Sie stirbt sicher bald«, meinte er ungerührt.

Keilholz riss erschrocken die Augen auf. Das Weib des Wirts war zwei Jahre jünger als er. Wenn sie für Baltasar bereits scheintot schien, wie musste er dann über seinen Meister denken? Er räusperte sich.

»Deine Mandeln sind geschwollen. Öffne den Mund«, befahl er. Sofort riss Baltasar den Kiefer auseinander, sodass die prallen und geröteten Verdickungen im Rachen zu erkennen waren. »Wie ich vermutet habe. Du hast Angina. Zum Glück sind die Gaumenmandeln noch nicht mit Eiter belegt. Ich werde Grete bitten, dir eine Hühnersuppe zu kochen und Salbeisud aufzubrühen. Beides wirst du ohne Klagen trinken. Außerdem wirst du jede volle Stunde einen Schluck von dem Heilaufguss in den Mund nehmen und damit eine kurze Melodie gurgeln. Erst wenn du den letzten Ton gebrummt hast, darfst du den Sud hinunterschlucken. Zusätzlich verordne ich dir ein paar Tage Bettruhe.«

»Meister, das geht nicht. Wir wollten doch am Freitag ein Experiment vorbereiten«, jammerte der Junge.

»Dein Ehrgeiz in Ehren, Baltasar, aber du tust, was ich dir sage. Wenn du dich nicht schonst, wird sich deine Erkältung womöglich auf die Lunge legen. Das möchtest du sicher nicht riskieren, denn dann könnte ich dich viele Wochen nicht unterrichten. Sobald du wieder gesund bist, werden wir den Versuch beginnen. Ich werde Heilkräuter zusammenstellen, die deine Genesung unterstützen«, versprach der Arzt dem Knaben. »Doch jetzt gehst du ins Bett. Ich werde Grete bitten, dir zu trinken und zu essen zu bringen. Sie wird sich gut um dich kümmern.«

Keilholz sah Tränen in Baltasars Augen schwimmen. Seine Lippen zitterten gefährlich.

»Mach jetzt kein Drama daraus! Ich habe dich nicht entlassen, sondern dir Bettruhe verordnet«, erklärte er barsch.

Sichtbar unglücklich über die Anordnung, rutschte Baltasar vom Stuhl und ging zur Tür.

»Warte!«, rief ihm der Arzt hinterher. »Damit dir nicht

langweilig wird, kannst du dir dieses Buch ansehen. Darin sind alle Arbeitsgeräte abgebildet, die man für die Alchemie benötigt. Gib acht, dass du mit deinen feuchten Händen die Kohlezeichnungen nicht verschmierst.«

Über Baltasars vor Fieber glühendes Gesicht huschte ein Lächeln. »Ich werde gut darauf aufpassen, Meister«, versprach er stimmlos.

»Das weiß ich, mein Junge!«, murmelte Keilholz und zeigte zur Tür. »Nun ab ins Bett.«

Baltasar nickte und verließ mit dem Buch unterm Arm das Laboratorium. Kaum war die Tür hinter ihm ins Schloss gefallen, lehnte sich der Alchemist in seinem Stuhl zurück. Der Junge war ihm ans Herz gewachsen. Sein Interesse an der Alchemie war ungebrochen. Auch machte er gute Fortschritte im Lesen und Schreiben. Baltasar begriff schnell und konnte rasch kombinieren. Er war der beste Schüler, den er je unterrichtet hatte, dessen war er sich sicher.

Unter seinem Bücherberg im Regal suchte er nach einem Buch, in dem die Heilkräuter und ihre Wirkungen aufgelistet waren. Als er es gefunden hatte, schaute er nach Pflanzen, die entzündete Gaumenmandeln heilten. Er wollte Baltasar ein Kraut verabreichen, das seine Körperkraft unterstützte.

Bei manchen Pflanzennamen schüttelte er den Kopf. »Huflattich nicht, da der Junge keinen Husten hat ... Eisenkraut bekämpft Halsentzündungen ...«, murmelte er und ging hinüber zu einem wuchtigen Eichenschrank, hinter dessen Türen zahlreiche Keramikdosen standen, in denen er getrocknete Kräuter aufbewahrte. Er legte das Buch zur Seite und überprüfte seine Vorräte. Manche Dosen waren fast leer.

Nachdem Keilholz alles notiert hatte, wollte er Grete anweisen, sich um den Jungen zu kümmern. Auch wenn sie ihm erklären würde, dass er zu viel Aufhebens um den Knaben machte, war er sich sicher, dass sie Baltasar verwöhnen würde. Anschließend müsste er zu seinem Freund Matthäus reiten, der eine Apotheke in der Stadt betrieb. Bei ihm würde er die fehlenden Kräuter ersetzen. Zufrieden mit seinem Plan steckte er die Notizen in die Rocktasche und griff nach seinem Lederbeutel.

Johannes Keilholz verstaute die kleinen Leinensäckchen mit den unterschiedlichen Kräutern im Lederbeutel. »Ich hoffe, dass Thymian und Eibisch den Jungen rasch genesen lassen«, sagte er zu Matthäus, dem Apotheker.

»Du solltest ihm zusätzlich einen Halswickel machen.«

»Ja, du hast recht. Wärme tut immer gut und kann nicht schaden.«

Keilholz zog aus einem Geldbeutel mehrere Münzen, die er seinem Freund auf die Theke legte. »Das Anstrengendste wird sein, den Jungen zu überzeugen, im Bett zu bleiben. Sobald das Halsweh nachlässt, wird ihn nichts mehr auf dem Lager halten können. Dann wird er mich wieder mit Fragen löchern«, meinte er lächelnd.

»Ich dachte stets, dass du nach dem Unglück fortgehen würdest, um an einem anderen Ort deine Wissenschaft im großen Stil ausüben zu können«, erklärte der Apotheker mit ernster Miene, doch dann erhellte ein Lächeln sein Gesicht, und er sagte: »Stattdessen schaffst du dir einen Lehrjungen an, der dir anscheinend ans Herz gewachsen ist. Wie du von ihm sprichst, scheint er ein Glücksfall zu sein. Er wirkt interessiert an deiner Tätigkeit und ist offenbar begabt. Solch einen Burschen suche ich seit Langem, doch bei mir stellen sich nur Tunichtgute vor.«

Keilholz nickte. »Da sagst du Wahres, Matthäus. Baltasar ist ein wahrer Glücksfall. Trotzdem habe ich Anfang des Jahres tatsächlich darüber nachgedacht, alles hinter mir zu lassen. Es heißt, dass Friedrich von Württemberg Alchemisten sucht.«

»Ja, das habe ich auch gehört. Ich habe außerdem gehört, dass der Herzog mehrere Wissenschaftler zum Tode verurteilt hat und hängen ließ. Demnach müssen Plätze frei geworden sein in seinem Laboratorium«, erklärte der Apotheker mit leichtem Spott in der Stimme.

Dem Alchemisten wäre beinahe der Beutel aus der Hand gerutscht, als er das hörte. »Was erzählst du da, Matthäus? Warum sollte der Herzog das befohlen haben?«

Der Apotheker hob die Hände. »Ich kann dir nur sagen, was ich gehört habe. Angeblich haben diese Männer seine Erwartungen nicht erfüllt. Deshalb bleib hier, Johannes. Hier läufst du keine Gefahr, in Ungnade zu fallen.« Er lachte.

»Damit hast du sicherlich recht!«, meinte Keilholz gedankenverloren und besah sich die Glasdosen mit den farbigen Pulvern darin, die auf den Regalen standen, sowie die länglichen Reagenzgläser, die in einem der Glasschränke aufbewahrt wurden. »Diese Männer waren möglicherweise keine ernsthaften Alchemisten, sondern Scharlatane, die von der Forschung keine Ahnung hatten«, überlegte er.

»Das vermag ich nicht zu beurteilen, denn ich weiß zu wenig darüber. Wenn du möchtest, können wir in die Schenke *Zum blauen Ochsen* gehen. Vielleicht erfahren wir dort mehr.«

Keilholz überlegte kurz. Eigentlich wollte er so schnell wie möglich nach Hause, damit er Baltasar die Heilkräuter verabreichen konnte. Doch dann verwarf er den Gedanken wieder. Grete wird sich sicherlich aufopferungsvoll um den Jungen kümmern, sodass ich mir keine Sorgen machen muss, dachte er und nickte.

Im Wirtshaus *Zum blauen Ochsen* war jeder Platz besetzt. Johannes Keilholz und der Apotheker mussten sich an die Theke stellen, wo beide versuchten, sich gegen den herrschenden Krach Gehör zu verschaffen, um sich jeweils einen Krug Wein zu bestellen. Mit Zurufen und Fingerzeig winkten sie dem Wirt zu, dass sie Wein trinken wollten. Der nickte kurz und stellte ihnen sogleich zwei Bierkrüge vor die Nase.

»Das scheint eine besonders feine Auslese zu sein«, frotzelte der Apotheker und nahm einen Zug.

»Sicherlich ist die Bierrebe an den Südhängen gewachsen«, meinte Keilholz augenzwinkernd. Da er durstig war, wollte er den Krug nicht zurückgeben. Er sog den dünnen Schaum zwischen die Lippen und trank den kühlen Gerstensaft.

Beide sahen sich in der Trinkstube um. Hier ging es zu wie auf einem Jahrmarkt. Die Männer waren laut und gesprächig, viele redeten durcheinander und gleichzeitig. Manch einer rief einem anderen etwas zu, der mehrere Tische entfernt saß. Da das Gesagte so nicht immer verstanden wurde, kamen seltsame Dialoge zustande. Meist folgten derbe Sprüche. Auch wenn Keilholz aus allen Ecken Gesprächsfetzen auffangen konnte, verstand er nicht einen Satz. Nur das Keifen der Mägde, die für den Ausschank zuständig waren, verstand jeder: »Du bedauerlicher Hurenbock, behalt deine Hände bei dir«, rief eines der Mädchen und schlug dem Gast, der an ihrem Rock fummelte, auf die Finger. »Geh zu deiner Alten«, schimpfte sie, als er versuchte, sie zu sich auf den Schoß zu ziehen.

»Die ist aber nicht so liebreizend wie du«, erwiderte der Mann mit schwerer Zunge.

»Da kann ich ihm nur recht geben!«, grölte sein Tischnachbar.

Keilholz musste über den Streit laut lachen. Dann wandte er sich seinem Freund zu und fragte: »Wie geht es deiner Frau und deinen Kindern?«

»Im Frühling kommt unser fünftes Kind zur Welt. Nach

vier Jungen hofft meine Frau auf ein Mädchen«, verriet der Apotheker breit grinsend.

»Da gratuliere ich herzlich«, sagte Keilholz und hob seinen Krug.

»Was ist mit dir? Du bist nun schon zehn Jahre allein. Wird es nicht Zeit, wieder zu heiraten und eine neue Familie zu gründen?«

Keilholz schüttelte den Kopf. »Ich denke nicht, dass ich noch einmal heiraten werde. Wo sollte ich auch eine Frau finden? Ich habe so viel zu tun ...«

»Unfug! Schieb nicht immer deine Arbeit vor«, unterbrach ihn sein Freund. »Ich könnte dir sofort vier heiratswillige Frauen aufzählen. Zum Beispiel die Schwester meiner Frau. Sie ist Witfrau, doch nun ist ihre Trauerzeit vorbei, sodass sie sich erneut binden kann. Meine Schwägerin ist fleißig und recht nett anzusehen. Da ihr Mann schon im ersten Ehejahr gestorben ist, hat sie keine Kinder, die du großziehen müsstest. Du könntest mit ihr einen Stall voller Kinder zeugen. Glaube mir, sie wäre die ideale Frau für dich.«

Keilholz winkte lächelnd ab. »Ich brauche keine Ehefrau. Meine Köchin Grete kümmert sich um alle Belange, die mit dem Haushalt zu tun haben. Wie ich bereits sagte, habe ich so viel zu tun, dass keine Zeit für eine Familie bleibt.«

Sein Freund sah ihn grinsend an. »Männer haben Bedürfnisse.«

Keilholz zuckte mit den Schultern.

Nun lachte sein Freund und zwinkerte mit dem Auge. »Wir waren schon länger nicht mehr zusammen in dem besonderen Haus außerhalb der Stadtmauern ... Ich hätte Lust, dorthin zu gehen, wenn wir unser Bier ausgetrunken haben«, meinte er.

Keilholz überlegte kurz und nickte dann. »Warum nicht?«, grinste er, als jemand dem Apotheker auf die Schulter tippte.

Beide drehten sich um. Ein Gast, genauso groß wie die beiden, stand schwankend vor ihnen.

»Was macht ihr Quacksalber hier?«, fragte er böse. Seine Bierfahne schwappte zu ihnen herüber.

Keilholz blickte fragend zu seinem Freund, der sofort die Arme vor der Brust verschränkte.

»Wie kommen wir zu der Ehre, von dir so genannt zu werden?«, fragte der Apotheker.

»Meine Frau hat bei dir für viel Geld eine Salbe anrühren lassen, die nicht gewirkt hat. Ihr Ausschlag ist nicht besser geworden.«

Der Apotheker zuckte mit den Schultern. »Was kann ich dafür? Vielleicht hat sie mir die falschen Merkmale genannt, als sie mir ihre Krankheit beschrieben hat.«

»Wahrscheinlicher ist, dass du keine Ahnung von deinem Beruf hast.«

Nun stemmte Matthäus die Hände in die Hüften. »Das ist eine böswillige Unterstellung!« Er sah umher und zeigte auf mehrere Männer. »Du und du und du, ihr wisst, dass ich nicht pansche und euch mit meiner Arznei schon geholfen habe. Sagt das diesem Stinkstiefel!«, befahl er mit hartem Blick.

Die Männer sahen sich an. Schließlich nickten sie.

»Der Apotheker hat recht. Lass gut sein und hör auf zu stänkern«, ermahnte ihn einer der Männer.

»Wie sieht der Ausschlag aus?«, fragte nun Johannes Keilholz.

Der Mann sah ihn schwankend an. Dann beschrieb er lallend in allen Einzelheiten die Krankheit seiner Frau.

»Du musst Zink beimengen«, sagte er zu seinem Freund, der nickend zustimmte.

»Ich werde deiner Frau eine andere Salbe mischen, die du umsonst bekommst«, versprach Matthäus versöhnlich.

Anscheinend wollte der Mann ihm nicht glauben. Er sah ihn mit gekräuselter Stirn an.

»Die Paste kannst du morgen bei mir in der Apotheke abholen.«

Nun entspannte sich das Gesicht des Mannes. »Das ist ein Wort«, murmelte er und reichte Matthäus schließlich die Hand. »Zwei Biere für den Herrn Apotheker und den Herrn Alchemisten«, rief er dem Wirt zu und ging wankend zurück an seinen Tisch. Dort wurde er schulterklopfend von seinen Freunden begrüßt.

Johannes Keilholz und Matthäus dankten dem Mann laut für seine Spende und drehten ihm den Rücken zu.

»Du scheinst einen gefährlichen Beruf auszuüben«, spaßte Keilholz leise.

»Es ist wie überall: Solange alles gut läuft, lobt dich kein Mensch. Doch wenn du einmal danebenliegst, fallen sie über dich her.«

»Da sagst du Wahres! So erging es sicherlich auch den gehängten Alchemisten.«

Weil die beiden Freunde, wie Matthäus vorgeschlagen hatte, nach ihrem Umtrunk gemeinsam das Haus an der Stadtmauer aufgesucht hatten, war es spät geworden. Nebelschwaden hingen über den Feldern. Keilholz musste sich konzentrieren, als er nach Hause ritt. Als ein Rehbock aus dem Gebüsch auf den Weg sprang, zügelte er das Pferd und ließ es Schritt gehen.

In Gedanken versunken sinnierte er über die Todesurteile des Fürsten. Die gehängten Alchemisten gingen ihm nicht aus dem Sinn. Was hatten sie falsch gemacht, dass Herzog Friedrich sie derart hart bestrafte? Es musste schwerwiegend gewesen sein, wenn er ihnen dafür das Leben nehmen ließ. Vielleicht hatten sie die Formel zur Goldherstellung gefunden und sie dem Fürsten verschwiegen? Es könnte auch sein, dass sie ihn um das gewonnene Gold betrogen haben, überlegte er und stöhnte leise auf, denn er hasste es, wenn er auf Fragen keine Antwort fand. Jetzt, da er wusste, warum der Herzog Alchemisten suchte, war er froh, dass er seinen Entschluss zu gehen, hinausgezögert hatte. Allerdings konnte er nicht leugnen, dass es ihn jetzt sogar noch mehr reizte, sich bei Hofe vorzustellen. Denn er war sich sicher, besser zu sein als andere Alchemisten. Wenn er das richtige Werkzeug und die notwendigen Materialen zur Verfügung gestellt bekäme, könnte er Großes bewirken. Er war fähig, den Stein der Weisen zu finden, dachte er und spürte wieder das Kribbeln von den Füßen bis zu den Haarwurzeln. Nervös schaute er sich um. In der Ferne glaubte er einen Reiter zu erkennen, der auf der Kuppe entlanggaloppierte.

Er konnte sich vorab erkundigen, welche Ansprüche der Herzog an seine Alchemisten stellte, schoss es ihm durch den Kopf. So beschloss er, gleich nächste Woche einen Brief an den Herzog zu schreiben, um anzufragen, welche Kriterien er erfüllen müsste, um herzoglicher Alchemist zu werden. Zufrieden mit diesem Vorsatz ließ er sein Pferd in den Trab fallen.

Kapitel 27

Elisabeth musste eingenickt sein während des Ritts. Sie erwachte, als der Reiter vom Pferd rutschte und sie mitzog.

»Wir sind da«, sagte er und zog sich die Kapuze tief ins Gesicht.

Sie blinzelte und streckte ihre schmerzenden Glieder. Nebel stieg vom Boden auf. Langsam dämmerte der Morgen.

Es roch nach einem nahenden Gewitter. Vögel, die sie nicht sehen konnte, zwitscherten irgendwo aufgeregt in den Blättern der Bäume.

Sie blickte sich unsicher um. Der Wind trieb einen ekelhaften Geruch zu ihr. Angewidert rümpfte sie die Nase. Nur wenige Schritte entfernt entdeckte sie ein großes Backsteinhaus. Dahinter glaubte sie, eine lange Mauer zu erkennen. Waren sie am Ziel? Lag hinter dieser hohen Mauer Mömpelgard? Aber wo war Frédéric? Zahlreiche Fragen brannten ihr auf der Zunge, die sie endlich beantwortet haben wollte. Zudem war sie erschöpft, hungrig und durstig. Als sie Frédéric nicht sehen konnte, blickte sie zu dem Fremden auf, der sich ruckartig umdrehte und sich am Sattelgurt zu schaffen machte. Warum redete er nicht mit ihr? Warum durfte sie sein Gesicht nicht sehen? Was hatte das alles zu bedeuten?

»Wo sind wir? Ist das Mömpelgard hinter der Mauer? Wo ist mein zukünftiger Ehemann?«, fragte sie mit lauter Stimme.

»Sei still«, blaffte der Fremde.

Elisabeth zuckte zusammen. Warum ist er mit einem Mal so unfreundlich?, dachte sie.

Dann sah sie, wie aus dem Backsteinhaus ein Weib auf sie zukam. Ein Mann folgte ihr. War das Frédérics Familie?, überlegte Elisabeth. Als die beiden Gestalten vor ihr standen, wusste sie, dass sie keine seiner Verwandten sein konnten. Die beiden waren ungepflegt und einfach gekleidet.

Der Alte musterte sie mit einem stechenden Blick, der schließlich auf ihrem Leib haften blieb. Sofort legte Elisabeth die Hände über ihren Bauch. Sie spürte, wie ihre Kehle eng wurde. Wer waren die beiden, und was wollten sie von ihr?

Der hagere Mann, der das Weib um einen Kopf überragte, ging zu dem Reiter. Beide drehten Elisabeth den Rücken zu, sodass sie kein Wort von dem verstehen konnte, was sie sprachen. Dann hörte sie etwas klimpern. Es schienen Münzen zu sein, die den Besitzer wechselten. Der hagere Mann kam zurück und stellte sich neben Elisabeth, die Alte auf ihre andere Seite. Er nickte dem Weib zu.

Von einem Augenblick zum nächsten fürchtete Elisabeth, dass sie in eine Falle geraten war. Hilfe suchend schaute sie nach dem Reiter, der sie hergebracht hatte. Er beachtete sie nicht, sondern wandte sich zuerst an den Mann und dann an die Frau. »Ihr haltet euch an meine Befehle«, wies er sie barsch an und drohte: »Ich werde euch überprüfen.« Unverhofft packte er das Weib an der Kehle und zischte: »Die Strafe wird schmerzhaft sein, wenn ihr mich hintergeht. Deshalb führt meinen Befehl aus und gebt als dann Nachricht. Ihr wisst, was ihr zu tun habt, wenn es so weit ist?«

Die Alte nickte röchelnd, und der Reiter ließ sie los.

»Warum würgt Ihr die Frau?«, rief Elisabeth, als sie von dem hageren Mann gepackt wurde. Er drehte ihr den Arm auf den Rücken, sodass sie gequält aufschrie.

»Ihr tut mir weh«, jammerte sie.

»Halt still, dann lässt der Schmerz nach«, höhnte der Alte und stieß sie vorwärts.

»Wohin reitet Ihr?«, brüllte Elisabeth dem Reiter zu, der auf sein Pferd stieg.

Statt ihr zu antworten, ritt er im gestreckten Galopp davon.

»Wohin wollt Ihr? Ihr könnt mich nicht zurücklassen«, schrie Elisabeth dem Fremden hinterher, doch der verschwand bald aus ihrem Blick. Verwirrt schaute sie zu den beiden fremden Menschen, die sie höhnisch angafften. Als sich der Griff des Mannes lockerte, versuchte Elisabeth zu fliehen. Doch schon nach wenigen Schritten hatte er sie eingeholt.

»Du Miststück bleibst hier!«, brüllte er, ergriff ihre Hand und zog sie zurück zu dem Weib.

Kaum stand Elisabeth vor der Alten, gab diese ihr eine

schallende Ohrfeige. Nachtdunkle Augen funkelten sie wütend an. »Du darfst zwar nicht für mich arbeiten, aber bestrafen darf ich dich trotzdem. Wenn du es noch mal wagst fortzulaufen, wirst du es bereuen. Dafür werde ich sorgen«, schwor sie und packte Elisabeth grob am Ellenbogen.

»Das muss ein Missverständnis sein. Ich werde erwartet. Mein Begleiter sollte mich zu Frédéric bringen. Sicherlich kennt Ihr Frédéric Thiery. Ich erwarte ein Kind von ihm. Wir wollen heiraten«, versuchte Elisabeth die beiden zu überzeugen.

»Wir kennen keinen, der so heißt. Du gehörst ab heute uns«, zischte der Mann.

Da Elisabeth an den Armen festgehalten wurde, wies sie mit dem Kinn zur Stadtmauer, die nun deutlich zu sehen war. »Frédéric lebt in der Stadt dort. In Mömpelgard«, erklärte sie.

Der Mann sah die Frau grinsend an. Feixend wandte er sich dann Elisabeth zu und erklärte: »Das ist nicht Mömpelgard.«

»Der Reiter, der mich herbrachte, sagte, er würde mich nach Mömpelgard bringen«, schrie Elisabeth verzweifelt.

»Sagte er das tatsächlich?«, fragte der Mann mit hochgezogenen Augenbrauen.

Sie schaute ihn verwirrt an und versuchte sich daran zu erinnern, was der Reiter ihr zur Antwort gegeben hatte, als sie ihn fragte: »*Kennt Ihr Mömpelgard?*« Er hatte sie daraufhin überrascht angesehen. »*Warum sollte ich diesen Ort kennen?*«

Jetzt wurde ihr bewusst, dass er mit keinem Wort gesagt hatte, er würde sie nach Mömpelgard bringen. Ihr wurde klar, warum er ihr nie sein Gesicht gezeigt hatte. Mit einem Schlag erkannte sie, dass der Fremde sie entführt hatte. Deshalb auch die Geldübergabe.

»Wofür war das Geld? Habt Ihr den Reiter bestochen, damit er mich zu Euch bringt?«, fragte sie keuchend.

»So weit kommt es noch, dass wir bezahlen müssen, um solch ein störrisches Wesen bei uns aufzunehmen. Er hat viel zu wenig für dich bezahlt. Das Doppelte hätte er uns geben müssen«, schimpfte der Mann, griff ihren anderen Ellenbogen und zog sie mit sich zum Haus.

»Lasst mich gehen«, wimmerte Elisabeth, doch die beiden reagierten nicht. »Frédéric! Frédéric!«, rief sie aus lauter Verzweiflung.

»Halt endlich dein Maul, sonst stopfe ich es dir! Finde dich mit deinem Schicksal ab«, keifte das Weib.

»Ich bin schwanger«, weinte Elisabeth. Doch auch das schien die beiden nicht zu beeindrucken. Hastig blickte sich Elisabeth um. Niemand kam des Weges. Nicht einmal eine Kuh oder ein Pferd waren auf den Koppeln zu sehen. Nur die Vögel zwitscherten munter in den Bäumen. Ganz so, als ob sie Elisabeth verhöhnen wollten.

Sie gab nicht auf und versuchte sich abermals aus dem Griff zu befreien. Abwechselnd trat sie nach dem Mann und nach der Frau und fiel dabei fast selbst zu Boden. Sie kreischte, fluchte und flehte. Erneut rief sie nach ihrem Liebsten und sogar nach ihrem Vater um Hilfe. Doch niemand hörte sie.

Das Backsteinhaus wirkte größer und düsterer, je näher sie kamen. Faulendes Moos haftete zwischen den Steinen an der Vorderseite. Die Tür war dunkel und aus schwerem Holz gearbeitet. Als die Frau sie losließ, damit der Mann sie durch den Eingang ins Innere des Hauses ziehen konnte, stemmte Elisabeth sich gegen den Türrahmen. Der prompt folgende Schlag in ihren Rücken war so heftig, dass ihr die Luft wegblieb. Sie ließ los.

Mit einem lauten Knall schloss sich die dunkle Pforte hinter Elisabeth. Vor ihr lag ein finsterer Hausgang mit mehreren

Türen rechts und links. Plötzlich wurde ihr schwindlig. Alles schien sich zu drehen. Sie lehnte sich gegen die Wand. Der grobe Stein schmerzte in ihrem Rücken. Sie schloss die Augen vor Erschöpfung. Übelkeit kroch ihren Schlund empor. Sie schluckte. Mit flackerndem Blick schaute sie sich um. Nur das Weib war zu sehen. Der Mann, der eben noch am Eingang gestanden hatte, war verschwunden. Wo war er hin?

Das Weib drehte einen Eisenschlüssel im Türschloss herum, zog ihn ab und ließ ihn zwischen den Falten ihres Rocks verschwinden. Ohne ein Wort zu sagen, schaute sie Elisabeth finster an.

Es herrschte absolute Stille. Kein Geräusch drang in den Gang. Es schien, als ob man die Welt vor der Tür dieses Hauses ausgesperrt hätte.

»Warum schließt Ihr zu?«, flüsterte sie.

»Damit die Täubchen nicht ausfliegen können«, erklärte das Weib.

»Wo sind hier Tauben?«, fragte Elisabeth irritiert.

Nun lachte die Frau laut und hässlich. Sie griff Elisabeth erneut am Arm. »Das wirst du noch sehen. Geh bis zur letzten Tür«, befahl sie und schob sie den Gang entlang.

»Ihr tut mir weh«, jammerte Elisabeth und versuchte loszukommen. Doch der Griff der Alten presste ihren Arm zusammen. Sie betete darum, dass sie sich in einem Traum befand, aus dem sie jeden Augenblick erwachen würde. Doch dass sie nicht träumte, wusste sie, als sie in einen Raum gestoßen wurde und hinter ihr die Tür laut ins Schloss fiel. Schon hörte sie, wie auch hier ein Schlüssel umgedreht wurde. Voller Panik rüttelte sie an der Klinke, sie schrie und hämmerte gegen das Holz. Doch die Tür blieb verschlossen. Totenstille herrschte in ihrem Verlies, das düster und kalt war.

Langsam drehte sich Elisabeth um. Auf einem kleinen Tisch brannte in einem Halter ein Kerzenstummel, der nur schwaches Licht spendete. Davor stand ein grob gezimmerter Schemel. Ein Strohsack mit einer dünnen Decke in der einen Ecke, einen Eimer für die Notdurft in der anderen – mehr gab es nicht in diesem Raum. Das Fenster, vor dem der Tisch stand, war mit Brettern zugenagelt. Ein schwacher Lichtstrahl stahl sich durch die Ritzen dazwischen herein.

Zitternd setzte sich Elisabeth auf den dreibeinigen Stuhl. Das ist alles ein Missverständnis, versuchte sie sich Mut zuzusprechen. Doch dann brüllte sie los, so laut sie konnte. Sie schrie ihre Angst, ihre Verzweiflung, ihre Wut hinaus. Alle ihre Gefühle schienen sich in diesem einen Schrei zu vereinigen. Als keine Luft mehr in ihrer Lunge war, verstummte sie, um dann wie eine Ertrinkende zu japsen.

Doch dann zwang sie sich, gleichmäßig weiterzuatmen, damit sich ihr Herzschlag und ihre Nerven beruhigten. Sie musste an ihr Kind denken! Sie durfte jetzt nicht den Verstand verlieren, ermahnte sie sich. Alles würde gut werden, sobald Frédéric sie in die Arme nahm, versuchte sie sich Mut zuzusprechen. Sicherlich wartete ihr Liebster genauso sehnsüchtig auf sie wie sie auf ihn. Frédéric würde schon bald kommen und sie von hier fortbringen, dachte Elisabeth.

Doch tief in ihrem Herzen wusste sie, dass niemand kommen würde, um sie zu befreien.

Sie hörte nur ihr eigenes Keuchen. Was hatte das alles zu bedeuten?, fragte sie sich, als ihr schlagartig bewusst wurde, was hier geschah. Entsetzt sprang sie von dem Schemel hoch. Eine unsichtbare Hand schien sich um ihren Hals zu legen. Sie bekam kaum noch Luft. Tränen rannen über ihre Wangen.

Nicht die Welt wurde vor dem finsteren Gemäuer für Elisabeth ausgesperrt. Sondern man versteckte sie vor der Welt da draußen in diesem verwahrlosten Backsteinhaus. Sie war eine Gefangene, und niemand würde das je erfahren.

Kapitel 28

Frédéric öffnete leise die Tür zum Speisesaal, wo die Männer der Jagdgesellschaft das Abendessen zu sich nahmen. Er lugte durch den handbreiten Spalt in den Saal. Mit einem raschen Blick erkannte er, dass die Schüsseln bereits geleert und die Jäger in bester Trinklaune waren. Verdammt! Er war viel zu spät zurückgekommen. Sie hatten bemerkt, dass er beim Abendessen gefehlt hatte.

Er schaute zu Georg. Das Essen vor ihm schien unberührt zu sein. Die Sorge um seine Zukunft wegen des lästigen Bauernmädchens – wie er die junge Frau abfällig nannte – hatte ihm anscheinend den Appetit vergällt, dachte Frédéric schadenfroh. Georgs Nervosität war ihm anzusehen. Er lachte zu laut und zu gezwungen. Seine Bewegungen waren fahrig, und er trank zu viel. Frédéric konnte erkennen, dass sein Cousin mit den Gedanken abwesend war. Als sein Tischnachbar ihm etwas ins Ohr flüsterte und anschließend unverschämt grölte, schaute Georg gequält zu dem Mann. Da kreuzten sich die Blicke der beiden Vettern. Frédéric nickte ihm knapp zu. Nun wusste Georg, dass er seinen Auftrag ausgeführt hatte. Er wusste somit, dass es keine Schwierigkeiten gegeben hatte.

Georg schloss kurz die Augen. Dann nahm er mit einem zufriedenen Gesichtsausdruck die Gabel auf, schaufelte das kalte Essen in sich hinein und spülte es mit reichlich Wein hinunter.

Frédéric schüttelte über das auffällige Verhalten seines Cousins den Kopf. Was für ein Dummkopf, dachte er und überlegte, wie er ungesehen in den Saal gelangen konnte, als er in seinem Rücken ein zaghaftes Räuspern hörte. Erschrocken drehte er sich um. Mehrere Lakaien standen hinter ihm und sahen ihn beschämt an.

»Entschuldigt, mein Herr. Wir müssen die Tische im Speisesaal abräumen«, erklärte einer von ihnen.

»Dann tut das«, antwortete Frédéric, doch die Dienerschaft rührte sich nicht.

Fragend sah er sie an.

»Mein Herr, Ihr versperrt uns den Durchgang«, raunte ihm der Tafeldecker zu.

Hastig trat Frédéric zur Seite. Als die ersten Diener an ihm vorbei in den Saal gingen, schmuggelte er sich zwischen sie. Er hoffte, so unbemerkt an seinen Platz schleichen zu können. Doch kaum hatte er sich hingesetzt, spürte er den Blick seines Onkels auf sich ruhen.

»Du kommst spät«, rügte ihn der Herzog.

Frédéric nickte und machte ein zerknirschtes Gesicht. Da er sich vor der Tür eine Ausrede hatte einfallen lassen, kam ihm die Lüge, ohne zu zögern, über die Lippen: »Verzeiht meine Verspätung, Herzog! Mein Wallach lahmte, sodass ich nicht zurückreiten konnte. Ich musste das Pferd den weiten Weg hierher am Strick führen.«

Der Herzog, der ein großer Pferdefreund war, sah besorgt von seinem Glas hoch. »Ich hoffe, dass sich Arthus nicht ernsthaft verletzt hat.«

Frédéric schüttelte den Kopf. »Ein Stein hat sich in das Horn gedrückt und ein Hufgeschwür verursacht. Ich habe den Kiesel entfernt und das Geschwür aufgeschnitten. In ein paar Tagen wird Arthus wieder genesen sein.«

»Dann ist es gut! Du hast ein opulentes Essen verpasst. Dein Vetter und einige andere Jäger haben mehrere Wildsäue und fünf Frischlinge erlegen können. Der Koch hat eines der Jungtiere meisterlich zubereitet ... Tafeldecker ...«, rief der Herzog. »Sorgt dafür, dass das Essen des jungen Herrn gewärmt wird. Es wäre schade, wenn er nicht wenigstens davon kosten würde.«

Frédéric war erleichtert, dass sein Onkel so leichtgläubig war und keine weiteren Fragen stellte. Zufrieden nahm er einen Schluck Wein. Endlich konnte er sich entspannen. Als er sich Wein nachgoss, linste er zu seinem Vetter hinüber. Georg drehte ihm den Rücken zu. Anscheinend vermied er es, zu ihm zu schauen. Frédéric hätte über dieses Benehmen am liebsten laut gelacht. Dieses Verhalten kannte er nur zu gut. So war es jedes Mal, wenn er für Georg den Kopf hinhielt. Statt ihm zu danken, zeigte sein Vetter ihm die kalte Schulter.

Doch ihm war es einerlei. Soll Georg mich nur ignorieren, dachte er und sah der Magd entgegen, die ihm seine warme Mahlzeit brachte. Der Duft des Essens stieg ihm in die Nase. Erst jetzt spürte er, wie hungrig er war. Genüsslich führte er den ersten Bissen zum Mund, als er bemerkte, wie Georgs Schwiegervater ihn anstarrte. Er schien dem Alkohol bereits sehr zugesprochen zu haben. Seine Wangen und seine Nase waren gerötet. Zwischen zwei Bissen grüßte Frédéric ihn nickend. Daraufhin hob der Graf mit ungelenker Hand sein Weinglas und prostete ihm zu.

Frédéric versuchte nicht zu grinsen und widmete sich ganz dem Essen. Sein Onkel hatte nicht zu viel versprochen. Das Fleisch war zart und zerging auf der Zunge. Die dickflüssige Bratensoße, in der Erbsen und Gelbrübenstücke schwammen, rundete den deftigen Geschmack ab. Frédéric wollte nichts davon verschwenden und wischte sogar den letzten Tropfen Tunke mit dem frisch gebackenen Brot auf. Gesättigt schob er den Teller von sich.

Plötzlich stand Graf von Baden-Durlach neben ihm. Er musste sich an einer Stuhllehne festhalten, da er schwer schwankte.

»Baron Leopold«, sprach der Graf Frédérics Sitznachbarn an. »Hättet Ihr die Güte, mit mir den Platz zu tauschen? Ich muss Wichtiges mit dem jungen Herrn besprechen«, lallte er kaum verständlich.

Der Baron schaute amüsiert auf, zwinkerte Frédéric zu und stand auf. Sofort ließ sich der Graf auf den frei gewordenen Stuhl fallen. Frédéric sah ihn neugierig an. Was er wohl von ihm wollte, dachte er, als der Graf flüsterte: »Ich habe Euch gesehen.«

Da Frédéric ihm nicht folgen konnte, fragte er ebenso leise: »Wo soll das gewesen sein?«

Nun sah sich der Graf prüfend um, ob jemand ihr Gespräch belauschte. »Ich war auf dem Abort und blickte aus dem Fenster am Gang. Da sah ich Euch auf Eurem Pferd in den Stall reiten.«

Frédéric kratzte sich am Kopf. Er suchte nach einer Erklärung, doch der Graf kam ihm zuvor. »Demnach habt Ihr Euren Regenten angelogen! Ihr musstet weder zu Fuß gehen, noch ist Euer Pferd verletzt«, trumpfte er auf. Frédéric wollte gerade eine Ausrede erfinden, da nuschelte der Mann: »Haltet mich nicht für dumm! So viel kann ich gar nicht saufen, um mich von Euch täuschen zu lassen. Ihr seid ein Lügner! Und ich weiß, wo Ihr gewesen seid«, erklärte von Baden-Durlach und füllte sein Glas nach. Dabei schwappte der Rotwein über den Rand und versickerte in dem groben Leinen der Tischdecke.

Frédéric bekam einen schalen Geschmack im Mund. Er leckte sich über die Lippen. Was sollte er sagen? Was sollte er fragen? Allerdings konnte es unmöglich sein, dass der Graf irgendetwas wusste. Rasend schnell ging Frédéric alle Möglichkeiten durch, in denen Georg und er sich verraten haben oder man sie belauscht oder gar beobachtet haben könnte. Es fiel ihm keine einzige ein. Sie waren vorsichtig gewesen. Stellte ihm der Graf womöglich eine Falle? Doch dann entspannte er sich. Denn wenn jemand etwas zu befürchten hatte, dann Georg. Trotzdem war er neugierig, was der Adlige wusste. Da er bis jetzt nichts zugegeben hatte, fragte er mit unschuldigem Lächeln:

»Könnte es sein, edler Herr, dass Ihr mich mit jemandem verwechselt habt? Schließlich ist es bereits dunkel, zudem ist bekannt, dass Alkohol das Sichtfeld trübt. Ihr könnt gerne Arthus' Huf untersuchen. Ihr werdet feststellen, dass ich das Horn bearbeitet habe.« Frédéric log, ohne rot zu werden.

Graf von Baden-Durlach schaute ihn prüfend an. Seine Augen wurden dabei klein. Schließlich schnaufte er laut aus. »Ich traue Euch nicht. Es ist bekannt, dass man Bastarden keinen Glauben schenken darf. Ihr seid diesbezüglich sicherlich keine Ausnahme, auch wenn der Herzog das anders sieht.« Als er laut rülpste, wehte eine Rotweinfahne zu Frédéric, der angewidert den Kopf zur Seite drehte. »Da ich heute keinen Streit möchte, belasse ich es dabei«, lallte der Graf und hob zur Unterstützung seiner Worte den Zeigefinger in die Höhe.

Du kannst wegen deines Suffs kaum noch denken, dachte Frédéric. Er war verärgert über die Unterstellung des Mannes. Doch zugleich war er erleichtert, dass der Graf nicht weiterbohrte oder gar jemanden in den Stall schickte, um sein Pferd zu untersuchen. Spöttisch zog er einen Mundwinkel in die Höhe. Doch als der Graf wankend aufstand, konnte Frédéric es sich nicht verkneifen, unschuldig nachzuhaken:

»Wessen werde ich von Euch eigentlich beschuldigt, verehrter Graf?«

Der Graf sah das anscheinend als Aufforderung, sich erneut zu setzen, und ließ sich auf den Stuhl zurückfallen. »Das werde ich Euch mit großem Vergnügen erläutern«, sagte er und nahm erst einmal einen Schluck Wein. »Mich drückt das ungute Gefühl, dass Ihr mich übergehen und hinter meinem

Rücken Kontakt mit dem Freiherrn von Brunnhof und Grobeschütz aufnehmen wollt.«

Frédéric wäre am liebsten vor Erleichterung aufgesprungen. Stattdessen sah er den Grafen brüskiert an und sagte: »Verehrter Graf, wie kommt Ihr nur auf solch obskure Gedanken! Warum sollten wir Euch hintergehen wollen? Schließlich habt Ihr uns erst auf den Gedanken gebracht, diesen außergewöhnlichen Alchemisten anzustellen. Wie kämen wir dazu, Euch auszuklammern? Zudem verfügt Ihr, so wie Ihr uns sagtet, über die nötigen Kontakte, die es uns erleichtern, dem Freiherrn unser Angebot zu unterbreiten.«

Graf von Baden-Durlach schloss die Augen. Es hatte fast den Anschein, als ob er eingenickt war. Schließlich seufzte er und sah Frédéric mit einem zufriedenen Lächeln an. »Dann ist es gut«, murmelte er und meinte: »Ich werde mich zurückziehen. Bitte entschuldigt mich beim Herzog. Ich werde eine Verbeugung nicht mehr zustandebringen und mich davonstehlen. Gleich morgen früh werde ich einen Boten losschicken, der dem Baron ein Schreiben von mir überbringen wird. Ich hoffe, dass der Freiherr unser Angebot annimmt.«

Bevor sich der Graf erhob, winkte Frédéric zwei Lakaien herbei. »Sorgt dafür, dass der Graf sicher in sein Nachtquartier kommt.«

Frédéric betrachtete die Jäger, die wie jeden Abend nach dem Essen ausgelassener Stimmung waren. Manche saßen zusammen, erzählten anzügliche Geschichten oder sangen frivole Lieder. Andere schwangen Reden und versuchten die Zuhörer von ihren Ansichten zu überzeugen. Frédéric war sich sicher, selbst wenn er eine Karaffe Rotwein auf einmal austrank, würde er an diesem Abend ihren ungehemmten Zustand nicht mehr erreichen. Deshalb hatte er keine Freude daran, länger zu bleiben. Doch aus Respekt vor dem Herzog durfte er sich erst zurückziehen, wenn sich auch der Onkel von der Tafel entfernte.

Mein Tag war anstrengend, dachte er und versuchte sich die Müdigkeit aus den Augen zu wischen. Vielleicht hatte er Glück und konnte sich schon bald zur Ruhe begeben, dachte er, als er sah, wie der Onkel den Diener anwies, sein Glas nicht nachzufüllen. Tatsächlich stand der Herzog auf. Auch er hatte dem Alkohol reichlich zugesprochen, was sein leicht schwankender Gang verriet. Mit einer einzigen Geste wünschte er allen eine gute Nacht und verließ den Speisesaal.

Frédéric atmete erleichtert aus. Er wollte kurz warten, bis er sicher sein konnte, dass der Herzog seine Gemächer erreicht hatte. Dann würde er ebenfalls den Saal verlassen und zu Bett gehen. Endlich die Stiefel ausziehen und die Glieder ausstrecken, dachte er, als sein Vetter Georg sich neben ihn setzte.

»Was willst du?«, fragte Frédéric unfreundlich. Er war angesäuert, weil Georg ihn seit seiner Ankunft geflissentlich übersehen hatte.

»Bist du verärgert?«, fragte Georg kichernd. Auch er war betrunken. »Du kannst ...«, begann er, doch Frédéric fiel ihm direkt ins Wort.

»Hast du wieder einen neuen Auftrag für mich? Willst du wieder drohen und mich erpressen, damit ich mich deinem Willen beuge?«

»Du verhältst dich wie ein beleidigtes Weib«, spöttelte Georg und sah ihn verächtlich an.

»Auch wenn du der Sohn des Herzogs bist, ein bisschen Anstand schadet nicht. Und dazu gehört, dass man sich bedankt. Schließlich habe ich deine Haut gerettet. *Wieder einmal!*«, betonte Frédéric.

»Erst wenn du mir bestätigst – und das beim Tod deiner

Mutter –, dass ich mich um diese Schlampe nicht mehr sorgen muss, wird mein Dank dir gehören«, flüsterte Georg und sah Frédéric forschend an.

»Keine Angst! Sie taucht nicht wieder auf.«

Erleichtert schlug Georg ihm nun auf die Schultern. »Das muss gefeiert werden«, rief er und wollte Frédéric am Arm mit sich ziehen.

Doch der schüttelte seine Hand ab. »Lass das! Ich werde mich zurückziehen.«

»Spielverderber«, rief Georg ihm zu und ging zu den Männern zurück, die gerade ein neues Lied anstimmten. Lauthals sang der Fürstensohn mit, obwohl er keine gute Stimme hatte.

»Ein Rabe ist nun mal kein Singvogel«, murmelte Frédéric und verließ den Saal.

⇒ *Kapitel 29* ⇐

Sonnenlicht fiel durch das Küchenfenster. In den goldenen Strahlen tanzte der Staub.

Elisabeth linste zu den Mirabellen auf dem Tisch. Dick und saftig waren sie dieses Jahr gewachsen. Nur zu gern hätte sie von den gelben Früchten genascht. Doch sie musste geduldig sein und warten, bis der Kuchenteig mit den Mirabellen belegt war. Erst dann dürfte sie die restlichen Früchte essen. Sie sah der Mutter zu, wie sie die Backzutaten in der Schüssel vermengte. Als die Masse lang genug geknetet war, bestäubte sie den Tisch mit Mehl und kippte den Kuchenteig aus der Schüssel darauf. Dann nahm sie das Walzholz und rollte den Teig aus. Elisabeth kniff die Augen zusammen und drehte den Kopf zur Seite. Als sie zur Mutter blickte, lächelte die und bewegte ihre Lippen. Aber Elisabeth hörte keinen Laut. Dann verstand sie die Worte: »Du musst essen!«

Doch es war nicht die Mutter. Es war eine fremde, eine unbekannte Stimme, die zu ihr sprach. Plötzlich spürte sie einen Klaps, der sie hochschrecken ließ. Sie riss die Augen auf. Dicht vor sich erblickte sie ein Gesicht, das sie nicht kannte. Eine Hand hielt ihr einen Löffel hin.

»Du musst essen!«, wiederholte die Person.

»Mutter!«, schrie Elisabeth und schlug den Löffel fort. Sie rutschte gegen die Wand und zog die dünne Decke bis zum Kinn.

»Wer bist du? Was willst du? Wo ist meine Mutter?«, brüllte sie die Fremde an, die auf einem Schemel vor ihr saß.

»Sei ruhig!«, zischte die junge Frau. »Du darfst nicht schreien. Oder willst du, dass die Frauenwirtin dich hört?«

»Frauenwirtin? Wer ist das?«, fragte Elisabeth verstört.

»Die Alte, die das Bordell hier leitet«, erklärte die junge Frau.

»Bordell? Was ist ein Bordell?«

Nun sah die Fremde sie ungläubig an. »Weißt du nicht, was ein Hurenhaus ist?«

Sie schüttelte den Kopf.

»Das hier ist ein Haus, in dem Frauen ihren Körper für Geld verkaufen.«

Bestürzt schaute Elisabeth sich um. Dann erinnerte sie sich wieder. Ihre Mutter war tot, und sie hatte ihr Elternhaus verlassen, weil Frédéric sie zu sich holen wollte. Doch der fremde Reiter hatte sie entführt und in dieses schäbige Haus gebracht. Ihr Blick wanderte zu der Frau. Was wollte sie von ihr? Was erzählte sie ihr? Elisabeths Herz raste, ihr Atem ging keuchend.

»Du musst essen! Ich habe dir eine kräftige Brühe gebracht«, sagte die Frau und zeigte auf die Schüssel, die sie auf dem Schoß hielt.

»Ich bin nicht hungrig!«, presste Elisabeth hervor.

»Sei nicht störrisch! Du hast seit Tagen nichts zu dir genommen.«

»Wie lange bin ich schon hier?«

»Ich glaube, seit drei Tagen. Du hast geschlafen und geträumt. Wir haben dich nicht wach bekommen. Immer wieder hast du nach deiner Mutter gerufen. Jetzt iss, damit du zu Kräften kommst. Denk an dein Kind!«

Elisabeth spitzte unter die Decke und sah ihren Bauch, der wie aufgebläht schien.

»Ich muss hier raus. Frédéric wird sich sorgen. Er weiß nicht, wo ich bin. Kannst du mir helfen?«

Die Fremde schüttelte den Kopf.

»Du *musst* mir helfen! Ich gehöre nicht hierher. Das ist ein Missverständnis. Ich bin keine von den Frauen, die sich verkaufen. Bitte hilf mir, damit ich zum Vater meines Kindes komme«, jammerte sie.

»Keine von uns wird dir helfen. Niemand will riskieren, bestraft zu werden. Du kennst die Frauenwirtin nicht. Sie prügelt härter als ihr Ehemann«, flüsterte die Fremde. »Jetzt iss, sonst kommt sie und flößt dir die Brühe mit einem Trichter ein«, sagte sie und hielt ihr den Löffel mit der Suppe hin.

Gehorsam öffnete Elisabeth den Mund. »Wer bist du?«, fragte sie, nachdem sie heruntergeschluckt hatte.

»Ich heiße Regina«, verriet die Fremde.

»Mein Name ist Elisabeth.«

»Wir kennen deinen Namen. Lucilla hat ihn uns genannt. Auch, dass du das Zimmer nicht verlassen und keine Männer empfangen darfst.«

»Wer ist Lucilla?«

»Die Hurenmutter.«

»Lucilla? Ich habe diesen Namen noch nie gehört.«

»Sie heißt nicht wirklich so. Den Namen hat sie einer Adeligen geklaut, die so heißt. Else – so ist ihr richtiger Name – findet, dass Lucilla erhaben und gebildet klingt. Sie will ein feines Bordell führen. Kein so schäbiges wie in den Gassen der Hundshäuter und Gerber.«

Überrascht schaute sich Elisabeth in ihrer Kammer um. Regina lächelte.

»Hier wurden die leeren Bierfässer, Flaschen und Kisten gelagert, bevor du eingezogen bist. Da du kein Geld verdienst, wirst du sicherlich keinen anderen Raum bekommen. In unseren Zimmern gibt es gezimmerte Betten und Waschtische.«

»Wie viele seid ihr?«

»Sechs. Mit meiner Tochter sieben.«

»Du hast eine Tochter?«, fragte Elisabeth. Regina erinnerte sie an Ursula. Sie schien einige Jahre jünger zu sein als die Heilerin aus dem Wald. Auch waren Reginas Haare nicht hell, sondern braun. Aber ihre Augen hatten dieses Wasserblau, und Reginas Blick und ihr Lächeln waren Ursulas ähnlich.

»Ich möchte wissen, warum ich hier bin«, wisperte Elisabeth.

Regina zuckte mit den Schultern. »Das kann ich dir nicht sagen. Vielleicht wirst du vor der Obrigkeit versteckt, denn wir haben die Anordnung bekommen, dich nicht aus diesem Zimmer zu lassen.«

»Unfug! Ich habe mir nichts zuschulden kommen lassen. Mein Verlobter hatte einen Mann beauftragt, mich zu sich nach Mömpelgard bringen zu lassen.«

»Nach Mömpelgard? Wo liegt das?«

»Hinter der Stadtmauer, die man draußen sieht«, erklärte Elisabeth zögerlich.

Nun lachte Regina auf und stellte die leere Schüssel auf

den Tisch. »Das ist sicherlich nicht Mömpelgard. Diese Mauer gehört zu Tübingen.«

»Tübingen«, murmelte Elisabeth.

»Du musst dir den Namen nicht merken, denn du wirst die Stadt niemals kennenlernen.«

»Warum nicht?«

»Weil du diese Kammer nicht verlassen darfst. Vielleicht hast du Glück und kannst irgendwann im Haus umhergehen. Doch das bezweifle ich«, meinte die Frau.

»Ich habe nichts verbrochen! Ihr könnt mich nicht wegsperren. Ich bekomme ein Kind, und sein Vater wird mich hier bald rausholen.«

»Was macht dich so sicher? Vielleicht war er es, der dich hergebracht hat.«

»Nein! Nein! Es war ein fremder Reiter, der mich entführt hat«, begehrte Elisabeth auf.

Regina sah Elisabeth mitleidig an. »Du kannst froh sein, wenn sie eines Tages die Bretter vor dem Fenster entfernen«, meinte sie, erhob sich und wollte zur Tür gehen.

Doch Elisabeth hielt sie am Rock fest, krabbelte vom Strohsack und bettelte: »Du musst mir helfen! Ich will zurück nach Hause!«

»Es tut mir leid. Selbst wenn ich wollte, ich kann dich nicht gehen lassen. Sie würden mir meine Tochter wegnehmen.«

Elisabeth ließ Regina los. »Das können sie nicht machen!«, sagte sie bestürzt.

Die Frau sah auf Elisabeths Bauch. »Bete, dass du einen Sohn bekommst«, flüsterte sie, sperrte die Tür auf und ging hinaus. Elisabeth hörte, wie der Schlüssel von außen umgedreht wurde.

Sie war wieder allein und fühlte sich wie in einem Traum. Nur dass dieser nicht von Mirabellen handelte.

Da in ihrer Kammer die Tage ebenso dunkel waren wie die Nächte, verlor Elisabeth jegliches Zeitgefühl. Sie schlief, wenn sie müde wurde, und saß auf dem Schemel, wenn sie wach war. Die Langeweile zerrte an ihren Nerven. Ihre einzige Tätigkeit war, eine neue Kerze zu entzünden, bevor das Licht des abgebrannten Stummels erlosch. Manchmal hörte sie Stimmen auf dem Gang. Dann schreckte sie hoch und sah gespannt zur Tür. Sie hoffte, dass man sie freilassen würde. Doch jedes Mal hoffte sie vergebens. Enttäuscht hämmerte sie gegen das Holz, schrie und brüllte. Doch es half nichts. Elisabeth blieb eine Gefangene.

Irgendwann hörte sie nicht mehr hin und ignorierte die Stimmen draußen. Sie verkroch sich auf ihre Matratze, zog sich weinend das Laken über den Kopf und wartete auf den Schlaf, damit sie sich in ihre Träume flüchten konnte.

Schon bald zerfraßen Stimmungsschwankungen ihr Gemüt. Weinen, Lachen, Traurigkeit und Verzweiflung wechselten sich ab. Elisabeth versuchte dagegen anzukämpfen. Auch wegen des Kindes wollte sie stark bleiben. Erstaunt stellte sie fest, wie schnell ihr Bauch wuchs, die Kindsbewegungen nahmen zu. Um nicht den Verstand zu verlieren, redete sie mit dem Ungeborenen. Sie erzählt ihm von ihrem Zuhause, ihrem Bruder und ihrer Schwester, auch vom Vater und der Mutter. In ihrer Erinnerung wusste sie nur Schönes zu berichten. Doch die trostlose Umgebung, das Nichtstun, die Einsamkeit, aber auch die Angst vor der Zukunft zerstörten immer mehr ihren Lebensmut.

Sie verließ kaum noch ihre Bettstatt. Selbst wenn Regina ihr das Essen brachte, blieb sie liegen. Hartnäckig versuchte die Frau sie zu überzeugen aufzustehen. Aber weder freundliche Worte noch Drohungen beeindruckten Elisabeth. Sobald sie den Schlüssel im Türschloss hörte, drehte sie sich mit dem Gesicht zur Wand und zeigte der Frau, dass sie nichts mit ihr zu tun haben wollte. Daraufhin stellte Regina das Essen auf dem Tisch ab und verschwand, ohne ein Wort mit ihr gesprochen zu haben.

Kapitel 30

Johannes Keilholz konnte kaum das Zittern seiner Hände kontrollieren. Die kleine Bibel rutschte zwischen den Fingern hin und her. Es herrschte eisige Dezemberkälte, und die Gläubigen im Gotteshaus husteten und schnieften. Manche zappelten mit den Beinen, damit das Blut zirkulierte. Ihr Atem schwebte als helle Wolken vor ihren Gesichtern. Kinder weinten, ihre Rotznasen waren gerötet. Mütter hauchten in ihre kleinen Gesichter und nahmen die Kinderhände in ihre, um sie zu wärmen.

Sicherlich werden einige von ihnen krank, mutmaßte er und wischte sich die Nase am Ärmel trocken. Sogar die heiligen Figuren, die in den bunten Glasscheiben der Kirche dargestellt waren, waren von Eisblumen überzogen. Noch nie hatte er sich das Ende eines Gottesdienstes so sehr gewünscht wie heute. Er konnte es kaum erwarten, in sein warmes Laboratorium zurückzukehren.

Endlich ertönte die Kirchenglocke. Schon beim ersten Ton erhoben sich die Menschen, bekreuzigten sich und verließen eilends das Kirchenschiff.

Weil der Boden hart gefroren war, hatte Keilholz sein Pferd im Stall gelassen und war zu Fuß unterwegs. Er wollte nicht riskieren, dass der Wallach sich ein Bein brach, da unter den Schneeverwehungen die vereisten Stellen kaum zu erkennen waren. Mühsam stampfte der Alchemist durch den kniehohen Schnee nach Hause. Schon beim Hinmarsch zur Kirche war sein Beinkleid bis zur Wade nass geworden. Der feuchte Stoff war in der ungeheizten Kirche gefroren. Doch nun taute die Hose wieder auf und sog sich weiter mit Schneewasser voll.

Keilholz spürte die feuchte Kälte in jeder Falte seines Körpers. Weder der warme Mantel noch die gefütterten Stiefel konnten verhindern, dass seine Füße taub wurden. Seine Finger schmerzten. In der Hoffnung, die Pein zu lindern, stapfte er bei jedem Schritt mit den Beinen fest auf den Schnee und hauchte sich zwischen die Handflächen. Doch es nutzte nichts. Die Kälte saß fest.

Endlich sah der Alchemist sein Haus. Da nur der Schornstein der Küche qualmte, befürchtete er, dass das Feuer im Kamin des Labors ausgegangen war. Hoffentlich ist noch genügend Glut in der Feuerstelle, um ein Holzstück daran zu entfachen, dachte er und versuchte schneller zu gehen. Bibbernd öffnete er die Tür, schloss sie und eilte auf steifen Beinen zum Kamin. Wie er befürchtet hatte, war das Feuer abgebrannt. Die Glut glomm nur noch schwach. Trotzdem hielt er die Hände darüber. Es wärmte kaum.

Der Arzt griff neben sich in die Kiste, um ein Scheit herauszunehmen. Doch er griff ins Leere. Er hätte sich ohrfeigen können, weil er vergessen hatte, Baltasar zu beauftragen, den Kasten mit Feuerholz aufzufüllen. Da der Lehrjunge den Sonntag mit seinem Vater verbrachte und erst am Abend zurückkehren würde, musste er sich nun selbst darum kümmern. Er sah durch das Fenster hinaus auf den Hof, der mit einer dicken Schneeschicht bedeckt war. Allein die Vorstellung, erneut in die Kälte hinauszumüssen, ließ ihn erschauern. Er rieb sich die schmerzenden Finger. Es nutzte nichts, länger zu warten. Wenn er nicht krank werden wollte, musste er das Feuer neu entfachen. Er zog den Mantelkragen enger und den Hut tief ins Gesicht. Dann öffnete er die Tür und eilte vorsichtig über den Hof zur Scheune.

»Ohne deine Hilfe wäre ich zu einem Eisklotz gefroren«, nuschelte Johannes Keilholz unter dem angewärmten Tuch, das die Köchin ihm um den Kopf legte.

»Ihr könnt von Glück sagen, dass ich Euch gesehen habe. Wie ein Maikäfer habt ihr mit den Beinen gestrampelt«, sagte sie kopfschüttelnd.

»Ich hatte die Arme voller Holz und konnte das Fass nicht sehen, gegen das ich gelaufen bin.«

»Warum müsst Ihr Feuerholz holen? Dafür habt Ihr einen Lehrling.«

»Es ist meine Schuld. Ich habe vergessen, Baltasar zu beauftragen, die Kiste aufzufüllen.«

»Ein guter Lehrling sieht das von selbst«, rügte Grete.

»Baltasar ist der beste Lehrling, den ich je hatte«, verteidigte Keilholz seinen Schützling.

Die Köchin zog verächtlich einen Mundwinkel hoch. »Ich glaube eher, dass er ein Taugenichts ist.«

»Wie kannst du so über meinen Schüler sprechen?«, entrüstete er sich.

»Wenn er nicht mit der Nase über den Büchern steckt, träumt er davon, diesen Stein zu finden. Er geht mir nicht zur Hand, und Euch anscheinend auch nicht, sonst müsstet Ihr nicht selbst für Holz sorgen.«

»Mein Schüler muss dir nicht helfen! Ich habe ihn nicht als gewöhnlichen Lehrburschen eingestellt. Baltasar ist intelligent und wissbegierig. Diese Stärken will ich fördern. Womöglich wird er Wissenschaftler oder Alchemist, oder sogar Mediziner. Der Junge ist letzten Monat dreizehn Jahre alt geworden. Ihm steht die Welt offen.«

»Euer Wort in Gottes Ohr. Doch nun zieht Eure nasse Kleidung aus. Anschließend werde ich meine Sonntagssuppe servieren. Das Hühnerfett wird helfen, damit Ihr nicht krank werdet.«

Gehorsam wie ein Kind ging der Alchemist nach oben in seine Kammer, um sich umzuziehen.

Als er endlich in seinem Laboratorium saß, war es früher Nachmittag. Er war verstimmt, weil er den halben Tag mit Nichtstun vertrödelt hatte. Doch nun prasselte das Feuer im Kamin, er hatte sich an Gretes Mittagessen gestärkt und war bereit, seine Aufzeichnungen zu vervollständigen. Angestrengt versuchte er seine Gedanken zu ordnen und zu Papier zu bringen, als es an der Tür klopfte. Erstaunt hielt er inne. Was wollte Grete schon wieder? Er hatte sie doch heimgeschickt, dachte er und öffnete die Tür.

Entsetzt riss er die Augen auf. Vor ihm stand nicht seine Köchin, sondern eine junge Frau, die nicht aus dem Ort stammte. Hastig sah er sich nach allen Seiten um und zog sie in den Raum.

»Was machst du hier?«, flüsterte er aufgebracht.

»Ihr seid Arzt?«, fragte sie stammelnd.

»Woher weißt du, wer ich bin und wo ich wohne?«, fragte er rüde.

»Der Apotheker hat mich zu Euch geschickt.«

Keilholz verfluchte seinen Freund in Gedanken, weil er seinen Namen und seine Wohnstatt preisgegeben hatte.

»Was willst du von mir?«, fragte er rüde.

»Ihr müsst rasch kommen. Ein Kunde hat eines der Mädchen übel zugerichtet.«

Fragend zog er eine Augenbraue hoch. »Was heißt das?«

»Er hat sie grün und blau geschlagen. Ich glaube, ihre Nase ist gebrochen.«

»Habt ihr keinen anderen Arzt, der euch helfen kann?«

»Uns will niemand behandeln. Jeder hat Angst um seinen Ruf. Zwar nehmen sie unsere Dienste in Anspruch, aber sonst wollen die Männer nichts mit uns zu tun haben.«

Johannes Keilholz musste gestehen, dass auch er keine Lust hatte, den Huren zu helfen. Zumal es noch hell war. Wenn man ihn ins Bordell eintreten sehen würde, könnte er sich darauf verlassen, dass es rasch der halbe Ort wusste.

»Bitte kommt! Franziska leidet sehr«, bettelte die junge Frau.

»Franziska«, murmelte er und erinnerte sich, dass ihn bei seinem letzten Besuch eine junge Frau bedient hatte, die sich so nannte.

»Ihr seid doch ein Christenmensch?«, fragte das Mädchen, als er zögerte. Ihr Blick zwang ihn, sie anzusehen.

Er nickte. »Ich würde mich als solch einen bezeichnen«, erklärte er schließlich.

»Sind vor Gott nicht alle Menschen gleich?«

»Wie meinst du das?«

»Ihr zögert, weil Ihr um Euren guten Ruf besorgt seid, wenn man Euch mit mir sieht. Doch eine gute Tat wiegt mehr als das, was Eure Mitmenschen über Euch denken. Außerdem ...«, begann sie und sah ihn mit einem besonderen Augenaufschlag an. »... soll es Euer Schaden nicht sein.«

»Was willst du damit andeuten?«

»Wir werden uns erkenntlich zeigen.«

Auch wenn es ein verlockendes Angebot war, schwankte Keilholz und schaute auf seinen Schreibtisch. Doch dann gab er sich einen Ruck. Was für ein Sonntag, schimpfte er in Gedanken. Anscheinend sollte er heute nichts zu Papier bringen.

»Ich packe meine Arzttasche mit den notwendigen Utensilien«, sagte er und ging hinüber zum Kräuterschrank.

Kapitel 31

Elisabeth wusste nicht, wie lange sie schon in der Kammer hauste, als eines Tages die Tür aufgeschlossen wurde und aufflog. Sie schreckte aus einem unruhigen Schlaf hoch und blinzelte in das helle Licht, das unerwartet den Raum erleuchtete. Drei Frauen standen in ihrer Kammer. Eine von ihnen war Regina.

»Wie das hier stinkt! Es wird Zeit, dass du badest«, rief eine der anderen beiden Frauen und rümpfte die Nase. Elisabeth erkannte in ihr die Alte, die sie am Tag ihrer Ankunft gesehen hatte.

»Bist du Lucilla?«, fragte sie vorsichtig.

»Woher kennst du meinen Namen?«

»Ich habe ihn vor der Tür gehört«, log Elisabeth. »Wie lang bin ich schon hier?«, lenkte sie die Frau ab.

»Welche Rolle spielt das?«

Elisabeth rieb sich die Arme. In ihrem Raum war es kalt und feucht. »Es ist kühl geworden. Ist es Winter?«

Die Frau stemmte die Hände in die Hüften und sah von oben auf sie herab. »Schon wieder eine Frage. Als ich dich das erste Mal sah, wusste ich, dass du eine bist, die niemals still sein kann. Gewöhn dir deine Fragerei ab. Du sprichst nur, wenn ich es dir erlaube.«

»Warum darf ich nicht wissen, ob es Winter ist?«, rief Elisabeth erregt.

»Was bringt dir die Antwort?«, fragte Lucilla genervt.

»Damit ich weiß, wann mein Kind zur Welt kommt«, weinte Elisabeth.

»Du wirst schon merken, wenn das Balg herauswill«, spottete die Frau.

»Lass mich frei, damit ich zu Frédéric gehen kann. Er wird

euch Geld für meine Freilassung bezahlen«, bettelte Elisabeth mit schwacher Kraft. Sie konnte nicht vermeiden, dass ihre Stimme zitterte.

»Frédéric? Ich sagte bereits bei deiner Ankunft, ich kenne niemanden, der so heißt«, murrte die Frau und hob verächtlich eine Augenbraue.

»Frédéric, mein künftiger Ehegatte«, erklärte Elisabeth. »Er sucht mich sicherlich!«

»Was träumst du nachts, du dummes Weibsstück?«

Elisabeth setzte an, um abermals Widerworte zu geben, als die Frau zischte: »Ab jetzt schweigst du!«

Sie überhörte den Befehl. »Ich will ...«

Nun wandte ihr die Fremde das Gesicht zu. Dabei hob sie die Laterne in Höhe ihrer Augen, die im Kerzenschein schwarz glänzten.

»Ich befahl dir zu schweigen«, fauchte sie.

»Du hast mir nichts zu befehlen«, widersprach Elisabeth, obwohl ihr Herz raste.

Die Ohrfeige ließ ihre Wange brennen. »Wie kannst du es wagen ...«, begehrte Elisabeth auf, doch der drohende Blick der Alten ließ sie verstummen.

Als die Frau Elisabeths Leib betrachtete, murmelte sie: »Sündenbalg!«

Verstört sah Elisabeth an sich herunter. »Es ist ein Kind der Liebe«, flüsterte sie.

»Du bist genauso dumm, wie du aussiehst. Halt endlich dein Maul und folge den Mädchen. Dein Gestank vertreibt uns sonst die Kunden. Anschließend machst du deine Kammer sauber, sonst zieht Ungeziefer ins Haus.«

Plötzlich wurden Stimmen laut, die die Hurenwirtin aufhorchen ließen. »Kundschaft!«, frohlockte sie und eilte hinaus.

»Komm, Elisabeth. Wir haben dir ein warmes Bad vorbereitet. Das wird dir guttun«, versprach Regina und hielt sie am Arm.

»Tu nicht so freundlich! Du bist genauso wie dieses Miststück, das mich gefangen hält«, presste Elisabeth hervor und versuchte die Hand abzustreifen. Doch Regina ließ nicht locker.

»Mach uns keine Schwierigkeiten, sonst müssen wir ebenfalls leiden«, sagte die dritte Frau, die Elisabeth bis jetzt nicht beachtet hatte.

Nun wandte sie ihren Blick der Fremden zu. Ihr Gesicht wirkte welk, ihr Haar war ergraut. Elisabeth wollte wieder etwas sagen, als Männerstimmen zu hören waren.

»Komm endlich! Dich darf niemand sehen«, flüsterte Regina und zog sie mit sich zum Ende des Gangs.

Bevor sie die Treppe hinunterstiegen, schaute Elisabeth über die Schulter zurück. Sie sah einen Mann am Arm eines Mädchens. Kurz kreuzten sich ihre Blicke. Doch bevor sie begriff, dass sie den Mann um Hilfe bitten konnte, war er hinter einer der Türen verschwunden. Statt eines Hilferufs kam nur ein Krächzen über die Lippen.

»Was soll das? Du bringst uns in Teufels Küche«, schnauzte die grauhaarige Frau und zog sie die Treppe hinunter.

Vor Elisabeth ging die ältere Frau, hinter ihr Regina, sodass sie nicht zurücklaufen konnte. »Welchen Monat haben wir?«, weinte sie, als sie im Untergeschoss angelangt waren.

»Der Dezember hat begonnen«, antwortete die Grauhaarige und sah über die Schulter zu ihr.

»Dezember?«, wiederholte Elisabeth ungläubig. »Das kann nicht sein! Dann wäre ich seit Wochen, gar Monaten in diesem Haus gefangen. Warum bin ich hier?«, schrie sie und hielt die Frau am Kleid fest.

Wütend schlug diese nach Elisabeths Hand. »Lass mich los! Woher soll ich wissen, warum du hier bist?«, schimpfte sie.

»Wir wissen es nicht. Es hat uns auch nicht zu interessieren«, erklärte Regina hinter ihr.

»Ich verstehe das nicht«, jammerte Elisabeth. »Niemand erklärt mir, was ich getan habe und warum ich dieses Leid ertragen muss. Ich wäre längst verheiratet und eine rechtschaffene Frau. Versteht doch! Frédéric wird mich suchen, aber er weiß nicht, wo«, schrie sie außer sich und schlug mit der Hand gegen das Mauerwerk.

»Halt den Mund. Du verscheuchst mit deinem Geschrei die Kundschaft. Lucilla wird uns dann zur Rechenschaft ziehen«, erklärte die grauhaarige Frau und sah verärgert zur Treppe.

Elisabeth hielt sich den Bauch und schluchzte: »Mein Kind muss in diesem abscheulichen Haus zur Welt kommen.«

»Hier haben schon mehrere Kinder das Licht der Welt erblickt«, spottete die Frau und sah sie kopfschüttelnd an.

»Wo sind die Kinder jetzt?«, fragte Elisabeth.

»Meine Tochter hilft in der Küche, bis sie ...«, erklärte Regina und stockte. Ihr zuvor milder Blick wurde hart. »Agathe hat recht! Halt dein Maul«, schimpfte sie und stupste Elisabeth vorwärts zu einer Tür, hinter der man lachende Frauenstimmen hören konnte.

Warme und feuchte Luft nebelte Elisabeth ein, als sie den Kellerraum betraten. In einem großen Holztrog dampfte das Wasser. Zwei kichernde Mädchen, die ein Bad nahmen, bewarfen sich gegenseitig mit Waschschwämmen. Als sie die Neuankömmlinge sahen, hielten sie in ihrem Spiel inne und starrten Elisabeth an.

»Sieh nur, Anna. Das geheimnisvolle Wesen gibt uns die Ehre«, rief die eine und wischte sich den Schaum aus dem Gesicht.

Elisabeth drehte sich um, da sie glaubte, dass hinter ihr noch jemand eingetreten sei. Aber da war niemand.

»Meinst du mich?«, fragte sie ungläubig.

»Wen sonst?«, fragte die junge Frau schnippisch und erhob sich aus dem Wasser. Das Licht der Fackeln, die in eiserne Halterungen an den Wänden steckten, spiegelte sich auf ihrer nassen Haut.

»Sie ist schwanger«, sagte sie zu Anna, der anderen Frau, die im Holztrog saß. Daraufhin stand diese ebenfalls auf und betrachtete Elisabeth, während sie den Schaum wegblies, der ihr über die Stirn in die Augen lief.

»Deshalb darf sie sich nicht anbieten«, erklärte die junge Frau und griff nach einem Handtuch, das über dem Rand des hüfthohen Bottichs lag. Sie stieg heraus und bedeckte sich mit dem Leinen.

»Regina musste bis kurz vor der Niederkunft arbeiten. Manche Kerle mögen das. Wer bist du, dass du eine Sonderbehandlung bekommst?«, fragte die andere, die sich zurück ins Wasser setzte.

»Sie hat keine Ahnung, warum sie hier ist. Angeblich wollte sie heiraten. Komm aus dem Wasser, Gerlinde! Wir sind jetzt mit Baden dran«, forderte die ältere Agathe ungeduldig und zog sich aus.

»Da man sie schont, muss sie anscheinend keine Schulden abarbeiten«, überlegte die junge Frau, die nun den Bottich verließ.

»Das alles ist sehr geheimnisvoll«, meinte Anna, die sich bereits ankleidete. Sie sah Elisabeth misstrauisch an.

Elisabeth schwieg, da sie Angst hatte, die fremden Frauen, die sie böse ansahen, zu reizen. Sie fürchtete sich vor ihnen. Auch ihre Stimmen klangen feindselig.

Anna wandte sich schulterzuckend von ihr ab und setzte sich auf eine Bank an der Wand, um Strümpfe und Schuhe überzustreifen.

»Wisst ihr, ob Marie schon zurückgekommen ist?«, wollte

Regina von den beiden wissen. Die Frauen schüttelten den Kopf.

»Wir haben noch nichts von ihr gehört«, erklärte Gerlinde.

»Der armen Franziska muss es sehr schlecht gehen. Ich hoffe, dass Marie den Apotheker überzeugen konnte, ihr zu helfen«, murmelte Regina, während sie sich entkleidete und ihr Gewand auf der Bank ablegte. Dann setzte sie sich zu Agathe in den Trog.

»Was hat Franziska?«, wagte Elisabeth zu fragen.

Sofort waren alle Blicke auf sie gerichtet.

»Ein Kunde hat sie geschlagen und übel zugerichtet. Wahrscheinlich ist die Nase gebrochen. Um die Augen ist Franziska blau wie eine Pflaume«, verriet Anna.

»Wie schrecklich«, wisperte Elisabeth.

Agathe zuckte mit den Schultern. »So etwas geschieht.«

»Sie hat die Regeln gebrochen und ist selbst schuld an ihrem Unglück«, murmelte Gerlinde.

»Wie meinst du das?«, wollten die anderen wissen.

»Sie ist mit zwei Freiern aufs Zimmer gegangen ...«

»Das stimmt so nicht«, unterbrach sie Regina.

»Woher willst du das wissen?«

»Ich habe es gehört, als Lucilla mit ihrem Mann darüber sprach.«

»Wie war es dann? Klär uns auf.«

»Der Kunde war allein mit ihr in der Kammer. Erst nachdem er sie bestiegen hatte, kam der zweite hinzu. Der Erste muss dem Zweiten heimlich die Tür geöffnet haben. Als Franziska sich wehrte, haben sie auf sie eingedroschen.«

»Das ist eine große Schweinerei«, stieß Anna wütend aus.

»So etwas darf nicht geschehen. Der Hurenvater muss uns beschützen. Das gehört zu seinen Aufgaben«, erklärte Agathe.

»Wie will er uns beschützen? Er ist nicht dabei, wenn wir unsere Kunden bedienen.«

»Er sollte die Kunden überprüfen«, schlug Elisabeth vor.

»Was weißt du schon? Du hast keine Ahnung. Die meisten Männer sind Stammkunden. Aber dich geht das nichts an, denn du bist keine von uns. Anscheinend wissen nur Gott und Lucilla, was du ausgefressen hast, dass du weggesperrt werden musst«, giftete Anna.

Elisabeth konnte ihre Tränen nicht mehr zurückhalten.

»Das ist ja widerlich! Hör auf zu flennen«, schimpfte Gerlinde nun.

»Lasst sie in Ruhe«, forderte Regina energisch und sah Elisabeth freundlich an. Mit mildem Ton sagte sie: »Falls du nicht im kalten Wasser baden willst, solltest du dich zu uns setzen. Wenn die anderen Mädchen mit ihrer Arbeit fertig sind, werden sie sicherlich ebenfalls ein Bad nehmen wollen. Dann wird der Platz eng im Trog.«

Elisabeth sehnte sich nach einem Bad und wollte es sich auf keinen Fall entgehen lassen, doch es war ihr unangenehm, sich vor den fremden Frauen zu entkleiden und ihren gewölbten Bauch zur Schau zu stellen. Doch schließlich nestelte sie an den Schnüren ihres Gewands.

»Ich muss mein Kleid abändern. Es spannt über der Brust und dem Bauch. Auch müsste ich es waschen«, sagte sie schüchtern, als sie das Gewand über die Bank legte.

»Ich werde Lucilla fragen, ob du in die Waschküche darfst und ob sie dir Nadel und Faden gibt«, versprach Regina.

Elisabeth bedankte sich und stieg unbeholfen über die kleine Leiter in den Bottich. Als das warme Wasser ihren Körper umschmeichelte, schloss sie entspannt die Augen.

»Weißt du wirklich nicht, warum du hier bist?«, fragte Gerlinde misstrauisch, die neben Anna über den Rand des Bottichs auf Elisabeth herunterschaute.

Als sie zu den beiden hochsah, erkannte sie, dass die beiden Frauen die gleiche Kleidung trugen wie Regina und Agathe.

»Jedes Bordell hat seine eigene Tracht. Wenn wir das Haus verlassen, müssen wir uns zusätzlich ein gelbes Band um den Oberarm binden«, erklärte Regina, die Elisabeths Blick zu deuten wusste.

»Dann weiß jeder, dass wir Huren sind. Die ehrenhaften Eheweiber treten sofort zur Seite, und wir können ungehindert durch die Straßen gehen. Nur deren Männer würden uns zu gern an die Wäsche fahren«, lachte Agathe.

»Irgendeinen Grund muss es geben, da du anscheinend nicht freiwillig hier bist«, überlegte Gerlinde, ohne auf das Geschwätz einzugehen.

»Gott bewahre! Warum sollte ich freiwillig hier sein wollen?«, entfuhr es Elisabeth. Allein die Vorstellung ließ sie hochschrecken.

»Du musst nicht so tun, als ob wir Abschaum wären«, giftete Anna. »Nicht jede übt diese Tätigkeit aus freien Stücken aus. Wenn ich keine Schulden hätte, würde ich mein Geld lieber in einer Trinkstube verdienen.«

»Ich wollte euch nicht beleidigen«, entschuldigte sich Elisabeth kleinlaut.

»Was weißt du schon über unsereins? Gar nichts! Ich muss jeden Tag zwei Kunden bedienen, um die Kosten meiner Unterkunft, meines Essens und meiner Kleidung abzuarbeiten. Dann habe ich noch nicht eine Münze, um die Schulden meines Vaters zu begleichen.«

»Die Schulden deines Vaters?«

Anna machte ein wütendes Gesicht, als sie fortfuhr. »Mein Vater hat mich an das Bordell verpfändet, um seine Schulden loszuwerden. Seit drei Jahren muss ich deshalb fremde Männer bedienen. Auch ich wollte heiraten, doch stattdessen werde ich auf der Straße gemieden.«

»Ich wusste nicht, dass es so etwas gibt.«

»Wie dumm bist du, dass du keine Ahnung hast, was in der Welt geschieht? So etwas ist doch bekannt.«

Elisabeth schüttelte den Kopf.

»Woher kommst du?«

»Aus meinem Dorf.«

»Herr im Himmel! Muss man dir jedes Wort aus der Nase ziehen? Wie heißt dieses Dorf?«

Elisabeth überlegte. »Es hat keinen Namen. Wir nennen es nur *unser Dorf*.«

»Es muss doch eine Stadt geben in der Nähe, die du kennst und deren Namen du uns nennen kannst.«

»Nein, da gibt es keine Stadt. Ich bin noch nie in einer Stadt gewesen. Ich war immer nur in unserem Dorf und in dem Dorf, in dem meine Freundin Johanna lebt.«

»Und wie lautet der Namen von Johannas Dorf?«, wollte Anna wissen.

»Das Dorf, das zwei Dörfer entfernt liegt.«

»Ich verstehe dieses Mädchen nicht. Sie spricht zwar unsere Sprache, aber sie scheint aus einem fremden Land zu kommen. Man muss doch wissen, wie das Dorf heißt, in dem man lebt«, erklärte Anna ihren Mitbewohnerinnen und schüttelte den Kopf.

»Wir sind über Nacht hierhergeritten, demnach kann ich nicht aus einem fremden Land stammen. Ich lüge nicht und verspotte euch nicht. Ich kann nichts für euer Schicksal und dass ihr hier zu etwas gezwungen werdet, was ihr nicht wollt«, wehrte sich Elisabeth und stand im Wasser auf. Sie wollte sich nicht länger von diesen Frauen anfeinden lassen.

»Ich arbeite gerne in diesem Haus«, gestand Gerlinde plötzlich. »Da ich sonst niemanden habe, sind die anderen Frauen hier meine Familie geworden. Ich habe ein Dach über dem Kopf, einen warmen Schlafplatz und genügend zu essen.

Auch die Männer, mit denen ich zu tun habe, sind freundlich und geben mir das Gefühl, dass sie mich mögen. Lucilla ist zwar bärbeißig, aber ich glaube, sie hat im Grunde ein gutes Herz.«

»Das hast du uns noch nie erzählt«, meinte Anna stirnrunzelnd.

»Es hat mich noch nie jemand danach gefragt«, antwortete Gerlinde leise.

»Sieh nur, wie dein Kind sich bewegt«, rief Regina, die auf Elisabeths Bauch starrte.

»Wann soll das Balg kommen?«, fragte Agathe.

Elisabeth zuckte mit den Schultern. »Ich weiß es nicht. Vielleicht im April.«

»Wie blöd bist du? Du weißt weder, wie dein Dorf heißt, noch, wann du schwanger geworden bist?«, meinte die Grauhaarige abfällig.

Elisabeth rechnete nach. »Es könnte auch schon im Februar kommen.«

»Du bist wirklich strohdumm«, spottete Agathe und schaute sie herablassend an, als die Tür aufflog und Lucilla im Raum stand. Mit finsterem Blick sah sie die Frauen an. »Ist das hier ein Plauderstündchen? Warum seid ihr mit dem Bad noch nicht fertig?«

Erschrocken senkten die Mädchen den Blick. Nur Elisabeth schaute offen zu der Frau, die die anderen Hurenmutter genannt hatten.

»Warum glotzt du mich so an?«

»Ich möchte wissen, warum ich hier bin und wann ich wieder freikomme«, antwortete Elisabeth und versuchte, ihre Furcht zu unterdrücken.

»Gewöhn dich an unsere Gesellschaft, denn du wirst bleiben, bis du alt und grau bist.«

»Du scherzt«, wisperte Elisabeth.

»Ich scherze nie. Dafür ist das Leben viel zu ernst, Täubchen.«

Lucilla umrundete Elisabeth und betrachtete sie von allen Seiten. »Es ist wirklich schade, dass du nicht für mich arbeiten darfst. Deine Haut ist hell und makellos. Wenn das Balg geboren ist, wird man dir sicherlich kaum ansehen, dass du geworfen hast«, sagte sie abfällig.

Kaum hatte sie das letzte Wort gesprochen, stürzte sich Elisabeth mit einem Schrei auf sie. Es war ihr einerlei, dass dabei ihr Handtuch zu Boden rutschte und ihr nackter Körper entblößt wurde. Sie schlug wie wahnsinnig auf die Frau ein, zog sie an den langen Haaren und brüllte ihren Zorn heraus. Vergeblich versuchte Lucilla sich zu wehren. Wie eine Besessene riss Elisabeth sie an den Haaren, bis sie eine Strähne in Händen hielt.

»Bist du von Sinnen?«, kreischte die Hurenmutter. Doch Elisabeth ließ nicht von ihr ab.

»Helft mir, ihr törichten Weiber«, schrie Lucilla den Frauen zu, die wie gebannt dem Spektakel zusahen.

Erst jetzt schienen sie aus ihrer Starre zu erwachen. Mit vereinten Kräften zogen sie Elisabeth von ihr fort.

»Dafür wirst du büßen, du Miststück!«, schrie Lucilla Elisabeth an, die von Gerlinde und Agathe festgehalten wurde. Sie schlug ihr mit der flachen Hand ins Gesicht. »Schafft sie mir aus den Augen. Du bleibst in deinem Loch, bis das Balg geboren wird«, kreischte sie und rieb sich die Stelle, wo ihr Haare fehlten.

⇌ *Kapitel 32* ⇌

Als Johannes Keilholz die Frau von Weitem wahrnahm, wusste er augenblicklich, dass er sie nie zuvor in diesem Haus gesehen hatte. Auch sah er sofort, dass sie schwanger war. Ebenso augenblicklich war sie wieder aus seinem Sichtfeld verschwunden. Wer war die Unbekannte, und was machte sie hier?, überlegte er, als er von Marie in ein Zimmer gezogen wurde. Kaum wurde die Tür hinter ihm geschlossen, glaubte er, einen unterdrückten Schrei zu hören, der von der Treppe zu kommen schien.

Er stutzte kurz. Doch er vergaß die Fremde sofort, als er die Kammer betrat und den Geruch von geronnenem Blut wahrnahm. Da das Fenster mit einem Tuch zugehängt war, konnte er kaum etwas erkennen. Fliegen umschwirrten ihn.

»Nimm die Laken fort und lass frische Luft herein«, befahl er Marie.

»Es ist viel zu kalt. Wir holen uns den Tod«, widersprach das Mädchen.

»Tu, was ich dir sage. Ich kann in diesem Mief nicht denken und nicht arbeiten. Die kalte Luft wird die Schmeißfliegen verscheuchen, die angelockt werden, weil Ihr anscheinend blutige Tücher liegen gelassen habt«, schimpfte er leise, da er sah, dass seine Patientin die Augen geschlossen hatte.

»Ich schlafe nicht«, flüsterte Franziska. »Ich höre, was Ihr sagt. Aber ich kann die Augen nicht öffnen.«

Nachdem Marie das Tuch entfernt hatte, sah der Arzt Franziskas Verletzungen.

»Herr im Himmel! Wer hat dich so zugerichtet?«, rief er und setzte sich auf den Bettrand zu der jungen Frau. Sie schluchzte gequält. Jede Mimik schien sie zu schmerzen. Auch als sie antwortete, verzog sie das Gesicht:

»Es war ein fremder Gast, der angeblich auf der Durchreise war. Ich wusste nicht, dass er den anderen Mann ins Zimmer gelassen hatte. Ich weiß nicht, was ich falsch gemacht haben könnte. Warum haben die Männer mir das angetan?«, fragte sie kaum hörbar, während Tränen unter den geschlossenen Lidern hervorquollen. Sie stöhnte, als das salzige Wasser über ihre Wunden lief.

Der Arzt tupfte vorsichtig die offenen Stellen mit einem weichen Tuch ab, das er aus der Jackentasche zog. »Weine nicht, Franziska! Du hast sicherlich alles richtig gemacht. Es gibt Menschen, die sind grausam und erfreuen sich daran, anderen Leid zuzufügen.«

»Werde ich entstellt sein?«, wimmerte sie.

»Ich muss dein Gesicht untersuchen, um festzustellen, ob Knochen gebrochen sind. Das wird sehr schmerzhaft sein. Deshalb möchte ich dich ins Land der Träume schicken«, erklärte er einfühlsam.

»Ihr meint, Ihr wollt sie betäuben?«, fragte Marie aufgeregt, die hinter ihm stand und ihm über die Schulter zusah.

Er nickte.

»Wird das teuer werden? Wir Mädchen haben unseren Tageslohn zusammengelegt, um Euch bezahlen zu können, aber ich weiß nicht, ob das auch für Medizin reicht. Lucilla wird uns nichts dazugeben«, klagte sie.

»Mach dir keine Gedanken. Euer Geld wird für meine Behandlung und die benötigten Medikamente reichen. Doch nun beschaff mir heißes Wasser, saubere Tücher, zwei Schalen und Schnaps.«

Fragend sah Marie den Arzt an.

»Willst du hier Wurzeln schlagen oder deiner Freundin helfen?«, fragte er gereizt. Daraufhin eilte die junge Frau hinaus.

»Ich werde mir dein Gesicht nun genauer anschauen«, sagte

er zu Franziska. Sie zuckte sofort zurück. »Keine Angst, ich werde dich nur leicht berühren. Du wirst es kaum spüren«, versprach er der jungen Frau. Während seine Finger sanft an ihren Wangen drückten, stellte er unverfängliche Fragen.

»Wie alt bist du?«

»Zwanzig Jahre.«

»Bist du aus Tübingen?«

»Nein«, weinte sie, als er die Nase, die dick geschwollen war, leicht berührte.

»Woher kommst du dann?«

»Aus Leonberg«, stammelte sie unter Stöhnen.

»Ich war noch nie in Leonberg. Erzähl mir von dem Ort. Ist er schön anzusehen?«

Tatsächlich gelang es ihm, das Mädchen abzulenken. Sie schien nachzudenken, denn ihr Gesicht entspannte sich. »Tübingen gefällt mir besser, glaube ich.«

»Ja, unser Städtchen gefällt mir ebenfalls. Ich mag es, im Sommer im Neckar zu schwimmen. Kannst du schwimmen?«, fragte er. Franziska verneinte leise. »Das ist schade. Du solltest es lernen. Es ist erfrischend, ein Bad in einem kühlen Fluss zu nehmen. Hast du mitten in Leonberg gewohnt?«, fragte er schnell, als er merkte, dass sich die junge Frau wieder verkrampfte.

Franziska nickte vorsichtig. »Unser Haus steht am Marktplatz in der Nähe des Marktbrunnens.«

Als er die Haut um die Nasenwurzel betastete, schrie sie auf. »Entschuldige. Das wollte ich nicht. Ich habe dein Gesicht nun untersucht.«

»Wie lautet euer Urteil? Sagt mir die Wahrheit«, wisperte sie.

»Es ist nicht so schlimm, wie ich befürchtet habe. Deine Nase ist gebrochen, und die Haut an den Wangen aufgeplatzt. Auch deine Stirn hat eine offene Stelle, und der Bluterguss ist in die Augenhöhle gezogen, sodass alles blau unterlaufen ist.«

Erneut liefen Tränen aus Franziskas geschlossenen Augen. Sie schluchzte und stöhnte gleichzeitig. Da kam Marie in die Kammer zurück.

»Sehr gut!«, lobte Keilholz die junge Frau, als er die Schüssel mit heißem Wasser, die sauberen Tücher, die Schalen und den Schnaps sah.

Marie stellte alles auf dem kleinen Tisch ab, der unter dem Fenster stand. Der Arzt zog den leeren Stuhl vom Fenster ans Bett und klappte seine Arzttasche auf, die er neben sich auf den Boden gestellt hatte. Er entnahm ihr einen Schwamm in Form eines kleinen Balls sowie eine lange Pinzette. Beides legte er auf dem Stuhl ab. Dann holte er eine handtellergroße Glasflasche mit einer braunen Flüssigkeit aus der Tasche und stellte sie dazu. Mehrere Cremetiegel, die er öffnete, stellte er daneben.

»Ich werde dich jetzt betäuben, sodass du keine Schmerzen spürst. Wenn du wieder wach wirst, ist alles vorbei.«

»Werde ich dann die Augen öffnen und sehen können?«, fragte Franziska hoffnungsvoll.

»Nein, das wird noch einige Zeit dauern. Der Bluterguss hinter den Augen muss abklingen. Du musst geduldig sein.«

»Ich bin ungeduldig, weil ich nichts sehe. Denn ich muss wieder arbeiten, da ich sonst kein Geld verdiene und mich die Hurenwirtin dann rausschmeißt. Dann sitze ich auf der Straße.«

Obwohl die junge Frau tapfer zu lächeln versuchte, als sie das sagte, wusste Keilholz, dass sie sich in einer ernsten Lage befand. In den Gassen wäre sie den Männern schutzlos ausgeliefert. Dort lungerten viele von der schlagenden Sorte herum. »Ich werde mit Lucilla reden. Schließlich ist dir das Leid unter ihrer Obhut zugefügt worden«, versprach er und hätte sich im selben Augenblick ohrfeigen können. Diese Frauen und ihr Schicksal gingen ihn nichts an. Er war nicht für sie verantwortlich. Seine Hilfe als Arzt war großmütig genug.

Da sah er, wie Franziskas Hand die seine suchte. Er ergriff ihre Finger und drückte sie sanft.

»Danke! Ihr seid ein guter Mensch«, flüsterte sie.

Er spürte einen Kloß im Hals. Hastig ließ er Franziskas Hand los, nahm die Pinzette und klemmte den Schwamm zwischen den beiden Zangenschenkeln ein. Vorsichtig träufelte er von der braunen Flüssigkeit darauf. Dann hielt er den Schwamm der Frau über die Lippen. »Versuch so tief wie möglich durch die Nase einzuatmen. Ich weiß, es schmerzt, aber nur so wirken die Dämpfe.«

Als sie den ersten Atemzug nahm, musste sie husten. Sie weinte und stöhnte, doch sie sog die Dämpfe tapfer ein. Kurz darauf erschlaffte ihr Körper. Keilholz nahm nun einen kleinen Hammer, eine Zange, eine breite Pinzette und Nadel und Faden aus der Arzttasche.

»Um Himmels willen«, flüsterte Marie, die bis jetzt stumm hinter ihm gestanden hatte. Er sah ihren entsetzten Blick, der auf die Instrumente gerichtet war.

»Ich werde Splitter aus der Nase entfernen und sie richten. Außerdem muss ich die Wunden an Wangen und Stirn nähen. Ich hoffe, du wirst nicht ohnmächtig, denn du musst mir mit der Laterne leuchten. Das Licht reicht nicht aus«, erklärte er ernst.

»Wird sie wirklich nichts spüren?«, fragte sie im Flüsterton.

»Nein, das wird sie nicht. Aber wir müssen uns beeilen. Die Betäubungstropfen wirken nicht ewig.«

»Ich werde nicht umkippen«, versprach Marie, schnappte sich die Laterne von der Fensterbank und entzündete sie.

Kapitel 33

Seit einer Stunde stand Frédéric in dem eiskalten Zwischengang und sah zum Fenster hinaus. Er beobachtete die Schneeflocken, die zur Erde tanzten und einen weißen Teppich auf dem Schlossplatz bildeten.

»Verdammt! Ist das kalt heute. Hoffentlich kommt dieser Freiherr, bevor ich mir eine Erkältung hole«, murmelte er und formte Grimassen, da er das Gefühl hatte, sein Gesicht würde einfrieren. Mit vor Kälte zittrigen Fingern schnürte er den Umhang dicht vor der Brust zusammen. Zusätzlich stapfte er mit den Füßen auf. Als die Kälte nicht schwinden wollte, wanderte er auf und ab, um sich zu wärmen.

Eigentlich hätte Georg auf die Ankunft des Alchemisten warten sollen. Doch da der Vetter wegen einer wichtigen Sache unerwartet fortmusste, hatte Frédérics Tante Sibylla von Anhalt ihm die Aufgabe erteilt, den Gast als Erster zu begrüßen. Wieder einmal musste er für seinen Cousin einspringen und sich zusätzlich den Hintern abfrieren.

»Wichtige Angelegenheit«, hatte Georg ihm zugerufen, als er an ihm vorbeigelaufen war. Sicherlich ist er wieder bei einer Maid, schimpfte Frédéric vor sich hin und ging einen Takt schneller.

Um sich nicht länger zu ärgern, dachte er an den herzoglichen Gast, den Freiherrn von Brunnhof und Grobeschütz. Frédéric konnte nicht leugnen, dass er auf den Mann neugierig war, dessen Ruf ihm vorauseilte. Nicht jeder Wissenschaftler konnte von sich behaupten, eine Tinktur erforscht zu haben, mit der man Eisen zu Gold umwandeln konnte. Fast alle Adelshäuser rissen sich um den Mann, da seine wissenschaftlichen Fähigkeiten anscheinend einzigartig waren. Aber diese Gabe war nicht umsonst zu haben. Um ihn nach

Stuttgart zu locken, musste ein hoher Preis gezahlt werden – ein sehr hoher sogar.

Trotzdem hatte sich Freiherr von Brunnhof und Grobeschütz ebenso wie alle anderen Alchemisten schriftlich um die Stelle bewerben müssen. Herzog Friedrich wollte nicht, dass nach außen der Anschein entstand, das Herzogtum hätte es nötig, jemandem hinterherzulaufen – selbst wenn es sich dabei um einen Wissenschaftler von Rang und Namen handelte.

Frédéric war elend geworden, als er die Höhe der Summe vernahm, die Georgs Schwiegervater Graf Jakob von Baden-Durlach bereit war, dem Alchemisten zu zahlen.

Auch der Oheim und sein Vetter mussten schlucken. Deshalb war es umso wichtiger, dass Georg nicht vergaß, sich seinen zahlreichen Zerstreuungen unauffällig hinzugeben. Frédéric hatte es aufgegeben, Georg wegen seiner Untreue zu rügen. Solange er sich nicht dabei erwischen ließ, war es ihm mittlerweile einerlei, denn Georg machte ohnehin, was er wollte. Davon hielt ihn auch die angedrohte Überwachung durch seinen Schwiegervater nicht ab.

Frédéric schüttelte den Kopf. Warum sorgte er sich? Mithilfe der Alchemie würde der Oheim das Zehnfache und mehr zurückbekommen, frohlockte er und klopfte seine vor Kälte schmerzenden Hände, die in dunklen Lederhandschuhen steckten, gegeneinander. Schon in den nächsten Tagen würde er nach Mömpelgard reiten, um den dortigen Eisenerzvorrat aufzukaufen. Es durfte auf keinen Fall geschehen, dass der Versuch, Gold zu erschaffen, scheiterte, weil dem Freiherrn von Brunnhof und Grobeschütz nicht genügend Material zur Verfügung stand.

Er hielt in seiner Bewegung inne und schaute hinüber zum Tor. Da sah er, wie zwei Reiter angeritten kamen. »Endlich«, murmelte er. Dann eilte er den Gang entlang bis zum Portal, das von einem Lakaien geöffnet wurde.

Er trat hinaus. Der Schneefall war stärker geworden. Er kniff leicht die Augen zusammen, weil die Schneeflocken seine Sicht behinderten.

»Herr von Brunnhof und Grobeschütz?«, rief er den Männern entgegen.

»Erwartet Ihr sonst noch jemanden?«, spottete einer der beiden und ließ sich aus dem Sattel gleiten.

Frédéric spürte sofort, wie sich in ihm Abneigung gegenüber dem Fremden regte. »Nicht dass ich wüsste«, antwortete er deshalb in ebenso schnippischem Ton. Er sah hinüber zum Stall, in dessen Eingang zwei junge Stallknechte auf sein Zeichen warteten, die Pferde mitzunehmen. Gerade als er die Hand heben wollte, sagte der Freiherr:

»Ich habe meinen eigenen Stallmeister mitgebracht. Hanns von Werder wird sich allein um unsere Rösser kümmern. Außerdem erwarte ich noch meine Diener.«

Der Stallmeister hatte bereits die Zügel ergriffen und sah sich neugierig um.

»Ich hoffe, Ihr habt eine separate Unterkunft für mein Gefolge, Herr ...?«

»Frédéric von Thiery«, nannte Frédéric nun seinen Namen.

»Von Brunnhof und Grobeschütz«, stellte der Alchemist sich vor.

»Das dachte ich mir«, konnte sich Frédéric nicht verkneifen.

Mit angehobener Augenbraue musterte ihn der Alchemist abfällig und blinzelte Schneeflocken fort, die an seinen Wimpern hängen blieben.

»Euer Stallmeister kann eine Kammer neben unserem Stallmeister beziehen. Ich werde alles Nötige veranlassen«, versprach Frédéric und nickte den beiden Knechten zu.

»Bringt mich zu Eurem Herzog. Ich habe kein Interesse, ein Schneemann zu werden oder mich zu erkälten, kaum dass ich angekommen bin. Deshalb beeilt Euch«, befahl der Freiherr unfreundlich und wandte sich dem Eingang zu.

»Mein Oheim erwartet Euch bereits«, sagte Frédéric umso galanter.

Als er das erschrockene Gesicht des Mannes sah, konnte er nur mit Mühe ein triumphierendes Lächeln unterdrücken.

»Warum gebt Ihr Euch, als ob Ihr ein Laufbursche seid?«, schimpfte der Alchemist mit hochrotem Gesicht.

»Ich habe nichts dergleichen gesagt oder getan. Ihr habt mich zu einem solchen degradiert, bevor Ihr überhaupt gefragt habt, wer ich bin«, erklärte Frédéric scharf und ging an dem Mann vorbei, um vor ihm das Schloss zu betreten. Der Freiherr würde noch früh genug erfahren, dass er nur ein Bastard war und deshalb hinter ihm gehen musste.

Freiherr von Brunnhof und Grobeschütz verneigte sich vor dem Herzog von Württemberg.

»Euer Durchlaucht!«, grüßte er den Herzog, während er demütig zu Boden blickte.

Frédéric stand einige Schritte abseits und blickte gespannt zu seinem Onkel. Er konnte die Freude im Gesicht des Fürsten erkennen, weil es ihnen gelungen war, den bedeutenden Alchemisten an den württembergischen Hof zu holen. Allerdings würde der Herzog nie ein Wort der Begeisterung verlauten lassen. Frédéric allein wusste das Strahlen in den Augen des Onkels zu deuten. Leider war sein Oheim seit dem Tod seiner ältesten Tochter, Sibylla Elisabeth, die im Januar des letzten Jahres mit zweiundzwanzig Jahren an einer fiebrigen Erkrankung gestorben war, oft niedergeschlagen und betrübt. Doch heute war einer der erfreulichen Tage, dachte Frédéric, als er hörte, wie der Regent den Alchemisten listig fragte:

»Ihr seid mit einem eigenen Stallmeister angereist? Traut Ihr dem herzoglichen Stallmeister nicht?«

Frédéric zog die Augenbrauen zusammen. Wie konnte der Oheim wissen, dass der Freiherr seinen eigenen Stallmeister mitgebracht hatte? Sie waren auf direktem Weg in das herzogliche Arbeitszimmer gekommen.

Der Freiherr streckte das Kreuz durch. Seine Miene verriet in keiner Weise seine Überraschung über diesen Vorwurf, zumal der Herzog damit andeutete, dass nichts vor ihm verborgen blieb und die Wände im Schloss Ohren zu haben schienen. Mit festem Blick sah er den Regenten an, der in einem pompösen Stuhl hinter seinem Schreibtisch saß.

»Verzeiht, Euer Durchlaucht, aber ich kenne Euren Stallmeister nicht, sodass ich diese Frage nicht beantworten kann. Hanns von Werder hingegen ist mir schon seit vielen Jahren ein treuer Begleiter. Ich würde niemals ohne ihn verreisen.«

Frédéric schaute neugierig zu seinem Oheim. Ihre Blicke kreuzten sich. Anscheinend stand ihm seine Frage auf der Stirn geschrieben. Mit feinen, für Außenstehende kaum wahrnehmbaren Lachfalten um die Augen wies der Herzog mit einem unauffälligen Kopfnicken zum Fenster. Jetzt verstand er. Sein Onkel hatte die Ankunft des Alchemisten von seinem Arbeitszimmer aus beobachtet und seine Schlüsse daraus gezogen. Frédéric senkte leicht den Kopf, da er grinsen musste.

Sein Oheim räusperte sich und sagte: »Sicher möchtet Ihr Eure Wirkungsstätte kennenlernen, damit Ihr Euch ein Bild machen könnt, wo Ihr Gold herstellen sollt. Wir haben keine Zeit zu verschwenden und sind schon sehr gespannt auf Eure Experimente. Nicht wahr, mein lieber Neffe?«

Der Herzog drehte den Kopf zu Frédéric, sodass auch der Alchemist ihm den Blick zuwandte.

»Vor allem auf die Ergebnisse, die Ihr erzielen werdet«, vervollständigte Frédéric und sah den Mann durchdringend an. Er konnte sich des Eindrucks nicht erwehren, dass der Freiherr von Brunnhof und Grobeschütz unter seinem Blick zusammenzuckte.

»Folgt mir«, befahl Friedrich und verließ sein Arbeitszimmer. Als der Alchemist Frédéric den Vortritt lassen wollte, wies der ihm mit Handzeichen an, dem Herzog zu folgen.

Der Herzog von Württemberg betrat mit stolzgeschwellter Brust sein Laboratorium. Frédéric wusste, dass es ihm sehr am Herzen lag. »Wozu brauchen wir ein Lusthaus, wenn wir in diesem Gebäude den Reichtum wachsen lassen können?«, hatte er seine Pläne verteidigt, als sich Sibylla von Anhalt gegen diese Umbaumaßnahmen gewehrt hatte. Doch Mittlerweile zeigte seine Frau ebenfalls großes Interesse an dieser Wissenschaft.

Als die Laboranten ihren Regenten bemerkten, senkten sie den Blick und begrüßten ihn einstimmig. Einer der Männer trat auf ihn zu. »Was verschafft uns die Ehre Eures Besuchs, mein Herzog?«

»Ich möchte dem Freiherrn von Brunnhof und Grobeschütz mein Laboratorium zeigen. Er wird den Platz der beiden Betrüger einnehmen, die mir vorgaukelten, den Stein der Weisen zu finden, und dabei nur mein Geld wollten. Doch dieser Wissenschaftler wird ihn finden, denn er ist ein wahrlich Großer seines Standes.«

Ein älterer Laborant kam nach vorn und sah den Mann prüfend an. »Ich habe schon von Euch gehört. Ihr sollt die Formel einer besonderen Tinktur gefunden haben«, sagte er ehrfurchtsvoll.

Daraufhin war das Raunen von den übrigen Laboranten zu hören, die hinter ihren Tischen mit den Gerätschaften hervortraten und den Gast neugierig ansahen.

»Wie lange wird es dauern, bis Ihr das erste Gold herstellt?«, wollte Friedrich wissen.

Daraufhin ging Freiherr von Brunnhof und Grobeschütz die einzelnen Arbeitstische ab und prüfte die Glasgefäße, die Brenner, die Kolben, auch das Eisenerz, das in Eimern am Boden stand.

»Ich werde Euch das erste Gold in wenigen Tagen liefern. Erst in kleinen Mengen, denn ich muss mich mit diesen Werkzeugen und dem Material vertraut machen. Vor allem muss ich die Qualität des Eisenerzes prüfen. Schließlich soll es die Farbe des Goldes annehmen.«

»Es soll nicht nur die Farbe des Goldes annehmen, sondern zu Gold *werden*«, widersprach der Herzog energisch, woraufhin der Freiherr heftig nickte.

»Natürlich, Herzog. Das und nichts anderes wollte ich damit sagen«, erwiderte der Alchemist hektisch.

⇥ *Kapitel 34* ⇤

Tag und Nacht fegte der Wind ums Haus. Er fand selbst den schmalsten Ritz zwischen den Fensterbrettern, um seine frostige Kälte in Elisabeths Kammer zu pressen. In manchen Nächten war es so eisig, dass Tisch und Stuhl mit einer dünnen Eisschicht überzogen waren. Als Elisabeth die Kälte beklagte, gab man ihr eine zusätzliche Decke, doch den Raum verlassen durfte sie nach wie vor nicht. Sie blieb eine Gefangene, und sie wusste nicht, warum.

Seit dem Zwischenfall in der Badestube brachte ein anderes Mädchen die Mahlzeiten. Ihr Gesicht war von den Augen bis zum Kinn blau unterlaufen, Nase und Lippen waren angeschwollen. Mit schmerzverzerrter Miene stellte die junge

Frau das Essen auf den Tisch und wechselte die Eimer aus. Sie verschwand jedes Mal, ohne ein Wort zu sprechen. Nicht einmal ihren Namen verriet sie.

Elisabeth verstand, dass auch diese Frau keine Antworten auf ihre Fragen geben würde, und schrie aus Verzweiflung darüber, bis sie heiser war. Als ihre Stimme versagte, trommelte sie immer wieder gegen die Tür ihres Gefängnisses, bis Lucilla mit dem Hurenwirt in ihrer Kammer erschien. Elisabeth stürmte fluchend auf die Frauenwirtin los und schlug auf sie ein, woraufhin der Mann sie an den Armen festhielt.

»Sie ist noch nicht so weit«, hörte sie Lucilla murmeln.

Aufgebracht hatte Elisabeth die Frage gebrüllt, wofür sie so weit sein sollte. Doch außer einem verächtlichen Blick bekam sie keine Antwort. Lucilla und der Mann gingen hinaus und verschlossen die Tür. Sie war wieder allein.

Zusammengekauert lag sie auf ihrem Lager und haderte mit sich und ihrem Schicksal. Wussten diese Menschen nicht, wie sehr sie litt? Hatten sie keine Vorstellung, wie einsam sie war? Elisabeth wünschte sich, wieder unter Menschen zu sein und ein warmes Bad zu nehmen. Ihre Verfassung schwankte zwischen zornig und traurig, zwischen hassen und leiden. Doch sie musste einsehen, dass diese Gemütszustände sie nicht weiterbringen, sondern zerstören würden. Deshalb fasste sie den Plan, sich von nun an zu beherrschen, ihre Gefühle zu bezähmen und sich unterwürfig zu zeigen, sobald Lucilla den Raum betrat. Sie hoffte, so die Hurenmutter zu besänftigen, damit sie die Kammer verlassen durfte, denn sie glaubte, dass sie nur außerhalb ihres Gefängnisses erfahren konnte, warum man sie in diesem Haus gefangen hielt.

Wieder vergingen qualvolle und einsame Tage und Nächte, bis sich erneut die Tür öffnete und unerwartet Regina eintrat. Schon glaubte Elisabeth an ihrem Ziel angekommen zu sein. Doch sie täuschte sich. Regina stellte ihr einen Teller mit

Hackbraten in dunkler Tunke und ein Stück Hefezopf auf den Tisch. Leise wisperte sie: »Ich wünsche dir gesegnete Weihnachten!« Dann verließ sie hastig die Kammer und zog die Tür hinter sich zu.

Als sich der Schlüssel im Schloss umdrehte, wollte Elisabeth den Teller gegen die Tür schleudern, doch der köstliche Duft des ungewöhnlich guten Essens hinderte sie daran. Weinend aß sie ihre Weihnachtsmahlzeit. Dabei fiel ihr ein, dass ihre Schwester an Weihnachten heiraten sollte.

Wie Adelheid wohl als Braut aussieht? Ob sie mich vermisst und sich fragt, wo ich bin? Sicherlich nicht, dachte Elisabeth schniefend und stocherte traurig in ihrem Essen herum.

Schon bald hörte sie, wie die Bewohnerinnen des Backsteinhauses das neue Jahr laut und ausgelassen begrüßten. Nur Elisabeth schien man vergessen zu haben. Einsam und traurig saß sie in ihrer Kammer und hielt sich die Ohren zu. Sie wollte die freudige Stimmung um sich herum nicht hören und träumte sich nach Hause. Seit Weihnachten dachte sie immer öfter an ihre Familie, die sie ohne ein Wort des Abschieds verlassen hatte. In der Erinnerung war ihr Leben mit den Eltern und ihren beiden Geschwistern bunt. Das Dunkle, das in ihrem Heim geherrscht hatte, blendete sie aus. Sie sah das Gesicht ihrer Mutter vor sich, die lächelte und sie warmherzig umarmte. Auch hörte sie ihre Schwester Adelheid, die sie liebevoll neckte. Sie spürte ihren Bruder Ulrich, wie er sich an sie schmiegte. Und sie stellte sich vor, wie ihr Vater über ihren Scheitel strich, als sie einen dicken Karpfen aus dem Teich zog.

»Warum bin ich nicht bei ihnen geblieben?«, schluchzte sie, als der Tritt ihres ungeborenen Kindes sie wütend machte. Wenn das Verlangen nach der Familie sie zu erdrücken schien, war sie geneigt, dem Ungeborenen die Schuld an ihrem Elend zu geben und es dafür zu hassen. Wenn sich das Balg nicht in ihr Leben geschlichen hätte, dann wäre sie niemals mit dem fremden Reiter mitgegangen.

Doch dann schüttelte sie den Kopf. Sie wäre Frédéric auch ohne Kind gefolgt, denn tief in ihrem Innern wusste sie, dass ihr Leben mit ihrer Familie weder liebevoll noch fröhlich gewesen war, so wie sie es sich jetzt manchmal ausmalte.

Um nicht vollends zu verzweifeln, erinnerte sich Elisabeth an Frédéric. Sie hörte seine verführerischen Worte, spürte seine Lippen auf den ihren und fühlte seine Hände über ihren Körper streichen. Wie sehr sie ihn vermisste! In solchen Stunden fragte sie sich, ob ihr Liebster sich auch nach ihr sehnte und nach ihr suchte. Oder hatte er womöglich aufgegeben? Immerhin mussten seit ihrer Entführung mehrere Monate vergangen sein, überlegte sie schwermütig. Zudem konnte Frédéric nicht wissen, wo er sie suchen sollte. Mömpelgard schien nicht in der Nähe von dieser Stadt mit dem Namen Tübingen zu liegen, die sie hinter den Mauern hatte erkennen können.

Den Gedanken, dass Frédéric für ihre Lage verantwortlich sein könnte, ließ sie nicht zu. Es musste andere Gründe für ihre Misere geben, und die würde sie herausbekommen, beschloss Elisabeth energisch.

Die ersten Tage des neuen Jahrs kamen und gingen wie die des alten. Auch waren sie ebenso trostlos, einsam und kalt. Elisabeth hatte keine Ahnung, wie lange sie schon weggesperrt war. Die Tage glichen den Nächten, und die Nächte den Tagen. Morgens und abends waren für sie eins geworden. Da ihre Mahlzeiten meist aus lauwarmem Hirsebrei bestanden, konnte sie die Tageszeit nicht einmal an wechselnden Morgen- oder Abendgerichten erraten.

Sie konnte beobachten, wie sich ihr Körper täglich zu verändern schien. Das Kleid, das sie von der dicklichen Agathe kurz nach ihrem Badetag bekommen hatte, zwickte mittlerweile unter den Armen und spannte über den Brüsten. Trotzdem hatte Elisabeth das Gefühl, an Gewicht verloren zu haben. Ihre Arme waren schlaff und kraftlos, ebenso wie ihre Beine. Nur der Bauch wuchs und wurde schwerer. Die Haut darüber war so gespannt, dass sie manchmal befürchtete, sie könnte unter der Last reißen. Mittlerweile hatte er die Form einer dicken Kugel bekommen, die ihr Gleichgewicht störte. Indem Elisabeth die Hände in die Hüften stemmte, versuchte sie ihr Kreuz durchzudrücken. Da zudem ihr Strohsack plattgedrückt war und sie kaum mehr vor dem harten Boden schützte, quälten sie heftige Rückenschmerzen. Es kostete sie Kraft, von der Matratze aufzustehen. Wie ein Tier kroch sie auf allen vieren zum Tischbein, um sich daran hochzuziehen.

Gequält presste sie ihren schmerzenden Rücken gegen die kalte Steinwand. Sie hatte Mühe, mit einer Hand ihren schwangeren Bauch abzustützen und mit der anderen eine der beiden zerschlissenen Decken festzuhalten, die ihren Körper wärmen sollten.

Plötzlich bewegte sich das Kleine wieder in ihr. Ein Lächeln entspannte Elisabeths Miene. Jedoch erstarb es genauso schnell, wie sie es auf den Lippen hatte, denn wiederkehrende Angst kroch in ihr hoch. Obwohl sie es kaum erwarten konnte, den dicken Bauch loszuwerden, erinnerte sie sich an ihre Mutter, deren Kreuz durch die schwere Geburt ihres jüngsten Kindes Schaden genommen hatte. Seit dieser Zeit hatte die Mutter unter den Folgen gelitten. Es war kaum ein Tag vergangen, an dem sie nicht ihren Mann verfluchte, den sie dafür verantwortlich machte. Elisabeth erinnerte sich an ihren schmerzverzerrten Gesichtsausdruck und das Wehklagen, wenn die Qualen ihr den Alltag zur Hölle machten. Doch sie wusste auch, dass es bereits die achte Schwangerschaft der Mutter gewesen war, die das Rückenleiden verursacht hatte.

Wachsende innere Unruhe begann Elisabeth zu quälen. Kaum hatte sie sich hingesetzt oder hingelegt, stand sie wieder auf. Sie verspürte einen unmäßigen Drang, sich zu bewegen, und deshalb marschierte sie in ihrer Kammer auf und ab, obwohl sie erschöpft und müde war. Meist geriet sie nach wenigen Schritten außer Atem, sodass sie sich gegen die Wand lehnte und nach Luft schnappte.

Nur das Ungeborene schien zu schlafen. Seine Bewegungen waren kaum noch zu spüren. Auch glaubte Elisabeth, dass ihr Bauch täglich etwas rutschte, da sie ihn nicht mehr greifen und abstützen konnte. Gern hätte sie mit jemandem gesprochen, um zu erfahren, ob sie sich sorgen müsse, zumal die Kreuzschmerzen zunahmen.

Sie bat das Mädchen, das ihr die Mahlzeiten brachte, Regina zu benachrichtigen. Durchdringend musterte die junge Dirne Elisabeth. Ihr Gesicht war inzwischen abgeschwollen und die Verfärbung nur noch blass zu erkennen. Schließlich nickte sie und verließ wie immer wortlos die Kammer.

Elisabeth wagte kaum zu schlafen, da sie befürchtete, Regina zu verpassen. Ihre Augen brannten vor Müdigkeit. Erschöpft kroch sie auf ihr Lager und versuchte eine bequeme Schlafstellung zu finden, als ihr Unterleib ungewöhnlich hart wurde. Es fühlte sich wie ein leichter Krampf an, der ihren Bauch überzog. Als er genauso schnell abebbte, wie er gekommen war, schloss sie die Lider und versuchte zu schlafen. Doch selbst im Schlaf spürte sie die Verhärtungen. Zu müde, um aufzustehen, blieb sie still liegen und wartete angespannt, bis der Krampf nachließ. Dann schlief sie wieder ein.

Als sie erwachte, stand Regina vor ihr. Sofort verschwamm ihr Blick.

»Du siehst schmal aus. Wie geht es dir?«, fragte Regina, die sie besorgt betrachtete.

Elisabeth versuchte aufzustehen.

»Ich helfe dir«, sagte Regina und zog sie an beiden Armen hoch. Schnaufend setzte sich Elisabeth auf den Schemel und erzählte von den Krämpfen.

»Dann wird es bald so weit sein«, erklärte Regina lächelnd.

»Du meinst, mein Kind will geboren werden?«

»Ich kenne das, was du beschreibst, von meiner Schwangerschaft. Du musst dich nicht fürchten. Alles ist so, wie es sein soll.«

Elisabeth kamen die Tränen. »Ich würde gerne ein Bad nehmen. In der Kammer ist es so kalt. Glaubst du, dass Lucilla das gestattet?«, wisperte sie.

»Wie willst du in deinem Zustand in den Trog steigen?«, fragte Regina.

»Daran habe ich nicht gedacht«, gestand Elisabeth kleinlaut.

»Ich werde dir warmes Wasser zum Waschen bringen«, versprach Regina und strich ihr über den Rücken.

Diese sanfte Berührung ließ sie aufschluchzen. »Ich kann es kaum erwarten, mein Kind zu bekommen, damit ich nicht mehr allein bin«, erklärte sie weinend.

Reginas Blick zeigte Mitgefühl. »Ich werde Lucilla sagen, dass das Kind bald kommt, und sie bitten, der Hebamme Bescheid zu geben.«

»Lass mich nicht allein«, jammerte Elisabeth.

»Es tut mir leid, aber ich kann nicht bleiben. Ich muss arbeiten, sonst verliere ich meine Unterkunft und meine Tochter.«

»Wie kann das geschehen?«, schluchzte Elisabeth.

»Vielleicht werde ich dir eines Tages von meinem Schicksal erzählen«, flüsterte Regina und wollte die Kammer verlassen.

»Bleib bei mir! Wie will Lucilla deine Arbeit kontrollieren?«, rief Elisabeth ihr angsterfüllt hinterher.

Regina kam zurück. »Das kann sie, und das macht sie täglich. Jede von uns besitzt eine Hälfte von einem Kerbholz. Die andere gehört Lucilla und ihrem Mann. Wenn wir einen Kunden bedient haben, legt der Hurenvater die beiden Zählhölzer zusammen und ritzt eine Furche über beide. So kann er sicher sein, dass wir ihn nicht betrügen. Ich benötige sechs Kerben in der Woche, allein nur um einen Teil meiner Schulden abzuarbeiten.«

»Sechs? Eine der anderen Frauen sagte mir, sie benötigt vier.«

»Ich muss für meine Tochter mitarbeiten, sonst wird sie, sobald ihre Rose erblüht ist, ebenfalls den Männern vorgeführt werden.«

»Ihre Rose erblüht?«

»Das ist ein Ausdruck für die Monatsblutung.«

»Diesen Begriff habe ich noch nie gehört.«

»So reden die feinen Damen.«

»Woher weißt du das?«

»Ich weiß es eben«, antwortete Regina hitzig.

Da erfasste ein neuer Krampf Elisabeths Unterleib, der sie leise aufstöhnen ließ. Regina ergriff abermals ihre Hand, bis der Krampf vorbei war.

»Ich werde mich bemühen, dass die Hebamme so rasch wie möglich zu dir kommt. Sie weiß sicherlich ein Mittel, damit es dir leichter wird«, versprach Regina und verließ die Kammer.

Elisabeth war allein mit der Angst vor dem, was kommen würde. Schon spürte sie, wie sich ihr Herzschlag beschleunigte. Nur nicht darüber nachdenken, dachte sie und erhob sich ächzend vom Schemel. Schwerfällig wanderte sie durch die Kammer.

Sonderbares hörte sie in dieser fremden Umgebung. Rose erblühen, was für ein seltsamer Ausdruck, dachte sie. Auch hatte sie noch nie von einem Kerbholz gehört, mit dem man die Mädchen kontrollieren konnte. Sie schüttelte den Kopf. Sie hatte auch nicht gewusst, dass es ein Haus gibt, in dem Frauen ihren Körper Männer anboten. Wie dumm und unerfahren sie war! In ihrem kleinen Dorf hatte sie ein abgeschiedenes Leben gelebt, in dem kaum etwas Aufregendes geschah. Hin und wieder hörte man, dass einer der Ehemänner seine Frau verdroschen hatte oder dass einer von ihnen beim Wildern erwischt worden war. Sonst lebten alle ein beschauliches Leben, weitab von irgendwelchen Besonderheiten.

Elisabeth seufzte und versuchte zwischen den Ritzen der Bretter, mit denen das Fenster zugenagelt war, etwas zu erkennen. Anscheinend hatte es geschneit. Sie glaubte zu erkennen, dass sich die Landschaft unter einer hellen Decke verbarg. Um die klare Luft einzuatmen, hielt sie ihren Mund gegen den Schlitz.

Erneut seufzte sie. Obwohl ihr kalt war, wäre sie gern durch den Schnee gestapft. Sie erinnerte sich ihrer Kindheitstage, wie sie sich mit ihren Geschwistern in die weiße Pracht hatte fallen lassen, um mit Armen und Beinen Figuren im Schnee zu formen. Bei den Gedanken an zu Hause fiel Elisabeth das Atmen schwer. Sie hörte ihren Bruder vor Freude juchzen und ihre Mutter sie zum Essen rufen. Es war nicht alles schlecht gewesen, dachte sie, als der Schmerz sie abermals übermannte. Keuchend ging sie in die Knie. Sie konnte sich nicht mehr aufstellen und musste in der Haltung ausharren, bis der Krampf verschwand. Dann zog sie sich hoch und setzte sich zurück auf den Schemel. Im Stillen betete sie, dass die Hebamme bald kommen und ihr die Schmerzen nehmen würde.

Elisabeth hörte wie aus der Ferne, dass der Schlüssel im Schloss umgedreht wurde. Sie wusste nicht, wie lange sie schon auf dem Hocker saß. Anscheinend war sie eingenickt, da ihr Kopf auf der Tischplatte ruhte. Vorsichtig streckte sie sich und blickte zur Tür, die langsam aufgeschoben wurde. Regina fragte leise: »Schläfst du?«

»Nicht mehr«, antwortete Elisabeth. Ihr schmerzte das Genick von der unbequemen Haltung. Behutsam drehte sie den Kopf in alle Richtungen.

»Ich wollte sehen, wie es dir geht. Die Hebamme ist auf dem Weg.«

»Gott sei es gedankt«, murmelte Elisabeth erleichtert. Sie legte beide Hände auf den Tisch, als sie wieder von Schmerzen geschüttelt wurde. Dieses Mal waren sie stärker als alle anderen zuvor. Brüllend schoss sie vom Hocker hoch und stützte beide Arme ab.

Sie keuchte laut und hastig. Speichel tropfte auf die Tischplatte. »Herr im Himmel! Was ist das nur?«, schrie sie und sah Regina panisch an.

»Wie ich dir bereits sagte, bereitet sich dein Körper auf die Geburt vor. Dein Schoß muss sich weiten, damit das Kind den Weg hinausfindet.«

»Ich halte das nicht länger aus«, schrie Elisabeth, als eine neue Welle durch ihren Leib schoss.

»Beherrsch dich!«, hörte sie Lucilla hinter sich sagen.

Mit zusammengepressten Lippen drehte sich Elisabeth zu ihr um. »Ich habe Schmerzen«, stöhnte sie. Da bemerkte sie eine Frau, die hinter der Hurenwirtin hervortrat.

»Das ist die Hebamme. Sie wird dich untersuchen«, erklärte ihr Lucilla.

»Leg dich auf die Matratze«, befahl die dickliche Frau, während sie ihre Haube zurechtrückte. Dann nahm sie vom Boden einen Beutel auf und legte ihn auf den Tisch.

Elisabeth streckte sich mit Reginas Hilfe auf ihrem plattgedrückten Strohsack aus.

Die Hebamme schob Elisabeths Rock hoch und tastete den Bauch ab.

»Spreiz die Beine«, forderte sie knapp und untersuchte sie.

Elisabeth biss die Zähne zusammen. Schon spürte sie, wie der Schmerz zurückkam. Sie brüllte ihre Qualen heraus.

»Jede Frau und jeder Mann in Tübingen haben nun vernommen, dass dein Balg auf die Welt kommen will«, schimpfte Lucilla vorwurfsvoll.

»Und wenn es die ganze Welt weiß! Es ist mir einerlei«, erwiderte Elisabeth und sah die Frau böse an. Sie war über sich selbst und ihren Mut erstaunt, dass sie es wagte zu widersprechen. In diesem Augenblick hatte sie keine Angst vor einer Bestrafung. Sie wollte nur, dass diese Qualen endlich vorbei waren.

Lucilla ignorierte sie und fragte die Hebamme: »Wie lange wird es noch dauern?«

»Ihr Schoß ist kaum geöffnet. Es kann Tage dauern. Aber es kann ebenso schnell gehen.«

»Das ist keine klare Antwort. Ich brauche es genauer«, fauchte Lucilla.

Die Hebamme schnaufte laut aus. »Es ist ihr erstes Kind. Erstgebärende verkrampfen sich oft und lassen das Ungeborene nicht heraus«, überlegte sie laut und sagte schließlich: »Einen Tag, schätze ich.«

»Das geht zu schnell!«, rief Lucilla erschrocken. »Gib ihr ein Medikament, damit es sich in die Länge zieht.« Sie sah zu Regina und befahl in schroffem Ton: »Hol Marie hierher. Anschließend sagst du dem Hurenvater, dass es Zeit ist, die Zeichen zu geben.«

»Wem soll er Zeichen geben?«, fragte Regina.

»Das geht dich nichts an«, blaffte Lucilla, und Regina sprang erschrocken auf und lief hinaus.

Kurz darauf kam Marie in Elisabeths Kammer. »Du schicktest nach mir«, sagte sie und sah mit bangem Blick zu Elisabeth, die sich auf der Matratze aufbäumte.

»Geh zu dem Arzt, der in unserem Haus verkehrt. Er soll dir von dem Mittel geben, mit dem er Franziska behandelt hat.«

»Wenn ich gehe, kann ich keinen Kunden mehr annehmen heute«, nörgelte Marie.

»Du tust, was ich dir sage.«

»Schick ein anderes Mädchen zu ihm. Ich brauche meine Kerbe.«

»Und ich brauche dieses Mittel. Dieser Arzt kennt dich und vertraut dir. Ich kann keine andere schicken.«

»Was geht mich diese Fremde an? Ich gehe nicht«, wehrte sich Marie, obwohl Lucilla die Hand hob.

Doch statt sie zu schlagen, ließ sie die Faust wieder sinken. Sie griff in ihre Rocktasche und zog eine Münze hervor, die sie Marie hinhielt.

»Besorg mir das Mittel, und du erhältst deine Kerbe in dein Zählholz.«

Marie sah die Hurenmutter ungläubig an. »Machst du das wirklich?«

»Geh jetzt! Sonst überleg ich es mir anders.«

Das Mädchen griff nach dem Geld. »Er wird mir das Mittel nicht ohne guten Grund geben«, gab sie zu bedenken.

Lucilla sah fragend zu der Hebamme.

»Das Kind ist ein Sternengucker. Wir müssen es drehen«, flüsterte die Frau.

»Da hast du deinen Grund, und nun verschwinde endlich«, zischte Lucilla ebenso leise.

Schnell verließ Marie den Raum.

»Was ist das für ein Mittel?«, fragte Elisabeth stöhnend.

»Es wird dir den Schmerz nehmen und uns die Arbeit erleichtern«, murmelte Lucilla geistesabwesend.

⇌ *Kapitel 35* ⇌

Johannes Keilholz saß an seinem Arbeitsplatz und hatte Mühe, sich zu konzentrieren. Obwohl es erst früher Nachmittag war, fühlte er sich so erschöpft wie nach einem langen Arbeitstag. Eine hartnäckige Erkältung hatte ihn um den Schlaf gebracht. Von den heftigen Hustenanfällen schmerzte sein Brustkorb, seine Nase war wundgescheuert, und sein rechtes Auge tränte ununterbrochen.

»Meister«, hört er wie durch Nebelschwaden gedämpft die Stimme seines Lehrburschen.

»Was gibt es, Baltasar?«, fragte er nuschelnd.

»Darf ich Euch einen frischen Kräutersud von der Köchin aufbrühen lassen? Eure Kanne ist leer, und Ihr sollt viel trinken.«

Zwischen zwei Hustenanfällen konnte sich der Arzt ein Schmunzeln nicht verkneifen. »Wer ist von uns beiden der Arzt?«, fragte er und fuhr dem Jungen wohlwollend über den Scheitel. »Aber es stimmt! Ich muss mehr Heilsud trinken.« Auf schweren Beinen schlurfte er zu dem Schrank, in dem er seine getrockneten Kräuter in runden Gefäßen aufbewahrte. Das Quietschen der Türen, als er sie aufzog, klang dumpf in seinen Ohren. Aus einer Dose entnahm er getrocknete Blätter, aus einer anderen ein Stück Wurzel.

»Sag Grete, sie soll den Salbei und die Meisterwurz in Wasser kochen, ziehen lassen und abseihen. Vielleicht hilft dieser Sud meinem geschundenen Körper.«

»Wie lang soll der Trank ziehen?«

»So lange, bis du bis einhundert gezählt hast. Das ist eine gute Übung für die Zahlenreihe«, erklärte Keilholz, als er den entsetzten Gesichtsausdruck seines Lehrjungen sah. Nachdem er röchelnd Luft geholt hatte, sagte er: »Wenn du mir den Sud gebracht hast, werde ich mich zurückziehen. Ich kann dich heute nicht mehr gebrauchen, Baltasar, da mir das Denken schwerfällt. Ich muss mich ausruhen, um wieder zu Kräften zu kommen. Frag Grete, wie du ihr behilflich sein kannst.«

»Bitte schickt mich nicht zur Köchin. Ich könnte das Labor aufräumen oder kehren ...«, versuchte der Knabe den Alchemisten umzustimmen. Dabei machte er ein zerknirschtes Gesicht.

»Grete ist doch kein böses Weib, dass du solch ein Trara machst.«

»Sie mag mich nicht und ist immer streng zu mir.«

»Vielleicht sind einige gemeinsame Stunden für euer Miteinander förderlich.«

»Das kann ich mir wahrlich nicht vorstellen«, murmelte Baltasar resigniert, nahm den Becher mit den getrockneten Kräutern und verließ das Labor.

In eine warme Decke eingewickelt saß Johannes Keilholz vor dem flackernden Feuer und nippte an dem bitteren Sud. Selbst der Löffel Honig, den er dem Gebräu beigemischt hatte, veränderte kaum den unangenehmen Geschmack. Noch immer musste er über Baltasars leidenden Gesichtsausdruck lächeln, als der Bursche ihm das Getränk brachte. »Kann ich nicht doch für Euch arbeiten?«, hatte er geflüstert.

Doch der Alchemist blieb hartnäckig. Er kannte den Jungen gut genug, um zu wissen, dass er unentwegt Fragen stellen würde, die er heute nicht gewillt war zu beantworten. Sein Rachen schmerzte, und er hatte kaum Kraft, sich zu konzentrieren. Er brauchte Ruhe, und die bekam er nur, wenn der Junge nicht um ihn war. Entspannt lehnte er sich in seinem Sessel zurück und trank das Kräutergetränk aus, bevor es erkaltet war. In Augenblicken wie diesen, wenn es ihm nicht gut ging, fühlte er sich allein. Dann vermisste er seine Tochter und seine Frau besonders stark.

Sophia hatte immer Tröstendes zu sagen gewusst, und Christina hatte ihn stets durch ihre liebevolle Art erfreut. Er schloss die Augen, um sich an ihre Gesichter zu erinnern. Manchmal hatte er Angst, sie irgendwann zu vergessen. Dann befürchtete er, eines Tages nicht mehr zu wissen, welche Augenfarbe sie hatten oder wie ihre Haare dufteten.

Er sog so viel Luft durch die Nase ein, wie er atmen konnte, um ihren Geruch zu erahnen. Sophia liebte Lavendel. Jedes Mal, wenn er Heilkräuter in der Apotheke bestellte, hatte er für sie ein Stück Lavendelseife oder ein Fläschchen Lavendelöl gekauft. Manchmal bestellte er auch Lavendelblüten, mit denen sie kleine Säckchen füllte, die sie in den Wäscheschränken verteilte. Sophia freute sich jedes Mal wie ein Kind über seine Geschenke und bedankte sich, indem sie sich an ihn schmiegte und flüsterte: »Der Herrgott hat mir den besten Ehemann von allen beschert.«

Keilholz vergrub sein fiebriges Gesicht in den Händen. »Wann wird dieser Herzschmerz endlich aufhören?«, flüsterte er und kämpfte mit den Tränen. Er war sich sicher, niemals wieder so lieben zu können. Deshalb hielt er auch nicht nach einer neuen Ehefrau Ausschau. Nur hin und wieder, wenn die Manneslust es forderte, ging er ins Bordell. Allerdings durfte es nicht zu oft geschehen, denn wenn er den Stein der Weisen finden wollte, musste sein Verhalten moralisch einwandfrei sein. Gott würde ihm nur dann diese Gnade gewähren, wenn er weder dem Alkohol verfiel noch hurte, log oder hochmütig auftrat. »Nur der wahrhaft Weise wird den Stein der Weisen finden«, murmelte er schläfrig.

Er merkte nicht, wie ihm der Becher aus der Hand glitt und zu Boden fiel, wo der letzte Schluck seines Suds im Gewebe des Teppichs versickerte. Die schlaflose Nacht forderte ihren Tribut.

Er träumte, dass er in einem großen Laboratorium experimentierte. Mehrere Laboranten standen um ihn herum und beobachteten jeden seiner Handgriffe. Manche machten sich Notizen und füllten Blatt um Blatt mit ihren Aufzeichnungen. Wegen der vielen kleinen Feuerstellen, auf denen die Flüssigkeiten in den Glasgefäßen erhitzt wurden, war es warm und stickig. Gesprächsfetzen flogen durch den Raum, doch plötzlich wurde es totenstill. Unbeirrt mixte er verschiedene Tinkturen zusammen. Plötzlich stand seine Frau Sophia neben ihm an seinem Arbeitstisch. Sie klappte eine Bibel auf und sah ihn lächelnd an, dann tippte sie ihm auf die Schulter. »Herr Keilholz!«, rief sie, sodass er sie überrascht ansah. »Herr Keilholz, wacht auf!«

Er fuhr hoch. Blinzend sah er sich um. Da erblickte er ein Frauengesicht neben sich. Erschrocken zuckte er zurück.

»Herr Keilholz, erkennt Ihr mich nicht?«

Erneut blinzelte er. Dann sah er die Frau deutlich vor sich. »Marie?«, fragte er mit heiserer Stimme und blickte sich entsetzt um. »Was machst du in meinem Labor?«

»Ich habe Euch durch das hintere Fenster sehen können. Nachdem Ihr euch trotz meines Klopfens nicht bewegt habt, bin ich zur Tür geschlichen und eingetreten. Ich war besorgt, dass es Euch nicht gut gehen könnte. Was nicht unbegründet war«, erklärte sie und hielt ihm ein Taschentuch hin, das sie vom Tisch fischte, da er einen Niesanfall bekam.

»Hat dich jemand gesehen?«, krächzte er.

Sie winkte ab. »Wo denkt Ihr hin, Herr Keilholz. Wenn ich nicht gesehen werden will, sieht mich niemand.«

»Dann bin ich beruhigt«, schniefte er in das Tuch. »Was willst du?«, fragte er nun unwirsch. »Du weißt, dass ich keine von Euch in meinem Haus sehen will.«

Marie machte ein betretenes Gesicht. »Ich weiß, Herr Keilholz, aber wir benötigen erneut Eure Hilfe.«

»Wurde einem der Mädchen wieder Leid zugefügt?«, fragte er aufgeschreckt.

Marie schüttelte den Kopf. »So kann man es nicht sagen.«

»Ich kann heute wirklich keine Wortspiele gebrauchen. Sag, was du willst, damit du wieder verschwinden kannst«, schimpfte er und schaute sie mürrisch an.

Marie schien zu überlegen, was sie ihm antworten sollte. Angestrengt zog sie die Stirn in Falten und kaute auf ihrer Lippe.

Er spürte, wie die Ungeduld in ihm wuchs. Seine Erkältung plagte ihn. Er wollte ins Bett, um sich auszukurieren. Geräuschvoll holte er Luft, um das Mädchen hinauszuweisen, doch sie kam ihm zuvor und sagte:

»In unserem Haus lebt seit einiger Zeit ein schwangeres Mädchen. Die Hebamme sagt, dass ihre Zeit um wäre und das Kind schon bald auf die Welt kommen soll. Doch es ist ein Sternengucker und muss gedreht werden. Deshalb benötige ich etwas von dem Mittel, das Ihr Franziska zu riechen gabt, als Ihr ihr die Nase gerichtet habt.« Marie hielt ihm Lucillas Münze hin. »Wir bezahlen auch dafür.«

Keilholz erinnerte sich an die schwangere Frau, die er während eines Besuchs im Bordell an der Treppe gesehen hatte. »Ist sie eine von euch?«, fragte er.

Marie schüttelte den Kopf. »Ich kenne sie kaum. Sie ist eine sonderbare Person. Keiner weiß, wer sie ist und woher sie kommt. Lucilla hat sie in eine Kammer gesperrt – ganz so, als ob sie eine Verbrecherin ist. Aber das leugnet sie und behauptet stattdessen, dass sie entführt wurde.« Marie zuckte mit den Schultern. »Mir ist die Fremde einerlei. Ich komme nur, weil Lucilla mich geschickt hat. Bekomme ich das Mittel von Euch?«, fragte sie.

Der Arzt schaute nachdenklich zur Glut in der Feuerstelle. Es war eine sonderbare Geschichte, die Marie ihm da auftischte. Warum sollte Lucilla eine Frau wegsperren, die schwanger war? Er wusste nicht, ob er dem Mädchen glauben sollte, zumal er wusste, dass sie eine blühende Fantasie hatte. »Du sagst wirklich die Wahrheit?«, hakte er nach.

Marie zuckte mit der Schulter. »Das hat die Hebamme gesagt.«

»Du musst wissen, dass dieses Betäubungsmittel nicht ungefährlich ist. Wenn ihr der Schwangeren zu viele Tropfen gebt, wacht sie womöglich nicht mehr auf.«

Erschrocken wich Marie einen Schritt zurück. »Kommt mit und macht es wie bei Franziska«, schlug sie zögernd vor.

Hustend schüttelte er den Kopf. »Ich kann keine Schwangere verarzten. Dafür sind Hebammen zuständig. Zudem bin ich selbst sterbenskrank.«

Marie sah ihn erstaunt an. »Ich dachte, Ihr seid erkältet.«

»Das meinte ich«, seufzte er und unterstrich die Ernsthaftigkeit seiner Worte mit einer Niessalve. Nachdem er sich geräuschvoll geschnäuzt hatte, erklärte das Mädchen:

»Ich brauche dieses Mittel dringend! Nennt mir die Anzahl der Tropfen, die man benötigt, damit ich es der Hebamme sagen kann.«

Noch immer zweifelte er. Er war sich nicht sicher, ob er das Medikament ohne Bedenken einem Freudenmädchen mitgeben konnte.

»Sie leidet wie ein Hund und schreit den lieben langen Tag. Damit vergrault sie uns die Kunden«, jammerte Marie.

Seufzend gab er nach. »Ich vertraue dir, dass du darauf achtest, dass das Mädchen nicht zu viele Tropfen bekommt.« Marie nickte eifrig. Er stand auf und ging zu seinem Kräuterschrank, um das Betäubungsmittel abzufüllen. Dann erklärte er Marie, wie sie es dosieren musste.

Sie verstaute das Fläschchen und den Schwamm, auf dem die Tropfen abgezählt werden sollten, in einen Beutel und verließ sein Labor.

Erleichtert setzte er sich zurück in seinen Sessel. »Hoffentlich bekomme ich bald Nachricht aus dem Herzogshaus wegen der Anstellung als Alchemist. Das Leben hier wird mir zu aufregend«, nuschelte er, als ihn ein neuer Niesanfall quälte.

Kapitel 36

Neugierig schaute Frédéric dem Alchemisten über die Schulter. Er wusste, dass es den Freiherrn von Brunnhof und Grobeschütz störte und er ihn nur zu gern des Labors verweisen würde. Sicherlich hatte man ihm mittlerweile zugetragen, dass Frédéric kein Adliger war.

Trotzdem schien der Wissenschaftler es nicht zu wagen, ihn vor die Tür zu setzen. Frédéric vermutete, dass dies mit dem Vertrauen zu tun hatte, das der Herzog ihm, seinem Neffen, schenkte. Bei dem Gedanken ließ ein breites Grinsen Frédérics Mundwinkel nach oben wandern. Als der Alchemist zu ihm aufschaute, verkniff Frédéric sich das Lachen und setzte ein ernstes Gesicht auf.

»Wie gefällt Euch unser Laboratorium?«, fragte er unverfänglich, um die Spannung abzubauen.

Der Freiherr sah ihn irritiert an, um sich dann mit einem

gelangweilten Gesichtsausdruck im Labor umzusehen. Nachdem er alles begutachtet hatte, zuckte er mit den Schultern und meinte: »Es ist ein Labor wie viele andere auch.«

»O nein! Ist es nicht«, entrüstete sich Frédéric und ging einige Schritte in den Raum. Er streckte die Arme von sich und rief euphorisch: »Spürt Ihr es nicht? Dies ist ein besonderer Forschungsraum, denn kein Geringerer als der Sohn unseres Hofpredigers Lucas Osiander, Lucas Osiander der Jüngere, hatte die Aufsicht über die Umbauarbeiten dieses besonderen Laboratoriums. Man kann sagen, dass diese Räume bei ihrer Entstehung Gottes Segen erhalten haben.«

Zweifelnd blickte der Freiherr erst Frédéric an, dann betrachtete er das Labor. »Welches Amt hat dieser Osiander inne?«

»Bis jetzt noch keins. Wir denken darüber nach. Von Hause aus ist er Theologe und momentan Superintendant in Leonberg. Wie gesagt, wir überlegen noch, denn es muss eine besondere Aufgabe sein – eine, die für ihn angemessen ist.«

Der Alchemist nickte und wandte sich wieder seiner Arbeit zu.

»Herr Thiery? Seid Ihr es?«, rief ein älterer Herr aus einer Ecke. Man konnte ihn hinter den vielen Arbeitstischen mit den hohen Aufbauten aus Glaskolben, Schläuchen und Zylindern nicht sehen.

»Ja, ich bin es. Herr Wagner, kommt, ich möchte Euch vorstellen«, antwortete Frédéric. Neugierig geworden streckte der Mann das Kinn in die Höhe. Nun war hinter den Apparaturen ein Schopf mit vollem, hellem Haar zu erkennen. Frédéric winkte den Mann zu sich. Er kam auf sie zu.

Freiherr von Brunnhof und Grobeschütz musterte den groß gewachsenen Mann mit den vorgebeugten Schultern aus seinen kleinen Augen. Kaum stand er vor ihm, fragte er, ohne sich selbst vorzustellen: »Seid Ihr Alchemist?«

Erstaunt über das unhöfliche Benehmen des Freiherrn wartete Frédéric einige Augenblicke, ob er seinen Namen noch nennen würde. Als er nichts hinzufügte, sagte er: »Darf ich vorstellen, Herr Christoph Wagner. Er ist der Inspektor der Laboranten und für die Buchführung aller alchemistischen Unternehmungen zuständig. Außerdem überwacht er die Laboranten hier im Alten Lusthaus nach der Ordnung der Goldmacher, die Herzog Friedrich eigens dafür erlassen hat. Und nicht zu vergessen: Er ist der Hüter der Kasse des Labors, aus der die Gehälter gezahlt werden. Deshalb sollte sich niemand mit ihm anlegen, da sonst der Deckel geschlossen bleibt«, spaßte Frédéric mit spöttischem Unterton.

»Zum Glück tangiert mich das nicht, denn Ihr wisst, dass ich keiner Eurer gewöhnlichen Laboranten bin. Zudem habe ich meinen Lohn bereits erhalten.«

Sehr zu seinem Unmut musste Frédéric sich eingestehen, dass der Freiherr ihm soeben Paroli geboten hatte. Dessen war sich auch dieser bewusst, was man an seinen glänzenden Augen erkennen konnte.

»Nur die Naturalienverpflegung, die für alle gleich ist, obliegt nicht meiner Kontrolle. Die kann man sich in der Küche abholen«, versuchte nun Wagner zu scherzen. Die vernichtenden Blicke der beiden Männer, die er erntete, zeigten, dass sein Humor unangebracht war. »Ich hoffe auf eine erfolgreiche Zusammenarbeit, Herr von Brunnhof und Grobeschütz«, wünschte Wagner und wollte zurück an seinen Schreibtisch gehen, als der Alchemist sagte: »Ich brauche einen erfahrenen Wissenschaftler an meiner Seite, der mir zuarbeitet. Laboranten erscheinen mir dafür ungeeignet.«

»Wie könnt Ihr dergleichen annehmen?«, entrüstete sich der Laborinspektor und kam näher. »Mir unterstehen einundzwanzig Laboranten, die unterschiedliche Grade der Eigenständigkeit genießen. Selbstverständlich sind alle grundsätzlich verpflichtet, den Aufträgen unseres Regenten nachzukommen. Herr Daniel Keller hingegen darf ausschließlich die Anweisung des Herzogs ausführen. Andere Laboranten wiederum dürfen in diesem Laboratorium eigene Verfahren entwickeln und erproben. Die Brüder Egon und Pantaleon Keller sind seit Monaten damit beschäftigt, nach der Anleitung des Alchemisten Nikolaus Wasserhuhn künstliches Silber zu produzieren. Deshalb verbitte ich mir Eure Annahme, dass unsere Laboranten bloße Gehilfen der Alchemisten sind. Sie verfügen über Wissen und Fertigkeiten, die es ihnen erlauben, als Fachleute aufzutreten.« Er schaute den Freiherrn missmutig an. »Und auch ich bin nicht nur Buchhalter oder Verwalter. Ich möchte nicht unerwähnt lassen, dass ich die Aufträge des Herzogs bearbeite und zudem die Entwürfe der Alchemisten von außerhalb nacharbeite, um eventuelle Fehler zu erkennen und sie zu korrigieren.« Mit diesen Worten drehte Christoph Wagner sich um und verließ erhobenen Hauptes das Labor.

Der Freiherr schüttelte den Kopf und sagte zu Frédéric: »Euer Inspektor scheint eine empfindliche Seele zu haben. Trotzdem möchte ich Euch bitten, nach einem weiteren Alchemisten Ausschau zu halten.«

»Ihr habt gerade gehört, dass wir fähige Laboranten haben. Auch arbeiten einige Alchemisten in zwei weiteren Laboren, die wir herkommen lassen können.«

»Erfüllt meinen Wunsch, denn Euer Herzog will schon bald Resultate sehen.«

»Warum sollten wir dann noch einen Wissenschaftler einstellen?«, wollte Frédéric ungehalten wissen.

»Ich brauche jemanden, der nicht von Euch beeinflusst wurde. Jemanden, der frei ist von Euren Vorstellungen und Eurem Denken. Er muss unverbraucht sein.«

Frédéric holte tief Luft und stieß sie wütend wieder aus.

Doch da der Blick des Freiherrn entschlossen wirkte, versprach er: »Ich werde mit meinem Oheim sprechen.« Dann verließ auch er das Labor.

Mit energischen Schritten stapfte Frédéric geradewegs in die Gemächer seines Onkels. Er wusste, dass der Regent um diese Zeit in seinem Lesezimmer war, wo er über seinen Unterlagen brütete.

»Mein Herzog, darf ich eintreten?«, fragte er, nachdem er an die Tür geklopft und sein Onkel »Herein!« gerufen hatte.

Der Herzog saß in einem wuchtigen Holzstuhl, dessen Rücken- und Sitzteil dick gepolstert waren. Er sah von dem Schriftstück hoch, das er in Händen hielt. Bevor Frédéric etwas sagen konnte, rief er aufgebracht: »Hast du die Neuigkeiten aus England vernommen, Neffe?«

Frédéric verneinte und blieb in gebührendem Abstand vor ihm stehen.

»Ich kann es nicht glauben, obwohl ich es mehrfach gelesen habe«, erklärte der Herzog empört.

»Was ist passiert?«, fragte Frédéric, der seinen Onkel selten so aufgelöst erlebt hatte.

»Diese vermaledeiten englischen Katholiken haben im letzten November versucht, König Jakob und das gesamte Parlament in die Luft zu sprengen. Doch nicht nur das! Zur Parlamentseröffnung waren im Palast von Westminster nicht nur Ober- und Unterhaus versammelt, sondern auch die gesamte englische Königsfamilie. Mit einem Schlag wären um ein Haar alle diesem Attentat zum Opfer gefallen.«

»Wer hat Euch davon in Kenntnis gesetzt, Oheim?«

»Es war Lord Spencer, der mir vor Jahren das Schreiben überbrachte, dass König James mir den Hosenbandorden verleihen würde. Der Kontakt ist seitdem nie abgerissen. Kein Wunder, bin ich doch der einzige nicht englische Fürst, der als vollgültiges Mitglied dem erlauchten Kreis der Ritter des Hosenbandordens angehört. Solch eine Bekanntschaft pflegt man natürlich«, erklärte Friedrich selbstgefällig.

Frédéric erinnerte sich vage daran, wie sein Onkel fast zehn Jahre lang darum gebettelt hatte, diesen Orden von der damaligen Königin Elisabeth von England überreicht zu bekommen. Er hatte einen Bittbrief nach dem anderen geschrieben und war stets damit vertröstet worden, dass andere Adlige den Vortritt hätten, man ihn aber zu einem späteren Zeitpunkt berücksichtigen werde. Der Oheim hatte weder Mühen noch Kosten gescheut und war sogar, beladen mit Geschenken, nach England gereist, um bei der Königin vorstellig zu werden. Er war besessen davon, den höchsten europäischen Ritterorden zu erhalten. Frédéric konnte nicht leugnen, dass diese Auszeichnung, aber auch das Schmuckstück selbst, besonders war. Als Kind hatte er oft heimlich die schwere goldene Ordenskette betrachtet, die aus sechsundzwanzig weißen und roten Rosen bestand, verbunden durch Liebesknoten. Zudem hing eine goldene Figur des Schutzheiligen Georg an dieser Kette, weshalb der Orden auch Sankt-Georgs-Orden genannt wurde.

»Zum Glück konnte man diese Verbrecher verhaften«, riss Herzog Friedrich seinen Neffen aus den Gedanken. »Lord Spencer schreibt, dass sie bereits verurteilt und bestraft worden sind. Man hat sie aufgehängt, ausgeweidet und geviertelt. Keine geringere Strafe haben diese Unmenschen verdient. Nicht auszudenken, wenn es ihnen geglückt wäre.«

»Schreibt Lord Spencer auch, warum die Männer diesen Anschlag planten?«, wollte Frédéric wissen.

Der Herzog machte eine abfällige Handbewegung. »Das Übliche! Diese Verräter wollten Rache üben, weil die anglikanische Kirche angeblich die katholische Bevölkerung unterdrückt. Was für ein Unsinn! Es liegt doch auf der Hand, dass die katholischen Adligen und Beamten einzig und allein um ihren Einfluss fürchten. Du musst wissen, dass Jakob im presbyterianischen Schottland erzogen wurde, was seine Zuneigung zum Protestantismus verstärkt hat. Deshalb ist er jedoch kein ungerechter Herrscher. Solche Gedanken können nur Katholiken hegen«, schimpfte der Regent kopfschüttelnd. »Ich werde dem König mein Mitgefühl übermitteln. In solchen Zeiten ist man froh um jeden Beistand, den man bekommen kann«, sagte er mehr zu sich als zu seinem Neffen.

Da klopfte es an der Tür. Frédéric öffnete.

Ein Lakai stand auf dem Gang, der völlig außer Atem war. »Ich bin bereits in jedem Stockwerk gewesen, da ich ein Schreiben für Euch habe«, japste er.

»Heute scheint der Tag der Depeschen zu sein«, meinte Herzog Friedrich ironisch. »Was steht geschrieben? Noch eine Hiobsbotschaft?«

Frédéric riss den Umschlag auf und überflog die Zeilen. Als er die Nachricht las, konnte er nur mit Mühe das Zittern seiner Hände kontrollieren. »Wie man es nimmt, mein Herzog. Ich muss schnellmöglich nach Mömpelgard reiten, da es Schwierigkeiten mit dem Eisenerz gibt. Sie können es wegen des Wetters nicht pünktlich liefern.« Er entließ den Diener und schloss die Tür. Als er wieder vor seinem Onkel stand, meinte dieser, während er seinen Brief an den Knickstellen zusammenfaltete:

»Das bedeutet, dass du bei diesem Wetter einen Zweitagesritt auf dich nehmen musst.«

Frédéric nickte zögerlich.

»Warum bist du überhaupt hergekommen, Neffe? Es hatte den Anschein, als ob du mich in einer Angelegenheit sprechen wolltest.« Frédéric war verblüfft, dass sein Oheim das registriert hatte. Als er zögerte, sah ihn Herzog Friedrich mit ernstem Gesicht an und sagte: »Glaubst du, ich könnte ein

Land wie mein geliebtes Württemberg regieren, wenn ich nicht aufmerksam wäre? Ich sehe, höre und bemerke alles. Also sag schon, was du wolltest!«

Nun berichtete Frédéric dem Herzog von dem ungebührenden Benehmen und den Forderungen des Alchemisten.

Der Regent wedelte nachdenklich mit dem Kuvert, als er überlegte. Schließlich sagte er: »Die Alchemie dient zuerst und vor allem der Goldmacherei. Da ist kein Platz für Befindlichkeiten. Hatten sich nicht mehrere Alchemisten schriftlich beworben, von denen man zuvor noch nichts gehört hatte? Unter ihnen müsste doch ein geeigneter Mann zu finden sein.«

»Ja, das stimmt. Ich hoffe, Herr Wagner hat die Schreiben aufbewahrt. Ich werde mit ihm darüber sprechen.«

»Doch zuerst reitest du nach Mömpelgard. Wir können es uns nicht leisten, dass Versuche scheitern, weil wir den Alchemisten kein Material zur Verfügung stellen können. Lass alles Eisenerz aus dem Mömpelgarder Zeughaus nach Stuttgart schaffen. Koste es, was es wolle.«

»Ich werde sofort aufbrechen«, versprach Frédéric, verbeugte sich und verabschiedete sich förmlich. »Mein Herzog!«, sagte er und verließ das Zimmer.

∻ *Kapitel 37* ∻

Elisabeth schrie, biss sich in die Faust, fluchte und weinte. Sie fürchtete, auseinandergerissen zu werden. Dann verschwand der Schmerz. Keuchend schnappte sie nach Luft. »Gott straft mich mit diesen Höllenschmerzen für mein schändliches Verhalten«, wisperte sie voller Angst, als Regina mit einem Tuch ihr schweißnasses Gesicht trocken tupfte. Seit Stunden lag sie in den Wehen, die sich langsam gesteigert hatten und nun Schlag auf Schlag kamen. Erschöpft legte sie sich zurück. Sie konnte kaum noch die Augen aufhalten.

»Glaub mir, Gott hat mit deinen Schmerzen nichts zu tun. Jeder Frau ergeht es so. Du hast es bald geschafft«, versuchte Regina sie zu beruhigen.

Die nächste Welle war so stark, dass Elisabeth das Gefühl hatte, jemand würde ihr mit einem Hammer das Kreuz zerschlagen. Ihr Wehklagen erfüllte die Kammer. Sie wollte endlich das Kind aus sich herauspressen, damit dieser unbändige Schmerz aufhörte. Doch die Hebamme drückte ihren Körper zurück auf die Matratze und befahl mit strenger Miene: »Noch nicht pressen!«

»Fass mich nicht an!«, kreischte Elisabeth, als sie spürte, wie die Frau sie untersuchen wollte. Doch die Hebamme ignorierte ihr Gebrüll. Anschließend drehte sie sich zu der Hurenmutter, die hinter ihr am Tisch stand.

»Wir können nicht länger warten. Es wird gefährlich. Das Kind will heraus«, erklärte die Frau.

»Worauf wollt ihr warten?«, heulte Elisabeth. In diesem Augenblick kam Marie in die Kammer gestolpert.

»Warum hat das so lang gedauert?«, blaffte Lucilla das Mädchen an.

»Ich bin so schnell gekommen, wie ich konnte«, erwiderte Marie.

»Hast du alles bekommen?«

Marie nickte.

»Her damit!«

»Erst meine Kerbe im Zählholz«, forderte sie.

»Reiz mich nicht, sonst wirst du es bereuen«, schnauzte Lucilla und streckte die Hand aus.

Widerstrebend gab ihr Marie das Fläschchen und das Schwämmchen, die der Arzt ihr verkauft hatte. »Er sagte, nicht mehr als sieben Tropfen auf den Schwamm träufeln, sonst wird sie womöglich nicht mehr aufwachen.«

»Was sind das für Tropfen?«, fragte Regina.

»Du kannst gehen und nimmst Marie mit«, befahl Lucilla, ohne auf ihre Frage einzugehen.

»Elisabeth braucht mich«, erwiderte die junge Frau.

»Wofür soll sie dich brauchen?«, erklärte Lucilla. Dann fragte sie bissig: »Hast du diesen Monat schon genügend Kerben erarbeitet, dass du es wagst, dich gegen mich aufzulehnen? Wir können auch deine Tochter für dich arbeiten lassen, dann darfst du bleiben«, sagte sie mit bösem Blick.

Regina zuckte zusammen. Zitternd beugte sie sich zu Elisabeth, strich ihr über die Wange und flüsterte: »Du schaffst das.« Sie warf der Hurenmutter einen verächtlichen Blick zu und verließ mit Marie den Raum.

»Warum schickst du sie fort? Sie soll bleiben«, rief Elisabeth verzweifelt. Ihr graute, mit der Hebamme und Lucilla allein zu bleiben. Regina war die Einzige, der sie vertraute.

»Stell dich nicht so an. Sie ist nicht zum Vergnügen hier oder um dir das Händchen zu halten.«

Erschrocken über die schroffe Zurechtweisung, presste Elisabeth die Lippen zusammen und versuchte, nicht zu schreien, als die nächste Wehe kam. Doch der Schmerz war so überwältigend, dass sie den Schrei nicht unterdrücken konnte. »Ich halte es nicht länger aus. Das Kind soll endlich aus mir heraus«, wimmerte sie und sah bettelnd die Hebamme an. Die schaute fragend zu Lucilla.

»Jetzt kannst du pressen«, wies nun die Hurenmutter die Gebärende an.

Von einem Augenblick zum anderen war der Schmerz vorbei. Elisabeth schluchzte. »Ist es gesund?«, flüsterte sie, als die Hebamme das Kind in eine Decke wickelte.

Elisabeths Blick folgte der Frau, die Lucilla zunickte. Als die alte Hure an Elisabeths Lager trat, wisperte Elisabeth: »Ich will mein Kind sehen. Gib es mir.«

»Bleib ruhig liegen! Du hast es gleich geschafft. Nur noch die Nachgeburt«, flüsterte Lucilla und hielt ihr etwas unter die Nase. Es war nass und roch widerlich, sodass sie husten musste.

»Was ist das?«, fragte sie panisch. Sie wollte Lucillas Hand wegdrücken. Doch vergeblich. Ihre Kraft war aufgebraucht. Dann bemerkte sie einen Mann, der im Türrahmen stand. Seine Umrisse konnte sie nur schemenhaft erkennen. Schon glaubte sie sich zu täuschen. Doch dann hörte sie Lucilla sagen:

»Ihr kommt keinen Augenblick zu früh!«

Der Mann trat an ihr Lager. Sein Gesicht blieb im Dunkeln. Er sagte etwas zu Lucilla, was Elisabeth nicht verstand. So undeutlich wie durch Wasserdampf bemerkte sie, dass Lucilla zusammenschreckte und heftig nickte. Bleierne Müdigkeit überfiel Elisabeth. Aber sie wollte nicht schlafen, sondern ihr Kind in den Armen halten. Immer wieder riss sie die müden Augen auf und stammelte: »... ich ... Kind ...«

Dann sah sie, wie die Hurenmutter dem Mann das Bündel in den Arm legte.

»Warum tut Ihr das?«, fragte Lucilla den Unbekannten.

»Der liebe Gott hat alle Kinder gern, *n'est-ce pas*?«, war das Letzte, was Elisabeth hörte, bevor ihre Gedanken erloschen und sie in Dunkelheit versank.

Sie erwachte mit heftigen Kopfschmerzen. Das Klopfen hinter der Stirn hinderte sie daran, die Augen aufzureißen oder sich zu bewegen. Ihr ganzer Körper schmerzte, als ob man auf ihn eingeschlagen hätte. Besonders ihre Brust, die stramm mit Leinen umwickelt war, spannte bis unter die Achseln. Mühsam setzte sie sich auf. Ein bitterer Geschmack lag auf ihrer Zunge.

»Wie geht es dir?«, fragte Regina, die auf dem Schemel vor dem Bett saß. Sie blinzelte verschlafen.

»Wo ist mein Kind?«, flüsterte Elisabeth und sah sich suchend um.

Als Regina schwieg und den Blick abwandte, spürte Elisabeths, wie eisige Kälte sie erfasste und ihr Herz heftig zu schlagen begann.

»Wo ist mein Kind?«, presste sie hervor. Vor Tränen konnte sie kaum mehr sehen. Sie wischte sie energisch fort und versuchte aufzustehen.

»Bleib liegen. Du hast viel Blut verloren«, flüsterte Regina und sah Elisabeth traurig an. Auch ihre Augen verschwammen.

»Was ist passiert?«, stammelte Elisabeth, deren Mund staubtrocken war.

»Dein Kind hat es nicht geschafft.«

»Was soll das heißen? Du lügst! Ich will es sehen«, gellte Elisabeths Stimme durch die Kammer. Da erschien Lucilla.

»Was schreist du so? Es gibt keinen Grund zu plärren. Du hast es überstanden.«

»Wo ist mein Kind?«, brüllte Elisabeth und kroch auf allen vieren von ihrem Lager hoch. Wankend stand sie vor der Hurenmutter und sah sie drohend an. »Ich will mein Kind sehen.«

»Es ist tot«, erklärte die Hurenmutter kalt.

»Das glaube ich dir nicht! Wer war der Fremde, dem du mein Kind gegeben hast?«, fragte Elisabeth bedrohlich leise.

»Der Totengräber hat es mitgenommen.«

Elisabeth sah sie ungläubig an und schüttelte den Kopf. »Das kann nicht sein. Wieso war er so schnell da?«

»Wir wussten, dass es tot zur Welt kommen würde, und hatten ihn gerufen.«

»Das glaube ich nicht. Du lügst!«, schrie Elisabeth und wollte auf Lucilla einschlagen, doch die brüllte:

»Es reicht! Finde dich damit ab!« Dann gab sie ihr einen Stoß, der sie wanken ließ. An Regina gewandt zischte sie: »Sieh zu, dass sie sich beruhigt. Man kann ihr Geschrei durchs ganze Haus hören.« Mit einem Knall schloss Lucilla die Tür hinter sich.

»Sag, dass sie lügt«, forderte Elisabeth flüsternd.

»Sie sagt die Wahrheit«, versicherte Regina und legte ihre Arme um Elisabeths Schultern.

Den Kopf auf Reginas Brust gebettet begann Elisabeth hemmungslos zu weinen. Sie spürte nicht, wie Regina sie in den Armen wiegte, auch nicht, dass sie ihr das verschwitzte Haar aus der Stirn strich. Sie hörte nicht Reginas Worte, die sie beruhigen sollten. Ihr Leid saß so tief, dass sie sich wie in einem Loch fühlte, von dem aus sie keinen Himmel mehr sehen konnte.

Doch nach einer Weile versiegten ihre Tränen. Mit brennenden Augen hing sie in Reginas Armen und fragte leise: »Wie konnte das geschehen?«

»Erinnere dich, dass du seit Tagen keine Kindsbewegungen mehr gespürt hattest.«

»Du meinst, es ist in meinem Leib gestorben?«

»Das kommt vor. Sei froh, dass du am Leben bist. Dank der Tropfen konntest du überleben.«

»Wie lange habe ich geschlafen?«

»Zwei Tage und zwei Nächte.«

»Wurde es getauft? Welchen Namen hat man ihm gegeben? War es ein Mädchen?«, fragte Elisabeth verzweifelt.

Regina zuckte mit den Schultern. »Ich war nicht dabei, aber ich habe gehört, dass die Hebamme es notgetauft haben soll. Es musste alles schnell gehen, damit das Kind nicht als Untoter wiederkehrt und den Menschen Leid zufügt. Man darf totgeborene Kinder nicht anblicken, weil das Unglück bringt. Sie müssen es direkt in eine Decke gehüllt und weggeschafft haben.«

»Ich will an sein Grab gehen und für seine Seele beten«, wisperte Elisabeth und sah Regina bittend an.

»Ich glaube nicht, dass sie dir das erlauben. Du weißt, dass du das Haus nicht verlassen darfst.«

»Sie werden mich nicht daran hindern können.«

»Du bist noch zu geschwächt, und draußen ist es bitterkalt. Gedulde dich, vielleicht darfst du im Frühjahr oder Sommer ...«

»So lange warte ich nicht. Ich werde einen Weg finden«, schwor Elisabeth und sah Regina entschlossen an.

⇒ *Kapitel 38* ⇐

Noch am selben Abend kam Lucilla mit den Dirnen Marie und Franziska zu Elisabeth in die Kammer.

»Du wirst umziehen«, sagte die Alte und wies die Frauen an, Elisabeth beim Aufstehen zu helfen. Die beiden beugten sich nieder, um sie an den Armen hochzuziehen, doch Elisabeth schlug um sich und brüllte:

»Lasst mich in Ruhe! Ich werde nirgendwo hingehen.« Sie befürchtete, dass Regina ihre Absicht, das Grab ihres Kindes zu besuchen, verraten hatte und man sie deshalb wegbringen wollte. Doch da kam Regina hinzu und rief entsetzt:

»Was macht ihr mit Elisabeth?«

»Da ihr beide euch offensichtlich gut versteht, wird sie in dein Zimmer umziehen. Ab heute untersteht sie deiner Aufsicht. Sollte sie dieses Haus unerlaubt verlassen, werde ich dich zur Verantwortung ziehen«, erklärte Lucilla und sah Regina scharf an.

»Das geht nicht! Ich brauche meine Kammer, wenn ich arbeite, schließlich muss ich Geld verdienen. Auch kann ich sie nicht ständig beobachten«, wehrte Regina ab.

»Dann überzeug sie, dass sie gehorchen soll, denn sonst wirst du dafür büßen. Sobald sie zu Kräften gekommen ist, wird sie im Haus helfen und nicht mehr faul im Zimmer sitzen wie bislang. Wenn du arbeitest, schickst du sie zu deiner Tochter. Und jetzt badet sie, damit sie wieder wie ein Mensch aussieht.« Damit drehte sich Lucilla um und wollte hinausgehen, doch Elisabeth rief ihr nach:

»Ich will das Grab meines Kindes besuchen.«

Lucilla blieb stehen. Man konnte hören, wie sie leise aufstöhnte. Sie drehte sich zu Elisabeth um und sagte: »Was nützt es dir, auf den Friedhof zu laufen? Dein Kind ist tot und beerdigt und sicher schon bei unserem Herrn. Du kannst nichts für es tun.«

»So hartherzig kannst du nicht sein und es einer Mutter verwehren, das Grab ihres Kind zu besuchen!«, schrie Elisabeth außer sich.

»Mutter? Du bist keine Mutter. Dein Balg ist tot!«, brüllte Lucilla zurück und stemmte die Hände in die Hüften.

»Dann lass mich in dieser Kammer bleiben«, wisperte Elisabeth.

»Verdammtes Weibsstück! Du machst nichts als Scherereien. Wenn ich sage, du ziehst um, dann ziehst du um!« Mit einem Kopfnicken gab Lucilla Marie und Franziska ein Zeichen, sie hochzuziehen.

Elisabeth schlug die helfenden Hände erneut weg. Sie wollte die Kammer nicht verlassen, da sie glaubte, hier ihrem toten Kind nahe zu sein.

Da gab Lucilla ihr eine schallende Ohrfeige. »Reiz mich nicht weiter«, drohte sie und verließ den Raum.

»Ich will nicht«, weinte Elisabeth und hielt sich die Wange.

»Begreif endlich! Was du willst oder nicht willst, interessiert hier keinen. Steh auf, damit wir dich wieder loswerden. In der Zeit, in der wir uns um dich kümmern müssen, schnappen uns die anderen Mädchen die besten Kunden weg.« Böse sahen die beiden Frauen sie an.

Elisabeth gab nach und verließ, gestützt von Regina, den Raum.

Elisabeth spürte im Schlaf, dass Tränen über ihr Gesicht rannen. Mit beiden Händen wischte sie sie von den Wangen und öffnete ihre verweinten Augen. Sofort sah sie das Bündel vor sich, in das man ihr tot geborenes Kind gewickelt hatte. Sie setzte sich ruckartig auf und schnappte nach Luft. Wie konnte sie diesen Schmerz überleben? Wie ihn mildern?

Seit das Unglück über sie gekommen war, lag sie antriebslos auf ihrem Lager, zu schwach, um aufzustehen. Sie hatte ein Kind geboren und war doch keine Mutter.

Jedes Mal, wenn Regina das Zimmer betrat, fragte Elisabeth sie, ob sie etwas über ihr totes Kind in Erfahrung gebracht hatte. Doch anscheinend hatte keine der Frauen das Totgeborene gesehen. Besonders schlimm war es für Elisabeth, wenn sie Reginas Tochter ansah. Das Mädchen war ein zartes Wesen mit roten Locken und braunen Augen. Jedes Mal fragte sich Elisabeth, wie ihr eigenes Kind wohl ausgesehen hatte.

Sie schloss die Augen und stellte sich vor, dass das Kleine einen Kopf voller dunkler Haare, lange Wimpern und ein rosiges Gesichtchen hatte. Bei dem Gedanken überzog ein sanftes Lächeln Elisabeths traurige Miene. Dann wurde sie wieder schwermütig. Hoffnungslos schaute sie zu dem schwachen Lichtschein der Kerze auf der Fensterbank. Sie würde niemals erfahren, ob sie eine Tochter oder einen Sohn geboren hatte. Für beide hatte sie sich einen Namen ausgedacht. Ein Mädchen hätte sie Sibylla nach der Herzogin des Landes genannt. Frédéric hatte von ihr erzählt, als Elisabeth fragte, ob er die Regentin schon einmal gesehen hatte. Als er sie als eine liebevolle und starke Frau beschrieb, beschloss Elisabeth, ihrer Tochter den Namen Sibylla zu geben. Für einen Jungen hatte sie sich für Melchior entschieden, weil ihr der Name schon als Kind gefallen hatte, da er einer der heiligen drei Könige aus der Weihnachtsgeschichte war. Elisabeth erinnerte sich, dass der Pfarrer einst erklärt hatte, Melchior heiße *König des Lichts*. Dieser Name wäre für ihren Sohn angemessen gewesen, dachte sie.

Nun war ihr Kind namenlos beerdigt worden. Was sollte sie seinem Vater sagen, wenn er sie befreite? »Frédéric«, schniefte Elisabeth. Wann würde er endlich kommen und sie retten? Doch dann brannten Zornestränen in ihren Augen. Keuchend vor Wut schlug sie mit der Faust auf die Matratze. Frédéric allein war schuld, dass sie das Kind verloren hatte. Hätte er sie rechtzeitig gerettet, wäre es nicht gestorben.

Mehrmals hatte sie sich geschworen, nicht mehr an ihn zu denken. Aber in Augenblicken wie diesen, in denen sie sich allein und verlassen fühlte, wurde sie schwach. Dann versuchte sie, sich an sein Gesicht zu erinnern. Doch damit war jetzt endgültig Schluss, schrie es in ihr. Sie würde niemals mehr Frédérics Namen laut aussprechen. Er hatte ihre Zuneigung ausgenutzt und ihren Wunsch nach einer Familie nicht erfüllt. Stattdessen lebte sie nun mutterseelenallein in der Hölle eines Bordells und konnte nicht einmal das Grab ihres toten Kindes besuchen. Sollte sie Frédéric jemals wieder begegnen, würde sie ihm ihre Wut ins Gesicht spucken.

Sie spürte, wie der Zorn sie belebte. Es war, als ob neue Kraft ihren Körper durchströmte. Sie setzte sich auf und blickte zu dem leeren Bett von Reginas Tochter. Sie würde stark sein müssen, wenn sie aus diesem Haus fliehen wollte, dachte sie und nahm sich vor, ihrer Trübsal ein Ende zu bereiten. Doch dann fiel ihr wieder das Bündel ein, das man dem Totengräber übergeben hatte. Schluchzend ließ sie sich wieder fallen und zog sich die Bettdecke über den Kopf.

Regina saß bei Elisabeth und versuchte, ihr Rinderbrühe, in der kleine Fleischstücke schwammen, einzuflößen. »Bitte iss die Suppe. Lucilla wird wütend, wenn du nicht bald wieder zu Kräften kommst.«

»Was kümmert es die Alte? Vielleicht wäre es besser, wenn ich sterbe«, murmelte Elisabeth und drehte den Kopf weg.

»Das würde Lucilla niemals gestatten. Eher würde sie selbst dir das Essen in den Schlund stopfen, damit du nicht verhungerst.«

Überrascht schaute Elisabeth Regina an. »Warum sollte sie das tun? Ich nütze ihr nichts.«

»Das tust du sehr wohl. Ich habe gehört, wie sie sich mit ihrem Mann über das Geld unterhalten hat, das sie jeden Monat für dich bekommt. Wenn du tot bist, wird diese Geldquelle versiegen.«

»Sie bekommt Geld für mich? Wer bezahlt für mich?«, fragte Elisabeth erstaunt.

Regina zuckte mit den Schultern und hielt ihr einen Löffel Brühe vor die Nase.

Seufzend schluckte Elisabeth. Als sie die warme Suppe schmeckte, spürte sie, wie hungrig sie war. Sie nahm Regina die Schale aus der Hand und löffelte die Brühe selbst. Während sie aß, überlegte sie, wer Interesse haben könnte, sie wegzusperren. Kaum hatte sie die Schüssel leer gegessen, stand sie auf und ging auf wackligen Beinen zum Tisch, wo sie das Geschirr abstellte. Da ihr schwindlig war, setzte sie sich auf den Schemel und sah zu Regina, die auf dem zweiten Hocker vor ihrem Bett saß.

»Mir fällt niemand ein, der für mich Geld zahlen würde. Dieser Gedanke ist abwegig. Ich bin ein einfaches Mädchen aus einem kleinen Dorf. Da gibt es niemanden, der für mich zahlen könnte. Lucilla sagt die Unwahrheit«, schimpfte sie.

»Glaub mir, Lucilla tut nichts, ohne dafür etwas zu verlangen. Da du keine Männer bedienen darfst, aber Kosten verursachst, *muss* sie Geld für dich bekommen, denn sonst würdest du auf der Straße sitzen.« Regina sah sie forschend an.

»Was ist?«, fragte Elisabeth, die sich unter dem Blick unwohl fühlte.

»Der Vater deines Kindes war vermögend und aus besseren Kreisen, wie du sagtest ...«

»Ich will nicht über ihn nachdenken und nichts von ihm hören!«, unterbrach sie Regina.

»Das musst du aber, denn er könnte derjenige sein, der hier für dich bezahlt. Kein anderer hätte Interesse daran, dass du verschwindest. Schließlich warst du mit seinem Kind schwanger.«

»Halt den Mund! Du weißt nichts über diese Menschen. Er ist gebildet und stammt aus einer ehrenwerten Familie. In der Nacht sollte ich zu seinen Eltern gebracht werden. Wir wollten heiraten. Ich weiß, dass er nach mir gesucht, mich nur nicht gefunden hat, denn sonst würde ich jetzt mein Kind in den Armen halten. Niemals würde er mir das antun. Er hat ein ehrliches Herz. Lass mich in Ruhe«, zischte Elisabeth.

Regina hob abwehrend die Hände. »Du hast recht, Elisabeth, ich kenne *diesen* Mann nicht. Aber ich kenne *diese Menschen* und besonders *diese Sorte Männer*«, erklärte Regina aufgebracht.

Elisabeth sah sie fragend an. »Wie meinst du das?«

Reginas Gesichtsausdruck wirkte plötzlich verschlossen. Sie schluckte heftig und begann dann stockend zu reden: »Ich kenne diese wohlhabenden Menschen sehr wohl und weiß, dass sie alle gleich sind. Besonders die Söhne, die sich nehmen, was sie wollen. Sie fragen nicht, ob du es möchtest, sondern setzen voraus, dass du es willst. Wie war es, als er dich das erste Mal genommen hat? Warst du ihm zugetan und wolltest es auch? Oder ist er brutal in dich eingedrungen und hat dir das erzählt, was du hören wolltest?« Abermals schluckte sie. Ihre Augen glühten vor Zorn, als sie fortfuhr. »Der Vater meiner Tochter war der Sohn meines Dienstherrn. Fast jede Nacht kam er in meine Kammer und ist über mich hergefallen. Ich wollte es nicht, habe mich gewehrt, doch er hielt mich fest und vergewaltigte mich immer und immer wieder. Als ich ihm sagte, dass ich schwanger bin, hat mich sein Vater entlassen.«

»Hast du ihnen nicht gesagt, dass er dich mit Gewalt genommen hat? Sie hätten für das Kind zahlen müssen.«

»In welcher Welt lebst du? Unsereins hat keinen Leumund. Ich werde niemals den geringschätzigen Gesichtsausdruck meines Dienstherrn vergessen, als er mir sagte, dass das Kind sicherlich nicht von seinem Sohn stammt, da bei einer Vergewaltigung kein Kind entstehen könne. Nur durch Liebe würde ein Kind gezeugt, und sein Sohn würde eine einfache Küchenmagd sicherlich nicht lieben. Ich konnte nicht einmal meine Sachen packen, da saß ich schon auf der Straße.« Reginas Blick wurde starr. »Weißt du, wie es ist, wenn das Brot aufgegessen ist, bevor man satt ist? An jeder Tür habe ich geklopft und um Arbeit gebettelt, aber es gab keine für eine Schwangere wie mich. Als der Winter anbrach und ich immer noch auf der Straße übernachten musste, hatte ich keine andere Wahl, als bei Lucilla anzuklopfen. Sie nahm mich in ihrem Bordell auf, doch wie du dir denken kannst, nicht ohne Eigennutz. Bis meine Tochter geboren wurde, habe ich jede Arbeit verrichtet. Kaum war der Wochenfluss nach der Geburt versiegt, musste ich Männer bedienen. Um mein Kind bei mir behalten zu können, sogar mehr Kunden, als andere es müssen. Doch nun wächst meine Angst, dass Lucilla meine Tochter Christa den Freiern anbieten wird. Noch ist das Mädchen nicht erblüht, aber in etwa einem Jahr könnte es so weit sein.«

»Gibt es unter den Männern, die regelmäßig zu dir kommen, keinen, der dir zugetan ist und der dich freikaufen könnte?«, fragte Elisabeth arglos.

Regina lachte schallend auf. »Herr im Himmel, bist du einfältig! Wer will eine Dirne zur Frau haben? Und dann eine mit einem Kind! Niemand, lautet die Antwort! Zudem ist Tübingen eine Universitätsstadt. Die meisten Kunden sind Studenten – zwar aus reichem Haus, doch sie wollen sich vergnügen und austoben. Sie wollen sich nicht binden. Weder kennen sie deinen Namen, noch wissen sie, wer du bist. Meist sind sie betrunken und kommen und gehen ... einer nach dem anderen. Wer soll uns retten, Elisabeth? Meine Eltern sind tot, und meine Geschwister habe ich seit unserer Kindheit nicht mehr gesehen ... Ich habe mich mit meinem Schicksal abgefunden. Doch meiner Tochter will ich dieses Leben ersparen, deshalb versuche ich Geld abzuzweigen, um sie irgendwann freikaufen zu können.«

»Von deinem Lohn?«

Regina beantwortete die Frage nicht, sondern starrte vor sich hin. Nach einer Weile murmelte sie: »Christa soll eines Tages als freier Mensch ein schönes Leben führen. Für diesen Wunsch lebe ich. Dafür würde ich alles tun.«

Elisabeth runzelte die Stirn. Doch sie hakte nicht nach, denn sie dachte an ihr eigenes Schicksal. Wie dumm sie gewesen war, ihr Elternhaus zu verlassen, schimpfte sie mit sich selbst. Obwohl der Vater sie geschlagen hatte, so hatte sie doch ein Heim gehabt. Trotzdem hatte sie ein besseres Leben für sich und ihr Kind gewollt und war stattdessen in eine unbekannte Zukunft aufgebrochen. Nun war ihr Kind tot und sie an einem Ort der Verdammnis gefangen.

Regina sah sie verzweifelt an. »Wie ich hast auch du einem Mann geglaubt, der Frauen wie uns das Blaue vom Himmel verspricht, nicht wahr? Wir vertrauten ihnen, weil wir ihnen vertrauen wollen. Doch nun werden wir dafür den Rest unseres Lebens büßen müssen.«

Wie schon so oft in letzter Zeit nagten Zweifel an Elisabeth. Hatte Frédéric sie hintergangen? Warum hatte dieser Reiter sie hierhergebracht? Sie grübelte über Fragen, auf die sie keine Antworten fand. Jedenfalls nicht an diesem Ort, dachte sie und sah sich in dem düsteren Zimmer um. Abermals dachte sie daran, aus dem Bordell zu fliehen.

»Wenn du die Möglichkeit hättest, mit deiner Tochter von hier fortzukommen, würdest du dann gehen?«, fragte sie vorsichtig Regina.

Die Gefährtin schüttelte heftig den Kopf und flüsterte: »Das wird nicht glücken. Jedes Mädchen passt auf die anderen auf und meldet selbst den kleinsten Verdacht der Frauenwirtin. Glaub mir, hier bleibt nichts geheim.«

»Würdest du es mit mir versuchen?«, fragte Elisabeth hartnäckig.

Regina schaute sie aus großen Augen an. Sie schien zu überlegen, nickte zögerlich, dann heftig. »Ja, ich würde dir folgen«, flüsterte sie.

»Nein, das wirst du nicht. Du musst mit deiner Tochter von mir weglaufen und so weit weg wie möglich fliehen und dich allein durchschlagen. Wenn Lucilla tatsächlich jeden Monat Geld für mich erhält, wird sich ihre Suche zuerst auf mich konzentrieren. Wer will eine Kuh verlieren, die Milch gibt?«, versuchte Elisabeth zu spaßen, doch gleich wurde sie wieder ernst. »Dadurch würdest du einen kleinen Vorsprung erhalten, den du nutzen musst. Er ist deine einzige Gelegenheit, von hier zu verschwinden, sodass man dich nicht mehr verfolgen kann.«

»Wie willst du das anstellen? Hast du einen Plan?«, fragte Regina erregt.

Elisabeth zuckte mit den Schultern. »Nein, denn ich kenne dieses Haus nicht und muss erst prüfen, wo es ein Schlupfloch gibt. Doch halt dich bereit, denn ich will schnellstmöglich zum Grab meines Kindes.«

»Sie werden ahnen, dass du auf den Friedhof gehst, und dich dort einfangen. Lucilla und ihr Mann werden dich hart bestrafen.«

»Mir ist es einerlei, was mit mir geschieht. Ich will zu meinem Kind. Sobald ich einen Weg gefunden habe, werde ich dich ins Vertrauen ziehen!« Elisabeth spürte, wie bei diesen Gedanken ihre Hände feucht wurden. Sie rieb sie aneinander und trocknete sie dann an ihrem Rock ab.

»Warum vertraust du mir so und erzählst mir, was du vorhast?«, fragte Regina.

Elisabeth versuchte zu lächeln, doch stattdessen kamen ihr die Tränen. Sie räusperte sich, bis sie fähig war zu antworten.

»Durch meine Schuld ist mein Kind gestorben. Nichts bringt es mir zurück. Doch deins kann ich vielleicht retten.«

Kapitel 39

Johannes Keilholz betrachtete die Zeichnung, die sein Lehrjunge ihm überreicht hatte. Er hatte Baltasar die Aufgabe erteilt, nur aus seiner Erinnerung heraus den Laboratoriumsofen nachzuzeichnen. Jetzt standen beide vor dem Ofen im Labor und verglichen Original und Abbild miteinander.

»Man kann dich nur loben, mein lieber Baltasar. Deine Zeichnung ist sehr gut getroffen. Ich kann erkennen, dass du dir bei der Ausfertigung Mühe gegeben hast«, lobte der Alchemist seinen Schüler. »Nur leider kann ich die Sätze, die du neben die einzelnen Zeichnungen geschrieben hast, wegen deiner Schrift nicht entziffern. Bitte lies vor, was da geschrieben steht.«

Das musste er nicht zweimal sagen. Schon sprang der Dreizehnjährige auf, stellte sich neben ihn und zeigte mit seinem rußgeschwärzten Zeigefinger auf die einzelnen Teile der Zeichnung. Mit gekräuselter Stirn erklärte er: »Ich habe den Ofen von oben nach unten beschrieben.« Er wies auf den Teil, der wie ein umgestülpter Krug aussah, und las sein Geschriebenes laut vor: »Das ist die obere Kammer, in der die Büchslein stehen.« Nun zeigte er auf die Verbindung vom oberen Teil zu dem darunter, die einem Zylinder glich. »*Lapis exemptilis.*«

»Nenn mir die deutsche Übersetzung, und was passiert da?«

»*Lapis exemptilis* bedeutet auf Deutsch: Der Stein wird entfernt. In diesem Gefäß wird das Erzgestein erhitzt, wodurch sich der Stein vom Metall trennt. Der Stein verbrennt, und das Mineral bleibt übrig.«

»Jetzt noch den unteren Teil des Ofens, der wie eine Blumenvase aussieht.«

»In diesem Behälter, der Hafen genannt wird, verbrennt die Holzkohle. Im Boden befindet sich ein Loch, das Aschenloch, durch das die verbrannte Kohle fällt.«

Keilholz sah den Jungen lächelnd an. »Baltasar, das war hervorragend. Ich bin stolz auf dich«, lobte er ihn.

»Ich habe auch die alchemistischen Symbole und ihre Formen auswendig gelernt. Ihr könnt sie ebenfalls abfragen«, erklärte der Junge eifrig.

»Das glaube ich dir gern. Du bist ein gelehriger und ehrgeiziger Schüler. Ich werde dich später danach fragen, denn zuerst musst du die Asche aus dem Ofen entfernen, damit wir einen neuen Versuch starten können. Man hat mir Eisenerz aus Mömpelgard geliefert, das wir prüfen müssen. Angeblich ist es das beste Gestein, das ein Alchemist für seine Zwecke nutzen kann. Wir werden uns überraschen lassen, mein Junge.«

Baltasars Augen glänzten vor Freude. Der Alchemist wusste, dass dieser Versuch die größte Belohnung für seinen Schüler war. Emsig nahm der Junge den kleinen Besen und die Kehrschaufel aus dem Korb und machte sich an die Arbeit.

Zufrieden setzte sich Johannes an seinen Tisch und besah sich verschiedene Notizen, die auf einem Stapel vor ihm lagen. Er fühlte sich voller Tatendrang und pfiff fröhlich eine Melodie. Heute war einer dieser guten Tage, an denen er freudiger Stimmung war. Der schneidende Wind und die eisige Kälte hatten nachgelassen, die Sonne durchbrach hier und da die graue Wolkendecke und wärmte die Erde. Zwar würde es noch einige Zeit dauern, bis der Schnee geschmolzen und die Erde aufgetaut war, doch der Frühling lag bereits in der Luft. Man sah schon die ersten Blütenköpfe, die sich durch den angetauten Boden ihren Weg zum Licht erkämpften. Gut gelaunt pfiff er munter weiter und steigerte seine

Lautstärke. Er nahm aus einem der Körbe einen schwarzen Stein auf und kratzte mit einem spitzen Messer an der Oberfläche. Silbrig glänzender dunkler Staub fiel auf das helle Tuch, das er zuvor auf dem Tisch ausgebreitet hatte.

»Das Eisenerz aus Mömpelgard scheint härter zu sein«, murmelte er und wollte ein anderes Werkzeug zur Hand nehmen, das hinter ihm auf dem Schränkchen lag. Als er aufstand und sich umdrehte, stand plötzlich ein fremder Mann vor ihm. Erschrocken zuckte er zurück.

»Verzeiht, Herr Keilholz, Euer Lehrbursche war so freundlich, mich hereinzulassen. Anscheinend habt Ihr mein Klopfen nicht gehört.«

Keilholz' strafender Blick traf Baltasar, der den Kopf zwischen die Schultern zog und zerknirscht zu Boden schaute.

»Keine Sorge, Herr Keilholz. Er hat mich erst hereingebeten, als ich ihm sagte, dass der Herzog mich schickt.«

»Der Herzog?«, fragte Keilholz ungläubig.

Der Fremde nickte. »Wenn Ihr gestattet, würde ich Euch gern mein Anliegen vortragen.«

Der Alchemist musterte den Mann, der seine Schultern nach vorn zu rollen schien, um kleiner zu wirken. In seinem hellen Haar schimmerten Silberfäden. Noch zögerte Keilholz, weil er sich bewusst war, dass sich schon so mancher Gauner durch die Tür in sein Haus geschlichen hatte, um seine Arbeit auszuspionieren. Doch der Blick des Mannes wirkte ehrlich.

»Ich hoffe, ich habe nichts zu verlieren als meine Zeit, wenn ich Euch zuhöre«, seufzte er und wies mit der Hand zu dem Stuhl, auf dem sonst sein Lehrbursche saß, wenn er ihn unterrichtete.

Der Mann nahm dankend Platz. »Mein Name ist Christoph Wagner. Ich bin der Inspektor der herzoglichen Laboranten im alten Lustschloss von Stuttgart.«

Unwillkürlich drückte Keilholz sein Kreuz durch und wandte sich dem Mann aufmerksamer zu. Was er hörte, ließ sein Herz einen Takt schneller schlagen. Erwartungsvoll schaute er ihn an.

»Wir haben von Euch ein Schreiben erhalten, in dem Ihr Euch um eine Stelle als herzoglicher Alchemist bewerbt. Ist das richtig?«, fragte der Mann.

»Das stimmt. Allerdings habe ich den Brief bereits letztes Jahr abgeschickt und nicht mehr mit einer Antwort gerechnet.«

»Wir hatten viel zu tun und kamen erst dieser Tage dazu, alle Schreiben zu sichten und auszuwerten. Zudem hat es sich ergeben, dass unser Hofalchemist, Freiherr von Brunnhof und Grobeschütz ...«

Keilholz' Augen weiteten sich erstaunt, als er den Namen hörte. »Der Freiherr arbeitet für den Herzog?«, fragte er.

Wagner nickte. »Kennt Ihr ihn?«

»Ich hatte bis jetzt nicht die Ehre, aber sein Ruf eilt ihm voraus.«

»Das ist wohl wahr. Er scheint einer der bekanntesten Alchemisten zu sein. Kaum jemand, der sich mit der Wissenschaft beschäftigt, hat seinen Namen noch nicht gehört. Kein Wunder, hat doch Freiherr ...«

»Entschuldigt, Herr Wagner! Ich unterbrach Eure Erklärung zuvor«, sagte Keilholz hastig, als der Laboratoriumsinspektor über den Ruf des Alchemisten zu referieren begann. Er wollte wissen, warum Wagner gekommen war.

»Ach ja, ich wollte Euch berichten, aus welchem Grund ich Euch aufsuche. Wir benötigen einen weiteren Alchemisten, der gewillt ist, mit dem Freiherrn zusammenzuarbeiten. Jemanden, der dem herzoglichen Alchemisten zuarbeitet und sich nicht selbst in den Vordergrund drängt.«

Johannes Keilholz' Schultern sackten nach vorn. Das war

nicht das, was er sich von der Arbeit im Labor im Alten Lustschloss zu Stuttgart erhofft hatte. So, wie der Inspektor die Tätigkeit erklärte, wäre der gesuchte Mann mehr ein Gehilfe denn ein Alchemist. Selbstständiges Arbeiten war anscheinend unerwünscht. Der Traum, eigenständig in einem großen Labor zu forschen, würde so nicht in Erfüllung gehen.

»Wir rechnen damit, dass Eure Anstellung sechs Monate dauern wird. In dieser Zeit bekommt Ihr guten Lohn und die üblichen Naturalien. Zudem wird Euch eine Wohnung fußläufig zum Laboratorium zur Verfügung gestellt. Herr Keilholz, was meint Ihr dazu?«, hörte er die Stimme des Mannes.

»Entschuldigt! Was sagtet Ihr?«

»Habt Ihr mir nicht zugehört?« Wagner klang verärgert und wiederholte sein Angebot.

Zwar hörte es sich verlockend an, doch der Alchemist war unschlüssig. Er beschloss, Wagner von seinem Wunsch zu berichten.

Die Miene des Inspektors zeigte Unverständnis. »Ich kann Euch zum jetzigen Zeitpunkt keine andere Stelle im Labor anbieten. Entweder diese oder keine.« Als Keilholz zögerte, erklärte er hochmütig: »Ich sehe, Ihr habt kein Interesse. Dann werde ich mich auf den Weg zum nächsten Anwärter machen.«

Er erhob sich bereits, als Keilholz hastig fragte: »Bis wann sollte ich im Labor in Stuttgart vorstellig werden?«

Wagners Gesicht entspannte sich. »Wir erwarten Euch zum Ersten des nächsten Monats.«

»Das sind keine acht Tage. Ich habe noch einiges zu regeln«, gab Keilholz zu bedenken.

»Die Zeit muss ausreichen, um alles Notwendige zu klären. Verstehe ich dies als Eure Zusage, Freiherr von Brunnhof und Grobeschütz in seinen Forschungen zu unterstützen?«

Johannes Keilholz nickte. »Es wird mir eine Ehre sein!«, erklärte er und reichte dem Inspektor die Hand, um seine Zusage zu besiegeln.

»Meister, gehen wir aus Tübingen fort?«, fragte Baltasar aufgeregt, kaum dass sich die Tür hinter Christoph Wagner geschlossen hatte.

»Du hast den Mann unerlaubt in mein Haus gelassen, und dann belauschst du auch noch unser Gespräch?«, schimpfte Keilholz. Als er den erschrockenen Gesichtsausdruck des Jungen sah, riss er sich zusammen. Schließlich konnte der Junge nichts dafür, dass sein Traum zerplatzt war. Keilholz stöhnte auf, denn er hatte gerade eine Stelle angenommen, die er so nicht wollte. Wie hatte er nur zustimmen können? Schließlich musste er sein Wissen und sein Können nicht hinter einem anderen Alchemisten verstecken, schimpfte er im Stillen und überlegte, dem Inspektor doch noch abzusagen. Zweifelnd sah er sich in seinem Forschungsraum um. Seine Apparaturen genügten, um kleine Experimente auszuführen. Aber um Großes zu erfinden, waren es zu wenige. Zudem müsste sein Schmelzofen größer sein. Doch für »mehr« und »größer« war kein Platz in seinem Laboratorium. Vielleicht sollte er seine Enttäuschung und seinen Stolz unterdrücken und dankbar sein für diese Gelegenheit.

Gedankenverloren sah er zu Baltasar. Er hatte die Verantwortung für den Jungen übernommen. Er konnte ihn aber weder mit nach Stuttgart nehmen noch ihn auf die Straße setzen. Er musste auch mit Grete reden, damit sie sich um das Haus und die Gräber seiner Liebsten kümmerte.

»Meister, geht es Euch nicht gut?«, hörte er Baltasar fragen.

Erstaunt schaute er zu ihm. »Wie kommst du darauf?«
»Ihr weint.«

»Unfug«, entrüstete sich Keilholz und wischte sich über die Wange. Tatsächlich spürte er Tränen. »Ich habe etwas ins Auge bekommen«, murmelte er und drehte sich zum Schreibtisch um. Er tat, als ob er seine Papiere studierte.

»Prüfen wir jetzt das Eisenerz aus Mömpelgard?«, fragte Baltasar.

Johannes Keilholz nickte.

Kapitel 40

Als es klopfte, eilte Frédéric zur Tür und öffnete sie schwungvoll. Im selben Augenblick schreckte er zurück. Vor ihm stand nicht, wie er vermutet hatte, die Magd, die ihn letzte Nacht beglückt hatte, sondern die Frau seines Vetters.

Sofort verbeugte er sich vor ihr. »Eure ...«, wollte er Mathilde begrüßen, doch sie stieß ihn zur Seite, trat ein und zischte:

»Lass dein höfisches Getue.«

Überrascht über ihren Besuch, streckte er den Kopf auf den Gang hinaus. Als niemand zu sehen war, schloss er die Tür und sah die Frau, die nach ihrer Heirat mit Georg den Titel Prinzessin trug, fragend an. Hatte sie womöglich erfahren, dass eine ihrer Dienstmädchen seine Bettgespielin war?

»Wo ist mein Gemahl?«, stieß sie mürrisch hervor.

Erleichtert zuckte Frédéric mit den Schultern. »Nicht hier.«

»Das weiß ich. Wohin hast du ihn geschickt?«

»Ich habe ihn nirgendwohin geschickt«, versicherte Frédéric.

»Seit gestern ist Georg fort. Angeblich soll er Erledigungen für dich tätigen.«

»Für mich?«, fragte Frédéric ungläubig. »Ich bin der Letzte, der Eurem Mann Befehle erteilen darf«, antwortete er.

»Wo ist er dann?«

»Auch wenn Ihr mich wieder und wieder fragt, Prinzessin, ich weiß es nicht.«

Mathilde stellte sich dicht vor ihn und sah ihn forschend an. Der schwere Duft ihres Parfums raubte ihm fast den Atem.

Er versuchte, keine Miene zu verziehen, als er in ihre hervorquellenden Froschaugen blickte. Das schiefergraue Kleid mit der imposanten hellen Halskrause ließ ihre Haut kalkweiß wirken, wodurch die hektischen Flecken, die ihr Gesicht bedeckten, besonders hervorstachen.

Die hohe Stirn gekräuselt verzog sie griesgrämig die Mundwinkel nach unten. »Wenn Georg nicht bald zurückkommt, werde ich seinen Vater aufsuchen.«

»Ich kann Euch nicht daran hindern«, murmelte Frédéric und ging zum Fenster, wo er sich gegen die Fensterbank lehnte und tief durchatmete.

Da seine Reaktion anscheinend nicht so ausfiel, wie sie es sich erhofft hatte, erklärte sie bissig: »Ich weiß, was man über mich denkt am Hof.«

Frédéric konnte nicht leugnen, dass Mathilde seit ihrem Erscheinen in seiner Kammer ihn von einer Überraschung in die nächste brachte. Jedes Mal, wenn sie den Mund aufmachte, beschleunigte sich sein Herzschlag. Was will sie andeuten?, fragte er sich genervt. Abwartend stand er da. Doch sie schwieg mit zusammengekniffenen Lippen und schaute ihn vorwurfsvoll an.

Er hatte tatsächlich keine Ahnung, wohin sein Vetter aufgebrochen war. Nach der Affäre mit dem Bauernmädchen hatte er beschlossen, sich nicht mehr um die Angelegenheiten seines Cousins zu kümmern und auch nicht nachzufragen, wo Georg sich herumtrieb. Soweit es möglich war, gingen die beiden Vettern einander aus dem Weg. Doch nun schien der stechende Blick von Georgs Frau ihn zu durchbohren. Anscheinend wartete die Prinzessin auf seine Reaktion. Also tat er ihr den Gefallen und fragte gelangweilt:

»Was denkt man über Euch am Hof?«

Triumphierend schwang sie den weiten Rock zur Seite und ging zu seinem Bett, auf dessen Kante sie sich niederließ. Sie strich das Laken glatt, auf dem sich noch kurz zuvor ihre Dienstmagd geräkelt hatte. Peinlich berührt schaute Frédéric zu Boden und rieb sich mit der linken Hand die zerfurchte Stirn.

»Alle denken, ich wäre das zarte Mädchen, das beschützt werden muss.«

»M-hm«, war das Einzige, was Frédéric zu antworten wusste.

»Auch mein Vater denkt so. Er hält es für nötig, meinen Mann beschatten zu lassen, damit Georg *mein Herz nicht bricht*, wie mein Vater sich ausdrückt. Doch das ist Unsinn. Nichts kann einen Mann davon abhalten, seine Frau zu betrügen.«

Nun horchte Frédéric auf. Neugierig schaute er Mathilde an, die ihn selbstgefällig anlächelte.

»Mir ist es einerlei, wie viele Weiber Georg ins Bett zieht«, erklärte sie.

Frédérics Oberkörper ruckte nach vorn. Hatte er sich verhört? Seine Reaktion ließ Mathilde schrill auflachen. »Ich sehe, meine Meinung überrascht dich.«

»Das kann ich nicht leugnen. Euer Vater sprach anders über Euch.«

Mathilde nickte. »Ich weiß«, gab sie zu.

»Er meinte, Euch würde die Erkenntnis, dass Euer Gatte Euch betrügen könnte, schwer verletzen«, verriet er zaudernd.

»Unfug«, wehrte sie sich. »Ich bin nicht zerbrechlich. Nur weil meine Geschwister allesamt gestorben sind und ich als Einzige übrig blieb, meint mein Vater, er müsste mich vor allem Bösen behüten. Das tut er schon mein Leben lang. Deshalb bin ich in diese Ehe geflüchtet. Ich habe Theater gespielt, als ich meinem Vater vorjammerte, dass ich keinen anderen als Georg zum Mann haben wollte. Anders wäre ich nie von zu Hause losgekommen.« Abermals lachte sie auf. »Ich muss zugeben, mein Gatte gefiel mir vom ersten Augenblick an, als ich ihn sah. Er ist eine imposante Erscheinung. Ich kann verstehen, dass Frauen ihr Bett mit ihm teilen wollen. Doch sein Aussehen gab für mich nicht den Ausschlag, ihn zu heiraten. Georg ermöglicht mir als Einziger, die Rolle einzunehmen, die ich mir schon als Mädchen erträumt habe. Eines Tages werde *ich* die Herzogin von Württemberg sein. Deshalb habe ich alles dafür getan, dass mein Vater mir diesen Wunsch erfüllt.«

»Der Erstgeborene wird der nächste Herzog sein. Und das ist nicht Georg, sondern sein Bruder Johann Friedrich.«

»Bis es so weit ist, kann so manches passieren«, murmelte Mathilde.

Frédéric schaute sie irritiert an. Als sie nichts hinzufügte, gab er zu bedenken: »Georgs Wahl hätte auch auf eine andere Braut fallen können«, gab Frédéric zu bedenken.

»Ja, das hätte sie. Ist sie aber nicht. Zumal keine heiratsfähige Adlige eine solch hohe Mitgift eingebracht hätte wie ich.«

Frédéric schluckte. »Warum erzählt Ihr mir das?«

»Ich will ein Kind, um meine Stellung zu festigen. Doch langsam regt sich in mir der Verdacht, dass Georg nicht zeugen kann.« Mit einem durchdringenden Blick klopfte sie neben sich auf das Laken. »Zwar gleichst du deinem Vetter in keiner Weise ...«

»Ihr verlangt, dass ich meinen Cousin hintergehen soll?«

»Tu nicht so loyal. Ich weiß, dass ihr beide euch nicht leiden mögt. Georg hat es oft genug erwähnt.«

»Und ich weiß, dass Georg im Vollbesitz seiner Manneskraft ist«, wehrte sich Frédéric energischer, als er wollte.

»Was nützt mir diese, wenn er nicht zu Hause ist, sondern sich anderweitig vergnügt?«

»Er weiß, dass Euer Vater ihm einen Aufpasser hinterherschickt, sobald er das Schloss verlässt. Deshalb wird er sich hüten, eine andere Frau zu beglücken«, versuchte Frédéric die Prinzessin zu besänftigen. Als sie nicht reagierte, fragte er: »Was würde Eure Schwiegermutter sagen, wenn Euer Kind Eurem Mann nicht gleicht?«

»Wer wollte das überprüfen?«

»Glaubt mir, sollte Tante Sibylla die Vaterschaft ihres Sohnes anzweifeln, wird sie Wege finden, das herauszufinden. Dann würde Euer Plan nicht aufgehen, denn Sibylla würde Euch mit Eurem Bastard aus dem Schloss jagen. Euer Ruf wäre ruiniert, und Eure Mitgift wäre verloren. Wollt Ihr das wirklich riskieren, nur weil Ihr ungeduldig seid?«

Er sah, wie Mathilde nachdachte. Plötzlich stand sie auf, glättete die Falten ihres Seidenrocks und rauschte zur Tür. »Überzeug deinen Vetter, dass es besser wäre, die nächste Zeit mein Bett zu wärmen, statt das einer Mätresse. Falls nicht, werde ich alles dafür tun, dass er leidet«, drohte sie und verließ das Zimmer.

Frédéric sprang zur Tür und drehte hastig den Schlüssel im Schloss herum. Die Angst, dass Mathilde zurückkommen könnte, trieb ihm den Schweiß auf die Stirn.

»Dieser Mistkerl! Wie ich ihn hasse«, murmelte er und blickte aus dem Fenster hinüber zu den Stallungen. Wenn man vom Teufel spricht, dachte er, als er sah, wie sein Vetter dem Stallknecht die Zügel seines Pferdes überreichte. Ohne zu zögern, sperrte Frédéric seine Tür auf und rannte über den Gang, die Treppe hinunter und zum hinteren Ausgang. Als er Georgs Schatten auf dem Schotterplatz durch das Eisengittertor erkannte, versteckte er sich in einer Nische. Kaum öffnete sein Cousin das Tor, sprang er hervor und packte Georg am Revers.

»Was willst du?«, schrie der Vetter empört.

»Wo warst du?«, brüllte Frédéric zurück und schüttelte ihn.

»Lass mich los«, rief Georg.

Etwas in seiner Stimme ließ Frédéric stutzen. Er sah ihn prüfend an. »Was ist passiert?«, fragte er, als er das bleiche Gesicht des Vetters sah. Schweißperlen bedeckten seine Haut.

»Sag mir, dass sie tatsächlich niemals wiederkommt«, forderte Georg.

»Wer?«

»Elisabeth!«

»Welche Elisabeth?«

»Das Mädchen, das ich geschwängert habe.«

»Ich verstehe nicht, was du von mir willst.«

Da packte Georg seinen Cousin an den Schultern und drückte ihn gegen die Mauer, sodass er kaum Luft bekam.

»Bist du von Sinnen?«, röchelte Frédéric.

»Gib mir dein Ehrenwort, dass sie tot ist und nie wieder auftauchen wird«, schrie Georg.

Frédéric keuchte und stieß ihn von sich, sodass sein Vetter an die gegenüberliegende Wand prallte. Dort rutschte er zu Boden. Wie ein Kind zog er die Knie an und verbarg seinen Kopf dazwischen.

»Ich glaube, ich werde verrückt«, flüsterte Georg und sah mit unruhigem Blick zu Frédéric empor. »Überall sehe ich sie. Selbst in Tübingen. Ich wollte mich in dem Studentenviertel amüsieren und bin in eine dieser Kellertrinkstuben gegangen, in denen man sich durch Opiumrauch in einen Rausch versetzen kann. Als ich von dort fortging, habe ich gesehen, wie Elisabeth durch die Gassen schlich. Sie war in ein helles Gewand gekleidet, das sie wie ein Geist in der Dunkelheit aussehen ließ.«

Frédéric erwiderte: »Das musst du dir eingebildet haben.«

»Ich bin mir sicher, dass ich sie gesehen habe«, rief Georg aufgebracht und sprang hoch. Er zitterte.

»Die Drogen haben dir das vorgegaukelt«, hielt ihm Frédéric entgegen. Nie zuvor hatte er seinen Vetter so außer sich gesehen. Georg tat ihm beinahe leid.

»Ich will von dir dein Ehrenwort, dass du sie hast umbringen lassen«, presste Georg hervor.

»Du weißt, dass ich das nicht getan habe, denn ich lasse keinen Menschen töten, und schon gar nicht eine schwangere Frau. Wenn du ihren Tod wolltest, hättest du selbst Hand anlegen müssen«, erwiderte Frédéric und versuchte seine Stimme zu kontrollieren.

»Das hätte ich besser getan! Dann bräuchte ich mir keine Sorgen zu machen, und sie würde nun verscharrt auf einem Acker liegen«, schrie er außer sich.

»Beruhig dich! Oder willst du, dass die Dienerschaft zusammenläuft?«

»Wo hast du sie hingebracht?«

Frédéric zögerte. Dann sagte er: »Ich habe jemanden beauftragt, sie fortzuschaffen. Es hat mich nicht interessiert, wohin. Sie sollte nur schnellstens fort. Mehr kann ich dir nicht sagen.«

Georg starrte verzweifelt auf die Wand vor sich. »Bin ich sicher vor ihr?«, flüsterte er.

»Ja, du bist sicher vor ihr«, bestätigte Frédéric ihm und erklärte: »Es wird das Beste sein, wenn du zu deiner Frau gehst. Mathilde macht sich Sorgen, weil du seit gestern verschwunden bist.«

»Sag ihr, dass ich keine andere Frau angerührt habe. Ich halte mich an das Versprechen, das ich ihrem Vater gab. Das musst du ihr sagen«, bettelte Georg.

»Ja, das werde ich. Doch nun komm. Morgen wird es dir besser gehen«, versprach Frédéric mit ruhiger Stimme. Dann packte er seinen Vetter am Ellenbogen und führte ihn die Treppe hinauf, wo sich die herzoglichen Gemächer befanden.

※

Frédéric lehnte sich gegen seine Zimmertür und schloss die Augen. Natürlich wusste er, wo Elisabeth war. Trotzdem beunruhigte ihn Georgs Behauptung. Es konnte unmöglich sein, dass der Vetter Elisabeth in den Straßen von Tübingen gesehen hatte. Schließlich hatte Frédéric Unsummen dafür gezahlt, dass das Mädchen verschwunden blieb. Je mehr er darüber grübelte, desto unsicherer wurde er. Der Gedanke, dass Elisabeth tatsächlich durch Tübingen irren könnte, versetzte ihn in Panik. Nein, Georg muss sich getäuscht haben, versuchte er sich selbst zu beruhigen. Sicherlich hatten ihn die Drogen in die Irre geführt.

Doch Frédéric konnte nicht aufhören, an Georgs panischen Blick zu denken. Er beschloss, sich selbst zu überzeugen, dass Elisabeth noch immer in dem Bordell festgehalten wurde. Weil er keine Zeit verlieren wollte, beschloss er, umgehend nach Tübingen zu reisen.

Kapitel 41

Johannes Keilholz führte das Pferd vor das Fuhrwerk, spannte es ein und fuhr in die Stadt.

Während er das Gefährt vorbei am Neckar durch die Straßen von Tübingen lenkte, schimpfte er leise vor sich hin. Noch immer ärgerte es ihn, dass er sich hatte breitschlagen lassen, der Gehilfe eines Alchemisten zu werden – selbst wenn dieser für seine außerordentlichen Fähigkeiten bekannt war. Um sich zu beruhigen, bewunderte er die Schönheit der Landschaft, durch die er Pferd und Fuhrwerk lenkte. Obwohl die Sonne sich mehr versteckte als zeigte, lockte das Wetter die Menschen aus ihren Häusern. In den Straßen von Tübingen war geschäftiges Treiben zu beobachten.

Wie jedes Mal, wenn er mit seinem Fuhrwerk in die Nähe des Universitätscampus kam, musste er sich auf die Fahrt konzentrieren. Hier wimmelte es von Studenten, die gedankenverloren seinen Weg kreuzten. Dank ihrer einheitlichen dunklen Umhänge, die den Talaren der Pfarrer glichen, waren sie schon von Weitem gut zu erkennen. Trotzdem hätte Keilholz beinahe einen jungen Mann mit dem Hinterrad erwischt, da der Student die Straße überquerte, ohne seinen Blick von dem Buch zu heben, in das er seine Nase steckte.

Als das Pferd scheute, ermahnte der Alchemist den strebsamen jungen Mann, auf seinen Weg zu achten. Anstatt sich zu entschuldigen, blickte der Bursche nur kurz auf und zeigte ihm die Faust. Flegelhaftes Pack, dachte Johannes Keilholz, was er dem Studenten auch gern hinterhergerufen hätte. Doch er zügelte sein Temperament und fuhr verlangsamt weiter. Als er in eine Gasse einbog, standen mehrere Studenten zusammen und palaverten mitten auf der Straße.

Der Weg war zu schmal, um an ihnen vorbeizufahren. Deshalb rief er ihnen zu, sie sollten zur Seite treten. Doch die Burschen ignorierten ihn und standen wie festgefroren am Platz.

»Herr im Himmel! Haltet Ihr ein Kaffeekränzchen ab?«, fragte Keilholz erregt. Er musste sein Pferd zügeln und zum Stehen bringen, um keinen von ihnen anzufahren. Doch auch jetzt wurde er ignoriert.

»*Auf welch hohen Schul seid Ihr gestanden?*«, fragte einer der fünf.

»*Zu Tryer habe ich von Jugend an studiert bis ich Philosophiam absolviert hab.*«

»*So ist es vonnöten weiter zu fragen, wer Euer Præceptores gewesen ist. Wenn derweil dieses Orts niemand anderes studiert, wird es ein Jesuit gewesen sein ...*«

Keilholz hatte keine Lust, weiterhin dem Geplänkel der Studenten zuzuhören. Er stieg von seinem Kutschbock herunter und trat auf die dunkel gekleideten jungen Männer zu, die vom Alter allesamt seine Söhne hätten sein können.

»So, meine Herren! Ihr habt genug schwadroniert. Macht endlich Platz, damit ich weiterfahren kann.«

Derjenige, der bereits seit seiner Jugend zu studieren schien, wandte sich ihm mit hochnäsigem Blick zu. »Wer seid Ihr, dass Ihr es wagt, uns von der Seite anzusprechen?«, fragte er.

Der Alchemist glaubte sich verhört zu haben. Wie redete dieser Lausbub mit einem Mann, der gut und gerne sein Vater sein konnte? Dieser Flegel spielte sich wie ein Alter auf, dabei hatte er nicht einmal einen kräftigen Bartwuchs. Während seine Schläfen von weichem Flaum bedeckt waren, wuchsen um sein Kinn nur vereinzelte Haare wie dünnes Gestrüpp.

Keilholz presste die Zähne aufeinander. Seine Kieferknochen mahlten. Dann trat er einen weiteren Schritt auf die Gruppe zu. Er musterte den Jüngling abfällig und beschloss, ihn wie einen Gassenjungen zu behandeln. »Werde erst einmal trocken hinter den Ohren, dann darfst du mir diese Frage gern ein zweites Mal stellen.«

Der Bursche wurde feuerrot. Unsicher schaute er zu seinen Studiengenossen, die breit grinsend den Blick senkten.

»Ich werde Eure Unverschämtheit meinem Institutor melden.«

»Ja, lauf zu deinem Lehrer, mein Junge!«, äffte der Arzt ihn nach, woraufhin sich die Röte im Gesicht des Studierenden verstärkte.

Nun trat ein kleiner Dicker, dessen Talar vor dem Bauch spannte, auf ihn zu und schimpfte: »Ihr könnt Euch Eure Beleidigungen sparen. Wir Studierenden stehen über Euch einfachem Menschen, denn durch unser Wissen werden wir die Welt verändern.«

Jetzt reichte es ihm. Er spürte, wie sein Blut in Wallung geriet. »Ihr unverschämtes Pack ...«, sagte er nun laut. »Ich habe an der Universität zu Heidelberg Medizin studiert, praktiziere als Arzt und bin herzoglicher Alchemist. Unverschämte Kinder wie Ihr werden die Welt nicht verändern. Es sind Männer, die die Welt verändern, denn wir reden nicht, sondern handeln. Und nun lasst mich passieren, sonst werde *ich* zu Euren Institutores gehen und ihnen berichten, welch arrogante Schnösel sie unterrichten.«

Blamiert und ohne Widerworte zu geben, sprangen die fünf Studenten zur Seite. Erleichtert krabbelte Keilholz zurück auf den Kutschbock.

»Es wird Zeit, dass ich nach Stuttgart aufbreche«, murmelte er, als er hoheitsvoll winkend an den Studenten vorbeifuhr. Der Gedanke, schon bald am Hof von Herzog Friedrich zu arbeiten, verursachte ihm nun ein freudiges Gefühl. Vielleicht würde das Zuarbeiten für den Freiherrn ja nicht so schlimm, wie er befürchtete.

Bevor er aufbrechen konnte, musste er aber für seinen Schützling Baltasar eine neue Lehrstelle finden. Es entsprach nicht seiner Art fortzugehen, ohne den Lehrjungen gut versorgt zu wissen. Er fühlte sich nicht nur für ihn verantwortlich, sondern wusste auch, dass der Junge gefördert werden musste, denn Baltasar war intelligent, wissbegierig und folgsam. Es wäre eine Schande, wenn man diese Eigenschaften vernachlässigte.

Zum Glück musste er nicht lange überlegen. Rasch hatte er eine Vorstellung, wer den Jungen unter seine Fittiche nehmen könnte. Doch bevor er Baltasar seinen Entschluss mitteilte, müsste er in Erfahrung bringen, ob sein neuer Lehrherr ihn aufnehmen würde.

»Johannes, du darfst nicht so empfindlich reagieren. Sieh es nicht als Niederlage, sondern als Möglichkeit zu zeigen, was du kannst«, meinte sein Freund, der Apotheker, nachdem er ihm von seiner Enttäuschung erzählt hatte.

»Matthäus, du weißt, dass ich seit Jahren experimentiere, um den Stein der Weisen zu finden. Bei jedem Versuch komme ich ihm ein Stückchen näher. Soll ich mein Wissen ignorieren, um der Handlanger dieses Alchemisten zu werden? Ich sollte neben ihm, aber nicht hinter ihm stehen. Ach, hätte ich nur nicht zugesagt«, haderte der Arzt zum wiederholten Mal mit seiner Entscheidung.

»Du jammerst wie ein Waschweib!«, schimpfte der Apotheker nun. »Erst vor Kurzem hast du gesagt, dass du nach Stuttgart gehen möchtest, da dich in Tübingen nichts mehr hält.« Matthäus nahm einen Schluck von seinem Wein und meinte: »Jetzt bietet man dir eine Stellung am herzoglichen

Hof an, und du bist unzufrieden. Andere würden sich ein Bein ausreißen, um dorthin zu gelangen. Was willst du eigentlich wirklich, Johannes?«

Der Alchemist sah seinen Freund beschämt an. »Du hast in allem recht, was du sagst, Matthäus. Ich glaube, ich fürchte mich vor meiner eigenen Courage. Seit jeher arbeite und entscheide ich allein. Doch nun werde ich für jemanden und mit vielen anderen zusammen in einem riesigen Labor arbeiten. Ich werde für mein Tun Rechenschaft ablegen müssen.« Er hielt inne und sagte dann mit zunehmend brechender Stimme: »Auch habe ich das Gefühl, Sophia und Christina im Stich zu lassen. Ich komme mir egoistisch vor, wenn ich gehe. Wer weiß, wann ich ihr Grab wieder besuchen kann.«

Sein Freund fuhr sich mit beiden Händen durchs volle Haar, um ihn nicht anschauen zu müssen. Doch dann sagt er mit hartem Blick: »Johannes, deine Familie ist seit vielen Jahren tot. Sie können dich weder vermissen, noch werden sie merken, ob du an ihren Gräbern stehst. Es wird Zeit, dass du loslässt und ein neues Leben beginnst. Wenn du nicht nach Stuttgart willst, dann such dir endlich eine Frau. Die Einsamkeit scheint dir nicht zu bekommen. Die Schwester meiner Frau ist noch immer ledig. Ich habe dir schon einmal gesagt, sie würde sehr gut zu dir passen.« Der Apotheker füllte die leeren Becher wieder auf. »Doch egal, ob du gehst oder bleibst, heiratest oder lieber allein durchs Leben gehst: Verschwende dich nicht an die Toten, die nicht zurückkommen werden. Sie sind bei unserem Heiland. Sophia hätte niemals gewollt, dass du dich so an sie klammerst. Sie wollte stets das Beste für dich und würde dich in allem unterstützen, was dir guttut.«

Keilholz vergrub sein Gesicht in beiden Händen. Ein lang gezogenes Stöhnen war zu hören. Er ließ die Arme sinken und sah seinen Freund verzweifelt an. »Ich weiß, dass weder meine Frau noch meine Tochter zurückkehren. Aber niemand kann mir verwehren, sie zu vermissen, und das tue ich schmerzlich. Selbst in Stuttgart wird sich das nicht ändern. Ich weiß, dass Sophia mich bestärkt hätte zu gehen, und deshalb werde ich in wenigen Tagen aufbrechen«, sagte er entschlossen. »Doch damit ich beruhigt fahren kann, benötige ich deine Hilfe, Matthäus. Ich möchte dich bitten, meinen Lehrjungen bei dir aufzunehmen und ihn auszubilden. Baltasar ist ein gelehriger Schüler und wird dir sicherlich Freude bereiten.«

Der Apotheker sah ihn zweifelnd an. »Was soll ich ihm beibringen? Ich bin weder Arzt noch Alchemist.«

»Du kennst dich in der Pflanzenkunde aus und hast ein großes Allgemeinwissen. Baltasar wird alles, was du ihm erklärst, in sich aufsaugen. Er benötigt jemanden, der sich um ihn bemüht, der seine Fähigkeiten erkennt und es gut mit ihm meint. Es wäre jammerschade, wenn man ihn nicht fördert.« Er erzählte, wie er den Jungen kennengelernt hatte. »Sagtest du nicht, dass du schon lange einen Lehrjungen suchst, der willig ist zu lernen? Baltasar ist so einer.«

Der Apotheker überlegte kurz, dann nickte er. »Warum nicht? Er kann zusammen mit meinem ältesten Sohn in einer Kammer schlafen. Beide sind im gleichen Alter. Vielleicht wird Casper durch ihn angeregt, sich für meine Arbeit zu interessieren. Im Augenblick will er das Handwerk des Steinmetzen erlernen.«

»Falls Casper trotzdem lieber Steine behaut, hast du mit Baltasar jemanden, dem du deine Apotheke vererben kannst«, lachte Keilholz.

»Wir werden sehen«, stimmte Matthäus ein.

»Dann kann ich seinem Vater sagen, dass der Junge ab nächste Woche bei dir eine Lehrstelle und Unterkunft haben wird?«

Noch zögerte der Apotheker und fragte: »Wie lang wirst du fortbleiben, Johannes?«

Er zuckte mit den Schultern. »Es heißt, sechs Monate. Demnach bis zum Herbst. Aber ich weiß es nicht genau und muss mich überraschen lassen.«

»Ich werde mich um den Jungen kümmern und auch hin und wieder nach deinem Haus sehen, damit sich dort keine Fremden einnisten«, versprach Matthäus augenzwinkernd.

»Grete wird sich um das Haus kümmern. Trotzdem wäre ich dir dankbar, wenn du ab und an nach dem Rechten siehst.«

Der Apotheker gab ihm sein Wort und fragte: »Was hältst du davon, wenn wir deinen Entschluss bei Lucilla feiern?«

Keilholz winkte ab. »Ich habe keine Zeit«, erklärte er.

»Sei kein Spielverderber, Johannes! Seit meine Frau unseren fünften Sohn geboren hat, darf ich nicht mehr zu ihr unter die Decke. Sie hat Angst, wieder mit einem Jungen schwanger zu werden. Was kann ich dafür, dass es kein Mädchen wurde?«, schimpfte der Apotheker und griff sich in den Schritt. »Lass uns gehen«, forderte er, doch Keilholz blieb hartnäckig. »Ich habe noch einen wichtigen Termin, den ich nicht absagen kann«, sagte er kopfschüttelnd und verabschiedete sich.

Er hatte gelogen, denn er war nicht verabredet. Er wollte auf den Friedhof gehen, um seiner Frau und seiner Tochter von seinen Plänen zu erzählen. Doch das wollte er seinem Freund nicht auf die Nase binden.

Es dämmerte, als er das Fuhrwerk vor dem kunstvollen Eisentor des Totenackers anhielt. Im selben Augenblick meinte er, Brandgeruch wahrzunehmen. Er stellte sich auf, um vom Kutschbock aus die Umgebung nach einem Feuer abzusuchen. Prüfend sah er sich nach allen Richtungen um. Aber da er weder Flammen sehen noch verdächtige Geräusche hören konnte, glaubte er sich zu täuschen. Er sprang herunter und ging durch das Eisentor zu den Gräberreihen.

Wie viele neue Gräber hinzugekommen waren in den letzten Wochen, dachte er, als er gleich am Eingang drei frisch aufgeschüttete Hügel bemerkte, in deren Boden einfache Holzkreuze gerammt waren. Auf zweien lag jeweils ein dünner Tannenzweig, auf dem mittleren ein gebundener Kranz. Johannes Keilholz schlug das Kreuz und bog in einen Zwischengang ein, an deren Ende seine Lieben bestattet lagen. Auf den Weg dorthin blieb er an manchen Gräbern stehen, da er die Toten gekannt hatte. Er nickte ihnen zu, als ob sie ihn sehen konnten. Beim Grab seiner Eltern verweilte er einen Augenblick, um zu beten.

Als er aufblickte, glaubte er an der Mauer, die den Friedhof eingrenzte, jemanden stehen zu sehen. Er wusste nicht, warum, aber die Person wirkte verloren. Er ging um den Grabstein herum und erkannte eine junge Frau, die in ihrer hellen Kleidung trotz des schwindenden Lichts deutlich zu erkennen war. Sie drehte sich um die eigene Achse, als ob sie jemanden suchte.

»Kann ich dir behilflich sein, Mädchen?«, rief er, während er näher kam.

Die junge Frau wandte sich ihm zu. Sie trug nur ein dünnes Gewand, obwohl es kühl war. Ihr Gesicht war rußgeschwärzt, einzelne Strähnen ihres langen Haars angesengt. Ihre Schulterknochen stachen spitz unter dem Stoff hervor. Sie war abgemagert und schien verwirrt zu sein. An ihrem Hals glaubte er einen blutigen Streifen zu erkennen.

»Was ist passiert? Bist du verletzt?«, fragte er erschrocken und eilte auf die Frau zu.

Die Fremde schaute ihn nicht an, sondern richtete ihren Blick auf die Gräber. »Wisst Ihr, wo die Kinder liegen?«, wimmerte sie.

Keilholz stutzte. »Sie sind meist bei ihren Eltern beerdigt. Manche auch im Sarg der Mutter«, antwortete er vorsichtig.

Sie schüttelte den Kopf. »Ich meine die Kinder, die tot geboren wurden.«

Er musterte die junge Frau, die ihm irgendwie bekannt vorkam. Doch sie war weder eine flüchtige Bekannte noch eine Patientin. Während er nachdachte, wo er sie schon einmal gesehen haben könnte, verfiel sie sichtlich in Panik. Ihre Bewegungen wurden fahrig, und ihr Blick wirkte gehetzt.

»Ihr müsst doch wissen, wo mein Kind beerdigt liegt!«, rief sie und wollte ihn am Umhang packen, doch er machte intuitiv einen Schritt nach rechts, sodass sie ins Leere griff. Die Frau stolperte vorwärts, verfing sich in ihrem Kleid und fiel zu Boden.

Geschwind kniete er sich neben sie, um ihr aufzuhelfen. »Es tut mir leid! Das war nicht meine Absicht.«

»Ich will doch nur für seine Seele beten, damit unser Herr im Himmel es bei sich aufnimmt«, wisperte sie, als er sie hochzog.

»Wir suchen gemeinsam nach deinem Kind. Wie lautete sein Name?«

»Ich weiß es nicht.«

Keilholz kam das Verhalten der Frau immer seltsamer vor. Auch ihr Aussehen machte ihn misstrauisch. Sicherlich stammt sie aus dem Armenviertel, dachte er und sah sich Hilfe suchend um. Aber kein anderer war auf dem Friedhof zu sehen. »Lass uns die Kindergräber absuchen. Vielleicht erkennst du deines wieder«, sagte er freundlich.

Dankbar sah die Fremde ihn an und nickte. Wie eine Marionette ließ sie sich durch die einzelnen Reihen und von Grab zu Grab führen. »Hier liegt Gertrude, hier Adelbert ... Hattest du einen Sohn oder eine Tochter?«, fragte er einfühlsam.

»Ich weiß es nicht«, flüsterte sie und ging schluchzend in die Knie.

Johannes Keilholz war überfordert. Er hockte sich nieder und legte den Arm um die weinende Frau. »Du solltest morgen bei Tag nach dem Grab suchen. Bald wird es gänzlich dunkel sein, sodass man kaum mehr etwas erkennen kann«, redete er auf sie ein. Mit einem Seitenblick sah er zu den Gräbern seiner Liebsten, die er trotz Dunkelheit erkennen konnte, da ihr Grabstein eine Handbreit höher als die anderen war.

Da hörte er Glockenläuten. »Irgendwo brennt es«, murmelte er.

Die Frau begann zu zittern und wollte aufspringen, doch ihre Beine versagten. »Ich muss fort. Sie dürfen mich nicht finden. Ich will nicht wieder eingesperrt sein«, wisperte sie und wollte abermals aufstehen, aber sie hatte keine Kraft mehr.

»Wer will dich einsperren?«

»Lucilla, die Hurenmutter!«, flüsterte sie.

Schlagartig erinnerte sich Keilholz, wo er die Fremde schon einmal gesehen hatte. Und ahnte, wer sie war.

⇥ *Kapitel 42* ⇤

Frédéric wollte gerade nach Tübingen aufbrechen, als ein Laborant ihm die Nachricht überbrachte, dass der Laborinspektor Wagner zurückgekommen sei. Zusammen mit seinem Vetter sollte Frédéric Herzog Friedrich in der Schlosskirche abholen, damit sie gemeinsam ins Laboratorium gingen. So lautete die Anweisung des Herzogs.

Kaum hatte sich der Laborant davongeschlichen, schlug

Frédéric mit der Faust gegen die Wand. »Vermaledeit«, schimpfte er, da er seinen Ritt nach Tübingen verschieben musste. Dabei wollte er sich so schnell wie möglich Gewissheit verschaffen, dass Georg sich geirrt hatte. Murrend verließ er seine Räumlichkeiten, um dem Vetter Bescheid zu geben, der sich in seinen Gemächern auf der anderen Schlossseite aufhielt. Anscheinend hatte Mathilde ihrem Mann den kleinen Ausflug verziehen, denn Frédéric hatte Georg seit seiner Ankunft am Vortag nicht mehr gesehen. Um den Termin mit dem Inspektor schnellstmöglich hinter sich zu bringen, kürzte er den Weg in die Gemächer seines Vetters ab. Immer zwei Stufen auf einmal nehmend eilte er die breite Steintreppe in der Eingangshalle hinunter, um durch den hinteren Ausgang unter die Arkaden zu gelangen. Von dort kam er auf direktem Weg zu dem Turm, der zwei Gebäudeteile des Schlosses miteinander verband. Über das dortige Treppenhaus konnte er rasch in den Teil des zweiten Stocks gelangen, wo sich Georgs und Mathildes Gemächer befanden.

Als er unter den prächtigen Gewölben der Bogengänge stand, lockte ihn die Sonne hinaus auf den großen Platz. Er sprang über eine Schneewasserlache auf einen trockenen Flecken und streckte sein Gesicht der Wärme entgegen. Erst jetzt spürte er, wie durchgefroren er war. In dem riesigen alten Schloss waren manche Räume zugig, andere wegen des dicken Mauerwerks selbst im Hochsommer unangenehm kühl. In einige drang niemals Sonnenlicht hinein, da die Räume Richtung Norden lagen.

Er genoss es, sich zu wärmen. Da erklang mehrstimmiges Gekicher in seinem Rücken. Neugierig drehte er sich herum.

Mehrere Dienstmädchen standen versteckt hinter den Säulen und beobachteten ihn. Manche Blicke waren schüchtern, andere verführerisch. Ein Mädchen winkte ihm heimlich zu. Von ihm kannte er jedes Muttermal auf ihrem Leib. Es war die Kammerzofe der Prinzessin, die seit einiger Zeit fast jede Nacht zu ihm ins Bett stieg. Mit leuchtenden Augen und rosig verfärbten Wangen lächelte sie ihm zaghaft zu. Er verbeugte sich galant, was einen weiteren Kicheranfall der Mädchen auslöste. Dann eilten sie den Arkadengang entlang und verschwanden im Wirtschaftsgebäude.

Abermals reckte er das Kinn. Der Frühling naht, dachte er freudig. Bei diesem Wetter wäre er gern nach Mömpelgard geritten, denn beim letzten Mal war es klirrend kalt gewesen. Er liebte es, auf dem Weg dorthin über die noch nackten Felder zu galoppieren und sich den Wind um die Nase wehen zu lassen. Zu dieser Jahreszeit war die Landschaft, in der sein Heimatort lag, besonders reizvoll. Die Eisschicht, die die beiden Flüsse Lizaine und Allaine bedeckte, würde bei den warmen Temperaturen tauen, sodass man das Wasser plätschern hörte, das sich durch die Auen schlängelte. Die Berge in der Ferne hingegen wären noch schneebedeckt. Auch würde die Luft klar und frisch und trotzdem schon warm sein.

Doch diesen Ausflug musste er verschieben, da der Ritt nach Tübingen jetzt wichtiger war. Obwohl die Stadt auf dem Weg nach Mömpelgard lag, würde er danach sofort zurück nach Stuttgart müssen. Dabei drängte es ihn, schon bald nach Hause zu reiten, um nachzusehen, ob alles nach seinen Wünschen geregelt worden war. Wenn er daran dachte, welch glückliche Wende sein Leben seit seinem letzten Besuch genommen hatte, überzog ein Lächeln sein Gesicht. Dennoch betrübte es ihn, dass niemand von seinem Glück erfahren durfte. Damit weder Georg noch sein Oheim Verdacht schöpften, benötigte er einen nachvollziehbaren Grund für seine nächste Reise. Überhaupt würde er gern mehr Zeit in Mömpelgard verbringen. Doch das war Zukunftsmusik. Sein Oheim verlangte, dass Georg und er anwesend waren, wenn Freiherr von Brunnhof und Grobeschütz mit seiner Arbeit begann.

Bis jetzt hatte der Alchemist die Apparaturen und die Hilfsmittel lediglich getestet, aber noch kein Experiment gewagt. »Ich muss mich mit allem vertraut machen, nur dann kann ich mich voll auf die Arbeit konzentrieren«, hatte der Freiherr erklärt, als der Herzog seine Ungeduld bekundete. Er hatte versprochen, sobald der zweite Alchemist angekommen sei, mit seiner besonderen Tinktur zu laborieren und die ersten Beweise seiner Fähigkeit zu liefern. Der Regent und auch Frédéric konnten es kaum erwarten, Zeugen der Wirkung dieser Essenz, deren Zusammensetzung niemand kannte, zu werden.

In Frédérics Nähe setzte Glockenschlag ein. Laut und durchdringend verkündete die Turmuhr die nächste Stunde. Er hielt sich die Ohren zu, bis der Krach verklungen war. Vermaledeit! Er hatte sich in seinen Gedanken verloren und darüber die Zeit vergessen. Sicherlich wartete sein Oheim schon ungeduldig auf ihn und Georg. Mit einem tiefen Seufzer drehte er sich auf dem Absatz herum und eilte den Arkadengang entlang zum Turm, um dort die Treppe hinaufzustürmen.

Völlig außer Atem klopfte er an Georgs Zimmertür.

»Wer wagt es, uns zu stören?«, hörte er Mathildes gereizte Stimme.

»Ich bin es, Frédéric!«, keuchte er.

»Was willst du?«

»Der Herzog erwartet Euren Gemahl in der Schlosskirche, Prinzessin.«

In dem Augenblick wurde die Tür aufgerissen, und ein spärlich bekleideter Georg erschien im Türrahmen. Er hielt sein Beinkleid fest, während sein Oberkörper unbedeckt war. Im Nebenzimmer konnte Frédéric Mathilde erkennen, die auf dem Bett lag, nur ein Laken über sich ausgebreitet.

»Was ist geschehen?«, rief Georg aufgekratzt.

»Wagner ist zurück aus Tübingen. Dein Vater will, dass wir uns gemeinsam anhören, was er zu erzählen hat.«

»Das ist alles?« Georg sah gereizt aus. Frédéric nickte. »Was kann er schon Aufregendes zu erzählen haben, das nicht warten kann? Du darfst mir später davon berichten.«

»Dein Vater verlangt, dass wir beide kommen. Was soll ich ihm sagen, wo du bist?«

»Dir wird schon eine Ausrede einfallen.« Georg fixierte seinen Vetter arrogant. »Mein Vater wird mich nicht vermissen, solange du da bist. Auch wenn du nur der Bastard bist, hat der Alte einen Narren an dir gefressen. Weiß der Himmel, warum das so ist. Verschwinde und stör uns nicht länger.«

»Aber ...«, begann Frédéric, doch das hörte Georg schon nicht mehr. Mit einem Knall fiel die Tür ins Schloss. Lautes Gelächter dahinter drang zu ihm auf den Flur.

War das der Dank für das Verständnis, das er am Vortag gezeigt hatte?, dachte er fassungslos. Er hätte sich am liebsten geohrfeigt, weil er mit seinem Vetter beinahe Mitleid gehabt hatte, als dieser zusammengebrochen war. Auch ärgerte er sich, dass er Mathilde beschwichtigt hatte. Wann würde er endlich begreifen, dass Georg sich niemals ändern und ein Egoist bleiben würde? Wie sollte er nun seinem Oheim erklären, dass sein eigener Sohn seine Befehle ignorierte? Abermals brachte Georg ihn in eine unschöne Lage. In Frédéric brodelte es. Er war versucht, erneut anzuklopfen. Doch was würde das bringen? Wenn Georg nicht wollte, konnte nichts ihn umstimmen.

Er hatte sich nichts vorzuwerfen. Er war seinem Auftrag nachgekommen. Mehr konnte er nicht tun. Mit raschen Schritten ging er den Weg zurück, den er gekommen war, um zur Schlosskirche zu eilen.

Jedes Mal, wenn Frédéric die Schlosskirche betrat, überzog eine Gänsehaut seine Arme. Die Schönheit des Innenraums überwältigte ihn stets aufs Neue. Ihm gefiel jeder Winkel dieses Gotteshauses, sodass er die Kirche auch außerhalb der Gottesdienste aufsuchte, um in Ruhe seinen Gedanken nachzuhängen. Diese Eigenart hatte er mit seinem Onkel gemein. Auch der Regent mochte die Stille des Gotteshauses und kam oft allein hierher. Manchmal knieten sie sogar nebeneinander auf dem samtbezogenen Bänkchen vor dem Altar. Mit geschlossenen Augen und vor den Lippen gefalteten Händen murmelte jeder seine Gebete.

Wenn Frédéric allein hier war, setzte er sich auf eine der hinteren Bänke, um die Schönheit der Kirche in sich aufzunehmen. Da er selbst handwerklich unbegabt war, faszinierten ihn die aufwendig gefertigten Holzarbeiten. Auch die prunkvollen Schnitzereien, mit denen die Rundbogen verziert waren, die die gedrechselten Säulen miteinander verbanden, bewunderte er sehr. Selbst die Kirchenbänke waren kunstvoll verziert, ebenso wie die Kanzel, zu der man über eine prachtvolle Wendeltreppe gelangte.

Es gab für Frédéric nichts Vergleichbares an Schönheit. Selbst das Straßburger Münster, das er kannte, konnte einem Vergleich mit der beschaulichen Schlosskirche nicht standhalten. Außerdem ist sie katholisch, dachte er spöttisch.

Er räusperte sich leise, um seinem Oheim zu signalisieren, dass er da war. Trotzdem dauerte es eine Weile, bis der Regent sich von dem Bänkchen erhob. Nach einer Verbeugung zum Kreuz drehte sich der Herzog um und kam auf Frédéric zu.

»Geht es Euch nicht gut, mein Herzog?«, fragte Frédéric besorgt. Als Friedrich nur eine Augenbraue hob, fügte er hastig hinzu: »Ihr seht niedergeschlagen aus.«

»Ich habe für die Seele meines lieben Freundes Georg

Gadner gebetet. Er hätte dieser Tage seinen dreiundachtzigsten Geburtstag gefeiert, doch nun weilt er schon ein halbes Jahr nicht mehr unter uns.«

»Bei allem Kummer wegen seines Ablebens, mein Herzog, Herr Gadner hatte ein stolzes Alter erreicht. Wir wissen nicht, ob uns so viel Zeit auf Erden vergönnt ist«, versuchte Frédéric den Oheim zu trösten, was dem Herzog ein Schmunzeln entlockte. »Sicherlich werde ich vor dir gehen, Neffe.«

Frédéric hatte Georg Gadner nur wenige Male getroffen, meist wenn er mit zahlreichen Papierrollen unter dem Arm über die Gänge hastete, weil er mit dem Herzog neue Erkenntnisse besprechen wollte. Als junger Bursche hatte Frédéric den Mann bewundert, der nicht nur Advokat, Chronist und Historiker war. Zu seinen Aufgaben gehörte auch die Kartografie von Württemberg. Damit hatte er bereits unter Herzog Christoph von Württemberg begonnen und die Arbeit unter Friedrichs Vetter Ludwig weitergeführt. Trotz seines hohen Alters ließ er es sich nicht nehmen, seine Tafeln, auf denen er die Gebiete erfasst hatte, laufend zu verbessern und zu ergänzen.

»Wo ist Georg?«, fragte der Fürst und riss Frédéric aus seinen Gedanken.

»Ich konnte ihn nicht finden.« Die Lüge kam stockend über Frédérics Lippen, woraufhin der Herzog ihn strafend ansah und den Kopf schüttelte. »Warum hat mich unser Herrgott mit solch einem Sohn geschlagen? Sicherlich muss er seinen Rausch ausschlafen«, brummte er.

»Ihr wisst davon?«, fragte Frédéric verblüfft.

»Ich habe es dir schon einmal gesagt: Ich weiß alles über die Menschen, mit denen ich eng zu tun habe. Einerlei, ob sie mit mir verwandt sind oder nicht. Wie könnte ich regieren, wenn ich meine Augen und Ohren verschlossen hielte?«

Frédéric schluckte. Nur zu gerne hätte er gewusst, ob sein Onkel auch ihn beschatten ließ. Falls ja, wäre sein Geheimnis in Mömpelgard in Gefahr. Der Herzog schien seine Gedanken zu ahnen, denn er erklärte:

»Zum Glück ist es nicht dieser Sohn, der meinen Platz einnehmen wird – Gott sei es gedankt. Da Georg aber mein Sorgenkind ist, ist es mir ein besonderes Anliegen, ihn zu observieren, damit ich eingreifen kann, falls er vom rechten Weg abkommen sollte. Bis jetzt sind seine Verfehlungen ungestümer, ja fast kindlicher Natur. Ich hoffe, dass ich mindestens so alt wie Herr Gadner werde, damit ich genügend Zeit habe, Georg nach meinen Vorstellungen zu formen. Wie du siehst, mein lieber Neffe, gelingt mir das mal mehr und mal weniger.«

Frédéric war erstaunt über diese Worte, auf die er nichts zu sagen wusste. Der Oheim schien keine Ahnung über das geheime Leben seines Neffen zu haben, sonst hätte er sicherlich eine Andeutung gemacht, dachte er erleichtert. Er nahm sich vor, bei seinem nächsten Ritt in seinen Heimatort noch vorsichtiger zu sein.

~ *Kapitel 43* ~

Johannes Keilholz betrachtete das Gesicht der schlafenden Frau. »Was träumst du?«, murmelte er, da ihre Lider zuckten und sie leise stöhnte. Er konnte nicht leugnen, dass ihr Schicksal ihn interessierte, auch wollte er wissen, wer sie war. Bis jetzt kannte er nicht einmal ihren Namen. Nur, dass sie Angst vor der Hurenwirtin Lucilla hatte.

Vage erinnerte er sich daran, dass die Dirne Marie ihm von einer Frau berichtet hatte, die von Lucilla gefangen gehalten wurde. Warum wurde eine Frau in einem Bordell eingesperrt? Vielleicht war sie eine Dirne, die die Hurenmutter um ihren Anteil gebracht hatte. Sie könnte aber auch mit den Behörden in Konflikt geraten sein. Doch dann hätte man sie der Polizei übergeben und nicht wegsperren dürfen.

Er mochte den Gedanken nicht, dass diese Frau, die so unschuldig wirkte, eine Verbrecherin oder Dirne sein sollte. Er erinnerte sich, dass er in dem Bordell vor einiger Zeit flüchtig eine schwangere Frau gesehen hatte. Ob sie es gewesen war, die sich damals nach ihm umgeschaut hatte? Anscheinend hatte sie ihr Kind verloren und war deshalb so verstört auf dem Friedhof umhergeirrt. Das würde auch ihre sonderbare Aufmachung im Nachthemd erklären. Er wusste aus seiner Berufserfahrung, dass Frauen den Tod ihres Kindes nur schwer verkraften konnten. Einige Mütter kamen nie darüber hinweg. Manche Väter auch nicht, dachte er bitter.

Es war gefährlich, die Fremde in seinem Haus zu verstecken. Irgendwann würden Baltasar oder Grete auf sie aufmerksam werden. Sie musste schnellstmöglich wieder verschwinden. Er hätte sie gar nicht hierherbringen sollen, aber er hatte sie auch nicht allein auf dem Todesacker zurücklassen können. Als Menschengeschrei und Hundegebell lauter wurden, war sie panisch geworden. Anscheinend wurde sie gesucht. Für Keilholz war klar, dass er die Frau nicht bei der Hurenmutter abliefern würde, zumal ihre Brandwunde am Hals versorgt werden musste. Als er sie hochgehoben und zu seinem Fuhrwerk getragen hatte, konnte er ihren abgemagerten Körper durch das dünne Nachthemd spüren.

Im Schutz der herangebrochenen Dunkelheit waren sie ungesehen vom Friedhof bis zu seinem Stall gefahren. Baltasar schlief um diese Uhrzeit in der Kammer neben dem Labor. Grete war bereits zu ihrem Mann nach Hause gegangen. Deshalb hatte keiner bemerkte, wie Keilholz die junge

Frau ins Haus trug und dort versteckte. In Windeseile hatte er für sie ein Nachtlager auf dem Dachboden hergerichtet. Nachdem er ihr geholfen hatte, den Ruß aus dem Gesicht zu waschen, reinigte er die Verletzung am Hals, die nur oberflächig war. Währenddessen sprach die Fremde kein Wort. Nur Tränen liefen über ihre Wangen. Er fragte nichts und bedrängte sie nicht, von sich zu erzählen. Nachdem die Wunde versorgt war, ging er hinunter in die Küche, um Brot, Wurst und einen Krug Apfelsaft für sie zu holen. Als er zurückkam, war sie eingeschlafen.

Nun saß er auf dem alten verstaubten Stuhl, der seit ewigen Zeiten auf dem Dachboden stand, und machte sich seine Gedanken über ihre Geschichte, die sonderbarer kaum klingen konnte. Schließlich beschloss er, dass die junge Frau sich anderntags noch ausruhen durfte, bevor er sie fortschicken wollte, da er in zwei Tagen nach Stuttgart aufbrechen würde. Bis dahin musste sie aus seinem Leben wieder verschwunden sein.

Erschöpft löschte er die Laterne am Boden und ging hinunter ins Labor.

Wie jeden Sonntag saß Johannes Keilholz mit Baltasar bei Grete in der Küche, um mit ihnen vor dem Kirchgang gemeinsam das Frühmahl einzunehmen.

»Herr Keilholz! Wie könnt Ihr mir das antun und so lange fortbleiben? Was soll mit dem Haus geschehen? Was mit dem Labor? Und dann der Junge, Herr Keilholz! Wer soll sich um den armen Baltasar kümmern, wenn Ihr nicht mehr da seid?«, fragte Grete und strich das Butterschmalz besonders dick auf Baltasars Brot. Mit Leidensmiene sah sie erst den Lehrjungen und dann den Alchemisten an. Anschließend schniefte sie theatralisch ins Geschirrtuch. »Wer kümmert sich um Euch in Stuttgart? Wer kocht Euer Essen? Wenn Ihr eine Frau hättet, wäre es mir leichter ums Herz. Aber so allein ... wie soll das gehen?«

Er setzte seinen einstudierten schuldbewussten Blick auf, um sich das Gejammer seiner Haushälterin anzuhören – wie neuerdings jeden Morgen. Seit Grete wusste, dass er nach Stuttgart reisen würde, versuchte sie, ihm ein schlechtes Gewissen einzureden und ihn von seinem Vorhaben abzubringen. Sogar sein armer Lehrjunge musste dafür herhalten, was ihn allerdings zum Schmunzeln brachte. Normalerweise ließ Grete kein gutes Haar an Baltasar und verunglimpfte ihn eher, als dass sie ihn lobte. Doch für diesen Zweck schien der Knabe bestens geeignet zu sein. Augenzwinkernd schaute er Baltasar an, doch der reagierte nicht. Da seine Mundwinkel nach unten zeigten, ahnte Keilholz, dass der Junge mit den Tränen kämpfte.

»Ich kann dich beruhigen, Grete!«, erklärte er lächelnd. »Ich werde sicherlich nicht verhungern in den wenigen Monaten, die ich in Stuttgart verbringe. Zudem bekomme ich einen Teil meines Lohns in Naturalien ausgezahlt. Es wird sich sicher jemand finden, der mir Essen zubereiten kann, obwohl ich deine außerordentlichen Kochkünste vermissen werde«, schmierte er der Frau Honig ums Maul, sodass sie errötete. »Außerdem habe ich für Baltasar einen neuen Lehrherrn gefunden, bei dem er auch wohnen kann.«

»Wer kann das schon sein?«, meinte Grete ablehnend.

»Mein guter Freund Matthäus, dem die Apotheke am Brunnen gehört, wird sich um Baltasar kümmern.«

»Aber ich will Alchemist werden und Gold herstellen«, klagte Baltasar weinerlich.

»Wenn das dein Wunsch ist, wirst du ihn eines Tages umsetzen. Doch bedenke, Apotheker kennen sich mit Chemikalien aus, die der Grundstock für die Alchemie sind. Lerne fleißig die Zusammensetzung dieser Stoffe, damit du sie für die Alchemie später nutzen kannst. Ich werde nicht ewig fort sein. Sobald meine Tätigkeit in Stuttgart beendet ist, werde ich nach Tübingen zurückkehren. Wenn du ausgelernt hast, können wir gemeinsam forschen.«

Baltasars Augen bekamen einen freudigen Glanz. »Meint Ihr wirklich, Meister?«

Als er nickte, sprang der Junge auf und umarmte ihn. Der Alchemist erwiderte die Geste und sagte: »Ich werde nach dem Gottesdienst mit deinem Vater sprechen, damit du morgen schon zu Matthäus ziehen kannst. Es wird dir dort sicherlich gefallen, denn er hat einen Sohn in deinem Alter, sodass du einen Kameraden hast. Doch nun wasch dir die Hände und kämm dir die Haare, damit wir in die Kirche gehen können.«

Während des Gesprächs ließ er heimlich ein Stück Butterkuchen in seiner Jackentasche verschwinden. »Ich muss rasch im Labor nachsehen, ob der Ofen aus ist«, murmelte er, als er sich erhob und zur Tür ging. »Ich bin gleich wieder da«, rief er vom Flur aus.

Hastig legte er sich den Umhang um die Schultern und eilte über den Hof hinüber ins Laboratorium. Dort warf er die Tür ins Schloss und krabbelte die Stiege zum Dachboden hinauf. Als er die Dachluke öffnete und den Kopf hindurchsteckte, zuckte er zusammen. Das Nachtlager war leer.

Da hörte er ein leises Geräusch, das aus einer dunklen Ecke kam. »Wo bist du?«, flüsterte er.

Die Frau trat aus dem Schatten hervor. »Die Tür ist zugefallen, da hatte ich Angst, dass man mich finden könnte«, sagte sie mit leiser Stimme.

»Geht es dir besser?«, wollte er wissen. Sie nickte. Als er sah, dass Brot, Wurst und Apfelsaft vom Abend zuvor verschwunden waren, reichte er ihr den Butterkuchen. »Du hast sicherlich wieder Hunger.«

Gierig griff sie nach dem Kuchenstück und biss hinein.

»Ich muss dich wieder allein lassen, da der Gottesdienst gleich beginnt. Du kannst heute noch bleiben, aber morgen musst du gehen. Ich reise morgen nach Stuttgart und kann mich deshalb nicht länger um dich kümmern. Da sonntags meine Haushälterin zu ihrem Mann geht und mein Lehrbursche den Tag mit seinem Vater verbringt, kannst du dich später in meinem Haus erfrischen. Auch benötigst du ein wärmeres Gewand anstelle dieses dünnen Nachthemds.«

»Wohin soll ich gehen? Ich kenne niemanden in der Stadt.«

»Wir sprechen später darüber«, versuchte er die verzweifelte Frau zu beruhigen.

Wie er gehofft hatte, war Baltasars Vater offen für seinen Vorschlag, dass der Sohn von nun an beim Apotheker arbeiten würde. »Ich bin glücklich, dass Ihr meinen Jungen nicht auf die Straße werft, sondern Euch um eine Stelle für ihn bemüht habt. Baltasar wird bei dem Herrn Apotheker ebenso eifrig lernen wie bei Euch, Herr Doktor«, versprach der Vater dankbar.

»Ich werde deinen Sohn persönlich zu seinem neuen Lehrherrn begleiten und ihn dort vorstellen«, versicherte Keilholz. Dann verabschiedete er sich und ging zu seinem Fuhrwerk, das neben der Kirche am Friedhof stand. Er wollte gerade auf den Kutschbock steigen, als er den Totengräber erblickte.

Er folgte dem Mann, der krummbucklig durch die Grabreihen schlich. »Gott zum Gruße«, rief er verhalten in die Stille des Totenackers, um auf sich aufmerksam zu machen. Der Mann blieb stehen und schaute ihm mürrisch entgegen. »Gott zum Gruße, guter Mann!«, wiederholte er freundlich.

Der Alte nickte und brummte etwas in seinen struppigen Bart, das nicht zu verstehen war.

»Kannst du mir bitte sagen, wo du die totgeborenen Kinderchen beerdigst?«

Der Alte musterte ihn abweisend. »Im Grab der Mutter«, antwortete er knapp.

»Ich meine die traurigen Seelen, die ohne ihre Mutter zu unserem Heiland müssen.«

»Die werden dort drüben beerdigt«, knurrte er und wies mit seinen erdverschmutzten Fingern hinüber zur Mauer.

»Dort habe ich das Grab nicht finden können. Vielleicht erinnerst du dich. Das Kindchen ist erst vor Kurzem beerdigt worden.«

Der Totengräber schien zu überlegen. Dann schüttelte er den Kopf. »In den letzten Wochen habe ich drei Frauen bestattet, die im Wochenbett verstorben sind. Zwei mit ihren Neugeborenen. Ein einzelnes Kind habe ich dieses Jahr noch nicht beigesetzt.«

»Aber das kann nicht sein ... Angeblich wurde hier ein totgeborenes Kind beerdigt.«

»Ich sagte Euch bereits, nicht bei mir.« Der Alte wurde griesgrämig.

»Gibt es einen anderen Friedhof in der Nähe?«

»In Tübingen gibt es mehrere Friedhöfe, doch keinen in diesem Stadtteil. Und jetzt muss ich fort. Meine Frau wartet mit dem Mittagessen.«

Johannes Keilholz bedankte sich und marschierte hinüber zu den Kindergräbern. Tatsächlich war keins frisch aufgeschüttet. Nachdenklich ging er zurück zu seinem Fuhrwerk.

Kapitel 44

Nachdem der fremde Mann die Luke im Dachboden geschlossen hatte, legte Elisabeth sich zurück auf ihr Lager. Sie fror erbärmlich und zog sich die Decke bis zu den Ohren. Da sie die halbe Nacht wach gelegen hatte, hoffte sie, wieder einzuschlafen. Ihre Gedanken aber ließen sie nicht zur Ruhe kommen. In ihrem Kopf hörte sie die Schreie und die aufgebrachten Stimmen. Sie glaubte sogar den Brandgeruch zu riechen, der über das Bordell gezogen war.

Sie kniff die Augen fest zusammen. Sie wollte die Erinnerung unterdrücken, aber die Angst, dass während des Brands jemand zu Schaden gekommen sein könnte, ließ sie nicht los. Doch dann erinnerte sie sich an den dankbaren Blick von Regina, die mit ihrer Tochter an der Hand im dichten Qualm verschwand. Elisabeth hoffte inständig, dass man Mutter und Kind nicht fasste und sie in einer fernen Stadt ein besseres Leben beginnen konnten. Allerdings vermisste sie die beiden schon jetzt. Regina war ihr eine Freundin geworden, und ihre Tochter, die kleine Christa, hatte sie vom Verlust des eigenen Kindes abgelenkt.

Sie presste sich die Decke vor den Mund, damit man ihr Schluchzen nicht hörte. Widersprüchliche Gedanken quälten sie. Sie hatte sich so sehr auf die Geburt ihres Kindes gefreut. Aber ebenso oft hatte sie ihre Schwangerschaft verflucht. In schwachen Stunden, wenn Regina ihr vorhielt, dass Frédéric sie in das Bordell geschafft hatte, weil ihm das Kind eine Last war, gab sie dem Ungeborenen die Schuld an ihrem Leid. Meist jedoch war sie voller Vorfreude gewesen, da sie fortan nicht mehr allein durchs Leben gehen würde.

Elisabeths Trauer über den Verlust ihres Kindes bereitete ihr brennende körperliche Schmerzen. Keuchend und mit nasser Stirn starrte sie zum Dachgebälk. Sie musste zurück auf den Friedhof gehen und das Grab finden, um für die unschuldige Kinderseele zu beten. Auch wollte sie das Kind um Verzeihung bitten, da sie es nicht hatte beschützen, nicht hatte retten können. Vielleicht würde das ihre inneren Qualen lindern.

Doch zuerst wollte sie Kraft schöpfen. Wenn sie am nächsten Tag fort musste, würde sie kein Dach über dem Kopf und kein weiches Lager mehr haben. Sie riss die Augen auf. Wohin sollte sie gehen? Selbst wenn sie zu ihrem Vater und zu ihren Geschwistern zurückkehren wollte, wüsste sie nicht einmal, in welche Richtung sie gehen müsste. Vielleicht konnte der fremde Mann ihr weiterhelfen, dachte sie. Vielleicht ... Ihre Augen fielen zu, und sie schlief ein.

―•―◉―•―

Elisabeth spürte, wie jemand sie berührte. Blinzelnd fuhr sie hoch.

»Hab keine Angst! Ich bin es«, versicherte ihr die inzwischen bekannte Männerstimme.

Erleichtert lächelte sie.

»Bist du hungrig?«

Sie nickte.

»Dann komm mit in mein Haus. Die Suppe steht bereits auf dem Herd. Auch kannst du dich waschen und ein Kleid überziehen. In dem dünnen Hemd holst du dir den Tod. Du brauchst keine Angst zu haben, dass man dich sehen könnte. Außer uns ist niemand da. Zieh den Umhang über. Es ist kühl draußen.«

Elisabeth lugte scheu zu dem Fremden. Sie war allein mit ihm in seinem Haus. Eigentlich musste sie sich fürchten, aber er strahlte nichts Böses aus. Im Gegenteil. Sie vertraute ihm, obwohl sie nicht einmal seinen Namen kannte.

Sie sah ihm hinterher, wie er durch die Bodenluke verschwand. Dann stand sie auf, legte den schweren Umhang über ihre knochigen Schultern und folgte ihm.

»Ich hoffe, dir schmeckt die Hühnersuppe. Meine Haushälterin bereitet sie jeden Sonntag für mich zu.«

»Wo ist Eure Frau?«

Ein Schatten legte sich über sein Gesicht. Er ließ den Blick über das Kleid wandern, das sie in der Badestube gefunden und angezogen hatte. Es war etwas zu weit in der Taille, aber die Länge passte.

»Sie ist verstorben«, sagte er leise.

»Das tut mir leid.«

»Es ist schon lange her.«

»Und doch bewahrt Ihr ihre Kleider auf.«

»Verrätst du mir deinen Namen?«, bat der Mann. Anscheinend versuchte er das Thema zu wechseln.

»Ich heiße Elisabeth.«

»Elisabeth«, wiederholte er. »Ein passender Name für dich. Hast du auch einen Nachnamen?«

»Die Tochter des Karpfenfischers.«

Auch diesen wiederholte er. Dieses Mal als Frage.

»So nannte man mich in unserem Dorf«, erklärte sie verlegen.

»Ich heiße Johannes Keilholz«, stellte er sich vor.

Elisabeth lächelte. »Seid Ihr ein Adliger?«, fragte sie schüchtern und sah sich in der Küche um, die hell und freundlich wirkte. Im Ofen brannte ein Feuer, getrocknete Kräutersträuße hingen an dem Regal, auf dem Deckeltöpfchen aufgereiht standen. In einem breiten Küchenschrank war das Geschirr aufbewahrt. Alles deutete darauf hin, dass der Mann wohlhabend war.

»Ich bin Arzt und Alchemist.«

»Alchemist? Ich habe dieses Wort noch nie gehört.«

»Das glaube ich dir sofort«, lachte er. »Die wenigsten wissen, womit sich ein Alchemist beschäftigt, außer man interessiert sich für die Goldherstellung.«

Sie sah ihn überrascht an. »Gold?«, fragte sie ungläubig.

Er nickte. »Das Ziel der Alchemie ist es, unedle Metalle in edle wie Gold und Silber umzuwandeln.«

»Wenn das gehen würde, könnte das wohl jeder«, meinte sie und zog skeptisch eine Augenbraue in die Höhe. Als er sie verblüfft ansah, fragte sie: »Habe ich etwas Falsches gesagt?«

»Im Grunde ja, und doch nein«, murmelte er nachdenklich. Fragend schaute sie ihn an. »Es wäre zu schwierig, dir diese Wissenschaft zu erklären. Iss deine Suppe, bevor sie kalt wird«, sagte er und fischte mit dem Löffel ein Stück weißes Hühnerfleisch aus seiner Schüssel. Genüsslich ließ er es im Mund verschwinden.

Als die Suppe gegessen war, schob er seinen Teller in die Tischmitte. »Willst du mir erzählen, wer du bist, und warum deine Haarsträhnen versengt sind?«, fragte er mit leiser Stimme.

Elisabeth fasste an ihren Schopf. Tatsächlich waren einige Strähnen kürzer. Um Zeit zu schinden, malte sie mit dem Fingernagel ein unsichtbares Muster auf den dunklen Holztisch. Sie verspürte kein Verlangen, einem Fremden ihre Geschichte zu erzählen. Es war zu viel geschehen, für das sie sich schämte. Als sie zu ihm aufblickte, verschleierten Tränen ihren Blick.

»Entschuldigt! Aber mein Kind …«, flüsterte sie. Er reichte ihr ein Taschentuch.

»Der liebe Gott sollte nicht zulassen, dass Kinder vor ihren Eltern gehen müssen.«

Verwundert sah sie ihn an.

»Ich habe vor zehn Jahren nicht nur meine Frau, sondern

auch meine Tochter verloren. Bis heute quält mich der Schmerz, als wenn es gestern gewesen wäre«, sagte er und zeigte auf sein Herz.

»Dann versteht Ihr, wie ich mich fühle«, wisperte Elisabeth. Als sie in seine traurigen Augen blickte und er nickte, begann sie zu erzählen.

Sie berichtete von ihrem freudlosen Elternhaus, ihrer Sehnsucht nach einem schönen Leben, das ihre Freundin bekommen hatte, wie sie selbst aber keinen Mann fand, der sie heiraten wollte. Vom Tod der Mutter und dem Plan des Vaters, dass sie bis zu seinem Tod für ihn und den einfältigen Bruder sorgen sollte. Von Frédéric, der ihr versprach, ihr ein besseres Leben zu ermöglichen, und dem sie sich hingab, weil sie ihm vertraute. Von seiner Reaktion, als sie ihm von der Schwangerschaft erzählte. Dem fremden Reiter, der sie an die Frauenwirtin verkaufte. Dass Lucilla sie wegsperrte und regelmäßig Geld für sie von einem Unbekannten bekam. Nur kurz erwähnte Elisabeth die Geburt ihres Kindes und wie der Totengräber das Totgeborene mitgenommen habe. Sie erzählte von Regina und ihrer Tochter und dass sie dieses Kind vor einem Leben im Bordell bewahren wollte.

Sie stockte. Ihr Mund war ausgetrocknet vom langen Sprechen. Gierig trank sie das verdünnte Bier, das der Arzt ihr reichte. »Es ist kühl hier«, sagte sie und strich sich über die Arme.

Erschrocken schaute er zum Herd. »Das Feuer ist ausgegangen. Ich habe vergessen, Holz nachzulegen«, entschuldigte er sich, holte ein Scheit und warf es in den Ofen. Mit einem Schüreisen stocherte er in der Glut, bis Flammen am Holz züngelten.

Als Elisabeth das Feuer sah, das größer und größer wurde, und das knisternde Holz hörte, begann ihr Körper zu beben, und ihre Hände zitterten.

»Ist dir nicht gut?«, fragte Keilholz und griff nach ihrer Hand, um den Puls zu zählen. »Dein Herz rast«, sagte er erschrocken. Er nahm ein Tuch, tränkte es in Wasser und presste es gegen ihre Schläfe. Als sie zu keuchen begann, rief er: »Versuch tief durchzuatmen und schließ dabei die Augen.«

Beides gelang ihr nicht. »Das Feuer«, flüsterte sie.

Sofort stellte er sich vor sie, sodass sie den Ofen nicht mehr sehen konnte. Erst jetzt atmete sie durch und kniff die Lider zusammen. Schon spürte sie, wie das flaue Gefühl verschwand. Abermals reichte er ihr den Krug. Wieder trank sie gierig. Dieses Mal, um den schalen Geschmack loszuwerden.

»Gab es ein Feuer im Bordell?«

Sie nickte. »Ich wollte es nicht niederbrennen, nur Qualm verursachen, um Lucilla und ihren Mann abzulenken, damit wir fliehen konnten. Doch dann wurden die Flammen riesengroß. Überall knirschte das Holz. Die Mädchen schrien fürchterlich. Als eine die Eingangstür aufschloss, stürmte ich hinaus. Ich wollte nur noch fort und bin gelaufen und gelaufen«, weinte sie.

Elisabeth befürchtete Vorwürfe ihres Wohltäters. Doch der Mann saß da, sagte kein Wort, sah sie nur an. Nicht ein Wort der Anklage, nicht ein Wort der Schuldzuweisung kam über seine Lippen.

»Ich musste das tun«, schniefte sie leise. »Lucilla hat mir nicht verraten, ob ich eine Tochter oder einen Sohn geboren habe. Sie hat mir nicht erlaubt, das Grab zu besuchen. Aber ich muss mich von meinem Kind verabschieden und es um Verzeihung bitten, weil ich versagt habe als Mutter.«

»Wahrscheinlich hätte ich genauso gehandelt«, meinte Keilholz verständnisvoll.

Dankbar, dass er sie nicht verurteilte, erklärte Elisabeth:

»Ich muss zurück zum Bordell gehen, um zu erfahren, ob jemand zu Schaden gekommen ist.«

»Sie werden dich fangen und hart bestrafen. Du wirst dieses Mal sicherlich wie eine Schwerverbrecherin weggesperrt und niemals wieder Tageslicht sehen.«

»Das ist mir egal. Ich habe alles verloren, warum nicht auch erneut meine Freiheit? Deshalb muss ich zuerst auf den Friedhof gehen und das Grab suchen.«

Johannes Keilholz schien zu überlegen, dann schüttelte er den Kopf. »Ich denke nicht, dass jemand ernsthaft verletzt wurde, denn sonst hätte man mich gerufen.« Elisabeth sah ihn verwundert an. »Wenn ich mich nicht täusche, haben wir beide uns im Bordell gesehen.«

Plötzlich erinnerte sie sich.

»Ihr seid der Mann, der den Gang entlangging mit Marie, als sie mich in den Keller brachten.«

»Wie ich bereits erwähnte: Ich bin Arzt. Ich behandle die Mädchen, wenn ihnen Gäste übel mitspielen.«

»Franziska«, murmelte Elisabeth.

Er nickte.

»Trotzdem muss ich mich vergewissern, dass es allen gut geht.«

Keilholz widersprach: »Das wirst du nicht! Ich werde hinfahren und nachsehen. Du bleibst unter dem Dach und kommst zu Kräften.«

»Warum tut Ihr das?«

Der Arzt lächelte milde. »Meine Frau hätte sicher gewollt, dass ich dir helfe«, erklärte er sanft.

⇒ *Kapitel 45* ⇐

Als Johannes Keilholz am Sonntagnachmittag auf das Fuhrwerk stieg, verkroch sich die Sonne hinter dichten Wolken. Wind frischte auf. Enttäuscht blickte er zum Himmel. Das wird heute nichts mehr mit Wärme, dachte er und zog den Umhang vor die Brust. Mit einem Zügelschlag brachte er das Pferd zum Traben.

Wie er Elisabeth versprochen hatte, wollte er zum Hurenhaus fahren und Erkundigungen einziehen. Auch er hoffte, dass durch den Brand keines der Mädchen zu Schaden gekommen war. Vorsichtshalber hatte er verschiedene Tinkturen und Salben, die gegen Brandverletzungen und andere Wunden halfen, in seine Arzttasche gepackt.

Er war nervös. Obwohl niemand ahnen konnte, dass Elisabeth sich auf seinem Dachboden versteckt hielt, müsste er wohlüberlegt handeln, jeden Schritt und jedes Wort im Voraus abwägen. Keiner durfte misstrauisch werden und eine Verbindung zwischen ihm und Elisabeth herstellen können. Auch durfte nichts darauf hinweisen, dass er über die Geschehnisse im Bordell Bescheid wusste. In Gedanken spielte er verschiedene Situationen durch, mit denen er konfrontiert werden könnte. Er überlegte, wie er harmlos klingende Antworten geben konnte. Obwohl er sich bestens vorbereitet fühlte, wuchs seine Unruhe.

Elisabeths Leid ließ ihn nicht kalt. Er dachte, dass sich ihre Geschichte unwirklich anhörte und man ihr kaum Glauben schenken würde. Da er aber am eigenen Leib erfahren hatte, dass nur das Leben selbst solch unglaubliche Geschichten schreiben konnte, zweifelte er keinen Augenblick an der Wahrheit ihrer Worte. Doch nicht nur das. Ihm war fast das Herz stehen geblieben, als sie das erste Mal zu ihm sprach und er ihre Grübchen rechts und links in den Wangen bemerkte. Seine Tochter hatte ebensolche gehabt. Manchmal, wenn Christina traurig oder schlecht gelaunt war, hatte er ihr mit seinem Finger sanft an der Stelle in ihre Wange gebohrt und sie so zum Lachen gebracht. Diese Grübchen, Elisabeths Blick und die Art, wie sie das Brot aß, erinnerten ihn an sein kleines Mädchen. »Sie ist nicht älter, als du heute wärst«, murmelte er und blickte lächelnd zum Himmel.

Plötzlich bemerkte er Brandgeruch in der Luft. Obwohl er das Hurenhaus noch nicht sehen konnte, roch er den Rauch.

Er war gespannt, welche Lügen Lucilla ihm auftischen würde. Oder würde sie ihm ehrlich von Reginas Verschwinden berichten? Da er die Frau und ihre Tochter flüchtig kannte, könnte er gezielt nach den beiden fragen, überlegte er. Aber würde die Alte auch Elisabeth erwähnen? Offiziell schien die junge Frau nicht im Bordell zu existieren. Demnach müsste Lucilla heimlich nach ihr suchen lassen, da sie sonst das monatliche Geld verlieren würde. Plötzlich schoss ihm ein weiterer Gedanke durch den Kopf. Kein Mensch würde regelmäßig Geld für jemanden bezahlen, wenn er nicht wüsste, wie es der Person ginge. Sicherlich müsste Lucilla diesem Mann, der sie ins Bordell gebracht hatte, Bericht erstatten. Vielleicht überprüfte derjenige sogar persönlich Elisabeths Wohlbefinden. Es könnte durchaus sein, dass er nachforschte, wenn er von dem Brand hörte. Keilholz' Verdacht fiel sofort auf diesen Frédéric, der ihm nach Elisabeths Schilderungen unsympathisch war. Welch ein Ungeheuer musste dieser Mann sein, dieser zarten jungen Frau so etwas Schreckliches anzutun? Allein der Gedanke an den Unbekannten brachte Keilholz' Blut vor Zorn in Wallung. Wenn seine Überlegungen stimmten, geriet Lucilla unter massiven Druck. Sie musste die junge Frau rasch finden.

Keilholz war sich bewusst, dass Elisabeth in Tübingen nicht sicher war. Sie musste so schnell wie möglich fort aus der Stadt. Mit heftig klopfendem Herz lenkte er sein Gefährt in westliche Richtung zum Haagetor, durch das er die Altstadt verließ. Da Tübingen zum Schutz der Stadt mit einer zweiten Mauer, der Zwingermauer, umschlossen war, hoffte er, dass um diese Zeit die Tordurchgänge von Reisenden nicht verstopft waren. Tatsächlich hatte er Glück. Die Torwächter winkten ihn ohne Kontrolle durch.

Trotzdem drängte die Zeit, denn am Abend wurden die Tore geschlossen. Er gab seinem Zugpferd mit dem Zügel Kommando, an der Stadtmauer vorbeizutraben.

Hinter dem Eichenwald stand das Bordell. Schon aus der Ferne konnte er erkennen, wie einige Dirnen damit beschäftigt waren, ihr Hab und Gut nach draußen zu schaffen. Beim Näherkommen sah er verbranntes Holz auf dem Vorplatz liegen, das teilweise noch glühte. Feine Rauchsäulen stiegen vom Boden empor. Ein kleiner Haufen verbranntes Stroh lag neben den Einrichtungsgegenständen. Als Marie ihn erblickte, rief sie: »Wir arbeiten heute nicht. Erst wieder morgen.«

»Ich wollte nach euch sehen«, antwortete er und brachte sein Fuhrwerk seitlich des Weges zum Stehen. Er stieg ab und ging auf Marie zu.

Verlegen klemmte sie sich mit der rußverschmierten Hand eine Haarsträhne hinters Ohr. Ein schwarzer Streifen zierte nun Wange und Ohrmuschel.

»Ich habe von dem Brand gehört und wollte mich vergewissern, dass es euch gut geht«, erklärte er.

»Ihr seid der Einzige, der sich nach unserem Wohlbefinden erkundigt«, sagte Marie traurig und warf einen angekokelten Stuhl neben einen Haufen verbrannter Kleidungsstücke.

Die Hurenmutter trat durch die Tür ins Freie, erblickte

ihn und rief mürrisch: »Die Mädchen haben keine Zeit zum Schwatzen. Bis morgen muss alles wieder hergerichtet sein, damit das Geschäft weitergehen kann. Was wollt Ihr hier?«

»Nach euch sehen«, wiederholte Keilholz seine Absicht.

Lucilla sah ihn zweifelnd an, sagte aber kein Wort.

»Wisst ihr, wie das Feuer ausgebrochen ist?«, fragte er, während er an dem Gebäude hochsah. Die vordere Fassade hatte nichts abbekommen. Nur an den Steinen der Fensternischen konnte man vereinzelt Rußspuren erkennen.

Lucilla tat, als ob sie seine Frage nicht gehört hätte, und ging zurück ins Haus.

Er folgte ihr unaufgefordert in den Gang, wo er in eine riesige Wasserlache trat, in der angebranntes Stroh schwamm. Als eine der Dirnen mit einem Besen das Wasser herauskehrte, musste er zur Seite springen, da sonst sein Beinkleid nass geworden wäre.

»Ihr steht im Weg, Herr Doktor. Ich muss das Löschwasser zur Tür hinauskehren«, rief Franziska, die er an der Stimme erkannte.

Lucilla wandte sich ihm zu und erklärte wütend: »Gestern Abend hat eines der Mädchen seine Wäsche vor dem Kamin getrocknet. Die Kleidung hat Feuer gefangen und alles in Brand gesteckt.«

»Wer war das?«

Abermals stellte sie sich taub. Als sie weggehen wollte, rief er: »Gibt es Verletzte oder gar Tote zu beklagen?«

Lucilla drehte sich zu ihm um. »Gott bewahre! Wir konnten die Flammen rechtzeitig löschen, bevor sie auf das obere Stockwerk übergegriffen haben. Gerlinde und Agathe haben leichte Verletzungen davongetragen. Auch sie werden morgen wieder arbeiten können. Doch seht Euch diese Verwüstung an. Es wird Tage dauern, bis wieder Ordnung herrscht. Wenn wir nicht so schnell reagiert hätten ... Ich darf nicht an meine Verluste denken, sonst falle ich tot um«, erklärte sie dramatisch.

»Sei dankbar, dass niemand ernsthaft zu Schaden gekommen ist. Ich hatte besonders Angst um Regina und ihre kleine Tochter«, erklärte Keilholz und versuchte seiner Stimme einen neutralen Klang zu geben.

Trotzdem ruckte ihr Kopf zu ihm herum. »Warum interessiert Ihr Euch ausgerechnet für diese beiden?«, fragte sie mit misstrauischem Blick.

»Ein Kind verfällt leicht in Panik, wenn es brennt, und läuft womöglich in die falsche Richtung«, erklärte er mit fester Stimme, da er eine solche Frage erwartet und sich diese Antwort zurechtgelegt hatte.

Lucilla schaute ihn durchdringend an, doch dann nickte sie. »Zum Glück ist das nicht geschehen«, murmelte sie.

»Ich sollte mir die Verletzungen eurer Mädchen ansehen, da sich Brandwunden entzünden können.«

Die Alte zögerte.

»Da ihr euch in einer Not befindet, ist meine Hilfe kostenlos«, erklärte Keilholz.

»Wie könnte ich meinen Mädchen Eure Dienste verweigern?«, lachte die Hurenmutter nun, drehte sich um und rief nach ihrem Mann. Der streckte seinen Kopf aus einem der Zimmer auf den Gang hinaus. »Ist alles geregelt?«, fragte sie ihn schon von Weitem. Er winkte sie zu sich. Beide verschwanden in dem Raum.

Erleichtert, die Hurenmutter los zu sein, sah sich Johannes Keilholz in dem Erdgeschoss um. Im Kaminzimmer, von wo aus der Brand angeblich um sich gegriffen hatte, war alles Mobiliar verbrannt. Auch jetzt noch lag beißender Qualm in der Luft und kratzte in seinem Hals. Er hustete. Auch hier schwamm der Boden im Löschwasser. Von einigen verkohlten Möbelstücken tropfte das Wasser.

»Was Feuer anrichten kann«, meinte Marie leise, als sie sich neben ihn stellte.

»Feuer und Wasser haben eine gewaltige Zerstörungskraft«, murmelte er und zog einen Tisch zur Seite. »Warum liegt hier, im Flur und draußen verkohltes Stroh?«

Marie knabberte an ihrer Unterlippe und vermied es, ihm in die Augen zu schauen. Stur hielt sie ihren Blick auf den Kamin gerichtet.

»Welches Mädchen war so dumm und hat seine Kleidung so dicht vor dem Kamin getrocknet, dass sie Feuer fing?«, fragte er kopfschüttelnd.

Marie zuckte mit den Schultern.

»Du willst sie anscheinend nicht verraten. Das finde ich anständig von dir«, lobte er ihre Verschwiegenheit. Nun sah sie ihn erstaunt an. »Weißt du, wer das Feuer bemerkt hat?«, fragte er lächelnd.

»Ich glaube, Agathe war es. Deshalb sind ihre Hände und Füße verletzt. Sie hat Kleidung auf den Boden geworfen und versucht, die Flammen auszutreten.«

»Wenn ich Agathe und Gerlinde verarztet habe, würde ich gern nach der kleinen Christa sehen. Sie hat sicherlich einen gewaltigen Schrecken davongetragen.«

Den schien auch Marie zu bekommen, als er nach dem Kind fragte. Mit angsterfüllten Augen schüttelte sie heftig den Kopf. Dabei sah sie immer wieder zum Gang hinaus.

»Geht es dir nicht gut?«, fragte er und stellte sich dumm.

»Doch, natürlich ... Ich ... ich bin nur müde.«

»Was ich immer vergessen habe zu fragen, Marie: Das Opiat, das ich dir neulich für die Gebärende mitgegeben habe, hat das geholfen? Konntet ihr das Kind drehen? Vielleicht sollte ich auch nach ihr sehen, da ich gerade hier bin.«

Das Gesicht des Mädchens wurde mit einem Mal schneeweiß. »Das geht nicht«, flüsterte sie.

»Warum nicht?«

Sie schaute ihn wie ein gehetztes Tier an. »Weil ... weil ... Ich glaube, sie schlafen«, murmelte sie.

»Bei dem Krach?«, fragte er ungläubig.

»Sie haben die letzte Nacht kein Auge zugetan und sind hundemüde.« Marie versuchte zu lächeln, was ihr misslang.

Auf dem Gang waren hektische Schritte zu hören. Lucilla und ihr Mann schienen sich zu streiten.

»Du allein bist schuld, weil du sie rausgelassen hast«, fluchte er.

»Wieso ich? Er sagte, sie solle in ein anderes Zimmer ziehen, weil er sonst das Geld kürzen würde. Ich hatte keine Wahl.«

»Jetzt wird er es gänzlich streichen, wenn er erfährt, was passiert ist.«

»Das wird er nicht! Er ist zu weit weg, um davon zu erfahren.«

»Wir müssen das Miststück finden!«

»Die Hundshäuter sollen mit ihren Bestien auf die Suche gehen ...«

Die Antwort des Mannes war nicht zu verstehen, da er und Lucilla die Treppe hinaufstiegen.

Keilholz' Nerven waren angespannt. »Was bedeutet das Gerede?«, wollte er wissen, obwohl er die Antwort wusste.

Marie sah ihn nervös an. Die Angst stand ihr ins Gesicht geschrieben. »Fragt besser nicht nach, Herr Doktor. Es könnte unschön für Euch werden«, warnte sie ihn und ließ ihn stehen.

Er versuchte, sich auf seine Arbeit zu konzentrieren. Trotzdem war er nervös. Er untersuchte zuerst Agathe. Zum Glück hatte das Schuhwerk die Füße der Frau vor den Flammen geschützt und Schlimmeres verhindert. Nur die Haut auf dem Fußspann war gerötet, aber nicht ernsthaft verletzt. Allerdings war auf ihrem rechten Handrücken eine dicke Brandblase entstanden, die sich mit Wasser gefüllt hatte. »Ich werde die Blase aufstechen, damit das Wasser abfließen kann«, erklärte er und nahm eine Nadel zur Hand.

»Um Himmels willen«, kreischte Agathe.

»Keine Angst! Du wirst es kaum spüren«, versuchte er sie zu beruhigen.

Agathe war kein zartes Wesen, schwerer als mancher Mann und auch nicht zimperlich, wenn es um andere ging. Doch jetzt sah sie ihn weinerlich an.

»Bitte nicht wehtun, Herr Doktor«, jammerte sie und wollte ihre Hand wegziehen.

Doch er hielt sie wie in einem Schraubstock gefangen und stach so schnell in die Brandblase, dass die Dirne es kaum mitbekam.

»Das Wasser muss abfließen, damit die Ringelblumensalbe einziehen kann.«

Nun grinste Agathe. »Wenn die Mädchen wüssten, wie tapfer ich war ... Ich werde es ihnen gleich erzählen«, sagte sie und hopste vom Tisch.

Anschließend besah er sich Gerlindes Handgelenk, das wegen eines Sturzes angeschwollen war. »Halb so wild. Es ist nicht gebrochen, nur verstaucht. Ich werde dir einen Arnikaverband umlegen, damit die Schwellung zurückgeht«, erklärte er und strich aus einem Tiegel helle Paste auf einen Leinenstreifen, den er der Frau um das Gelenk band. »Du solltest versuchen, deine Hand die nächsten Tage zu schonen.«

»Sagt das nicht mir, sondern Lucilla«, spottete die Frau, die neben Agathe die älteste Dirne des Bordells war.

»Ich glaube, auf dem Ohr ist sie taub«, grinste er.

»Das denke ich auch«, gab Gerlinde ihm lachend recht. »Vielen Dank für Eure Hilfe«, sagte sie und legte kameradschaftlich ihre Hand auf seinen Arm.

»Nicht der Rede wert. Weißt du, wo Regina und ihr Kind sind?«, fragte er beiläufig, während er seine Utensilien zusammenpackte.

Sofort zuckte ihre Hand zurück. Ihre Miene versteinerte.

»Habe ich etwas Falsches gesagt?« Er sah sie unschuldig an.

Gerlinde lief zur Tür und spitzte hinaus. Als sie niemanden sehen konnte, kam sie zurück und flüsterte: »Regina ist mit der kleinen Christa abgehauen. Keiner weiß, wo sie sind ... Von mir wisst Ihr das nicht, Herr Doktor!«, zischte sie.

»Wir haben nicht darüber gesprochen.«

Da sie sich anscheinend verpflichtet fühlte, ihm zu antworten, nutzte er die Situation aus und fragte: »Hier gab es auch eine Schwangere. Weißt du, ob es ihr gut geht?«

Ihre Augen wurden schreckensweit. »Woher wisst Ihr das?«, flüsterte sie.

»Ich habe für sie Medikamente geliefert.«

»Ihr seid ein guter Mensch«, lächelte sie.

»Vielleicht sollte ich nach ihr und dem Kind sehen.«

Gerlinde schüttelte den Kopf. »Das Kind ist fort, und die Frau auch. Sie hat das Feuer gelegt und ist dann abgehauen. Aber die halbe Unterstadt sucht nach ihr. Sie werden sie sicher schon bald zurückbringen, die Arme! Dann muss sie wieder allein in dem dunklen Loch hausen. Arbeiten darf sie nicht.«

Keilholz' Atmung beschleunigte sich. Er konnte kaum mehr nachdenken.

»Gerlinde, du faules Miststück, komm her und hilf Franziska, das Wasser hinauszukehren«, rief Lucilla von oben. Schon hörte man ihre Schritte auf den Treppenstufen.

Gerlinde sah ihn ängstlich an, doch er signalisierte ihr, dass er schweigen würde. »Nimm den Tiegel mit der Salbe und schmier deine Wunde mehrmals am Tag damit ein«, sagte er.

»Ich kann das nicht bezahlen …«

»Für deine Ehrlichkeit, Gerlinde.«

Beschämt sah sie ihn an und murmelte: »Danke!« Dann griff sie das Döschen, ließ es in ihrer Schürzentasche verschwinden und eilte hinaus.

Lucilla betrat den Raum. »Seid Ihr fertig, Herr Doktor? Die Mädchen haben noch viel zu tun.«

Er nickte und folgte ihr nach draußen.

Als er auf dem Kutschbock saß, lehnte Lucilla sich gegen den Wagen. »Ich habe …«, begann sie, als ihre Gesichtszüge entglitten und sie aschfahl wurde.

»Geht es Euch nicht gut?«

»Alles bestens«, murmelte sie.

Da hörte er Pferdeschnauben. Er drehte sich um und sah einen Reiter, dessen Gesicht er jedoch nicht erkennen konnte.

»Ihr wolltet etwas wissen«, versuchte er Zeit zu schinden, bis das Pferd näher kam.

Verstört sah sie ihn an. »Es ist nicht wichtig«, erklärte sie mit schwacher Stimme und gab seinem Pferd einen Klaps auf den Hintern. Es schritt sofort los, sodass Keilholz nach vorn blicken musste.

Als er sich ein zweites Mal umdrehte, war der Reiter hinter dem Bordell verschwunden.

~ *Kapitel 46* ~

Frédéric hetzte durch die weitläufigen Arkadengänge des Schlosses. Im Laufen legte er sich seinen Reiterumhang über. »Öffne die Tür«, rief er dem Lakaien vom oberen Absatz der breiten Steintreppe zu und sprang mehrere Stufen gleichzeitig hinunter. Hastig riss der Diener das Portal auf, sodass

Frédéric direkt nach draußen und über den Schotterplatz zu den Stallungen laufen konnte. »Hol meinen Sattel«, befahl er dem Stalljungen, der aus einem der Verschläge trat. Dann schnappte er sich selbst das Zaumzeug, das an der Wand daneben hing.

Kaum war der Sattelgurt festgezurrt, führte er seinen Hengst hinaus. Mit einem Sprung saß er im Sattel und trabte durch das Tor. Er musste sich beeilen, wollte er doch heute Abend schon wieder aus Tübingen zurück sein.

Sein Pferd war jung und voller Kraft. Kaum ließ der Reiter auf freiem Feld die Zügel locker, preschte der Hengst vorwärts. Geschmeidig legte Frédéric sich mit seinem Oberkörper über den Pferdehals und ließ seinen Gedanken freien Lauf. Sofort fielen ihm die Geschehnisse des Morgens ein.

Nachdem Frédéric den Herzog in der Kirche abgeholt hatte, waren sie gemeinsam zum Alten Lustschloss gegangen. Seinem Oheim war es wichtig, sich so oft wie möglich in dem Laboratorium zu zeigen. Deshalb wollte er den Inspektor dort und nicht in seinem Arbeitszimmer im Schloss treffen. Zudem lockte das freundliche Wetter, den Weg zu Fuß zurückzulegen. Frédéric nutzte gern die seltenen Augenblicke, in denen sie allein waren, um mit seinem Onkel zu plaudern.

»An diesem herrlichen Tag werden uns hoffentlich nur frohe Botschaften finden«, meinte Frédéric, der mit auf dem Rücken verschränkten Armen neben seinem Oheim einherging.

»Hör nur, wie die Vögel munter zwitschern, Frédéric. Hast du schon Kraniche gesehen? Sie müssten bald aus dem Süden zurückkommen. Immer wenn ich sie über das Schloss fliegen höre, weiß ich, dass der Frühling naht«, erklärte der Herzog und sah zum Himmel hinauf. Dabei füllte er seine Lunge mit Luft, wobei sein Brustkorb sich weit hob.

»Nein, leider noch nicht. Aber es kann nicht mehr lange dauern, bis die Vögel zurückkehren«, antwortete Frédéric und tat es seinem Onkel gleich. Auch er atmete tief ein und ließ mit einem Schnaufen die Luft wieder entweichen.

»Es tut gut, die verbrauchte Luft heraus- und die frische hineinzulassen, nicht wahr?«, schmunzelte der Regent. Frédéric nickte verlegen. »Geht es dir auch so, dass du es kaum erwarten kannst, bis wir endlich nach den neuen Rezepturen im Labor arbeiten werden?«

Frédéric bejahte freudig.

»Ach, wie wäre ich froh, wenn Georg nur halb so viel Interesse an meiner Leidenschaft zeigen würde wie du. Deine Mutter, Gott hab sie selig, wäre stolz auf dich, mein Junge«, sagte der Onkel gedankenversunken.

Frédéric schluckte. Je älter er wurde, desto mehr verblasste die Erinnerung an seine Mutter. Nur noch selten träumte er von ihr und seiner Kindheit. In den letzten Träumen war seine Mutter gesichtslos geworden. Er sah nur noch die Umrisse eines Kopfes, der von hellem Haar umrahmt wurde. Er hörte eine Stimme, die er nicht verstand, und ein glockenhelles Lachen, an das er sich vage erinnerte. Das Andenken an seine Mutter löste sich langsam auf, wie Nebelschwaden über einer Lichtung. Er spürte, dass sein Onkel ihn von der Seite ansah.

»Du solltest dir eine Frau suchen, heiraten und eine Familie gründen«, meinte der Herzog lächelnd.

»Das ist nicht so einfach«, murmelte Frédéric.

»Ich könnte dir bei der Suche behilflich sein. Es gibt genügend Töchter aus gutem Haus ...«

Frédéric sah sofort Mathilde vor sich und rief hastig: »Das ist sehr freundlich, Oheim.« Mehr wollte er dazu nicht sagen, doch als der Onkel ihn von der Seite musterte, gestand er: »Es gibt bereits die eine, die mein Herz schneller schlagen lässt. Leider ist sie unerreichbar für mich.«

»Als Landesfürst könnte ich ...«, begann sein Onkel, doch Frédéric unterbrach ihn hastig.

»Ich möchte das meinem Schicksal überlassen. Ich bin überzeugt, wenn das Schicksal sie für mich ersonnen hat, werden wir zueinanderfinden.«

»Falls das Schicksal zu lange dafür benötigt, werde ich ihm unter die Arme greifen. Es gibt genügend andere heiratswillige Kandidatinnen. Ich habe auch schon ein Mädchen für dich im Kopf«, meinte der Herzog lächelnd und klopfte ihm auf die Schulter. Dann wechselte er das Thema: »Der Konkurrenzkampf unter uns Fürstenhäusern ist groß. Jeder will als Erster den Stein der Weisen finden. Schon zu viele Gauner haben meine Gutmütigkeit ausgenutzt, doch bei dem Freiherrn habe ich ein gutes Gefühl. Kennst du die Geschichte von der Frau aus Frankfurt?«

Frédéric verneinte.

»Das ist auch gut so, denn so weiß ich, dass von dieser Blamage nichts nach außen gedrungen ist«, griente der Herzog und zwinkerte ihm zu.

»Ihr macht mich neugierig, Oheim«, erklärte Frédéric.

»Du hüllst dich darüber in Schweigen, Neffe!«, befahl der Herzog.

»Nicht ein Wort verlässt meine Lippen«, versprach Frédéric und hob seine Schwurfinger.

Der Regent nickte zufrieden und begann zu erzählen: »Vor Jahren hatte man mir zugetragen, dass in Frankfurt an der Oder eine Frau lebt, die vom Teufel besessen sei. In ihrem Wahn erzählte sie, dass sie durch bloße Berührung Dinge in Gold verwandeln könne ...«

»Wer ist sie?«, rief Frédéric begeistert.

»Hör zu und unterbrich mich nicht«, rügte ihn der Herzog. »Natürlich war auch ich neugierig auf diese Frau und habe aufwendige Recherchen über sie anstellen lassen. Dabei stellte sich heraus, dass sie leider bloß fingerfertig war und nach Art eines Varietémagiers Münzen aus der Luft zaubern konnte. Ich war sehr enttäuscht damals, denn ich hatte gehofft, eine weibliche Midas gefunden zu haben, die wie dieser sagenumwobene König alles zu Gold machte, was sie berührte.«

»Ihr wisst, dass König Midas sogar seine Tochter in Gold verwandelt haben soll, als er sie berührte? Deshalb weiß ich nicht, ob dies erstrebenswert ist«, lachte Frédéric. »Wie konnte sie Euch in die Irre führen, Oheim?«

»Sie war eine Hexe und hat mit ihrem Blick alle verzaubert. Glaub mir, wir waren nicht die Einzigen, die sie getäuscht hat.«

»Dann ist es kein Wunder, dass Ihr auf sie hereingefallen seid, Onkel.«

»Trotzdem ist es besser, dass es nicht bekannt wird. Nun bin ich gespannt, wen Herr Wagner für unsere Arbeit gewinnen konnte«, erklärte der Herzog und bog in den Weg zum alten Lustschloss ein.

Im Laboratorium wurden sie bereits vom Laborinspektor erwartet. Christoph Wagner sah müde und abgekämpft aus. Er schien hinter dem Schreibtisch eingeschlafen zu sein, denn als die schwere Eingangstür ins Schloss fiel, schreckte er von seinem Stuhl hoch. Schwankend stand er da und blinzelte ihnen entgegen.

»Eure Durchlaucht!«, begrüßte er mit einer Verbeugung den Regenten und mit einem Nicken Frédéric.

»Wie war Eure Reise, Herr Wagner?«, fragte der Herzog höflich, während sein Blick durchs Labor schweifte

»Sehr aufregend, Eure Durchlaucht!«

Nun wandte der Regent seinen Blick dem Inspektor zu. »Ich hoffe, Ihr habt keine schlechten Nachrichten für uns.«

Wagner kratzte sich im Genick und meinte: »Ich bin sehr froh, dass ich die Alchemisten persönlich aufgesucht habe, die unsere erste Wahl als Helfer für den Baron waren. Im Gespräch befand ich zwei als ungeeignet. Die Vorstellungen ihrer Art der Forschung war nicht mit den unseren in Einklang zu bringen.«

»Erklärt es genauer«, forderte Friedrich ungeduldig. Auch Frédéric verstand die Andeutung nicht.

»Herr ... Herr ... Ach, ich habe seinen Namen vergessen ...«, erklärte Wagner angespannt, »... er wollte kein Eisenerz in Gold umwandeln, sondern als Erster einen künstlichen Menschen erschaffen ...«

»Unfug! An einem Homunculus hat sich bereits Paracelsus versucht. Ich lehne solch ein Wesen ab, außer der Alchemist garantiert mir, dass er einen viel besseren Alchemisten heranwachsen lässt, als er selbst ist.«

»Ich ahnte, dass Ihr so denken würdet, mein Herzog, und habe mir seine Rezeptur für dieses Experiment zeigen lassen. Natürlich hat er mir nur Auszüge vorgelegt. Doch das, was ich zu sehen bekam, hat mit Paracelsus' Erkenntnis übereingestimmt.«

»Auch wenn derjenige in erster Linie dem Freiherrn von Brunnhof und Grobeschütz zuarbeiten soll, so sollte er doch eigenes Denken mitbringen und nicht andere kopieren wollen«, erklärte Frédéric.

»So ist es!«, gab Wagner ihm recht. »Deshalb habe ich mich nicht länger bei diesem Herrn aufgehalten und bin zum Nächsten gereist, der angeblich ein Verwandter des großen Cornelis Drebbel ist. Er schlug mir vor, einen alchemistischen Ofen zu installieren ...«

»Auch so ein Scharlatan«, unterbrach der Herzog den Inspektor sofort und winkte mit der Hand ab. »Gäbe es einen solchen Ofen, dann hätten ihn sämtliche Fürsten dieses Landes längst kopiert. Keiner bräuchte weiterzuforschen. Alles Humbug, was man Euch erzählt hat!«

»Ja, das ist wohl wahr, Eure Durchlaucht«, seufzte Wagner und rieb sich über die müden Augen.

»Heißt das, dass wir dem Baron mitteilen müssen, wir hätten niemanden, der ihm hilft?«

»Nein, so ist es nicht. Herr Johannes Keilholz, seines Zeichens Arzt und Alchemist, erschien mir als der Geeignetste. Er müsste übermorgen vorstellig werden. Allerdings hoffe ich, dass er keinen Rückzieher macht.«

»Warum glaubt Ihr, dass er das tun könnte?«, fragte Herzog Friedrich erstaunt.

»Er war nicht sonderlich begeistert, als er hörte, dass er mehr als Lehrling denn als Forscher fungieren soll. Trotzdem konnte ich ihn überzeugen, nach Stuttgart zu kommen. Dieser Mann wäre ideal, denn er brennt für die Alchemie. Ich konnte das Leuchten in seinen Augen erkennen«, erklärte Wagner. »Leider ist nichts sicher im Leben. Er könnte es sich trotzdem noch anders überlegen und absagen.«

»Frédéric, du machst dich sofort auf den Weg nach Tübingen und redest mit diesem Herrn Keilholz. Erklär ihm, dass es in der Alchemie nicht um Edelmut geht, sondern um Edelmetall. Wenn du merken solltest, dass er mit seiner Entscheidung hadert, versprich ihm das Blaue vom Himmel. Einerlei was er will, er bekommt es. Auch ein höheres Einkommen und eine große Unterkunft. Wir benötigen einen solchen Mann, dessen Herzblut genauso für die Alchemie fließt wie bei uns. Reist er allein?«, fragte der Herzog seinen Laborinspektor. Der zuckte mit den Schultern.

An seinen Neffen gewandt sagte Herzog Friedrich: »Miete ihm sofort eine großzügige Wohnung, falls er mit Gattin anreist. Warte nicht erst auf seine Ankunft. Geld spielt keine Rolle, da er uns zu einem reichen Land machen wird. Tu alles, damit er es sich nicht anders überlegt. Reite sofort los nach Tübingen!«

Frédéric sah seinen Onkel zustimmend an. »Ihr könnt Euch auf mich verlassen, Eure Durchlaucht«, erklärte er sachlich, doch innerlich jubelte er.

Sein Oheim hatte ihn unwissentlich von schwerem Druck befreit. Nun konnte er sich unverfänglich vergewissern, ob Elisabeth noch im Bordell war. Erleichtert verbeugte er sich und eilte nach draußen.

Frédéric sah besorgt zum Himmel. Die Sonne wurde von einem grauen Wolkenband bedeckt. Hoffentlich regnet es nicht, dachte er und trieb seinen Hengst voran. Er ließ Stuttgart hinter sich und ritt in Richtung Süden, folgte dann der Handelsstraße, bis er nach Westen abbog. Als die Universitätsstadt in seinem Sichtfeld erschien, nahm er nicht den kürzeren Weg durch Tübingen, sondern ritt um die Stadt herum. Aus Erfahrung wusste er, dass er durch die Gassen der Stadt nur langsam vorwärtskam. Auch müsste er an den Stadttoren mit Wartezeiten rechnen. Kaum war er am nördlichen Tor vorbeigeritten, sah er vor sich den Eichenhain, hinter dem sich das Bordell befand.

Plötzlich roch er Rauch. Er zügelte sein Pferd und sah sich besorgt um, konnte aber nirgends ein Feuer entdecken. Achtsam ritt er durch das Waldstück hindurch. Als er zwischen den Bäumen auf den Weg kam, wurde der Brandgeruch stärker. Dann sah er das Hurenhaus und die Dirnen davor, die aufgescheucht hin und her liefen. Vor dem Eingang lag ein Berg verbrannter und noch kokelnder Gegenstände.

Frédérics Blick erfasste Lucilla. Sie stand bei einem Fuhrwerk, das von einem Mann besetzt war. Als sie ihn kommen sah, konnte er selbst auf die Entfernung erkennen, dass ihr

Gesicht aschfahl und ihre Augen schreckensweit aufgerissen waren. Er gab ihr mit einem Kopfnicken ein Zeichen, hinters Haus zu kommen. Ihre Reaktion ließ ihn Schlimmes befürchten.

Mit gesenktem Kopf ritt er näher. Er hoffte unerkannt zu bleiben. Doch die Dirnen hatten ihn bemerkt und sahen ihm neugierig entgegen. Da rief der Hurenwirt sie mit brüllender Stimme ins Haus.

Erleichtert, dass die Frauen sich zurückzogen, hob er den Blick. Äußerlich schien das Haus durch den Brand kaum Schaden genommen zu haben, aber anscheinend hatten die Flammen im Innern gewütet, was die vielen zerstörten Sachen zeigten.

Hinter dem Brunnen im Hof zügelte Frédéric sein Pferd, sprang zu Boden und führte den Hengst in den Viehverschlag, den niemand einsehen konnte. Während er ungeduldig auf Lucilla wartete, versorgte er das Pferd mit Heu und Wasser.

»Seid gegrüßt! Was verschafft mir die Ehre Eures Besuchs?«, hörte er die Hurenmutter hinter sich säuseln.

»Was ist passiert?«, fragte er streng, ohne sich umzudrehen.

»Das ist wohl kaum zu übersehen«, antwortete sie schnippisch.

»Wo ist die Frau?«

»Sie schläft.«

Nun wandte Frédéric sich um. Er sah sie misstrauisch an, während ihr Blick frech und arrogant war. Offenbar hatte sie keine Skrupel, ihn anzulügen. Er trat auf sie zu, sodass sie rückwärts auswich, bis sie gegen die Bretterwand stieß.

»Hältst du mich tatsächlich für so dumm?« Frédéric legte seine Hände neben ihrem Kopf gegen die Bretter, sodass sie nicht entkommen konnte.

»Seht nach, wenn Ihr mir nicht glaubt.«

»Du raffiniertes Miststück! Du weißt, dass ich mich nicht zeigen kann. Trotzdem will ich einen Beweis, dass sie da ist.«

»Wieso glaubt Ihr, dass sie fort sein könnte?«

»Weck sie und schick sie nach draußen«, forderte er mit schneidender Stimme.

»Seid Ihr nur gekommen, um mich zu schikanieren?«, fragte Lucilla bissig.

»Ich will sie sofort sehen, sonst werden du und dein Mann nicht einen Gulden mehr bekommen.«

Lucilla sah ihn angriffslustig an, doch dann stieß sie biestig hervor: »Eure Schlampe hat versucht, mein Haus in Brand zu stecken. Meine Verluste sind erheblich. Mit ihr sind eine Hure und ihr Kind fortgelaufen.«

»Wie konnte das passieren?«, zischte er.

»Wie konnte das passieren? Wie konnte das passieren?«, äffte sie ihn nach und schlüpfte unter seinem Arm hindurch. »Daran seid Ihr allein schuld! Ihr habt mir befohlen, sie in ein anderes Zimmer zu bringen. Wäre sie in der Kammer geblieben, hätte sie nicht türmen können, und mein Haus wäre nicht abgebrannt.«

»Hättest du sie nicht in dieses Loch gesteckt, sondern ordentlich für sie gesorgt, so wie ich befohlen und dafür bezahlt habe, wäre nichts dergleichen geschehen.«

Lucilla sah ihn hochnäsig an, erwiderte aber nichts.

»Ihr müsst sie suchen!«, befahl er.

»Es geht schneller, wenn Ihr eine Belohnung aussetzt«, forderte die Alte und streckte ihre Hand aus.

Mit wütendem Blick schlug Frédéric diese fort. »Dafür wirst du allein aufkommen.«

»Die verzweigten Gassen mit den Hinterhöfen der Unterstadt eignen sich besonders, sich zu verstecken. Doch von uns wagt sich niemand dorthin. Wir müssen jemanden von dort anheuern, um nach ihr zu suchen. Aber das ist teuer.«

»Sie wurde in der Nähe der Universität gesehen«, trumpfte Frédéric auf.

»Woher wollt Ihr das wissen?«, fragte sie skeptisch.

Nun lachte er schallend auf. »Denkst du tatsächlich, du kannst irgendetwas vor mir verheimlichen? Warum glaubst du, bin ich gekommen? Ich sagte dir doch, dass ich euch beobachten lasse. Alles, was wichtig ist, wird mir zugetragen«, log er. Er konnte schlecht zugeben, dass der Sohn des Herzogs von Württemberg durch Zufall gesehen hatte, wie Elisabeth in Tübingen herumirrte. »Ich weiß auch, dass du bereits nach ihr suchen lässt«, log er der Alten erneut ins Gesicht. Allerdings hatte er für seine Behauptung keinen Beweis. Es war mehr eine Vermutung. Doch ihr Blick zeigte ihm, dass er ins Schwarze getroffen hatte.

Sie nickte widerwillig und stammelte: »Einige Hundshäuter und Gerber suchen mit ihren Tölen jeden Winkel in der Unterstadt nach ihr ab.«

Er drehte sich seinem Pferd zu und tat, als ob er den Sattelgurt nachstellte. Lucilla sollte seinen besorgten Blick nicht erkennen. Wenn Elisabeth diesen brutalen Menschen in die Hände fiel, würden sie ihr sicherlich Leid zufügen, denn sie war keine von ihnen.

Seine Gedanken wirbelten durcheinander. Er hatte Angst um das Mädchen und wusste nicht, wie er ihr helfen konnte. Mit zornigem Blick trat er auf die Hurenmutter zu und packte sie an der Kehle. Dabei sah er ihr fest in die Augen und zischte: »Du hast den schlimmsten Abschaum damit beauftragt, nach einer jungen Frau zu suchen. Diese Menschen haben keine Hemmungen, respektieren kein Gesetz und kennen kein Mitleid. Sollte Elisabeth auch nur ein Haar gekrümmt werden, werde ich den Boden unter dir zerreißen und den Himmel über dir zerfetzen.«

»Wie meint Ihr das?«, keuchte sie panisch. Er ließ sie los. Sie hustete.

»Falls Elisabeth Leid zugefügt wird, wirst du dir wünschen zu sterben«, drohte er. Und dieses Mal wusste er, dass er es auch wahr machen würde.

Auf zittrigen Beinen führte Frédéric sein Pferd aus dem Verschlag. Bevor er sich auf den Rücken schwang, sagte er: »Bis du sie gefunden hast, ist deine Geldquelle versiegt. Gib mir Nachricht, sobald sie wieder da ist. Du weißt, wie. Sollte ich innerhalb einer Woche nichts von dir hören, werde ich meine Männer herschicken, und dann werden von deiner schäbigen Behausung nicht einmal mehr die Grundmauern übrig bleiben. Deshalb sorg dafür, dass sie unversehrt wiederkommt!«

Lucillas vor Entsetzen geweitete Augen bewiesen ihm, dass sie verstanden hatte. Ohne ein weiteres Wort schwang er sich in den Sattel und trat seinem Pferd in die Flanken. Wiehernd bäumte sich der Hengst auf und galoppierte davon.

Kaum waren sie außer Sichtweite des Bordells, zog Frédéric an den Zügeln, sodass das Pferd erst in den Trab und dann in den Schritt fiel. Mitten im Eichenhain sprang er aus dem Sattel und ging in die Knie. Dann stieß er einen Schrei aus, der seine Anspannung löste. Wütend schlug er mehrmals mit der Faust auf den Waldboden. Er musste eine andere Lösung für Elisabeth finden. Nicht nur, dass er der Hurenmutter nicht traute. Er befürchtete außerdem, dass auch Georg nach Elisabeth suchen lassen könnte. Sicherlich würde er keine Ruhe geben, bis er das Mädchen tot wusste.

»Verdammt«, brüllte er.

Durch Elisabeths Flucht war alles kompliziert geworden.

Mit einem zornigen Blick in Richtung Bordell erhob er sich und ging zu seinem Pferd, das ruhig graste. Als er im Sattel saß, schaute er zum Himmel. Er musste sich beeilen, wenn er nicht bei stockdunkler Nacht nach Stuttgart reiten wollte. Für einen Besuch bei dem Alchemisten war es zu spät. Er würde seinen Oheim anlügen müssen, dass er den Mann nicht angetroffen habe.

⇝ *Kapitel 47* ⇜

Elisabeth versuchte zu schlafen, doch sie fand keine Ruhe. Schließlich stand sie auf und sah sich auf dem Dachboden um. In jeder Ecke befanden sich Kisten und Truhen, die anscheinend schon lange keiner mehr angefasst hatte. Alle waren mit einer hellen Staubschicht bedeckt. Als sie einen Stuhl zur Seite schob, erblickte sie einen Holzkasten, den sie zögerlich hervorzog. Er war in einzelne Fächer aufgeteilt, die die Räume eines Hauses darstellen sollten. Winzige Möbel standen in den einzelnen Zimmern. Ihr gefiel das Spielzeug – Kinderspielsachen, wie sie sie zuvor noch nie gesehen hatte. Ob Johannes Keilholz' verstorbene Tochter damit gespielt hatte?

Ihr Blick fiel auf zwei Weidentruhen, an denen Spinnweben klebten. Sie standen beschmutzt in einer Ecke. Neugierig öffnete sie eine der beiden. Darin lagen Küchengefäße, die allesamt beschädigt waren. Zwei Krügen fehlten die Henkel, ein Topf hatte ein Loch im Boden, und an verschiedenen Tellern war eine Ecke abgeplatzt. Elisabeth sinnierte verwundert, warum das Geschirr ungenutzt auf dem Dachboden lag. In der Küche ihrer Mutter wurden auch die Gefäße benutzt, die angestoßen waren. Ihre Familie aß von beschädigten Tellern, sie tranken aus kaputten Bechern. Verwundert stellte sie sich die Frage, wer es sich erlauben konnte, Geschirr auf dem Dachboden zu horten.

In der zweiten Truhe lagen Kleidungsstücke, die sorgfältig zusammengefaltet aufbewahrt wurden. Vorsichtig berührte sie die Kleider, die aus solch schönen Stoffen gefertigt waren, wie sie sie noch nie zuvor gesehen hatte. Auch das grüne Kleid, das Keilholz ihr gegeben hatte, als er sie nur mit einem dünnen Nachthemd bekleidet vom Friedhof in sein Haus gebracht hatte, hatte Elisabeth zögernd übergezogen, weil sie nie zuvor einen solch feinen Stoff auf ihrer Haut gefühlt hatte.

Sie starrte auf ein blaues Kleid in der Truhe, das mit aufwendigen Stickarbeiten verziert war und alles übertraf, was sie sich in ihren Träumen vorstellen konnte. Es musste der verstorbenen Frau Keilholz gehört haben. Befangen hielt sie das Gewand vor ihren Körper. Dann konnte sie nicht widerstehen und schlüpfte wie im Traum hinein. Das Kleid passte ihr wie angegossen an den Armen und in der Länge des Rocks. Nur in der Taille war es einen fingerbreit zu weit. Elisabeth drehte sich im Kreis. Sie hätte sich zu gern in Johannas kleinem Spiegel betrachtet. Dann kam ihr der Gedanke, hier im Haus einen Spiegel zu suchen.

Da der Mann ihr versichert hatte, dass sich an diesem Sonntagnachmittag niemand im Labor aufhielt, öffnete sie furchtlos die Bodenklappe und stieg die Stiege hinunter. Dabei musste sie achtsam sein, dass sie nicht auf den Saum des Kleides trat. In dem schmalen Gang, der den Hinterhof mit dem Labor verband, gab es zwei Türen. Elisabeth öffnete zuerst die rechte. Es war ein Abstellraum, in dem ein Bett stand, aber kein Spiegel. Hinter der zweiten Tür entdeckte sie statt eines Spiegels einen Berg schwarzer Steine. Gerade als sie den ersten Schritt ins Laboratorium machen wollte, hörte sie ein Geräusch. Erschrocken zog sie den Fuß zurück. Sie lauschte angestrengt. Da der Arzt noch nicht zurück sein konnte, musste es ein Einbrecher sein, schoss es ihr durch den Kopf. Sie versteckte sich hinter der angelehnten Tür und linste durch den Türspalt ins Labor. Da hörte sie ein weinerliches Schniefen. Im selben Augenblick erblickte sie einen Knaben. Elisabeth schätzte ihn nicht viel älter als ihren Bruder. Von ihrem Versteck aus konnte sie sehen, wie er zu einem der Tische ging, auf dem Bücher, Papiere und sonstiges Arbeitsmaterial lagen.

Der Junge setzte sich auf die Stuhlkante, nahm eines der Papiere hoch und murmelte mit weinerlicher leiser Stimme: »Man nehme dreißig Pfund Antimon und löse jedes Pfund davon in viereinhalb Litern von zweimal destilliertem Weinessig ... Ich werde nie erfahren, ob das die Formel für den Stein der Weisen ist.« Er begann zu weinen. »Warum kann ich nicht mit Herrn Keilholz nach Stuttgart gehen?«

Elisabeth ahnte, dass er der Lehrjunge des Alchemisten war. Als der Knabe laut aufschluchzte, hätte sie ihn gern getröstet, doch er durfte von ihrer Anwesenheit nichts wissen. Da sah sie, wie er sich mit den Händen über die Augen wischte, vom Stuhl aufstand und auf ihren Gang zukam. Hastig versteckte sie sich in dem Raum mit den schwarzen Steinen. Sie presste ihren Körper gegen die Wand. Kurz darauf hörte sie, wie die Tür des Laboratoriums zuschlug.

Sie wartete. Als es ruhig blieb, wagte sie sich zurück in den Gang. Dort hielt sie die Luft an, um zu lauschen. Nichts. Erleichtert atmete sie weiter. Sie ging zurück zur Stiege, als die Tür sich abermals öffnete und wieder schloss. Elisabeth blieb fast das Herz stehen. Er ist zurück, dachte sie und versteckte sich im Schatten hinter der Leiter.

»Baltasar ...«, hörte sie Johannes Keilholz' Stimme. »Es gibt keinen Grund, enttäuscht zu sein. Ich habe dir erklärt, dass du bei dem Apotheker sehr viel lernen wirst, was für deine spätere Arbeit als Alchemist von Nutzen sein wird.«

»Aber das könntet Ihr mir doch auch in Stuttgart beibringen, Meister.«

»Baltasar! Es reicht jetzt«, ermahnte ihn Keilholz ungehalten. Seine Stimme klang so streng, dass sogar Elisabeth zusammenzuckte.

»Wie ich sehe, hast du deinen Beutel gepackt. Morgen in aller Früh kommst du her, damit wir zusammen zu Matthäus gehen können. Und jetzt marschier zu deinem Vater, damit ihr zusammen den Abend genießen könnt«, sagte Keilholz mit versöhnlicher Stimme. Die Tür öffnete und schloss sich wieder.

Elisabeth atmete erleichtert aus, trat aus dem Schatten hervor und ging ins Labor. Da er mit dem Rücken zu ihr stand, rief sie seinen Namen. Er drehte sich zu ihr um und musterte sie überrascht. Seine Lippen zitterten. »Wie kannst du es wagen …«, presste er hervor. Doch dann schluckte er die letzten Worte herunter.

Elisabeth sah an sich herunter. Sie hatte vergessen, dass sie das Kleid seiner verstorbenen Frau trug, das sie unerlaubt aus der Truhe genommen hatte. Zerknirscht wollte sie sich entschuldigen, doch bevor sie ein Wort sagen konnte, bat er sie mit einer Handbewegung zu schweigen.

Er schloss kurz die Augen. Als er sie wieder anblickte, rügte er Elisabeth: »Es war gefährlich, die Dachkammer zu verlassen. Baltasar hätte dich bemerken können.«

»Ich weiß, Herr Keilholz. Es tut mir leid, auch wegen des …«

»Es gibt Neuigkeiten, die ich dir erzählen möchte«, unterbrach er sie.

»Konntet Ihr mit einem der Mädchen sprechen?«, fragte sie aufgeregt.

Er nickte und zeigte zu dem Stuhl, auf dem zuvor der Lehrjunge gesessen hatte. »Damit uns niemand überrascht, schließe ich die Tür ab«, sagte er und drehte den Schlüssel im Schloss herum. Dann entzündete er zwei Holzscheite im Kamin, sodass der Raum vom Feuerschein schwach beschienen wurde und sie keine Kerze anzünden mussten. Mit einem tiefen Schnaufen setzte er sich auf den leeren Stuhl neben Elisabeth an den Tisch. Er betrachtete sie erneut in dem Kleid der Toten. Dieses Mal lächelte er freundlich. »Es steht dir fast so gut wie meiner Frau«, meinte er lächelnd.

»Ich habe noch nie einen so schönen Stoff gesehen. Ich werde es gleich zurück in die Truhe legen«, versprach Elisabeth.

Keilholz nickte, doch dann wurden seine Gesichtszüge ernst. »Du hast ganze Arbeit geleistet, als du das Bordell in Brand gesteckt hast.«

Elisabeth spürte, wie ihr elend wurde. Sie griff nach der Tischplatte, um sich daran festzuhalten. »Ist jemand umgekommen?«, stammelte sie leise.

»Nein, ich kann dich beruhigen ...« Nun erzählte er, was er gesehen hatte, und was Gerlinde ihm anvertraut hatte.

Als sie hörte, dass niemand wusste, wohin Regina und ihre Tochter entkommen waren, kullerten Tränen über ihre Wangen. »Werden sie gesucht?«, wollte sie wissen.

»Das kann ich nicht mit Bestimmtheit verneinen. Aber ich denke, dass Lucilla ihre Kraft erst einmal auf die Suche nach dir konzentriert. Vielleicht hofft sie, dass die beiden freiwillig zurückkommen, wenn sie weder Arbeit noch Unterkunft finden.«

»Das wird Regina niemals tun, denn sie weiß, was das für Christa bedeuten würde. Sie werden so weit fortgehen, wie ihr Geld reicht.«

»Woher hat sie Geld?«, fragte Keilholz erstaunt.

»Regina hat heimlich von ihrem Lohn etwas abgezweigt.«

»Das war sehr schlau. Nur wundert es mich, dass die Hurenmutter davon nichts mitbekommen hat.«

»Nicht jeder Kunde ist brutal zu den Dirnen. Manche geben mehr, als sie müssen«, erklärte Elisabeth.

»Du sprichst aus Erfahrung?«, fragte er vorsichtig.

»Wo denkt Ihr hin? Ich sagte bereits, dass ich dort nicht arbeiten musste. Jemand hat für mich bezahlt.« Elisabeth sah ihn vorwurfsvoll an. »Ich würde niemals ...«, begann sie, doch dann wurde ihr klar, dass das nicht stimmte. Hätte Lucilla sie gezwungen, dann wäre ihr keine Wahl geblieben.

»Man hat immer eine Wahl«, erklärte Keilholz, der ihre Gedanken anscheinend ahnte.

»Das mag für jemanden wie Euch gelten. Mir hat man meine Wahl genommen, als man mich zu Lucilla brachte.«

»Sie haben diese gewaltsamen Menschen aus der Unterstadt, die vor nichts zurückschrecken, auf die Suche nach dir losgeschickt. Sie werden nicht eher ruhen, bis sie dich haben«, berichtete er.

»Menschen aus der Unterstadt?«

»Es sind die Geächteten, die Gott verlassen hat. Mit ihnen will keiner etwas zu tun haben. Sie kennen keine Gnade und haben keine Moral. Ihre Hunde sind blutrünstige Bestien. Wenn du diesen Menschen in die Fänge gerätst, gibt es kein Entkommen. Doch du kannst beruhigt sein. In diesen Teil der Stadt wagen sie sich so schnell nicht. Hier bei mir bist du erst einmal sicher.«

Elisabeth schaute ihn gequält an.

»Als ich bereits auf dem Kutschbock saß, um zurückfahren, kam ein Reiter des Weges. Er wollte zu Lucilla.«

»Wie sah er aus?«, fragte Elisabeth erregt.

»Er war zu weit weg, als dass ich ihn beschreiben könnte. Ich musste fortfahren, damit mein Benehmen nicht auffiel.

Wäre ich zu Fuß oder auf meinem Pferd dort gewesen, hätte ich mich zurückschleichen können. Aber das Fuhrwerk am Wegesrand stehen zu lassen, war mir zu auffällig und zu gefährlich. Allerdings konnte ich erkennen, dass der Fremde edel gekleidet war.«

»Könnt Ihr ihn nicht wenigstens ein wenig beschreiben? Vielleicht seine Haarfarbe?«

Er verneinte.

»Dann sein Pferd vielleicht. Welche Farbe hatte es? Braun oder eher rötlich?«

»Es war schwarz.«

»Schwarz? Frédérics Pferd ist nicht schwarz«, murmelte sie.

»Dann wird es jemand anderes gewesen sein. Allerdings war Lucillas Benehmen auffällig. Als sie den Fremden bemerkte, konnte ich an ihrem erschrockenen Blick erkennen, dass sie mit seinem Erscheinen nicht gerechnet hatte.«

»Vielleicht war er nur ein besonderer Kunde, dem sie ihr abgebranntes Bordell nicht zeigen wollte«, gab Elisabeth zu Bedenken.

»Das kann durchaus sein«, grinste er. »Warum hast du Stroh für den Brand benutzt?«

»Woher wisst Ihr das?«

»Ich weiß es nicht, aber im Haus und davor lagen reichlich angebrannte Halme herum.«

Elisabeth spürte, wie sie errötete. »Mein Bruder Ulrich hat einmal versucht, mit Stroh ein Feuer zu entfachen, und dabei unsere Hütte regelrecht ausgeräuchert. Daher wusste ich, dass es qualmt. Es raucht besonders gut, wenn man feuchtes Holz darunterlegt. Ich wollte Lucilla und ihren Mann in Panik versetzen, damit sie nicht auf mich achten. Doch plötzlich hat die trockene Wäsche vor dem Kamin Feuer gefangen. Dann ging alles sehr schnell.«

»Ich denke, dass es kein riesiges Feuer war, aber groß genug, um die untere Etage zu verwüsten. Das Ausmaß des Ganzen wurde jedoch verschlimmert durch das Wasser, das sie eimerweise ausgeschüttet haben, um zu löschen.«

Elisabeth sah ihren Retter dankbar an. »Ich bin froh, dass Ihr nach den Mädchen gesehen habt. Nun bin ich beruhigt, weil ich weiß, dass es Ihnen gut geht«, meinte sie.

»Hast du einen Plan, wie es mit dir weitergeht?«

»Morgen werde ich auf den Friedhof gehen und das Grab meines Kindes suchen. Erst wenn ich für seine Seele gebetet habe, kann ich weiterplanen und überlegen, wohin ich gehen werde.«

»Elisabeth, das ist zu gefährlich. Niemand darf dich sehen. Außerdem ...« Er stockte und sah sie unschlüssig an.

Sie erkannte an seinem Blick, dass etwas nicht stimmte. Sie griff sich an den Hals und sah ihn bange an.

»Es tut mir leid, Elisabeth! Aber es gibt kein Grab von deinem Kind auf dem Friedhof.«

»Wie könnt Ihr das wissen?«, wisperte sie.

»Ich war nach dem Gottesdienst heute Morgen beim Totengräber. Er hat in den letzten Wochen kein einzelnes Kind beerdigt.«

»Das kann nicht sein! Er hat es mitgenommen. Ich habe es selbst gesehen«, rief Elisabeth außer sich und wollte aufspringen.

Doch Keilholz ergriff ihre Arme und zog sie zurück auf den Stuhl. »Ich will dich nicht quälen, sondern dir helfen, Elisabeth. Aber da ist kein Grab.«

»Wo ist dann mein Kind?«, flüsterte sie mit tränennassem Gesicht.

»Glaub mir, wenn ich es wüsste, würde ich es dir sagen. Ich habe keine Ahnung, was mit deinem Kind geschehen ist.«

Plötzlich schoss Elisabeth ein Gedanke in den Kopf.

»Frédéric!«, murmelte sie. Fragend sah er sie an. »Regina hat womöglich recht. Er hat mich hintergangen und dem fremden Reiter den Auftrag erteilt, mich in dem Bordell wegzusperren. Als das Kind kam, hat er es mir weggenommen.«

»Das ergibt keinen Sinn, Elisabeth. Warum sollte er Mutter und Kind trennen und sich mit einem Neugeborenen belasten?«

Sie musste nicht lang überlegen. »Weil ich ein einfaches Mädchen bin, das nicht seines Standes ist, aber so dumm war, ihm zu vertrauen. Das Kind ist jedoch sein Fleisch und Blut. Deshalb hat er es mitgenommen.«

Keilholz zog zweifelnd eine Augenbraue hoch. »Das klingt zu abwegig, als dass es wahr sein könnte.«

Elisabeth hörte ihm nicht mehr zu. Ihr Herz raste. Sie spürte, nein sie wusste, dass sie sich nicht irrte. »Wisst Ihr, was das bedeutet?«, flüsterte sie. »Mein Kind lebt! Es lebt!«, jubelte sie. »Ich muss so schnell wie möglich nach Stuttgart. Ich werde Euch begleiten«, sagte sie entschlossen.

Der Alchemist erstarrte. »So einfach geht das nicht. Wo willst du wohnen? Wie willst du dein Kind finden? Stuttgart ist größer als Tübingen. Was, wenn dieser Frédéric verheiratet ist, und seine Frau dein Kind als ihres angenommen hat? Wie willst du beweisen, dass du die leibliche Mutter bist?«

Darüber hatte sie nicht nachgedacht. Hoffnungslosigkeit ließ ihre Gesichtszüge erstarren. Doch dann sagte sie entschlossen: »Ich werde trotzdem nach Stuttgart gehen. Frédéric gehört zum Geleit des Herzogs. Ich werde ihn im Schloss aufsuchen und zur Rede stellen.«

»Elisabeth, denk nach!«, ermahnte er sie. »Man wird dich nicht mal durch das Tor lassen. Wenn Frédéric dich erkennt, lässt er dich festnehmen und erneut einsperren. Du wirfst deine Freiheit für etwas fort, das nie und nimmer bestehen kann.«

Sie hob die Hände, als ob sie sich wehren müsste. Sie wollte das nicht hören. Gerade eben hatte sie Hoffnung geschöpft, dass ihr Leben sich zum Guten wenden könnte, um im selben Augenblick erneut in das Loch zu fallen, aus dem sie sich mit Mühe herausgekämpft hatte. »Ich muss nach Stuttgart ... Ich will doch nur wissen, ob es meinem Kind gut geht, auch, ob ich einen Sohn oder eine Tochter geboren habe ... versteht Ihr das nicht?«, fragte sie schluchzend.

»Falls dein Frédéric ...«

»Er ist nicht *mein* Frédéric. Wenn ich mir mein Kind zurückgeholt habe, will ich ihn niemals wiedersehen«, schwor sie mit zorniger Stimme.

Zweifelnd legte er die Stirn in Falten. »Du suchst einen Sinn, wo keiner ist.«

»Ich bin nicht mehr dieses dumme Mädchen, das auf schöne Worte hereinfällt. Ich bin eine Mutter, die um ihr Kind kämpfen wird und dafür ihr eigenes Leben opfern würde!«

»Große Worte, die du da sprichst!«, sagte er und blickte seufzend zur Decke. »Langsam glaube ich, dass du das von da oben aus steuerst«, hörte sie ihn murmeln. Fragend schaute sie ihn an.

»Wenn ich dir das erkläre, hältst du mich für verrückt, deshalb schweige ich.« Er überlegte eine Weile. »Kannst du kochen und einen Haushalt führen?«

Sie nickte. »Ich habe nichts anderes getan bei meinen Eltern.«

»Dann werde ich dich als meine Wirtschafterin mit nach Stuttgart nehmen.«

»Würde Euch das nicht in Verlegenheit bringen? Schließlich könnte ich Eure Tochter sein«, fragte sie.

Sie sah, wie er ihr Haar betrachtete und das Kleid. »Du könntest tatsächlich meine Tochter sein ...«, überlegte er laut. »Wenn du dein Haar hochsteckst und edle Kleider trägst, wird niemand das Bauernmädchen Elisabeth erkennen ... allerdings ...«

Fragend sah sie ihn an. »Es wäre von Vorteil, wenn du dir einen anderen Namen zulegst und mich Vater nennst«, sagte er schmunzelnd.

Elisabeth schluckte. Sie kannten sich erst kurze Zeit, und doch schienen sie einander so vertraut. »Ich habe noch nie einen so selbstlosen Menschen wie Euch getroffen. Warum tut Ihr das für mich?«, fragte sie leise.

»Ich habe nichts zu verlieren, denn ich habe schon alles verloren, was mir wichtig ist«, antwortete er.

»Ihr wisst, dass ich weder Eure Frau noch Eure Tochter ersetzen kann. Doch ich will Euch Vater nennen, wenn es mir hilft, mein Kind zu finden. Mich ruft Ihr ab heute Eva.«

Kapitel 48

Johannes Keilholz und Elisabeth waren in der Dunkelheit losgefahren, um die Strecke in einem Rutsch zu schaffen. Sie nutzten den Schutz des frühen Morgens aber auch, damit niemand bemerkte, dass er nicht allein nach Stuttgart fuhr. Elisabeth hatte sich unter einer Decke zwischen den Taschen und Koffern auf dem Fuhrwerk versteckt. Erst als sie Tübingen hinter sich gelassen hatten, lud er sie ein, sich neben ihn zu setzen.

Langsam ging die Sonne auf. Die Strahlen durchbrachen die graue Wolkendecke und ließen auf einen schönen Tag hoffen. Um keine Zeit zu verlieren, nahmen die Reisenden ihr einfaches Frühmahl während der Fahrt ein. Keilholz hatte ausgerechnet, dass sie, wenn sie keine langen Unterbrechungen machten, am späten Nachmittag in Stuttgart ankommen müssten.

Wortkarg saßen die beiden nebeneinander. Jeder schien seinen Gedanken nachzuhängen. Der Alchemist überlegte zum wiederholten Male an diesem Morgen, ob er an alles gedacht hatte bei seiner Abreise.

Er hatte seiner Wirtschafterin den Schlüssel vom Labor und vom Wohnhaus übergeben. Auch hatte er ihr seine neue Anschrift mitgeteilt, die er mit einem Kurier von dem Laboratoriumsinspektor erhalten hatte. Grete würde sich um das Haus und die Hühner im Auslauf kümmern. Zum Glück begann bald die warme Jahreszeit. Sie würde nicht heizen müssen, und er brauchte kein schlechtes Gewissen zu haben, dass sie bei Wind und Wetter Holz über den Hof schleppen musste. Auch hatte er Grete Geld als Entlohnung für ihre Mühe und für andere Ausgaben dagelassen.

»Was soll ich nur ohne Euch machen?«, hatte sie gejammert, als er ihr die Münzen in die Hand drückte.

»Ich bin nicht aus der Welt und schneller zurück, als dir lieb ist«, hatte er sie getröstet. Er kannte die Frau seit der Geburt seiner Tochter Christina. Sie hatte sein Kind in den Armen gehalten, wenn es nicht schlafen konnte. Später hatten ihre Arme ihn umfangen, als ihn nach dem Tod seiner Familie schier die Kraft zum Weiterleben zu verlassen schien. Grete gehörte zu ihm wie keine andere. Deshalb war auch sein Herz schwer beim Abschied. Doch da die Zeit der Trennung begrenzt war, freute er sich schon jetzt auf ihr Wiedersehen.

Für Baltasar hatte er ebenfalls gut gesorgt. Er war dem Apotheker dankbar, dass er sich um den Jungen kümmern würde. Zusammen mit seinem Sohn Casper hatte Matthäus den neuen Lehrjungen willkommen geheißen. Die beiden Knaben verstanden sich auf Anhieb, sodass der Abschied leichtfiel.

Als Letztes musste alles zusammengepackt werden, was Johannes Keilholz für die Monate in Stuttgart benötigte. Zuerst wollte Elisabeth ihm dabei helfen, doch sie war viel zu aufgeregt und stand ihm nur im Weg. Schließlich hatte er sie auf den Dachboden verbannt. Sie sollte sich aus der Garderobe seiner verstorbenen Frau die Kleidung auswählen, die sie anziehen wollte, wenn ihr neues Leben begann. Sie durfte unter den Städtern nicht auffallen, sondern musste lernen, sich unter ihnen zu bewegen, als ob sie tatsächlich aus dieser Gesellschaftsschicht kam.

Mit einem Seitenblick schielte er vorsichtig zu ihr. Sie saß seitlich abgewandt neben ihm und starrte in die Landschaft. Obwohl sie sich noch fremd waren, musste er lernen, Elisabeth vertraulich anzureden. Ihr neu gewählter Vorname Eva kam nur schwer über seine Lippen, obwohl er den Namen *Elisabeth* zuvor nur wenige Male ausgesprochen hatte. Mit der Zeit wird es sicherlich leichter, hoffte er. Bis dahin würde er sich konzentrieren müssen, damit niemand hinter ihr Geheimnis kam. Nicht auszudenken, wenn dieser Frédéric Elisabeth erkannte. Ihr neuer Name Eva und seine Vaterrolle würden hoffentlich jeden verwirren, der glaubte, die junge Frau zu kennen.

Er wünschte ihr, dass sie ihr Kind fand und glücklich wurde. Desgleichen hoffte er, dass sich ihre Wege bald wieder trennen würden. Dann würde seine selbst auferlegte Verpflichtung, sie zu beschützen, erlöschen, und sie konnte ein neues Leben mit ihrem Sohn oder ihrer Tochter beginnen.

Doch was, wenn es kein Kind gab? Wenn sie sich irrten, und Frédéric das Kind nicht bei sich hatte? Wie würde er Elisabeth dann neuen Lebensmut geben? Sie schien eine starke Persönlichkeit zu sein. Auch war sie jung, konnte noch viele Kinder bekommen. Aber über das verlorene Kind würde sie niemals hinwegkommen, fürchtete er. Er haderte mit sich, dass er ihr von dem Gespräch mit dem Totengräber erzählt hatte. Andernfalls aber wäre sie nicht aus Tübingen fortgegangen. Dann hätte man sie früher oder später gefunden und zu Lucilla zurückgebracht.

Er zuckte leicht zusammen, als ihr Kopf auf seine Schulter sank. Sie war eingeschlafen. Es war ein seltsames Gefühl, nicht mehr allein zu sein, auch wenn ihre gemeinsame Zeit absehbar war. Ihre Gesichtszüge wirkten angespannt. Ein harter Zug lag um ihren Mund. Wie hübsch sie doch aussah, wenn sie lächelte und sich in den Wangen ihre Grübchen zeigten. Sie sollte öfter lächeln und weniger traurig sein, dachte er und murmelte kaum hörbar ihren neuen Namen, um sich damit vertraut zu machen.

»Eva, Eva, Eva«, sagte er mehrmals hintereinander leise. Er musste diesen Namen aussprechen können, ohne zu zögern, wenn sie in Stuttgart ankamen. Warum sie sich ausgerechnet diesen Namen ausgesucht hat?, überlegte er. Ob sie wusste, dass Eva *die Lebenspendende* hieß?

Er seufzte. Die bevorstehende Zeit in Stuttgart ängstigte ihn. Erstmals würde er dort mit einer fremden Person unter einem Dach leben. Auch die neue Arbeitsstelle verursachte ihm Unbehagen. Er war es gewohnt, allein zu arbeiten, niemanden zu fragen, niemandem Rechenschaft abzulegen. Nun würde sich das ändern, und er musste in einer fremden Stadt an einem neuen Wirkungsplatz mit einem vorgesetzten Alchemisten zurechtkommen. Sein Blick wanderte über den Pferdekopf zum Horizont. In der Ferne sah er einen Schwarm Kraniche, die aus dem Süden zurückkehrten.

Alles hat einen Sinn im Leben, dachte er und atmete tief durch.

Elisabeth hielt die Augen geschlossen, obwohl sie nicht schlief. Sie wollte nicht reden, nichts hören. Sie schämte sich über ihr Verhalten. Ohne zu überlegen, hatte sie sich in eine Situation gebracht, die sie an ihrem Verstand zweifeln ließ. Wie konnte sie sich einem fremden Menschen aufzwingen? Wie konnte sie von ihm verlangen, sie mitzunehmen nach Stuttgart und auch noch ihren Vater zu spielen?

Je öfter sie darüber nachdachte, desto mehr wünschte sie sich, die Erde würde sich auftun und sie verschlingen. Sie bereute ihr aufdringliches Verhalten gegenüber Herrn Keilholz. Dabei musste er sich doch auf seine neue Arbeit konzentrieren. So, wie er es ihr geschildert hatte, war die Alchemie eine Wissenschaft, bei der die Nacht zum Tag gemacht wurde, weil viele Experimente zu Ende geführt werden mussten, bevor man sich erholen konnte. Johannes Keilholz hatte erwähnt, dass er sich manchmal in seinem Labor einsperrte, um ungestört forschen zu können. Jetzt wollte er ihr helfen, ihr Kind zu finden, was Zeit erfordern würde und ihn womöglich in Gefahr brachte. Vor drei Tagen hatte sie noch nichts von diesem Alchemisten gewusst, und nun würde sie mit ihm unter einem Dach leben, sogar in einer Wohnung. Der Gedanke beunruhigte sie sehr.

Sie war hin und her gerissen. Sie wusste, dass sie ohne Johannes Keilholz niemals nach Stuttgart käme, aber ihn gleich Vater zu nennen, bereitete ihr Unbehagen. Auch wenn es sicherlich schlau war, als Vater und Tochter aufzutreten, damit niemand das Bauernmädchen wiedererkannte. Eva! Warum war ihr ausgerechnet dieser Name eingefallen? Dabei wären Charlotte oder Katherina klangvollere Namen gewesen. *Eva, Eva, Eva* wiederholte sie in Gedanken, um dann *Vater, Vater, Vater* zu üben, damit ihr auch dies leicht über die Lippen kam. Darüber schlief sie ein.

Frédéric war erleichtert, dass der Herzog seiner Lüge, den Alchemisten in Tübingen nicht angetroffen zu haben, glaubte. Da er nicht einmal nach dem Warum fragte, war er überzeugt, dass sein Onkel ihm blind zu vertrauen schien.

Es war früher Morgen, als er leise seine Tür hinter sich zuzog. Das Schloss schien noch zu schlafen. Nur vereinzelt huschte jemand von der Dienerschaft über die Gänge. Manche sahen ihn überrascht an und nickten knapp. Als ein Diener auf ihn zueilte und leise fragte, ob er einen Wunsch hätte, verneinte Frédéric. Sogleich verschwand der Lakai hinter einer unsichtbaren Tür, die zu einem Gang führte, den das Personal nutzte, um ungesehen von einer Etage in die andere zu gelangen.

Auf einem der Gänge war ein Dienstmädchen damit beschäftigt, ein großes Fenster zu putzen. Ein Flügel stand weit offen. Als er vorbeiging, hörte er Schreie. Neugierig streckte den Kopf hinaus. »Hörst du das?«, rief er freudig. Das Mädchen, das artig den Blick gesenkt hielt, sah ihn fragend an. Er zog sie am Arm zu sich und zeigte zum Himmel. »Hör, die Kraniche kehren zurück.«

Da brach das Tageslicht durch die Wolkendecke, und das tiefe Grau wurde hell. Jetzt konnte man die Pfeilformation der Vögel am Himmel erkennen, die schreiend über das Schloss hinwegzogen. Frédéric schaute das Dienstmädchen fröhlich an. Doch das schien seine Begeisterung nicht zu teilen. Verwirrt lächelte die junge Frau. Dummes Kind, dachte er und ging weiter.

Frédéric sah es als ein gutes Zeichen an, dass die Vögel heute aus dem Süden zurückkehrten. Es passte zu dem herrlichen Tag, den er vor sich hatte. Als er vor zwei Tagen seinem Onkel über seine Reise berichtet hatte, hatte er um Erlaubnis gebeten, erneut nach Mömpelgard reiten zu dürfen. Denn während der Rückkehr von seinem unsäglichen Ausflug nach Tübingen hatte er sich vorgenommen, nicht einen Tag länger zu warten.

»Was macht diese Reise so unaufschiebbar, dass du gewillt bist, die Ankunft unseres Alchemisten zu versäumen?«, hatte der Herzog ihn streng gefragt.

Frédéric hatte geantwortet, ohne eine Miene zu verziehen: »Verzeiht, Oheim, aber ich erkenne nicht die Notwendigkeit, dass meine Wenigkeit den Herrn begrüßen sollte. Euer Sohn wird sich dieses Vergnügen sicher nicht nehmen lassen, mit Euch zusammen den großen Alchemisten willkommen zu heißen. Ich habe in den letzten Monaten kaum Zeit in meinem Haus in Montbéliard verbringen können, um nach dem Rechten zu sehen und um mich um geschäftliche Angelegenheiten zu kümmern.« Er nannte wohlweislich den französischen Namen des Städtchens, da er wusste, dass sein Oheim die französische Sprache liebte.

»Unfug«, schnitt ihm der Herzog das Wort ab. »Ich weiß sehr wohl, warum du nach Montbéliard reisen möchtest.«

Zuerst war Frédéric über die grobe Zurechtweisung erschrocken, doch dann hatte er das Glitzern in Friedrichs Augen entdeckt.

Sein Oheim drohte ihm schmunzelnd mit dem Zeigefinger. »Um diese Zeit ist unser geliebtes Städtchen wahrlich schön anzusehen, nicht wahr? Wie gern würde ich mit dir über die blanken Felder reiten, den Wind spüren, um dann die schneebedeckten Gipfel der Vogesen aus der Ferne zu betrachten.« Seine lachenden Augen schienen die beschriebene Kulisse in Gedanken vor sich zu sehen. »Ich beneide dich!«, erklärte der Regent leise, doch dann wurde er ernst. »Du hast recht, Neffe! Georg kann diesen Herrn begrüßen. Und Herr Keilholz und der Freiherr werden sich erst miteinander anfreunden müssen, bevor sie die Versuche starten können. Ich erwarte dich spätestens in drei Wochen zurück, denn dann will ich einen Empfang geben. Bis dahin wünsche ich dir eine schöne Zeit in Mömpelgard ... Mömpelgard! Wie langweilig der Name auf Deutsch klingt! *Montbéliard* hört sich edel und stark an. Ganz so, wie ich es sehe.«

⇒ *Kapitel 49* ⇐

Johannes Keilholz fand die Straße und das Haus problemlos. Seine Wohnung sollte sich im ersten Stock eines Drei-Parteien-Hauses befinden, das an einer Hauptgasse lag. Es würde einen Unterstand für das Fuhrwerk geben sowie einen Stall, in dem sein Pferd einen eigenen Verschlag hatte. Er war hellauf begeistert. Die Beschreibung, die der Laboratoriumsinspektor gegeben hatte, hörte sich bestens für einen angenehmen Aufenthalt in Stuttgart an. Doch als er vor dem Haus stand und zählte, wie viele Wohnungen es darin gab, kamen ihm Bedenken.

Er war es gewohnt, in einem ruhigen Umfeld zu leben. Allein und ohne störende Geräusche. Das war in einem solch großen Haus sicherlich nicht gewährleistet. Schon jetzt sah er sich nachts auf dem zugigen Gang in einer Warteschlange vor dem Abort stehen. Kommt Zeit, kommt hoffentlich Rat, dachte er und lenkte das Fuhrwerk durch das breite Tor auf den Hinterhof.

»Bevor wir die Sachen hochtragen, müssen wir uns den Wohnungsschlüssel bei einem Herrn Sebastian Klausen abholen. Er wohnt im Erdgeschoss dieses Hauses – so stand es in der Nachricht des Herrn Wagner«, nuschelte Keilholz und kletterte vom Kutschbock herunter.

Kaum stand er auf dem Boden, drückte er das Kreuz durch und verschränkte die Arme hinter dem Kopf, um sich zu strecken. Die weite Anreise saß ihm in den Knochen. Wie sehr hoffte er auf ein komfortables Bett in seinem neuen Zuhause. Doch das würde noch warten müssen, denn er musste erst im Laboratorium vorstellig werden, um seine Ankunft mitzuteilen. Aus Erfahrung wusste er, dass das Labor rund um die Uhr besetzt sein würde. Womöglich würde ihn Christoph Wagner sogar erwarten.

»Komm, mein Kind, lass uns ins Haus gehen, bevor ich im Stehen einschlafe«, sagte er gähnend zu Elisabeth, die ihn scheu anblickte.

Sie versuchte ihre Müdigkeit wegzulächeln. Wegen der zahlreichen Schlaglöcher, die das Gefährt während der Fahrt durchfahren hatte, schmerzten ihr Gesäß, ihr Rücken und die Knie, als sie vom Fuhrwerk stieg. Auch sie sehnte sich nach einer Bettstatt, auf der sie sich ausstrecken konnte. Auch wenn sie auf der Fahrt immer wieder eingenickt war, so war sie doch erschöpft. Je näher sie Stuttgart gekommen waren, desto unruhiger war sie geworden. Die hohe und lange Stadtmauer mit ihren Wachtürmen, die Stuttgart umschloss, und die man schon von Weitem erkennen konnte, verursachten eine beklemmende Enge in ihrem Brustkorb. Doch als ihr bewusst wurde, dass irgendwo hinter diesen Mauern ihr Kind auf sie warten könnte, löste sich der Druck in ihr, und das Gemäuer verlor seinen Schrecken.

Früher am Tag waren sie in der Nähe der Stadt an einem riesigen See vorbeigefahren. Das Wasser hatte im schwachen Sonnenschein geglitzert. Fischer in Booten warfen ihre Netze aus. Einer hatte ihnen mit einem Fisch in der Hand zugewunken. Das erinnerte Elisabeth schlagartig an ihr verlorenes Zuhause. Sie sah sich bis zu den Oberschenkeln im schlammigen Teich ihres Vaters stehen, um Karpfen zu fangen. Dieses alte Leben, wie sie es manchmal nannte, schien weit zurückzuliegen. Nur selten, in Augenblicken wie diesen, dachte sie zurück an diese Zeit. Doch so schnell, wie die Erinnerungen kamen, so rasch verschwanden sie meist wieder.

Als ihr Fuhrwerk durch den viereckigen Stoffelsturm in die Stadt fahren wollte, hatten die Torwächter es angehalten, um die Ladefläche zu kontrollieren. Kaum sah Elisabeth die Männer, die mannslange Spieße in Händen hielten, brach ihr der Angstschweiß aus. Am liebsten wäre sie aufgesprungen und fortgerannt. Johannes Keilholz musste das gespürt haben, denn er hatte nach ihrer Hand gegriffen und sie sanft gedrückt. Erst als sie wenig später durch die Stadt fuhren, legte sich ihre Aufregung, sodass sie die Schönheit von Stuttgart genießen konnte.

Alles, was diese Stadt ausmachte, war ihr fremd. Ungläubig sah Elisabeth an der Kirche empor, deren Türme bis in den Himmel zu ragen schienen. In jeder Gasse roch es anders. Mit großen Augen bestaunte sie die mehrstöckigen Häuser, die beidseitig die Straßen säumten. Elisabeth kannte nur einfache Holzhütten, die meist windschief waren, sodass die Türen sich nicht richtig schließen ließen. Die Stadthäuser hingegen waren aus Stein gebaut. Manche Fassaden zeigten schmückende Verzierungen wie in Stein gehauene Blüten. Ihre Portale waren aus dickem Holz gearbeitet. In jeder Fensteröffnung konnte Elisabeth Glas erkennen, in dem sich das Licht spiegelte. In den Hütten ihres Dorfs wurden die Öffnungen mit Stroh, Lumpen oder Kuhmist gegen die Kälte zugestopft. Ungläubig schüttelte sie den Kopf. In ihren kühnsten Träumen hätte sie nicht vermutet, dass Menschen so schön lebten.

Schließlich war das Fuhrwerk in eine Gasse eingebogen, die breiter war als die anderen, und die Häuser waren ein Stockwerk höher. In den Erdgeschossen befanden sich zahlreiche Geschäfte. Vor manchen standen Metallkörbe, in denen Feuer brannte. Menschen wärmten sich daran die Hände.

Elisabeth glaubte zu träumen. So etwas Schönes hatte sie noch nie gesehen. Trotz dieses Hochgefühls konnte sie das Gefühl von Wehmut nicht unterdrücken, als sie daran dachte, dass irgendwo in dieser Stadt, in einem dieser Häuser, ihr Kind lebte.

Sie würde es finden, schwor sie sich, und starrte den Rest des Weges vor sich hin. Ihr Interesse an der Schönheit von Stuttgart war erloschen.

Auf schweren Beinen gingen Elisabeth und ihr neuer Ziehvater nun zum Eingang des Hauses, in dem ihre Wohnung sein sollte. Kaum hatten sie die schwere Holztür aufgedrückt, schwappte ihnen Essengeruch entgegen. Elisabeths Magen meldete sich. Auf der Fahrt hatte sie kaum etwas von den Speisen zu sich genommen, die ihr neuer Ziehvater eingepackt hatte.

Unschlüssig standen beide in dem hohen Treppenhaus. Aus den oberen Stockwerken drangen Stimmen zu ihnen. Kinder weinten, Frauen schimpften, Männer stritten, Knaben fluchten, jemand pfiff eine Melodie. Es war ein heilloses Durcheinander an lauten Geräuschen. Keilholz reckte das Kinn. »So habe ich mir das nicht vorgestellt«, meinte er brummig und sah Elisabeth unzufrieden an.

Da kam ein Mann die Kellertreppe herauf. Seine Hände waren mit Lehm verschmiert. Fragend sah er die beiden an.

»Ich bin Johannes Keilholz, und das ist meine ... Tochter Eva.«

»Ihr seid der Alchemist?« Keilholz nickte. »Wir hatten Euch erst zu späterer Stunde erwartet.«

»Wir sind zeitig losgefahren.«

»Ich heiße Sebastian Klausen und bin einer der beiden Töpfer im Laboratorium unseres Herzogs. Da unser Lehrjunge mehrere Schalen fallen ließ, musste ich rasch für Nachschub sorgen. Schließlich soll es an nichts mangeln, wenn Ihr und der Freiherr von Brunnhof und Grobeschütz experimentieren werdet. Doch erst gebe ich Euch den Haustürschlüssel, den Herr Wagner mir anvertraut hat.« Klausen wischte sich die Hände an der Schürze ab, die um seinen schlanken Körper gebunden war. »Folgt mir in die Küche, dann lernt Ihr gleich meine Familie kennen, Herr Keilholz.«

In der Küche saßen vier Kinder um den Esstisch – zwei große Burschen, ein kleiner Junge und ein Mädchen. Eine Frau versuchte ein Wickelkind zu beruhigen, das mit hochroten Wangen wimmerte. »Das sind meine Frau Klara und unsere Jüngste. Hildegard bekommt Zähne.«

Elisabeth nickte grüßend. Der Essensgeruch lenkte ihren Blick zum Herd, wo auf einer offenen Feuerstelle ein Topf stand, in dem es köchelte. Sie glaubte den Duft von Suppenfleisch zu riechen und leckte sich über die Lippen.

»Ihr seid sicher hungrig nach der langen Fahrt«, meinte die Frau und reichte ihr das Kleinkind. »Während Ihr Hildegard haltet, werde ich Euch eine Schale mit Hühnersuppe füllen.«

»Das ist sehr freundlich«, bedankte sich Johannes Keilholz.

Mit erschrockenem Blick sah Elisabeth zu ihm. Er nickte ihr aufmunternd zu. Zögerlich nahm sie das kleine Kind auf den Arm.

»So sind Frauen! Sie zeigen sofort Geschick im Umgang mit Kindern«, meinte Klausen, da das Kleinkind aufgehört hatte zu wimmern und die fremde junge Frau, die es in ihren Armen hielt, neugierig betrachtete.

Elisabeth spürte, wie sie erstarrte. Sie traute sich kaum, Luft zu holen. Der kleine Körper fühlte sich warm und zart an. Am liebsten hätte sie das Kind geküsst. Elisabeth spürte, wie sie lächelte. Sie fühlte sich in diesem Augenblick so glücklich wie lange nicht mehr.

»Joachim, Magnus! Helft uns, das Gepäck des Herrn Keilholz in seine Wohnung zu schaffen«, hörte sie die Stimme des Töpfers.

»In welchem Stockwerk liegt unsere Wohnung?«, fragte Keilholz.

»Ihr werdet nicht in diesem Gebäude wohnen, sondern nebenan. Da wir nicht wussten, ob Ihr allein oder mit Familie anreist, hat Euch Herr Wagner in weiser Voraussicht eine größere Wohnung im Nebengebäude herrichten lassen.«

Elisabeth schaute zu ihrem Ziehvater, der erleichtert wirkte.

»Herr Wagner hat leider einen privaten Termin, sodass er Euch heute nicht mehr empfangen kann. Ihr sollt morgen früh um acht Uhr im Labor vorstellig werden, soll ich Euch ausrichten.«

»Das kommt mir sehr gelegen, denn so kann ich mich von der anstrengenden Fahrt erholen«, seufzte Keilholz und verließ mit dem Töpfer und dessen Söhnen die Küche.

»Während die Männer Euer Gepäck in die Wohnung tragen, könnt Ihr Euch stärken, Fräulein Eva«, lud Frau Klausen ihren Gast ein und stellte einen Teller mit Suppe auf den Tisch.

Elisabeth war zusammengezuckt, als die Frau sie mit dem ungewohnten Namen anredete. Hastig reichte sie ihr das Kleinkind, das eingeschlafen war.

Schweigend aß sie ihre Hühnersuppe.

»Ihr seid aus Tübingen?«, fragte Frau Klausen mit neugierigem Blick. Elisabeth nickte zögerlich. »Wie ist es dort? Ist Eure Stadt größer als Stuttgart?«

Elisabeth verschluckte sich. Was sollte sie antworten? Sie kannte von Tübingen nur das Bordell und das Haus des Alchemisten. Die Stadt war ihr fremd. Aber gab es irgendeine Stadt, die größer war als Stuttgart?

»Ich kann das nicht beantworten, da ich von Stuttgart noch kaum etwas gesehen habe«, rettete sie sich aus der Situation.

»Ach, wie dumm von mir! Ihr seid eben erst angekommen, und ich stelle Euch solche Fragen«, lachte die Frau und schlug vor: »Sobald Ihr Eure Sachen ausgepackt habt, werde ich Euch zeigen, wo Ihr einkaufen könnt in Stuttgart ... wenn Ihr mögt«, fügte sie hinzu.

Staunend betrachtete Elisabeth die Wohnung, die aus drei Zimmern, einer Küche und einem Abort auf dem Gang bestand. In zwei Zimmern stand jeweils ein Bett, dessen Bettzeug frisch bezogen war. Vorsichtig tippte Elisabeth mit dem Finger auf den Strohsack. Er war prall gefüllt, und das Stroh darin verströmte einen trockenen und sauberen Geruch. Noch nie hatte sie in solch einem komfortablen Bett geschlafen, dachte sie. In einer Holztruhe an der Wand konnte sie die Kleider der verstorbenen Frau Keilholz verstauen, die sie fortan tragen würde. Die Küche war klein, aber zweckmäßig. Auf zwei Regalen stand alles, was sie zum Kochen und zum Essen der Speisen benötigte. Am meisten bestaunte sie die Teppiche, die in der Stube an zwei Wänden hingen. Das Garn schimmerte im Licht der Kerzen, die Johannes Keilholz überall entzündet hatte.

»Ich werde dieses Zimmer nehmen, da hier ein Tisch steht, an dem ich arbeiten kann«, beschloss er und packte sofort seine Bücher aus.

»Steht in diesen Büchern, wie Ihr ... wie du Gold herstellen kannst?«, fragte Elisabeth verlegen und griff nach einem Buch, um ihren Blick darin zu versenken. Ihre Wangen brannten. Sie musste lernen, vertraulich mit Johannes Keilholz umzugehen.

»Das wäre schön, denn dann bräuchte ich mir nicht mehr den Kopf zu zerbrechen«, lachte er.

Elisabeth betrachtete die Zeichnungen und die Buchstaben. »Das kannst du alles lesen und verstehen?« Ehrfürchtig schaute sie den Mann an.

Er legte die Mappe mit den Papieren, in denen er geblättert hatte, zur Seite und nahm aus einer Kiste einen Federkiel und ein Fässchen Tinte, außerdem ein leeres Blatt aus einer Mappe. »Da du nun meine Tochter bist, Eva, sehe ich es als meine Pflicht an, dir lesen und schreiben beizubringen. Und damit fangen wir sofort an«, beschloss er und ging in die Wohnstube, wo er die Utensilien auf dem Esstisch ablegte und sich setzte.

Elisabeth schaute ihm verwirrt zu. Dann nahm sie neben ihm auf dem Stuhl Platz.

»Heute zeige ich dir, wie dein neuer Name geschrieben wird. Er ist leichter zu erlernen als Elisabeth, der mehr Buchstaben hat. E V A hat nur diese drei.«

Er stand auf, ging in sein Zimmer und kam mit einem dünnen Büchlein zurück. »In diesem Buch stehen Bibelsprüche, an denen wir üben werden. Doch zuerst schreibe ich dir das ABC vollständig auf.«

Neugierig betrachtete sie die Buchstaben, die auf dem Blatt mithilfe der Tinte entstanden.

»Du wirst als Erstes die ersten zehn Buchstaben auswendig lernen in Schrift und Sprache«, sagte er und reichte ihr die Feder, damit sie die Schriftzeichen nachschrieb.

Als sie bereits beim ersten Mal mit Schwung die Buchstaben richtig aufs Blatt zeichnete, meinte er erstaunt: »Meine Tochter scheint ein Naturtalent zu sein.« Er lachte und sah sie stolz an.

Es war spät, als Elisabeth die Kerzen löschte und sich ins Bett legte. Sie konnte es nicht fassen, welche Wandlung ihr Leben genommen hatte. Zum ersten Mal hatte sie das Gefühl, dass alles gut werden würde. Zufrieden schloss sie die Augen und träumte von einem Kind mit dunklen Haaren.

ᗡ *Kapitel 50* ᗡ

Mit feuchten Händen machte sich Johannes Keilholz auf den Weg zum herzoglichen Labor. Er kam sich vor wie ein Anfänger, der keine Ahnung hatte von der Alchemie. Immer wieder rief er sich in Erinnerung, welche Werkzeuge sich für welche Tätigkeit eigneten. Angst zu versagen plagte ihn. Dabei war er geübt in allem, was die Wissenschaft von einem Alchemisten erforderte.

Insbesondere aber bereitete ihm die bevorstehende Begegnung mit dem Freiherrn von Brunnhof und Grobeschütz Unbehagen. Er hatte hohen Respekt vor den Fähigkeiten des berühmten Alchemisten und hoffte deshalb inbrünstig, dass sie miteinander harmonieren würden, wenn sie Seite an Seite arbeiteten. Doch er war sich bewusst, dass er nicht neben, sondern hinter dem Freiherrn stehen würde. Das war niederschmetternd und verleidete es ihm, sich an der Schönheit des herzoglichen Tier- und Lustgartens zu erfreuen, in dessen Mitte das ehemalige Lustschloss stehen sollte.

Gebeugt stapfte er über die Wege, die ihn durch die Grünanlage führten. Als er hinter hohen Bäumen das Gebäude erblickte, blieb er staunend stehen. Vor ihm erstreckte sich ein länglicher herrschaftlicher Bau mit sechseckigen Erkern an den Ecken, auf deren haubenähnlichen Dächern bunte Fahnen wehten. Über dem Untergeschoss, dessen Fensteröffnungen vergittert waren, erhob sich ein hohes Stockwerk. Keilholz hatte keinen solch riesigen Prachtbau erwartet und war nun gespannt, wie groß das Labor sein würde. Neugierig ging er zu dem sechseckigen Turm, an dessen Seite er das Eingangsportal entdeckt hatte. Er öffnete die Tür und betrat den Treppenturm.

Sofort schlug ihm der Gestank von Schwefel entgegen. Sein Groll verflog, ebenso seine anfängliche Unsicherheit. In ihm erwachte der erfahrene Wissenschaftler, dessen Leidenschaft die Alchemie war. Freudig ging er die Stufen nach oben.

Als Keilholz das Labor betrat, zwang er sich, nicht wie ein überraschtes Kind zu staunen, was ihm schwerfiel, denn er hatte einen solch prächtigen Raum noch nie gesehen. Eine imposante Kassettendecke zierte den ehemaligen Tanzsaal. Gemälde, die große Schlachten und andere historische Szenen zeigten, hingen vereinzelt an den Wänden. Auch konnte er zwei Rüstungen entdecken, die in den mittleren Erkern standen.

»Ein wahrhaft historischer Raum«, sagte eine Stimme neben ihm. Johannes Keilholz blickte erschrocken zu Christoph Wagner, der ihn freundlich anlächelte. Peinlich berührt nickte er. Er war so sehr in der Betrachtung des Raums versunken gewesen, dass er nicht bemerkt hatte, wie der Laborinspektor sich zu ihm gesellte.

»Hier wurde 1556 König Maximilian bewirtet«, beschrieb Wagner die Bilder. »Bevor der Saal zum Laboratorium umgebaut wurde, hingen die Wände voll mit solch besonderen Gemälden. Auch standen bedeutend mehr Rüstungen in den Erkern. Sogar Waffen konnte man hier bestaunen. Doch nun verstauben sie entweder in der Schatz- oder in der Rüstkammer.«

Keilholz konnte sich die Feste vorstellen, die einst hier abgehalten wurden. »Das ist natürlich schade. Umso erfreulicher, dass der Raum nun der Wissenschaft dient«, meinte er diplomatisch.

»Das ist richtig, Herr Keilholz«, stimmte der Inspektor ihm zu. »Ich hoffe, Eure Anreise verlief ohne Komplikationen? Und seid Ihr mit Eurer Unterkunft zufrieden?«

»Meine Tochter und ich sind angenehm überrascht über die komfortablen Räume, die man uns freundlicherweise zur Verfügung stellt.«

»Eure Tochter begleitet Euch allein?«

»Leider ist meine Frau vor zehn Jahren verstorben. Eva ist mein einziges Kind«, log Keilholz selbstsicher.

»Wie alt ist sie?«

»Siebzehn Jahre.«

»Dann werde ich Eurer Tochter einen Passierschein ausstellen lassen, damit die Wachen sie ungehindert zu Euch lassen, wenn sie Euch besuchen möchte.«

»Das ist sehr freundlich«, bedankte sich Keilholz, der auf dem Weg ins Labor ebenfalls seine Berechtigung, das Areal des Schlosses betreten zu dürfen, vorweisen hatte müssen.

»Dann lasst uns gemeinsam das Labor begutachten, bevor Freiherr von Brunnhof und Grobeschütz erscheint.«

Wagners Anmerkung, die für Keilholz herablassend klang, ließ ihn aufhorchen. Anscheinend konnte der Inspektor in seinem Gesicht lesen, denn er fügte mit gedämpfter Stimme hinzu: »Der Herzog wird langsam ungehalten, weil der Freiherr bislang nichts von seinem Können preisgegeben hat. Wir hoffen, dass Ihr das beschleunigen werdet.«

»Da ich nur der Handlanger des Barons bin, muss ich mich seinem Tun anpassen«, erklärte Keilholz ebenso leise.

Christoph Wagner hob eine Augenbraue. »Ich weiß, dass Ihr nicht sonderlich begeistert seid über Eure Stellung hier. Doch bremst Euren Eifer bitte dennoch nicht aus! Steht nicht irgendwo auch geschrieben: Die Letzten werden die Ersten sein?«

Johannes Keilholz schaute Christoph Wagner verwundert in die Augen. Doch der Inspektor erklärte seine Andeutung nicht. Stattdessen sagte er:

»Ich werde Euch herumführen.«

Mit Kennerblick erfasste der Alchemist sofort, dass alle Apparaturen vorhanden waren, die für alchemistische Prozeduren benötigt wurden. Auf einem Gestell standen Scheidkolben für das Scheiden von Gold und Silber sowie Digeriergläser, in denen eine feste Substanz mit einer flüssigen vermischt wurde. Auch entdeckte er zahlreiche Retorten. Diese Kolben mit ihrem gebogenen Hals würden sie brauchen, um Stoffe zu destillieren, die keine intensive Kühlung benötigten.

Während die beiden Männer die Reihen entlangliefen, stellte sich ihnen ein Knabe in den Weg, der Keilholz an Baltasar erinnerte.

»Meister, ich soll Euch ausrichten, dass die Circa... Cirko...«, stotterte er.

»Du meinst sicherlich: die *Circulatoria*«, verbesserte Wagner den Jungen, ohne ihn zu rügen. Der nickte eifrig.

»Ich soll Euch sagen, dass diese eingetroffen sind.«

»Das sind gute Nachrichten. Weißt du, wofür wir dieses Gerät in der Forschung benötigen, Martin?«

Der Junge verneinte.

»*Circulatoria* bedeutet Kreislauf. In diesen geschlossenen Gefäßen setzt sich der Dampf der erhitzten Flüssigkeiten an der kältesten Stelle des Geräts ab, verflüssigt sich und fließt wieder zurück.«

Keilholz erkannte, dass dem Jungen die Vorstellungskraft fehlte, deshalb mischte er sich sein. »Wenn der Herr Laboratoriumsinspektor erlaubt, werde ich dir anhand eines Versuchs bei Gelegenheit zeigen, wie man mit dem Gerät arbeitet.«

Mit leuchtenden Augen sah Martin zu Christoph Wagner.

»Praxis ist die beste Art, etwas zu verstehen. Wenn Herr Keilholz die Zeit dazu findet, lässt er es dich wissen. Und nun geh und hilf den anderen.« Christoph Wagner wandte sich anerkennend an Keilholz: »Ihr habt ein Geschick, mit Lehrburschen umzugehen, Herr Keilholz. Ich konnte es bereits bei Eurem Lehrjungen in Tübingen erkennen. Selten habe ich einen so eifrigen Kaminkehrer gesehen.«

Plötzlich ging ein Raunen durch den Saal. Ein edel gekleideter junger Mann, vor dem jeder im Labor das Haupt verneigte, hatte den Saal betreten. Auch Johannes Keilholz verbeugte sich.

»Guten Morgen, Prinz Georg«, begrüßte Christoph Wagner den Mann, der mit einem knappen Kopfnicken zurückgrüßte.

»Ich komme im Auftrag meines Vaters, Herzog Friedrich von Württemberg, um den Alchemisten aus Tübingen willkommen zu heißen.«

Wagner zeigte auf Keilholz, und der Prinz wandte sich ihm zu. Keilholz wusste nicht, wie ihm geschah. Mit dieser Ehre hatte er nicht gerechnet. Er schluckte und sah erwartungsvoll den Herzogssohn an.

»Wie bereits gesagt, mein Vater heißt Euch willkommen. Wir sind in großer Erwartung, die ersten Ergebnisse Eurer Forschung zu bestaunen. Herr Freiherr von Brunnhof und Grobeschütz versprach, dass er das erste Gold bereits diese Woche fertigen wird.«

Keilholz hatte das Gefühl, als ob der junge Adlige diese Sätze wie auswendig gelernt herunterleierte. Doch das trübte seine Freude nicht. Er verneigte sich und sagte: »Bitte richtet dem Herzog aus, dass ich den Freiherrn von Brunnhof und Grobeschütz mit all meinem Wissen unterstützen werde, um die gewünschten Erfolge zu erzielen.«

»Das wollten wir hören. Wo ist der Freiherr?«, fragte der Prinz und sah sich suchend um.

»Auf dem Weg hierher«, antwortete der Laboratoriumsinspektor.

»Nun gut, ich kann nicht warten.« Der Prinz winkte einen jungen Mann herbei, der unauffällig hinter ihm stand. Als er auf Wagner zutrat, verließ Prinz Georg mit einem knappen Kopfnicken das Laboratorium.

Alle starrten auf den Lakaien, der Christoph Wagner einen Packen Kuverts gab. »Im Namen des Herzogs Friedrich überreiche ich Euch diese herzoglichen Einladungen. Verteilt sie an die Personen, deren Namen auf den Umschlägen stehen«, sagte der Mann.

Wagner nahm wortlos die Briefe entgegen und drehte dem Schnösel den Rücken zu. Der reckte das Kinn und folgte seinem Herrn.

Herr Wagner las laut die Namen der einundzwanzig Laboranten vor, die ihre Einladung beglückt entgegennahmen. »Diese ist für mich, diese für den Freiherrn, und diese für Euch, Herr Keilholz«, sagte er und hielt ihm das Schriftstück entgegen.

Der nahm das Schreiben verwundert entgegen. Er kam aus dem Staunen nicht mehr heraus. Zuerst begrüßte ihn der Prinz persönlich, dann wurde er zu einem Empfang beim Herzog eingeladen! Besser konnte der Tag nicht beginnen, dachte er, als die Tür des Laboratoriums erneut aufgestoßen wurde und ein Mann eintrat, der allein durch seine Präsenz den Raum einzunehmen schien.

»Wo ist dieser Johannes Keilholz?«, dröhnte seine Stimme durch das Labor.

»Der bin ich!« Keilholz ging dem Mann entgegen.

»Dann können wir endlich mit dem Goldumwandeln beginnen. Der Herzog liegt mir schon seit Tagen in den Ohren, dass er erste Ergebnisse sehen will.«

Ohne sich vorzustellen, warf der Baron dem Lehrjungen seinen Umhang zu und ging zu einem Arbeitstisch. Johannes Keilholz sah zu Wagner, der fast unmerklich mit den

Schultern zuckte und spöttisch einen Mundwinkel hob. Mit einem Nicken bestätigte er, dass dieser Herr der Freiherr von Brunnhof und Grobeschütz war.

Keilholz folgte ihm an den Arbeitstisch. Der Freiherr sah kurz auf.

»Entzündet das Feuer im Ofen, damit wir Silber und Blei schmelzen können, Herr Keilholz. Und Ihr, Herr Wagner, bestellt Herrn Stickel in zwei Tagen ins Labor, damit er meine Ergebnisse prüfen und dem Herzog Bericht erstatten kann.«

Johannes Keilholz erkannte sofort, dass er diesen Mann nicht mochte – einerlei, wie groß sein Ruhm war. Er fand ihn überheblich und unseriös. Ein ernsthafter Alchemist hätte sich niemals einen so engen Zeitrahmen für eine Transmutation gesetzt, denn eine erfolgreiche Umwandlung hing nicht nur von der Geschicklichkeit eines Alchemisten ab, sondern vor allem von der Gnade Gottes.

~ *Kapitel 51* ~

Als Elisabeth hörte, dass Johannes Keilholz aufstand, sprang auch sie aus dem Bett. Mit ihren zehn Fingern fuhr sie sich durch die Haare und zwirbelte sie im Nacken zusammen. Es war unangenehm kühl in den Räumen, sodass sie sich rasch ankleidete. In der kleinen Küche entzündete sie das Herdfeuer, goss aus einem Krug Wasser in den Topf und erwärmte es auf dem Ofen. Aus dem Haushalt des Arztes in Tübingen hatte sie einige Lebensmittel mitgenommen. Als das Wasser köchelte, rührte sie Hirse hinein, die sie mit Honig süßte.

Während sie in der Küche fuhrwerkte, sah sie aus den Augenwinkeln, wie Keilholz nervös durch die Räume lief und leise mit sich selbst redete. Selbst als sie gemeinsam am Tisch saßen, trommelte er mit den Zeigefingern auf die Tischplatte. Sanft legte sie ihre Hand über seine.

Entschuldigend schaute er sie an. »Ich hätte nicht gedacht, dass mich alten Hasen noch etwas aufregen kann«, erklärte er und lächelte schief. »Es ist besser, wenn ich mich auf den Weg mache, dann bekomme ich vielleicht einen klaren Kopf.«

Er ging in sein Zimmer und kam mit einem Geldsäckchen zurück, das er Elisabeth in die Hand drückte. »Nimm, was du brauchst, um alles einzukaufen, was du zum Kochen und für den Haushalt benötigst. Frau Klausen wird dir sagen, wo in der Nähe ein Markt abgehalten wird.«

Sprachlos nahm Elisabeth das Säckchen entgegen.

»So viel Geld werde ich nicht brauchen«, meinte sie schüchtern. Sie war überrascht, dass er ihr seinen Sack voller Münzen anvertraute.

»Wir müssen«, sagte er, »damit auskommen, bis ich meinen ersten Lohn erhalte. Verstecke das Geld in deinem Zimmer.«

Elisabeth wusste nicht, was sie sagen sollte. Noch nie hatte sie so viel Geld in Händen gehalten.

Er schien ihre Gedanken zu erahnen. »Unser Zusammenleben kann nur glücken, wenn wir einander vertrauen«, sagte er lächelnd. Dann ging er.

Während Elisabeth Ordnung in der Küche schaffte, schaute sie immer wieder zu dem Geldsäckchen auf dem Tisch. Sie fühlte sich plötzlich reich, zumal sie selbstständig darüber verfügen durfte.

Da es noch recht früh am Morgen war, beschloss sie, die Zeit bis zum Einkauf zum Lernen zu nutzen. Sie ging zu der Kommode, auf der sie das Schreibgerät und das Papier abgelegt hatte, und setzte sich an den Tisch in der Küche. Am Tag zuvor war sie bis zum zehnten Buchstaben des Alphabets gekommen. Laut las sie die geübten Lettern vor. Dann suchte sie in dem Büchlein, das ihr Ziehvater ihr gegeben hatte, Wörter, die aus diesen Buchstaben bestanden.

Mit jedem Wort, das sie fand und abschrieb, wuchs ihre Begeisterung für das Lesen und Schreiben. Als sie nach einiger Zeit aufschaute, sah sie, dass es draußen hell geworden war.

Sie legte ihr Lernmaterial zurück auf die Kommode und richtete ihr Kleid und die Haare. Dann entnahm sie dem Geldsäckchen mehrere Münzen, die sie in ihre Kleidertasche steckte. Das Säckchen versteckte sie zwischen den Kleidern in der Wäschetruhe. Zufrieden legte sie sich den Umhang um, schnappte sich den Korb und verließ die Wohnung.

»Da seid Ihr ja, Fräulein Eva!«, rief Frau Klausen erfreut und ließ sie eintreten. »Wollen wir gleich zum Einkaufen gehen? Hildegard schläft, sodass meine große Tochter Barbara auf sie aufpassen kann. Was habt Ihr mit Euren Fingern angestellt?«, fragte sie erschrocken.

Erst jetzt bemerkte Elisabeth, dass die Kuppen ihrer beiden Schreibfinger von der Tinte schwarz verfärbt waren. »Das kommt vom Federkiel«, erklärte sie.

»Habt Ihr schon so früh am Morgen einen Brief verfasst?«, fragte Frau Klausen begeistert.

Statt zu antworten, lächelte Elisabeth scheu.

»Ihr habt es gut, Fräulein Eva. Die Welt erschließt sich einem anders, wenn man gebildet ist. Töchter von Gelehrten haben bessere Möglichkeiten als unsereins! Wer hätte mir lesen und schreiben beibringen sollen? Dafür hatten wir weder Geld noch Zeit.« Die Frau seufzte und sah zu ihren Kindern. »Was hätte ich alles tun können, wenn ich lesen und schreiben könnte«, meinte sie und küsste der schlafenden Hildegard die Stirn. »Kommt, Fräulein Eva, wir müssen zurück sein, bevor sie wieder wach wird.«

In Stuttgart herrschte reges Treiben. Elisabeth war erstaunt, wie viele Menschen in einer Stadt lebten. Anscheinend waren sämtliche Bewohner, einerlei ob jung oder alt, groß oder klein, gesund oder krank, auf den Beinen. Wie bei ihrer Herfahrt aus Tübingen am Vortag bewunderte sie die hohen Häuser, die vom Boden aus noch imposanter wirkten. Auch bestaunte sie die gepflasterte breite Hauptstraße. Als sie sah, wie die Töpferfrau in eine Nebengasse einbog, eilte sie ihr hinterher.

Hier war das Gedränge besonders groß. Zwischen den eng stehenden Häuserzeilen rechts und links gab es kein Ausweichen. Wie in einem Sog wurde Elisabeth mitgezogen.

Bettler mit fehlenden Gliedmaßen, verkrüppelten Händen oder entstellten Gesichtern kauerten in den Hauseingängen und riefen lautstark ihr Leid hinaus, in der Hoffnung, Mitleid zu erhaschen. Manche von ihnen wurden von den Vorbeieilenden beschimpft, andere bekamen eine Münze zugesteckt.

»Was glotzt du? Hast du noch nie einen Mann mit einem Bein gesehen?«, blaffte einer der Bettler Elisabeth an.

Sie hatte nicht gemerkt, dass sie ihn anstarrte. Vor Schreck senkte sie beschämt den Blick.

»Am besten, Ihr achtet nicht auf sie. Die meisten suchen nur Streit. Bleibt dicht bei mir, Fräulein Eva, damit Ihr nicht verloren geht«, raunte Frau Klausen neben ihr.

Elisabeth nickte, doch sie ängstigte sich vor den Menschenmassen, die sie einengten und ihr die Luft zum Atmen nahmen. Der Trubel war ihr fremd. Am liebsten wäre sie zurück in ihre ruhige Wohnung gegangen. Doch sie brauchten Lebensmittel.

»Pass auf, wohin du trittst!«, brüllte ein junger Mann, den sie angerempelt hatte.

»Entschuldigt bitte. Es war nicht meine Absicht«, sagte sie schüchtern.

»Das nutzt mir nichts! Du dumme Pute hast meine Schuhe beschmutzt«, schimpfte er aufgebracht. Er trat zur Seite und versuchte, mit dem Ärmel den Schmutz von seinem Schuhwerk zu wischen. Erschrocken über seine grobe Art, kamen Elisabeth die Tränen. »Ich wollte nicht... kann nichts dafür...«, stammelte sie.

»Was flennst und stotterst du? Verschwinde, bevor ich dir die Ohren langziehe«, blaffte der Mann lautstark, drehte sich um und verschwand in der Menge.

»Was ist mit Euch, Fräulein Eva? Ihr werdet Euch doch von so einem Grünschnabel nicht einschüchtern lassen!«, meinte Frau Klausen, als sie ihre Tränen sah. Energisch zog sie Elisabeth am Ärmel mit sich.

Als sie aus der Gasse traten, öffnete sich vor ihnen ein großer Platz, der von prachtvollen Gebäuden eingesäumt war. Menschentrauben schoben sich vorwärts und verliefen sich auf dem weitläufigen Marktplatz. Elisabeth atmete erleichtert auf und blickte um sich. Unzählige Verkaufsstände standen aufgereiht nebeneinander.

»Die Händler mit gleicher Ware stehen zusammen, Fräulein Eva. Hier die Käse-, Butter- und Milchverkäufer, dort drüben die Obst- und Gemüsebauern, daneben die Gewürzhändler, Bäcker und Metzger und die Fischverkäufer. Weiter hinten sind die Viehbauern, und dort drüben gibt es allen möglichen Tand zu kaufen«, erklärte Frau Klausen. »Aber das kennt Ihr sicherlich aus Tübingen. Ich muss zuerst zu den Bäckern und zu den Fleischern.«

Elisabeth blickte staunend umher. Sie war mit dem Angebot überfordert. Zu Hause buken sie ihr Brot selbst. Erst als die Mutter krank geworden war, hatten sie beim Bäcker hin und wieder einen Laib gekauft. Ihre Ziegen gaben Milch, aus der sie Käse und Butter herstellten. Nur selten gab es Fleisch oder Fisch. Das Obst und Gemüse, das sie aus ihrem kleinen

Garten ernteten, musste während des Winters eingeteilt werden, da sie sonst Hunger litten. Nein, sie kannte das alles nicht, hätte sie am liebsten geantwortet. Doch sie schwieg.

»Fräulein Eva, da die Zeit drängt, werden wir unsere Besorgungen getrennt tätigen. Wenn die Kirchenglocken das nächste Mal zur vollen Stunde läuten, treffen wir uns wieder hier am Eingang zur Gasse.« Schon war Frau Klausen zwischen den anderen Marktbesuchern verschwunden.

Hilflos stand Elisabeth zwischen den Marktständen. Zu welchem Händler musste sie? Welche Lebensmittel benötigte sie? Welche Speisen bevorzugte Herr Keilholz? Unschlüssig stand sie da. Ihr Mund wurde trocken, ihre Beine zittrig. Als die Kirchenuhr einmal schlug, zuckte sie zusammen. Sie musste sich entscheiden, denn sonst würde sie mit leerem Korb nach Hause gehen. Ihre Hand fuhr in die Rocktasche. Als sie das Geld spürte, wurde sie ruhiger.

Langsam ging sie zum Bereich der Bauern, deren Angebote riesig waren. Manche boten Gemüse an, dessen Namen Elisabeth nicht kannte. Eine Bauersfrau pries Obst an, von dem sie noch nie gehört hatte. »Pfirsiche und Orangen aus Italien und Frankreich«, rief sie den Menschen zu. Eine edel gekleidete Frau kostete von den süßen Früchten. Sie schmatzte genüsslich und wies ihre Magd an, die hinter ihr stand, drei Pfirsiche und zwei Orangen zu kaufen.

Elisabeth war fasziniert. Schon wollte sie das Gleiche kaufen, als sie hörte, wie viel die Magd bezahlen musste. Rasch eilte sie zum nächsten Stand weiter.

Dort erstand sie Kohl, gelbe Rüben, Lauch und Zwiebeln. Das waren Lebensmittel, die sie kannte. Zufrieden marschierte sie zu den nächsten Ständen.

Bei den Metzgern bettelten zwei herrenlose Hunde um ein Stück Fleisch. Ein Mann scheuchte sie wütend fort, ein anderer warf ihnen einen Knochen hin. Bei ihm kaufte Elisabeth

Würste, Gänseschmalz und Speck. Als sich der Korb füllte, fühlte Elisabeth ein sonderbares Gefühl im Bauch. Noch nie hatte sie kaufen können, was sie wollte oder brauchte. Sie konnte immer nur haben, was für weniges Geld zu bekommen war. Plötzlich spürte sie pure Lebensfreude aufsteigen, und sie lächelte glücklich.

»Na, hübsche Frau, was darf es sein?«, fragte ein Mann, der Forellen anbot.

Überrascht blickte sie zu ihm. Auch er lächelte und zwinkerte ihr zu. Verlegen zeigte sie auf einen besonders großen Fisch. Er fischte ihn aus dem Wasser, schlug ihm mit einem Hammer auf den Kopf und schlitzte ihn auf. Nachdem er die Innereien entfernt hatte, meinte er:

»Ihr müsst die Forelle mit Eurem Lauch und den Gelbrüben füllen. Kauft noch ein Bündel Petersilie, das ihr dem Fisch ebenfalls in den Bauch steckt. Euer Mann wird sich die Finger danach lecken.«

Elisabeths Gesicht brannte vor Scham. Der Händler lachte und packte den Fisch in ein Stück Sackleinen ein. Rasch eilte sie nun zu den Bäckerständen, wo sie einen Laib Brot erwarb. Butter und Eier waren die letzten Lebensmittel, die in den Korb passten. Erschöpft von all den Eindrücken ging Elisabeth zurück zu der Stelle, an der sie auf Frau Klausen warten wollte.

»Wie es scheint, habt Ihr alles gefunden, was Ihr benötigt«, stellte Frau Klausen fest, als sie den vollen Einkaufskorb sah. Elisabeth nickte verlegen, da sie sich plötzlich gierig und maßlos fühlte. »Dann können wir nach Hause gehen«, meinte die Frau, ohne den Einkauf weiter zu kommentieren, und ging voran.

Erschöpft von dem schweren Einkauf und dem aufregenden Morgen, verstaute Elisabeth die Lebensmittel in der Küche.

Noch immer war sie beschwingt von dem guten Gefühl, einkaufen zu können, was sie wollte. Sie konnte es kaum erwarten, bis Herr Keilholz ... Nein, dachte sie: Bis der Vater nach Hause käme und sie ihm die Forelle zubereiten würde. Nur zu gern hätte sie schon mit dem Kochen begonnen, doch vor dem Abend würde er nicht von der Arbeit zurück sein.

Gerade als sie das Büchlein zur Hand nehmen wollte, um zu studieren, klopfte es an der Eingangstür.

Überrascht öffnete sie. Barbara stand draußen, die Tochter von Frau Klausen. »Mutter lässt fragen, ob Ihr zu uns kommen wollt, damit Ihr nicht allein seid.«

Elisabeth wusste zuerst nicht, wie sie reagieren sollte. Eigentlich war sie froh, allein zu sein. Doch dann dachte sie an die kleine Hildegard und nickte.

»Wie schön, Fräulein Eva, dass Ihr Zeit habt.«

»Könntet Ihr mich bitte nur mit meinem Namen und nicht so förmlich anreden?«, bat Elisabeth.

»Das mache ich sehr gern. Dann musst du mich Klara nennen.«

Elisabeth nickte. »Wie geht es Hildegard heute? Ist der Zahn schon zu sehen?«

»Nein, noch nicht. Aber es kann nicht mehr lange dauern. Wenn ich mit dem Löffel an die Stelle am Zahnfleisch klopfe, hört man es schon.«

Wie auf Kommando fing die Kleine im Nebenraum an zu schreien.

Klara ging hinüber und kam mit dem verweinten Kleinkind zurück. »Kannst du sie halten, während ich ihren Brei hole?«

Elisabeth nahm ihr das Kind ab und summte ihm eine Melodie vor. Wie bereits am Abend zuvor verstummte Hildegard sofort und sah Elisabeth neugierig an.

»Du hast Geschick«, lobte Klara und reichte Elisabeth eine Schale mit Brei.

»Möchtest du sie füttern? Vielleicht isst sie, wenn du ihr den Brei gibst. Bei mir schreit sie unentwegt.«

Elisabeth nahm ihr den Löffel ab, setzte die Kleine auf ihren Schoß und gab ihr vorsichtig von dem Brei zu kosten – so, wie sie es früher mit ihrem Bruder Ulrich gemacht hatte, als er noch ein Wickelkind gewesen war.

»Hast du Geschwister, an denen du geübt hast, Eva?«, fragte Klausens Frau staunend.

Elisabeth verneinte und erzählte ihr die wahre Geschichte von Johannes Keilholz' Frau. Nur dass in ihrer Version Sophie Keilholz allein den Abhang hinuntergerutscht und gegen die Felswand geprallt war.

»Wie furchtbar muss das für dich und deinen Vater gewesen sein«, meinte Klara.

Als Elisabeth merkte, dass man ihr glaubte, entspannte sie sich.

»Du kannst morgen gerne wiederkommen. Ich bin froh für jeden Handgriff, den mir jemand abnimmt«, sagte Klara freundlich zum Abschied.

·─=◉=─·

»Wenn meine Haushälterin Grete in Tübingen wüsste, dass ich auch in Stuttgart fürstlich bekocht werde, würde sie eifersüchtig werden«, lachte Johannes Keilholz und klopfte sich auf den Bauch. »Ich habe noch nie eine so schmackhafte Forelle gegessen.«

Elisabeth freute sich, dass ihm ihr Essen geschmeckt hatte. »Leider habe ich die Petersilie vergessen, sonst wäre die Forelle …«

»Mach dir keine Gedanken, mein Kind. Ich habe nichts vermisst«, unterbrach er sie lächelnd.

»Du hast noch nichts von deinem ersten Arbeitstag erzählt und wie es dir ergangen ist ... Vater«, meinte sie und sah ihn schmunzelnd an.

Er winkte ab. »Es war grauenhaft! Dieser Alchemist ist nicht so gut, wie ich gehofft hatte. Ich bin enttäuscht von seiner schlampigen Arbeit und von der hochnäsigen Art, wie er mit den anderen Laboranten umspringt.« Er schüttelte den Kopf. »Wahrlich ein unangenehmer Geselle, dieser Freiherr von Brunnhof und Grobeschütz. Ich bin gespannt, wie sich die weitere Zusammenarbeit mit ihm gestaltet. Heute war der erste Tag, und ich musste mir oft auf die Zunge beißen, um ihn nicht zurechtzuweisen. Morgen will er bereits Silber in Gold umwandeln. Jeder gewissenhafte Alchemist weiß, dass das in dieser kurzen Zeit nicht möglich ist. Aber mir soll es recht sein. Ich stehe nur hinter ihm. Doch ich will mich nicht ärgern. Erzähl, wie es dir ergangen ist, Eva.« Auch er grinste, als er ihren ungewohnten Vornamen aussprach.

»Ich habe weitere Buchstaben geübt«, verriet sie ihm.

»Das ist sehr gut!«, lobte er.

Dann erzählte sie ihm von dem Markttreiben. »Diese vielen Menschen und dieses riesige Angebot an Lebensmitteln waren mir fast zu viel. Vieles kenne ich nicht. Ich wusste kaum, was ich kaufen soll.«

»Das kann ich mir vorstellen. Du musst schauen, dass du dich nicht verirrst in all dem Neuen.«

Sie war wieder überrascht, dass ihr Ziehvater sie so gut verstand. Sie nahm das Geldsäckchen aus der Wäschetruhe und reichte es ihm. »Ich habe nur wenige Münzen ausgegeben«, sagte sie.

Er schob es zurück. »Ich benötige im Moment kein Geld. Behalt es und kauf ein, was immer du brauchst. Vielleicht sogar ein neues Kleid«, sagte er.

Elisabeth runzelte die Stirn. »Ich habe mehr Kleider, als ich tragen kann.«

»Ich weiß, aber keines davon wurde für dich genäht. Doch ich möchte, dass du dich wohlfühlst, wenn ...« Er sprach nicht zu Ende, sondern sah sie mit funkelnden Augen an.

»Wenn was?«, fragte sie.

»... wenn wir zum Herzog gehen.«

»Zum Herzog?«, wisperte sie.

Er nickte lachend. »Mein Tag war nicht nur grauenvoll. Stell dir vor, mein Kind, Prinz Georg kam ins Laboratorium, um mich zu begrüßen. Der Prinz persönlich hieß mich im Namen des Herzogs willkommen. Als Krönung bekamen alle Laboranten und sogar ich eine Einladung zu einem Empfang beim Herzog. Und dich, mein Kind, darf ich mitnehmen. Aber das ist noch nicht alles.« Er sprang auf und holte aus seiner Jackentasche ein Schreiben hervor. »Das ist ein Passierschein, damit du unbehelligt ins Laboratorium kommen darfst.«

»Auch ins Schloss?«, fragte sie aufgeregt.

»Nein, nur ins Laboratorium sowie in den Tier- und Lustgarten, denn dort befindet sich das Gebäude.«

Sie faltete den Passierschein auseinander. »Ich erkenne einige Buchstaben, die hier geschrieben stehen«, sagte sie freudig.

»Hol dein Schreibzeug, damit du neue Buchstaben kennenlernst«, forderte er sie munter auf.

Sie holte Papier und Schreibgerät und setzte sich zu ihm an den Tisch.

Während er die Buchstaben aufs Papier schrieb, dachte sie an den Empfang beim Herzog. Sie waren erst seit einem Tag in Stuttgart, und schon wurden sie ins Schloss eingeladen. Das muss eine Fügung Gottes sein, dachte Elisabeth und strahlte ihren Ziehvater glücklich an.

Kapitel 52

Drei Wochen später

Elisabeth spürte den prüfenden Blick auf sich. Nervös strich sie sich das Haar zurück. Sie wagte nicht, Johannes Keilholz anzuschauen, da sie befürchtete, dann in Tränen auszubrechen.

»Geht es dir nicht gut?«, wollte er wissen. »Du hast deinen Brei kaum angerührt. Hast du schlecht geschlafen?«

Statt zu antworten, schob sie sich einen Löffel Morgenmus zwischen die Lippen, den sie gequält hinunterschluckte.

»Was hast du? Ich kann dir ansehen, dass etwas nicht stimmt.« Seine Stimme klang besorgt.

Sie holte Luft, um zu antworten, doch stattdessen schluchzte sie: »Frau Klausen ... die kleine Hildegard ... mein Kind.«

»Ich verstehe kein Wort«, meinte er nun ungehalten.

Trotzdem konnte sich Elisabeth nicht beruhigen. Ihre Tränen liefen unaufhaltsam und ließen sich nicht eindämmen. Schon am Abend zuvor hatte sie sich in den Schlaf geweint. Dabei wusste sie gar nicht, warum ihre Stimmung von einem Augenblick zum nächsten so niedergedrückt war. Ihr Leben schien doch eine gute Wende zu nehmen, seit sie in Stuttgart angekommen waren.

Väterlich legte er seine Hand auf ihren Arm. »Erzähl mir, was dich bedrückt. Vielleicht kann ich dir helfen.«

Sie wischte sich mit dem Kleiderärmel über die Augen. Nach einem tiefen Seufzer sah sie ihn traurig an: »Kennst du diesen Zustand, wenn deine Hoffnung schwindet? Wenn man beim Aufwachen schon kraftlos ist und nicht weiß, wie man den Tag überstehen soll? Gleichzeitig hat man Angst vor seinen Gedanken. Ständig träume ich von meinem Kind.

Besonders wenn ich die kleine Hildegard versorge. Aber die Tage vergehen, und nichts geschieht. Wir sind nun schon drei Wochen hier. Die Angst, dass wir uns täuschen und mein Kind nicht in dieser Stadt lebt, macht mich wahnsinnig. Die ersten Tage habe ich fest geglaubt und gespürt, dass es hier ist. Doch dieses Gefühl ist verschwunden. Wie ausgelöscht. Was ist, wenn der Teufel uns einen Streich spielt und unsere Gedanken fehlgeleitet hat?«

Johannes Keilholz sah Elisabeth nachdenklich an. Dann sagte er: »Ich denke nicht, dass der Teufel dabei seine Finger im Spiel hat. Ist es in deiner Lage nicht verständlich, wenn die Gefühle durcheinandergeraten? Doch du musst dich nicht grämen, Eva. Erst wenn wir mit Bestimmtheit wissen, dass dein Kind nicht in Stuttgart lebt, kannst du deine Hoffnung begraben. Bis dahin musst du fest daran glauben, denn nur der Glaube vermag Berge zu versetzen.«

Sie sah ihn schniefend an. »Wie lange wird es dauern, bis wir das wissen?«, wisperte sie.

»Das weiß ich nicht. Vielleicht eine weitere Woche, vielleicht einen Monat. Doch bedenke, die Zeit des Wartens ist absehbar. Aber nun quäl dich nicht länger, mein Kind. Begleite mich ins Laboratorium, damit du auf andere Gedanken kommst«, schlug er vor.

Sie sah ihn erstaunt an. »Darf ich das?«

»Warum sonst hat der Laboratoriumsinspektor dir einen Passierschein ausgestellt? Dann lernst du endlich diesen Freiherrn von Brunnhof und Grobeschütz kennen. Wenn ich das nächste Mal über ihn schimpfe, kannst du ihn dir vorstellen«, lachte er und zog seinen Umhang über.

Untergehakt wie Vater und Tochter, marschierten Elisabeth und Johannes Keilholz von ihrer Wohnung über die Gasse hinüber zu dem Weg, der zum Labor führte. Schweigend gingen sie nebeneinander. Es bedurfte keiner weiteren Worte. Er hatte mit allem recht. Sie musste nur daran glauben, dass alles gut werden würde. Mit dieser Einstellung genoss sie den Spaziergang an der frischen Luft. Als er zu ihr herunterschaute, lächelte sie.

»So gefällst du mir besser«, meinte er.

An der Wache zeigte sie selbstbewusst ihr Schriftstück vor.

»Mittlerweile kennen mich die Soldaten«, meinte ihr Ziehvater leise, da der Wachsoldat seinen Passierschein nicht beachtete. Elisabeth war stolz, dass sie zu ihm gehörte.

Als sie durchs Tor schritt, glaubte sie in einer anderen Welt anzukommen. Vor ihr erstreckte sich ein Garten, der schöner nicht sein konnte. Die Fläche war in riesige Quadranten eingeteilt, in denen unterschiedliche Pflanzen wuchsen. In kleineren Vierecken zeigten Rosen die ersten Blattknospen. Zwischen den Bäumen konnte sie einen mannshohen Brunnen erkennen, dessen Bronzefiguren Wasser spien. Kieswege wurden von sauber gestutzten Büschen eingegrenzt. In Wassergräben tummelten sich Fische und allerlei Wasservögel. Sogar ein Kranich stand am Rand und hielt nach Beute Ausschau. Ein Eichhörnchen huschte über einen Weg und sprang auf einen Baumstamm, den es emporrannte.

Einige Schritte weiter erblickte Elisabeth das Laboratorium, das zwischen all dieser Schönheit thronte. Fasziniert schaute sie auf das beeindruckende Gebäude. Am vorgebauten Eingang führte rechts und links jeweils eine Treppe hinauf zum ersten Stock, den ein offener Außengang mit einer Balustrade umschloss. Das Erdgeschoss schmückte ein imposanter Bogengang, der ebenfalls um das gesamte Gebäude verlief.

Elisabeth war tief beeindruckt von der Mächtigkeit des Gebäudes, in dem Alchemisten Gold herstellen würden.

»Als ich das erste Mal herkam, bin ich versehentlich hinter dem Gebäude durch den Treppenturm ins Labor gegangen. Diesen besonderen Anblick habe ich erst am nächsten Tag entdeckt. Seitdem stehe ich jeden Morgen hier und lasse ihn für einige Augenblicke auf mich wirken«, verriet Johannes Keilholz ihr leise.

»Der Anblick ist atemberaubend«, erklärte sie begeistert.

»Ja, das ist er. Doch nun lass uns ins Labor gehen. Man wird sich sicherlich schon fragen, wo ich bleibe.«

Elisabeth wurde von den Laboranten freundlich begrüßt. Jeder stellte sich ihr namentlich vor. Sogar Laboratoriumsinspektor Christoph Wagner hieß sie willkommen.

»Ich hoffe, Euer Vater wird Euch zum Empfang des Herzogs mitbringen, Fräulein Eva. Es wird sicherlich ein schöner Abend werden. Herzog Friedrich ist der Alchemie sehr zugetan, deshalb lädt er seine Alchemisten jedes Jahr zu einem Festschmaus ein. Weil an einem solchen Abend die Männer auch fachsimpeln, freut sich meine Frau besonders, Euch kennenzulernen und mit Euch zu plaudern. Es langweilt sie, wenn wir Männer nur von unserer Arbeit reden«, sagte Wagner lächelnd.

»Bestellt Eurer Gemahlin Grüße von mir. Ich freue mich auch, sie kennenzulernen«, erwiderte Elisabeth schüchtern.

»Seht Euch in Ruhe um, Fräulein Eva«, ermunterte Wagner sie. Dann wandte er sich Keilholz zu, der gebeugt über einem Schriftstück an einem Tisch stand.

Elisabeth besah sich die vielen unterschiedlichen Öfen, von denen die meisten in Betrieb waren. Als ihr aus einem starke Hitze entgegenschlug, machte sie kehrt und sah einem jungen Mann über die Schulter, der mit einem Mörser braune Klumpen zermalmte.

»Ihr seid die Tochter von Herrn Keilholz?«, fragte jemand hinter ihr. Erschrocken drehte sie sich um und nickte. »Dann hat Euer Vater sicherlich von mir gesprochen«, dozierte der Mann, ohne sich vorzustellen.

Da Johannes Keilholz die hochnäsige Art des Freiherrn von Brunnhof und Grobeschütz beschrieben hatte, ahnte Elisabeth, wer vor ihr stand. Seine Gesichtszüge wirkten hart. Tiefe Furchen hatten sich neben seinen Nasenflügeln eingegraben. Sie hatte keine Ahnung, was sie antworten sollte. Hilfe suchend sah sie zu ihrem Ziehvater, der jedoch in ein Gespräch mit Christoph Wagner verwickelt war.

Doch der Alchemist hatte sich schon wieder gleichgültig von ihr abgewandt, was sie nutzte, um sich in einen Winkel des Raums zurückzuziehen. An der Wand entdeckte sie eine Tafel, auf der Formeln geschrieben standen. Scheinbar interessiert schaute sie sich die Zeichen an. Manche Symbole und Formeln waren ihr durch Johannes Keilholz' Notizen, die zu Hause herumlagen, vertraut.

Da vernahm sie fröhliches Geplänkel im Rücken.

»Da bist du endlich«, hörte sie jemanden rufen.

»Wir haben schon befürchtet, du würdest das Fest morgen verpassen«, rief ein anderer.

Elisabeth wollte sich gerade umsehen, wer solch ausgelassene Stimmung ausgelöst hatte, als sie einen Namen hörte, der in ihr Bewusstsein schlug wie ein Hammer. Sie taumelte und musste sich an der Tafel abstützen.

»Frédéric, wie viele Weiber waren es dieses Mal, dass du heute erst zurückkommst?«, rief einer der Laboranten laut lachend.

»Meine Herren! Zügelt Euer Benehmen, schließlich haben wir heute Besuch«, ermahnte Christoph Wagner die Männer.

Diese Worte drangen nur verzögert an Elisabeths Ohr. Sie begriff nicht, dass mit dem Besuch sie selbst gemeint war.

Denn obwohl sie so sehr gehofft hatte, Frédérics Namen schon bald zu hören, traf es sie wie ein Schock. Schon stand ihr Ziehvater neben ihr und stützte sie am Arm.

»Bleib ruhig, Eva!«, raunte er ihr zu.

Ihre Beine drohten zu versagen. »Ich muss hier fort«, wisperte sie und wischte sich den Schweiß von der Stirn.

»Dafür ist es zu spät. Reiß dich zusammen«, befahl er.

»Ihr habt Besuch?«, rief eine Stimme, die Elisabeth noch nie gehört hatte. Fragend schaute sie in die Richtung, aus der sie kam.

»Frédéric, darf ich dir die Tochter unseres neuen Alchemisten Johannes Keilholz vorstellen? Er führt seit drei Wochen mit dem Freiherrn von Brunnhof und Grobeschütz verschiedene Experimente durch. Leider bislang ohne Erfolg«, erklärte Laborinspektor Wagner und kam auf Elisabeth und ihren Ziehvater zu. Ihm folgte ein Mann, den sie nicht kannte. Der Kleidung nach zu urteilen war er ein Edelmann.

Er ist es nicht, dachte sie erleichtert. Ihre Atmung beruhigte sich. Auch das Zittern ließ nach.

Johannes Keilholz sah sie überrascht an. Kaum merklich schüttelte sie den Kopf. Er ließ sie los.

»Herr Keilholz, darf ich Euch den Neffen des Herzogs vorstellen?«

Die beiden Männer begrüßten einander und schüttelten sich die Hände.

»Das ist meine Tochter Eva«, erklärte Keilholz mit fester Stimme und wies auf Elisabeth, die nickend grüßte.

Einen Augenblick lang hatte sie das Gefühl, als würden die Gesichtszüge des Herzogsneffen entgleisen. Doch dann schien er sich wieder zu fangen, sah sie bewundernd an und meinte:

»Ich gratuliere Euch, Herr Keilholz, zu dieser Schönheit«

Schüchtern erwiderte sie seinen Blick, als er fragte: »Ihr habt überrascht ausgesehen, als ich hereinkam. Ich hoffe, es lag nicht an mir?«

»Gott bewahre, nein! Ich habe nur noch nie einen Verwandten des Herzogs kennengelernt«, stammelte Elisabeth kaum hörbar. Sie versuchte, die Peinlichkeit mit einem Lächeln zu überspielen. Sie war froh, dass sie an diesem Morgen das hellblaue Kleid gewählt hatte, das durch seine Schlichtheit wirkte.

»Ihr solltet öfter lächeln, Eva. Das schmeichelt Eurer Schönheit.« Damit drehte sich der Neffe des Herzogs um. »Herr Wagner, auf ein Wort, bitte«, sagte er und ging in Richtung Ausgang.

Elisabeth atmete erleichtert aus. »Er ist es nicht«, flüsterte sie Keilholz zu.

»Kann ich dich wieder allein lassen?«, fragte er.

Sie nickte, und er ging zurück zu seinem Arbeitstisch.

Beruhigt sah sie wieder auf die fremden Formeln, um ihre Gedanken zu ordnen. Niemand sollte in ihrem Gesicht lesen können, welcher Schock ihr widerfahren war. Sie war erleichtert und enttäuscht zugleich, dass der Unbekannte nicht der Frédéric war, den sie suchte und den zu treffen sie zugleich fürchtete. Ich muss mich in Geduld üben, dachte sie.

Da rief einer der Laboranten: »Übrigens, Frédéric, du hast die Wette verloren. Unser Götz hat sein achtes Mädchen bekommen.«

Elisabeth drehte sich ihnen zu und sah, wie der Neffe des Herzogs an der Tür stand und einem der Laboratoriumsmitarbeiter freundschaftlich auf die Schulter schlug. Dieser grinste und meinte:

»Nur ein schwacher Mann zeugt sein eigenes Geschlecht.«

»Du weißt doch ...«, antwortete dieser Frédéric lachend. »Der liebe Gott freut sich über jedes Erdenkind, *n'est-ce pas*?«

Elisabeth erstarrte.

Kapitel 53

Johannes Keilholz saß auf einem Stuhl vor Elisabeths Bett und überwachte ihren Schlaf, so wie in der Nacht, als er sie durchgefroren und verwirrt am Friedhof angetroffen hatte. Seinem Gefühl nach war dies vor langer Zeit gewesen. Doch sein Verstand wusste, dass seitdem erst wenige Wochen vergangen waren – Wochen, in denen sie ihm ans Herz gewachsen war wie eine leibliche Tochter. Er genoss es, ihr das Leben zu zeigen, das sie nicht kennengelernt hatte. Er liebte es, sie an seinem Wissen teilhaben zu lassen. Jedes Mal war er aufs Neue überrascht, wie wissbegierig und lernfähig sie war. Ihre Ausdrucksweise hatte sich sehr verbessert, sodass niemand mehr vermuten würde, dass sie aus einfachsten Verhältnissen stammte. Auch stellte sie kluge Fragen, war bereit, sich anzustrengen, und wurde nie müde zu lernen. Er konnte das bei ihren Schreib- und Leseübungen beobachten. Sie zeigte auch großes Interesse für die Alchemie. Immer wieder ertappte er sie dabei, wie sie seine Zeichnungen sorgfältig betrachtete. Vieles hinterfragte sie. Meist musste er sie ermahnen, das Licht zu löschen, da sie oft die Zeit vergaß.

Die junge Frau erinnerte ihn an seine viel zu früh verstorbene Tochter Christina, obwohl er nicht wissen konnte, wie diese sich entwickelt hätte. Keilholz, der sich mehr denn je nach einer Familie sehnte, hätte sich überglücklich geschätzt, wenn er mit Elisabeth wie Vater und Tochter weiterleben würde können. Doch es lag auf der Hand, dass sie eines Tages wieder aus seinem Leben gehen würde. Wie schmerzhaft das sein würde, war ihm an diesem Tag im Labor bewusst geworden.

Er griff sich ans Herz. Auch er hatte plötzlich Angst verspürt, als er für einen kurzen Augenblick glauben musste, der

Vater von Elisabeths Kind würde im Laboratorium vor ihnen stehen. Er war zornig geworden auf den Neffen des Herzogs, weil er glaubte, er sei der Schuldige, der seiner Ziehtochter dieses Leid angetan hatte. Gleichzeitig hatte er Eifersucht empfunden, weil er fürchtete, der Mann würde sie ihm wegnehmen. Dass dieser Mann dann aber nicht der Frédéric war, den Elisabeth suchte, hatte ihn aufatmen lassen. Doch er wusste, dass der Tag kommen würde, da er sie verlieren würde.

Er sah das tief schlafende Mädchen nachdenklich an. Was war im Labor vorgefallen, dass sie wenige Augenblicke später dann erneut so erschüttert war?, überlegte er. Hatte sie sich nicht entspannt, als sie hörte, dass der Mann, der Frédéric gerufen wurde, der Neffe des Herzogs war? Erleichtert hatte sich Keilholz seiner Arbeit zugewendet. Doch als er sich kurz darauf wegen lauten Gelächters umdrehte, sah er, dass Elisabeth wie zu Eis erstarrt dastand, ihren Blick schreckerfüllt auf das Eingangsportal gerichtet, die Augen voller Entsetzen. Sie musste etwas vernommen oder gesehen haben, was sie augenscheinlich schockierte. Als er zu ihr ging, hatte sie keinen Ton von sich gegeben, stand nur schlotternd da, unfähig, sich zu regen.

Er hatte panisch überlegt, wie er sie unbemerkt aus dem Labor fortbringen könnte, als Freiherr von Brunnhof und Grobeschütz ihm unbewusst die Möglichkeit dazu gab. Denn als der Baron ein Experiment wagte, das – wie alle anderen zuvor – kein Gold, aber dafür beißenden Qualm verursachte, mussten alle das Labor räumen. Keilholz nutzte die Unruhe, um mit Elisabeth zu verschwinden.

Auf dem Weg zu ihrer Wohnung stellte er keine Fragen. Stumm stolperte sie neben ihm her. Zu Hause angekommen, stand sie kreidebleich und bebend mitten im Raum. Er flößte ihr Baldriantropfen ein und geleitete sie zu Bett.

Wie schnell man sich für einen Menschen verantwortlich fühlt, dachte er nun und zog Elisabeth die Bettdecke bis zu den Schultern hoch. Erschöpft sah er sich in dem Raum um, als sein Blick auf das Kleid fiel, das an einem Haken an der Wand hing. Elisabeth wollte es am nächsten Tag zum Empfang im Schloss anziehen. Er lächelte, als er daran dachte, dass sie sich für das dunkelrote Kleid seiner Frau entschieden hatte. Sie hatte sich geweigert, ein neues anfertigen zu lassen, da sie überzeugt war, dass keines schöner als dieses sein konnte. Sophia hatte es an ihrem letzten Hochzeitstag getragen. Wie eine Königin hatte sie darin ausgesehen. Im Schein des Lichts glänzten die eingewobenen Ornamente im weinroten Stoff. Die goldfarbene Spitze, mit der das Kleid vom Brustansatz bis über die Schultern besetzt war, ließen Sophia damals darin jugendlich wirken. Da Elisabeth inzwischen an Gewicht zugenommen hatte, passte es wie für sie gemacht. Er musste zugeben, dass ihr das Kleid ebenso gut stand, wie es einst seine Frau Sophia gekleidet hatte. Nun würde Elisabeth es tragen und damit die Schönste auf dem Empfang sein, war er sich sicher. Aus dem halbverhungerten Wesen vom Friedhof war eine ansehnliche junge Frau geworden. Ihre ehemals eingefallenen Wangen waren prall und rosig und ihre Haut makellos.

Elisabeth schlug die Augen auf. Als sie ihn sah, versuchte sie zu lächeln, doch ihre Augen verschwammen vor Tränen.

Zaghaft nahm er ihre Hand in seine. »Was ist geschehen, das dich dermaßen aus der Fassung gebracht hat?«, fragte er und strich ihr fürsorglich über die Wange.

Sie schloss kurz die Lider, dann sah sie ihn an und verriet mit brüchiger Stimme: »Bevor der Totengräber mein Kind mitnahm, hörte ich, wie er zu Lucilla sagte: ›Der liebe Gott freut sich über jedes Erdenkind‹ ... dann sprach er noch einige Worte in einer seltsamen Sprache, die ich nicht kenne.

Denselben Satz mit diesen fremden Worten rief der Neffe des Herzogs heute einem der Laboranten zu.« Sie schluckte und wisperte: »Das kann kein Zufall sein, oder?«

»Bist du sicher? Damals hatte man dir ein starkes Beruhigungsmittel gegeben, das deine Sinne vernebelte ...«

»Woher weißt du davon?«

Er versuchte sich zu erinnern: »Marie kam damals zu mir und bat um das Beruhigungsmittel. Sie sagte, dass die Hebamme ein Kind im Mutterleib drehen müsste, da sonst Mutter und Kind sterben könnten. Um der Schwangeren die Schmerzen zu ersparen, bräuchten sie dieses Mittel.« Sie sah ihn fassungslos an. »Damals«, erinnerte er sich, »glaubte ich, dass eine schwangere Dirne Probleme habe. Ich habe versucht, der Frau mit meinen Mitteln zu helfen.«

»Ja, das bin sicherlich ich gewesen«, murmelte sie und sah ihn nachdenklich an. »Ich glaube nicht, dass ich zu betäubt war, um die Worte misszuverstehen. Ich habe mich nicht getäuscht. Auch wenn ich mich nicht mehr an den Klang der Stimme erinnern kann, so bin ich dennoch ganz sicher: Die Worte des Totengräbers und die dieses Mannes heute waren dieselben. Wenn ich nur wüsste, was die letzten Worte bedeuten und wie sie ausgesprochen werden.«

»Vielleicht sprach er Französisch«, überlegte ihr Ziehvater.

Sie setzte sich auf. »Ich kenne diese Sprache nicht, deshalb kann ich das nicht beantworten. Ich glaube mich zu erinnern, dass diese Worte ähnlich wie *ness* und *pa* klangen.«

»Ness-pa«, wiederholte Johannes Keilholz. »Vielleicht *n'est-ce pas*?«

Elisabeth nickte. »Ja, so klang es«, flüsterte sie.

»Sie bedeuten: ... *nicht wahr* ... Dann hat der Totengräber in Tübingen die Wahrheit gesprochen, als er sagte, dass er damals nicht bei dir im Bordell war.«

»Wie kannst du das wissen?«

»Französisch ist die Sprache des Adels, nicht die des einfachen Mannes.«

»Warum«, fragte Elisabeth, »hat dann dieser Frédéric diese Worte gesprochen? Ich habe ihn nie zuvor gesehen.«

Er stöhnte. »Das ist sehr verworren. Wir müssen geduldig sein, um hinter das Geheimnis zu kommen, mein Kind.«

Als er ihren traurigen Blick sah, versuchte er sie aufzumuntern: »Morgen auf dem Empfang werden wir alle trüben Gedanken hinter uns lassen. Doch bis dahin könnten wir noch einige Sätze üben, damit wir uns ablenken.«

Als sie zustimmte, ging er zum Fenster, um den Kerzenhalter zu holen.

Frédéric rannte über die Gänge zu seinen Räumen. Weder reagierte er auf die Grüße der Dienerschaft, noch hielt er still. Er musste allein sein und in Ruhe nachdenken. Vielleicht täuschte er sich. Doch er wollte nicht glauben, dass er sich irrte. Eva Keilholz war Georgs Elisabeth. Sie hatte ihm im Labor gegenübergestanden.

Nachdem er seine Zimmertür schwungvoll ins Schloss geworfen hatte, lehnte er sich stöhnend gegen die Tür. Er rieb sich über die Stirn, die vom angestrengten Denken zerfurcht war. Das alles ergab keinen Sinn! Wie sollte es ihr gelungen sein, von Tübingen nach Stuttgart zu reisen? Wie konnte der Alchemist Johannes Keilholz Elisabeth als seine Tochter ausgeben?

Woher kannten sie sich? Wie gehörten beide zusammen? Frédéric wusste von Georgs Erzählungen, dass Elisabeths Vater ein armer, dummer Karpfenfischer war, der in einem kleinen Dorf wohnte. Keilholz hingegen war Wissenschaftler, belesen und gebildet, und er stammte aus Tübingen.

Frédéric rief sich Elisabeths Gesicht in Erinnerung, wie sie damals am Tor des Jagdhauses gestanden hatte, und verglich es mit Evas. Diese blauen Augen, die fein geschnittenen Gesichtszüge, ja selbst die beiden Grübchen in ihren Wangen waren identisch. Allerdings wirkte sie viel reifer und erwachsener als damals, fand er. Oder war Eva eine Doppelgängerin? Er verwarf sofort diesen Gedanken und überlegte, ob er sich das alles nur einbildete. Doch er schüttelte den Kopf. Nein, er war sich sicher. Es bedurfte keiner weiteren Beweise. Viel zu oft hatte er Elisabeth damals heimlich im Wald beobachtet und sich ihre Schönheit und sogar ihre Bewegungen genau eingeprägt. Er würde sie unter Hunderten Frauen wiedererkennen, glaubte er fest.

Er erinnerte sich daran, wie er dem Hirsch hinterhergejagt und dabei auf die verlassene Köhlerhütte gestoßen war. Als das Tier aus dem Wald auf den freien Platz sprang, hatte er Elisabeth zum ersten Mal gesehen. Versteckt hinter einem dicken Baumstamm konnte er sie auf der Lichtung unbemerkt beobachten. Er hatte nicht gewusst, wer sie war. Doch ihre Schönheit hatte ihn magisch angezogen. Schon war er im Begriff gewesen, sich ihr zu erkennen zu geben, als sie unverhofft seinen Namen in den Wald gerufen hatte. Im selben Augenblick wusste er, dass nicht er gemeint war, sondern sein Vetter Georg. Diese Erkenntnis war so bitter gewesen wie Gift auf der Zunge. Enttäuscht hatte er sich zurückgezogen.

Die Sehnsucht, Elisabeth wiederzusehen, hatte ihm von da an jede Nacht den Schlaf geraubt. Zwar versuchte er sich mit anderen Frauen abzulenken, doch er kam nicht dagegen an. Obwohl ihm bewusst war, dass er sie niemals kennenlernen durfte, suchte er ihre Nähe so oft wie möglich. Damit niemand hinter sein Geheimnis kam, erzählte er den Männern der Jagdgesellschaft damals meist, dass er allein auf die Pirsch gehen wollte. Stattdessen schlich er sich so nahe an Elisabeth heran, dass er sie bei der Arbeit beobachten konnte. Einmal hatte er gar befürchtet, dass sie ihn entdeckt hatte, da sie beim Kräutersammeln im Wald in seine Richtung geschaut hatte. Zum Glück sah sie ihn aber nicht. Sein Verlangen, ihr nahe zu sein, steigerte sich bei jedem Wiedersehen. In dieser Zeit war sie ihm vertraut geworden. Ja, er würde sie überall erkennen, und deshalb gab es für ihn keinen Zweifel, dass Eva Elisabeth war.

Frédéric schluckte, als er daran dachte, wie Georg Elisabeth ausgenutzt und missbraucht hatte. Wütend schlug er mit der Faust an die Wand. Doch dann versuchte er sich zu beruhigen, denn er musste klare Gedanken fassen.

Wie, überlegte er, würde sein Vetter reagieren, wenn er morgen der Tochter des Alchemisten auf dem Empfang begegnete? Sie würden sich zwangsläufig in die Augen blicken müssen, wenn sie vor ihm knickste. Würde Georg glauben, dass diese junge Frau Eva Keilholz war, die Tochter des Alchemisten? Oder würde er Elisabeth erkennen? Wie würde er dann reagieren? Vielleicht würde er sich auch nichts anmerken lassen und dafür später zuschlagen, wenn er ihr allein begegnete.

Bei der Vorstellung krampfte sich Frédérics Magen zusammen. Er kannte Georgs ungestümes Wesen und traute ihm alles zu. Frédéric suchte nach einer Lösung und überlegte laut: »Beim Empfang wurden alle Gäste einzeln dem Herzogpaar sowie der Prinzessin und Georg vorgestellt. Das war immer so und wird morgen nicht anders sein. Deshalb gibt es auch keine Ausweichmöglichkeit. Die Namensliste, die der Diener vorlesen wird, ist geschrieben. Es würde auffallen, wenn er eine Person aufruft, die sich dann nicht zeigt.«

Nervös fuhr er sich durchs Haar. Er selbst konnte sich Elisabeth nicht zu erkennen geben und sie warnen. Das war einfach zu abwegig. Schließlich beschloss er, sich so zu positionieren, dass er Elisabeth und seinen Vetter beim Zusammentreffen im Blick hatte. Nur wenn er Georgs Miene sehen könnte, würde er erkennen, ob Georg wusste, wer vor ihm stand.

Er erhob sich und atmete tief durch. Er musste nach draußen, um frische Luft zu schnappen. Als er die Tür öffnete, prallte er gegen seinen Cousin, der gerade anklopfen wollte.

»Ich habe gehört, dass du zurück bist«, erklärte Georg grußlos. »Ich hoffe, du konntest in Mömpelgard alles zu deiner Zufriedenheit regeln.«

»Alles bestens«, antwortete Frédéric knapp.

»Du warst im Laboratorium, sagt man«, stellte Georg mehr fest, als dass er fragte.

Frédéric nickte.

»Dann hast du sicherlich erfahren, dass dieser unsägliche Freiherr von Brunnhof und Grobeschütz es beinahe in die Luft gesprengt hätte mit einem weiteren unbrauchbaren Experiment.«

»Ich habe gehört, dass sein Versuch erneut fehlgeschlagen ist und er, statt Gold herzustellen, die Laboranten beinahe vergiftet hätte mit dem Dampf, der bei dem Experiment entstanden ist.«

»Das kommt auf dasselbe heraus«, erwiderte Georg brüsk und kam einen Schritt näher. »Ich habe hier etwas von dem Gold, das er angeblich mit seiner Tinktur aus Silber transformiert hat. Lass es heute noch untersuchen, ob es tatsächlich reines Gold ist. Bevor wir ihm die verlangte Menge an Silber für die Transmutation übergeben, müssen wir sicher sein, dass er halten kann, was er verspricht«, forderte sein Cousin streng.

Fragend sah Frédéric ihn an.

»Im Gegensatz zu dir und meinem Vater habe ich ihm nie

getraut«, erklärte Georg herablassend und reichte Frédéric den kleinen Klumpen. Dann drehte er sich auf dem Absatz um und ging, ohne sich zu verabschieden.

Frédéric blickte ihm verwundert hinterher. Seit wann war Georg in der Alchemie so bewandert, dass er wissen konnte, ob der Freiherr den Herzog betrog?, fragte er sich und besah sich das kantige Klümpchen, das zwar eine goldähnliche Farbe aufwies, aber einen matteren Glanz hatte.

Wohl oder übel musste Frédéric noch zu dieser Stunde Herrn Stickel bemühen, der für Bergwerksangelegenheiten zuständig war und die Echtheit des angeblichen Goldes überprüfen konnte. Stickels Wohnung befand sich im selben Haus wie die Wohnung des Töpfers Klausen. Frédéric beschloss, auch dem Töpfer einen Besuch abzustatten und dabei zu erkunden, welchen Eindruck die Laboranten vom Freiherrn von Brunnhof und Grobeschütz hatten.

Er steckte den kleinen Klumpen in die Westentasche und machte sich auf den Weg.

⇌ *Kapitel 54* ⇋

Elisabeth bat zum wiederholten Mal ihren Ziehvater, den Spiegel hochzuhalten, damit sie sich betrachten konnte. »Bin ich das wirklich?«, fragte sie und sah schüchtern zu Johannes Keilholz, der sie bewundernd anschaute.

»Du siehst aus wie eine Prinzessin«, versicherte er ihr und ließ die Hand sinken.

»Gestern noch war ich in einem Bordell eingesperrt, und heute …«

»Ich werde dieses Bild von dir auf dem Todesacker niemals vergessen können. Ebenso wenig wie den Schmerz und die

Traurigkeit in deinem Blick. Du warst nur noch der Schatten eines Menschen. Doch jetzt? Sieh dich an, mein Kind! Du bist zu einer Rose erblüht!«

Beschämt von seinen Worten nahm Elisabeth ihm den Spiegel ab, um ihr Antlitz erneut zu bestaunen. Mit zittrigen Fingern strich sie über den dunkelroten Stoff ihres Kleides. Sie wagte kaum nach der zarten Spitze am Dekolleté zu tasten. »Es ist wunderschön«, flüsterte sie und sah ihn glücklich an. »Ich danke dir, dass ich Sophias Kleid tragen darf.«

»Es hätte sie sicher gefreut«, murmelte er heiser.

Vorsichtig fasste sie nach ihrer Frisur. Ihre einst verfilzten Haare waren durch regelmäßige Pflege weich und glänzend geworden. Klara hatte ihr das Haar hochgesteckt, damit ihr schlanker Hals gut zur Geltung kam. Stundenlang hatte Elisabeth auf dem Stuhl in Klausens Küche gesessen, während Klara die einzelnen Strähnen mit einem warmen Eisenstab zu Locken formte. Diese hatte sie anschließend zu einem kunstvollen Gebilde zusammengefügt und mit kleinen Klemmen festgesteckt.

Als Elisabeth ihr Spiegelbild betrachtete, hatte sie sich kaum wiedererkannt. »Woher kannst du Haare so kunstvoll frisieren?«

»Ich habe die reichen Frauen auf dem Markt betrachtet und überlegt, wie sie ihre Haare machen. Manchmal übe ich an Barbaras Schopf«, hatte Klara gekichert und dann geschwärmt: »Du bist wunderschön.«

»Unfug«, hatte Elisabeth geschimpft.

»Du weißt anscheinend nicht, wie hübsch du bist. Glaub mir, Eva, jeder Mann auf dem Fest wird sich den Hals nach dir verrenken.«

Dieser Satz hatte Elisabeth an ihre Freundin Johanna erinnert, die vor langer Zeit Ähnliches zu ihr gesagt hatte. Auch ihr hatte sie nicht glauben wollen. Doch als sie sich im Spiegel gesehen hatte, konnte sie nicht leugnen, dass sie sich selbst gefiel.

»Es wird Zeit zu gehen, mein Kind«, riss Johannes sie aus den Gedanken. Sie nickte und legte sich das Tuch, das aus goldfarbenem Garn gehäkelt war, um die Schultern.

Arm in Arm verließen sie die Wohnung, um zum Schloss zu gehen.

Schon von Weitem konnte man den hellen Schein der zahlreichen Fackeln erkennen, die am Rand des Weges steckten, der zum Schloss führte. Auf jeder Stufe der Treppe des prunkvollen Aufgangs stand ein Lakai, der grüßend sein Haupt neigte, wenn die Gäste an ihm vorbeischritten. Zahlreiche Ankömmlinge standen vor dem Portal und warteten darauf, eingelassen zu werden.

Die unbändige Freude, die Elisabeth zuvor empfunden hatte, wurde mit jedem Schritt, den sie auf das Schloss zuging, kleiner. »Was soll ich sagen, wenn mich jemand anspricht? Ich war noch nie in einem Schloss«, flüsterte sie ihrem Ziehvater zu.

»Das, mein Kind, kann ich dir leider nicht beantworten, denn ich war ebenfalls noch nie zu einem Fest in einem Schloss eingeladen.«

Verdutzt sah sie ihn an. Er verzog keine Miene. Doch als sie das Funkeln in seinen Augen bemerkte, verschwand ihr Unbehagen, und sie lächelte.

Als sie die letzte Stufe erklommen hatten und Lakaien die Flügel des Portals öffneten, rief jemand: »Da seid Ihr endlich!«

Christoph Wagner, der Laboratoriumsinspektor, begrüßte beide wie Freunde. »Wir haben auf Euch gewartet«, erklärte er lächelnd und stellte seine Frau vor. »Dorothea, das sind Herr Keilholz und seine bezaubernde Tochter Eva.« Frau Wagner lächelte Elisabeth an: »Da wir wissen, wie einschüchternd es sein kann, wenn man das erste Mal auf einem Fest beim Herzog eingeladen ist, wollten wir Euch nicht allein lassen.«

»Das ist sehr freundlich!«, bedankte sich Keilholz.

»Allerdings kann ich mir vorstellen, dass Ihr nicht lang allein bleibt, Fräulein Eva. Sicherlich werdet Ihr Euch vor Verehrern kaum retten können heute Abend. Ihr seht bezaubernd aus«, säuselte sie und sah Elisabeth anerkennend an.

Glücklich schaute diese zu ihrem Ziehvater, der sie stolz anblickte.

»Wir sollten uns in die Schlange einreihen, um die Familie des Herzogs zu begrüßen. Außerdem bin ich am Verdursten«, verriet Christoph Wagner.

»Dem schließe ich mich an«, lachte Keilholz und folgte dem Laboratoriumsinspektor.

Elisabeth und Dorothea Wagner gingen hinter den Männern durch die Halle zu zwei Bediensteten, die ihnen den Weg zum Arkadengang wiesen.

Elisabeth war von diesem Gang, in dem sich Rundbogen an Rundbogen reihte, fasziniert. Da sie nur schrittweise vorwärtskamen, wagte sie den Kopf über die Balustrade zu strecken, um kurz nach oben zu schauen. Auch die beiden oberen Stockwerke hatten diese Rundbogen, die von hellen Säulen gestützt wurden. »Welch schönes Gebäude«, flüsterte sie.

Frau Wagner nickte und zeigte auf fliederfarbene Blumen mit kugeligen Blütenköpfen, die in großen grauen Kübeln gepflanzt waren. »Das sind Chrysanthemen«, erklärte sie. »Diese Blumen gibt es in vielen Farben, und sie werden auch Goldblüte oder Goldblume genannt. Womit wir bei dem Thema sind, über das Euer Vater und mein Mann schon wieder fachsimpeln. Es ist wirklich ein Graus! Nicht nur, dass sie die meiste Zeit im Labor verbringen. Sogar in ihrer Freizeit denken sie ständig darüber nach, den Stein der Weisen zu finden. Deshalb bin ich sehr erfreut, dass Ihr mitgekommen seid, Fräulein Eva.«

»Würdet Ihr mir verraten, was mich erwartet?«, fragte Elisabeth schüchtern.

»Natürlich, meine Liebe. Ein Lakai wird Euren Namen aufrufen. Dann dürft Ihr bis zur Herzogsfamilie vorgehen. Dort werden Euch zuerst Herzog Friedrich und seine Frau, Herzogin Sibylla, begrüßen, anschließend ihr Sohn, Prinz Georg, und seine Frau, Prinzessin Mathilde. Vor allen Hoheiten müsst Ihr einen Knicks machen. Anschließend geht Ihr in den Festsaal. Dort nennt Ihr einem Diener Euren Namen, und der geleitet Euch dann zu Eurem Platz.«

»Wurdet Ihr schon oft ins Schloss eingeladen?«

Frau Wagner zeigte alle Finger ihrer Hand. »Fünf Mal bisher, und es war immer ein Vergnügen. Aber diese Warterei, bis wir endlich an unserem Tisch sitzen, ist jedes Mal ermüdend.«

Sie entdeckte unweit eine Bekannte, die sie in ein Gespräch verwickelte.

Elisabeth nutzte die Gelegenheit und schaute sich diskret um. Sie hatte noch nie so viele Menschen an einem Ort versammelt gesehen. Der Arkadengang und der Vorplatz waren erfüllt von ihren lauten Stimmen. Auch waren alle Gäste edel und kostbar gekleidet. Die Colliers der Damen funkelten, und die Stoffe ihrer Garderobe glänzten im Schein der Fackeln und Kerzen. Elisabeth war ihrem Ziehvater aufs Neue sehr dankbar, dass sie sich das dunkelrote Kleid hatte aussuchen dürfen. Dieses kostbare Gewand gab ihr die nötige Selbstsicherheit, die sie heute dringend brauchte. Sie hoffte, dass später unkomplizierte und nette Menschen an ihrem Tisch saßen, mit denen sie über unverfängliche Themen reden konnte.

Als Frau Wagner ihr Gespräch mit der Bekannten beendet hatte, neigte sie den Kopf etwas zur Seite und flüsterte

Elisabeth ins Ohr: »Ihr müsst Euch Prinzessin Mathilde genau ansehen. Sicher trägt sie wieder ein auffälliges Kleid, das von ihrem hässlichen Gesicht ablenken soll.« Mit mitfühlendem Blick verriet sie: »Der arme Georg kann einem leidtun. Man munkelt, dass er sie wegen ihrer Mitgift heiraten musste.«

»Ist das Prinzenpaar noch nicht lange vermählt?«

Frau Wagner schüttelte den Kopf. »Seit letztem Sommer, aber sie ist immer noch nicht schwanger.«

Als sie am Ende des Ganges angelangt waren, stellte sich Elisabeth neben Johannes Keilholz, da man sie gemeinsam aufrufen würde. Aufgeregt hakte sie sich bei ihm ein und fuhr sich nervös mit der Hand über das Haar.

»Du siehst hinreißend aus«, hörte sie ihn murmeln. Freudig sah sie zu ihm auf.

Dann wurden die Namen des Laboratoriumsinspektors und seiner Frau vorgelesen. Als sie nach vorn gingen und Elisabeth ihren Platz einnahm, wurde die Sicht frei auf die Herzogsfamilie. Im nächsten Augenblick knickten Elisabeths Beine weg. Sie glaubte gleich auf dem Boden aufzuschlagen. Doch ihr Ziehvater hielt sie fest, sodass sie nicht stürzen konnte. Ungläubig starrte sie auf das Prinzenpaar.

Der Prinz war Frédéric. Frédéric, der Vater ihres Kindes.

Wie aus weiter Ferne hörte sie Keilholz' leise Stimme: »Herr im Himmel, was ist mit dir?«

Mit weit aufgerissenen Augen sah sie ihn an. Sie stammelte: »Frédéric! Er ist Frédéric. Ich muss hier raus.«

Doch er hielt ihren Arm wie in einem Schraubstock fest. »Wen meinst du? Etwa den Prinzen?«

Sie konnte nur schwach nicken.

Er sah sie erschrocken, aber auch zweifelnd an. »Er ist der Sohn des Herzogs«, murmelte er und lächelte dabei, um unauffällig zu wirken. Doch auch er war blass geworden.

»Er ist es«, wisperte Elisabeth den Tränen nahe.

»Reiß dich zusammen. Du musst ihn begrüßen und so tun, als ob du ihm noch nie begegnet wärst.«

»Das kann ich nicht.«

»Das wirst du müssen, wenn du nicht willst, dass er dich erkennt.«

»Er wird mich erkennen«, flüsterte sie.

»Es ist zu spät, um zu fliehen. Wir sind die Nächsten«, flüsterte er und sah sie streng an. »Wir sind schon zu nahe beim Herzog. Unsere Namen werden jeden Augenblick vorgelesen. Gib ihm keine Macht über dich«, raunte er Elisabeth noch zu, als auch schon ihre Namen genannt wurden und sie nach vorn schritten.

⇝ *Kapitel 55* ⇜

Der Tag hätte für Johannes Keilholz nicht schöner beginnen können. Schon als Elisabeth ihn das erste Mal *Vater* genannt hatte, durchströmte ihn jenes Glücksgefühl, das er schon lange nicht mehr gespürt hatte. Und heute war er mit ihr Arm in Arm die breite Treppe zum Schloss hinaufgestiegen. Er konnte die bewundernden Blicke der anderen Gäste spüren, die allein seiner Ziehtochter galten, weil deren Erscheinung eine Augenweide war. Sophias Kleid schmeichelte ihrem Aussehen, das hochgesteckte Haar ließ sie erwachsen wirken. Er war sich sicher, dass sie ihre ungewohnte Rolle meistern würde.

Allerdings verstand er ihre Unsicherheit, denn auch er hatte darüber nachgegrübelt, was ihn am Hof erwarten würde. Doch dann erblickte er die zahlreichen einfachen Menschen, wie er einer war, die sich an diesem Tag ungezwungen im Schloss tummelten. Seine letzte Sorge verflog, als das Ehepaar Wagner sie begrüßte. Die besonnene Art des Laboratoriumsinspektors beruhigte sein nervöses Gemüt. Dorothea Wagner und Elisabeth schienen ebenfalls zu harmonieren. Vielleicht hatten sie Glück und würden beim Essen nebeneinandersitzen.

Als beide nur noch wenige Schritte von der Herzogsfamilie entfernt standen, überkam ihn das Bedürfnis, Elisabeth unterzuhaken. Er wollte aller Welt zeigen, dass diese junge Frau zu ihm gehörte und sie eine Familie waren. Wie sich herausstellte, handelte er gerade rechtzeitig, denn Elisabeth wäre sonst zu Boden gegangen. Er hatte Mühe, sie zu halten, da anscheinend ihre Beine versagten. Zuerst dachte er, sie habe einen Schwächeanfall wegen der Aufregung. Doch dann verriet sie ihm, wer der Herzogssohn war.

Wie sollte sie die Begrüßung überstehen? Keilholz ermahnte sie mehrmals, sich zusammenzureißen, und sah dann erleichtert, wie sie scheinbar ohne Schwierigkeiten vor dem Herzog und der Herzogin knickste. Als sie mit gesenktem Blick zum Prinzenpaar wechselte, blieb ihm vor Angst fast das Herz stehen. Zwar sah der Prinz in ihre Richtung, doch er konnte diese attraktive junge Frau in ihrer festlichen Robe unmöglich auf den ersten Blick erkennen. Das hoffte zumindest Keilholz und bangte dem Augenblick entgegen, wenn sie nach dem Knicks aufblicken würde müssen.

Da tauchte plötzlich der Neffe des Herzogs hinter dem Prinzenpaar auf, den er gestern Morgen im Laboratorium kennengelernt hatte. Er sprach den Prinzen genau in dem Augenblick an, als Elisabeth sich von ihrem Knicks erhob. Prinz Georg drehte dem Mann den Kopf zu und wurde von ihm in ein Gespräch verwickelt. Er schaute Elisabeth nicht mehr an.

Keilholz war erleichtert.

Frédéric hatte die Sekunden gezählt, bis die Gäste im Schloss endlich eintrafen. Schon seit einer halben Stunde versteckte er sich im ersten Stockwerk auf dem gegenüberliegenden Arkadengang. Von dort aus hatte er einen guten Blick auf die Gäste, die sich nur Schritt für Schritt vorwärtsbewegen konnten, da die Warteschlange bis zum Eingang reichte. Sein Blick suchte unter den Frauen nach Eva. Als er sie entdeckte, war er geblendet von ihrer Erscheinung. Nie zuvor, glaubte er, hatte er eine schönere Frau gesehen. Als sie sich über die Balustrade beugte und hochschaute, zog er sich hastig hinter eine Säule zurück. Von dort sah er, wie sie sich mit Dorothea Wagner unterhielt. Nichts an ihrem Benehmen deutete darauf hin, dass sie das einfache Bauernmädchen war, das sein Cousin geschwängert hatte. Diese Frau schien keine Schwellenängste zu kennen, sondern wirkte, als ob sie sich schon immer in diesen – seinen – Kreisen bewegte. Frédéric fragte sich zum wiederholten Mal, ob sie tatsächlich Elisabeth war.

Doch er musste sich sicher sein. Er konnte ihre Identität nur herausfinden, wenn sich Elisabeth und Georg gegenüberstanden. Ihre Reaktionen würden die Antwort geben. Selbst wenn sein Cousin sie nicht wiedererkannte, würde Elisabeth sich wahrscheinlich verraten, hoffte Frédéric.

Kurz bevor das Ehepaar Wagner aufgerufen wurde, das vor Herrn Keilholz und seine Tochter stand, verließ Frédéric seinen sicheren Platz im Treppenhaus und ging hinunter. Unbemerkt stellte er sich in die Nähe seiner Verwandten, um Eva zu beobachten. Als er ihren leicht schwankenden Schritt bemerkte und ihren entsetzten Blick sah, den sie auf Georg richtete, war er endgültig sicher. Eva war Elisabeth.

Es dauerte einige Sekunden, bis er diese Erkenntnis verkraftet hatte. Plötzlich raste ein Gedanke durch seinen Kopf. Was, wenn Georg sie ebenfalls erkannte? Wie würde er reagieren? Wäre sie sicher vor ihm, oder würde er sie verfolgen? Vielleicht würde er ihr Übles antun, weil er um sein Geheimnis fürchtete? Frédéric wurde von Panik ergriffen. Hinter seiner Stirn ratterte es. Er musste etwas tun, bevor es zu spät war. Schließlich fand er die Lösung.

Er wartete, bis Elisabeth sich vor Georg verneigte, dann trat er auf seinen Vetter zu und raunte ihm ins Ohr: »Du hattest recht mit deiner Vermutung. Das Gold des Barons ist minderwertig.«

Sein Plan gelang. Georg, der mit dieser Erkenntnis vor seinem Vater, dem Herzog, glänzen wollte, wandte seine Aufmerksamkeit sofort Frédéric zu und damit fort von der jungen Frau, die vor ihm knickste.

Frédérics Blick aber folgte Eva und dem Alchemisten, während er mit Georg sprach. Als sie sich erhob, kreuzte sich sein Blick mit dem von Keilholz.

⇾ *Kapitel 56* ⇽

Johannes Keilholz wunderte sich, wie es ihm gelungen war, Elisabeth zum Tisch zu bringen, ohne Aufsehen zu erregen. Anscheinend waren die anderen Gäste zu sehr mit sich selbst beschäftigt. Viele suchten aufgeregt ihre Plätze an den langen Tafeln, da die Lakaien offenbar den Überblick verloren hatten.

Als er sich niedersetzte, stand ihm der Schweiß auf der Stirn. Frau Wagner, die neben ihm saß, schaute ihn besorgt an. »Geht es Euch nicht gut?«, wollte sie wissen.

Er winkte ab. »Die persönliche Begrüßung der Herzogsfamilie und die vielen Menschen, das ist einfach zu viel für jemanden, der es gewohnt ist, die meiste Zeit allein seinem Beruf nachzugehen.«

»Ihr sagt Wahres, Herr Keilholz. Auch für meinen Mann war es eine große Umstellung, als er Laboratoriumsinspektor wurde. Doch man gewöhnt sich an den Umgang mit vielen Menschen. Trinkt etwas Wasser, das wird Euch beruhigen«, empfahl sie und gab einem Diener ein Zeichen, Keilholz' Glas aufzufüllen, das neben seinem Teller stand.

Er trank mehrere Schlucke und schaute dann zu Elisabeth, die wie eine hölzerne Puppe neben ihm saß. Ihre Miene war ausdruckslos. Sie reagierte nicht auf ihren Namen. Sanft stupste er sie an. Erst jetzt schien sie aus ihrer Erstarrung zu erwachen.

»Prinz Georg ist ... Frédéric«, wisperte sie so leise, dass er es kaum verstand.

»Bist du dir sicher?«, fragte er skeptisch.

Sie sah ihn vorwurfsvoll an. »Ich bin bei klarem Verstand und weiß sehr wohl, wer der Vater meines Kindes ist.«

»Ich zweifle nicht an deinem Verstand, aber *er* ist der Herzogssohn. Du erzähltest mir, dass er dir versprach, dich seinen Eltern vorzustellen, dich gar zu heiraten ...« Er schluckte. Allein die Vorstellung war derart abstrus, dass ihm die Worte ausgingen. Hastig trank er das Wasserglas leer.

Elisabeth wandte den Blick ab. Sie konnte seine Bedenken nachvollziehen. Ihre Aussage machte den Prinzen zum Lügner und zum Frauenschänder. Wer wollte ihr das glauben? Aber jetzt endlich verstand sie schlagartig, warum ihr so viel Leid und Unrecht widerfahren war. Niemand durfte vom Verhältnis des Prinzen zu ihr erfahren. Deshalb hatte Georg ihr einen falschen Namen genannt. Deshalb hatte er sie in einem Bordell wegsperren lassen. Kein Mensch würde sie dort vermuten. Kein Mensch würde dort nach ihr suchen.

Im Rückblick wusste sie nicht, wie sie die Aufwartung bei der Herzogsfamilie überstanden hatte. Als sie vor dem Prinzenpaar geknickst hatte, hatte sie den Blick so tief wie nur möglich gesenkt in der Hoffnung, dass Georg sie dann nicht erkannte. In dem Augenblick, als sie sich wieder aufrichtete, hatte sich Georg wie durch ein Wunder von ihr weggedreht. Dann sah sie hinter ihm den Neffen des Herzogs, der auf den Namen Frédéric hörte. Er hatte Georg etwas zugeflüstert und ihn somit abgelenkt.

Wie gebannt hatte Elisabeth auf Georgs Hinterkopf gestarrt. Sie wollte ihn anbrüllen, er solle ihr sagen, wo ihr Kind sei. Auch wollte sie aller Welt zuschreien, dass er sie missbraucht und dann wie Dreck weggeworfen hatte. Doch sie schwieg. Die Angst vor der eigenen Courage, aber auch der ungehaltene Blick der Prinzengattin hatten sie zurückgehalten. Nur ihre geballten Hände verrieten ihren Zorn. Bevor sie es sich anders überlegen konnte, hatte Keilholz sie mit sich gezogen und sie zu ihrem Platz an der Tafel geleitet.

Dort drehten sich ihre Gedanken nun allein um ihr Kind. Jetzt wusste sie mit Gewissheit, dass es lebte und in ihrer Nähe war. Trotz aller Angst und Wut überwog das Glücksgefühl. Nun galt es herauszufinden, wo Georg das Kind hingebracht hatte.

Aus den Augenwinkeln bemerkte sie, wie sich jemand auf den freien Stuhl neben sie setzte. Es war der Neffe des Herzogs, Frédéric. Sie ermahnte sich, sich zusammenzureißen, damit ihre Miene ihre Gefühle nicht verriet.

»Wie geht es Euch, Fräulein Eva?«, fragte er freundlich. Sie schaute wachsam, sagte aber kein Wort. »Ihr wirktet bleich bei der Begrüßung. Ich dachte schon, Euch wäre unwohl«, fügte er hinzu.

»Es ist aufregend, wenn man von der Herzogsfamilie begrüßt wird«, erklärte sie mit leiser Stimme, damit er nicht nachbohrte.

»Das ist wohl wahr. Ich hoffe, Eure Aufgeregtheit hat sich gelegt, sodass Ihr den Abend genießen könnt.«

»Leider geht es meiner Tochter nicht gut, sodass wir das Fest vielleicht früher verlassen müssen«, mischte sich Keilholz ins Gespräch ein.

»Ich denke, das ist eine weise Entscheidung, Herr Keilholz.«

Elisabeth fiel auf, wie dieser Frédéric den Herzogssohn am anderen Ende des Saals scharf beobachtete. Sie folgte seinem Blick und zuckte zusammen. Prinz Georg starrte sie aus der Ferne an. Ein Schauer überlief sie. Ihr Mund wurde trocken. Als sie nach dem Wasserglas griff, zitterten ihre Hände, sodass sie es wieder abstellen musste. Da beugte sich der Herzogsneffe hinter ihrem Rücken ihrem Ziehvater zu.

»Vielleicht solltet Ihr schon sehr bald aufbrechen. Wartet auf mein Zeichen«, hörte sie ihn flüstern.

Im nächsten Augenblick erklangen Fanfaren. Ein Raunen ging durch den Festsaal. Die Türen wurden geöffnet, und zahlreiche Diener strömten herein, die den Festschmaus brachten.

»Jetzt«, vernahm Elisabeth die leise Aufforderung des Fremden. Ohne Kommentar ergriff ihr Ziehvater ihren Arm und zog sie mit sich, sodass ihr nichts anderes übrig blieb, als aufzustehen und ihm zu folgen.

»Ihr wollt schon gehen?«, fragte Dorothea Wagner erstaunt. »Jetzt kommt das Beste des ganzen Abends, das Festessen. Das dürft Ihr Euch auf keinen Fall entgehen lassen«, fügte sie hinzu und zeigte auf die gefüllten Platten und Schüsseln, die die Lakaien auf dem weißen Leinentuch der Tafeln abstellten.

»Die Aufregung ... Ihr versteht«, entschuldigte sich Johannes Keilholz und zeigte auf seinen Magen.

»Ach, das ist aber ärgerlich für Euch. Soll mein Mann Euch begleiten?«, bot Frau Wagner an.

»Macht Euch keine Sorgen, Frau Wagner! Ich werde dafür

sorgen, dass Herr Keilholz und seine Tochter sicher nach Hause kommen«, mischte sich der fremde Frédéric ein. Frau Wagner schien mit der Antwort zufrieden zu sein, denn ihre Aufmerksamkeit galt nun dem Essen.

Elisabeth wusste nicht, wie ihr geschah. Schon wurde sie von den beiden Männern aus dem Saal und hinaus aus dem Schloss geführt.

Am Ende des von Fackeln erleuchteten Weges blieb Keilholz stehen. Er war dem Neffen des Herzogs gefolgt, ohne nach einer Begründung zu fragen. Er hatte nur gespürt, dass es das Beste war, den Saal zu verlassen. Doch nun würde er nicht einen Schritt weitergehen, wenn er nicht sofort erfuhr, was dieser Mann beabsichtigte.

»Ihr seid uns eine Erklärung schuldig«, verlangte er streng.

»Ich weiß, Herr Keilholz, doch ich kann es Euch nicht erklären. Noch nicht. Ihr würdet mir nicht glauben wollen. Deshalb bitte ich Euch, mir zu vertrauen.«

»Vertrauen? Warum sollten wir Euch nicht glauben wollen, Euch aber zugleich vertrauen? Das ist sehr abwegig.«

»Bitte fragt nicht, Herr Keilholz. Schon bald wird sich alles klären. Könnt Ihr Euch einige Tage freinehmen?«

»Freinehmen? Das wird ja immer merkwürdiger. Wie stellt Ihr Euch das vor? Ich kann nicht einfach meiner Arbeit fernbleiben. Zudem kenne ich Euch ja kaum, wie kann ich Euch da folgen?«

»Glaubt mir, Herr Keilholz, jedes weitere Wort der Erklärung würde Euch noch mehr verwirren.«

Der Angesprochene forschte in den Augen des Herzogsneffen. Alles erschien ihm merkwürdig. Trotzdem war nichts Gefährliches oder Unehrliches in seinem Blick zu erkennen. Bis jetzt hatte er sich immer auf seine Menschenkenntnis verlassen können. Elisabeth war der beste Beweis dafür.

Außerdem würde Frédéric Thiery sich mit Sicherheit den Ärger des Herzogs zuziehen, wenn er seinen Alchemisten von einem Tag auf den anderen vom Labor abzog. Dafür musste es also einen Grund geben, den er vor seinem Onkel, dem Herzog, vertreten konnte.

»Eurer Tochter Eva und Euch wird kein Leid geschehen. Darauf gebe ich Euch mein Ehrenwort«, schwor der Mann.

Keilholz vertraute seinem Gefühl und stimmte zu. »Ich werde Herrn Wagner eine Nachricht zukommen lassen, dass mir nicht wohl ist. Zum Glück haben wir mit unserem plötzlichen Aufbruch bei Frau Wagner schon vorgebaut.«

»Vielleicht wäre es ratsamer, wenn ich Herrn Wagner erkläre, dass ich Euer Fachwissen benötige, um die Qualität des Eisenerzes aus Mömpelgard zu kontrollieren.«

»Eisenerz? Mömpelgard? Ich bin nur ein einfacher Alchemist, der dem Baron lediglich zuarbeitet. Ob der Laboratoriumsinspektor Euch tatsächlich glaubt, dass Ihr meine Hilfe benötigt, wage ich zu bezweifeln«, gab Keilholz zu bedenken.

»Vertraut mir! Ich werde das für Euch regeln. Packt ein, was Ihr für die nächsten Tage benötigt. Meine Kutsche wird Euch um drei Uhr morgen früh abholen und zu Eurem Ziel bringen, wo ich Euch erwarte. Dann werdet Ihr verstehen, dass ich nur das Beste für Eure Tochter will«, sagte Frédéric und schaute Elisabeth zuversichtlich an.

Die hing kraftlos in den Armen ihres Ziehvaters. »Ich verstehe kein Wort«, flüsterte sie kaum hörbar.

»Morgen werdet Ihr es verstehen, das verspreche ich Euch.«

»Warum tut Ihr das? Ihr kennt mich doch gar nicht!«, begehrte Elisabeth schwach auf.

»Doch, Fräulein Eva. Ich kenne Euch besser, als Ihr glaubt.«

Kapitel 57

Frédéric wusste nicht, wie er den restlichen Abend überstehen sollte. Mit flauem Gefühl ging er zurück ins Schloss. Als er in den Festsaal kam, schenkten die Diener soeben Getränke nach. Er schlich an ihnen vorbei zu seinem Platz, wo er sich neben Christoph Wagner setzte.

»Greift zu, Herr Thiery. Die Köche haben sich in der Zubereitung des Festmahls selbst übertroffen. Leider hörte ich von meiner Frau, dass Herr Keilholz sich unwohl fühlte, sodass ihr ihn und seine Tochter hinausbegleiten musstet?«

Frédéric nickte und ließ sich das Weinglas auffüllen, das er in einem Zug leerte.

»Ich hoffe, er ist nicht schwerwiegend krank. Die beiden sahen tatsächlich bleich aus, als sie Platz nahmen.«

»Wahrscheinlich ist die Aufregung des heutigen Tages beiden auf den Magen geschlagen«, wiegelte Frédéric ab und beugte sich leicht zu dem Laboratoriumsinspektor herüber. »Herr Wagner, ich muss zurück nach Mömpelgard. Prinz Georg hat Interessantes herausgefunden, das er Euch sicherlich nach dem Fest mitteilen wird«, verriet Frédéric mit beherrschter Stimme. Dann tat er, als ob er sich vergewissern müsste, dass niemand ihr Gespräch belauschte. »Es hat mit dem Freiherrn von Brunnhof und Grobeschütz zu tun«, flüsterte er und machte dabei ein ernstes Gesicht.

Christoph Wagner reagierte so, wie Frédéric es sich erhofft hatte – er kam etwas näher und raunte: »Ihr macht mich neugierig, Herr Thiery. Könnt Ihr mir vielleicht Näheres verraten?«

»Ich hoffe, Ihr versteht, dass ich Prinz Georg nicht vorgreifen möchte, Herr Wagner.« Dann machte er eine vielsagende Pause und fügte hinzu: »Meint Ihr, dass Ihr Herrn Keilholz einige Tage entbehren könntet im Labor? Ich denke, dass sein Fachwissen mir bei meinem Anliegen in Mömpelgard von Nutzen ist. Deshalb wäre ich dankbar, wenn er mich dorthin begleiten würde.«

»Hat Eure Reise ebenfalls mit dem Freiherrn zu tun?«, fragte der Laboratoriumsinspektor vorsichtig. Frédéric machte ein vielsagendes Gesicht, sodass Wagner hastig zustimmte. »Nichts soll uns im Wege stehen, was uns davon abhält, unserem Ziel näher zu kommen«, flüsterte er.

Zufrieden nippte Frédéric an seinem Wein. Da beugte sich Frau Wagner über den Tisch zu ihm herüber und fragte lächelnd: »Ist diese junge Eva nicht ein bezauberndes Wesen, Herr Thiery?« Er nickte. »Ich habe die Blicke gesehen, die die jungen Männer ihr zugeworfen haben.«

»Nicht nur die jungen«, lachte Frédéric augenzwinkernd.

»Das ist wohl wahr. Selbst mein Mann konnte seinen Blick kaum von ihr wenden. Doch anscheinend seid Ihr gefeit gegen ihre Schönheit«, scherzte sie, sodass Frédéric sie überrascht anschaute.

»Selbst als Ihr neben ihr saßt, habt Ihr Euch mit ihrem Vater unterhalten anstatt mit ihr. Ich versichere Euch, die Burschen hier im Saal hätten zu gern mit Euch den Platz getauscht.«

»Euch scheint nichts zu entgehen, Frau Wagner.«

Die Frau kicherte. »Merkt Ihr nicht, Herr Thiery, dass ich Euch in die richtige Richtung stupsen möchte?«

»Glaubt mir, Frau Wagner, auch ich bin anfällig für die Schönheit einer Frau. Doch manchmal bringt es einen schneller ans Ziel, wenn man es nicht zeigt.«

Ihre Augen weiteten sich vor Erstaunen. »Ihr seid ein Fuchs, Herr Thiery«, meinte sie anerkennend.

Dieses Mal zwinkerte er ihr verschwörerisch zu. Dann schweifte sein Blick zur Tafel der Herzogsfamilie. Sein Vetter schien bereits reichlich dem Alkohol zugesprochen zu haben, was Frédéric auch dieses Mal an dessen Gestik und Mimik erkennen konnte, aber auch an dem verbissenen Gesicht seiner Frau. Als ein Diener Rotwein nachschenken wollte, hielt Mathilde die Hand über Georgs Glas, was ihn anscheinend erzürnte. Er begehrte auf, sodass sich seine Mutter, Herzogin Sibylla, in die Ehestreitigkeiten einmischte. Zwar mit einem milden Lächeln auf den Lippen, aber einem mürrischen Blick versuchte sie, ihre Schwiegertochter und ihren Sohn zu beschwichtigen.

Als Georg den Blick Frédéric zuwandte, hob er sein Glas und prostete ihm zu. Doch anstatt es ihm gleichzutun, sah ihn sein Vetter böse an.

Frédéric schluckte. Er musste sich rasch eine Geschichte ausdenken, falls Georg ihn wegen Elisabeth zur Rede stellte. Doch zuerst wollte er mit ihr selbst sprechen. Es wurde Zeit zu gehen, wenn er vor ihr und Keilholz am Ziel sein wollte. Er beugte sich zum Laboratoriumsinspektor hinüber und flüsterte:

»Ich möchte mich verabschieden, Herr Wagner, da ich mich morgen in aller Herrgottsfrühe auf den Weg nach Mömpelgard machen muss.«

»Ihr könnt einem leidtun, Herr Thiery. Erst gestern seid Ihr von dort zurückgekommen. Ich beneide Euch nicht um den langen Ritt«, warf Christoph Wagner ein.

Frédéric nickte. »Ja, das stimmt wohl, aber wie Ihr richtig bemerkt habt: Es ist wichtig, dass ich allem gründlich nachgehe, was unserem Erfolg schaden könnte«, sagte er und erhob sich.

»Herr Thiery, wie könnt Ihr einen alten Mann wie mich mit Euren Andeutungen so auf die Folter spannen?«, versuchte Wagner, ihm sein Geheimnis zu entlocken.

Frédéric seufzte theatralisch und beugte sich seitlich hinunter, um Wagner ins Ohr zu flüstern: »Wir haben das Gold, das Herr Freiherr von Brunnhof und Grobeschütz angeblich umgewandelt hat, untersuchen lassen. Leider ist es von schlechter Qualität. Als ich ihn diesbezüglich zur Rede stellte, meinte er, dass dies an der minderwertigen Qualität des Eisenerzes liege. Da das Eisenerz aus Mömpelgard aber den Ruf hat, eines der besten zu sein, muss ich vor Ort prüfen, ob man uns betrogen und uns schlechtes Gestein geliefert hat. Aber bitte, Herr Wagner: Ihr wisst von nichts, wenn der Prinz darüber mit Euch spricht!«

Wagner schien diese Nachricht nicht zu erschrecken. »Ihr habt mein Wort, dass ich Euch nicht brüskieren werde. Aber ...«, begann er, stockte, um kurz darauf zuzugeben: »Vielleicht ist es noch zu früh, das zu sagen. Doch mich beschleicht schon länger das Gefühl, dass die missglückten Versuche des Freiherrn eher an den Qualitäten des Alchemisten liegen und nicht an der des Materials, das er dazu nutzt.«

»Meint Ihr mit ›Alchemist‹ Herrn Keilholz?«

»Um Himmels willen, nein! Auf Herrn Keilholz lasse ich nichts kommen. Es wäre sinnvoll gewesen, wenn er der erste Alchemist im Labor geworden wäre, und nicht dieser Freiherr von Brunnhof und Grobeschütz. Ich bin von dessen Können in keiner Weise überzeugt. Auch scheint seine *tinctura universalis* nicht wirklich viel zu taugen. Nicht ein Stück Eisen konnte er damit transmutieren.«

»Das wirft ein neues Bild auf ihn«, murmelte Frédéric, als plötzlich Georg neben ihm stand und ihm auf die Schulter klopfte.

»Auf ein Wort, Vetter«, lallte er.

»Ich war gerade im Begriff, zu dir zu kommen«, log Frédéric. Nachdem er sich vom Ehepaar Wagner verabschiedet hatte, folgte er – wenn auch widerwillig – seinem Vetter in den Gang vor dem Festsaal. »Hast du schon mit deinem Vater gesprochen wegen des Goldklumpens?«, versuchte er Georg in ein unverfängliches Gespräch zu verwickeln.

»Er hatte keine Zeit heute. Wir werden morgen ausführlich darüber sprechen. Wer ist diese Frau?«, fragte sein Cousin mit finsterem Blick.

»Welche Frau?«, stellte sich Frédéric dumm.

Georg ging wankend auf ihn zu und zischte: »Diese Frau, der du wie ein Schoßhündchen hinterhergelaufen bist. Sie sieht aus wie Elisabeth.«

Als seine saure Weinfahne zu Frédéric herüberschwappte, wedelte er sie weg. »Ich habe keine Ahnung, wie Elisabeth aussieht. Du hast sie mir nie vorgestellt«, antwortete er frech.

Georg schien nachzudenken.

Schnell sprach Frédéric weiter: »Ich muss noch heute Nacht nach Mömpelgard reiten, da es Probleme mit dem Eisenerz gibt, wie du weißt. Sobald ich zurück bin, können wir uns weiter darüber austauschen.«

»Warum nicht jetzt sofort?«

»Weil ich weder Zeit noch Lust habe, mich mit einem Betrunkenen zu unterhalten.«

Georgs Gesicht wurde vor Ärger puterrot. Wütend schrie er: »Du wagst es, so mit mir zu reden? Wer bist du ...«

»Der Bastard deiner Tante«, unterbrach ihn Frédéric ruhig. Ohne ein weiteres Wort drehte er sich um und ließ Georg mitten auf dem Gang stehen.

Kapitel 58

Das Ruckeln der vierspännigen Kutsche schaukelte Johannes Keilholz in den Schlaf. Elisabeth beobachtete, wie sein Kopf sich langsam gegen die mit dunkelrotem Stoff bespannte Seitenwand neigte.

Was wäre aus ihr geworden, fragte sie sich, wenn sie sich nicht auf dem Friedhof begegnet wären?

Rasch verbannte sie den Gedanken, da sie ohnehin keine Antwort finden würde. Zudem gab es andere Fragen, mit denen sie sich beschäftigen musste. Wie kam dieser Frédéric dazu zu behaupten, er würde sie kennen? Sie war sich sicher, diesem Mann nie zuvor begegnet zu sein.

Doch bei der Erinnerung, wie am Abend zuvor seine Hand die ihre gestreift hatte, als er ihr in die Kutsche geholfen hatte, überzog eine Gänsehaut ihre Arme. Irgendetwas an ihm kam ihr nun doch bekannt vor, doch was war es? Plötzlich kam ihr eine andere Erklärung in den Sinn. Vielleicht, überlegte sie, war er einer der Männer, die regelmäßig das Bordell aufsuchten. Womöglich hatte ihm eine der Dirnen von ihr erzählt. Aber so schnell, wie der Gedanken in ihrem Kopf aufkam, so schnell löschte sie ihn wieder. Sie wusste mit Bestimmtheit, dass sie seinen Namen niemals von den Dirnen gehört hatte, weil sie dann natürlich »ihren« Frédéric dahinter vermutet hätte. Auch hatte sicherlich keiner der Kunden gewusst, dass sie in dem Hinterzimmer eingesperrt gewesen war. Dafür hatten Lucillas Drohungen gesorgt.

Demnach konnte dieser Frédéric nur vom Prinzen über sie erfahren haben. Das wiederum würde bedeuten, dass Georg sie beim Empfang im Schloss doch erkannt hatte. Aber auch das ergab keinen rechten Sinn. Wenn Georg tatsächlich wusste, wer sie in Wahrheit war, hätte er sie doch sofort zur Rede gestellt. Doch würde ein Prinz nicht eher einen Untertanen damit beauftragen?

Sie griff sich an die Schläfe, hinter der es pochte. Sie konnte noch so viel grübeln, auch darauf würde sie keine Antworten finden. Deshalb beschloss sie, diesen unbekannten Frédéric direkt darauf anzusprechen, sobald sie am Ziel wären.

»Mömpelgard«, murmelte sie ungläubig. Was, wenn es wieder eine Falle war? Sie hätte sofort auf dem Absatz kehrtmachen sollen, als der Kutscher ihnen das Ziel ihrer Reise verraten hatte, schimpfte sie mit sich selbst. Erst recht, als der Mann ihnen einen Korb mit erlesenen Speisen und einer Flasche Wein überreicht hatte mit den Worten: »*Mit den besten Grüßen von Herrn Thiery!*« Denn auch Georg – der falsche Frédéric – hatte Körbe mit ausgefallenen Leckereien zu ihren heimlichen Treffen mitgebracht. Damals hatte sie sich darüber nicht nur gefreut, da sie sich endlich wieder satt essen konnte, sondern es hatte ihr auch imponiert. Ein Mann, der so reich war, dass er sich diese erlesenen Speisen leisten konnte, hatte Interesse an ihr. Ihr, dem einfachen Bauernmädchen.

Sie schmeckte bittere Galle bei der Erinnerung. Sogar ihr Ziehvater schien Zweifel zu haben, denn er hatte gespottet: »Unsere Henkersmahlzeit.« Doch dann war er in die Kutsche gestiegen, und so war ihr keine Wahl geblieben, als es ihm gleichzutun.

Sie verdrängte die unschönen Erinnerungen an ihre Vergangenheit und wiederholte leise den Ortsnamen: »Mömpelgard!« Warum war es so wichtig, diesen Ort aufzusuchen? Wer weiß, wohin dieser Frédéric sie entführte, überlegte sie und wunderte sich sehr, dass sie nicht in Panik verfiel. Anscheinend konnte sie – nach dem Schock des Vortags – nichts mehr ängstigen.

Fassungslos dachte sie an den Augenblick, als sie erkannt hatte, dass der Vater ihres Kindes der Sohn des Herzogs von Württemberg war. Ungläubig schüttelte sie den Kopf. Sie konnte sich vorstellen, dass einem Prinzen die Frauen reihenweise zu Füßen lagen. Doch Prinz Georg hatte sie, ein armes Bauernmädchen, erwählt und ihre Einfältigkeit schamlos ausgenutzt. Wie musste er über sie gespottet, sie gar verhöhnt haben, weil sie so leichtgläubig und gefügig gewesen war! Sie lachte bitter auf. Ein Prinz, der es gewohnt war, in seidener Bettwäsche zu liegen, schwängerte sie in einer zugigen, kalten und verfallenen Köhlerhütte.

Vor Scham schlug sich Elisabeth die Hände vors Gesicht. Sie fühlte sich beschmutzt und missbraucht. Nie wieder würde ihr so etwas passieren, schwor sie sich und schaute entschlossen durch das Fenster der Kutschentür nach draußen. Vom Fahrtwind flatterte der Vorhang seitlich auf, sodass sie die Landschaft trotz der Dunkelheit erahnen konnte.

Noch immer trug sie ihr Haar hochgesteckt. Vereinzelt hatten sich Locken aus dem Knoten gelöst, die ihr im Gesicht hingen. Sie versuchte, sie mit den Klemmen zu bändigen.

Zu Hause in der Wohnung hatte sie die kostbare Robe gegen ein schlichtes Kleid getauscht und das Nötigste für sich und ihren Ziehvater in einer kleinen Tasche zusammengepackt. Als er seine Arzttasche neben die Reisetasche stellte, hatte sie ihn fragend angesehen.

»Für alle Fälle! Man weiß nie, was einen erwartet.«

Der Himmel wurde grau. Bald würde die Sonne aufgehen. Sie setzte sich zurück und lehnte den Kopf gegen die weiche Polsterung. Zum Glück musste sie nicht auf einem unbequemen Fuhrwerk reisen.

Als Keilholz leise schnarchte, schaute sie zu ihm. In den wenigen Wochen, die sie sich kannten, war eine tiefe Verbundenheit zwischen ihnen entstanden, wie Elisabeth sie ihrem leiblichen Vater gegenüber nie empfunden hatte. Sie war ihm zutiefst dankbar, dass er sie begleitete und sich deshalb sogar erlaubte, den Laboratoriumsinspektor zu belügen. Sicherlich würde er Schwierigkeiten bekommen, wenn man dahinterkam. Deshalb hatte sie versucht, ihm ins Gewissen zu reden. Doch er hatte ihre Bedenken mit einem Satz weggewischt und gefragt:

»Was wäre ich für ein Mensch, wenn ich dich allein reisen ließe?«

Kapitel 59

Das Gefährt fuhr durch den Tag und durch die Nacht. Wie der Kutscher angekündigt hatte, hielt er nur, um an einer Wechselstation die Pferde auszutauschen. Diese kurze Zeit nutzten Elisabeth und Keilholz, um sich die Beine zu vertreten. Mittlerweile waren ihre Speisen verzehrt und der Wein getrunken. Obwohl das Innere der Kutsche gepolstert war, schmerzten ihre Knochen. Elisabeth war für jede Minute dankbar, in der sie schlafen konnte.

»Ich war noch nie so lange unterwegs«, schimpfte Keilholz und streckte die Beine von sich.

Auch Elisabeth hatte keine Lust, noch länger in der Kutsche zu sitzen.

Am frühen Vormittag des nächsten Tages bemerkte Johannes Keilholz: »Die Kutsche fährt langsamer.« Neugierig schaute er zum Fenster hinaus. »Vor uns liegt eine Stadt. Hoffentlich ist das Mömpelgard.«

Nun war auch Elisabeths Neugierde geweckt, und sie blickte aus dem anderen Fenster. Staunend betrachtete sie die Häuser der fremden Stadt. Ihre Kutsche passierte eine lange Brücke, die über einen Fluss führte, der sich um die Stadtmauer schlängelte. Eine imposante Kirche kam in ihr Blickfeld. Schließlich bog die Kutsche in den Innenhof eines Stadthauses ein und hielt an.

»Wir scheinen angekommen zu sein«, seufzte Johannes Keilholz erleichtert, als der Kutscher die Tür öffnete.

Erschöpft stiegen sie aus und sahen sich um. Seitlich des gepflasterten Platzes gab es einen Auslauf mit Hühnern, einen Brunnen und einen Verschlag, in dem ein Pferd Heu knabberte.

»Ich kenne dieses Pferd«, hörte Elisabeth ihren Ziehvater murmeln. »Der Edelmann, der Lucilla am Tag nach dem Brand aufsuchte, ritt darauf.«

»Wie kannst du dir sicher sein?«, fragte sie und betrachtete den Rappen.

»Es ist ebenso schwarz.«

»Schwarze Pferde gibt es zuhauf«, gab sie zu bedenken.

Plötzlich räusperte sich jemand hinter ihnen. Hastig drehten sie sich um. Vor ihnen stand Frédéric, der Neffe des Herzogs. Er verbeugte sich und sagte: »Ich freue mich, Euch zu sehen. Wie war Eure Reise? Ich hoffe, die Kutsche war bequem.«

»Das Geplänkel könnt Ihr Euch sparen!«, erwiderte Keilholz hitzig. »Wenn man so lange sitzen muss, kann eine Reise nicht angenehm sein, einerlei, wie komfortabel das Gefährt ist. Deshalb möchte ich sofort wissen, warum wir diese Strapaze auf uns nehmen mussten und wo wir sind!«

»Der Ort heißt Mömpelgard und gehört zum Hause Württemberg«, erklärte Frédéric.

»Das verriet uns bereits Euer Kutscher.«

Elisabeth starrte den Mann schweigend an. Frédéric ließ sie ebenfalls nicht aus dem Blick, obwohl er mit Johannes

Keilholz sprach. Erneut beschlich sie ein seltsames Gefühl. Es war keine Angst, auch keine Panik. Plötzlich wusste sie, dass diese Reise allein mit ihr zu tun hatte. Und nun mischte sich Neugierde mit Ungeduld.

»Warum bin ich hier?«, fragte sie.

»Bitte folgt mir«, bat er ohne eine Erklärung. Es schien, als habe er auf die Frage gewartet. Er zeigte zu der steilen Treppe, die vom Hof in den ersten Stock des Wohnhauses führte, und ging voran.

Oben gelangten sie durch die Tür in einen Vorraum und von dort in die Küche, wo ein Herdfeuer knisterte. Sie folgten dem Mann durch eine weitere Tür in einen Gang. Vor einer der Türen, die rechts und links abzweigten, blieb Frédéric stehen.

»Einerlei, was jetzt geschieht – bitte bewahrt Ruhe«, sagte er und drückte die Türklinke herunter.

Das Erste, was Elisabeth erblickte, war eine Frau, die in einem Schaukelstuhl saß und ihr freundlich entgegenlächelte. Sie hatte ein rundes Gesicht mit roten Wangen, die im Licht des Kaminfeuers glänzten. Die Fremde nickte ihr zu.

Dann hörte sie ein leises Gurren. Ihr Blick wanderte zum Schoß der Frau. Erst jetzt bemerkte sie das Bündel, das sie hielt. Aus einer Decke spitzte ein kleines Köpfchen hervor. Winzige Hände griffen nach dem Stoff. Verwirrt schaute Elisabeth zu Frédéric.

»Das ist Euer Sohn ... Elisabeth«, sagte er leise.

»Mein Sohn?«, wisperte sie.

Als Frédéric nickte, löschte Dunkelheit ihre Gedanken aus.

Kapitel 60

Elisabeth erwachte von einem widerlichen Geruch. Sie riss die Augen auf und schaute in Johannes Keilholz' Gesicht.

»Nur gut, dass ich meine Arzttasche mitgenommen habe«, lächelte er und zeigte auf das kleine dunkle Fläschchen. »Meine Erfindung! Riechpulver!«, verriet er.

Zuerst wusste Elisabeth nicht, wo sie war. Sie sah nur ihren Ziehvater, sonst niemanden. Doch schlagartig kam die Erinnerung zurück. Hastig setzte sie sich hoch, um aufzuspringen.

»Bleib sitzen, Elisabeth! Ich muss deinen Puls prüfen«, ermahnte er sie und griff nach ihrem Handgelenk.

»Mir geht es gut. Wo ist mein Kind?«, fragte sie – ganz schwach aus Angst, dass sie alles nur geträumt habe.

Er wies mit dem Kopf in eine Ecke des Zimmers. Dort stand eine Wiege aus hellem Holz. Als er ihr Handgelenk losließ, stand Elisabeth auf und schlich auf Zehenspitzen zu dem Bettchen und lugte über den Rand. Ein Säugling schaute sie aus großen Augen an. Als sie ihn mit der Hand berührte, gluckste er. Elisabeths Blick verschwamm.

»Darf ich ihn halten?«, fragte sie mit belegter Stimme.

»Natürlich darfst du das. Er ist dein Sohn«, versicherte ihr Keilholz.

Vorsichtig hob sie das Kind hoch. Sie konnte ihr Glück kaum fassen.

»Ich habe ihn auf den Namen Felix taufen lassen. Das bedeutet: der Glückliche«, hörte sie Frédéric Thierys Stimme hinter sich. Er stand am Fenster, deshalb hatte sie ihn nicht gleich gesehen.

»Felix«, murmelte sie. Der Name war ihr fremd, doch das Kind sofort vertraut. Sie küsste seinen dunklen Schopf und presste ihn an sich. Dann schluchzte sie.

Johannes Keilholz trat zu ihr und umschlang Mutter und Kind mit seinen Armen. »Nun wird alles gut«, flüsterte er.

Als Elisabeth aufschaute, sah sie Tränen in seinen Augen. Sie sah sich um und wandte sich an den Mann, der sie nach Mömpelgard gelockt hatte: »Wie kommt mein Kind hierher?«

»Setzt Euch bitte, Elisabeth. Es ist eine Geschichte, die nicht in drei Sätzen erzählt werden kann«, antwortete Frédéric Thiery und wies zu den Stühlen.

Elisabeth nahm im Schaukelstuhl Platz, ihren Sohn hielt sie auf dem Schoß. Sie konnte den Blick nicht von ihm wenden. Er sah genau so aus, wie sie es sich vorgestellt hatte. Noch immer hatte sie Angst, nur zu träumen. Doch als sie die Wärme des Kindes spürte, seinen Duft roch, verflogen ihre Zweifel. Sie strich dem Kind zärtlich über die Wange und schaute erwartungsvoll zu Thiery, der sie und Felix mit einem warmen Lächeln ansah. Dann begann er zu erzählen.

Elisabeth erfuhr, dass Georg – der vermeintliche Frédéric – nie wahre Gefühle für sie gehegt hatte und sie nur eine seiner zahlreichen Affären war. Als sie schwanger wurde, geriet er unter Druck, dass sie herausfinden könnte, wer er in Wahrheit war. Sie wurde zur Gefahr für seine bevorstehende Eheschließung. Er musste sie loswerden. Frédéric – der echte – fürchtete, dass sein Vetter auch vor Mord nicht zurückschrecken würde, und bot ihm deshalb an, das Problem zu lösen.

»Ich war für ihn nur *ein Problem*?«, fragte Elisabeth schockiert.

Frédéric Thiery nickte. »So sah er Euch tatsächlich. Deshalb habe ich auch das Schlimmste befürchtet. Um Euer Leben zu retten, musste ich Euch vor Georg in Sicherheit bringen. So kam ich auf den Gedanken, Euch bei Lucilla zu verstecken. Um sicherzugehen, dass Euch kein Leid zugefügt wird, brachte ich selbst Euch nach Tübingen«, gestand er.

»Ihr habt *was*?«, rief sie. Als ihr Sohn wimmerte, dämpfte sie die Stimme. »Ihr seid schuld an meinem Elend?«, fragte sie entsetzt.

»Ich verstehe, dass Ihr wütend seid«, verteidigte er sich. »Aber Ihr müsst verstehen, dass ich Euch an einen Ort bringen musste, an dem Georg Euch nicht suchen und wo er Euch niemals begegnen würde. Der Prinz ist ein arroganter, selbstgefälliger Mensch, dem das Schicksal anderer egal ist. Er denkt nur an sich. Dafür opfert er jeden, wenn es ihm Vorteile bringt.«

»Warum habt Ihr mich nicht sofort hierhergebracht oder an einen anderen Ort, wo es mir besser gegangen wäre als im Bordell?«, klagte sie voller Bitterkeit.

»Weil Ihr geflohen wärt! Oder hättet Ihr mir, einem Fremden, geglaubt, dass Euer Liebhaber der Prinz von Württemberg ist, der Euch aus dem Weg räumen wollte?«

»Ihr kennt mich nicht. Wisst nichts über mich«, flüsterte Elisabeth, da ihr Sohn eingeschlafen war.

»Ich kenne dich besser, als du glaubst, Elisabeth«, sagte Frédéric ruhig und wechselte dabei in die vertrauliche Anrede.

Sie sah ihn irritiert an. Er legte die Arme auf die Oberschenkel und starrte ins Kaminfeuer.

»Das erste Mal habe ich dich gesehen, als ich einem Hirsch nachjagte. Du hast Kräuter nahe der Köhlerhütte gesammelt. Ich war fasziniert von dir und deiner Schönheit«, gestand er leise. »Zuerst wusste ich nicht, wer du bist, und wollte dich kennenlernen. Doch dann beschrieb dich Georg mir als seine neue Eroberung und prahlte damit, dass er das schöne Bauernkind verführt habe. Schlagartig wurde mir bewusst, dass er von dir sprach, und ich dich niemals kennenlernen durfte.

Ich fühlte mich schlecht, da ich wusste, dass mein Vetter es nicht ehrlich mit dir meinte. Doch was hätte ich gegen den Prinzen unternehmen können? Tag und Nacht bist du mir durch die Gedanken gespukt, sodass ich nicht anders konnte, als dich heimlich zu beobachten. Wenn du allein im Wald unterwegs warst, war ich oft in deiner Nähe. Einmal hätte mich das Knacken im Gehölz beinah verraten. Du dachtest, Georg wäre zurückgekehrt, und hast seinen Namen in den Wald gerufen – besser gesagt, *meinen* Namen, den er benutzt hat, um unerkannt zu bleiben«, erinnerte sich Frédéric bitter. »Von diesem Augenblick an verbot ich mir, weiterhin an dich zu denken. Ich wollte mich zwingen, dich zu vergessen. Doch weder die rauschenden Feste am Hof noch die Liebesschwüre anderer Frauen konnten mich von dir ablenken«, gab er ehrlich zu. Mit einem zaghaften Lächeln sah er zu Felix, um dann wieder Elisabeth anzuschauen. »Sobald ich die Augen öffnete, sah ich dein Antlitz vor mir. Obwohl mein Verstand mir sagte, dass ich dich niemals in den Armen halten würde, verzehrte ich mich nach dir. Um meinen Herzschmerz zu lindern, beobachtete ich dich aufs Neue. Einmal bin ich dir nachgeschlichen bis zu einem Waldsee. Ich stand nur wenige Schritte entfernt, als du dort Wasser aus der hohlen Hand getrunken hast. Mehrmals war ich versucht, mich dir zu erkennen zu geben. Doch dann ...« Frédéric sah sie entschuldigend an und presste die Lippen aufeinander.

»Ich habe damals gespürt, dass jemand in der Nähe war, und dachte, es wäre der Aufhocker«, murmelte Elisabeth nachdenklich. »Ich verstehe das nicht«, klagte sie. »Ihr redet davon, dass Ihr mich beobachtet habt, weil ich Euch gefiel, weil Ihr sogar Gefühle für mich hegt. Doch dann habt Ihr mich in ein Bordell gesperrt, wo ich mein Kind zur Welt bringen musste. Jetzt tut Ihr so, als ob ich dankbar sein sollte?«, weinte sie leise.

»Um Himmels willen! Ich erwarte keine Dankbarkeit. Nur Verständnis, dass ich mir keinen anderen Rat wusste, um dich zu beschützen – zumal alles sehr schnell gehen musste. Ich weiß, es ist schwer zu verstehen. Doch ich habe Lucilla jeden Monat Geld gegeben, damit es dir gut geht.«

»*Ihr* seid also die Geldquelle gewesen, von der alle gemunkelt haben«, spottete Elisabeth. »Doch hört: Trotz Eurer Bezahlung ging es mir nicht gut dort! Ich war in einem kalten, dunklen Loch eingesperrt, das ich wochenlang nicht verlassen durfte. Wenn Regina nicht gewesen wäre, würde ich heute sicherlich auf dem Friedhof liegen.« Elisabeths Lippen zitterten.

Doch als sie Frédérics Blick sah, stutzte sie.

»Ich habe auch Regina bezahlt, damit sie nach dir sieht, dich versorgt und du dich nicht so allein fühlst«, gestand er zögerlich.

»Regina erzählte von einem Mann, der sie großzügig bezahlte, sodass sie etwas sparen konnte, ohne dass Lucilla es merkte«, erinnerte sich Elisabeth mit zerfurchter Stirn. »Kannte sie Euren Namen?«

Frédéric schüttelte den Kopf. »Niemand dort weiß, wer ich bin.«

»Aber ich weiß, dass Ihr der Totengräber wart, der mein Kind mitgenommen hat!«, hielt sie ihm vor.

»Wie willst du das wissen?«

»Es war der Spruch *Der liebe Gott freut sich über jedes Erdenkind* ... Ihr sagtet ihn damals zu Lucilla, und dieser Tage zu einem der Laboranten. Daran habe ich Euch erkannt.«

Da meldete sich ihr Sohn Felix. Zuerst hörte es sich wie leises Wimmern an. Doch dann steigerte sich die Lautstärke, und plötzlich schrie er. Sein Gesichtchen lief rot an. Seine Wangen wurden tränennass. Elisabeth nahm ihn hoch, doch er ließ sich nicht beruhigen. Hilfe suchend schaute sie zu Frédéric.

»Er hat Hunger«, meinte er schmunzelnd und ging zur Tür, um nach der Amme zu rufen. Die Frau kam sofort herein.

Als Elisabeth ihr das Kind geben sollte, flehte sie verzweifelt: »Bitte nicht! Lasst mir mein Kind!«

»Ihr bekommt Euren Sohn zurück, sobald er satt und frisch gewickelt ist«, versprach die Frau lächelnd.

Panisch schaute Elisabeth zu Frédéric.

»Du musst keine Angst haben. Niemand wird dir deinen Sohn wieder wegnehmen. Dafür würde ich mein Leben opfern.«

Elisabeth sah ihn erstaunt an. Dann reichte sie zögernd der Amme ihr Kind.

»Ihr müsst Euch nicht sorgen. Es dauert nicht lang, dann bringe ich Euch Felix zurück«, versprach die Frau und verließ den Raum.

Elisabeth musste sich zusammenreißen, um nicht hinterherzueilen und um nicht zu weinen. Erschöpft rieb sie sich die Augen. Dann fragte sie Frédéric argwöhnisch: »Ihr redet, als ob mein Kind und ich Euch wichtig wären. Warum habt Ihr mir Felix dann weggenommen? Ihr musstet doch ahnen, was das für eine Mutter bedeutet.« Ihre Augen glühten vor Zorn, als sie ihn anschaute. Der Schmerz des Verlustes saß so tief, dass sie glaubte, ihn erneut zu spüren.

Frédéric hielt ihrem wütenden Blick stand und fragte ruhig: »Welche Möglichkeiten hätte dein Sohn, ohne Vater aufzuwachsen? Wo wolltest du mit ihm leben, und von welchem Geld wolltest du ihn und dich ernähren? Erinnere dich, dass du von deiner Familie fortwolltest, um ein besseres Leben zu führen. Doch du bist einer Lüge aufgesessen, denn Georg wollte dich nicht. Was hättest du gemacht? Schwanger und allein? Zurück zu deinem Vater und deinem Bruder? Welches Leben hätte dich dort erwartet?«

»Ich hätte es irgendwie geschafft«, widersprach Elisabeth kleinlaut. Doch ihr Widerstand bröckelte, denn im Grunde wusste sie, dass sie keine Perspektive für sich und das Kind gehabt hatte. Sie erinnerte sich wieder an die Verzweiflung, die sie beherrscht hatte.

Frédéric beobachtete sie und schien ihre Gedanken zu ahnen. »Elisabeth, dein Sohn und ich haben das gleiche Schicksal. Ein Elternteil ist adlig, der andere unbedeutend.« Mit tonloser Stimme sagte er: »Wir sind Bastarde, gehören weder zu der einen noch zu der anderen Seite. Der Adel verachtet uns und lässt uns das spüren. Die Bürgerlichen verstoßen uns, denn wir sind nicht wie sie. Als Kind fühlte ich mich wie ein Aussätziger. Heute bin ich erwachsen und kann damit umgehen. Und doch kränkt es mich.«

»Ich bin seine Mutter. Bei mir hätte er es gut gehabt«, widersprach Elisabeth trotzig. Immer wieder schielte sie zur Tür in der Hoffnung, dass sie sich bald wieder öffnete.

Frédéric schüttelte den Kopf. »Du hättest deinen Sohn gehasst für dein armseliges Leben, so wie du ihm schon im Mutterleib die Schuld an deinem Elend gegeben hast.«

Sie riss ihre Augen auf. »Regina hat Euch das verraten«, mutmaßte sie empört.

Er ging auf den Vorwurf nicht ein. »Wenn Georg herausfinden würde, dass er einen Sohn hat, würdest du zulassen, dass er dir das Kind wegnimmt?« Elisabeth schnappte nach Luft. Frédéric fuhr fort: »Meinen bürgerlichen Vater ließ das Herzogshaus umbringen, damit er keine Ansprüche auf mich erheben konnte.«

»Wie habt Ihr davon erfahren?«, fragte sie entsetzt.

»Mein lieber Vetter, Prinz Georg, hat es mir irgendwann verraten. Wie so oft suchte er einen Grund, mich zu kränken und mich zu verletzen. Er war mir gegenüber stets ein lausiger Verwandter. Es gefiel ihm, wenn ich für *seine* Untaten bestraft wurde. Denn wer glaubt schon einem Bastard?« Frédéric machte ein finsteres Gesicht, das sich entspannte, als er sie anschaute. »Elisabeth«, sagte er, »das wollte ich Felix ersparen. Er sollte nicht als Außenseiter herumgeschubst werden und für seine Herkunft, für die er nichts kann, büßen. Nicht zu wissen, zu wem man gehört, ist mit das Schlimmste, was einem Menschen widerfahren kann.«

Elisabeth schüttelte den Kopf. »Habt Ihr nur einen Gedanken an seine Mutter verschwendet? Ich war eine Gefangene in einem Bordell. Einem Haus, das dunkler nicht sein könnte. Zwischen fremden Menschen musste ich meinen Sohn zur Welt bringen. Man hat mir gesagt, mein Kind wäre tot. Könnt Ihr Euch vorstellen, wie ich gelitten habe?«, presste sie mühsam beherrscht hervor. »Wenn Euch das Wohl meines Kindes wichtig war, warum habt ihr es mir weggenommen? So wäre es doch ohne seine Mutter aufgewachsen. Habt ihr das bedacht?«

Frédéric schüttelte den Kopf. »Nein, das wäre Felix nicht. Nach einem Jahr hätte ich dich aus dem Bordell geholt und zu deinem Sohn gebracht.«

»Nach einem Jahr? Warum nach einem Jahr?«, fragte sie ungläubig.

»Georg hätte dich dann vergessen und nicht mehr nach dir gefragt.«

Nun schaute Elisabeth zu ihrem Ziehvater, der bis jetzt stumm dagesessen und ihnen zugehört hatte. »Kannst du ihm das glauben?«, fragte sie ihn kritisch.

Er hob die Schultern und ließ sie wieder sinken. »Hat Prinz Georg Elisabeth auf dem Empfang erkannt?«, wollte er stattdessen wissen.

Frédéric nickte. »Er ist sich nicht sicher, aber er vermutet es. Die Rolle, Eure Tochter zu sein, schützt Elisabeth im Augenblick. Doch wenn ich ihn nicht überzeugen kann, dass sie Eva und nicht Elisabeth ist, wird Georg auf eigene Faust Nachforschungen anstellen. Es ist nur eine Frage der Zeit, bis er hinter ihr Geheimnis kommt. Dann wird er auch von Felix erfahren. Und ich weiß nicht, was er dann macht, zumal seine Frau Mathilde bislang keinen Erben geboren hat.«

»Wie können wir verhindern, dass Prinz Georg Elisabeths wahre Identität erfährt?«

»Elisabeth wird meine Frau«, antwortete Frédéric, ohne zu zögern.

Elisabeth glaubte sich verhört zu haben. Sie sprang auf und stemmte die Hände in die Hüften. »Ihr seid nicht bei Verstand«, rief sie aufgebracht. »Wie könnt Ihr mir einen solchen Vorschlag unterbreiten? Ich kenne Euch doch gar nicht!«

»Ich kann deinen Ärger verstehen, Elisabeth. Aber das ist der einzige Weg, um Georg ruhigzustellen.«

»Ihr sagtet, er würde mich nach einem Jahr vergessen haben. Ich könnte mich hier verstecken, bis das Jahr um ist«, schlug sie aufgeregt vor.

»Ich meinte ein Jahr, wenn er nichts mehr von dir gesehen oder gehört hätte. Doch er hat gesehen, wie du in Tübingen umhergeirrt bist in der Nacht, als du aus dem Bordell geflohen warst. Seitdem lebt er in der Angst, dass du hinter sein Geheimnis kommen könntest. Er hat mir erneut den Auftrag erteilt, dich zu finden. Dieses Mal befahl er, dich sofort zu töten und auf einem Acker zu verscharren. Ich habe versucht, ihn zu überzeugen, dass er sich geirrt hat, dass er unmöglich dich gesehen haben kann. Es schien zunächst, als ob er mir glaubte. Aber dein Erscheinen in Stuttgart auf dem Empfang hat ihn irritiert und alarmiert.«

Elisabeths Herz raste. Sie wusste, dass es zwecklos war zu leugnen. Sie *war* diejenige in Tübingen gewesen, die durch die Straßen irrte. Mit panischem Blick sah sie zu Johannes

Keilholz. Ihre Gedanken sprangen zwischen Georg und Felix hin und her.

»Elisabeth«, hörte sie Frédérics sanfte Stimme. »Ich gebe dir so viel Zeit, wie du brauchst, und werde dich nicht bedrängen. Wir werden uns kennenlernen, und vielleicht wirst du mich eines Tages sogar mögen. Ich warte auf dich.«

Elisabeth hörte, was er sagte, doch sie verstand kein Wort. Was, wenn Georg ihr Felix wegnehmen würde? Schon glaubte sie, wieder diese schreckliche Leere in sich zu spüren, wie damals, als man ihr weisgemacht hatte, ihr Kind wäre tot zur Welt gekommen.

Plötzlich nahm Keilholz ihre Hand in seine und drückte sie väterlich. »Ich denke«, sagte er, »diese Heirat ist die beste Lösung, um den Prinzen zu täuschen. Frédéric gibt dir eine Sicherheit, die ich dir niemals bieten könnte. Durch seine Position kannst du ohne Angst mit deinem Kind zusammenleben.«

»Bist du von Sinnen? Dieser Mann …«, sie zeigte auf Frédéric, »… hat mir so viel Leid angetan, dass ich ihm niemals vertrauen könnte.«

»Ich kann deine Wut verstehen, mein Kind«, pflichtete Keilholz ihr bei. »Aber letztlich hat Frédéric dich und deinen Sohn damit gerettet. Wenn wir ehrlich sind, Elisabeth, war seine Entscheidung das Beste, was dir passieren konnte.«

Sie schüttelte den Kopf und wandte sich von ihm ab.

»Willst du ein Leben lang in der Angst leben, dass Prinz Georg deine wahre Identität erfährt und dir deinen Sohn wegnehmen könnte? Frédéric hingegen bietet dir ein Leben, von dem andere Frauen träumen«, beschwor ihr Ziehvater sie mit ernster Miene.

Sie sah ihn nachdenklich an. Sie wusste, dass sie ihm wie eine Tochter ans Herz gewachsen war. So, wie sie in ihm einen Vater sah.

Da klopfte es an der Tür. Kaum betrat die Amme mit dem Kind das Zimmer, sprang Elisabeth zu ihr. Mit glänzenden Augen nahm sie der Frau den schlafenden Säugling ab, woraufhin diese die Stube wieder verließ.

Elisabeth küsste zärtlich die Stirn ihres Sohnes und legte ihn in die Wiege. Nachdem sie den Jungen zugedeckt hatte, setzte sie sich zurück auf ihren Stuhl, das Bettchen im Blick.

»Woher wusstet Ihr, dass ich es war, die Georg in Tübingen gesehen hat?«, fragte sie ruhig und sah Frédéric gespannt an.

Er schien mit sich zu kämpfen. Schließlich erzählte er: »Nachdem Georg mir berichtet hatte, dass er dich in der Stadt wiedergesehen hätte, bin ich sofort zu Lucilla geritten. Dort hörte ich, dass das Bordell gebrannt hatte und du tatsächlich verschwunden warst. Ich bin fast wahnsinnig geworden vor Angst um dich. Erst recht, als Lucilla mir sagte, dass die Menschen aus der Unterstadt Jagd auf dich machten. Die schlimmsten Szenarien spielten sich in meinem Kopf ab. Ich habe noch am selben Tag nach dir suchen lassen, doch du warst wie vom Erdboden verschluckt. Da ich nicht selbst nach dir suchen konnte, habe ich die besten Männer beauftragt, dich zu finden. Nächtelang habe ich wachgelegen und mir Vorwürfe gemacht, weil ich für dein Leid verantwortlich war. Nicht zu wissen ...« Er stockte, sah sie entschuldigend an und flüsterte: »Glaub mir, Elisabeth, ich bin durch die Hölle gegangen, da ich nicht wusste, wo du bist und wie es dir geht. Ich befürchtete schon, dich niemals wiederzusehen«, erklärte er sanft. Als er weitersprach, ruhte sein Blick voller Zuneigung auf ihr. »Kannst du dir vorstellen«, fragte er leise, »wie es mir ergangen ist, als du plötzlich im Laboratorium vor mir gestanden hast? Ich war außer mir vor Glück und musste mich zwingen, dich nicht in meine Arme zu reißen.«

Elisabeth schaute ihn verwundert an. In seiner Stimme lag so viel Wärme, dass eine Gänsehaut ihren Körper überzog.

»Auch wenn es für dich überraschend kommt, Elisabeth, ich liebe dich, seit ich dich das erste Mal gesehen habe. Kein Gold der Welt könnte meine Gefühle für dich aufwiegen.«

»Felix ist nicht Euer Sohn«, erwiderte Elisabeth.

»Ich wäre ein glücklicher Mann, wenn dieses Haus von Kinderlachen erfüllt würde und ich dein Ehemann und deinem Sohn ein Vater sein dürfte.«

»Wie wollt Ihr den Menschen erklären, woher ich plötzlich einen Sohn habe? Wer soll Felix' Vater sein? Keiner wird glauben, dass Ihr es seid«, gab sie nachdenklich zu bedenken.

»Auch dafür wird mir eine Lösung einfallen«, entgegnete er zuversichtlich.

Sie schaute zu ihrem Kind. Felix lag auf der Seite und nuckelte im Schlaf am Daumen. Seine vollen rosigen Wangen hoben sich von dem hellen Leinen ab. Wie die Stacheln eines Igels stand sein dunkles Haar in alle Richtungen ab.

Sein Anblick ließ Elisabeths nachdenkliche Miene verschwinden und machte einem Lächeln Platz. Sie konnte nicht leugnen, dass sie ergriffen war von dem, was Frédéric gesagt hatte. Noch nie hatte jemand so liebevoll zu ihr gesprochen. Mit einem tiefen Seufzer schaute sie von ihrem schlafenden Sohn zu Frédéric hoch. Auch wenn sie diesen Mann nicht kannte, ihn nicht liebte, so konnte sie sich zumindest vorstellen, dass sich das eines Tages vielleicht änderte.

Als er ihr seine Hand reichte, zauderte sie, doch dann griff sie zaghaft danach. Beide sahen einander in die Augen.

Elisabeth konnte nichts Falsches in seinem Blick erkennen. Nichts, was sie fürchten musste. Erleichtert atmete sie aus. Ja, sie konnte sich vorstellen, ihn kennen und vielleicht eines Tages sogar lieben zu lernen.

⇢ *Kapitel 61* ⇠

Elisabeth wollte ständig mit Felix zusammen sein. Doch da sie ihn nicht stillen konnte, musste er mehrere Stunden am Tag mit der Amme verbringen. Wenn die Frau ihn zum Füttern abholte, nagte das schlechte Gewissen an Elisabeth. Umso intensiver verbrachte sie die restliche Zeit mit ihrem Sohn. Selbst wenn Felix schlief, saß sie neben seiner Wiege, damit ihr Gesicht das Erste war, was er sah, wenn er aufwachte. Zudem wollte sie alle anderen Aufgaben allein übernehmen. Doch es schien, als ob sie noch nie ein Kleinkind versorgt hätte. Dabei hatte sie sich jahrelang um ihren jüngeren Bruder Ulrich kümmern müssen, und auch bei der kleinen Hildegard hatte sie Geschick gezeigt. Doch bei Felix war alles anders.

»Ich verstehe nicht, warum ich mich so ungeschickt anstelle«, jammerte Elisabeth, da zum wiederholten Male die Windeltücher zu locker saßen und dann dem Säugling in die Kniekehlen rutschten. »Bei der kleinen Tochter unserer Nachbarin in Stuttgart hatte ich keinerlei Probleme mit dem Wickeln«, versuchte sie sich bei der Amme zu entschuldigen, die ihr abermals zeigte, wie man eine Windel anlegte.

Sie schaute aufmerksam zu und versuchte sich jeden Handgriff einzuprägen. Nervös pustete sie sich eine Haarsträhne aus dem überhitzten Gesicht.

»Nur Geduld, Fräulein Keilholz. Sicherlich hat es auch damit zu tun, dass es Euer eigenes Kind ist.«

Elisabeth runzelte die Stirn.

»Ihr dürft nicht zu zaghaft sein, sondern müsst die Windel strammziehen. Felix wird nicht zerbrechen«, lachte die Amme, die mit wenigen Griffen die Tücher um die Hüfte des Kindes feststeckte. Dann reichte sie ihr das gewickelte Kind. »Jetzt könnt Ihr ihm Hose und Hemdchen anziehen.«

Elisabeth legte sich den Jungen auf den Schoß und streifte ihm die Kleidung über. Als das Kind sie anlächelte, war sie überzeugt, dass er sie erkannte.

»Es ist ein Wunder, dass ich dich wiederhabe«, murmelte sie und küsste seine Stirn, was ihn juchzen ließ. Dann legte sie ihn in die Wiege. Als sie sich in den Schaukelstuhl setzen wollte, fragte die Amme: »Möchtet Ihr mir in der Küche Gesellschaft leisten?«

Erstaunt schaute Elisabeth die Frau an. Bis jetzt hatten sie nur das Notwendigste miteinander gesprochen. Wenn die Amme das Kind zum Stillen abholte, blieb sie allein zurück. Da sie keine Ahnung hatte, was die Frau über ihre Vergangenheit wusste, verhielt sie sich der Fremden gegenüber zurückhaltend. Zweifelnd schaute sie in die Wiege. Doch dann nickte sie. Mit einem letzten Blick auf ihren schlafenden Sohn verließ sie die Kammer.

In der Küche köchelte Suppe in einem Topf auf dem Herdfeuer. Der Geruch von Gemüse und Kochfleisch hing in der Luft. »Ich habe eine Rindfleischsuppe zubereitet«, erklärte die Amme und fragte: »Darf ich Euch einen Apfelsaft anbieten?« Als Elisabeth bejahte, verschwand die junge Frau in einem Nebenraum.

Bei ihrer Ankunft waren sie zwar durch die Küche gegangen, doch Elisabeth hatte nichts davon wahrgenommen. Jetzt bemerkte sie, dass der Raum groß und gemütlich war. Ein Geschirrschrank stand gleich neben dem Spültisch. Auf einem Regal stapelten sich verschiedene Töpfe und Schüsseln. Unter einem Fenster waren ein Esstisch und eine Sitzbank platziert, auf der ein Weidenkorb mit getrockneter Wäsche abgestellt war. Erstaunt entdeckte Elisabeth eine schlafende Katze, die neben dem Kamin zusammengerollt in einer Ecke lag. Ihr Fell am Kopf war blutverkrustet. »Was ist mit ihr?«, fragte Elisabeth die Amme, die mit einem Krug zurückkam.

»Einige Burschen haben den Kater mit Steinen beworfen und ihm dabei ein Auge verletzt. Monsieur Thiery hat das gesehen, die Jungen fortgejagt und das blutende Tier mitgenommen. Er hat es behandelt und die Wunde mit Ringelblumentinktur ausgewaschen. Nun darf es sich erholen.«

»Ist das seine Katze?«

Die Frau schüttelte den Kopf und goss Apfelsaft in zwei Krüge. »Ich weiß nicht, zu welchem Hof der Kater gehört. Monsieur Thiery ist das auch einerlei. Wenn er helfen kann, dann tut er es.«

»Das hätte ich ihm nicht zugetraut«, murmelte Elisabeth. Verwundert darüber, dass ein Mann Mitleid mit einem Tier hatte, nippte sie an ihrem Saft. Als sie die fruchtige Süße schmeckte, nahm sie einen tiefen Schluck.

»Den meisten wäre das Vieh egal. Doch Monsieur Thiery ist nicht wie die meisten«, erklärte die Frau und setzte sich zu ihr an den Tisch.

»Ich kenne nicht einmal Euren Namen«, erklärte Elisabeth lächelnd.

»Mein Name lautet Isabelle Desgranges.«

»Kennt Ihr Monsieur Thiery schon länger, Frau Desgranges?«

»Bitte nennt mich Isabelle, Fräulein Keilholz ...«

»Dann müsst Ihr Eva zu mir sagen«, bat Elisabeth, da die Amme nur wenige Jahre älter zu sein schien als sie. Daraufhin sah sie, wie Isabelle eine Augenbraue hob. »Eva«, hörte sie die Frau murmeln.

»Ihr kennt meine Geschichte?«, fragte sie zaghaft.

Isabelle zuckte mit den Schultern. »Eure Geschichte geht mich nichts an. Als Monsieur Thiery mich bat, die Amme des kleinen Felix zu werden, sagte ich sofort zu. Meine Tochter Magali ist bereits achtzehn Monate alt und will kaum noch Milch trinken, sodass genügend für den Kleinen übrig bleibt.

Um aber Eure erste Frage zu beantworten: Ich kenne Monsieur Thiery seit einigen Jahren. Mein Mann und ich sind Hugenotten, die aus unserer Heimat vertrieben wurden. In Mömpelgard bekamen wir die Chance, sesshaft zu werden, da Monsieur Thiery meinem Mann eine Arbeit gab. Mittlerweile verbindet die beiden Männer eine Freundschaft, die auf Vertrauen und Respekt gründet.« Die Frau sah Elisabeth prüfend an. Schließlich meinte sie: »Natürlich war ich überrascht, als ich von Eurer Ankunft hörte. Ich würde lügen, wenn ich sagte, dass es mich nicht interessiert hat, warum Ihr erst jetzt Euer Kind seht. Wie gesagt, Eure Geschichte geht mich nichts an. Trotzdem möchte ich Euch sagen: Ihr werdet niemals einen besseren Ehemann finden. Monsieur Thiery ist ehrlich und wohltätig, und wenn er jemanden ins Herz geschlossen hat, dann für immer. Seit Felix hier lebt, ist die Traurigkeit aus seinem Blick verschwunden. Wenn er den Kleinen ansieht, lächelt er. Und seitdem Ihr hier seid, Eva, glänzen seine Augen vor Freude und Glück. Stoßt ihn nicht von Euch. Er liebt Euch und den Kleinen aufrichtig.«

Elisabeth schluckte hart. Sie musste sich mehrmals räuspern, da ein Kloß in ihrem Hals zu stecken schien. »Wenn Ihr wüsstet, was er mir angetan hat«, flüsterte sie.

Nun seufzte die Amme. Sie schloss kurz die Augen, um Elisabeth dann mit festem Blick anzuschauen. »Es war einige Monate, bevor Felix geboren wurde. Da kam Monsieur Thiery zu uns, weil er mit meinem Mann etwas besprechen wollte. Er war damals anders als sonst. Ich konnte spüren, dass ihn irgendetwas beschäftigte. Nachdem er reichlich dem Wein zugesprochen hatte, wurde er redselig und erzählte uns Eure Geschichte, Elisabeth.«

Als sie ihren wahren Namen hörte, ließ Panik Elisabeths Augen weit werden. »Ihr kennt sie also doch!«, presste sie hervor.

»Ihr müsst Euch nicht fürchten. Wir würden Euer Geheimnis niemals preisgeben. Es ist sicher bei uns, denn mein Mann und ich wissen, wie es ist, wenn man in stetiger Angst vor Verrat leben muss. Solange wir zurückdenken können, haben unsere Familien darunter gelitten. Doch das ist eine andere Geschichte.« Isabelle lächelte und meinte: »Lasst die Vergangenheit ruhen, Elisabeth. Vergesst, was Euch widerfahren ist. Schaut nach vorn in die Zukunft. Was gäbe es Schöneres als einen Neuanfang ohne Furcht, ohne Leid, ohne Entbehrungen mit Eurem Sohn und einem Mann, der Euch in Liebe zugetan ist?«

Elisabeth sah Isabelle verstohlen von der Seite an. »Wenn man Euch hört, scheint Frédéric Thiery ein Heiliger zu sein«, spottete sie leise.

»Ein Heiliger?«, lachte die Amme. »Nein, das ist er wahrlich nicht. Aber er ist ein guter Mensch. Der ehrlichste und barmherzigste, den ich kenne.« Dann wurde sie ernst. »Welche Wahl habt Ihr, Elisabeth?«

Elisabeth überlegte. Keine, dachte sie.

Isabelle schien ihre Gedanken zu erraten. »Er wird Euch und Felix vor dem Sohn des Herzogs beschützen. Daran müsst Ihr denken.«

Elisabeth wusste, dass die Frau recht hatte, trotzdem konnte sie nicht über ihren Schatten springen und vergeben. Zweifelnd fragte sie: »Glaubt Ihr wirklich, dass er meinem Sohn, dem Sohn seines Vetters, ein guter Vater sein kann? Wird er in Felix nicht stets meinen Fehltritt erkennen und mich dafür eines Tages verachten oder Felix dafür hassen?«

Isabelle zuckte mit den Schultern. »Diese Frage kann ich Euch nicht beantworten.«

»Da Ihr ihm anscheinend freundschaftlich zugetan seid, beantwortet mir eine andere Frage: Wäre es Frédéric gegenüber gerecht, wenn ich ihn aus selbstsüchtigen Gründen heiraten würde? Schließlich hege ich keine Gefühle für ihn. Doch womöglich gibt es irgendwo eine Frau, die seine Gefühle erwidern würde. Soll ich ihn dieser Möglichkeit berauben?«

»Ich könnte Euch sofort zwei Namen nennen, die gerne mit Euch tauschen würden. Doch Monsieur Frédéric will Euch. Und was die Gefühle betrifft: Was nicht ist, kann noch werden. Liebe braucht Zeit«, antwortete Isabelle lächelnd und griff sich ein Handtuch aus dem Korb, das sie faltete. »Felix müsste gebadet werden. Soll ich Euch zeigen, wie Ihr ihn haltet?«, fragte sie und wechselte somit das Thema.

Elisabeth nickte und nahm ebenfalls ein Wäschestück zur Hand, um es zusammenzulegen.

⇝ *Kapitel 62* ⇜

»Was haltet Ihr von unserem Eisenerz, Herr Keilholz?«, fragte Frédéric, der mit einem kleinen Hammer den Klumpen zerschlug und dem Mann ein Stück reichte. Der Alchemist rieb mit dem Zeigefinger über die Bruchkante. »Wir müssen es zum Glühen bringen«, schlug er vor.

Frédéric sah ihn anerkennend an. Ihm gefiel die ruhige Art, mit der der Mann Dinge betrachtete und erforschte. Er dachte an den frühen Morgen, als sein Gast unruhig im Zimmer umhergewandert war. Frédéric hatte sich bereits von ihm und Elisabeth verabschiedet, da er zum Bergwerk wollte, als er sich dem Alchemisten zuwandte und fragte: »Ich wäre für eine zweite Meinung bezüglich der Qualität des Eisenerzes dankbar. Möchtet Ihr mich zum Bergwerk begleiten?« Sofort hatten Johannes Keilholz' Augen geleuchtet.

Frédéric zeigte dem Alchemisten die Minen, die außerhalb von Mömpelgard lagen, und erklärte ihm den Abbau und die

Verarbeitung des Eisenerzes. Er hatte in Keilholz einen aufmerksamen Zuhörer, der manche Frage stellte, aber weder mit seinem Wissen noch mit seinem Können prahlte. Der Alchemist war eher zurückhaltend und begegnete selbst dem einfachen Arbeiter mit Respekt. Frédéric war begeistert und nahm sich vor, dem Fürsten von Keilholz' Fähigkeiten zu berichten. Er hoffte, dass sein Oheim dem Wissenschaftler eine feste Anstellung am Hof anbieten würde.

Es dämmerte, als sich die beiden Männer auf den Rückweg machten. Dank ihrer Experimente hatten sie bewiesen, dass das Mömpelgarder Eisenerz von erstklassiger Qualität war. Somit war das Argument des Freiherrn von Brunnhof und Grobeschütz entkräftet, kein Gold herstellen zu können, weil das Material unbrauchbar war. Frédéric hatte sofort einen Bericht an Herzog Friedrich und einen an den Laboratoriumsinspektor Wagner verfasst, die ein berittener Bote bereits nach Stuttgart brachte. Nun galt es abzuwarten, welche Konsequenzen daraus folgen würden.

Zufrieden saßen sich die beiden Männer in der Kutsche gegenüber. Frédéric schloss die Lider und versuchte sich zu entspannen.

»Wo gedenkt Ihr mit Elisabeth und dem Kind zu leben, wenn sie Euren Antrag annehmen sollte?«, fragte Keilholz unerwartet.

Frédéric riss die Augen auf. »Ihr zweifelt daran, dass sie mich heiraten will?« Der skeptische Ton, mit dem der Arzt die Frage gestellt hatte, ließ ihn aufhorchen. Er beugte sich nach vorn und sah ihn abwartend an.

Der Alchemist erwiderte den Blick. »Als Ihr Elisabeth die Hand gereicht habt und sie danach griff, glaubte ich fest, dass sie zusagen würde. Doch mittlerweile bin ich verunsichert.«

»Warum?«, wollte Frédéric erstaunt wissen.

»Elisabeth macht Euch für die verlorenen Monate verantwortlich, in denen sie ihren Sohn nicht bei sich hatte. Auch zweifelt sie daran, dass Ihr dem Jungen ein guter Vater sein werdet. Ich denke, dass Ihre Bedenken nicht von der Hand zu weisen sind, zumal Felix der Sohn Eures Vetters ist, den Ihr im Grunde verachtet. Sie befürchtet, dass Ihr das Kind eines Tages ablehnen könntet. Was wird sein, wenn Ihr selbst Vater werdet? Wird Euch Euer eigen Fleisch und Blut dann nicht wichtiger sein als der Bastard?«

Frédéric lehnte sich zurück und starrte durch das Fenster, dessen Vorhang hochgezogen war. »Hat sie das gesagt?«, fragte er.

Aus den Augenwinkeln sah er Keilholz nicken, der erklärte: »Elisabeth ist zerrissen. Natürlich weiß sie, dass Ihr den beiden die beste Möglichkeit für ein angenehmes Leben bietet. Trotzdem zweifelt sie daran. Ihr dürft nicht außer Acht lassen, dass aus dem einst leichtgläubigen und unbedarften Mädchen eine Mutter und Kämpferin geworden ist. Sie wird vagen Versprechungen keinen Glauben mehr schenken, sondern alles hinterfragen.«

Frédéric verstand, was er meinte, und erwiderte: »Ich habe versucht, ihr zu verdeutlichen, dass ich selbst als Bastard kein einfaches Leben hatte und deshalb weiß, was Felix womöglich erdulden muss. Auch habe ich ihr versichert, dass ich ihr in Liebe zugetan bin. Doch anscheinend war ich nicht deutlich genug. Wie kann ich sie überzeugen, dass ich es ehrlich meine und ihre Bedenken unbegründet sind?«

Keilholz zuckte mit den Schultern. »Leider gibt es keine Worte, keine Schwüre, keine Gesten oder Geschenke, die sie überzeugen könnten. Ich glaube, Ihr könnt sie nur für Euch gewinnen, wenn Ihr die Zeit für Euch arbeiten lasst.«

Frédéric setzte sich enttäuscht zurück. Er hatte gehofft, dass Keilholz ihm einen brauchbaren Ratschlag geben würde.

»Zeit ist das Einzige, was ich nicht habe. Um Georg von seinem Verdacht abzulenken, müssten wir so bald wie möglich heiraten.«

»Wie habt Ihr eigentlich den Menschen in Mömpelgard erklärt, woher Felix stammt?«, wollte Johannes Keilholz jetzt wissen.

»Bis jetzt wissen nur die Amme und ihr Mann von seiner Existenz. Sobald Elisabeth offiziell meine Braut ist, werden wir Felix als Findelkind ausgeben.«

»Findelkind?«, fragte Keilholz überrascht.

Frédéric nickte. »Letzten Sommer wurde ein Säugling vor der Tür einer Händlerfamilie abgelegt. Da das Ehepaar selbst keine Kinder hat, nahmen sie das Mädchen als ihres an. Warum sollte eine verzweifelte Mutter ihr Kind nicht vor meiner Tür ablegen, zumal jetzt eine Frau bei mir lebt?«

Angespannt wartete er auf Keilholz' Reaktion. Der wiegte zweifelnd den Kopf hin und her. Doch dann meinte er:

»Wer will Euch das Gegenteil beweisen? Aber was wird Euer Onkel, der Herzog, dazu sagen? Auch wenn Ihr kein Adliger seid, so seid Ihr doch sein Neffe.«

»Ihr fragtet vorhin, wo ich mit Elisabeth leben werde. Um allem Gerede am Hof aus dem Weg zu gehen, werden wir hier in Mömpelgard wohnen. Das Städtchen mit den Gipfeln der Vogesen in der Ferne ist meine wahre Heimat. Ich hoffe, dass sich Elisabeth hier ebenfalls wohlfühlen wird.«

Als er den enttäuschten Blick des Mannes sah, fügte er hinzu: »Ich hoffe, dass Ihr so oft wie möglich unser Gast sein werdet.«

Der Alchemist lächelte gequält.

Die restliche Strecke schwiegen sie.

Da die Amme den kleinen Felix rund um die Uhr versorgen musste, war sie mit ihrer Familie in einen kleinen Anbau neben Thierys Wohnhaus gezogen. Das beruhigte Elisabeth, denn ihr Sohn verbrachte die Nächte bei Isabelle, damit sie ihn auch nachts stillen konnte.

Es war schon spät und Felix nicht mehr bei seiner Mutter. Elisabeth wartete auf die Rückkehr der beiden Männer und saß allein in der Küche. So konnte sie in Ruhe nachdenken. Sie schaute in das Herdfeuer und dachte an das Gespräch mit Isabelle. Sie konnte nicht leugnen, dass die Worte der Frau sie beeindruckt hatten, und sie begann, ihre Lage aus einem anderen Blickwinkel zu betrachten.

Wer bist du, dass du das Angebot dieses Mannes von dir weisen willst?, fragte sie sich selbst. Damals, als sie noch bei ihrer Familie gelebt hatte, hätte sie jeden Burschen im Dorf geheiratet, nur um von zu Hause fortzukommen und um versorgt zu werden. Peter wäre ihre erste Wahl gewesen, weil sie hoffte, dass er sie nicht schlagen würde. Über den Gedanken schüttelte sie jetzt entsetzt den Kopf. Mit dieser Aussicht hätte sie sich bereits zufriedengegeben und ihn geheiratet!, überlegte sie und dachte an ihre Freundin Johanna, die am Tag ihrer Hochzeit in den höchsten Tönen von ihrem Mann Wolfgang und ihren Schwiegereltern geschwärmt hatte. Doch bei ihrem letzten Treffen schien ihre Begeisterung gedämpft, ja sogar erloschen zu sein. *Es ist nicht alles Gold, was glänzt*, hatte Johanna geflüstert und sie dabei traurig angesehen.

Keiner der Burschen oder der Männer, die Elisabeth kannte, hatte das Wort *Liebe* auch nur einmal ausgesprochen. Die Ehe war eine Zweckgemeinschaft, keine Gefühlssache. Sicherlich hätte nicht einer von ihnen je eine Katze gerettet, dachte Elisabeth und sah lächelnd zu dem grauen Kater, der sich auf der Decke ausstreckte. Frédérics Gesicht schob sich in ihre Gedanken. Sie sah seine leuchtenden Augen, mit denen er sie ansah, der liebevolle Blick, mit dem er sie und Felix betrachtete. *Er hat dich und deinen Sohn gerettet*, hörte sie Johannes Keilholz wieder sagen. Ja, das hatte er. Weder Peter noch Johannas Mann Wolfgang und auch nicht ihr Vater hätten das für sie getan.

Nur ein Mann, der tiefe Gefühle für eine Frau empfindet und dem sie nicht einerlei ist, tut so etwas, dachte Elisabeth und atmete befreit auf. Ihre Verkrampfung löste sich.

Da hörte sie, wie die Kutsche in den Hof fuhr. Kurz darauf erklangen Schritte auf der Treppe, und die Tür wurde geöffnet. Johannes Keilholz betrat die Küche, gefolgt von Frédéric.

Elisabeth sprang von ihrem Sitz auf. Fragend schauten die beiden Männer sie an.

Langsam ging sie auf Frédéric zu. Als sie dicht vor ihm stand, nickte sie.

Kapitel 63

Frédéric hatte kaum geschlafen, und dennoch war er ausgeruht. Die Gedanken an den Abend zuvor schienen seine Sinne zu berauschen. Unentwegt hörte er Elisabeths Stimme in seinem Kopf, als sie geflüstert hatte: »Ja, ich möchte deine Frau werden!«

Zuerst glaubte er, seinem Wunschdenken aufgesessen zu sein und sich verhört zu haben. Doch Elisabeths Blick hatte ihm versichert, dass er nicht träumte. Er war versucht gewesen, sie zu fragen, warum sie ihre Meinung geändert hatte. Denn nachdem Keilholz ihm seine Bedenken mitgeteilt hatte, wollte er seine Hoffnungen schon aufgeben. Doch da sich alles zum Guten gewandelt hatte, zählte nur noch, dass Elisabeth und Felix schon bald zu ihm gehören würden.

Als er daran dachte, wie er Elisabeth sanft in seine Arme gezogen und ihre Stirn geküsst hatte, überzog ihn eine

Gänsehaut. Noch wagte er es nicht, sie auf den Mund zu küssen. Erst wenn sie ihm signalisierte, dass auch sie es wollte, würde er sich ihr nähern.

Er zog seine Jacke über, da er ihr den Ort zeigen wollte, der schon bald ihre Heimat werden sollte. Als er in den Spiegel schaute und seine lachenden Augen bemerkte, war er sich sicher, noch nie so glücklich gewesen zu sein. Elisabeth hatte tatsächlich Ja gesagt und würde seine Frau werden, frohlockte er. Johannes Keilholz war ihr erster Gratulant. Als der Mann ihm die Hand reichte, glänzten seine Augen vor Freude.

Je eher sie Mann und Frau wurden, desto früher war Elisabeth vor Georg sicher, überlegte Frédéric. Allerdings konnte er Elisabeth erst zum Altar führen, wenn er seinen Oheim um Erlaubnis gefragt hatte. Als Sohn der Herzogsschwester und als Mündel des Herzogs musste er das Einverständnis des Regenten einholen. Trotzdem konnten sie schon mit der Hochzeitsplanung beginnen, dachte er. Auch musste er mit Elisabeth darüber sprechen, ob sie zustimmte, Felix als Findelkind auszugeben. Er lächelte seinem Spiegelbild ein weiteres Mal zu. Dann verließ er sein Schlafzimmer.

Elisabeth schlenderte an Frédérics Arm durch die Gassen von Mömpelgard. Ob Mann oder Frau, alle grüßten sie freundlich. Doch sie glaubte ihre neugierigen Blicke im Rücken spüren zu können.

»Sie werden sich die Mäuler über uns zerreißen«, raunte sie Frédéric zu, als eine ältere Frau, die elegant gekleidet war, sie von oben bis unten taxierte.

»Das ist die Frau eines Ratsherrn. Sie wird dafür sorgen, dass jeder im Rathaus von dir erfährt«, flüsterte Frédéric und streichelte ihr über den Handrücken.

Elisabeth senkte leicht den Kopf, da sie über seine Bemerkung schmunzeln musste. Aber auch, weil sie spürte, wie sie unter seiner Berührung errötete. Sie konnte nicht leugnen, dass ihr seine Zärtlichkeit gefiel. Auch war sie von seinem rücksichtsvollen Verhalten am Vortag sehr angetan. Elisabeth hatte sich vor zu viel Nähe gefürchtet, da sie Frédéric erst besser kennenlernen wollte, bevor sie zärtlich miteinander umgingen.

»In diesem Schloss ist mein Onkel, Herzog Friedrich, zur Welt gekommen«, erklärte Frédéric und lenkte sie von ihren Gedanken ab. Ihr Blick folgte seinem Fingerzeig. Vor ihnen erhob sich ein imposantes Gebäude mit Türmen und Quergebäuden. Auf einem Dach wehte die rot-gelbe Flagge mit den württembergischen Zeichen. Elisabeth durchzuckte es plötzlich.

»Was hast du?«, fragte Frédéric besorgt.

Sie versuchte zu lächeln, doch es misslang. »Du bist der Neffe des Herzogs und somit Georgs Vetter. Wir werden niemals sicher vor ihm sein. Er wird herausbekommen, wer Felix ist«, wisperte sie schreckensblass.

Frédéric drückte ihren Arm. »Du musst keine Angst haben, Liebste. Ich werde euch beide vor ihm beschützen.« Dann schlug er vor, Felix als fremdes Kind auszugeben, das vor ihrer Haustür gelegen hatte.

»Felix ein Findelkind? Ich muss verleugnen, dass ich ihn geboren habe?« Elisabeths Blick verschwamm.

»Felix wird dich immer als seine Mutter ansehen, und die Leute ebenso. Irgendwann werden sie vergessen, dass wir ihnen die Geschichte vom Findelkind erzählt haben. Doch jetzt ist es die beste Lösung, um vor Georg sicher zu sein.«

Während Tränen über Elisabeths Wangen rollten, schaute sie Frédéric ängstlich an. Als sie seinen zuversichtlichen Blick sah, stimmte sie widerstrebend zu.

In den nächsten Tagen unternahmen Elisabeth, Frédéric und Johannes Keilholz weitere Stadtbesichtigungen sowie Ausflüge in die Umgebung. Rasch konnte Elisabeth sich vorstellen, in Mömpelgard sesshaft zu werden. Auch Keilholz war von dem Städtchen angetan.

»Wenn es nur nicht so weit weg von Stuttgart liegen würde«, seufzte er. »Aber immerhin werde ich bald wieder in Tübingen leben, das etwas näher zu diesem Städtchen liegt.«

»Du kommst uns, so oft du kannst, besuchen«, versuchte Elisabeth ihn zu trösten.

»Unsere Tür steht dir immer offen, Schwiegerpapa!«, scherzte Frédéric, und Johannes Keilholz stimmte in sein Lachen ein.

Als sie von einem Ausflug in die nahen Berge zurückkehrten, kam Isabelle ihnen mit vor Aufregung geröteten Wangen entgegen. Sie wedelte mit einem Brief und erklärte atemlos:

»Ein Bote des Herzogs hat dieses Schreiben für Euch gebracht, Monsieur Thiery. Er sagte, es wäre dringend!«, sagte die Amme und reichte ihm das versiegelte Schriftstück.

Frédéric brach das Siegel auf und faltete das Papier auseinander. Nachdem er die Zeilen überflogen hatte, sah er Keilholz ernst an und erklärte: »Wir müssen heute noch zurück nach Stuttgart!«

Nachdem auch ihr Ziehvater das Schreiben gelesen hatte, erfuhr Elisabeth, dass Herzog Friedrich den Alchemisten, Freiherr von Brunnhof und Grobeschütz, zum Tode verurteilt hatte.

»Zum Tode?«, fragte sie entsetzt.

Frédéric nickte. »Unsere Erkenntnis bezüglich der Qualität des Eisenerzes aus Mömpelgard allein kann nicht der Auslöser dafür sein. Es muss etwas vorgefallen sein, das dieses strenge Urteil rechtfertigt. Deshalb müssen wir sofort zurückkreisen.«

»Lass uns packen«, sagte Johannes Keilholz sichtbar schockiert zu Elisabeth.

»Ich werde nicht mitkommen«, beschied sie ihm.

»Du musst uns begleiten, Kind. Wie sollen wir deine Abwesenheit erklären? Schließlich bist du meine Tochter«, widersprach er.

Doch sie schüttelte den Kopf. »Ich werde Felix nie wieder allein lassen.«

Frédéric nickte. »Ich kann dich verstehen, meine Liebste«, sagte er verständnisvoll und strich ihr zärtlich über die Wange. »Wir werden sagen, dass du krank bist und die Rückreise zu anstrengend für dich ist. Vielleicht wird dadurch auch die Geschichte mit dem Findelkind glaubhafter. Die angebliche Findelkind-Mutter könnte beobachtet haben, dass eine Frau in dem Haus lebt, der sie ihr Kind anvertraut. Was meint ihr?«

»Vielleicht habt ihr recht«, gab Johannes Keilholz nach und verließ das Zimmer.

Kapitel 64

Von nah und fern kamen die Menschen zur Wolframshalde, die auf einer Anhöhe, der Prag, lag. Die Schaulustigen hatten durch Flugblätter von der Hinrichtung erfahren, für die ein zwölf Meter hoher Galgen aus sechsunddreißig Zentnern Eisen auf einem steinernen Fundament errichtet worden war. Für diesen Tag hatte sich der Höhenrücken nördlich der Innenstadt in einen Jahrmarkt verwandelt. Unterschiedliche Aromen erfüllten die Luft, da an zahlreichen Verkaufsständen Essen und Trinken angeboten wurden. In einer Ecke roch es nach gebratenen Hähnchen, die auf Spießen über rot glimmender Glut brutzelten. Warme Fleischpasteten waren ebenso begehrt wie der Gemüseeintopf, der nach Bärlauch duftete. Kühles Bier und kalter Wein flossen in Strömen. Die Verkaufsstände mit kandierten Früchten und allerlei anderem Naschwerk erfreuten vor allem die Kinder. Ein Mädchen kaute genüsslich einen mit Zuckerguss ummantelten Apfel und strahlte dabei seine Eltern mit verklebt glänzendem Mund an.

Gaukler, Schauspieler und Stelzenakrobaten vertrieben den Schaulustigen mit ihren Künsten die Wartezeit, bis die eigentliche Attraktion beginnen würde. Bereits seit Stunden strömten die Gaffer auf den Platz, obwohl es unerträglich heiß war. Frauen mit Bauchläden stellten sich den Zuschauern in den Weg, um sie am Weitergehen zu hindern und lautstark Gebäck und anderes Naschwerk anzupreisen.

Die meisten Besucher ignorierten die angebotenen Köstlichkeiten und schoben die Verkäuferinnen energisch zur Seite. Auch hatten viele von ihnen weder Interesse an den akrobatischen Darbietungen noch einen Blick für die weite Aussicht des Platzes. Sie waren nur aus einem Grund hergekommen, und sie konnten es kaum erwarten, bis die Hinrichtung stattfand. Schließlich wurde nicht alle Tage ein Gelehrter hingerichtet, der die Gunst von Herzog Friedrich von Württemberg genossen hatte.

Die Luft vibrierte vor Hitze, aber auch von der Aufregung der Menschen. Dicht gedrängt standen die Besucher nahe am Richtplatz. Manch einer verharrte stur auf seinem Stehplatz, weil er von dort einen guten Blick auf die Hinrichtungsstätte hatte. Die Aufmerksamkeit der Menschen galt dem doppelstöckigen Galgen, der mit Goldpapier beklebt war. Am oberen Querbalken schwang ein eiserner Käfig leicht im Wind hin und her. Darunter hingen an einem weiteren Querbalken drei mit Flittergold überzogene Stricke.

»Vater! Vater! Was steht hier geschrieben?«, hörte Frédéric einen Jungen aufgeregt rufen, der vor dem Schild am Galgen stand. Er sah, wie sich der Mann nach vorn beugte und dem Knaben vorlas: »*Ich war zwar, wie Merkur wird fix gemacht, bedacht, doch hat sich's umgekehrt, und ich bin fix gemacht.*«

»Was bedeutet das?«, wollte der Junge wissen. Sein Vater kratzte sich am Kopf und erklärte: »Diese Worte sagen, dass ein Alchemist versagt hat und deshalb gehängt wird.«

»Worin hat er versagt?«, fragte das Kind.

Frédéric hörte die Antwort nicht mehr, denn Johannes Keilholz zog ihn mit sich.

»Dieser Betrüger hat unseren Berufsstand in Verruf gebracht. Wie konnte er das tun? Wir Männer im Laboratorium haben ihm vertraut!«, schimpfte der Alchemist.

»Du darfst dich nicht grämen, Johannes. Sei froh, dass man beweisen konnte, dass Freiherr von Brunnhof und Grobeschütz ein Betrüger ist. Aber ja, du hast recht: Der Schaden, den er eurem Berufsstand zugefügt hat, ist unbeschreiblich groß. Kaum zu glauben, dass weder sein Adelstitel noch sein Name echt sein sollen.« Frédéric schüttelte den Kopf. »Es ist nur gerecht, dass er die Folgen seines Tuns tragen muss.«

Keilholz nickte. »Das ist wohl wahr. Sein richtiger Name Georg Honauer war ihm anscheinend zu unspektakulär, sodass er sich einen Adelstitel erschleichen musste. Unfassbar, dass er von Hause aus nur ein einfacher Goldschmied und kein Wissenschaftler ist. Doch eines muss man ihm lassen …« – Johannes Keilholz wurde zynisch – »er ist ein begnadeter Schauspieler. Sonst hätte er den Herzog und uns nicht blenden können.«

»Man sieht einem Menschen nur bis zur Stirn. Letztendlich kannten wir den Mann kaum, sodass er diesen Schabernack mit uns treiben konnte. Zudem warst du ihm unterstellt, Johannes. Du hast lediglich ausgeführt, was er angewiesen hat«, versuchte Frédéric Keilholz zu trösten.

»Wer hätte das vermutet?«, seufzte der. »Wir haben ihm vertraut!«, wiederholte er bitter.

»Die anderen erwarten uns«, lenkte Frédéric ab und versuchte sich einen Weg durch die Menschenmenge zu bahnen. Sie mussten sich an den schwitzenden Leibern vorbeischieben, um nach vorn zu ihren Sitzreihen auf den Tribünen zu gelangen. Für die Alchemisten und die Laboranten sowie deren Familien waren mehrere Bänke in der ersten Reihe reserviert. Hinter vorgehaltener Hand munkelte man, Herzog Friedrich wollte ihnen demonstrieren, was geschah, wenn man ihn hinterging.

Frédéric legte die Handkante über die Augenbrauen, um besser sehen zu können. Suchend schaute er umher, als sein Blick die Verwandten auf der herzoglichen Tribüne erfasste. Er hatte seinen Vetter seit seiner Rückkehr aus Mömpelgard noch nicht gesehen. Heute jedoch würde sich ein Zusammentreffen kaum vermeiden lassen, da er um ein Gespräch mit seinem Onkel gebeten hatte. Gleich nach der Hinrichtung würde er ihn um Erlaubnis bitten, Elisabeth heiraten zu dürfen. »Nein, Eva!«, murmelte er erschrocken. Er musste sich unbedingt besser einprägen, dass seine zukünftige Frau Eva und nicht Elisabeth hieß, dachte er und sagte sich ihren Namen mehrmals in Gedanken vor.

Auch wenn es sicherlich ein ungünstiger Tag war, um dem Herzog seine Heiratsabsicht zu unterbreiten, so wollte Frédéric nicht einen Augenblick länger warten. Er sehnte sich nach seiner zukünftigen Frau und wollte schnellstmöglich zurück zu ihr und auch zu dem Kind, das er fest ins Herz geschlossen hatte. Auch wenn Felix Georgs Sohn war, so sah er in dem Jungen nur das Ebenbild seiner Mutter. Und das würde auch so bleiben, schwor er sich.

»Ich habe sie entdeckt«, rief Keilholz plötzlich und schlängelte sich durch die Reihen bis zur Tribüne vor. Dort wurden sie von den Alchemisten und den Laboranten freundlich begrüßt.

»Wo ist Eure entzückende Tochter?«, rief Frau Wagner sofort, kaum dass Keilholz Platz genommen hatte.

Frédéric fing den erschrockenen Blick des Alchemisten auf und antwortete statt seiner: »Fräulein Eva hat sich eine Erkältung eingefangen. Da heftiges Fieber sie plagt, hielten wir es für ratsam, dass sie ihre Krankheit in Mömpelgard auskuriert.«

»Wie schade! Ich hatte mich darauf gefreut, mit ihr zu plaudern. Trotzdem war es weise, sie nicht mitzubringen. Die lange Reise hätte sie sicherlich überanstrengt. Ich hoffe, sie wurde medizinisch versorgt vor Eurer Abreise. Mit einer fiebrigen Erkältung ist nicht zu spaßen«, meinte Frau Wagner fürsorglich.

»Ihr müsst Euch nicht sorgen, Gnädigste. Schließlich bin ich nicht nur Alchemist, sondern auch studierter Arzt.«

»Dann bin ich tatsächlich beruhigt, Herr Keilholz«, erklärte die Frau des Laborinspektors erleichtert.

Frédéric wandte sich Christoph Wagner zu, der neben ihm saß. Leider hatte er seit seiner Rückkehr aus Mömpelgard kaum ein Wort allein mit ihm oder mit seinem Oheim wechseln können. Der Inspektor war zu beschäftigt gewesen, den Schaden aufzulisten, den der angebliche Freiherr hinterlassen hatte. Herzog Friedrich hingegen hatte sich vor Zorn über das schändliche Verhalten des Mannes im Laboratorium eingeschlossen und dort gewütet. Deshalb erfuhr Frédéric über die Gründe für die harte Bestrafung des Mannes nur das wenige, was man sich im Schloss zuflüsterte.

»Ich kann das alles nicht fassen! Wer hätte gedacht, dass dieser Freiherr ein Gauner der allerersten Güte ist?«, flüsterte Frédéric Christoph Wagner zu.

Der nickte und winkte im nächsten Augenblick ab. »Ihr könnt Euch nicht vorstellen, was für ein Aufschrei durch das Labor ging, als wir davon erfuhren. Zwar war er mir vom ersten Augenblick unseres Zusammentreffens an unsympathisch, und ich habe ihm auch nicht wirklich vertraut. Trotzdem bin ich erschüttert über sein unehrliches Verhalten. Der Gauner hätte sich denken müssen, dass sein schändliches Spiel spätestens bei seiner unverschämten Bestellung auffliegen würde. Trotzdem hat er mit seiner Flucht gewartet, bis sein Betrug offensichtlich wurde.«

»Bestellung? Flucht? Wie meint Ihr das, Herr Wagner?«

»Schon vor Wochen, Herr Thiery, hat dieser angebliche Alchemist aus dem herzoglichen Zeughaus zehn Zentner Schwefel, achtzehn Zentner Blei, sieben Zentner Schöneisen und das größtmögliche Quantum Kupferwasser verlangt. Außerdem musste die Schlossküche drei Zentner Salz liefern. In Nürnberg wurden zwanzig Zentner Kupferweiß, vier Zentner Glasgalle sowie zehn Zentner venedische Seife geordert. Doch nicht genug damit! Dieser Mann besaß zudem die Frechheit und bestellte bei Baumeister Schickhardt einen Spezialhammer zur Zerkleinerung der Erze. Wie Ihr wisst, ist unser Herzog sehr großzügig, besonders wenn es um seine geliebte Alchemie geht. Ohne Murren hat er alles bereitwillig erfüllt und bezahlen lassen. Trotzdem verschob der angebliche Baron die große Probe der Transmutation von Eisen in Gold jedes Mal aufs Neue, kaum dass er sie angekündigt hatte. Schließlich bestand Euer Oheim darauf, dass der Baron wenigstens sein Können durch die Umwandlung von Eisen in Silber nachweise. Doch noch ehe das Eisen herbeigeschafft war, floh der Lügenbaron.«

Wagner schnaufte kurz durch und fuhr dann fort: »Als wir seiner habhaft wurden, erfuhren wir, dass er aus Olmütz stammt und schon seit Jahren in Europa herumreiste und mit seinen alchemistischen Betrügereien hausieren ging.«

»Das hat er Euch verraten?«, fragte Frédéric erstaunt.

Christoph Wagner wischte sich mit einem Taschentuch, das er aus dem Hosenbund zog, die Stirn trocken. »Natürlich nicht freiwillig! Wir mussten nachhelfen, denn er war stur und verschlossen. Doch unter der Folter hat er alles gestanden. Das Stuttgarter Stadtgericht verurteilte ihn kurzerhand zum Tode. Eigentlich sollte ihm wegen Eidbruchs vor der Hinrichtung die rechte Hand abgehackt werden. Doch Euer Oheim, der Herzog, ließ Gnade walten und milderte die Strafe in Abhauen von zwei Fingern um. Seine drei Diener und sein Stallmeister werden ebenfalls durch den Strang sterben. Tja – mitgefangen, mitgehangen.«

Wagner zeigte zu den Galgen. »Er wurde aus dem Eisenerz aus Mömpelgard geschmiedet, aus dem der Freiherr von Brunnhof und Grobeschütz Silber hätte umwandeln sollen.«

Da erklangen Trommelwirbel. Es war das Zeichen, dass die Verurteilten auf den Richtplatz geführt wurden. Um Georg Honauer zu demütigen, war er in einen Anzug gesteckt worden, der ebenfalls mit Flittergold überzogen war.

Frédéric überlief ein Schauer, als er die Männer sah, deren Leben schon bald hier enden würden. In diesem Augenblick war er froh, dass Elisabeth nicht mitgekommen war.

Kapitel 65

Eine schwarze Wolke aus Krähen kreiste schreiend über dem doppelstöckigen Galgen, an dem die fünf Verurteilten hingen. Mehrere Vögel ließen sich auf dem vergoldeten Querbalken nieder. Sie schienen darauf zu warten, dass die Menschen sich verzogen, damit sie mit ihrem Festmahl beginnen konnten.

Als Frédéric zur Tribüne schaute, auf der die herzogliche Familie der Hinrichtung beigewohnt hatte, sah er, wie seine Verwandten bereits auf dem Weg zu ihren Kutschen waren. Eilig verabschiedete er sich von den Laboranten und Alchemisten. Als Keilholz neben ihn trat, erklärte er ihm: »Ich muss zu meinem Oheim.«

»Viel Glück«, flüsterte sein zukünftiger Schwiegervater ihm zu und folgte den Männern des Labors.

Frédéric bahnte sich einen Weg durch die Menschenmenge, die sich um die Bierwagen und Essstände drängte. Als er den Richtplatz hinter sich gelassen hatte, lief er zu seinem Pferd, das mit anderen an einem langen Holzstamm festgebunden stand. Er sprang in den Sattel und ritt in den Stall am Schloss. Dort übergab er sein Ross dem Stallknecht und eilte über den Platz zum Eingang. Durch das schwere Holzportal betrat er das Innere des Gebäudes und nahm auf der breiten Steintreppe schnellen Schrittes immer zwei Stufen auf einmal.

Erst als er den Gang in der ersten Etage erreicht hatte, auf dem das Arbeitszimmer des Herzogs lag, mäßigte er sein Tempo. Zwei Dienerinnen schauten ihn besorgt an, da er keuchend an der Wand lehnte. Er winkte den Frauen zu, dass es ihm gut ginge. Daraufhin verschwanden sie hinter einer der Türen.

Nachdem sich Frédérics Atem beruhigt hatte, klopfte er an die Tür des Arbeitszimmers und trat ein, ohne auf ein »Herein« zu warten. Im selben Augenblick wusste er, dass er einen Fehler begangen hatte. Nicht sein Onkel saß hinter dem Schreibtisch, sondern sein Vetter. Frédéric versuchte, sich seine Überraschung nicht anmerken zu lassen.

»Ich habe einen Termin mit deinem Vater«, erklärte er sein Eintreten.

Georg zog spöttisch einen Mundwinkel nach oben. »Ich weiß! Er wurde aufgehalten, soll ich dir mitteilen. Allerdings …«, begann sein Cousin und kreuzte die Beine auf der Schreibtischkante, »… gewöhn dich an den Anblick, denn irgendwann werde ich hier sitzen und das Land regieren.«

Frédéric hatte sich gefangen und antwortete ebenso spöttisch: »Wie soll das geschehen? Dein Bruder Johann Friedrich wird diesen Stuhl beerben, nicht du! Du musst erst einmal lernen, wie man sich herzoglich hinter einen Schreibtisch setzt.« Dabei schaute er auf die Füße seines Vetters.

Georg ignorierte die Zurechtweisung, stand auf und setzte sich nun auf die Tischkante: »Es dünkt mir, dass du mich meidest. Ich habe dich seit dem Festessen im Schloss nicht mehr gesehen. Dabei bist du mir eine Antwort schuldig«, zischte er. Frédéric schaute ihn mit unwissender Miene an, obwohl er genau wusste, was sein Vetter meinte. »Ich will von dir den Beweis, dass die Tochter des Alchemisten nicht Elisabeth ist.«

Frédéric schüttelte den Kopf und erwiderte ungehalten: »Deine Vermutung ist absurd! Ich verstehe nicht, wie du solch einen Gedanken hegen kannst. Doch um das Thema endgültig aus der Welt zu schaffen: Elisabeth ist bei der Geburt gestorben. Das Kind ebenso. Angeblich kam eure Tochter zu früh auf die Welt.«

»Woher weißt du das?«, fragte Georg erregt und sprang vom Schreibtisch auf.

»Da ich wusste, dass du mich damit weiterhin belästigen wirst, habe ich die Person kontaktiert, die dein Liebchen fortgeschafft hat.« Als Georg etwas erwidern wollte, blaffte er ihn an: »Du hast jetzt die Antwort bekommen, die du verlangt hast. Gib endlich Ruhe!« Dabei sah er ihm mit festem Blick in die Augen. Er hoffte, den Vetter mit seinem ungehaltenen Benehmen einzuschüchtern. Und da Georg Felix vielleicht eines Tages kennenlernen würde, wollte er durch die Erwähnung eines totgeborenen Mädchens eine falsche Fährte legen.

Tatsächlich schwieg Georg. Doch sein Gesicht wirkte verkniffen.

»Es gibt aber auch eine gute Nachricht!«, meinte Frédéric und lächelte. Er wartete einige Augenblicke und verriet dann: »Ich werde heiraten.«

Als er Georgs überraschten Gesichtsausdruck sah, musste er an sich halten, um nicht breit zu grinsen.

»Du heiratest? Wer ist die Auserwählte? Eine der Mägde?«

Frédéric verschränkte die Hände hinter dem Rücken und ging in dem Zimmer umher. Aufmerksam begutachtete er die Porträts an den Wänden. »Die Tochter des Alchemisten«, beantwortetet er schließlich die Frage und drehte sich zu seinem Vetter um.

»Ich glaube, ich habe dich nicht richtig verstanden. Wen?«, fragte Georg ungläubig.

Statt die Frage zu beantworten, erklärte Frédéric: »Da hast du den Beweis, dass deine Vermutung nicht stimmen kann.«

Georg kam einige Schritte auf ihn zu und taxierte ihn mit leicht zusammengekniffenem Blick. Frédéric konnte erkennen, wie es hinter dieser Stirn arbeitete.

»Ich würde mich freuen, wenn du und deine Gemahlin mir an diesem Tag die Ehre Eurer Anwesenheit erweisen würdet.«

Kaum war die Einladung ausgesprochen, lachte Georg schallend los, um dann mit größter Verachtung Frédéric anzusehen. »Wie käme ich dazu, an der Hochzeit eines Bastards teilzunehmen?«

Bevor Frédéric antworten konnte, betrat der Herzog sein Arbeitszimmer.

Beide Männer verbeugten sich vor dem Regenten, der hinter seinem Schreibtisch Platz nahm. »Du wolltest mich sprechen?«, wandte sich der Herzog an Frédéric, der nickte. »Fasse dich kurz. Dieser Tag ist kein guter Tag, deshalb werde ich mich gleich nach unserer Unterhaltung zurückziehen.«

»Ich werde euch beide allein lassen, denn ich muss nach meiner Frau sehen. Sie fühlt sich unpässlich«, erklärte Georg, ohne Frédéric aus dem Blick zu lassen.

»Unpässlich?«, horchte sein Vater auf. »Kommt endlich der ersehnte Nachwuchs?«

»Ihr werdet der Erste sein, der es erfährt, Vater«, erklärte Georg süffisant lächelnd. Er verbeugte sich und verließ das Zimmer, ohne sich von Frédéric zu verabschieden.

Der atmete tief durch. Er hat es geschluckt, dachte er und trat nun an den Schreibtisch seines Oheims, um ihn von seiner Heiratsabsicht in Kenntnis zu setzen.

»Die Tochter von Herrn Johannes Keilholz«, murmelte der Herzog freudig. »Ich erinnere mich an ihre Erscheinung auf dem Bankett. Die jungen Männer schienen von ihrer Anmut verzaubert zu sein.«

Frédéric nickte lächelnd. »Damit mir kein anderer zuvorkommt, möchte ich Eva so schnell wie möglich heiraten, Oheim. Als sie ihren Vater, der mich bei der Untersuchung unseres Eisenerzes unterstützte, nach Mömpelgard begleitete …« Bei dieser Erwähnung verfinsterte sich die Miene seines Onkels. Frédéric ahnte, dass der Herzog an den hingerichteten Betrüger dachte. Rasch fuhr er fort: »... erkannte ich, dass Eva ebenso begeistert von unserem Städtchen ist, wie wir beide es sind, Oheim. Deshalb möchten wir in der Kirche von Montbéliard getraut werden. Ich würde mich glücklich schätzen, wenn Ihr uns Euren Segen erteilt.«

Der Herzog sah ihn nun versonnen an. »Dann hat das Schicksal dir sehr schnell eine passende Frau geschickt«, schmunzelte er.

»So kann man es sehen«, pflichtete Frédéric ihm bei.

»Da du der Sohn meiner geliebten Schwester bist, die viel zu früh von uns gehen musste, ist es mir eine Freude, dir mein Einverständnis zu deiner Vermählung zu geben. Unser Zeremonienmeister soll die Ausrichtung der Hochzeit übernehmen.«

Frédéric fiel ein Stein vom Herzen. Er bedankte sich für die Großzügigkeit seines Onkels. Als er sich verabschiedete, meinte der Herzog: »So wurde aus einem trüben Tag doch noch ein erfreulicher.«

⇜ *Kapitel 66* ⇝

Elisabeth hatte das Gefühl, durch die Straßen von Stuttgart zu schweben. Sie lächelte in sich hinein und senkte unsicher den Blick. Noch immer konnte sie nicht glauben, dass sie schon bald Frédéric Thierys Ehefrau sein würde. Tatsächlich würde sie die Frau des Mannes werden, den sie irrtümlich für ihr trauriges Schicksal verantwortlich gemacht hatte und den sie nie wiedersehen wollte. Heute jedoch hätte sie die Welt umarmen mögen, dass es nicht so gekommen war. In langen Gesprächen hatte Frédéric sie von seiner Ehrlichkeit, seiner Güte, seiner Herzlichkeit und von seiner Liebe überzeugt. Sie glaubte fest daran, dass er der Mann war, den sie sich in ihrem Kinderschwur mit ihrer Freundin Johanna erträumt hatte.

Nein, dachte sie, Frédéric würde vollkommener sein als der Mann in ihren Träumen. Er hatte es geschafft, dass der Herzogssohn Georg, Vater ihres Kindes, in ihr Eva sah, die Tochter des Alchemisten Johannes Keilholz. Das Bauernmädchen Elisabeth existierte nicht mehr! Seit ihrem überraschenden Zusammentreffen vor einigen Wochen konnte sie dem Prinzen unaufgeregt gegenübertreten.

Kurz nachdem Frédéric seinem Onkel von seiner Absicht, zu heiraten, erzählt hatte, waren Elisabeth, Frédéric und Johannes ins Schloss eingeladen worden. Mit bangem Gefühl war sie zu diesem Treffen gegangen. Es war das erste Mal seit dem Bankett, dass sie den Vater ihres Kindes wiedersehen würde. Zum Glück hatte sich Georg verspätet, sodass Elisabeth sich beruhigen und zuerst auf das Herzogehepaar konzentrieren konnte.

Da Frédéric ihr von der Leidenschaft des Regenten zu Mömpelgard erzählt hatte, lenkte Elisabeth geschickt das Thema auf das Städtchen. Zu ihrer großen Freude verstanden sie und der Herzog sich auf Anhieb. Auch die Herzogin war ihr wohlgesinnt. Sehr zu Elisabeths Überraschung bestand die darauf, Elisabeth das Brautkleid zu schenken, das sie bei einem Schneider in Stuttgart nach ihren eigenen Wünschen anfertigen lassen durfte.

Als Georg mit seiner Gemahlin endlich eintraf, war Elisabeth entspannt und in guter Stimmung. Georg hingegen begrüßte sie mit zusammengekniffenen Lippen. Sein arrogantes Gehabe und sein hochnäsiges Gerede ertrug sie unaufgeregt. Sie ignorierte auch, dass seine Frau Mathilde kein Wort mit ihr wechselte und sie stattdessen mit mürrischem Blick taxierte. Kurz nach dem Erscheinen der beiden verabschiedeten sie sich auch schon wieder, da sie angeblich einen weiteren Termin hatten.

Als die Tür sich hinter Georg und Mathilde schloss, hatte Elisabeth befreit aufgeatmet. Johannes hatte ihr stolz zugelächelt, während Frédéric ihr verschwörerisch zuzwinkerte. Geschafft, dachte sie erleichtert. Georg konnte ihr nichts mehr anhaben. Jetzt mussten sie nur noch dem Herzogpaar und allen anderen die Geschichte von Felix' Herkunft überzeugend erklären, damit der Junge als ihr Kind anerkannt wurde. Dann könnten Frédéric und sie ihrer gemeinsamen Zukunft gelassen entgegensehen. Doch damit wollten sie bis kurz vor der Hochzeit warten.

Bei der Erinnerung seufzte Elisabeth unhörbar und küsste den Scheitel ihres Sohnes, den sie auf den Armen hielt. Mittlerweile war Felix offiziell ihr Sohn und auch vom Herzog als dieser anerkannt worden. Niemand wagte etwas dagegen zu sagen – im Gegenteil! Die Leute waren ergriffen von der Geschichte des kleinen Findelkindes. Nun konnten Frédéric und sie gelöst ihre Hochzeit feiern.

Heute sollte die letzte Anprobe von Elisabeths Brautkleid sein. Sie war mit dem Kind und seiner Amme auf dem Weg zum Kleidermacher Goldschneider. Elisabeth war gespannt, wie das Gewand aussah. Außerdem wollte sie vom Schneider eine passende Haube für Felix anfertigen lassen, die der Knabe zur Hochzeit der Eltern tragen sollte.

Elisabeth stieß die Tür zum Schneideratelier auf und betrat mit dem Kleinen und seiner Amme Isabelle den Laden.

»Frau Thiery! Ich grüße Euch!«, wurde sie sogleich von der Ehefrau des Meisters freudig angeredet.

»Noch heiße ich Fräulein Keilholz«, entgegnete Elisabeth lächelnd.

»Wen haben Sie uns denn heute mitgebracht?«, rief Frau Goldschneider und tätschelte die Wange des kleinen Felix, der die Frau mit strahlenden Augen ansah.

»Ich hätte gern eine Kopfbedeckung für meinen Ziehsohn zur Hochzeit. Können Sie mir welche zeigen?«, fragte Elisabeth höflich. Die Schneidersfrau nickte und verschwand hinter einem Vorhang, um kurz darauf mit zwei Hauben zurückzukehren. Elisabeth reichte der Amme das Kind und stülpte Felix erst die eine, dann die andere Kopfbedeckung über das dunkle Haar.

»Leider sind beide Hauben nicht das, was ich mir vorgestellt habe. Es würde mir gefallen, wenn sie zu meinem Hochzeitskleid passen würde. Gewissermaßen als sichtbares Zeichen, dass der Junge zu uns gehört.«

Die Schneidergattin klatschte erfreut in die Hände. »Was für ein wundervoller Gedanke, Fräulein Keilholz. Es wäre tatsächlich sehr schön, wenn sein Mützchen glänzen würde wie das Oberteil Eures Hochzeitsgewands«, überlegte sie und ging erneut nach hinten. Als sie zurückkam, hatte sie nicht nur Elisabeths Brautkleid über dem Arm, sondern auch ein Reststück von dem Stoff, aus dem es gefertigt war.

»Ich könnte Euch anbieten, dass mein Mann eine Haube aus dem restlichen Stoff Eures Kleides fertigt. Euer Hochzeitskleid und die Haube Eures Sohnes würden in der Farbe des Goldes schimmern«, meinte Frau Goldschneider mit leuchtenden Augen.

Da erklang die Ladenglocke über der Tür. Sogleich wandten sich alle dem Neuankömmling zu.

»Was für ein Zufall, dass ich Euch hier treffe, Eva«, hörte sie die Stimme der Frau des Laboratoriumsinspektors. Frau Wagner ging freudig auf Felix zu und kniff ihm leicht in die Wange. Sofort schossen dem Jungen Tränen in die Augen. Mit heruntergezogenen Mundwinkeln sah er zu Elisabeth auf.

»Du musst nicht weinen, mein kleiner Schatz!«, tröstete Elisabeth ihren Sohn und hauchte einen Kuss auf seine Stirn. Sogleich lächelte das Kind wieder und griff nach einer Strähne ihres Haars.

»Es ist erstaunlich, wie schnell sich das Kind an Euch gewöhnt hat, Eva«, meinte Frau Wagner verzückt.

»Darüber sind wir sehr glücklich«, erklärte Elisabeth freundlich.

»Nicht auszudenken, was mit diesem kleinen Wesen passiert wäre, wenn Ihr Euch seiner nicht angenommen hättet. Was muss das für eine herzlose Mutter sein, diesen süßen Fratz auszusetzen«, erklärte die Frau empört.

»Wir dürfen nicht über Felix' Mutter urteilen, da wir ihre Beweggründe nicht kennen. Frédéric und ich sind dankbar, dass sie den Knaben vor unsere Haustür in Mömpelgard gelegt und nicht etwa im Wald ausgesetzt hat«, erwiderte Elisabeth lächelnd.

»Man kann nun wohl sagen, dass Euer Frédéric eine Familie heiratet«, kicherte Dorothea Wagner.

Elisabeth schaute voller Liebe ihren Sohn an und streichelte ihm über das Haar. Tiefe Dankbarkeit erfasste sie. Dann wandte sie sich der Frau zu und meinte:

»Ihr wisst doch, Frau Wagner, der liebe Gott freut sich über jedes Erdenkind, nicht wahr?«

Nachwort

Wie bei meinen vorangegangenen historischen Romanen habe ich auch bei *Die Farbe des Goldes* großen Wert auf eine explizite Recherche gelegt. Ich habe Fachliteratur studiert, Historiker und Fachleute interviewt sowie das Alte Schloss in Stuttgart und die Stadt selbst besichtigt. Trotzdem habe ich mir erlaubt, meine schriftstellerische Freiheit zu nutzen, damit die Geschichte spannend und schlüssig wurde.

Vertrauen können Sie dem, liebe Leserinnen und Leser, was Sie über die Alchemie in meinem Roman gelesen haben. Bereits seit dem frühen Mittelalter strebten viele europäische Herrscher danach, den »Stein der Weisen« zu finden, da er der Schlüssel zur Goldgewinnung sein sollte. Die Adligen hielten eine Art Wettstreit ab, die besten Alchemisten für sich forschen zu lassen. Das Wirken, das Streben und die Ziele dieser ernsthaften Wissenschaftler habe ich mithilfe von Historikern ergründet und in Fachbüchern und Aufzeichnungen aus jener Zeit recherchiert – ebenso wie das Verhalten und die Absichten der Betrüger, die die Euphorie um die Alchemie zu ihren Gunsten ausnutzten. So hat der Freiherr Brunnhof und Grobeschütz alias Georg Honauer tatsächlich gelebt und tatsächlich betrogen. Wie in meinem Roman beschrieben, wurde er, als man hinter seine Gaunereien kam, mit seinen Gefolgsleuten an einem goldenen Galgen auf der Prag vor Stuttgart hingerichtet.

Auch Herzog Friedrich I. von Württemberg war der Alchemie verfallen. Was ich über seinen Charakter, seine Pläne, sein Wirken und seine Taten geschrieben habe, ist überliefert und entspricht somit der Wahrheit.

Angedichtet habe ich ihm aber seinen Sohn Georg. Zwar hatte der Herzog mit seiner Frau Herzogin Sibylla von Anhalt einen Sohn gleichen Namens, doch leider verstarb der Knabe bereits im Alter von acht Jahren. So konnte ich Georg als Romanfigur nutzen und ihm ein fiktives Leben einhauchen. Eine Vermählung wie mit dem großen Spektakel, dem beschriebenen üppigen Festessen, den erwähnten zahlreichen Gästen und den damit verbundenen Problemen bei der Unterbringung wurde tatsächlich gefeiert, doch ich habe damit die überlieferte Hochzeitsfeier von Herzog Friedrich und seiner Frau Sibylla am 22. Mai 1581 beschrieben.

Die historischen Ereignisse in meiner Erzählung haben tatsächlich stattgefunden. Vieles davon fand aber in Wahrheit zu anderen Zeiten statt, da ich meine Geschichte in einem engen Zeitrahmen spielen lassen wollte. Auch haben nicht alle historischen Personen zu dieser Zeit gelebt. Trotzdem habe ich mir die Freiheit einer Schriftstellerin genommen, sie für *Die Farbe des Goldes* zu nutzen, da ich sie zum einen erwähnen wollte und zum anderen, weil sie wunderbar zu meiner erfundenen Geschichte passten.

Auch wenn Elisabeths Leben durch meine Feder entstanden ist, so hat mich ihr Schicksal tief berührt. Bei meinen Überlegungen zu ihrer Person und der daraus resultierenden Recherche kam ich zu der Erkenntnis, dass leider zu jeder Zeit Männer Frauen für ihre Zwecke ausgenutzt und auch missbraucht haben. Einerlei, ob reich, arm, gebildet oder ungebildet. Jedoch sollte meine Figur an ihrem Leid nicht zerbrechen, sondern gestärkt daraus hervorgehen. Elisabeth ist mir im Laufe der Geschichte sehr ans Herz gewachsen. Es wäre schön, wenn ihr Schicksal Sie ebenfalls berührt hat.

Liebe Leserinnen und Leser, auch wenn in all meinen Romanen die Exaktheit der Darstellung der damaligen Zeit und somit der Historie eine große Rolle spielen, so sind es letztendlich Geschichten, die ich mir für Sie ausgedacht habe.
Ich würde mich freuen, wenn wir uns bei meinem nächsten Roman (*Der Glanz des Feuers*) wiederlesen würden.
Bis dahin wünsche ich Ihnen alles Gute!

Ihre Deana Zinßmeister

Danksagung

Ich freue mich sehr, wieder einmal den Menschen danken zu dürfen, die mich beim Entstehen des Romans beraten und unterstützt haben. Viele sind mir seit meinem ersten Roman beim Goldmann Verlag (*Das Hexenmal*) treu geblieben. So ist es mir eine große Freude, mich auch bei diesem Roman zu bedanken bei:

Herrn Professor Doktor Johannes Dillinger (Historiker, Oxford), der mich erneut an seinem großen Wissen (dieses Mal über die Alchemie und Herzog Friedrich I.) teilhaben ließ. Auch für die Bereitstellung seiner Aufzeichnungen, seiner Arbeiten zu diesem Thema sowie historischer Unterlagen, aus denen ich in diesem Roman beim Gespräch der hochmütigen Studenten in Tübingen zitieren konnte, bin ich ihm sehr dankbar.

Herrn Doktor Dieter Staerk (Historiker, Saarbrücken) für die Bereitstellung seiner umfangreichen Fachliteratur;

Frau Monika Metzner (Journalistin, Lübeck) für ihr kritisches Lesen, ihre Meinung und ihre Begeisterung für diese Geschichte;

Herrn Doktor Matthias Ohm (Leitung Fachabteilung Kunst- und Kulturgeschichte im Landesmuseum Württemberg) für die Bereitstellung alter Stadtkarten, Gemälde des Alten Schlosses und des Laboratoriums (das leider nicht mehr existiert) sowie für die wichtigen Informationen der damaligen Zeit.

Ich bedanke mich des Weiteren bei Frau Doktor Marianne

Dillinger (Historikerin), die mich über das Leben sowie die Vorstellungen und Empfindungen des einfachen Volkes in der frühen Neuzeit, aber auch des Adels der damaligen Zeit beraten hat; sowie bei

Frau Stephanie Schuster (Schriftstellerin, Illustratorin und Bloggerin, www.leselieben.de) für ihre Motivation und die Bereitstellung wichtiger Recherchebücher;

Frau Carmen Vicari (Diplom-Wirtschaftsingenieurin, Dossenheim), die auch dieses Mal als kritische Testleserin fungierte.

Danken möchte ich auch meiner Literaturagentin Bettina Keil sowie meinen Lektorinnen Andrea Groll und Eva Wagner, die mich tatkräftig bei meinen Buchprojekten unterstützen.

Und natürlich zum Schluss bei meiner Familie, die einfach nur toll ist!

Ihnen und Euch allen ein herzliches DANKESCHÖN!

Quellenangaben

Bastl, Beatrix: *Tugend, Liebe, Ehre: Die adelige Frau der Frühen Neuzeit.* Böhlau Verlag, Wien 2000

Bidermann, Hans: *Materia Prima. Die geheimen Bilder der Alchemie.* Marixverlag, Wiesbaden 2006

Dufour, Pierre: *Weltgeschichte der Prostitution.* Voltmedia GmbH, Paderborn 2005

Heck, Andrea: *Von Goldmachern und Schatzsuchern.* W. Kohlhammer, Stuttgart 2013

Hofacker, Hans Georg: *»sonderliche hohe Künste und vortreffliche Geheimnis«: Alchemie am Hof Herzog Friedrichs I. von Württemberg.* Wegrahistorik-Verlag, Stuttgart 1993

Irsigler, F., Lassotta, A.: *Bettler und Gaukler, Dirnen und Henker.* Greven Verlag, Köln 1984

Kurzel-Runtscheiner, Monica: *Töchter der Venus: Die Kurtisanen Roms im 16. Jahrhundert.* C. H. Beck, München 1995

Memminger, J. G. D. (Hg.): *Herzog Friedrich I. und seine Hof-Alchymisten.* In: *Württembergische Jahrbücher für vaterländische Geschichte, Statistik und Topographie,* Stuttgart und Tübingen 1829

Priesner, Claus: *Geschichte der Alchemie.* C. H. Beck, München 2011

Sauer, Paul: *Herzog Friedrich I. von Württemberg.* Deutsche Verlagsanstalt, München 2003

Suhr, Dierk: *Die Alchemisten.* Jan Thorbecke Verlag, Ostfildern 2006

Autorin

Deana Zinßmeister widmet sich seit einigen Jahren ganz dem Schreiben historischer Romane. Bei ihren Recherchen wird sie von führenden Fachleuten unterstützt, und für ihren Bestseller »Das Hexenmal« ist sie sogar den Fluchtweg ihrer Protagonisten selbst abgewandert. Die Autorin lebt mit ihrem Mann und zwei Kindern im Saarland.

Deana Zinßmeister im Goldmann Verlag:

Das Hexenmal
Der Hexenturm
Der Hexenschwur

Die Gabe der Jungfrau
Der Schwur der Sünderin

Das Pestzeichen
Der Pestreiter
Das Pestdorf

Das Lied der Hugenotten
Der Turm der Ketzerin

Die Farbe des Goldes

(📖 alle auch als E-Book erhältlich)

Unsere Leseempfehlung

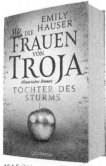

464 Seiten
Auch als E-Book erhältlich

432 Seiten
Auch als E-Book erhältlich

432 Seiten
Auch als E-Book erhältlich

Vor dreitausend Jahren tobte ein Krieg, der die damalige Welt in ihren Grundfesten erschütterte: Der Trojanische Krieg hat viele Helden hervorgebracht.

Hier erzählen die Frauen von Troja ihre Geschichte von Liebe, Mut und Freiheit.

www.goldmann-verlag.de
www.facebook.com/goldmannverlag

GOLDMANN
Lesen erleben

Unsere Leseempfehlung

448 Seiten
Auch als Hörbuch erhältlich

416 Seiten
Auch als Hörbuch erhältlich

Königsberg und Masuren Ende des 19. und Anfang des 20. Jahrhunderts: Drei Familien verwickeln sich in Intrigen, Liebesaffären und verhängnisvollen Entscheidungen. Eine Welt im Wandel bestimmt ihr Schicksal.

www.goldmann-verlag.de
www.facebook.com/goldmannverlag

GOLDMANN
Lesen erleben

Unsere Leseempfehlung

448 Seiten
Auch als E-Book und
Hörbuch erhältlich

352 Seiten
Auch als E-Book und
Hörbuch erhältlich

448 Seiten
Auch als E-Book und
Hörbuch erhältlich

496 Seiten
Auch als E-Book
erhältlich

Die Medici.

Ihre Macht war unermesslich. Ihr Einfluss grenzenlos. Ihr Ehrgeiz tödlich. Die Geschichte einer Familie, die die Geschicke der ganzen Welt lenkte.

www.goldmann-verlag.de
www.facebook.com/goldmannverlag

GOLDMANN
Lesen erleben

Um die ganze Welt des
GOLDMANN Verlages
kennenzulernen, besuchen Sie uns doch im Internet unter:

www.goldmann-verlag.de

Dort können Sie
nach weiteren interessanten Büchern *stöbern*,
Näheres über unsere *Autoren* erfahren,
in *Leseproben* blättern, alle *Termine* zu Lesungen und
Events finden und den *Newsletter* mit interessanten
Neuigkeiten, Gewinnspielen etc. abonnieren.

Ein *Gesamtverzeichnis* aller Goldmann Bücher finden
Sie dort ebenfalls.

Sehen Sie sich auch unsere *Videos* auf YouTube an und
werden Sie ein *Facebook*-Fan des Goldmann Verlags!

www.goldmann-verlag.de
www.facebook.com/goldmannverlag

GOLDMANN
Lesen erleben